KB178931

해방 전후

상허
이태준
전집
2

해방 전후
解放 前後

중편소설
희곡
시
아동문학

열화당

일러두기

- 이 책은 상허가 월북 전 발표한 중편소설, 희곡, 시, 아동문학을 망라한 것으로, 각 장르별로 묶어 연도순으로 배열했다.
- 각 글의 저본은 상허가 월북하기 전 최후 판본으로 삼았다.
- 출처는 최초 발표본부터 해금 전 단행본까지 각 글 끝에 밝혔고, 저본으로 삼은 판본에 밑줄로 표시했다.
- 표기법과 띄어쓰기는 현행 맞춤법을 따르되, 일부 방언이나 당대의 표현은 존중했다.
- 생소한 옛 어휘, 외래어, 일본어, 한시, 인물, 장소, 사건에는 편자주를 달았다. 단, 가장 처음 나오는 곳에 한 번 넣었다.
- 더 상세한 편집 원칙은 「'상허 이태준 전집'을 펴내며」에 밝혀져 있다.

'상허 이태준 전집'을 펴내며

제2권 『해방 전후: 중편소설, 희곡, 시, 아동문학』

당대 최고의 단편소설과 미문으로 우리 문학사에 큰 획을 그은 상허(尙虛) 이태준(李泰俊)의 새 전집을 엮으며, 그가 했던 말을 떠올린다. "산문 문학이란 한 감정이나 한 사상의 용기(容器)라기보다 더 크게 인생 전체의 용기다." 전집 출판은 한 작가의 세계 전체, 더 나아가 그를 둘러싼 시대까지 아우르는 큰 그릇을 빚는 일이다. 상허는 단편소설뿐만 아니라 중·장편소설, 희곡, 시, 아동문학, 수필, 문장론, 평론, 번역 등 다양한 방면의 글을 남겼는데, 삼십여 년 동안 온갖 여건 속에서 탄생된 글들은 개인의 얼굴이자 역사의 소산이다. 하지만 그 모습들은 결코 단순하지 않다. 상허는 문학의 순수성을 추구하는 동시에 인간 사회를 반영하는 데 따르는 통속성도 긍정했으며, 골동취미와 우리말에 대한 감식안을 지닌 예술가적 면모와, 자본주의 물질문명을 향한 비판, 계몽성 강한 메시지를 표출하는 사회참여자로서의 자세가 공존한다. 이는 장르에 따라 달리 구현되기도 하고 시기에 따라 변화하기도 한다. 격변의 한국 근대사를 관통해 남겨진 이 작품들을 하나의 그릇에 담아 오늘에 다시 읽는 일은, 그렇기에 인간과 역사와 언어를 다층적이자 총체적으로 이해하는 일이다. 그것은 상허가 글쓰기를 통해 실천하고자 했던 궁극의 의도에 다가가는 첫걸음이기도 하다.

이에 열화당은 상허의 생질 서울대 김명열 명예교수와 함께 '상허 이태준 전집'을 새롭게 기획, 발간한다. 이 어렵고 방대한 작업에 착수할 수 있었던 것은, 상허의 탁월한 문학적 성취와 미문을 후세에 제대로 알리고 상허 연구의 기반을 올바로 마련하기 위해서는, 그의 작품들을 일관된 기준으로 정리하는 일이 가장 시급하다는 데 공감했기 때문이다. 앞서 '근원(近園) 김용준(金瑢俊) 전집', '우현(又玄) 고유섭(高裕燮) 전집'과 같은 우리 근대기 문헌을 출간한 경험도 큰 밑거름이 되었다.

이 전집은 1988년 해금(解禁) 직후 나온 전집들이나 주요 작품만 모은 선집들의 미흡한 점을 최대한 보완하고, 월북 전에 발표한 상허의 모든 작품을 망라한다. 그 결과 단편소설 한 편을 비롯해, 중편과 장편에서 누락되었던 연재분, 일문(日文)으로 쓴 글 두 편, 번역과 명작 개요 각 한 편, 아동문학 십여 편, 다수의 산문과 평론이 이 전집에 처음 소개된다. 월북 이후에 발표한 글은 제외되었는데, 이는 시각에 따라 불완전한 전집일지 모르나, 우리는 작가의 의지가 순수하게 발현되었느냐 하는 기준에 부합하는 전집 만들기에 집중했다. 월북 후의 작품도 상허와 그 시대를 이해하는 데 중요한 문헌이기에 추가로 정리할 기회를 모색하려 한다.

이렇게 기획한 '상허 이태준 전집'은 전14권으로 구성된다. 제1권은 상허의 단편소설을 모은 『달밤』, 제2권은 중편소설, 희곡, 시, 아동문학 작품을 엮은 『해방 전후』이다. 제3권부터 제10권까지는 장편소설들로서 『구원의 여상·화관』 『제이의 운명』 『불멸의 함성』 『성모』 『황진이·왕자 호동』 『딸 삼형제·신혼일기』 『청춘무성·불사조』 『사상의 월야·별은 창마다』의 순서로 이루어진다. 제11권은 상허의 모든 수필과 기행문을 모은 산문집 『무서록』, 제12권은 문장론을 담은 『문장강화』, 제13권은 『평론·설문·좌담·번역』, 제14권은 상허의 어휘들을 예문과 함께 정리하고 상허 관련 자료를 취합한 『상허 어휘 풀이집』으로 계획했다. 이 중 첫 네 권을 일차분으로 선보인다.

전집 두번째 권 『해방 전후』에는 중편소설 다섯 편, 희곡 두 편, 시 아홉 편, 아동문학 서른다섯 편, 총 쉰한 편의 작품이 수록되어 있다. 단편이나 장편에 비해 연구가 소홀한 장르들로, 특히 시와 아동문학은 최초로 한자리에서 소개된다. 또한 중편 「법은 그렇지만」에서 누락된 채 전해지던 연재 회차를 처음 발굴해 실었다.

1930년대 잡지에 연재된 중편소설 「법은 그렇지만」 「방물장수 늙은이」 「애욕의 금렵구」 「코스모스 피는 정원」은 단편소설 속 몇몇 인물상이 확장 전개되면서 장편소설이 지닌 통속성과 대중성도 엿보인다. 월북 직전인 1946년 8월 조선문학가동맹 기관지 『문학』 창간호에 발표한 「해방 전후」는 '한 작가의 수기'라는 부제에서 짐작할 수 있듯이 해방공간의 혼돈과 자기반성을 반영한 자전적 작품이다. 단막극으로 된 두 편의 희곡에서도 단편의 소외된 인물과 연민의 시선이 이어진다. 「어머니」는 가난한 지식인의 나약하고 이중적인 모습에서 비극적 인간상을 보여주고, 「산사람들」은 식민지 시절 화전민의 고달픈 삶과 이들을 구경거리 삼는 도시인을 대비시킨다.

휘문고보 시절인 1922년 『학생계』에 발표한 시 「누나야 달 좀 보렴」과 「한강 꿈」은 상허의 글이 세상과 처음 만나는 한 순간을 보여준다. 이후 휘문고보 교지 『휘문』에, 일본 유학 시절 도쿄의 조선유학생학우회 기관지 『학지광』에 시를 싣는다. 훗날 해방을 기뻐하는 노래, 부녀동맹 동지들에게 띄우는 답장을 시 형식으로 쓴 데서도 짐작할 수 있듯이, 그에게 시는 슬픔, 애도, 환희, 연대의 감정을 표현하기 위한 글쓰기였다. 한편, 1929년 개벽사에 입사했던 상허는 『학생』 『어린이』 같은 잡지 편집에 관여하고 소년물을 발표하면서 1930년대에 어린이를 위한 많은 글을 남겼다. 등단작인 「오몽녀」(1925)보다 앞서 학창 시절 「물고기 이야기」(1924)를 썼으니, 소설보다 동화 창작을 먼저 한 셈이다. 일찍 부모를 잃은 자기 어린 시절의 기억뿐만 아니라 작고 연약한 존재를 향한 애틋함과 희망의 메시지가 담겨 있으며, 시, 동화, 콩트, 희곡, 산문, 편지글 등 형식의 다양한 시도도 나타난다.

상허는 최초 발표본 이후 단행본 수록본, 선집 수록본 등 재발표본에 따라 개작을 많이 했는데, 1946년 8월경 월북 이전 마지막 판본이 작가의 최종 의도가 반영되었다고 판단하고 이를 저본으로 삼았다. 이 책에 수록된 작품은 크게 해당되지 않지만, 후기에 개고된 작품들은 검열을 피하기 위한 수정으로 추정되는 것들이 발견되었고, 이 경우는 최초본에 따라 복원한 뒤 편자주를 달았다.

작품이 씌어진 지 어느새 한 세기 가까이 흐른 지금, 상허의 글들은 여전히 낡지 않은 현재성을 지닌다. 마치 소설 속 풍경이 바로 눈앞에 펼쳐지듯 생생하고, 인물들의 목소리가 귓전에 울리듯 쟁쟁하다. 하지만 그 이야기가 활자화된 우리말 표기법이나 용례는 상당히 차이가 난다. 작품의 의미와 표현을 손상하지 않으면서 지금의 독자에게 '읽힐 수 있게' 복간하는 일이 그만큼 어렵고 조심스러울 수밖에 없는 까닭이 여기에 있다.

우선 본문을 확정하는 세부 원칙을 세우는 게 중요했다. 원본을 존중한다는 원칙 아래 저본 원문과의 꼼꼼한 대조를 선행하고, 서술문과 대화문 모두 현행 표기법을 따르되, 대화문, 편지글, 인용문에서는 방언이나 당대의 표현, 인물의 독특한 입말은 그대로 살렸다. 서술문에서도 표기법에 맞지는 않지만 '대이다(대다)', '나리다(내리다)', '따(땅)', '모다(모두)', '잡아다리다(잡아당기다)' 같은 예스러운 분위기를 전하는 어휘는 살렸다. 오식, 오자, 탈자로 의심되는 부분은 여러 판본을 참조하거나 추정해 수정했다. 외래어나 외국어는 현행 표기법을 따랐으나, '삐루(맥주)', '고뿌(잔, 컵)', '구쓰(구두)'와 같이 일본식 외래어로 굳어져 사용되던 말이나 대화문에 나오는 것은 그대로 두고 주석에 풀이했다. 단, 지금은 사용하지 않는 한글 자모이거나 지나치게 생소한 형태인 경우 교정한 것도 있다. 한자는 의미를 이해하는 데 필요한 곳에 병기했고, 원문에 있더라도 불필요하면 삭제했다. 문장부호도 현행 표기법을 따랐으며, 장음 표기인 대시(—)는 뺐으나, 강조나 분위기가 표현되어야 할 때는 첫 음의 모음을 겹으로 적어 그 느낌을 살렸다. 억양을 올리거나 강조하는 표시로 사용된 물음표(?)와 문장 끝에 들어간 대시는 문맥에 따라 적절히 마침표(.), 쉼표(,), 느낌표(!) 등으로 바꿔 주었다. 숫자는 당시 한자나 한글로 표기하던 방식대로 작품 안에서는 한글로 통일하고, 글 끝에 적힌 날짜와 편자주에서는 선택적으로 아라비아 숫자로 했다.

이 전집에서 가장 많은 시간과 노력을 들인 요소는 편자주인데, 그 적절함과 정확성에서 염려되는 부분이기도 하다. 생소한 옛 어휘, 외래어, 일본어, 한시, 인물, 장소, 사건에 풀이나 간략 정보를 맨 처음 나오는 곳에 한 번 넣었다. 의미가 모호하여 '추정'이라 밝히고 풀이한 곳도 있고, 정확한 뜻을 찾을 수 없어 넘어간 곳도 있다. 지명 풀이는 작품 속 시대 배경에 따라 당시의 행정구역명으로 적고, 필요한 경우 현재 명칭도 밝혀 두었다. 상허가 원문 끝에 직접 밝힌 탈고 날짜와 장소는 판본에 따라 표기 방식이 다르거나 생략되기도 했는데, 우선 저본대로 따르되 생략되어 있을 경우 앞선 판에 적힌 것을 살려서 밝혔다.

작가 연보는 상허의 출생부터 현재까지를 아우르기로 하고, 월북 이전과 이후의 국내외 제반 자료를 포괄해 작성했다. 끝으로 최초 발표 지면과 단행본 표지를 화보로 덧붙여, 이주홍, 김환기, 김용준, 최영수, 노수현, 정현웅 같은 화가들의 장정(裝幀) 및 삽화뿐만 아니라, 표기법, 활자, 조판, 편집 등 당대의 출판 환경을 엿볼 수 있게 했다. 상허의 사진 및 관련 자료는 전집이 완간될 시점까지 모인 것을 종합하여 작품 목록 및 작가 연보와 함께 마지막 권에 공개할 예정이다.

이러한 원칙과 고민 아래 편집상에 여러 노력을 기울였지만 부족한 부분이 많으리라 짐작한다. 독자와 연구자 여러분들의 아낌없는 질정을 바란다.

책이 나오기까지 많은 분들의 도움이 있었다. 이는 「감사의 글」에 상세히 기록되어 있어 여기서는 생략하고자 한다. 다만, 남한에 남은 상허의 직계 가족이 없는 현실에서 오직 사명감으로 이 작업을 시작하신 김명열 교수님의 용단과 노고에 특별히 감사드린다. 국내외 많은 상허 연구자분들의 성과와 노력에도 존경의 마음을 표한다. 앞으로 더 깊고 다양한 연구가 이어지는 데 이 전집이 도움이 되었으면 한다. 한때 남과 북에서 동시에 외면당할 수밖에 없었던 상허의 기구한 삶을 기리며, 그의 글이 오래도록 다시 읽히고 풍성하게 이야기되길 희망한다.

2024년 1월
열화당

감사의 글

상허(尙虛)는 나의 외숙이시다. 해방 후 얼마 안 되어 외숙이 월북하시자 다음 해에 외숙모가 솔가하여 따라 월북하셨다. 이렇게 남한에 외숙의 직계가족이 다 없어지고 생질과 생질녀들이 가장 가까운 친척이 되었다. 상허는 우리 문학에 커다란 업적들을 남겼지만 그의 자손이 남한에는 한 명도 없게 되면서 그의 작품들조차 관리가 되지 않은 상태였다. 나는 상허의 생질 중 유일하게 문학과 관련된 직업을 가졌던 친연성으로 인해 상허의 자손을 대신해서 그의 문학을 기리기 위해 무언가 해야겠다는 책무감을 갖게 되었다. 정년 후에 내 능력과 여건에 맞는 사업을 모색하던 차에, 이효석 전집을 위한 편집 작업을 마쳐 가던 이상옥 교수로부터 상허 작품의 본문을 확립하는 일을 해 보라는 권유를 받았다.

처음에는 본문비평이 생소한 분야인 데다가 작품 수도 많아서 주저했으나, 본문을 확정하는 것은 곧 작품을 완성하는 것이므로 창작에 버금가게 중요한 일이라는 것이 강하게 마음을 끌었다. 또 바르게 정리된 본문을 후세에 전하는 것, 또 그럼으로써 앞으로 모든 상허 작품에 관한 연구와 평론에 올바른 자료를 제공한다는 것은 바로 내가 바라는 바이자 상허의 문학을 기리는 일이므로 이는 어렵다고 피할 사안이 아니었다. 이리하여 주로 서울대 국문과 박사과정생에서 요원을 모집하여 2015년 초에 본격적인 작업에 착수하게 되었다.

우리는 충실하고 신빙할 만한 판본을 내기 위해서 먼저 몇 개의 큰 원칙을 세웠는데, 첫째는 상허의 의도에 부합하도록 본문을 확정한다는 것, 둘째는 원본을 존중한다는 것, 셋째는 월북 전 상허의 글은 모두 모은다는 것이었다. 이런 원칙하에 이 년 반 동안 작업하여 2017년 중반에 원고를 일단 다 정리하고 나니까 이젠 출판사를 찾아야 했다. 내가 명망있는 출판사를 못 찾아 고민하자 이익섭 교수가 주선하여 함께 열화당을 방문했고, 그때 이기웅 대표가 보여주신 상허 전집에 대한 호의와 열정은 사뭇 감동적이었다. 무엇보다 우리 근대기 문헌 복간 작업을 여러 차례 완수했던 열화당의 경험을 미루어 보아 상허 전집 출간에 가장 적임자라는 생각이 들었다.

2017년 말부터 모든 작업 파일과 관련 자료를 출판사에 차례로 넘기고, 예산 마련에 다 함께 노력을 했으나 여의치 않았다. 더 기다릴 수 없어 2020년부터 본격적인 편집 작업을 시작했다. 열화당에서는 내가 제공한 원고를 기초로 전집 구성, 원문 대조를 다시 하고, 수차례의 회의를 거쳐 본문과 편자주를 꼼꼼히 손보았다. 최신 정보를 반영한 연보의 작성, 화보 자료 수집, 디자인에도 정성을 기울였다. 이러한 몇 년간의 과정을 거쳐 드디어 전집의 일차분 네 권의 상재를 보게 된 것이다.

지금까지 실로 많은 분들과 기관의 고맙고 귀한 역할이 있었다. 일을 시작하고 보니 제일 급선무가 자료의 확보였다. 다행히 유종호 교수, 이병근 교수, 이상옥 교수는 소장하였던 상허의 저서 원본들을 희사하셨고, 강진호 교수, 고 김창진 교수는 많은 관련 자료를 제공해 주셨으며, 강 교수는 상허 전공자로서 원고 작업팀이 질문할 때마다 유권적인 답을 주셨다. 민충환 교수는 상허 작품 본문에 관한 다년간의 연구 결과를 참고할 수 있도록 허락하셨다. 현담문고(옛 아단문고)의 박천홍 실장은 그곳의 소장 자료를 손수 찾아 보내주었고, 근대서지연구소 소장 오영식 선생도 갖고 있던 자료를 자유로이 사용하도록 허락해 주었다. 특히 오 선생은 새로운 자료를 추가로 발굴하고, 원전을 찾아야 할 때면 언제나 해결사 역할을 해냈다.

한편 일본 텐리대학 구마키 쓰토무 교수는 상허가 다닌 와세다대학과 조치대학의 학적사항을 찾아내고, 상허와 관련된 와세다대학의 사진 자료를 전재할 수 있게 와세다봉사원의 허가를 취득해 주셨다. 서울대 국문과 대학원 박사과정과 석사과정에서 상허를 연구한 야나가와 요스케, 스게노 이쿠미 선생은 일본 잡지와 신문에 게재된 상허의 글들을 수집하고 번역했으며, 특히 야나가와 선생은 콩트 한 편과 어린이를 위한 글들을 다수 찾아내고 일본어 번역과 주석도 검토해 주었다. 초기 작업팀이었던 공강일, 김명훈, 나보령, 송민자, 안리경, 이경림, 이지훈, 이행미, 허선애 선생, 총무를 맡은 권영희 선생께도 감사드린다. 또한, 이 출간 사업의 중요성에 공감한 우덕재단, 현대건설 및 현대자동차그룹에서 귀한 지원금을 보조해 주어 첫 결실을 맺는 데 큰 힘이 되었음을 밝힌다.

전집의 첫 결과물이 비로소 세상에 나오게 된 것은 이상에 열거한 여러 분들의 도움과 격려 덕분이다. 특히 어려운 여건 속에서 출판을 허락하신 이기웅 대표와, 이 전집의 완성도를 위해 편집자로서 각고의 노력을 기울인 이수정 실장에게 감사를 드린다. 앞으로 가야 할 길이 더 많이 남은 만큼, 서로 믿고 힘을 모아 아름다운 결실을 맺게 되길 기원한다.

끝으로 내게 이 일을 하도록 은혜를 끼치신 두 분을 언급하지 않을 수 없다. 한 분은 물론 외숙 상허이시다. 나는 어려서부터 외숙의 글을 읽으면서 문학에 뜻을 품게 되었고 그것이 문학 공부로 이어져서 결국 문학 교수로 퇴임하였으니 이 모두가 외숙의 덕분이라 아니할 수 없다. 이번에 이 전집을 펴냄으로써 그 은혜를 조금 갚은 느낌이다. 외숙이 여러 지면에서 피력하였듯이 문학은 그에게 생명처럼 소중한 것이었다. 그러므로 그가 북에서 숙청당한 후 겪었을 가장 가슴 아픈 일 중 하나는 그의 작품이 철저히 제거된 점일 것이다. 앞으로 길이 남을 이 전집의 출간이 외숙의 그 한을 풀어 드릴 수 있기를 간절히 바란다.

또 한 분은 나의 어머니이시다. 어머니가 부모를 여읜 것은 세는 나이로 이모가 열두 살, 외숙이 아홉 살, 어머니가 세 살 때였다. 타관에서 졸지에 고아가 된 삼남매는 외할머니의 손에 이끌려 철원으로 와서 친척집과 남의 집으로 뿔뿔이 흩어져 더부살이를 했다. 그렇게 젖도 채 떼기 전부터 홀로 되어 항시 피붙이가 그리웠기 때문인지 어머니는 당신의 자식들을 끔찍이 사랑하셨다. 어머니의 기구한 성장 과정과 고난의 시집살이를 알게 된 나는 어머니가 기뻐하실 일로 그 사랑을 보답하고픈 염원을 갖게 되었다. 외숙 작품의 정본(定本)을 기획한 것에도 그런 동기가 있었다. 외숙은 어머니에게 특별한 존재였다. 사고무친의 외숙이 당대 굴지의 문필가가 된 것은 어머니에게는 한없이 큰 자랑이었다. 그래서 외숙은 어머니에게는 아버지 같은 오라버니였을 뿐 아니라, 영웅이었고 우상이었다. 그 오라버니의 필생의 업적을 거두어 정리하는 일을 당신의 아들이 했다는 것은 어머니에게는 더없이 대견스러울 것이고, 그 기쁨 또한 외숙의 기쁨보다 더하면 더하지 못하지 않을 것이다.

이 전집의 간행을 결행하게 된 데에는 저승에 계신 이 두 분께 이같은 위로와 기쁨을 드리고 싶은 나의 바람이 결정적으로 작용하였다. 그래서 이 글도 두 분의 은혜에 대한 감사로써 끝맺는 것이다.

2024년 1월
김명열

차례

중편소설

법은 그렇지만

신기루(蜃氣樓)

저편 언덕 위에서 아이들이

"야! 또 올라왔다…."

하고 떠들썩하면 서운(瑞雲)이도 원산 쪽을 돌아보곤 했다. 돌아볼 때마다 은하수가 비끼인 밤 원산 하늘에는 큰 함박꽃처럼 피었던 붉고 푸른 불둥어리[1]가 어느덧 바다에 떨어지며 사라지곤 하였다.

멀고 파도 소리 때문에 탕 하고 터지는 소리는 들리지 않으나 그 소리 없이 피고 사라지고 하는 것이 오히려 더 신비스럽게도 보였다.

서운이는 혼자 모새밭[2]에 앉아 아이들이 떠들 때마다 그것을 바라보았다.

원산엔 여름이면 흔히 불놀이가 있었다. 서늘한 바다의 하늘을 가진 원산 사람들은 철썩이는 파도 소리에 귀를 적시며 물 위에 그림자가 더욱 찬란한 바다의 불놀이를 구경하는 것처럼 즐거운 행락은 없었다.

그러나 이 행락은 원산 바닥 사람의 것만은 아니었다. 십 리 이십 리 밖에 여기저기 널려 있는 무수한 섬들, 그 조그맣고 캄캄한 섬에서들도 온 동리가 나와 앉아 늘 한물[3]과 바람의 바다를 눈앞에 깔고 이 푸르고 붉은 섬광의 기현상을 바라보고 즐기는 것이다.

"과연 보기 좋소!"

1 '불덩어리'의 방언.

2 고운 모래밭.

3 큰물.

"꽃 같소!"

그들의 무딘 입에서는 이런 단순한 감탄사밖에는 나오지 않았다. 그러나 단순한 그들의 눈은 아름다운 것을 많이 보고 사는 도회 사람들보다 더 몇 배 경이를 느끼며 바라보는 것이었다.

그들은 원산이 늘 아름다웠다. 불놀이가 없는 때라도 그들의 눈, 그들의 마음속에는 늘 원산은 아름다운 곳이었다. 물 위에 떠서 바다를 불빛으로 배이게 하는 불야성의 원산, 그리고 돈과 피륙과 맛난 음식과 기차와 기선이 있는 원산, 그곳은 인간의 낙원과 같이 그들에게 동경되었다. 손자를 안고 언덕 위에 올라설 때마다

"어서 커서 원산 가 훌륭하게 돼라."

"어서 커서 원산 가 부자가 돼서 거기서 뿌리 박고 살아라."

하는 것이 이 섬 안 늙은이들의 소망이었다. 그래서 늙은이들은 자기 몸이 한낱 이름 없는 풀포기처럼 섬에서 난 채 섬에 묻힐 것을 슬퍼하는 것이며, 젊은이들은 어떻게 해서나 이 섬을 뛰어나가 넓고 화려한 대처[4]에서 한번 찬란한 생애를 꾸며 보고 싶은 것이 이 섬사람들의 공통된 슬픔이요 또 희망이었다.

서운이도 이런 섬사람이다. 섬에서 나서 열일곱 해 동안 한 번도 섬 밖을 나가 보지 못한 순진한 섬 계집애다.

그는 단순하였다. 아는 것이라고는 이 섬 안에 사는 오륙십 명 이웃 사람들의 순박한 얼굴들과 이 섬을 중심으로 어디서는 굴이 많이 나고 어느 바위 밑에 미역이 많이 달리는 것, 그리고 '소가 가오', '고기가 크오' 같은 단음이나 겨우 적는 언문을 아는 것뿐이었다. 그러나 그도 원산에 대해서는 단순하지 않았다. 다른 어린 계집애들처럼 '저렇게 불놀이하는 날 원산 구경이나 한번 갔다 왔으면!'에 그치지 않았다. 그의 원산에 대한 동경은 이 섬 안의 어느 젊은이의 것보다 큰 것이었다. 그는

4 大處. 도회지.

원산을 생각하면 다 되어 가는 경남(慶男)이와의 혼인까지도 문제 밖으로 돌릴 수가 있었다.

경남이와는 먼저 저희끼리 눈이 맞았고 나중엔 두 집 부모들까지 뜻이 맞아서 오는 가을로 택일까지 하여 놓은 원만한 약혼이었으나, 늘 서운의 가슴을 고요히 혼인날만 기다리고 있게 하지 않는 것은 원산이었다.

원산은 바라볼수록 유혹이 큰 곳이었다. 낮에 바라보면 집이라도 보일 듯이 아물아물하는 것이 신기루같이, 밤에 바라보면 물결 위에 흐르는 찬란한 불빛이 용궁과 같이, 원산은 서운의 마음을 끝없이 유혹하였다.

서운은 어려서부터 원산을 그려 하며 자랐다. 어떤 때는 굴을 캐다 말고 서서, 어떤 때는 미역을 뜯다 말고 서서, 또 어떤 때는 해변에서 아이들과 장난하다 말고 푸른 바다를 가르며 자기 앞을 가까이 휘돌아 뚜우하고 기적을 울리며 원산으로 들어가는 기선을 볼 때 서운은 늘 몸부림이라도 치고 싶도록 원산이 그리웠다. 원산이 보인다고들 아이들 손을 잡고 가방들을 들고 갑판 위에 나와 선 승객들 속에 아름답게 옷을 차린 부인이 있는 것을 발견할 때마다 서운은 그 기선이 일으키고 간 물결처럼 가슴이 뒤설레곤[5] 하였다.

'나도 대처에만 가면 저렇게 옷을 입을 수가 있으련만….'

하는 욕망에서 일어나는 흥분이었다. 더군다나 배 위에 선 사람들이, 자기가 오똑한 바위 위에 올라섰건만 한 번도 눈을 던져 주는 일이 없이 원산만 바라보고들 가는 것도 서운의 심사를 한없이 쓸쓸하게 하는 것이요, 경남이를 생각하다가도 이 섬 속에서나 경남이가 일본말도 하고 아는 것도 많은 체하지만 원산만 가도 경남이 따위는 아무것도 아니려니 하는 불만도 한번씩 끓어오르곤 했다.

5 몹시 설레곤.

서운이가 원산을, 아니 대처를 그려 하는 것은 제 눈으로 원산의 아름다움을 건너다보고 기선이 드나드는 것을 보는 때문만은 아니다. 서운은 바람 센 섬에서 자라되 살결이 희고 얼굴 바탕이 미인 될 소질이 많았다. 그래서 자기 어머니뿐만 아니라 이웃 사람들도 늘

"서운이 같은 게 원산 같은 대처에서 태어났더면 장자[6]한테 시집을 가서 친정도 덕을 볼걸!"

하고 서운의 꽃 같은 아름다움이 섬에서 져 버릴 것을 아까워들 하였다. 그럴 때마다 서운의 가슴속에는 원산이 오락가락했던 것이다.

"장자라는 것이 무얼까?"

하고 궁금해하다가 한번은 어머니한테 물어보았다.

"돈 많은 사람을 장자라고 한단다. 장자는 집을 기와로 우리 동네만하게 크게 짓고, 우리처럼 일도 하지 않고 가만히 놀고 앉었고, 먹는 것도 맛있는 것뿐이요, 입는 것도 비단만 입고, 조곰만 어디를 가도 신에 흙이 묻을사라[7] 타고만 다니고…. 우리 집 같은 것은 장자네 뒷간만도 못한 것이란다."

하는 설명을 들을 때 서운이는 그런 사람들은 장가를 들어도 반드시 잘난 여자만 골라 가려니 하는 짐작이 나고, 따라서 나도 모다 예쁘다고들 칭찬하니까 대처에만 가면 장자의 아내가 될 수 있으려니 하는 자신도 가지게쯤 되었다. 그래서 우선 섬 안에서는 원산까지 가서 보통학교라도 졸업하고 온 경남이가 첫째로 꼽는 자기의 신랑감이어서 서로 남모르게 눈까지 맞아 지내 왔고 이제는 부모들도 그 눈치를 알고 정혼해 준 것이나, 그러나 장자들이 많다는 원산이 눈에 떠올 때마다 서운의 가슴은 그냥 뒤설레곤 하였다.

이날 밤도 서운이는 불꽃이 피는 원산을 건너다보며 그 불꽃들보담

6 長者. 큰 부자.
7 '묻을세라'의 방언.

더 아름다운 공상에 빠져 있었다. 처음에는 어쩌면 경남이가 나를 찾아오려니 하고 기다려도졌지만 나중에는 경남이는 오히려 자기의 아름다운 희망을 무너뜨리는 심술궂은 파도와 같이도 생각되었다.

'육지 같으면 지금이라도 달아날 텐데….

헤엄을 경남만치만 쳐도 저까짓 시오리[8] 바다는 아모것도 아닌데!'

서운이는 이날 밤 이런 탄식을 하면서 쓸쓸히 집으로 들어오고 만 것이다.

서운은 발바당[9]에 모새를 떨고 자리에 누웠다. 귀에 배어 다른 때는 들리는 것 같지도 않던 파도 소리도 이날 저녁엔 새삼스러웠고 열어제낀 뒤창으로는 그물 넌 울타리 위에 새파란 별들이 소곤거리는 것도 무슨 뜻이 있어 보였다.

'경남이 몰래 이런 생각을 하는 것은…' 하고 서운은 가느다란 한숨을 흘렸다. 그의 눈엔 원산이 안 보일 때는 늘 경남이가 보였던 것이다. 경남이보다도 자기편에서 먼저 그를 좋아했고 기회만 있으면 그를 따르려 어떤 때는 조개껍질에 발바당을 찔리면서도 일부러 경남이 혼자 있는 데로 곁눈질을 하며 지나쳐 보던 자기라, 경남에게 품은 첫사랑의 존재도 결코 얕잡아 볼 것은 아니었다. 기선이 지나지 않고 원산이 빤히 보이지 않는 외딴섬에서라면 서운은 두말할 것 없이 경남이에게 시집가는 것을 그 섬 왕자에게나 가는 듯 털끝만치도 불만이 없었을 것이다.

그런데 문밖에만 나서면 아물거리는 원산, 낮에는 신기루같이, 밤에는 용궁과 같이 화려한 꿈을 자아내는 원산, 그리고 꽃 같은 옷을 감은 아름다운 부녀자들을 태우고 무시로[10] 드나드는 기선들 때문이었다.

며칠 뒤였다. 잦으면 한 달에 세 번, 네 번도 오는 똑딱선(발동선)이 왔

8 '십오 리(里)'의 옛말.
9 '발바닥'의 방언.
10 수시로. 아무 때나.

다. 이 똑딱선은 이 섬에서, 아니 이 근처 다른 섬에서들도 늘 기다리는 반가운 배다. 그 얼굴은 거무데데하고 못생긴 듯하면서도 익살을 부려 섬사람들을 웃기기 잘하는 기관수와, 체소(體小)는 하고[11] 입은 재되[12] 여태까지는 섬사람들에게 심하다는 말은 듣지 않는 난상[13], 그들은 한 사람은 장삿속은 상관없는 체 배 운전만 하고, 한 사람은 회사 주인은 아니되 신임을 얻은 사무원인 듯 은전이 절걱절걱하는 돈주머니를 들고 와서 이 섬의 굴과 홍합과 생미역과 마른 생선을 걷어 가는 것이다. 이 똑딱선이 한 번 다녀가면 이 섬 안에서는 장 이튿날과 같았다. 갚을 것은 갚고 받을 것은 받고 사람마다 주머니에 돈 소리가 나는 것이다.

이런 똑딱선이 왔다.

그러나 경남이만은 이 똑딱선을 그리 반겨 하지 않았다. 서운이와는 반대였다. 서운이는 똑딱선을 반겨 하는 사람 중에서도 제일이었다.

'어떻게 저기만 좀 올라앉으면 어렵지 않게 원산 가 내릴 수가 있으련만….'

이런 의미에서 서운이는 늘 똑딱선이 은근히 반가웠다. 정말 은근한 반가움이었으니, 난상이란 그 사람까지도 서운의 단순한 눈에는 그 일본말이 입에 붙은 듯이 술술 잘 나오는 것, 돈 회계가 빠른 것, 운전수가 그의 하라는 대로 하는 것, 양복을 입고 시계를 찬 것, 돈을 잘 쓰는 것, 이런 것들이 모다 경남이보다 월등한 인물로 보였던 것이다. 그뿐만 아니었다. 그 여러 사람의 눈이 있는 데서도 날쌔게 틈을 타서 얼른 저만 보게 바람결처럼 날려 보내는 눈웃음, 그 보일 듯 안 보일 듯하는 홀림, 서운은 똑딱선이 오는 것을 보면 그냥 기쁘지만 않았다. 가슴까지 두근거리었다.

이런 서운이의 속을 경남이는 눈치챈 지는 오랬다. 그도 모든 사랑하

11 몸집은 작고.
12 말을 빨리하되.
13 '남(南) 씨'를 뜻하는 일본말.

는 사람을 가진 사람들과 같이 서운에게 대해서는 어느 중대한 일에보다 날카로운 신경을 준비하고 있었다. 그래서 그는 똑딱선을 반겨 하지 않았다. 아버지와 형님과 함께 배에 그물을 싣고 후리질[14]을 나가다가도 똑딱선이 오는 것을 보면 그만 서운을 잃어버릴 것만 같은 불안이 치밀곤 했다. 이렇게 마음을 못 놓고 조바심으로 하루를 며칠같이 지우고 돌아오면 경남이는 배에서 나려서는 길로 서운의 그림자를 찾아내기에 붉은 눈이 화경[15] 같곤 했다.

'있구나! 내가 괜히 조바심을 했지….'

그는 서운의 뒷모양이나 옆모양이나 어떤 때는 마주치거나 서운을 찾았을 때마다 이렇게 속으로 중얼거리며 그제야 배고픈 것을 깨닫고 집으로 달려오곤 했다.

그랬었는데 이날, 이날 저녁에는 아무리 찾아다녀도 서운이가 보이지 않았다. 옆모양도 뒷모양도 만날 수가 없었다.

"얘, 집에 가 밥 안 먹고 어딜 가니?"

하는 아버지 말에 형님 말에 대답은 못 하면서도 허둥거리고 돌아다니며 아무리 이 집 울안 저 집 부엌을 기웃거려도 서운이가 섰는 곳은 보이지 않았다.

'서운네 집엘 가 볼까…?

왜 왔느냐면…?'

경남이는 망설이다가 그래도 서운네 집엔 가지 못하고 집으로 돌아와 저녁을 거의 다 먹었을 때다. 부엌에서 서운의 어머니 소리가 났다.

"그럼 얘가 어딜 갔을까…?"

"아무튼지 우리 집엔 온 일 없소."

"경남이 모를까?"

14 넓게 치는 후릿그물로 물고기를 잡는 일.

15 火鏡. 돋보기.

그때 어머니가 "경남아" 하면서 경남이가 밥 먹는 뒤꼍으로 왔다.

"너 서운이 못 봤니?"

"못 봤는데…."

경남은 대답은 천연스레 했으나 그만 밥숟가락을 덜썩 놓고 말았다. 속에서는 아까 서운 어머니의 말소리를 들었을 때 벌써 진정할 수 없게 폭발된 것이 있었다. 그러고 머릿속에 똑딱선과 난상이란 자와 원산 어시장 앞에 있다는 그 해산물 상회와 또 서운을 주인공으로 한, 경남이로서는 보고 견딜 수 없는 여러 가지 광경이 번뜻번뜻 지나갔다.

그는 물도 마시지 않고 일어나 집을 나섰다. 마당에 나서는 길로 그는 바다로 내달았다. 그리고 서운이가 잘 가던, 등대 뵈는 바위로 가 보았으나 바위 위에도 모새장에도 서운이는 있지 않았다.

그는 다시 동리로 들어와 이 집 저 집으로 귀를 기울이며 다녀보았으나 서운의 목소리는 들리는 데가 없었다. 다시 서운네 집까지 가 보았으나 딸을 찾느라고 어른들은 다 나가고 없고 서운의 동생들만 눈이 둥그레 앉아 있었다.

'틀림없다!'

경남이는 난상이란 자가 서운이를 꾀어 똑딱선에 싣고 원산으로 간 것을 다시 한번 믿어 보았다. 그리고 그것이 정말이라면 도저히 이 밤을 그냥 지낼 수는 없었다. 그는 나는 듯이 다시 바다로 달려 나왔다.

두 애욕

날은 이미 어두웠다. 물에 뜬 원산의 야경은 이제부터 빛나기 시작하는 때였다.

경남은 야쇼[16]와 같은 불타는 눈방울을 굴리며 한참 원산을 건너다보았다. 그리고 발등을 핥고 나려가는 물결에 선뜻 정신을 차리고 뒤로 한 걸음 물러섰다. 그의 부르쥔 주먹과 이마에는 굵다란 힘줄이 일어섰다. 그는 뜻을 세우는 듯 한 번, 자기 집은 언덕에 가려 보이지도 않는 동네를 휙 돌아다보았다. 그러고는 높은 바위 위로 올라가서 저고리를 벗었다. 저희 집 배도 있지마는 그는 서운을 찾든 못 찾든 다시 섬 안으로 돌아오고 싶지 않았다. 고의까지 벗어 그것을 띠로 묶어 머리에 이듯이 동여매고 손마디 발마디를 주물러 푼 다음에 귓구멍에 침을 바르고는 텀벙 바다에 뛰어들었다.

그는 처음에는 언덕이 져서 밀려드는 파도를 거슬러 넘노라고 더딘 것 같았으나 나중에는 빠르기가 무슨 고기처럼 물을 가르며 달아났다.

경남이가 그 쥐어짠 옷을 걸치고 피로와 추위에 후들후들 떨리는 맨발로 원산 어시장 앞에 나타나기는 밤이 훨씬 이슥한 때였다. 그는 이내 난상이 있는 마루 무엇이라는 해산물 상회를 찾았다.

'정말 서운이가 여기 왔을까…. 왔더라도 저 집 속에는 있지 않으렷다. 아무튼지….'

하고 그는 상점 이름을 금자(金字)로 쓴 유리창을 흔들어 보았다. 안에서는 대답이 없고 골목에서 구루마[17] 위에 누워 자던 늙은이가,

"누구를 찾는데 거기 가서 그리오?"

하였다.

"난상을 찾습니다."

"난상이 지금 몇 신데 거기 있담? 저희 집에 가 자지…."

"그분 집이 어딥니까?"

"그 사람 여관에 있는 사람이오. 저 석우동(石隅洞)으로 올라가면 삼흥여관이라고 있소. 거기 가 찾우."

경남이는 보통학교 육 년 동안을 원산서 있어 보아 길이 막히는 데가

16 '예수'의 음역어인 '야소(耶蘇)', 또는 '야수(野獸)'로 추정.
17 '수레'를 뜻하는 일본말.

별로 없었다. 그는 쭈르르 달음질하여 관거리[18]를 지나 돌모루[19]로 올라와서 그전에 어디서 그런 간판을 본 듯도 한 삼흥여관을 얼른 길거리에서 찾아내었다.

"웬 사람이오?"

문간에 걸터앉았던 그 여관 사환꾼 애가 경남이의 아래위를 훑어보며 물었다.

"난상 지금 있소?"

"왜 그리오?"

"글쎄요…. 좀 만날 일이 있어 그리오."

"지금 나가시고 안 계시오."

"여기 계시긴 계시오?"

"글쎄 나가셨다니까…."

"아니, 지금은 나갔지만 이 여관에 유숙하냐 말이오."

"유숙하는 줄 알길래 당신이 찾아온 것 아니오?"

사환꾼 애는 공연히 패랑패랑하게[20] 굴었다. 경남이는 한풀 능구는[21] 수밖에 없었다.

"그런 게 아니라 내가 그 어른께 급한 심부름을 받아 가지고 왔소. 그이가 어느 방에 계시오?"

"방은 저 뒷방인데 그 손님, 활동사진[22] 구경 가고 지금 없소. 기다릴 테면 그 방 앞으로 갑시다. 이리 오오."

경남이는 따라 들어갔다. 제일 뒤꼍으로 있는 외따른 방이었다. 사환아이는 신 벗어 놓던 툇마루를 가리키며,

18 관청이 모여 있는 거리.
19 바위로 둘려 있는 산모퉁이.
20 까다롭게.
21 '누그러뜨리는'의 방언.
22 '영화'의 옛말.

"여기 앉아 기다리오."
하였다.
"난상이 혼자 나갑디까?"
"누이동생이라고 하면서 웬 처녀애와 같이 저녁을 먹고 둘이서 나갔소."

경남이는 속으로 '옳구나!' 하였다. 바로 찾아온 것만은 다행이라 생각되었으나 인제 맞닥뜨리면 무어라고 말을 해야 하나가 문제였다. 남가(南哥) 놈이 서운이를 꾀었다면 서운을 다시 찾을 희망이 있을 것이다. 서운이가 그자를 좋아해서 따른 것이라면 전혀 문제도 되지 않고 저만 망신이 되려니 생각하니 경남이도 점점 몸이 달 밖에 없었다. 고기도 낚시에 걸리었던 것을 놓치면 더욱 크게 생각되듯 이제 놓칠 듯 놓칠 듯이만 생각되는 서운이는 전보다 더욱 아름다운 용모로 눈앞에 아물거리었다.

그는 기웃이 난상의 방 안을 들여다보았다. 미닫이를 반이나 열어 놓고 엷은 일본 발을 늘인 속에는 기선을 그린 배 회사 포스터가 보이고 못에 걸린 얼룩얼룩한 일본 옷도 보이고 모기장, 이부자리, 고리짝, 재떨이 같은 것들이 보였다. 그리고 쪽마루에는 사기요강과 게다[23] 한 켤레와 단장이 하나 비스듬히 서 있었다.

경남이는 그 단장을 집어 들어 보았다. 대가리를 양의 뿔로 손잡이로 박은 손가락만 한 가느다란 화류 단장[24]이었다.

'사내자식이 요따위를 짚어….'

경남이는 이런 생각을 하다 갑자기 머리끝이 쭈뼛하였다.

'이 약은 놈이 집으로 돌아오지 않고 서운이를 다리고 다른 여관으로 가면?' 하는 생각이 솟았기 때문이다. 그는 들었던 단장을 얼른 제자리

23 일본 나막신.
24 화류나무로 만든 지팡이.

에 세우고 문간으로 나갔다.

"여보, 활동사진 구경이 이렇게 오래 걸리오?"

"내가 아오? …글쎄 열한시나 지났으니까 올 때도 되었는데 웬일인가…."

"활동사진관이 어디쯤 되오?"

"아따, 활동사진관이 하난 줄만 아오?"

경남이는 어떻게 더 물어볼 말도 없었다. 벌써 거리에서들은 판장문[25]을 비걱거리면서 가가[26] 문들을 닫았다. 경남이는 한심스러웠다. 그러나 어찌할 도리는 없었다. 내일 아침까지 이 집만 지키고 섰다면 하다못해 남가 놈만이라도 만날 수야 있겠지만 이미 이 밤, 모든 것을 결정하여 버린 이 하룻밤이 지나간 다음에야 그까짓 년 그까짓 놈을 만나면 무얼 하랴 생각되었다. 그런데 거리는 점점 조용해 갈 뿐 문간방에서 자정에 가까운 시계 소리만 초조한 경남의 귀를 퉁기었다.

경남이는 비분한 생각이 일어났다. '나도 사내자식이어든 그까짓 달아난 계집애의 궁둥이나 쫓아다녀 무얼 하랴' 하는 생각도 들었다. 그러다가도 어느 편에서 사람이 오는 소리가 나면 저도 모르게 선뜻 한 걸음 물러서며 긴장하여 바라보곤 하였다.

그러기를 몇 번 하다가 그때는 문간 툇마루에서 사환꾼 애의 코 고는 소리도 나는 때였다. 분명히 '남가로구나' '서운이로구나' 할 두 그림자를 먼 불빛에서 발견하였다. 서운이는 경남이가 상상한 것과 마찬가지로 어느덧 복색이 달라졌다. 멀리서 얼른 알 수가 없어도 신발도 흰 것을 신고 아창아창[27] 남가를, 옆도 아니요 뒤도 아니게 서서 따라오고 있었다. 남가는 흰 양복에 맥고모[28]에, 무엇인지 신문지에 한 뭉큼[29] 사 들

25 널빤지로 만든 문. 널문.
26 '가게'의 원말.
27 찬찬히 걷는 모양.
28 밀짚모자.

고 담배를 피면서 무어라고 지껄이는지 자주 서운이를 옆으로 보면서 오고 있었다.

'옳지!'

경남이는 가슴속에서 물방아가 돌아가듯 쿵쿵거리었다. 아무 무기도 없이 밤 짐승을 만나는 것 같은 두려움 속에서도 남가의 야비한 향락만은 자기 힘으로도 어디까지 방해는 할 수 있는 일종의 권력을 느끼었다.

그러나 막상 남가가 자기와 마주치게 가까이 들어설 때에는 저도 모르게 휙 대문짝 뒤 어두움 속으로 들어서고 말았다. 될 수만 있으면 자기보다 말이 능하고 꾀가 능하고 차림차림이 높은 남가와는 아무런 충돌이 없이 서운이만 똑 따 가지고 가고 싶었으나, 그것은 서운이만 귀신처럼 자기가 온 것을 알고 또 남가보다 자기를 더 사랑하지 않으면 안 될 일이었다.

남가는 물론 서운이도 경남의 앞을 지나 들어갔다. 경남이는 주춤주춤 소리도 없는 맨발로 따라 들어갔다.

남가는 제가 먼저 신을 벗지 않았다. 주저주저하는 서운이를 먼저 그 새로 사 신긴 흰 운동화를 벗게 하고 그다음에 저도 구쓰[30]를 벗고 서운이를 방안으로 떼밀어 넣으며 뒤를 한번 살피고는 들어갔다.

경남이는 무어라고 소리라도 치고 싶었으나 마치 무서운 꿈을 꿀 때처럼 입이 벌어지지를 않았다. 그냥 어두운 판장 그늘에 숨어 선 채 방안의 광경만 지켜보았다. 남가는 와이샤쓰까지 벗더니 서운이의 저고리 옷고름을 툭 잡아채었다. 먼 데서 보기에도 서운의 얼굴은 불덩어리가 되어 그것을 다시 매었다. 남가는 다시 서운의 얼굴을 끌어안는 체하며 서운을 풀썩 주저앉게 하였다. 그리고 부채를 집어 주고는 그것을 받아들고 부칠 생각도 없이 얼굴을 떨어뜨리고 앉았는 서운을 안에 넣은

29 '웅큼'의 방언.
30 '구두'의 일본말.

채 초록 모기장을 돌라쳤다. 그러고는 이번에는 정말 귀여운 동생이나 어르듯이 서운의 부드러운 뺨을 꼭 집었다 놓으며,

"내 손 좀 씻고 올게…."

하고 모기장을 들치고 나왔다. 나오더니 맨발에 게다를 끌며 안으로 들어갔다. 안에서는 이내 수돗물 트는 소리가 났다.

이때 경남이는 성큼성큼 그 앞으로 나아갔다. 새로운 인기[31] 소리에 서운이는 눈이 둥그레 내다보았다. 그리고 눈이 화경같이 빛나는 경남이의 얼굴이 나타날 때 서운이는 들었던 부채를 펄썩 놓치며 후닥닥 일어섰다. 그러나 섰을 뿐, 부들부들 떨고 섰을 뿐이었다.

경남이도 얼른 말이 나오지 않았다. 그러나 얼른 무어라고 해야 될 경우였다.

"못 나와?"

경남의 소리는 의외에 크게 울리었다. 그때였다. 남가는 어느덧 낯 수건에 손을 닦으며 나타났다.

"누구야?"

경남이는 대답이 없이 바라만 보았다.

"자네 웬일인가?"

그래도 대답하지 않았다. 커다란 환멸을 느끼자 새파랗게 질린 남가는 입에 물었던 불이 시뻘건 담배를 뽑아 경남의 벗은 발등에 내어던지며 한 걸음 바싹 들어섰다. 경남이는 발을 털며 한 걸음 물러섰다. 남가는 다시 바싹 대어 서며,

"이 몰상식한 자식! 사람이 말을 하면 대꾸나 있어야지…. 예서 떠들 것 없다. 이리 오너라…."

그러나 경남이는 남가의 팔에는 옷이 찢어질지언정 움직여지지 않았다. 독이 올라 파르르 떠는 남가는 신었던 게다를 벗어 들 때 서운이가

31 人氣. 인기척.

그 새에 뛰어들며 울음소리로 부르짖었다.

“여보, 왜 사람을 쳐….”

서운이는 분명히 경남의 편이 되어 남가에게 반항함이었다. 이러다 보니 남가는 한풀 더 꺾이었고 벌써 왁자하는 바람에 여러 사람이 눈을 부비며 몰려들었다. 남가는 얼른 게다를 다시 신더니 억지로 웃낯[32]을 지어 가지고 “아무 일도 아니오” 하면서 구경꾼들을 몰아내었다. 그러나 구경꾼들은 나가지 않고 서운이와 경남이만 구경꾼들을 헤치고 빠져나왔다. 남가는 멀거니 다른 사람들과 함께 남의 일처럼 바라보는 수밖에 없었다.

경남이와 서운이는 말없이 걸었다. 물론 경남이가 앞을 서긴 했으나 정처 없는 걸음이었다. 서운이는 그 정처 없이 걷는 경남이의 뒤를 수긋하고[33] 따랐다.

그들은 갈래길이 나설 때마다 몇 번이나 갈팡질팡하면서 노숙이라도 할 만한 곳을 찾아 헤매었다. 그래서 밤중이 훨씬 지나서야 어디인지는 몰라도 거리에서는 한참 떨어진 해변에 이르렀다.

해변, 그것은 어느 바다에 있는 것이든 그들에게 있어 요람과 같은 것이었다. 그, 그 폭신폭신한 모새밭은 그들의 피곤한 발바닥에 비단이불과 같은 감촉을 주었다.

경남이는 우뚝 서서 서운이를 돌아다보았다. 서운의 그림자도 오뚝 선 것이 경남이를 보는 눈까지 보일 듯하였다.

경남이는 그 섰던 자리에 앉았다. 서운이도 그 섰던 자리에 앉았다.

‘무어라고 말을 해야 할까?’ 하고 서운의 속은 사죄와 감사의 정열이 한데 뒤설레었다. 경남이가 먼저 욕이라도 했으면, 아니 때려라도 주었

32 웃는 표정.
33 고개를 숙이고 묵묵히.

으면 하였다. 그러면 그의 팔에 매달리어 변명할 것은 변명하고 사죄할 것은 사죄하여 어서 이 무서운 침묵과 암투를 벗어나고 싶었다. 그러나 경남은 서운의 존재는 생각도 않는 듯이 초연히 바다만 내려다보고 앉아 있었다.

서운은 다시금 눈물이 났다. 눈을 슴벅거리며 하늘을 쳐다보니 벌써 새벽 기운을 머금은 싸늘한 공중에는 샛별들만 닦아 놓은 금 조각처럼 빛이 날 뿐, 그는 한참이나 그것을 바라보다 그만 모새를 끌어안고 쓰러져 울고 말았다.

경남이도 생각하면 서러웠다. 서운이 앞에서 먼저 울기를 참았을 뿐 서러운 심중은 마찬가지였다. 그도 흐득흐득 소리를 삼키며 울고 말았다.

그러나 파도 소리는 언제든지 그들에게 있어 어머니의 자장가와 같은 소리였다. 그들은 이내 잠이 들었다.

그다음에 오는 것

여름이지만 바다에서 밝는 새벽하늘은 그들의 체온에 비기어는 얼음 같은 것이었다. 따스한 체온과 싸늘한 새벽 공기 사이에 있는 그들의 엷은 홑옷은 이슬에 축이기나 한 것처럼 촉촉이 젖었다.

등어리에 선뜻함을 느끼며 서운이가 먼저 눈을 떴다. 벌써 훤하게 빛나는 하늘빛은 물결 위에 거울 쪽처럼 어른거리었다. 경남이는 어두워서 보기보다는 훨씬 가까운 옆에서 아직 잠든 숨소리를 계속하고 있었다. 서운이는 경남이를 보자 모든 기억이 새로워지는 듯 소스라쳐 일어났다. 옷은 몸을 움직이는 대로 차가웠다. 손등, 발등은 모기에 물려 군데군데 부르텄다. 그는 가려운 그것들을 모새에 부비며 말라죽은 새우 모양으로 잔뜩 꼬부리고 모새밭에 누운 경남이의 뒷모양을 다시 바라보았다.

"나 때문이다…."

그는 혼자 소곤거리었다. 또

"엊저녁에 글쎄 경남이가 와 주지 않었더면 어쩔 뻔했어…."

하고 눈방울에 뜨거운 자극을 느끼었다. 머리를 떨어뜨리고 다시금 생각해 보아도 경남이에게 미안하였다.

"나는 경남이를 잊어서는 안 된다. 나는 경남이 해[34]다…. 그러나 도루 집으로 가자면?"

그는 모새를 쥐어 부비며 눈물에 젖은 양미간을 약간 찌푸리었다. 그리고 멀리 자기 동네가 있을 듯한 편을 바라보았으나 섬들은 아직 어둠과 안개 속에서 드러나지 않았다. 그는 무엇보다도 동네 사람들이 부끄러워 다시 집으로는 돌아가지 않으리라 결심하였다. 제 마음으로라도 다시 집으로는 돌아가지 않으리라 결심하니 집 생각이 솟았다. 어머니의 배 속에서 나와서는 처음 집을 나와 본 그는 집에 대한 애착도 한 번 집에서 떨어져서 당해 보니 적은 정분은 아니었다. 저도 모르게 굵다란 눈물이 손등에 떨어질 때 경남이가 깨어 얼굴을 돌리고 그것을 보았다. 서운이는 얼른 손등과 눈을 닦고 본능적으로 옷고름과 머리털을 매만졌다.

경남이는 어제보다는 훨씬 활발하였다. 침울을 오래 가지고 견디지 못하는 것이 본래 그의 성품이어서 아이들과 숨바꼭질이나 하던 것처럼 팔꿈치와 등어리에서 모래를 활활 털며 길을 쭉 펴고[35] 후닥닥 일어나서 바다 쪽으로 서너 걸음 옮겨 보았다. 그러더니 다시 서운의 앉은 앞으로 성큼성큼 걸어와서 우뚝 섰다.

서운은 발길로 차려는 것이나 아닌가 하고 사지가 오싹 소름이 끼치

34 '것'의 옛말. 그 사람의 소유물을 뜻함.
35 몸을 늘려 기지개를 펴고.

었으나 심중인즉 경남의 꿋꿋한 발길, 그 감사한 발길에 어서 채이기라도 하고 실속을 말하고 싶었다. 그러나 경남의 다리는 우뚝 선 채 다시 들리지 않았다. 서운이 조심하여 치어다보니 경남의 얼굴은 뜻밖에 경쾌한 기색으로 차리었다.

경남은 얼른 훔쳐보듯 하고 다시 눈길을 떨구는 서운에게 이렇게 말했다.

"내가 치사스럽게 도망꾼이나 붙들러 나선 것은 아니다. 나도 집을 떠나려던 차요. 또 혹시 네가 본심이 아니요 그놈의 꾀임에 빠진 것이나 아닌가 해서 찾아본 것이다. 그렇지만 네 실속대로 말해라. 네가 그놈이 좋아서 따라온 것이라면 지금이라도 그놈한테 다려다주마…. 말해라…."

"…."

"그놈이 좋아서 따라왔지?"

서운은 말은 없이 숙인 고개를 좌우로 흔들었다.

"흥, 나이가 몇 살인데 제 마음에 없는 것을 남이 꾀인다고 따라와?"

말이 여기까지 미치고 보니 경남의 목소리는 처음보다 거세어졌다.

"너 엊저녁에 내가 안 왔더면 그놈한테 어떻게 될 뻔했니? 네 마음에 없었으면 그놈의 방에, 아니 그놈의 모기장 속에 들어가 천연스럽게 부채질을 하고 앉었어? 예끼 더러운…."

신파연극에선 이런 경우에 발길로 한번 차는 것이지만 경남은 차는 대신에 뒤로 한 걸음 물러섰다. 서운은 얼른 앉은걸음으로 그만치 따라 나오며 우뚝 모으고 선 경남의 두 다리를 깍지를 껴 끌어안았다. 그리고 머리를 좌우로 흔들며 울었다.

경남이는 서운이 경우를 아주 모르지는 않았다. 자기 듣는 데에도 서운은 여러 번이나 원산 말을 해 왔었다. 그래서 서운을 꾀인 것은 남가라기보다 원산인 것을 아주 모르지 않았다. 그러나 말이란, 경우만 따져 나려가면 이렇게 처음에 뜻하지 않은 데까지 야박하게 나가지는 것이었다.

긴 뱀과 같이 한참 불안스런 침묵이 지나간 후 경남은 다시 손을 느꾸었다.[36] 그는 열 손가락을 커다랗게 벌리어 자기의 무릎을 부비며 우는 서운의 머리를 덥석 끌어안았다. 그리고 눈물에 젖은 그러나 기쁨에 빛나는 서운의 얼굴의 턱을 들어 거울처럼 들여다보았다. 시선이 마주치는 커다란 네 눈방울은 불이나 일듯이 탔다.

그다음 그들에게 오는 것은 젖은 옷을 말려 주는 고마운 햇볕만은 아니었다.

'무엇을 먹나!'

서로 말은 내지 않았어도 견딜 수 없는 배고픔이었다.

저녁 후에 시오리 바다를 헤엄친 경남이는 무론[37], 서운이도 마음이 긴장된 때라 남가가 권하는 대로 저녁을 배불리 먹지 못했다. 그러고는 밤늦도록 원산의 긴 거리길을 싸다니었고 피곤한 사지를 뻗도 못하고 이슬을 맞고 잔 데다가 다시 극도로 올랐던 마음의 긴장이 탁 풀어질 때 허리를 가꿀 수가[38] 없이 허기가 나는 것이었다.

경남의 마음속에는 이내 새로운 불안이 일어났다. 애욕으로 말미암아 일어났던 마음의 파도가 미처 자리를 잡기 전에 그다음엔 식욕으로 말미암아 일어나는 마음의 파도였다. '이 맑은[39] 도회지에서 어떻게 두 입이 먹을 것인가?' 또 '이 잘난 사람 많은 도회지에서 어떻게 해야 서운의 말대로 우리도 훌륭한 사람으로 출세해 볼 것인가?' 하는 막연한 불안이었다.

그들은 우선 누워 잔 자리들을 발로 메꾸고 거기서 발을 옮기었다. 아

36 느슨하게 했다.
37 물론.
38 '가눌 수가'의 방언.
39 여유 없고 박한.

무튼 그들의 얼굴은 빛났다. 손목은 잡지 않았어도 마음은 손을 잡은 듯, 따로 떨어져 누웠던 자리가 메꾸어져서 없어진 것처럼 그들의 떨어졌던 사랑도 이제는 한그릇에 담긴 물같이, 잔잔하여도 같이 잔잔하고 출렁거리어도 같이 출렁거리는 신념이 새로 생기었다. 그들은 한 시간 동안이나 해변을 방황하다가 예전에 삼빠시[40]로 쌓았던 자리처럼 해변으로 길다란 돌각담[41]이 있는 데를 발견하였다. 그들은 그것을 발견한 것이 부엌이나 찬방을 본 듯이 반가웠다. 그들은 거기서 굴을 캐고 해삼을 잡고 고픈 배를 웬만치 불리었다.

그리고 "자! 이제부터!" 하는 의기로 그들은 거리로 들어왔다.

거리는 번화스러웠다. 양력 팔월 중순이라 화려한 해수욕 손님들을 한참 많이 흡수한 때여서 원산의 거리로는 일 년 중 가장 빛나는 때이었다. 문들을 열어 놓고 색채가 아름다운 물건들만 거리로 거리로 내밀어 놓은 상점들, 보기만 하여도 속이 시원한 유리 발을 늘인 음식점들, 꽃이라 할까 무지개라 할까 그렇게 아름다운 양산들을 받고 희희낙락하며 오락가락하는 하이카라[42] 젊은 여자들, 서운은 '나는 언제나 저런 양산을 받아 보나' 하고 속이 뿌지지했다[43].

그러나 원산에 오기는 온 것이지만 원산의 어디다가 손을 대이나? 맛난 음식엔가? 아름다운 의복엔가? 거기다 손을 대일 자유가 없는 것은 아니지만 그것들은 반드시 돈을 든 손이라야 대어 볼 필요가 있는 것이었다. 빈주먹 네 개만 가진 그들에겐 오직 바라볼 수만 있는 그림이었다. 어떻게 저 그림들을 물건으로 만드나? 그 재주는 돈을 버는 것밖에 없었다.

"돈을 벌자. 어떻게 해서 한꺼번에 수천 냥 벌지 못할까?"

40 '잔교(棧橋)'를 뜻하는 일본말. 부두에서 선박에 닿을 수 있도록 설치한 다리 구조물.
41 '돌담'의 방언.
42 영어 '하이칼라(high collar)'의 일본식 발음. 서양식 유행을 따르는 멋쟁이.
43 가슴이 아팠다.

어느 으슥한 길가 가로수 밑에서 서운이가 경남이에게 물어보았다. 서운의 말이 너무나 진정인데 경남이는 무어라 대답해야 좋을지 몰라서 그저,

"글쎄…" 하고 말았다.

수천 냥은커녕 점심을 어떻게 하나? 그들은 기운 없는 다리를 끌고 또 그 돌각담 있는 해변으로 오는 수밖에 없었다.

그러나 저녁에는 정말 화식[44]이 그리웠다. 눌은밥이라도 죽이라도 불에 익은 날알을 먹으면 날아날 듯이 그리웠다.

그들은 세상에 나서 처음으로 그렇게 주림의 하루를 보내 보았다. 그러나 주림만이 처음은 아니었다. 둥어리[45] 속에 갇히었다 놓인 새들처럼 막연은 하나마 처음으로 자유스러운 사랑의 하루였다.

하늘은 아직도 서쪽이 불그레하건만 바다는 밀려드는 어둠에 섬들이 사라지고 배들이 사라졌다. 한 겹 두 겹 바라볼수록 짙어 가는 어두움, 그것은 그들에게 검은 비단과 같은 감촉을 주었다. 저기 두 사람은 저 검은 비단 속에 남이 보지 못하게 쌔워지려니[46] 생각할 때 서운의 얼굴엔 가을같이 찬바람이 휙 지나갔다. 그것은 그의 얼굴이 그만치 뜨거워졌기 때문이었다.

그들은 낮에부터 보아 둔 빈 배로 찾아갔다. 낡아서 해변에 건져 놓고 기관은 다 뜯어내고 선체도 널이 성한 데는 모다 뜯어 가고 내어던진 낡은, 그러나 워낙 큰 배여서 군데군데 우로[47]를 피할 만한 구석진 데가 있었다.

그들은 마른 해초를 한 아름씩 걷어 안고 배에 올랐다. 뱃전이 높아서 서운이는 경남의 손을 잡고야 올라갔다. 서운이를 끌어올리고는 경남

44 火食. 불에 익혀 먹는 음식.
45 '둥우리'의 방언.
46 '싸이려니'의 방언. 쌔여지려니.
47 雨露. 비와 이슬.

은 다시 밖으로 나가서 여러 아름 해초를 끌어들였다. 그리하는 동안 서운은 혼자 속이 졸이었다.

'혼인도 안 하고….'

서운은 이것을 생각하지 않을 수 없었다. 아무리 자기 전부를 경남이에게 바칠 것이라 치더라도 최후로 몸까지 허락하고 만다는 것은 아무래도 혼인식이 있은 다음이라야 할 것이라 믿었다. 그렇지만 이러한 경우에서 사내의 정욕을 믿을 수가 없었다. 그래서 서운은 로맨틱한 행복감과 함께 큰 율법을 범하는 것과 같은 불안에 마음이 졸이었다.

그러나 '혼인도 안 하고…' 하는 생각은 서운이만이 가진 걱정은 아니었다. 경남의 생각에도 아무리 이런 경우에서라도 혼인 전에는 남녀의 간격을 허물어서는 못쓰리라는 굳은 신념이 박혀 있었다. 도회지의 젊은 남녀들과 같이 형편에 따라 형식을 과중히도 잘하고 무시도 잘하는 그런 영리한 지식에는 아직 물들지 않은 그들이었다.

그들은 두 자리를 만들었다. 제일 아늑한 자리에 서운이가 눕게 하고 하늘이 그냥 드러나는 자리에는 경남이가 눕기로 했다. 경남이가 서운이를 누이고 제자리로 올 때 서운의 손을 꼭 쥐었다 놓으며

"나는 사랑방으로 가야지."

했다. 서운은 그 말에 호호 웃으며

"안방으로 오면 안 돼" 하였다.

그들의 비밀한 새 가정을 엿보는 것은 하늘에 반짝이는 별들뿐이었다.

이튿날 경남이는 일어나는 길로 서운의 손을 한 번 잡아 보고 이내 밖으로 나와 돌멩이를 몰아다가 서운이도 혼자 뱃전을 오르나리게 다리를 만들어 주었다. 그리고 어디서 오는 배인지 기선이 들어오는 것을 보고 경남이는

"돈을 벌어 가지고 먹을 것을 사 가지고 올게."

하고 부두로 달려갔다.

정말 서너 시간 만에 경남이가 돈을 들고 돌아왔다.

"어떻게?"

"어떤 늙은이의 짐을 져다 주고…."

"얼마?"

"사십 전…."

그들은 이내 부두로 올라가 커다란 함석 창고 처마 밑으로 들어갔다. 거기는 음식 장수들이 저자[48]를 이루고 있었다. 그들은 십오 전씩 주고 상밥[49]을 사 먹고 남는 십 전으로 떡을 사 가지고 돌아왔다.

"이번엔 정거장으로 가 봐야지. 거기는 하루도 여러 번씩 손님들이 나리니까…."

이렇게 경남이가 부두와 정거장에서 버는 것으로 두 입이 먹기만 하기에는 그리 곤궁하지는 않았다.

그러나 '언제 훌륭하게 되나?' 하는 이 욕망은 서운의 마음을 무시로 조이게 했다.

하루는 나흘째 되는 날인데 몹시 더운 날이었다. 경남이는 뱃소리를 듣고 부두로 달려갔으나 이날은 짐을 주는 손님이 하나도 없었다. 정거장에서도 이날은 모다 정거장을 맡아 놓은 짐꾼들이 다 져 버리고 지게도 없는 저에게 맡기는 짐은 하나도 없었다.

점심을 굶고 저녁을 굶고 맨 나중 차까지 기다려 보았으나 짐이 없었다. 경남이는 할 수 없이 길가로 차미[50] 장수들이 앉았던 자리를 찾아다녔다. 차미 껍질이나마 다 시든 것뿐 싱싱하고 두꺼운 것은 별로 없었다. 그러나 한 움큼을 주워 들었다.

돌아오는 길이었다. 별 하나 보이지 않는 하늘에선 굵은 빗방울이 이

48 '시장'의 옛말.

49 반찬과 함께 상에 차려서 한 상씩 파는 밥.

50 '참외'의 방언.

마를 때리기 시작했다.

'그러니 사내놈이 이런 것이나 주워 들고 들어가다니? …'

경남이는 몇 번이나 발을 멈추고 서 보았다. 배가 검은 그림자나마 보일 만치 가까이 가서는 그만, 들었던 차미 껍질들을 힘없이 길바닥에 떨어뜨리고야 말았다. 그러나 몇 걸음 더 가지 못하고 도로 와 그것을 주워 들고 바닷물로 갔다. 혹 서운이가 내다보지나 않나 하고 두리번거리며 씻어 들고 힘없이 배로 올라갔다.

그러나 경남이는 여느 날과 마찬가지로 휘파람을 불었다. 한 번 불어 두 번 불어. 나중에는 이름을 불러도 웬일인지 서운이는 나타나지 않았다. 혹 장난으로 숨었나 하여 "내가 속을 줄 알구…? 어서 나와…" 하고 큰소리를 내어 보았으나 그저 파도 소리뿐 암만 찾아도 서운이는 목소리도 그림자도 나타나지 않았다.

진주(眞珠)

경남은 생각하기를 서운이가 배고픔을 견디다 못해 또 아무리 기다려야 자기가 돌아와 주지 않으니 짜증이 나서 거리로 들어갔나 보다 하였다. 아무튼 사내와는 다르니 뉘 집 부엌으로 돌아다니든지 둘이서 먹을 밥은 넉넉히 얻어 가지고 나올는지도 모르리라 생각하였다. 그리고 오늘은 이렇게 굵은 빗발이 쏟아지니 아무래도 비가 안 뿌리는 서운의 자리에서 같이 자는 수밖에 없으리라고도 생각하였다. 어서 서운의 생글거리는 얼굴을 보았으면 주린 속에 하도 새로운 힘이 솟을 것처럼 기다려졌다.

그러나 파도 소리뿐 굵은 빗방울이 잦아 갈 뿐 서운은 돌아오지 않았다.

'어디로 갔을까?'

'왜 안 돌아올까?'

경남은 간물[51]이 묻어 짭짤은 하나마 그래서 단맛이 더 나는 차미 껍질을 아껴 씹으면서 여러 가지로 궁리해 보았다.

'달아났나?'

'그놈 남가한테 가지 않었나?'

'주림이란 이렇게 무서운가?'

'설마… 늦어도 돌아오겠지…. 비를 맞고 와 떨면 내 옷이라도 벗어 입히지….'

경남은 피곤한 다리로 뱃전을 꽝꽝 걷어차며 뒹굴다가 제김에[52] 떨어져 쿨쿨 자 버리고 말았다.

어느 때나 되었을까, 찬 바람결에 소스라쳐 눈을 뜨니 때는 아직 밤이었다. 경남은 얼른 옆을 더듬었으나 서운이는 팔도 다리도 만져지지 않았다. 마른 해초가 부스럭거릴 뿐 사람은 역시 저 혼자뿐이었다. 파도 소리는 더욱 높아지고 비는 쏟아붓는 듯이 휘어박았다[53]. 멀리 축항머리[54]에서 등댓불만 언제나 마찬가지로 반짝거리었다.

경남은 쓸쓸함과 원망스러움과 무서움에 눌리어 다시는 잠이 들지 못했다.

경남이가 아무리 기다린들 서운이는 돌아올 리 없었다. 서운이는 경남의 생각처럼 주림을 견디다 못해 나간 것은 아니요 점심때도 못되어 '거리 구경이나 또 갔다 오리라' 하고 나섰던 것이다.

번화한 관거리, 거기는 화려한 사람의 물결이 뿌듯이 움직이었다. 이리 가는 사람들 저리로 가는 사람들, 서운이는 사람에 취한 듯 저절로

51 소금기가 섞인 물.
52 '제풀에'의 방언.
53 세차게 내렸다.
54 築港--. 선착장 끝머리.

사람들이 더 많이 가는 데로 겉묻어[55] 움직인 것이 나중엔 송도원해수욕장[56]까지 이르렀다.

'오라, 무엇하러 오는 사람들인가 했더니….'

서운이는 별난 구경거리나 있는 줄 알았다가 좀 실망은 되면서도 가만히 보니 해수욕장의 광경도 군데군데 구경거리였다. 무슨 양산인지 뒷간 지붕만큼씩 한 것을 모새장에 꽂아 놓고 그 밑에는 그 양산처럼 어룽어룽만 할 뿐이지 벌거벗은 것이나 다름없는 남녀들이 엎디고 자빠지고 희롱거리고[57] 있는 것도 처음 보기에는 망측스러운 구경이었고, 물에서는 나이 이삼십 된 사내 어른들도 제법 개헤엄 하나 치지 못하여 어떤 사람은 고무주머니에 매어달려 허우덕거리는[58] 것은 우스워 볼 수 없었다.

서운은 여러 사람들 뒤로 슬금슬금 돌아다니며 눈에 선[59] 해수욕장의 풍속을 구경할 때 서운의 뒤에서도 서운의 뒤를 슬금슬금 따르며 서운을 구경하는 사람이 하나 있었다. 키가 호리호리하고 해수욕장에는 이날 처음 온 듯 하얗게 센 얼굴 그대로 얼음쪽 같은 안경을 걸친 사나이였다. 어디다 자리는 잡은 듯 웃저고리는 벗어 던지고 넥타이도 끄른 와이샤쓰 바람에 흰 네루[60] 바지를 멜빵을 해서 메고 서운이가 돌아보면 말이라도 붙일 용기인 듯 바싹 뒤를 따르고 있었다.

그러나 서운의 눈은 바다 쪽으로만 두리번거리고 좀처럼 뒤를 살피지 않으니 청년은 일부러 서운의 앞에 불쑥 나섰다. 서운은 검은 얼굴을

55 덩달아.
56 함경남도 원산시 송도원(松濤園)에 있는 해수욕장으로, 긴 백사장과 소나무 숲이 아름답다.
57 버릇없이 자꾸 까불고.
58 '허우적거리는'의 방언.
59 익숙지 않은.
60 영어 '플란넬(flannel)'의 일본식 발음인 '후란네루'의 준말. 털실과 면 레이온의 혼방사로 짠 천.

붉혔을 뿐. 다시 발을 내어디딜 때 청년은 말을 내었다.

"해수욕하러 왔소?"

서운이는 그래도 아무 말도 하지 못하고 가슴에서 망치질만 하였다. 집에서 달아나온 것을 알고 잡으러 온 관리나 아닌가 하고 겁이 솟았던 것이다. 청년은 처녀의 녹록함을 보자 거의 명령으로

"이리 좀…."

하고 솔밭 쪽으로 갔다. 서운은 도깨비에 홀린 것처럼 아무 말없이 꾸벅꾸벅 따라갔다.

여러 사람들의 눈이 미치지 않는 곳 소나무 아래였다.

"해수욕하러 왔소?"

청년은 같은 말을 다시 물었다.

"아니요."

서운은 처음 대답하였다.

"그럼 누구를 찾으려고 왔소?"

"아니요."

"그럼 어떻게 왔소?"

"…."

"집은 어디요?"

"…."

"원산이요?"

"아니요."

"지금 여기 혼자 왔소?"

"네…."

이때 어디서 보았는지 아이스크림 장수 아이가 뛰어들었다. 청년은 얼른 그 애를 쫓기 위해 두 잔을 샀다. 그리고 하나를 서운에게 내어밀었다.

"받어요…."

서운이가 머뭇거리니 청년은 주위를 한번 돌아본 후 서운의 손을 잡아다리어[61] 쥐어 주었다.

"먹어 봐요" 하면서 청년이 먼저 먹으니 서운은 한 손으로 땀을 씻으며 얼굴을 돌리고 역시 무슨 영문인지 모르고 하라는 대로 고깔 조갑지[62] 같은 아이스크림 잔을 입에 갖다 대었다. 그리고 서운은 하마터면 입에 물었던 것을 뱉었을 뻔 깜짝 놀래었다. 찌는 듯한 삼복지경에 그렇게 찬 음식이 있을 줄은 뜻밖이기 때문이다.

청년은 서운의 만만스러움과 허영에 들뜬 속을 다소 짐작하였다.

"이리 좀 오오…."

서운은 청년을 따라 이번에는 '언제나 저런 데를 들어가서 요리를 사 먹어 보누' 하던 문에 유리 발을 늘이고 울긋불긋한 깃발 늘이고 걸상에 턱턱 걸어앉는[63] 신식 음식점으로 들어갔다. 그리고 거기서 아까 아이스크림처럼 생전 처음 먹어 보는 서양 음식 서너 가지를 먹어 보고 선풍기가 불어 주는, 말만 듣던 전기 바람까지 쏘여 보니 불안스러운 속으로도 얼마간 어깨가 으쓱해졌다. 그래서 곧잘 청년의 묻는 말을 대답하였다.

"공부하고 싶지 않소?"

"하고 싶어요."

"그럼 서울로 가야지."

"갈 수가 있어야죠."

"갈 수야 있지."

"어떻게요?"

"내가 서울까지 다려다주지. 서울 가선 학교에도 다니게 해 주구…."

서운은 다시 얼굴을 붉히었다.

61 '잡아당기어'의 방언.
62 '조가비'의 방언.
63 걸터앉는.

청년은 서운의 얼굴을 뜯어볼 대로 뜯어보았다. 그의 마음도 짚어 볼 대로 짚어 보았다. 이제는 그의 골격과 그의 근육이 보고 싶었다. 그래서 음식점에서 다리고 나와서는 제일 살이 적게 가려지는 것으로 골라 해수욕복 하나를 사 주고 달래고 달래서 물에 들어서게 하였다.

산골의 뿌리 좋은 풀포기처럼 눌리는 데 없이 밋밋하게 자란, 더구나 처녀기에서 바야흐로 익어 가는 서운의 반을 벗은 체구는 여러 다른 여자들을 닭으로 하고 혼자 학처럼 뛰어나는 것이었다.

청년의 눈은 황홀하였다.

"내 가까이 오지 마서요. 부끄러워요."

그렇지 않아도 청년은 남 보기에는 상관없는 체하려고 멀리 사이를 두고 서운을 바라보았다.

그리고 청년이 또 한 가지 놀란 것은 서운의 헤엄이었다. 경남이처럼 십 리 이십 리씩 멀리는 못 나간다 하더래도 해수욕장 둘레 같은 것은 단숨에 두어 바퀴는 돌 만하였다.

'섬에서 왔다니까….'

청년은 속으로 중얼거리며 물결에 묻히었다 드러났다 하는 어예머리[64]한 서운의 얼굴과, 고기처럼 물에 익숙한 그 팔다리에서 잠시도 눈을 떼이지 않고 지키었다.

청년은 심우경이라는 화가였다.

저희 축에서 이단자(異端者)라는 별명을 듣는 만치 이단적으로 세련된 그의 시신경(視神經)에는 인공미(人工美)의 미인은 미인이 아니었다. 꽃이라도 일반이 다 아름다워하는 장미나 모란 같은 것은 스케치도 하지 않는 버릇이요, 남이 본체만체하는 찔레나 엉겅퀴 같은 것을 즐겨 그리는 성미였다. 한번은 아주 야생적(野生的)의 여인을 그리고 싶어 해녀

64 간단히 올려 묶은 머리.

들이 많은 제주도에까지 여행한 일이 있었으나 마음에 맞는 모델을 만나지 못하여 한을 품고 돌아온 그였다. 그런 심우경의 눈에 처음부터 서운은 이채[65]였다. 야생적이라기에는 얼굴부터 서운은 너무 어여뻤으나, 어여쁜 얼굴 아름다운 몸인 만치 심우경의 신경은 화가의 입장을 떠나서 충동됨이 또한 큰 것이었다.

심우경은 헤엄칠 생각도 잊은 듯 서운만 바라보며 속으로 이렇게 중얼거리었다.

'진주다! 내가 동해변에서 주운 진주다! 진주….'

물결에 씻긴 편지

서운이가 몸에서 물기를 거두고 다시 심우경이와 마주앉을 때에는 벌써 부끄러움이 한 겹 걷힌 것 같았다. 속으로야 그저 무안스러웠으나 한참이나 찬 바닷물에 언 그의 혈관은 붉은빛을 뿜어내기에 다른 때와 같이 예민하지 못했다. 그래 비교적 가벼운 얼굴을 들고 말대답을 할 수 있었다.

"그러면 오늘 저녁차로라도 갈까?"

심우경은 진주, 자기가 동해변에서 주운 진주라고 한 서운이를 어서 다른 데로 굴러 나가기 전에 오목한 자기의 세력 범위 안에 가두고 싶었다. 이왕 원산에 온 것이니 며칠 해수욕이라도 하고 서울로 오고 싶기도 했지만 서운에게 웬 사나이, 똑똑히는 말하지 않으나 일가 오빠라고 우물쭈물하는 사나이가 지금 원산에 같이 있다는 말을 듣고 그는 부쩍 달았다.

"응? 오늘 저녁차로라도 갈까? 그러면 내일 아침엔 서울 나리지…. 서

65 異彩. 두드러지게 눈에 뜨임.

울은 참 좋지….”

“내일 아침에요?”

“그럼!”

서운이는 동그란 눈을 두어 번 깜박거리다가 다시 물었다.

“나만 가야 돼요?”

“그렇다니까….”

서운이는 얼른 바람결이 날아오는 쪽으로 얼굴을 돌이켰다. 불현듯 슬픈 생각이 났기 때문에.

“그럼 나만 갈 테야요. 그래도 찾지 않게 말하고 올게요. 또 서울 통호수를 아리켜 주게 좀 적어 주세요.”

“서울 통호수? 인제 가 봐야지…. 가서 편지하면 고만이지.”

“어떻게요?”

“언문은 안다면서? 응, 겉 피봉(皮封)? 그건 내 써 주지.”

서운은 무어라고 말을 해야 좋을지 몰랐다. 동네 이름도 번지도 없는 바닷가에 헌 뱃간으로 어떻게 편지를 하나 생각했으나 그런 사정을 그에게 말할 용기는 없었다.

“그럼 내가 서울 가 다닐 학교 이름이라도 적어 주서요. 인제 그리로 찾아오라고 일르게요, 네?”

심우경은 얼른 대답은 하지 않고 먼저 날카로운 겉눈으로 서운을 쏘아보았다.

“무슨 오빠인데 그렇게 꼭 붙어 다녀야만 한담?”

“….”

서운은 말이 막히었다기보다 그 얼음쪽 같은 유리알로 쏘아보는 심우경의 눈초리다[66] 거짓말을 하기에는 너무나 무서웠다. 어느덧 식었던 얼굴도 후끈거리자 심우경이가 “응?” 하고 다시 대답을 재촉하니 그

66 눈초리에다.

제는 서운은 놀란 말처럼 후닥닥 일어서 어딘지 모르고 걸음을 내어디뎠다.

심우경은 그것을 앉은 채로 물끄러미 바라보았으나 나중에 서운의 그림자가 여러 사람 속으로 사라지려 할 때에는 도저히 그냥 앉아 보아 버리기만 할 수가 없었다. 여태껏 머릿속에 그려 본 꿈을 그냥 지워 버리기에는 서운의 그 밋밋한 키와 둥근 곡선들과 기교가 없는 숫된 표정이 너무나 충동적인 것이었다. 씩닥거리고[67] 뛰어가 서운의 옆을 섰다.

"학교 이름 적어 줄게…. 서울 통호수도… 응?"

서운은 마음과 달리 걸음이 잘 머물러지지 않았다. 속으로는 그 어른이 다시 불러 주었으면 하던 것이나 첫마디에는 서지지 않았다. 그렇다고 세련된 감각을 가진 도회지의 처녀들처럼 빼고 꼬는 성미는 아니었다.

"저기 가서 적어 줄게. 이리 와…."

서운은 이내 우경을 따라 다시 왔다.

우경은 스케치북의 한 귀퉁이를 찢어 들고 숯덩이같이 굵은 연필을 몇 번 망설이다가 서운이가 모르는 한문(漢文)자로 서울의 아무 동네나 당치않은 데를 적고 번지도 함부로 숫자만 많이 그어 주었다.

그것을 받아 든 서운은 기쁘기만 하였다.

"내가 얼른 뛰어갔다 올 터이니 여기 계서요, 네? 다른 데 계시면 나는 못 찾어요."

"그런데 만일 오빠가 못 가게 하면?"

"그렇지는 않아요…. 꼭 나만 올 테니 꼭 여기 계서요, 네?"

오히려 자기가 우경을 다지면서 서운은 뛰어 달아났다.

서운이가 안 보이자 우경은 돌아서며 픽 한번 웃었다. 서운이가 꼭 다시 올 것을 믿자니 너무 허무하고 안 믿자니 마음이, 아니 정욕이 뒤설

67 흥분되고 급한 모양으로.

렸다. 해는 석양에 가까웠으나 여러 날 가물던 끝에 비를 배는[68] 하늘은 삶는 듯이 무더웠다. 우경은 다시 바다로 들어갔다.

해수욕장, 여름의 바다는 정열의 바다였다. 큰 고기와 같이 꿈틀거리는 물결, 그것을 타고 뛰며 헤엄치며 노래하는 젊은 남녀의 탄력 있는 근육들, 붉고 푸른 파라솔이 꽃밭을 이룬 해변이나 불덩어리 같은 태양, 구름의 봉오리들, 정열의 충동이 아닌 것이 없는 해수욕장이었다. 우경은 머리끝에서부터 발끝까지 팽창된 정열에 경기구(輕氣球)처럼 떠오를 것 같았다. 그리고 사생(寫生) 여행으로 제주도에 갔을 때 몹시 타 보고 싶던 살진 야생말들을 연상하며 서운을 기다렸다.

올까? 안 올까? 하고 기다릴수록 마음을 조이게 하던 서운이가 다시 나타나기는 해가 구름 낀 산에 걸리어 물에는 몇 사람 남지 않은 때였다. 우경은 옷을 갈아입고 벌써 해태[69]를 두 개째 피는 때였다.

서운은 우경을 찾아내자 땀에 젖은 얼굴이 시뻘게졌다. 아무 말도 없이 빙긋이 부끄러운 웃음을 던지는 양을 우경도 역시 빙긋이 바라보았다.

"만나 봤소?"

서운은 우경이가 '봤소' 하고 '허수[70]'를 붙이는 것이 부끄러웠다.

"오빠 만나 봤소?"

다시 물으니 서운은 숙인 고개를 흔들었다.

"왜 못 만났소?"

"어디 나가고 없어요."

"그럼 서울 간다고 적어 놓고 왔소?"

"네…."

우경은 서운을 다리고 해수욕장 가까이 정한 자기 여관으로 왔다.

68 비를 머금어 가는.
69 일제강점기 총독부 전매국 초창기에 발매된 궐련 형태의 고급 담배.
70 '하소'의 방언.

저녁을 먹을 때 굵은 빗방울이 떨어지기 시작하였다. 우경은 무심하였으나 서운은 더욱 경남을 생각게 하는 비였다. '…나는 지금 이렇게 맛난 밥에 반찬에 저녁을 먹는데 어디서 저녁 먹을 것이나 벌었는지, 지금쯤은 배로 돌아왔을는지, 내가 있거니 하다가 얼마나 섭섭할 것, 그리고 참말! 내 자리에 놓고 나온 서울 통호수 적은 종이는 그냥 있겠지만 모새밭에 손가락으로 써 놓은 서울 간다는 이야기와, 자기도 서울로 오라는 이야기는 보기도 전에 비를 맞으면 어쩌나!' 하는 생각에, 여러 날 밀리었던 식욕이라 밥은 기계적으로 떠 넣으면서도 맛을 알고 삼킬 여유가 없었다.

그러나 '서울 간다! 조선서 제일 큰 대처로 간다! 훌륭해지러 간다!' 하는 기대와 욕망은 경남이와의 정분보다 더욱 큰 것이었던지 '죽지 않으면 만나겠지' 하고 곧잘 제 마음을 위로할 수도 있었다.

서운은 저녁을 먹고 우경에게 한참이나 서울 이야기를 듣다가 우경의 행구[71]와 함께 택시에 실려 정거장으로 나왔다. 처음 타 보는 자동차, 인제 서울 가는 기차를 탈 것, 서운은 으쓱하여졌다. 정거장에서 혹 경남이가 보일까 하고 두리번거리었으나 쏟아지는 비에 처마 끝에 모여 선 지게꾼들 속에도 경남이는 보이지 않았다.

차가 울컥 하고 떠날 때에는 서운의 눈에서는 눈물이 넘치었다. 그러나 우경이가 그것을 볼까 하여 굵다란 빗방울이 어룽진 유리창을 어루만지는 체하고 날쌔게 두 눈을 닦아 버리었다.

삼등이지만 침대차에는 비인 자리가 많아서 그들은 조용한 구석에서 마주 누울 수가 있었다. 서운은 처음에 눕지 않으려 하였으나 우경이가 잠든 다음에는 저도 누웠다. 나중엔 우경이가 깨어 담요를 덮어 주는 것도 모르고 콜콜 잠소리를 내었다. 담요에 촌스런 옷이 덮이고 반듯한 이마와 일어선 콧날과 '모나리자'를 생각게 하는 약간 오므린 듯한 입과 포

71 行具. 여행할 때 쓰는 물건과 차림.

동포동한 뺨만이 흐릿한 불빛에 떠오르니 서운은 쏙 뽑아 놓은 아가씨감이었다. 우경은 속으로 다시금 '진주! 내가 동해변에서 주운 진주!' 하면서 담배를 붙여 물고 연기를 빨았다.

경남이가 배로 들어오다가 얼른 눈에 뜨이도록 서운이가 모새밭에 손가락으로 크게 적어 놓은 사연은, 그날은 그만 날이 어두워 경남의 눈에 뜨이지 못했고, 다음 날 아침에는 밤새도록 쏟아진 빗발과 들이밀린 파도에 흔적도 없이 사라졌을 뿐 아니라 파도에 밀려 나온 바다풀과 조개껍질이 그 자리를 수북이 덮고 있었다. 우경이가 당치도 않은 동네 이름과 번지수를 적어 준 것이나마 서운의 자리에 있기는 했지만 어두운 밤에 덮고 자는 해초에 묻히어 그것도 경남의 눈에 뜨이지 않고 말았다.

경남이는 이튿날 종일, 그다음 날도 종일, 하루에 한 끼를 벌어먹거나 말거나 하면서 오륙 일을 기다려도 서운은 다시 배에 돌아오지 않았다. 하루 아침, 경남이는 커다란 뭉어리[72] 돌멩이를 썩어 가는 배 위에 집어 던지고, 그 배, 잠시라도 사랑방과 안방을 정해 놓고 재미있게 살던 사랑의 둥지에서 최후로 발길을 돌리고 말았다.

서운이가 서울서 차를 나린 날 아침에도 비는 죽죽 쏟아졌다. 비를 맞아 알른알른하는 아스팔트에 서운을 우경의 짐과 함께 담은 택시는 우경이가 이르는 대로 남대문을 돌아 부청[73] 앞을 지나 황금정[74] 긴 길을 달아났다. 서운은 가슴이 뛰놀았다.

'서울!'

자동차들, 전차들, 높은 집들. 높은 집이 몇 층인가 하고 헤어 보려면 어느 틈에 다른 집이 가려 버리었다.

72 '뭉우리'의 방언. 둥글둥글하게 생긴 큰 돌. 뭉우리돌. 뭉어리돌.

73 府廳. 일제강점기의 경성부청.

74 黃金町. 현재 을지로의 일제강점기 명칭.

자동차는 장충단으로 들어서 다시 동편으로 언덕길을 넘어 새로 지은 문화주택[75]이 소복소복 모인 거리로 들어섰다.

우경의 집은 비스듬한 언덕에 무너지다 남은 성을 등으로 하고 외따로 놓여 있는 양관[76]인데 지붕은 이층집처럼 높으면서도 단층이요, 터대[77]는 좁으면서도 앞에는 문이 작아 우중충한 것이 '무슨 집이 이래?' 하고 서운이가 눈을 깜박거리고 바라볼 만하였다.

우경은 부엌 쪽으로 채인 문을 열고 서운에게 눈짓을 하였다. 부엌이라야 들어서 보니 소꿉질 같은 것이요 옆에는 목욕간이 문도 없이 한데 붙어 있고, 부엌 마루에 올라서서 열게 된 판장문 안에는 단칸의 장판방이었다. 그 방에서 다시 문을 열면 웬만한 마당만치 큰 마루방인데 천정이 드높고 북쪽으로 큰 유리창들이 천정 끝까지 올려 닿아 있었다. 유리창마다 휘장을 걷어 놓으니 밖에서 보기보다는 밝고 시원한 방이었다. 벽마다 그림이 걸리고 구석마다 번쩍거리는 그림틀이 놓여 있되 서운은 그 방이 화실인 것을 알 리가 없었다.

"이것이 무어야요?"

서운은 한가운데 서서는 화가(畫架)를 만져 보며 물었다.

"인제 알지…."

우경은 넥타이를 끄르며 대답하였다.

"이게 누구 집이야요?"

"우리 집!"

"왜 아모도 없어요?"

"나만 혼자 사는 집이니까."

"그럼 식구들 사는 집은 어디 있어요?"

"저, 충청도…."

75 일제강점기에 서양주택의 공간구조와 외관을 따라 지어진 주택.
76 洋館. 양옥(洋屋).
77 대지.

서운은 우경의 혼자 있는 집인 것을 알 때 왜 그런지 부끄럽고 또 한편 만족하였다. 우경은 와이샤쓰를 벗어 걸고는

"여기 좀 앉아요."

하면서 서운을 끌어안아다 소파에 주저앉히고 부엌으로 나갔다. 서운은 우경의 손이 조심함도 없이 선뜻 들어온, 자기의 젖가슴을 안은 것을 본능적으로 깨닫기는 했으나 그것을 불쾌하게나 유쾌하게나 생각해 볼 사이도 없이 이내 다른 데 정신이 끌리었다. 나중에 그것을 다시 생각하고는 '경남이도 아직 그렇게는 안 했는데…' 하고 혼자 얼굴을 붉히었다.

밥을 지어 가지고 마주 앉아 먹을 때다.

"이름이 무엇?"

"서운이."

"서운이? …내 이름은 무언지 아나?"

"몰라요…. 참 무어라고 불러야 해요?"

"무어라고 불렀으면 좋겠소?"

서운은 밥술을 입에 문 채

"아저씨!"

해 보았다.

우경은 껄껄거리고 웃었다.

"그럼 오빠요…. 아니 오라버니라고요?"

우경은 아무 대답도 없이 싱글거리며 우물우물 밥만 먹었다.

비는 종일 멎지 않았다. 밤이 되어서는 더욱 억수로 쏟아지기 시작했다. 우경은 반찬거리를 사려 잠깐 나갔다 왔을 뿐, 종일 화실에서 서운을 위해 미술 강의를 한 것이다. 아무런 기초지식이 없는 그에게 미술을 이야기한다는 것은 무리한 일이었으나 다른 것은 고만두고 나체에 관한 미술상 관념만은 집어넣어 주어야 할 필요가 있기 때문이었다.

처음에 옷을 벗으라면 서운은 한 곱 더 옴매었기 때문에 우경은 여러

나체 그림과 모델로 서 있는 사진을 찾아 내이며 오후 반날을 땀을 흘리면서 강의를 했다. 그런 결과 대낮에는 할 수 없으나 밤에는 벗겠노라는 승낙이 서운의 입에서 떨어졌다.

밤이었다. 창에는 돌아가며 휘장을 치고 삼백 촉[78]의 전등 밑에는 소파를 밀어다 놓았다. 그 소파 위에는 새까만 우단을 깔았다기보다 전체를 덮어 놓고, 그 위에 서운을 나가 앉으라 하였다. 서운은 저고리만 벗었을 뿐, 아래옷을 끄르기는 하고도 손을 떼이지는 못했다. 우경은 문란한 기색을 없이 하려 낮에 책을 들고 설명할 때처럼 엄격한 얼굴로 명령하듯 하였다.

"어서!"

또

"어서!"

서운은 얼른 두 손으로 앞을 가리며 옷자락을 놓아 버리고 말았다. 사뿐 떨어지는 옷 속에서 솟아오르는 듯한 그의 체구, 떨어진 옷을 밟고 한 걸음 내어놓은 그의 체구는 보기에 황홀한 풍경이었다.

우경은 서운을 비스듬히 누우라 하였다. 책에 있는 그림을 갖다 보이면서 이대로 몸을 가지라 하고 몇 번이나 물러서 바라보면서 팔과 다리를 고쳐 놓아 주었다.

"인제는 한참씩 그대로만 있어야 해…."

우경은 뻗쳐 놓은 화가 앞에 가서 목탄을 집어 들었다.

참말 서운은 훌륭한 모델이었다. 정지하고 있는 그의 체구는 아름다운 경지를 지나 일종의 신성한 감격을 일으켰다.

밖에는 빗소리뿐, 방 안에는 사악사악 목탄 닳는 소리뿐.

78 '촉(燭)' 또는 '촉광(燭光)'은 빛의 세기를 나타내던 옛 단위.

우경은 한참이나 서운의 윤곽을 그어 보았으나 자기의 그 호방하던 선이 하나도 자유스럽게 달아나지지 않았다.

우경은 붓을 놓고 정신없이 모델만 바라보았다. 워낙 풍경을 많이 그린 그일 뿐만 아니라 인체를 그릴 적이라도 가장 모델에 충실치 않던 그였었다. 그러나 여자의 체구로서 가장 이상적으로 균제된 발달을 가진 서운의 앞에서는 아직 화학생(畵學生)의 정도를 겨우 지난 우경의 붓은 방황하지 않을 수 없었다. 선부른 자가 화풍의 고집으로 만만히 처리하기에는 너무나 훌륭한 모델이었다.

우경은 일어섰다.

“가만히… 고대로….”

하고 서운을 이르면서 어떤 유명한 조각을 감상하듯 정면으로 한참, 측면으로 한참, 밑에서 치어다보는 것으로 한참, 나중에 위에서 나려다보는 때였다.

“그렇게 가까이 보시는 것 싫여요.”

하고 서운은 찬물이나 등어리에 떨어지는 것처럼 포즈를 허물고 두 손으로 배 아래를 가리며 동그스름한 어깨를 솟구었다. 솟군 어깨 위에는 이미 호박잎처럼 껄끄러운 우경의 입술이 나려졌다.

“아구머니!”

서운은 소파에서 호닥닥 튀어올랐다.

“네가 너무 곱구나. 마요오르[79]의 조각 같구나!”

서운은 어느 틈에 깔고 앉았던 비로드[80]로 몸을 감았다. 그러나 반이나 드러난 젖가슴과 종아리, 검고 부드러운 비로드기 때문에 더욱 육감

79 아리스티드 마욜(Aristide Maillol, 1861-1944). 프랑스의 조각가.

80 벨벳.

적으로 대조되는 그 살빛, 그 곡선, 우경의 눈은 어느덧 서운을 모델로만 바라보던 예술가로서의 경건한 신경은 잃어버려지고 말았다.

"무서워요!"

서운의 눈은 최대한도로 확대되었다.

"내가?"

서운은 그렇다고 고개를 끄덕일 때 우경은 벽에 있는 스위치로 소리도 없이 불을 죽였다.

"아구머니!"

죽는 불 대신 서운이가 아픈 듯이 소리를 쳤다. 어두움 속에 빗소리는 더욱 우렁찼다.

"불 켜서요."

어느 구석으로 쫓기어 간 숨찬 서운의 소리였다.

"아이! 불 켜서요."

또 다른 구석에서 걸상을 쓰러뜨리며 나는 서운의 소리였다. 그러나 불은 켜지지 않고 서운은 문을 찾는 듯 밖으로 난 도어가 벌컥 열리었다. 빗발은 마룻바닥까지 들이치는데 서운은 그 속으로 내어달았다.

"저런!"

이번에는 저도 의외인 듯한 우경의 소리였다. 우경은 다시

"감기 들려고! 어서 들어와…."

"그럼 불 켜서요."

"켜께, 켜께…."

우경은 기분을 전환시키려 함인지 한번 소리 높여 껄껄 웃음을 치며 불을 켰다.

그날 밤 우경은 더 서운의 가슴을 놀라게 하지 않았다. 자기는 화실에서 자고 온돌방은 서운의 방으로 정해 주었다.

"엊저녁엔 왜 그리셨어요?"

이튿날 아침 밥상에서 서운이가 물었다. 우경은 대답하기 전에 먼저

서운의 얼굴을 건너다보고 그 침착함, 천진스러운 것이 아니라 속으로 다 알면서 이쪽을 떠보려는 듯한 의뭉한 침착임에 속으로 놀라지 않을 수 없었다.

"네?"

서운은 방긋 웃으며 재쳐[81] 물었다.

"서운이가 어쩌나 보려고…. 그랬기로 비가 그렇게 쏟아지는데 뛰어 나간담."

"나도 어쩌나 보려고 그랬지 뭐…. 이것 좀 뜯어 줘."

서운은 자기 젓갈에 집힌 콩나물이 너무 많은 것을 우경이더러 뜯어 달라고 내어밀었다. 우경은 잠자코 그것을 시중해 주며 속으로 '흥, 마음은 아직 어리거니 했더니 건네는 품이 그 몸뚱이 이상이로구나!' 하였다. 또 오늘 아침부터는 서운이가 의식적으로 반말을 쓰는 것도 그 속을 알고 우경은 '계집애에겐 아모리 나이 위인 남자와라도 쉽게 상대수가 되는 천재가 있는 게로군' 생각하였다. 그렇게 생각하고 보니 서운은 하룻밤 사이에 나이 몇 살을 더 먹은 듯 우경의 시선을 더욱 흥미 있게 끌었다.

그러나 조반 후 서운이는 설거지를 할 때 우경은 화실을 거닐며 혼자 이렇게 결심하였다.

'서운을 모델로 대작을 하나 완성하도록은….'

우경은 선배들도 흔히 부탁하던 말이었거니와 자기의 경험으로 보더라도 모델과 한 번 경건한 사이를 허물게 될 때 그 작품은 십중팔구 실패에 돌아가는 것이었다. 우경은 굳게 마음을 먹고 또 어느 날이든지 자기에게, 서운에게 대한 자유가 있는 것을 믿고 무시로 충동되는 정욕을 눌러 왔다. 어느 날 저녁에는 서운이가 제 방에서 "아야! 선생님, 선생님.(선생님이라 불렀다.) 다리 좀 주물러 주어요. 자개풍[82]이 일어났

81 재촉해. '재우쳐'의 방언.

어요" 하고 급한 소리를 보냈으나 우경은 그것이 정말이라 하더라도 자기의 결심을 허무는 기회가 될까 하여 첫마디에는 못 듣고 자는 체하였다. 서운도 단 한 번 불러 보았을 뿐, 자개풍이 일어난 것이 정말이었으면 이튿날 아침에라도 으레 원망하는 말이 있었을 것인데 그런 말이 없는 것을 보아 서운의 계교가 아니었던가도 생각되었다. 우경은 의미 복잡한 웃음을 혼자 흘리었다.

서운이가 서울 온 지 열흘이 될까 말까 하는 어느 날 오후. 찾아오는 사람이라고는 정문으로 들어오는 실과(實果) 장수들밖에 없었는데 대뜸 울안을 저벅저벅 들어와 열어 놓은 화실 문 앞에 불쑥 나타나는 손님이 하나 있었다.

"원산 갔단 말을 들었는데…."

손은 모델대[83]로부터 낭패하여 달아나는 서운의 하체에 날카로운 시선을 던지며 말하였다.

"응. 갔더랬는데 비가 와서 곧 왔어…. 자네는?"

"어제 왔네…."

하며 손은 이웃에 사는 가까운 친구인 듯 들어오란 말이 없어도 으레 들어올 줄 알았다. 그는 걸상에 앉자마자 서운이가 들어간 온돌방 쪽을 가리키며

"후?"

하고 영어로 누구냐고 물었다. 우경은 입에 손을 대어 떠들지 말라는 눈치를 주고 조용히 일본말로 지껄였다.

"겐산데 히롯다모노(원산서 주운 것)."

"히롯다(주웠어)?"

82 '자개바람'의 방언. 쥐가 나서 근육이 굳어지는 증세.
83 포즈를 잡는 모델이 올라가 있는 대.

"소오요(응)."

"이이 가라다자 나이까(체격이 훌륭하지 않게)?"

"허, 이 사람 무용가만 예술간가. 내 눈도 예술가의 눈일세, 허허…."

우경은 자랑스러운 듯이 이번에는 조선말로 큰소리를 내었다. 그 손님은 다시금 군소리처럼 "이이 가라다다니(좋은 몸이긴 한데)…" 하면서 제작 중에 있는 그림을 들여다보았다.

그는 윤택근이라고, 바로 그 이웃에 양관 한 채를 얻어 가지고 혜성무용연구소(彗星舞踊硏究所)를 차려 놓은 무용가였다. 그는 무용가인 만치 눈에 뜨이는 여자마다 첫째로 그의 다리, 둘째로 팔, 셋째로 허리, 그것들이 무심히 보이지 않았다. 허리가 잘생긴 것은, 동양 여자로 워낙 모래에서 옥을 고르기처럼 힘든 일이겠지만 꿋꿋한 다리, 날씬한 팔쯤은 그리 어렵지 않게 얻을 듯싶었다. 그래서 무용연구소를 차리고 연구원을 여자로만 모집할 때에도 좋은 허리까지는 몰라도 좋은 다리, 팔의 주인공쯤은 그래도 몇 명 그 허다한 구부렁다리[84] 속에서 뛰어나오리라 믿었다. 그러나 모집된 십여 명 중에 다리와 팔만으로도 하나 만점짜리가 없었다. 그래서 그는 틈만 있으면 카페로, 찻집으로, 백화점으로, 해수욕장으로 돌아다녔다. 자기 손에 들어올 처지로 체격만 좋은 여자가 있으면 가벌[85]도 교양도 다 문제없이 다려다가 춤을 가르쳐 자기 연구소의 마담을 삼아 나중엔 부부 무용단으로 이름을 날려 볼 계획이었다. 그러나 일별(一瞥)에 그치었으나 서운이만 한 것은 처음이었다.

전에도 자주 왔지마는 윤택근은 서운을 한 번 본 후 우경의 화실에 하루도 두세 번씩 나타났다. 나중에는 서운이도, 택근이가 와도 모델대에서 뛰어 달아나지 않게쯤 되고 또 나중에는 우경이가 없는 때에라도 서운은 택근을 상대하여 곧잘 해롱거리고[86] 지껄이게 되었으며, 속으로

84 굽은 다리. 오다리.

85 家閥. 한 집안의 사회적 지위.

86 까불고.

'우리 집 선생님도 저이같이 재미있는 양반이었으면!' 하는 생각도 택근을 알기 때문에 느끼게 되었다. 택근은 반은 자기의 계획과 수단이었지만 쉽사리 서운이가 자기에게 호의를 품는 것을 날쌔게 짐작하고 하루는 우경을 어떤 찻집 구석으로 다리고 가서 단도직입적으로 말을 꺼내었다.

"심 군. 예술가인 자네는 내 심경을 오해하진 않을 것일세. 나는 자네에게 부인이 계신 것을 아니까 감히 이런 말을 꺼내 보네…."

"무언가? 서문은 불필요하고 본문만."

우경은 자기의 부인 이야기가 나오는 것이 불유쾌한 듯하였다.

"내 딴은 단도직입적으로 하는 말일세…. 자네는 서운을 모델로만 쓸 수 없나?"

"모델로만 쓰다니?"

"자네보다 내가 더 서운이가 필요하네. 모델로는 자네가 언제든지 자유로 쓰기로 하고 서운을 나에게…. 어폐가 있네마는 양보해 줄 수 없나? 나는 그를 혜성 마담으로 만들고 싶네."

우경은 놀라는 빛은 없어도 얼른 대답은 나오지 못했다. 빨던 담배를 놓고 삐루 고뿌[87]를 들어 한 모금 길게 마시고

"자네 그다지 반했나?"

하고 반문하였다. 택근은 약간 붉어진 얼굴에 긴장을 보이며 낮으나 힘센 소리로 대답하였다.

"고백하네. 반했네."

"언문밖에 모르는 정돌세. 그 점을 생각했나?"

"생각했네. 상관없네."

"양보 여부가 없네. 우선 춤을 배울 소질이 있나 없나 내일부터라도 가리켜 보게…. 그러나…."

87 '맥주잔'을 뜻하는 일본말로, 네덜란드어 'bier kop'이 변한 말.

우경은 하기 어려운 말이 있다는 듯이 머리를 찌푸리고 생각하였다. '어쩔까. 나는 아직 서운을 건드리지 않았다…. 그대로 택근에게 주어?' 우경은 어느덧 생각을 느끼자 서운에게 대한 야욕이 불같이 인 것이다. 우경은 택근에게 미리 한 수 눌러 볼 셈으로

"그러나 자네, 서운을 처녀로 아나?"

하고 곁눈으로 택근을 보았다.

택근의 입에서는 활발한 대답이 나왔다.

"그게 무슨 문젠가? 물론 처녀가 아닐 줄 아네. 어태껏[88] 자네와 한집에서 산 것을 뻔히 알면서 그것을 바라겠나. 또 처녀 비처녀가 내게는 문제가 아닐세."

"좌우간 당자의 의견도 있을 것이니까 오늘은 이 이상 더 전개시키지 말세."

우경은 그날 저녁 계획적으로 밖에서 저녁을 사 먹고 열시쯤 하여 두어 잔 술에 얼근해 가지고 들어갔다.

"문 열어."

"문 열어!"

서운은 두 번째에

"네."

하고 자리옷[89] 바람으로 나와 문을 열어 주었다.

"문 걸어."

"그럼 그냥 둘 줄 아셨어요. 우스워 죽겠네."

그날 밤 서운은 전에 비를 맞고 뛰어 달아나던 날 밤처럼 우경에게 반항하지 않았다. 낮에 우경이가 하라는 대로 모델 노릇을 하듯 밤에도 더 자기로서 지킬 것이 없이 우경에게 복종하였다.

88 '여태껏'의 방언.
89 잠옷.

이튿날 윤택근은 여전히 오전에 한 번, 오후에 한 번, 두 번이나 왔었으나 우경은 잊어버린 것처럼 아무 말도 하지 않았다.

그날 저녁이었다. 우경은 또 어딘지 나가고 서운이가 혼자 우경을 기다리다 먼저 자리에 누운 때였다. 서운은 속으로 부끄러우면서도 '잠이 들고 있으면 고만이지' 하고 자기 베개도 우경의 침상으로 가지고 와서 가지런히 놓고 누워 그림책을 보다가 다시 일어나 불을 끄고 어렴풋이 잠이 온 때였다. 무슨 소리엔지 눈을 부비고 보니 껐던 불이 낮같이 켜지었고 앞에 누가 딱 버티고 서 있었다. 우경은 아니었다. 윤택근도 아니었다. 웬 쪽 찐 부인이 차에서 나려 들어온 듯 바스켓과 양산은 소파 위에 내어던지고 불을 등지어 자세히 보이지는 않으나 독 오른 얼굴로 나려다보고 있었다.

소름이 오싹 끼치는 서운은 팔만 짚고 상체만 일어났을 뿐, 아주 일어나지도 않고 말도 나오지 않았다. 쪽 찐 부인이 먼저 찢어지는 소리를 질렀다.

"누구야? 웬 년이냐? 응 웬 년이야?"

그는 대뜸 년 자를 붙이었다. 또 대뜸 서운의 머리채를 낚아채면서 금가락지 낀 손으로 서운의 얼굴을 이 뺨 저 뺨 올려붙이었다.

마음이 타다 남은 불

서운이는 기가 막히었다. 이 뺨이 철썩하여 이쪽으로 손을 올리면 저 뺨이 또 철썩 하였다.

서운은 체력으로는 넉넉히 그 쪽 찐 부인을 당할 만했으나 왜 그런지 힘을 써 볼 수가 없었다. 마치 강도가 기운은 세되 순사 앞에서는 기운을 써 보지 못하고 잡히듯이 서운이도 쪽 찐 부인이 때리면 맞은 자리에만 손을 갖다 부빌 뿐 대항할 의기조차 나지 못했다.

"이년, 화냥년. 새파랗게 젊은 계집년이 무슨 짓을 못 해서 살아서 남의 사내한테 도적잠이나 자러 다니냐. 네 이년…."

체소한 부인이나 손이 맵고 악지[90]가 여간 세지 않다. 서운이는 잠옷 바람으로 기어이 머리채를 잡힌 채 문밖 행길[91]까지 끌려 나왔다. 늦은 밤 외따른 골목이언만 이년 저년 하고 때리며 악쓰는 바람에 지나가던 사람들은 물론, 이 집 저 집서 잠들었던 사람들도 모다 몰려나왔다. 그 중에는 윤택근이도 나와 입맛을 쩌억쩌억 다시고 섰다가 딱한 듯 이내 들어가고 말았다.

쪽 찐 부인은 윤택근이도 아는 심우경의 부인이다.

우경의 부인은 여러 사람 앞에서 보기 좋게 서운의 뺨을 두어 번 다시 올려붙이고는

"이년, 화냥년, 냉큼 가거라."

하고 머리채를 놓아주었다.

서운은 정신없이 여러 사람 새를 헤치고 조용한 골목으로 자꾸 뛰어갔다. 아이들은 짓궂이 쫓아왔으나 서운은 안 쫓아오도록 뛰어갔다. 그러다가 무엇엔가 이마를 부딪치고 펄썩 주저앉은 데는 큰 소나무 아래였다.

서운은 한참 만에 정신을 차리었다. 돌라보니[92] 솔밭 속이요 구경꾼도 하나 없었다.

그제야 서운의 신경은 아프고 쓰라리고 띠잉함을 감각할 수 있었다. 머릿속은 온통 들뜬 듯 군데군데 쓰라린 데는 손을 대어 보니 척척하다. 그런 데는 머리가 빠지어 피가 솟은 것이었다. 뺨은 뜨거움인지 아픔인지 모르게 훅훅 달고 저리었다.

화끈거리는 것은 골과 뺨만이 아니었다. 벗은 채 돌멩이를 차며 나무

90 고집.
91 '한길'의 방언. 차나 사람이 많이 다니는 큰길.
92 두루 살펴보니.

줄기에 긁히면서 미친 듯 달아온[93] 두 발바당도 군데군데 저리고 쓰라리고 화끈거리었다. 그제야 서운은 자기가 맨발인 것, 자리옷 바람인 것을 깨달았다.

정신이 맑아 올수록 아픈 데는 더하였고 눈물도 더욱 펑펑 쏟아졌다.

"급살을 맞을 년!"

서운은 여기 와서야 처음으로 우경의 아내를 욕해 보았다.

달던 몸이 식으니 산바람에 떨리어 견딜 수가 없다. 이불 속에선 그것이나마 걸치적거리던 자리옷이 좀 더 두꺼운 것이었더면도 하였다.

서운은 견디다 못해 어슬렁어슬렁 아픈 발을 즈려밟으며[94] 동네 있는 데로 나려왔다.

어느덧 전차 다니는 소리도 끊어지고 집집마다 대문에 달린 외등들만 환한 채 있을 뿐, 방들은 캄캄하지 않으면 무엇을 가린 듯 흐릿하였다.

서운은 조심조심하여 우경의 집을 가까이 가 엿보았다.

온돌방엔 불이 켜지고 화실은 캄캄한데 온돌방에서 우경의 아내의 그저 성난 목소리가 가끔가다 한마디씩 튀어나온다. 우경은 화실에 누운 듯 어쩌다 한마디씩 툭 받는다.

서운이는 살금살금 가시철망한 울타리 밑으로 기어 들어갔다. 어떻게 옷을 좀 꺼낼 수가 없을까 하고 생각해 보았으나 별 도리가 없었다. 우경이가 소변이라도 보러 나왔으면 했으나 우경은 밤에 소변을 보지 않는 것도 서운은 아는 바였다. 잘못하다 그년에게 또 들키면 이번에는 그야말로 사생결단이 일어나려니 하고 서운은 겨우 목욕통 앞에서 쓰레빠[95] 한 켤레를 찾아 신었을 뿐 다시 울타리 밑을 기어 나오고 말았다.

서운은 처음으로 한동안 잊어버렸던 경남이를 생각하였다. 경남이를

93 달려온.

94 조심스럽게 살살 내어 밟으며.

95 영어 '슬리퍼(slipper)'의 일본식 발음.

생각하고 보니 매를 맞아 아픔보다는 몸을 버린 것이 더욱 뼈가 저리는 아픔이었다. 서운은 몸의 아픔과 마음의 아픔으로 추운 산속에서 밤을 새이었다.

날이 밝으니 추운 것은 지나갔으나 배고픔과 부끄러움이 드러났다. 밤새도록 시달리고 이슬 맞은 몸이라 따끈한 밥과 국물이 못 견디게 그리웠으나 동네로 나려간대야 그런 것을 준비하였다가 먹여 줄 사람도 없을 뿐 아니라 미친년처럼 끈도 없는 자리옷 하나만 걸치고 남의 눈앞에 나설 수가 없었다.

서운은 산속에서나마 사람의 눈부터 피하지 않을 수 없었다. 여름의 장충단이라 아침부터 사람은 이 길 저 길로 모여들었다. 모여들어서는 다시 이 길 저 길로 산으로 올라왔다. 앞에서 오는 사람을 피하노라면 어느 때는 뒤에서 옆에서 사람이 나오곤 했다. 그러면 할 수 없이 쪼그리고 앉아 풀을 뜯는 체 꽃을 꺾는 체한다. 어떤 사람은 본체만체 그냥 지나는 이도 있지만 대개는 수상스럽게 보고는 날래[96] 옆을 떠나지 않았다. 그런 때면 서운은 겁이 더럭 나서 배고픈 것도 잊고 가슴이 뛰곤 하였다.

그러다가도 그런 사람들의 시선에서 놓치어 혼자 마음을 놓고 앉았으면 다시 위협하고 나서는 것이 주림이었다. 서운은 견디다 못해 종이 부스러기를 볼 때마다 뒤져 보았다. 그러나 먹을 것을 던진 것은 하나도 없고 어쩌다 멤보[97] 부스러기가 붙은 것이 없지도 않았으나 그런 것은 새까맣게 개미투성이였다. 사이다병, 삐루병 같은 것도 보이는 대로 주둥이를 입에다 갖다 대이고 거꾸로 들어 보았으나 눈물만 한 한 방울도 남아 있는 것은 없었다.

해 질 머리가 되니 솔밭에 들었던 사람들은 빵 장수, 사이다 장수들의

96 '빨리'의 방언.
97 개화기 때 '빵'을 이르던 중국식 한자어. 면포(麵麭).

외치는 소리와 함께 모다 행길로 나려갔다. 서운이도 슬금슬금 운동장 가까이 나려와서 차미 껍질, 사과 껍질을 주워 먹었다.

저녁때가 지나니까 낮에만은 못해도 또 사람들이 솔밭 속으로 기어 올랐다. 서운이는 또 맨 꼭대기까지 올라갔다가 밤이 이슥한 뒤에야 다시 어슬렁어슬렁 나려왔다.

서운이는 어찌해서나 심우경을 한 번 만나야만 될 것 같았다. 옷도 찾아 입고 신도 찾아 신어야 할 뿐 아니라 장차 어떻게 해야 될 것을 그를 내어놓고 의논할 사람은 없었다.

서운은 엊저녁과 마찬가지로 가시철망 울타리 밑을 기어 들어가 동정을 살피었다. 온돌방엔 불이 꺼지고 화실에만 켜졌는데 그것도 큰 불은 죽이고 침상 머리에 놓은, 푸른 비단으로 갓을 쓴 스탠드의 불이어서 어스름하였다. 서운은 숨을 죽이고 유리창에 붙어 서서 들여다보니 자기와만 누울 데로 알았던 침상 위에서 우경은 보아라 하는 듯이 자기 아내와 누워 쿨쿨 단꿈 속에 잠겨 있다.

서운은 저도 모르게 이를 부드득 갈았다. 서운은 우경이가 더욱 야속하였다. 이렇게 된 것이 모다 자기 탓인데 좀 나와서 찾아 주지도 않고 제 볼일은 다 끝났다는 듯이 태평스럽게 계집을 끼고 잠만 자는 것이 견딜 수 없이 원망스러웠다.

서운은 한 걸음 물러서서 악에 받치어 부들부들 떨었다. 엊저녁에 저 년에게 개새끼처럼 머리채를 끌리어 이 뺨 저 뺨 맞으며 이 문으로 끌려 나왔거니 생각하니 더 참을 수가 없었다. 서운이는 어느 틈에 떨리는 손으로 땅을 더듬었다. 손엔 아무것도 잡히지 않았다. 다시 일어서 들여다보았다. 우경은 아내와 한 베개 위에 머리를 모으고 여전히 화락[98]한 꿈속에 들어 있다.

서운은 다시 물러서서 주먹만 몇 번이나 불끈불끈 쥐어 보다가 목욕

98 和樂. 화평하고 즐거움.

통 있는 데로 갔다. 거기는 눈을 감고도 어디는 무엇이 얹히고 어디는 무엇이 쌓인 것을 다 아는 데였다. 서운은 어두움 속에서도 불을 켜고 보는 듯 성냥을 찾아 부욱 그었다. 성냥 불빛에 나타나는 서운의 얼굴은 털만 났으면 짐승의 얼굴이었다. 서운은 목욕물을 데울 때 불쏘시개 하노라고 바로 자기 손으로 갖다 두었던 수지[99] 뭉치를 장작가리 밑에 처박고 성냥을 다시 하나 그어서 대어 버렸다. 여름 햇볕에 잘게 패어 쌓았던 장작가리라 용솟음을 치는 불길은 삽시간에 성냥갑 같은 양관의 처마 밑을 돌려 쌌다.

서운은 어느 틈에 울타리 밖으로 나와 슬금슬금 뒷걸음질을 치며 점점 높이 퍼지는 불길만 바라보다가 어느 집에선지 "불야!" 소리가 일어나는 바람에 산으로 행길을 올려 뛰었다.

그러나 몇 걸음 뛰지 못해서 누군지 불쑥 나서며 서운의 앞을 막았다. 불빛에 비치는 그 사람의 얼굴은 사십이 가까워 보이는 양복쟁이 사내의 바짝 여윈 얼굴이었다. 그는 눈을 괭이처럼 홉뜨고 서운의 손목을 꽉 붙잡았다.[100]

"네가 놓았지?"

"…."

서운은 부들부들 떨 뿐.

그 중년 양복쟁이는 서운의 떨리는 손목을 잡은 채 두어 걸음 길에서 물러섰다. 한 발은 슬리퍼, 한 발은 벗어져 달아나 맨발인 채 서운은 말없이 그에게 끌리었다.

"내가 봤다. 네가 싸 놨지, 저 불?"

불은 점점 크게 일어났다. 양복쟁이의 얼굴에 검버섯이 다 보일 만치 여기까지 환해진다.

99 휴지.

100 이후부터 다음 소제목 전까지는 제8화 연재분에 해당하는데, 원본에도 소제목이 없어 이어졌다.

"어쩔련? 징역을 갈련? 내 말을…?"
하면서 양복쟁이는 서운의 다른 한편 손을 마저 잡는다.

"응? 징역을 갈련? 십 년 동안을 가막소[101]에 가 썩을 테냐? 어서 말해…?"

서운은 속으로 '십 년이나!' 하고 뛰는 가슴속이 다시 한번 내려앉았다.

"살려 주오!"

이렇게 서운은 비로소 모기소리만치 입술을 울렸다.

양복쟁이는 그 소리를 듣자 곧 서운의 한 팔은 놓고 한 팔만 산으로 끌었다. 서운은 끌리는 대로 허방지방 돌부리를 차며 나뭇등걸에 긁히면서 걸음을 재쳤다.

어딘지 산이라도 갈수록 길은 넓어졌다. 큰길일수록 밝았다. 밝은 데 와서 양복쟁이는 서운의 아래위를 훑어보았다. 그리고 서운의 한쪽 발이 맨발인 것을 비로소 알고 맨발을 들라고 해서 불빛에 비춰 보았다.

발엔 피가 흘렀다. 그러나 양복쟁이는 서운의 발바닥을 만져 보고 그 가죽이 의외에 두껍고 튼튼스러움을 알고는

"이게 시골 계집앤가?"
하는 듯 의아한 눈으로 서운의 아래위를 다시 한번 훑어보았다. 그리고 숱하지도 못한 수염을 경련적으로 두어 번 찡긋거리며 서운의 얼굴만 노리어보았다.

서운의 얼굴은 거의 표정을 상실하였으나마 폭풍우 속에서도 꽃은 꽃이듯이 얼굴의 고움은 그냥 고움이었다.

양복쟁이는 좌우를 한 번 둘러보더니 서운의 그 끈도 없이 한 손으로 여며 싸고 섰는 자리옷 자락을 툭 가볍게 채어 보았다. 서운은 날쌔게 다시 여몄으나 실 한 오리 가리지 못한 서운의 알몸은 양복쟁이의 섬광

101 '감옥'의 방언.

같은 시선에 보일 대로 다 보이었다. 그의 수염은 또 두어 번 찡긋거려졌다. 그리고 이 순간만은 마른 북어를 연상시키는 영양부족인 듯한 그의 얼굴이나마 붉은 혈색조차 떠돌며 이마에 힘줄까지 일어섰다.

서운은 다시 그에게 딸리어 거리로 나려왔다.

어딘지 알 리 없었다. 어디선지 이상스런 고동 소리가 똑 바다에서 듣던 무슨 뱃고동 소리 같은 소리가 요란스런 종소리와 함께 지나간다. 서운은 그것이 소방대 자동차 소리인 것도 알 리 없었다.

서운은 양복쟁이가 끄는 대로 좇아 어떤 우중충한 뒷골목 길다란 함석집 앞에 이르렀다. 가만히 보니 앞이 아니라 뒷문이요 또 온 전채의 집이 아니라 한 지붕 아래 여러 집으로 따로따로 나뉜 집들 중의 하나였다.

양복쟁이는 좌우를 힐끔힐끔 살펴보면서 문에 달린 맹꽁이쇠[102]를 열었다.

이웃은 모다 잠든 듯 조용한데 어느 끝에서 보채는 아이 울음소리가 두어 마디 울려왔다.

서운은 그 소리에 저도 울음이 울컥 터지려 했으나 문이 드르륵 열리는 소리에 그만 움츠러지고 말았다.

문은 흔히 일본 집에서 보는 유리 달린 부엌문으로 어떤 쪽은 금이 가고 어떤 쪽은 아주 떨어져 종이를 발랐는데 그것도 구멍이 뚫린 가난한 문이었다.

"들어가…."

서운은 앞서 선뜻 들어섰다. 양복쟁이는 서운을 넣고는 다시 한번 좌우를 두리번거리더니 따라 들어와서는 곧 문부터 채이었다. 이 양복쟁이는 이근철이라는 대서업(代書業)을 하는 사람이다. 전라도 사람으로 처자식 다 굶주리는 고향에 던져 두고 서울 온 지 팔구 년, 부청 가까이

102 '자물쇠'의 속어.

길거리로 난 셋방 하나를 얻어 가지고 문패는 사법대서인(司法代書人)이라 붙였으나 실상은 협잡과 아편 밀수입이 그의 본업이었다.

그러나 협잡이라야 대서하러 오는 촌사람들을 농락하는 한끗[103]해야 오 원, 십 원짜리인데 그것도 한 달에도 몇 번씩 생기는 일은 아니요, 그래도 한몫 몇백 원, 몇천 원 만져 보자면 아편 쪽이 성사가 돼야 할 터인데 경륜은 해 오는 지 오륙 년이나 잡혀가는 축에 끼이지 않은 것만 다행. 한 번도 목돈을 잡아 보진 못하였다. 그래서 가난은 이 인생으로 마지막 언덕인 사십객[104], 게다가 소화불량증까지 끼인 이근철이에게서 한때도 떠나지 않았다.

그러니 이근철의 홀아비 방에 이런 젊은 계집 사람이 들어서 보기는 이런 기적과 같은 횡수[105]가 아니고는 바랄 수 없는 일이었다.

물론 서운은 애비 같은 연갑[106]이나마 찍소리 못하고 이 이근철이가 하라는 대로 아내의 시중을 드는 수밖에 없이 되었다.

이근철이는 매우 탐탁했다. 이렇게 꽃 같은 계집이 나무에서 떨어지듯 굴러들어 왔으니 금년에는 재수도 트여 아편 일도 성사가 되나 보다 하고 끔찍이 서운을 귀애했다. 쌀이 떨어져 밥을 끓이지 못하면 어떻게 해서나 끼니 대신 호떡이라도 사다가 서운에게 던져 주었고 의외에 대서료나 돈장이나 생기면 버릇이 되어 걸음은 절로 술집으로 내달리건만, 꾹 참고 지나가는 과일 장수를 불러 차미도 사고 복숭아, 추리[107], 딸기 같은 것을 사서 서운을 먹이었다.

그런데 이 이근철이가 술집으로 가지 않는 것은 술값에 쓸 돈으로 실과를 사서 서운을 먹이려는 때문만은 아니었다. 술집이고 어디고 간에

103 '한껏'의 방언.
104 마흔 살 정도의 사람.
105 뜻밖의 운수.
106 연배.
107 '자두'의 방언.

한참 가야 하는 데와, 가서 한참 지체될 곳엔 여간해서 나서지 않는 것이었다. 그건 서운의 마음을 모르기 때문이었다. 제 생각에도 서운이가 징역을 살기보다는 나을까 해서 자기에게 있는 것이지 털끝만치라도 사랑을 느끼어 있음이 아닌 줄은 알기 때문에, 혹시 자기가 나가 오래 있으면 서운이가 달아날 마음이나 먹지 않을까 하는 의심으로 좀처럼 집을 떠나지 않는 것이었다. 그리고 돈의 여유도 없으려니와 서운에게 외출할 자격을 주지 않으려 입고 밖에 나갈 만한 의복도 사 주지 않았고 신발도 없는 채 그대로 내버려 두었다. 그래서 물을 긷는 것 쓰레기를 내다 버리는 것까지 모두 서운을 시키지 않고 자기가 하였다.

이리하여 서운은 완전히 유폐된 생활을 하지 않으면 안 되게 되었다. 얼굴은 뜨고 살은 여위어 갔다. 서운은 우물이라도 있어 빠져 죽었으면 하는 생각이 하루에도 몇 번씩 치밀었다. 그리고 경남이의 생각으로 틈틈이 혼자 눈물을 흘렸다. 자기가 이렇게 기구한 운명에 빠지고 만 것이 모다 경남을 버리고 온 죄거니 여기었다. 그리고 경남이 때문에만 울지도 않았다. 부모님 생각, 동생 생각, 그중에도 어머니가 자기의 소식을 몰라 주야로 원산 쪽만 들여다 보고 눈물 지을 생각을 하니 그만 사지를 꼼짝하지 못하게 뼈가 어는 듯 서려 드는 것이었다.

하루가 만 리같이 지리하건만 세월은 세월이었다. 여름이 지나고 가을이 온 듯 차츰 서늘한 기운이 조석으로는 때 묻은 홑옷 자락을 소름이 끼치게 풍기기 시작했다.

"저놈하고 어떻게 사나?"

하고 속으로 차라리 이근철이를 죽이고 싶은 독한 마음도 일어나곤 했다. 그러다가는 으레로 한 걸음 물러서

"그까짓 거 지나가는 순사라도 붙들고 모든 것을 자백하리라."

결심에 결심도 해 보곤 하였다. 십 년이라도 떳떳이 징역을 살고 나와 죄를 벗고 대처와 부자만 알던 심보를 고치고 그때까지 경남이가 장가를 들지 않고 있었다면 그와 혼인해서 어디서나 농부의 아내로나 어부

의 아내로나 자유스럽게 살다가 죽고 싶은 욕망이 간절하게 치밀곤 했다.

그런데 하루는 조반을 먹는 때인데 참말 정복 순사와 사복 순사 오 명이 앞뒷문으로 우르르 뛰어들었다.

서운은 자기를 잡으러 왔나 해서 숟가락을 떨어뜨리고 센 얼굴이 새파랗게 질리었다. 그러나 순사들은 서운을 잡지 않고 이근철이도 가만히만 섰게 하고 집안을 뒤지었다. 뒷간, 부엌, 마루 밑까지 뒤지고는 찾는 것은 하나도 발견하지 못한 듯 나중엔 한 경관이 서운을 가리키며

"저 여자는 누구요?"

하고 이근철이에게 물었다. 이근철은 눈도 깜박하지 않고

"내 아낙이오."

했다.

"아낙?"

하고 순사들은 나이가 너무 틀려 보임에 곧이 안 들리는 듯 그 순사가 다시 물었다.

"후실이오? 첩이오?"

하니 이근철은 힐끔 서운을 한번 보고는

"첩이오."

하였다. 서운의 새파랗던 얼굴은 금세 불덩어리처럼 붉어지고 말았다. 그러나 그 순사들이 이근철이가 아편 밀수입 혐의를 받았기 때문에 가택수색을 왔던 줄은 서운은 전혀 몰랐다.

그날 밤 서운이가

"오늘 아침에 왜 순사들이 왔더랬나요?"

하고 물으니 이근철은

"응 여태 모르나? 조선 사람으로 사회에 이름 있는 사람은 가끔 그렇게 가택수색을 당하는 거야."

하였다. 그러나 서운의 생각에도 아무리 보아도 이근철이가 사회에 이

릅 있는 사람같지는 않았다.

벌써 찬물에 쌀 씻기가 싫은 초겨울날 어떤 밤이었다. 이번에는 정복 순사는 없어도 모두 사복한 형사 세 명이 뛰어들어서 가택수색은 하지도 않고 다짜고짜로 이근철이보고는

"이놈아!"

서운이보고는

"이년아!"

하면서

"경찰서로 가자!"

하였다. 서운은 전깃불이 다 안 보이게 눈앞에 아뜩하여 쓰러지고 말았으나 형사는 서운의 손목을 낚아채었다. 그리고

"이년아, 어서 가!"

하고 호령을 질렀다.

서운은 이근철의 뒤를 따라 가지런히 본정[108] 경찰서로 끌리어갔다.

죄와 벌

서운은 잡혀간 때가 밤이라 우선 유치장으로 들어갔다. 물론 이근철이는 남자 유치장에, 서운은 여자 유치장으로 따로 들어간 것이다.

여자 유치장 안에는 갈보 같은 젊은 여자 하나가 먼저부터 들어 있었다. 그는 서운이가 들어서는 것을 보고 밝지 못한 불빛에서도 금니를 번쩍거리면서 빙그레 웃었다. 그리고 순사의 발자국 소리가 멀어진 다음에 부들부들 떨기만 하는 서운이더러

"왜 들어왔수?"

108 本町. 혼마치. 충무로의 일제강점기 명칭.

하였다. 서운은 그 소리에 눈물이 펑 쏟아졌다. 미처 대답을 못 하니까

"처음인 게구료, 울구?"

하면서 서운의 으시시한 차림과 허술하게 쪽 찐 머리를 보더니 빙긋 웃으며

"밀매[109]를 하다 들킨 게군…."

하였다.

서운은 한참 만에 그래도 말벗이 되는 것과 또 무슨 죄로 갇혔는지는 모르되 같은 처지라 그의 지껄이는 말에 울음을 참고 대꾸를 하였다.

"밀매가 뭐요?"

하고 물으니

"밀매라면 알아들을 게지…. 호호."

하며 그 여자는 배포 유한[110] 웃음소리까지 내었다.

그래도 서운은 그 여자의 밀매라는 말이 무슨 말인지 알아듣지 못하고 한참 주먹을 부비다가

"나는 불 논 죄라우."

하였다.

"불을? …그럼 방화범이로군!"

하고 그 갈보 같은 여자는 담요를 쓰고 누우면서

"이거 담배 생각이 님 생각보다 더하구나."

하였다.

다시 뚜벅뚜벅 하고 순사가 오더니 거센 목소리로

"옛다!"

하고 담요 하나를 서운에게 들여뜨렸다[111].

서운은 도적이 제 발이 저리다고 이근철 때문인 줄은 모르고 자기가

109 '밀매음'의 준말. 허가 없이 몰래 몸을 팖.

110 느긋하고 유들유들한.

111 들여놓았다.

불 논 죄거니만 여기었다. 이근철이는 자기를 숨긴 죄로 같이 잡혀 왔거니만 알고 도리어 이근철에게 미안한 마음이 들고 심우경이만이 씹어 먹고 싶게 원망스러웠다.

"십 년!"

하고 서운은 애통이 터지는 듯 한숨을 쉬었다. 이근철이가 남산에서 "십 년 징역을 살련, 내 말을…" 하던 그 말이 늘 잊혀지지 않고 있었다. 이근철이는 대서소를 하여 다소 법률 경우는 아는 것 같으니까 그 십 년이란 말도 아주 모르는 말은 아니거니 믿어졌다.

"이왕 이렇게 잡힐 테면 그때 즉시 잡혔어두 이근철이 놈한테는…."

하고도 후회가 됐으나 나중에는

"그까짓 심우경이한테 이왕 더럽힌 몸인데…."

하고도 울어 보았다.

이튿날 서운이가 사법계(司法係) 취조실로 불려 나가기는 오후 두시나 되어서다.

묻는 순사도 조선 순사요 옆에서 받아 적는 순사도 조선 순사였다.

"네 원적(原籍)이 어디냐?"

소매 끝에 금줄이 달린 순사가 물었다.

"…."

서운은 원적이란 말도 알아듣지 못했거니와 말이 나올 수 없게 가슴이 두근거리고 입이 울음으로 떡떡 마주쳤다.

"울지 말고 어서 대답을 해!"

하고 순사는 발을 굴렀다. 그리고 절썩 하는 소리가 났다.

그러나 그 절썩 소리는 서운의 뺨에서 떨어진 소리는 아니었다. 소리 나는 데를 돌아다보니 거기도 어떤 사내 사람 하나가 문초를 받는데 마룻바닥에 무릎을 꿇렸을 뿐 아니라 이제 뺨을 때리고도 구둣발 뒤꿈치로 허벅지를 내려 짓찧으니

"아야야! 아휴! 아휴!"

하고 죽는소리를 쳤다.

그 바람에 서운은 사지가 얼어드는 듯했다.

"어서 대, 이년아! 매를 좀 맞어야겠니? 원적이 어디냐 말야, 원적?"
하고 순사는 호령을 했다.

"원적이 뭐야요?"
하고 서운이가 부들부들 떠니

"너희 고향집 있는 데 말이다."
한다.

서운은 떠듬떠듬 "함경남도 덕원군 어디"라고 대이니,

"현주손?"
한다. 서운은 현주소란 말도 깨닫지 못하여 어리벙벙해 섰으니까, 묻던 순사는

"물어보나마나 이근철이 주솔 테지."
하고 서기가 적기 기다려서

"이름은 뭐?"

"서운이오."

"성까지 대야지."

"김서운이오."

"서운이라고? 무슨 자 무슨 자야?"

"상서 서자 구름 운자요."

"이름자는 그래두 아는구나. 에… 연월일이 언제냐?"

"무어요?"

"몇 살이냐? 생일은 언제구?"

서운이는 집안사람의 나이와 생일이나 대는 것처럼 한참 생각하여 가지고 대답하였다.

순사는 무슨 서류를 한참 뒤적거리더니

"언제부터 이근철이와 살었니?"

"…."

서운은 이렇게 차츰차츰 캐어 들어가는 것은 자기가 심우경의 집에 불을 놓고 뛰어나온 날짜를 알려는 것인 줄만 알고 차라리 자초지경[112]을 자진해서 고백하리라 생각하는데, 순사는 또

"네가 이근철이의 첩이라지? 첩 노릇을 하면 사내놈이 돈은 없더라도 나기나 잘난 사람한테 반했다든지, 그렇지 않으면 늙었더라도 돈이나 많어서 호강으로나 가는 게지, 어찌 돼서 이런 너석한테 걸려들었느냐? 어디 자초지경을 말해라."

한다.

서운은 "자초지경을 말해라" 하는 말에 꼭 여부없이 불 놓은 단서를 붙잡힌 것처럼 또 한 번 가슴이 철렁하였다. 서운은 그만 울음 반 말 반으로

"그 불은 내가… 내가 놓았습니다…."

하였다.

보통 사람들이면 이런 경우에, 즉 의외의 불 이야기가 튀어나오는데 "무엇? 불? 불이라니 웬 불?" 하고 놀라지 않을 수 없을 것이나, 쓰럿드리고[113] 속으로만 놀랬을 뿐, 의외의 범인이 걸렸다고 즐거운 눈치를 저희끼리 주고받았을 뿐, 마치 서운이가 생각하는 대로 그 방화사건을 취조하던 것처럼 태연한 태도를 그냥 가지는데, 사법경관다운 기민한 용의가 있었다.

사실인즉 이근철이는 몇 달 전에 검거된 아편 밀수입자들이 검사국[114]으로 넘어가서 다시 취조를 받다가 이근철이까지 불어 넣고 말아서 잡혀 온 것이요, 서운이는 나이도 어릴 뿐 아니라 이근철이 같은 주제에 첩이라고 하는 것부터 수상하여 혹 시골 계집애를 감언이설로 꾀어다 몸

112 자초지종.
113 모른 척하고.
114 檢事局. 일제강점기에 검사가 일을 보는 곳. 검찰청.

을 망쳐 준 것이나 아닐까 하여 한데 다려다가 취조해 보던 것이었다.

그리고 이근철이가 먼저 취조를 받을 때 자기의 지은 죄는 이미 연루자의 자백으로 말미암아 드러나고 말았지만 서운의 죄는 자기만 누설하지 않으면 영영 덮여지고 말리라 생각하고 "어데서 데려온 계집이냐?" 물음에 끝까지 뺨따귀를 맞아 가면서 "남산에서 방황하고 있는 것을 처음에는 배가 몹시 고파하는 것 같기에 밥이나 한 끼 먹이려고 다려온 것이라" 우기었다. 서운이 자신만 불 이야기를 꺼내지 않았더면 서운은 곧 무사히 놓여나오든지 그렇지 않으면 공차를 타고 고향으로 환송될 몸이었다.

그러나 서운은 심우경의 집에 불을 놓게 된 자초지경을 하나도 숨김없이 다 자백하였다. 그리고 이근철이가 우연히 어디서 뛰어나와

"십 년 징역을 살 테냐, 내 말을 들을 테냐?"

하던 말까지 다 고해 바치고 말았다.

이리하여 서운이는 본정 경찰서에서 일주일 만에 취조 서류와 함께 검사국으로 넘어갔고 곧 지방법원에서 재판이 되고, 그러나 경찰서에서부터 관리들의 동정을 받아 방화죄로는 헐한 판결이 나려 일 년 육 개월의 징역을 서대문감옥에서 살게 된 것이다.

심우경이가 서운을 유인한 죄로 붙들려 와 재판을 받은 것도 무론. 그러나 그는 변호사를 대고 비용을 많이 쓰고 운동을 하여[115] 곧 집행유예로 놓이었다.

서운은 감옥에 들어간 것이 이근철이 집에 있기보다는 훨씬 행복이라 하였다. 일 년 육 개월만 끔적 넘기면 다시 청천백일하에 자유스럽게 나설 수도 있거니와 아직까지의 허영심을 혀를 깨물고 후회하였으니 앞으로는 건실한 새 생활이 열릴 것을 믿었기 때문이다. 다만 한 가지 후회, 후회하여도 깨끗지 못한 것은 경남이를 위해 꽃다운 처녀성을

115 힘을 써서. 준비를 하여.

지키고 있지 못하고 영원히 다시 붙들어 올 수 없이 날려 버린 그것이 었다.

"그러나 그 한 가지 흠이 있는 대신에 그를 위해선 살이 찢어지든지 뼈가 부서지든지 어떤 가난, 고생이라도 달게 받고 충실하리라."
결심 결심하였다.

감옥 안에서 서운은 담뱃갑을 붙이는 것이 일이었다. 그리고 일본 여간수한테 눈에 들어서 틈틈이 일본말도 배우고 운동과 햇빛을 볼 틈도 남보다 갑절 얻게 되었다. 따라서 "감옥을 나가면 어찌하나?" 하는 걱정을 간수에게 가끔 말하기도 하였다.

그럴 때마다 간수는
"염려 마라. 소장께 잘 말해서 너희 집까지 돌아갈 여비를 맨들어 줄 것이니."
하였다.

그러나 서운이 자신은 죽더라도 집에 돌아가고 싶지는 않았다. 몸을 더럽히고 징역을 살고 감옥에서 나오는 길로 집에는 차마 돌아갈 낯이 못 되었다. 어찌해서나 서울에서 무슨 일거리든지 얻어 가지고 차차 고향으로 수소문을 하더라도 경남이를 찾아서 서울서 살리라 결심하였다.

"무슨 일이든지 좋으니 서울에 있게 해 주서요."
하고 서운은 상냥스런 일본 여간수에게 만나는 대로 조르곤 했다.

그래서 서운은 만기가 되어 나오는 날은 여간수들의 주선으로 형무소 회교사(悔敎師)[116]의 소개를 얻어 경성부[117] 사회과에 오게 되었고, 거기서는 또 버스가 경성부의 경영으로 있던 때라 시험을 보면 도저히 뽑힐 만한 일본말이 못되었으나 사회과의 힘으로 사지[118] 양복에 빨간

116 교도관.
117 일제강점기에 대한제국 수도인 한성부를 고쳐 이르던 말. 지금의 서울시.
118 영어 '서지(serge)'의 일본식 발음으로, 짜임이 튼튼한 모직물.

넥타이를 매고 "스탑!" "오라잇[119]" 하는 '버스걸'이 된 것이다.

버스 안에서 만나는 사람들

버스걸 서운은 글자 그대로 재생의 기쁨이었다. 삼십 원도 까맣게 모자라는 월급이언만, 첫번 월급을 받아 가지고 그래도 주인집에 밥값을 치르고도 부스러지지 않은 채 빨걱빨걱[120]하는 옹근[121] 십 원짜리 한 장이 손에 남는 것을 쓰다듬을 때, 서운은 감격의 눈물이 두 눈에 펑하게 엉키고 말았다.

돈 십 원 그것에 감격은 아니었다. 제힘으로 살아온 짤막한 과거, 그 한 달이란 세월을 돌아볼 때 눈물이 솟고 가슴이 가쁘게 감격되는 것이었다.

그 기쁨의 감격 끝에는 이내 슬픔도 찾아왔다.

생각하면 경남이의 아쉬운 마음! 또 생각하면 꽃다운 육신의 더럽힘! 뼈가 저리게 마음이 쏘는[122] 아픔이요 슬픔이었다. 그래도 경남이는 죽지 않고 사노라면 또 수소문을 해서 찾으면 못 만날 사람은 아니로되, 자기의 더럽힌 몸만은 영원히 밀 수 없는 때로다 생각하면 광명하던 천지가 다시 캄캄해지는 것 같고, 자기의 열 손가락을 펴고 나려다보면 열 손가락 힘줄마다 먹물같이 더러운 피가 꾸물꾸물 지렁이처럼 기어 다니는 것같이도 생각이 들었다. 이 한 번 더럽힌 피를 다시 순결한 처녀의 피로, 처녀의 살로 씻어 주는 약이 있다면 그 남은 십 원을 들고 곧 병원으로 달려갈 것이었다.

119 영어 '올 라이트(all right)'의 일본식 발음.
120 빳빳한 종이나 지전(紙錢)이 구겨지면서 나는 소리.
121 온전한.
122 '쑤시는'의 방언.

그러나 그런 약이 있을 리 없다. 결국 공상이거니 생각하면 가슴을 쥐어뜯어도 시원치 않은 번민뿐이었다.

버스 안에는 별난 사람들이 다 탔다. 어린애, 늙은이, 학생, 신사, 어멈, 아씨, 기생, 배우. 조그만 인간 전람회장인 것이 버스 속이었다.

사람은 흔히 뜻갈[123]이 사나웠다. 더구나 서운의 눈에 비치는 남자들은 흔히 뜻갈이 사나웠다.

"여보 차장, 같은 돈 내구 서 가야 옳단 말요?"

"자리가 없는 걸 어떡합니까?" 하면

"흥, 그렇든가! 꽤 똑똑한데[124]. 응, 쓸 만해…."

혹은

"제기! 내 돈은 왜 두께가 얇은가" 하고 진종일 들까불리어[125] 손끝으로 밀어도 쓰러질 듯한 자기를 웬만한 '데꼬보꼬[126]'에도 짓궂이 덮쳐 누르고 끌어 잡고 늘어지는 사내 녀석들이 하루도 열, 스물로 헤일 만하였다.

그중에도 더러 점잖은 사나이도 무론 있었다. 어떤 사나이는 얼굴이 비슷한 사나이도 본 적이 있고, 어떤 노인 하나는 똑 옆으로 보기에 자기 아버지 같은 손님도 있었다.

얼굴이 경남이 비슷한 사람이야 어쩌다 한 번 있은 것이지만 그 얼굴에 떠도는 기질이 잠시 잠깐 보아도 경남이 같은 사내들, 학생들은 종종 찾아보면 많이 있었다. 어떤 학생은 그의 입에서 말소리도 똑 경남이처럼 나올 것 같아서 일부러

"표 찍었습니까?" 하고 물어도 본 적이 있었다.

123 성질. 마음씨.
124 잘생겼는데.
125 위아래로 심하게 흔들리어.
126 '울퉁불퉁', '불균형'을 뜻하는 일본말.

이럭저럭 버스에 담겨 사는 지도 서너 달 되었었다. 하루 아침엔 동대문을 돌아 종로로 올라오는 차인데 뒤에서 표를 찍으며 운전대로 나오려니까 어느 정류장에서 올랐는지 아무튼 아직 표도 찍지 않은 청년 하나가 옆모양이 이상하게 서운의 눈을 끌었다.

청년은 학생처럼 때 묻은 고구라[127] 양복에 도리우치[128]를 썼는데 바로 운전수 뒤에 앉아서 정신을 잃고 운전수의 운전하는 것을 넘겨다보고 있었다. 서운은 속으로 '또 경남이 비슷한 사람이 아니게?'
하고 바투[129] 다가서며

"표 찍으십시오. 다음은 빠고다공원 앞이올시다. 나리실 분 안 계십니까?"
외치었다. 그리고 그 고구라 양복의 청년을 나려다볼 사이 없이 박두하는 다음 정류장에부터 눈을 던지지 않을 수 없었다.

다음 정류장엔 손님이 없었다. 얼른 보아 차 안에서 일어서려는 손님도 없었다. 그래서

"쓰기[130]. 오라잇."
하고서야 그 청년을 나려다보았다. 나려다보니까 청년은 벌써부터 자기를 치어다보고 있는 얼굴인데 경남이 같기는커녕 몰라보게 우람스러워는졌을지언정 틀림없는 경남이 자신이었다.

"아!"

피차에 입에서 놓친 소리였다. 그러나 버스의 스피드의 소음과 진동에 다른 손님은 한 사람도 그 소리에 귀를 뜬[131] 사람은 없었다.

127 '두꺼운 무명 직물'을 뜻하는 일본말.
128 '사냥 모자'를 뜻하는 일본말. 헌팅캡.
129 가까이.
130 '다음'을 뜻하는 일본말.
131 소리를 유심히 들은.

한참 어쩔 줄을 모르고 서로 바라보다가 서운이가 먼저

"다음은 종로이정목[132] 우미관[133] 앞이올시다."

하고 입을 뗀 김에

"앙이, 언제 올라왔소?"

하였다. 그는 경남이 앞에서 한동안 잊었던 악센트 거센 자기 고향 사투리가 나온 것이다.

"삼사 일 전에…."

하고 경남이는 더욱 어쩔 줄을 몰랐다.

경남의 마음은 정말 어찌할 바를 몰랐다. 서운이는 그래도 하노라고 그 텅 빈 뱃간에 '서울로 간다'는 쪽지쪽을 남기고 떠나온 것이언만, 그것을 발견하지 못하고 다만 자기를 불만히 여겨 도망간 줄만 짐작하고 절치부심하던 원수의 서운이었다. 묻는 말에 선뜻 대답은 하였으되 또 이 면으로 따지어서만 원수가 아니었고, 얻지 못해서도 원수였던 서운이라 그야말로 소리 곡조에처럼 동지섣달에 꽃을 본 듯 눈이 번쩍 트였으나 그 반가움 때문에 더욱 어쩔 줄을 몰랐다.

"어드에서 나리겠소?"

"광화문네거리라는 데서."

하고 경남이는 또 대답하였다.

"어찌누…? 나는 오늘 오후 네시꺼지니께 그때 쭈슴[134] 내 쥐인[135]으루 오겠소?"

하니 이번에는 경남이는 들은 척 만 척하고 고개를 돌리어 바깥만 내다보았다.

이러는데 버스는 손님이 제일 많이 나리고 오르고 하는 종로네거리

132 鍾路二丁目. 지금 종로2가의 일제강점기 명칭.
133 優美館. 1910년대 초 경성 관철동에 세워진 상설 영화관.
134 '쯤'의 방언.
135 주인. 숙소.

로 왔다. 서운은 차장의 직무로 돌아오지 않을 수 없었다.

버스가 종로네거리를 떠날 때에는 손님이 만원이 되도록 탔다. 서운은 손님 새를 비비고 다시 경남이 앞으로 갔다. 좁은 틈이어서 경남의 도리우치만 나려다볼 뿐이다. 이렇게라도 말을 해 보지 않을 수 없었다.

"내 쥐인은 도렴동이라는 덴데 바루 광화문네거리서 찾기 쉽당이. 그 때 쭈슴 찾아오오. 도렴동 XX번지…."

그러나 경남이는 대꾸가 없었다. '네깟 년! 나를 차 던지고 간 년!' 하고 침을 뱉는 듯한 투가 그제야 서운의 가슴에 번개같이 스치어진 것이다.

서운은 정신이 아찔하여 차가 머물러도 "종로일정목이올시다. 나리실 분 안 계십니까?" 소리를 내이지 못하였다. 간신히 나리는 사람의 표를 받고 기계적으로

"오라잇!"

했을 뿐. 그러나 다음 광화문 정류장에서 경남이가 나리려고 일어서는 데는 악에 가까운 정신이 차려졌다.

"어듸메 유하오?"

"나?"

하고 그제는 경남이도 입을 열었다.

"응."

하고 서운은 고개를 끄덕이었다.

"종로오정목 XX번지 대성여관에…."

"저녁녘에 있겠소?"

경남이는 대답은 않고 머리를 끄떡거리고 정거하는 버스를 나렸다. 돈을 오 전짜리 한 푼을 서운에게 주면서.

그날 오후 네시, 서운은 자기의 종업시간이 끝나자 곧 옷을 갈아입고 동무 차장의 차에 얹혀 종로오정목으로 와서는 대성여관을 찾았다.

대성여관은 번지도 다 맞추기 전에 얼른 간판이 눈에 띄었다.

"김경남이란 손님 들어왔소?"

"아직 나가서 안 들어왔는데요."

"좀 그 방에 들어가 기다리겠습니다."

"글쎄요, 들어오슈그래."

해서 주인인 듯한 늙수그레한 사나이에게 따라 들어가니 뜰아랫방 같은 방을 하나 가리킨다.

"저 방이오."

서운은 빽빽한 미닫이를 애쓰고 열어 보니, 말[136] 같은 방안에는 여관집 침구인 듯한 때 묻은 인조견 이불 한 채가 목침과 함께 놓여 있고 경남이 핸[137] 듯한 조그만 책 보퉁이가 하나 구석에 놓였을 뿐이다.

서운은 방에 들어가기 전에 주인을 다시 돌아보았다.

"이 방 손님 언제 왔습니까?"

"한 사흘 됐소."

"어디로 볼일이 있어 나갔습니까?"

"그 사람 운전수 시험 치르려 올라온 사람이오."

"무슨 운전수요?"

"자동차겠지. 그리게 도청으로 가군 하지."

"자동차? 어디서 뱄을까[138]?"

하고 서운이가 혼잣소리처럼 하니까 일없는 주인은 아는 데까지 대꾸를 해 주었다.

"함흥서 뱄나 봅디다. 그리게 함흥서 한 번 시험을 치렀다가 떨어져서 서울로 왔다구 그리더면…."

"네…."

136 襪. '버선'의 방언. 버선같이 좁고 답답한 공간을 뜻함.
137 해인. 것인.
138 배웠을까.

"그런데 김경남이허구 어찌 되오?"

"…네, 한고향이여요."

하고 서운은 주인이 쓸데없이 자꾸 캐일 것 같아서 방으로 들어와서 춥지는 않으나, 아니 오히려 갑갑하나 미닫이를 닫았다.

서운은 가만히 눈을 감고 아침에 차에서 만났던 경남이를 머릿속에 그려 보았다.

경남이는 몹시도 우람스럽고 키도 버스에서 꾸부릴 만치 커 보였다. '그새 벌써…' 하고 따지어 보니 그동안도 어느덧 햇수로 삼 년 만이다. 자기 자신도 원산서 심우경이를 만나 서울로 올라오던 때를 생각해 보고 지금의 자리를 비교해 보면, 키 같은 것은 얼른 몰라도 어깨나 젖가슴 같은 데는 현저히 그만한 차이가 생긴 것도 새삼스레 느끼어졌다.

서운이는 이내 그 경남이의 표정을 생각하였다. 처음엔 반가워했으나 나중엔 분명히 원한을 머금고 매정히 굴던 것을 생각하였다. 그리고

'과연 내년의 잘못이다!'

하고 서운은 탄식하였다.

'무어라고 빌어야 할까?

빌면 그만일까?'

원산서 그 남자한테 욕을 볼 뻔하다가 경남이가 나타나 주던 일, 그날 밤 둘이서 바닷가에서 밤새우던 일, 그리고 침묵 속에서 그에게 사과하고 용서를 받고 하던 일, 이런 생각들이 떠올라서

'벌써 내가 경남이에게 두번째로구나!' 하였다.

'그러고 그땐 몸은 몸대로 깨끗하지 않었었다?'

하는 생각에 얼굴은 다시 화끈거리었다.

서운은 경남이를 이제나저제나 하고 기다리면서도 사실은 경남이가 나타날까 봐 마음이 조이기도 하였다.

'어찌 얼골을 들고 보나?

경남이가 그여이[139] 모른 척하면 어찌하나?'

하고 끓고 타는 마음으로 신발 소리를 기다리었다.

불행은 행복의 그림자[140]

서운이가 경남이를 기다리는 동안 제일 속이 조이는 것은 경남이에게 어떻게 거짓말을 그럴듯이 꾸며대이나 하는 걱정이었다.

서울 와서 산전수전 겪은 고초는 제이하고[141] 첫째 '원산을 떠날 적에 웬 돈이었느냐? 어떤 사람과 같이 왔느냐?' 이런 질문에 무어라고 대답을 해야 할지가 실로 걱정이었으니 이 대답을 그럴듯이 잘하고 못하는 데서 경남이와 다시 손목을 잡을 수도 있고 영원히 남이 될 수도 있기 때문이었다.

경남이는 여섯시나 되어서야 돌아왔다.

"어떻게 오늘도 잘 보았소?"

주인이 묻는 말에

"네. 어쩌면 아주 파쓰가 될 듯도 한데요…."

"그런데 벌써부터 누가 와서 기다리오. 어서 들어가 보슈."

그때 경남이는 아까 서운이는 빽빽해서 억지로 연 미닫이를 단번에 쑥 밀어 젖히었다. 서운이는 앉은 채로 구석으로 물러나며 몸을 날아갈 듯이 송그리었다[142].

잠자코 들어선 경남이는 다시 찌익 미닫이를 닫고 서운이는 본체만체 캡을 벗어 걸더니 서운이와는 정면을 피하여 비슷이 돌아앉았다.

139 '기어이'의 방언.

140 『신여성』에 발표 당시 11화에 해당하는 본 회차가 10화로 잘못 표기 수록되었다. 원본 지면에는 마지막 회가 11화로 표기되어 있지만 총 12회에 걸쳐 연재된 작품이다.

141 둘째로 하고.

142 오그렸다. 옹송그렸다.

그들은 한 삼십 분 동안이나 말이 없었다. 저녁상이 나오니까야 경남이는 밥을 가지고 나온 사람에게

"수제[143] 한 벌 더 내다 주시오."

하였다.

이 소리는 비록 서운이 자신에게 주는 말은 아니었으되 서운은 자기에게 모든 것을 묻지 않고 용서한다는 말처럼 고맙게 들리었다.

수저가 나오고 다시 미닫이가 닫히고 그리고 또 잠깐 침묵이 지나가고 그러다가 경남이가 다시 서운이 쪽으로 앉음앉이[144]를 고치고 상을 끌어당기고 이번에는 서운에게 지껄이었다.

"좀 먹어…."

서운은 울음이 울컥 터지고 말았다. 견딜 수 없어 엎디어 울었다.

삼사 일 뒤였다.

서운이는 아직껏 있던 주인집을 나와서 재동 어디다가 뉘 집 부엌도 없는 단칸 사랑방을 하나 얻고 살림을 차리었다.

살림이라야 풍로[145] 하나, 왜솥[146] 하나, 냄비 하나, 그리고 밥공기 서너 개와 수저 두어 벌과 왜간장 한 병, 쌀 두어 말이었다. 이것이나마 서운은 자기의 힘으로 차리어 놓고 경남이를 맞이하는 것이 그로서는 이루 측량할 수 없는 기쁨이었다.

이 소꿉질 같은 살림이나마 경남이는 떳떳한 한 남편으로 서운이는 한 건실한 아내로 남부럽지 않게 사랑의 둥지가 틀어진 것이었다. 그리고 이들의 그 구멍 뚫린 들창에 행운의 별은 빛나기 시작하였으니 경남이가 자동차 운전수 시험에 패스가 된 것이요, 또 반달이 못 다 되어 화

143 '수저'의 방언.

144 앉은 자세.

145 風爐. 음식을 조리하던 화로의 하나.

146 테두리가 있고 밑이 깊은 솥. 양은솥.

물 자동차나마 어떤 운송점에 운전수로 취직된 것이었다.

그들의 조그만 가정은 남의 집 쓰다 남은 사랑채나마 오히려 속삭임과 웃음소리의 낙원이었다. 경남이는 흔히 트럭에 남의 집 이삿짐을 싣고 남들의 새로 지은 문화주택으로 날라다 줄 때마다 '나는 언제나 저렇게 한번 지어 보누!' 하는 생각에 불평이랄까 야심이랄까 냉정하지 못한 감정을 품어보곤 했으나 저녁에 집에 들어 서운이가 지어 놓고 기다린 밥상에 마주 앉을 때마다, 그리고 어떤 때는 서운이가 막차까지 보고 오는 날이면 자기가 밥을 지어 놓고 기다렸다가 밤참 같은 저녁을 같이 먹고 조그만 한 칸 방 천지에서 단 둘이 해가 되고 달이 될 제는, 세상의 불만이란, 세상의 야심이란 아무것도 남은 것이 없이 다만 부른 배와 함께 행복의 포만을 느끼는 것뿐이었다.

경남이는 곧 자기 고향집에다 편지를 띄웠다.

서운이를 원산에서 이내 못 만난 것, 그동안 고생은 하였으나 몸엔 탈이 없이도 지냈다는 것, 지금은 서운이도 벌이를 하고 자기도 자동차 운전수가 되어 둘이서 아무렇게 물만 떠 놓고 성례를 이루고 살림을 하는데 부모님이 승낙은 이미 있은 배지만 미리 알려드리지 못한 것은 여러 가지 저희들 형편 때문이었으나 죄송하기 그지없다는 것의 긴 편지였었고, 서운이 집으로도 그의 어머니에게 편지를 띄웠다.

그리고 또 한 가지 그들의 재미스런 소식은 경성부의 경영이던 버스가 경성전기회사로 넘어가는 무렵에 버스 운전수가 많이 정리되었고 새로 여남은 명을 뽑기도 했을 때 경남이가 시험을 치러서 버스 운전수로 뽑힌 것이었다. 그래서 한 달에 두세 번씩은 경남이와 서운이 부부는 한 버스의 차장도 되고 운전수도 되어 손님이 하나도 없는 때에는

"이게 우리 버스랬으면… 우리가 마음대로 댕기면서 벌어먹는…."

하고 종알거리기도 하였다.

이듬 해 봄이었다.

궂은 빗발에 흐트기 시작하는 창경원의 사쿠라는 담 밖을 지나는 버스에까지 날아와 젖은 유리창에 무늬를 놓듯 달라붙는 날이었다. 서운이는 그 쌈싸운 사람처럼 늘 뿌루퉁하여 차장들 사이에는 '불도그'라는 별명을 듣는 권 무엇이라는 운전수와 함께 총독부와 종로오정목 사이를 돌고 있는 날 저녁 때인데, 창경원에서 오르는 손님 가운데 서운의 눈엔 배암이나 귀신과 같이 질겁을 하게 놀래어 놓는 무서운 얼굴이 하나 번뜩하였다. 그러더니 그 여윈 샛노란 얼굴은 그여이 여러 사람들을 쑤시고 다시 버스 문 앞에 나타났다.

그 무서운 얼굴은 버스를 타려는 손님이요 서운이는 그 버스의 차장이라 얼굴을 돌린다고 피할 재주는 없었다.

그 얼굴은 언제 감옥에서 놓여나왔는지 이근철의 것이었다.

이근철도 어느 틈에 서운을 알아보았다.

"아니… 언제부터 하고…."

하며 그 샐쭉한 눈꼬리를 깜작거리면서 입술에 침을 바른다.

서운은 못 들은 체하고 저 할 일만 하였다. 그러나 이 이근철은 그렇게 쉽사리 서운에게서 그림자를 감추려 하지 않았다. 서운이가 일을 마치고 옷을 갈아 입고 차고에서 나설 때면 닷새에 한 번씩은 몇 걸음 옮기지 않아서 어느 구석에선지 땟국과 여허기[147]가 조르르 흐르는 이근철이 따라서곤 하는 것이었다.

그럴 때마다 서운이는 어둑한 골목에 들어서서 주머니 속에 돈이 든 대로 꺼내 주었고, 나중엔 그 넉넉지 못한 살림에서 이 녀석의 입을 씻노라고[148], 또 자기의 사랑의 둥지를 그의 눈에 감춰 두기 위하여, 일 원, 이 원씩 남몰래 주머니에 준비하여 두었다가 주기도 하였다.

그러나 이근철이는 이 일이 원의 돈으로는 만족하지 않았다.

147 '여자가 돌보지 않은 행색'으로 추정.

148 입을 막노라고.

"내 계집이던 년인데 어떤 놈이 손을 대어…."
하는, 늙었으나 꼬장꼬장한 정욕의 질투가 한참 몸태가 잡힌 서운을 밤거리 불에 비쳐 볼 때마다 불붙기 시작한 것이다.

하루 저녁 봄 초승달이 불 없는 뒷골목을 어스름하게 비치는 데서였다.
"이년아, 내가 네 잔돈푼이나 뜯어먹으려는 줄 아느냐? 체…."
하는 이근철의 입에서는 썩은 술내가 확 끼치었다.
"…체… 너는 내 계집이야…. 어디냐 네 집이? 가자 가. 어떤 놈이 남의 먼저 맡은 계집을…. 그 놈 죽이고 나 죽자고나… 에…."
하고 비틀거리며 서운의 손목을 움키려 들었다. 서운은 '으앗!' 소리는 못 질렀을망정 무서운 산짐승에게나 쫓기듯 달음박질을 쳤다. 그래서 그날 저녁은 무사했으나 밤새도록 무서운 꿈에 가위를 눌리었다.

그 뒤 한 사흘 지나서다. 이날 저녁은 서운이가 막차까지 보고 돌아와서 예의 밤참 같은 저녁을 먹고 고팠던 배에 밥과 피곤함에 취하여 경남이의 팔을 베고 옷도 못 벗고 쓰러져 있는 때였다. 안으로 돌아 다니기가 싫어서 새로 터 놓은 지가 얼마 안 되는 판장문이 삐걱삐걱 소리가 났다. 어렴풋이 잠이 들어 있었으나 남편 몰래 혼자 무서운 비밀에 신경이 바늘 끝처럼 날카로워진 때라 서운은 소스라쳐 눈을 떴다.
"왜 그류?"
경남이는 태연히 물었다. 그러나 서운은 새하얗게 질린 얼굴이 똥그란 눈으로 다시 무슨 소리를 들으려 하였다.
"왜 그류?"
"가만…."
하는데 판장문은 또 삐걱삐걱하고 완연히 누가 들어오려는 소리가 났다.

"누구요?"

경남이가 벌떡 일어나며 소리를 내어보냈다. 그리고 곧 미닫이를 열고 불을 밖으로 비치었다.

"누구? 흥!"

이런 이답을 앞세고 비틀비틀하면서 불빛에 나타나는 사람은 경남이 눈엔 한, 지나가다 잘못 알고 남의 집으로 들어오는, 탓할 나위가 없는 술주정꾼이었으나, 서운의 눈에는 똑똑히 상상한 대로 이근철이었다.

"허! 이 양반, 누구네 집으로 알고 이렇게 막 들어오오? 응?"

하는 경남의 말에

"뭣이야? 흥! 젊은 놈팽이로구나. 넌 뉘 집 자식이냐?"

하고 이근철이는 신발 신은 채 방 안으로 들어서려 하였다. 그의 입에서는 술 썩는 내가 훅 끼치었다.

그러나 경남이는 이근철의 존재를 알 리가 없었다. 단지 술 취한 사람의 착각에서 일어난 행동으로만 보이었다.

"여보소? 어딜 이렇게 막 무례스럽게 들어설랴고 하시오, 허! 단단히 취한 양반이로군."

하고 경남이는 이근철이를 못 들어서게 밀어내었다.

"뭐이야?"

하더니 이근철이는 대뜸 철썩 하고 경남의 뺨을 올려 쳤다.

경남이는 주정꾼으로만 여기면서도 너무나 화가 치밀 밖에 없었다. 그러나 얼른 보아 아버지뻘이나 되는 연세임에 마주 손이 올라가지는 못하였다. 다만 방 안으로 들어서지 못하게 그의 가슴께를 떠다밀었을 뿐이다.

그러나 이근철이는 경남이의 고만한 서슬에도 땅바닥에 쓰러지고 말았다.

"이놈이 사람 친다. 이 도적놈이…. 이년아, 헤… 서운아, 이년아. 말해라, 네가 내 계집 아니고 뉘 놈의 응…?"
하고 다시 비틀비틀 일어서 들어오는 이근철의 손에는 무엇이 번쩍 하고 빛나는 것이 있었다.

경남이는 깜짝 놀라었다. 이근철의 손에서 빛나는 것이 칼이기 때문보다 그 지나가다 잘못 들어온 주정꾼으로만 안 사람이 의외에도 서운의 이름을 불렀기 때문이다. 경남이는 그제야 한 걸음 물러서며 서운을 찾아보았다.

서운은 얼굴이 백지장이 되어 부들부들 떨고 있었다.

"저게 웬 사람이냐?"

"…."

경남이가 물었으나 서운의 입은 대답은커녕 벌린 것도 아니요 다문 것도 아니요, 서툰 솜씨로 만든 인형의 입처럼 아무런 표정도 나타내지 못하였다. 그새 이근철이는 방 안에 들어섰다.

"네놈 죽이고 나 죽고 하면… 고만이란 거야… 응? 이놈, 내 계집을 네가…."

이근철이는 이를 빠드득 갈았다. 그리고 한 걸음 경남이와 서운을 향하여 들어섰다.

경남이는 정신이 아뜩하였다. 아무리 상대편이 술 취한 사람이요 힘 갖지 못한 위인이나, 시퍼런 섬광이 번뜩이는 칼날에는 좀처럼 선불리 덤빌 수가 없었다.

그러나 경우는 급박하였다. 비록 술기가 있고 체모[149]가 초췌한 시들어 가는 인간이나마, 그 서운을 할퀴고 경남을 겨누는 이근철의 눈에는 한끗 독 오른 고양이나 뱀과 같은 푸른 불꽃이 피어오르는 것 같았다. 그리고 그의 일신의 기백은 한 칼날에 실린 듯 칼을 잡은 것이 아니라

149 몸가짐. 차림새.

칼에 끌리어 들어오는 것 같았다.

"이 연놈!"

칼이 육박하려는 순간이었다. 서운은 경남의 앞을 막으며 대담히 나섰다.

"여보, 이제라도 내가 개심하면 고만 아뇨?"

"듣기 싫다!"

그러나 이근철이는 자기도 모르게 한 걸음 물러섰다.

"뭐!"

다시금 놀라는 것은 경남이었다.

"뭐는 뭐? 나는 저 어른하고 살아왔어요. 아직껏 당신을 속였어요."

서운이는 이상스럽게도 태도가 표변하였다.

"뭐?"

"나는 이 어른이 없는 새니까 이렇게 됐지, 이 어른을 만난 이상 이 어른에게로 갈 테야요."

이러한 서운의 태도에 놀라는 것은 경남이뿐만 아니라 이근철이도였다. 끝단[150] 마음을 먹었던 이근철이에게는 '아직도 나에게 여생이 있구나!' 하는 한줄기 희망이 번뜻 내달았다. 그 대신 눈앞이 새까매지는 것은 경남이었다.

경남은 모든 것을 비로소 깨닫는 것 같았다. "저놈이 아마 원산서 서운이를 꾀어 온 게로구나! 저놈이 삼 년이나 다리고 산 게로구나! 더러운 계집년! 에이, 에이, 더러운 계집년…" 하고 경남이는 폭발하는 분노에 나는 듯 달려들어 서운의 머리채를 덮쳐 쥐었다. 그러나 이근철이는 그때엔 맑은 정신이 나는 듯 눈만 둥그레질 뿐 칼은 어느 틈에 감추어 버리고 발이 붙은 듯 섰기만 하였다.

경남이는 서운의 머리채는 잡았으나 생각하면 소용없는 일이었다. 얼

150 맨 끝까지 다다른. 극단적인.

른 머리채를 놓고 쓰러지는 서운을 곧은 발길로 한 번 질러 버리었다. 서운은 칵 하고 엎디었으나 다만 묵묵히 경남의 행동만 쳐다볼 뿐이었다.

경남이는 허둥지둥 제 옷을 주워 입고 서운이 쪽에 침을 뱉고

"이 더러운 년아, 잘 살아라."

하고 판장문을 박차고 나가 버리었다.

두어 시간 뒤였다.

갑자기 집을 나와 걸음이 향방 없는 경남이는 아무 데고 정신없이 싸다니다가 거릿집들이 하나씩 둘씩 덧문을 닫을 때에는 몇 번이나,

'이것이 꿈이 아닌가?'

하고 생각하다가 다시 집으로 와 보았다.

판장문은 아직 자기가 차고 나온 그대로 열려 있고 방 안에서도 자지는 않는 듯 중얼중얼하는 소리가 났다.

경남이는 판장 안에 들어서서 엿들었다.

"웬말이냐? 요것이 원…."

하는 것은 그녀석의 목소리였다.

"꽤 못 믿어 하시네. 그럼 저도 사람 아냐요. 제가 신세 진 생각을 하더라도…."

하는 것은 애교가 흐르는 서운의 대답이 틀리지 않았다.

경남이는 다시금 주먹이 떨리었다. 그러는데 웬 사람인지 길을 지나다 말고 경남이가 남의 집에 몰래 들어선 것처럼 보이니까 걸음을 멈추고 들여다보았다. 그 바람에 경남이는 성큼 행길로 나와 또 방향 없이 걸어갔다.

그러나 얼마 걷지 않아 경남의 발길은 다시 집으로 돌아섰다.

'가면 이제 무슨 소용인가?' 하면서도 너무나 분함과 타오르는 질투의 불길은 자제할 힘이 없었다.

그러나 이번에는 와 보니 불이 꺼져 있었다. 판장문도 걸려 있었다.

아무리 귀를 기울여도 들리는 소리는 아무것도 없었다. 경남이는 부르르 떨었다. 당장 판장문을 부수고 뛰어 들어가 연놈을 한주먹에 때려눕히고도 싶었다. 하다못해 뭉어리돌이라도 집어 들여뜨리고도 싶었으며 불을 지르고 싶은 생각까지 나기도 했으나

'몇 번씩이나 속은 내가 글지[151]!' 하고 애초에 원산 그 무슨 여관엔가 남가 놈을 따라가 있는 것을 쫓아가 찾은 것부터 후회하면서 발길을 정처 없이 돌리고 말았다.

그날 밤 새벽이었다. 새로 두어점[152]이나 되었을까, 세상은 고요히 잠 속에 들었을 때였다.

서운이는 한편 날에 피가 벌겋게 묻은 단도를 손에 든 채 머리를 풀어 헤치고 맨발 그대로 재동파출소 문을 드르륵 열어젖히었다. 졸고 앉았던 순사는 귀신을 본 듯 눈을 부비며 뒷걸음질을 쳤다.

서운은 들어서는 길로 칼을 순사의 책상 위에 던졌다. 그리고 머리채를 손으로 걷어 올려 아무렇게나 쪽을 찔렀다.

"웬 사람야? 어?"

"살인했소."

하는 서운의 입술은 오리나무 열매와 같이 새까만 것이 바르르 떨었다.

순사는 칼부터 집어는 가지고도 어쩔 줄을 모르다가 본서로 전화를 걸었다. 그리고 수갑을 꺼내더니 서운의 손목부터 채워 놓았다.

"어디야, 현장이?"

"…."

"어디야?"

"…."

151 '그르지'의 방언. 틀리지. 잘못했지.

152 새벽 두시쯤.

서운은 각오는 한 일이지만 한 번 손목이 묶이어지자 혀가 굳어 버리고 말았다.

이내 안국동 쪽에서 밤거리를 흔들어 놓는 오토바이 소리가 나더니 모자끈을 내리고 육혈포[153]까지 찬 순사 세 명이 달려들었다.

서운은 말은 나오지 않으나 걸음은 걸리었다. 앞을 서서 선선히 현장을 안내하였다.

현장은 컴컴하였다. 판장문 안을 들어서니 피비린내가 훅 풍겨 나왔다. 순사들의 회중전등은 곧 문이 열어젖뜨려진 방 안을 들이비치었다.

"푸… 푸…."

이근철의 아직 끊어지지는 않은 숨소리였다.

이근철이는 곧 가까운 어떤 개인병원으로 실리어 가고 서운이는 종로경찰서로 실리어 갔다.

여자 유치장은 텅 비어 있었다. 지옥을 안내하는 마귀의 불처럼 누르스름하게 무리가 서는 오 촉 전등만이 까아맣게 쳐다 뵈는 천정에서 서운이를 맞이하였다.

서운이는 그제야 울음이 터져 나왔다. 참지 못하고 소리를 질러 우니 순사가 뛰어왔다.

그러나 서운의 울음은 순사의 꾸지람을 탄할 만치 얕은 설움 속에서 나오는 건 아니었다. 순사는 꾸지람을 하다못해 문을 열고 들어와서 머리를 끄들르고[154] 발길로 차 보기도 하였다. 그래도 서운이는 제가 울 만치 울고야 그치었다.

이튿날 서운이는 곧 사법실로 끌리어 나가 심문을 받기 시작하였다.

"네 뒤에는 반드시 공모가 있을 것이다. 누구냐? 대어라."

"없어요."

153 六穴砲. 탄알을 재는 구멍이 여섯 개 있는 권총.
154 '꺼들고'의 방언. 잡아당겨서 추켜들고.

"이년이! 안 댈 테냐?"

"없어요."

서운은 살이 찢어지고 숨결이 한참씩 끊어졌다. 피나는 무서운 고초를 겪으면서도 끝까지

"없어요."

하였다.

그러나 또 사실상 애매한 사람이지만 경남이는 곧 그날로 붙잡혀 오고 말았다. 그것은 서운이가 불어 넣은 것은 아니었다. 서운이는 도리어 경남이에게 무슨 혐의가 미칠까 보아 "이근철이 말고 네가 아는 남자가 누구누구냐?" 하는 심문에도 결코 경남의 이름을 대이지는 않은 것이었다. 그러나 경남이가 잡혀 온 것은 형사들이 이들의 세 들어 있던 주인집에 가서 조사한 것으로 서운이가 경남이와 동거한 사실이 드러난 때문이었다.

경남이는 가장 유력한 공모의 혐의자였다. 그런 데다 경남이는 서운이가 이근철이를 단도로 찔러서 이근철이를 네 시간 뒤에 절명케 한 사실을 알자 곧 그 자리에서부터 선선히 자기가 서운을 시킨 것이라고 주장하였다.

그러나 경찰에서는 이 사건을 얼른 낙착을 보고 검사국으로 넘길 수가 없었다. 왜 그러냐 하면 경남이는 어디까지 공모한 사실로 자백하는데 서운이는 어디까지 단독 범행으로 주장하는 때문이었다.

물론 서운의 단독의 범행이었다. 그러나 경남이가 공모라고 자원하고 나서는 것은 오직 서운에게 대한 사랑이었다. 서운의 이 뜻을 깨닫지 못하고 서운을 그자에게 맡기고 침 뱉고 차 버리고 나온 것이 혀를 몇 번이나 깨물어도 시원치 않게 후회되었다.

'나 때문이다! 죄를 같이 지자!'

함에서 자원하여 공모라고 우겨대는 것이었다.

그러나 검사국으로 넘어가서는 경남이의 공모라는 것이 사실이 아니

요 다만 의리와 사랑에서 나온 거짓 고백임이 드러나고 말았다. 그래서 경남이는 무죄로 풀려나오고 서운이만 구형을 받게 되었는데, 서운이는 방화범이라는 중범의 전과자에다가 피해자 이근철이가 절명하고 말았으므로 으레 사형이나 무기의 중형이 구형될 것이었다.

그러나 서운의 범행은 그 원인의 반 이상이 그의 환경에 있었다. 더구나 범행 직후에 파출소로 뛰어와 자백한 것과, 피해자 이근철이가 밀수입범으로 전과자였다는 사실이며, 피해자를 찌른 단도가 역시 피해자의 유물이었다는 사실에서, 서운은 관헌[155]의 동정을 받게 된 것이었다. 그래서 구형이 십오 년 징역이었으나 판결에 가서 십 년으로 언도된 것이었다.

경남이는 언도되는 날 방청석에서 일어나서 판사에게 애걸하였다.

"법으로는 서운이가 살인한 것이나 그 원인은 제게 있습니다. 제가 서운을 오해한 까닭이올시다. 저에게다가 서운의 죄를 나눠서 지워 주십시오…."

무론 어리석은 애원이었다. 그러나 검사가 헐하게 구형한 십오 년이 다시 십 년으로 준 것은 이 경남이의 애원에 저윽[156] 판사의 마음이 동요된 때문이었다.

경남이는 처음 경찰서에 잡혀 오자 서운과 함께 전기회사에서 면직이 되었다. 그러나 나중에 그들의 눈물겨운 애화가 세상에 퍼지자 전기회사에서도 경남을 동정하여 다시 버스 운전수로 복직을 시켜 주었다. 그래서 경남이는 십 년 아니라 이십 년이라도 서운이가 나올 날을 기다리리라 결심하고, 다시 버스에 올라앉아 남들은 빠르다는 세월이언만 한 달 보내는 것을 십 년같이 날 가는 것을 헤이게 되었다.

155 사법 관청.
156 '적이'의 방언. 꽤나.

경남이도 다른 운전수들과 같이 한 달에 며칠씩은 영천(靈泉) 다니는 버스를 운전하였다. 그래서 서대문형무소 옆을 지날 적이면 남달리 사이렌을 한참씩 울리곤 하였다. 혹시라도 서운이가 듣고 자기가 지나가는 것을 알아 달라는 뜻이었다.

1934년 3월 24일.

『신여성(新女性)』, 개벽사(開闢社), 1933. 3-1934. 4.(12회 연재)

방물장수[1] 늙은이

파랑대문집

“이 댁에선 풍금을 치시느면… 잘두 치시는 게….”

“웬 사람이오?”

풍금 소리가 뚝 그치며 아씨는 피스[2]에서 얼굴을 돌이켰다.

“네…. 지나가다 좀 들어왔죠, 호호…. 집두 얌전스레 채려 노신 게….”

하며 노파는 어느 결에 퇴에 올라 쿵 하고 마루 분합[3]을 울리며 왜포[4]에 싼 행담[5] 짝을 나려놓았다.

“웬 사람이오?”

“…네…. 호! 다리야….”

늙은이는 얼른 보아 쉰대여섯이나 되었을까, 머리는 아직 검으나 이마와 볼에 주름살은 거미줄 씌이듯 하였다. 게다가 윗입술을 떠들썩하게 받치고 나온 뻐드렁니 두 대가 그의 주머니 끈에 괴불[6]과 함께 달린 호랑이 발톱처럼 싯누렇게 절어 버린 것을 보면 오래간만에 개인 오월 아침의 햇빛도 그에겐 빛나지 않는 인간이었다.

“웬 늙은인데 무언데 이렇게 잡담 제하고[7] 내려놓는단 말요?”

1 화장품, 바느질 도구, 패물 등을 팔러 다니는 여자.
2 piece. ‘악보’를 뜻하는 영어.
3 한옥에서 대청과 방 사이 또는 대청 앞쪽에 다는 네 쪽 문.
4 광목. 무명실로 짠 천.
5 가지고 다니는 작은 상자.
6 주머니 끈 끝에 차는 작은 노리개.

아씨는 그린 듯한 눈썹이 아니라 정말 시험 때 도화 그리듯 정성스레 그린 눈썹을 꾸불텅하는 송충이처럼 찡그리었다.

남편과도 무엇보다도 기분을 존중히 하는 아씨라, 오래간만에 비가 개어 손수 풍금에 먼지를 털고 한 곡조 울리던 그 명랑한 기분이 깨어져 버림에 그만 누를 수 없는 짜증의 폭발이었다.

그러나 늙은이는 젊은이들의 그만 노염쯤이야 두어 마디 딴전을 울리면 봄바람에 눈 슬기[8]라는 듯이 태연히,

“집두 대체 화룡도 속처럼 꾸미셨군요! 주인아씨 인물두 밤떡 같으신 게 아씨를 어디서 뵌 듯해…. 친정댁이 어디슈? 호호호….”

“보긴 날 어디서 봤단 말요?”

“왜요, 누가 압니까? 요즘은 늙어 빠져 가까운 근읍[9]만 돌지만 전엔 팔도 천지에 안 간 데가 있는 줄 아슈? 호호… 아래턱이 복스럽게도 그득 차신 게 처녀 때 어디서 뵌 듯해….”

아씨는 “복스럽게도…” 하는 말에 거의 본능적으로 얼굴에서 쌀쌀한 표정을 얼른 감추었다. 그리고

“우리 친정이 뭐 먼 덴 줄 아우? 같은 서울인데.”

하니,

“그렇지! 서울이게 저런 인물이 있지!”

하고 혀를 채이고

“이렇게 하이카라루 집을 짓구, 저런 꽃송이 같은 색시를 데리구, 이 댁 나리는 무슨 복력[10]이실까…. 하늘 파충[11]을 하실 복력이시지….”

하면서 보퉁이를 끄른다.

7 여러 말도 없이.
8 눈 녹기. 눈 스러지기.
9 近邑. 가까운 고을이나 읍.
10 福力. 복을 누리는 힘.
11 ‘대단한 일’, ‘대단한 자리’의 의미로 추정.

"그런데 그건 대체 무어요?"

아씨는 몸까지 이리로 돌려 앉으면서 깨어졌던 기분이 다시 들어맞은 듯 목소리가 명랑해졌다.

"방물입죠 아씨, 방물…. 분도 있고 향수도 있고 구리무[12]도 있고 바늘, 실, 실에도 무명실, 색실, 여러 가지죠, 호호."

"그런 것 다 있다우."

"그럼요. 이런 댁에서야 어디 없어야만 사시나요. 미리 사 두셔도 좋구. 또 비누 같은 건 늘 쓰시지 않어요. 세숫비누, 빨랫비누, 왜밀[13], 빗치개[14], 없는 것 없죠 아씨. 좀 사슈."

"방물, 난 방물장수란 말만 들었지 첨이야. 그런데 맨 화장품이 많은 게로구려. 요즘 바르기 좋은 지방질이 적은 크림이 있소?"

"구리무요, 그럼 있구말굽시오. 어서 좋은 걸로 사서 바르시구 향수도 좀 사서 뿌리슈. 서방님이 더 대견해하시게 호호…."

아씨는 풍금 걸상에서 일어나 기둥에 걸린 거울을 한번 살짝 엿보고 이마에 떨어진 머리칼을 매만지면서 방물 그릇으로 가까이 왔다. 그리고

"누가 서방님 위해서 분 바르는 줄 아우?"

는 하면서도 늙은이의 그 말에 모욕까지는 느끼지 않았다.

"그럼요, 아씨두! 서방님 눈이 상감 눈이죠 호호…. 나두 요새처럼 화장품 흔한 세월에 색시 노릇을 했더면 소박데기가 안 됐을는지도 모를걸… 호호."

하고 늙은이는 거의 버릇이 된 것처럼 무게도 없는 한숨을 "호!" 하고 날리었다.

"왜 소박데기요?"

12 영어 '크림(cream)'의 일본식 발음.
13 왜밀기름. 밀과 참기름에 향료를 섞어 만든 기름.
14 빗살 틈에 낀 때를 빼거나 가르마를 타는 도구.

하고 아씨는 늙은이의 얼굴바탕을 한번 뜯어보았다. 그 빼드렁니에, 쑥 불거진 광대뼈에, 벌룽한 콧구멍에, 화장품은커녕 요새 할리우드 같은 데서 귀신 같은 미용사가 와 달려든대도 별수가 없을 얼굴바탕이다.

"열다섯에 남과 같이 청홍실 늘이고 가서 조강지처로 일곱 해나 살았답니다. 그리다가 스물둘 되던 해에 시앗[15]을 봤답니다. 그래 이렇게 나섰죠…."

하고 크림 병을 집어내기 시작하면서,

"나두 친정집은 남만치 산답니다. 그래도 홧김에 나서 이렇게 팔도강산 떠돌면서 늙지요…. 이게 요즘 새루 났다나요. 아주 썩 좋은 구리무랍니다."

하고 종이 갑에도 들지 않은 것을 하나 집어내 보인다.

"이까짓 거! 조선서 맨든 거로군…."

"아이구! 이까짓 거라뇨. 이게 값두 제일 비싸구, 이제 저 아래서두 낼모레 혼인할 색시가 샀답니다."

"값이 얼만데 제일이란 말요?"

"사십 전요. 이건 사십 전을 받어도 사 전밖엔 못 남는다우. 이렇게 이구 다니구, 아씨…."

"우린 이런 건 그냥 줘두 안 써요. 그래 이런 것밖엔 없수?"

"아규머니나! 이게 제일 좋은 건데 어쩌나!"

"폼피앤[16] 없소?"

"뭣이요? 아씨?"

"폼피앤 데이 크림이라구, 폼피앤…. 요만한 한 병에 일 원 오륙십 전 하는…."

늙은이는 입을 딱 벌리었다.

15 남편의 첩.

16 미국산 여성 화장품 '폼페이안(Pompeian)'의 일본식 발음.

"그건 구리무가 아니라 무슨 불사약인가요? 원! 일 원 오륙십 전이 어디야?"

"겨울 같으면 이런 건 손등 터지는 데나 발르자구 하나 사겠는데…. 끌르라구 해서 끌른 건 아니라두 이왕 끌러 놓았으니 아무거고 하나 사긴 사야겠는데…. 저어, 여보. 뻬이람[17] 있소?"

"그게 무슨 소리야요? 뻬…. 호호호 난 이름두 옮길 수가 없네."

"뻬이람, 왜 머리에 윤기도 나고 향내도 나라고 뿌리는 물이 있지 않우?"

"오! 원 아씨두, 있구말구. 화류수[18] 말이로군! 화류수라고 해야 알아듣지…."

"화류수요?"

"그럼. 그걸 화류수란답니다."

"화류수! 아이 이름두 치사하긴 허우."

"자, 이런 거 말씀이죠. 머리에 뿌리는 향수물, 화류수."

하고 노파는 정말 뻬이람 병 하나를 집어내었다. 아씨는 그것을 받아 들고 상표부터 들여다보았다.

"이것두 조선 거로군. 병은? 오오라, 서양 것 빈 병을 갖다 넣었군…."

하고 아씨는 연지같이 붉은 물을 짤락짤락 흔들어 해에 비춰 보더니,

"아이 치사스러. 뭬 저렇게 뜨물처럼 뿌옇게 떠오를까."

"아니야요 아씨. 이건 정말 비싸구, 또 삼오당이라구 조선서 제일가는 화장품 회사서 나온 거라우. 아씨가 모르시지, 원!"

"그러우. 내가 몰루."

하고 아씨는 조소에 가까운 웃음으로 그 화류수라는 물병을 아무렇게나 노파에게로 밀어 놓았다. 그리고 결국 아씨가 산 것은 빨랫비누 두

17 '베이럼(bay rum)'의 일본식 발음. 머리 화장수의 일종.

18 화로수(花露水). 꽃의 액을 짜내어 만든 향수.

장이다.

"그저 그래. 이런 하이카라 댁에서들은 사느니 빨랫비누뿐이야…."

"물건을 좀 조출한[19] 걸 가지구 다니죠. 그거 어디 하나 살 것 있수? 그래 이런 크림두 얼굴에 사 바르는 사람이 있소?"

노파는 슬그머니 화가 나는 듯,

"장사하는 사람은 물건도 자식 같답니다. 내 눈엔 내 자식이 제일이듯이…. 그런데 그런 말씀을, 아씨두…."

하고는 얼른 아씨의 눈치를 살핀다. 그리고 이내 딴전을 울리었다.

"집두 참! 이 성북동엔 느느니 하이카라 집들이야. 그래 언제 이렇게 드셨나요?"

"든 지 한 달쯤 됐다우."

"그래 내가 요전에 이 앞을 지날 땐 기와 올리는 걸 봤으니까…. 이렇게 짓자니까 돈이 숱해 들었겠죠, 아씨?"

"한 삼천 원 들었다우."

"삼천 원! 삼만 냥! 서울 돈풀이[20]로는 멫백만 냥이겠군! 그렇게 흔한 돈을 이런 늙은이는 생전 이렇게 기를 쓰고 다녀도 백 원 하나를 못 만져 보는구랴! 다 제 복 나름이지…."

"그래, 백 원 한 번 만져 보기가 소원이오?"

"그럼요. 백 원이면 돈 천 냥 아니야요? 돈 천 냥 하나만 손에 넣어도 편안히 들어앉았지, 이렇게 길 우에서 늙겠어요?"

"제일 많이 생겼을 땐 얼마나 만져 보우? 한 오십 원 만져 보오?"

"기껀[21]해야 돈 십 환이죠. 그것도 딸 놓을[22] 집이나 두서너 집 있는 동리에 들어서서 짐을 한 번 부려 놓게 돼야 한 십 환 넣어 보죠니까[23]."

19 고급스러운.
20 대한제국 말기에 서울과 지방 사이 다른 화폐 가치를 비교해서 풀어 보던 일.
21 '기껏'의 방언.
22 딸 시집보낼.

"그럼 그 십 환이 어태 몇십 년을 한다면서 열 번도 모이지 않었단 말요?"

"원, 원! 아씨두! 십 환이 들어오면 그 돈이 어디 다 내 돈입니까? 이것도 다 남의 물건이랍니다. 하두 여러 핼 하구 또 내 물건은 떼여두 남의 물건값은 꼭 꼭 치르니까 모다 외상으로 줘서 팔아다 갚는답니다. 그러니까 십 환이 들어온대야 그것두 인심 후한 댁이나 만나 밥이나 그냥 얻어먹고 다녀야 한 사 환 떨어지죠니까."

"글쎄, 사 원씩이라도 몇십 년을 모았으면 돈 백 원만 됐겠소?"

늙은이는 무슨 억울한 말이나 듣는 것처럼 어이가 없어 대꾸가 안 나오는 듯이 잠깐 입을 붙이었다가,

"구멍 뚫린 독이랍니다. 그만 것은 자꾸 부어도 새 나가는 구멍이 있답니다."

"뭘 하게 늙은이가 돈을 그렇게 쓰우?"

"속에서 빠진 게 하나 있답니다. 저 포천 솔모루[24]서 사는 딸년이 하나 있죠니까."

"딸이?"

"네. 그깟 녀석 해로하구 살지도 못하는 걸 자식새낀 왜 하나 생겨 가지구 이렇게 안달박달을 시키는지 모르죠."

"시집은 보냈는데 그리오?"

"그럼요. 벌써 나이 삼십이랍니다. 저희두 저희 먹을 건 있었죠. 또 우리 사위가 살림이나 여북[25] 알뜰히 하는 솜씬가요. 그런데두 못살게 됐답니다."

"아니, 그런데 시골 사람들은 입 가진 사람은 모두 못살겠다구만 하니 무슨 까닭이오, 대체! 난 거 몰라…."

23 '보죠'의 높임말. '-죠니까'는 '-죠'의 높임말.
24 소나무가 많이 있는 모퉁이. 여기서는 포천 소흘읍 송우리(松隅里)를 말함.
25 얼마나. 오죽.

"그렇답니다. 어디 살 수가 있나요. 참 여간 재물을 물려 가진 사람이기 전엔 못살구 배겨요니까."

"아니, 왜 그러우? 외래 서울서는 취직을 못하면 꼼짝수 없이 굶었지만 시골 같은 데서야 그 흔한 땅에 아무걸 심어 먹기루 왜 굶기들이야 하겠수?"

"원, 아씨두! 아씬 태평이야 태평. 공부한 신식 아가씨들은 모두 저래. 허긴 시골 가 보면 맨 밭이구, 맨 논이죠. 맨 낟가리, 맨 볏섬이죠. 그렇지만 다 임자가 있거든요. 또 농사지면 그 곡식이 어디 다 농사꾼의 입으로 들어오는 줄 아슈?"

"그럼 어딜루 들어가우?"

"제일 좋은 곡식은 모두 서울로 올라와서 이런 댁 광 속으로 들어가죠니까. 아씨두 다 시골 농사꾼들이 땀을 흘려 거둔 곡식으로 저렇게 살이 뿌여시지 뭐. 호호, 세상이 그렇답니다."

"그리게 우리는 돈을 내구 먹지 않우, 돈을! 그리게 농군들한테는 돈이 들어가지 않우? 또 자기네들 먹을 게 없으면 두고 안 팔면 고만 아뇨?"

"저리게 태평이시지 태평. 어서 풍금이나 치슈…. 돈을 내구 사 잡수신다 하시지만 그 돈이 농사꾼에겐 아랑곳이 있나요? 모두 땅임자한테루 들어가서 은행으루 떠억떠억 들어간답니다."

아씨는 그래도 늙은이 말에 날래 물러앉고 말려는 하지 않았다. 학교에 다닐 때에도 토론하기를 좋아하였고 또 '사회를 위해서…'니, '대중을 위해서…'니 하는 말을 곧잘 지껄이던 그 기세만은 그저 안재해[26] 있은 듯 저윽 도타운 흥미로 대어들었다.

"글쎄 여보, 지주한테 들어가는 건 별 문제구, 작인[27]들도 반타작을

26 그대로 남아.

27 作人. 소작인(小作人). 땅을 빌려 농사짓고 사용료를 내는 사람.

하더라도 반타작을 한 그 곡식은 가지고 있을 것 아뇨? 또 그 자기네 몫으로 간 곡식은 판다 치더라도 그 대금은 그 작인들의 해가 될 것 아뇨? 남더러만 딱하다구 하지 말구 그걸 대답을 해 봐요."

"대답하죠니까…. 우리 애네두 지난가을에두 잡곡은 그만두구라도 알톨 같은 베를 열넉 섬이나 떨어서 일곱 섬을 차지했답니다. 그러니 일곱 섬을 어디 고냥 퇴장[28]에 쌓어 두고 한 섬씩 찧어 먹으란 법이 있어야죠. 수세(水稅)다, 호세(戶稅)다, 무슨 부가세다, 지세(地稅)다 하구 면소로 들어가는 게 알벌이[29] 두 섬이나 되죠. 무슨 금비[30]다 암모니아 하는 게 이자까지 쳐서 받으니까 한 섬 팔아 가지군 어림도 없죠. 내가 이렇게 뼛골이 빠지게 벌어서 갖다 대어두 그래두 천 자[31]나 끊어 입구 신발짝이나 사 신은 외상이 있죠. 담뱃값이다 석유 기름값이다 품값이다, 글쎄 나머지 넉 섬을 다 팔아도 손에 남는 게 돈 쉰 냥이 못 된답니다. 그것두 우리 애넨, 내가 어린애 월사금이니 약값이니 하는 잘줄그러한[32] 용돈과, 농사 때면 일꾼 먹이를 대이니까 말이지, 생판 농사만 짓는 사람네는 어디 일 년 내 피땀을 흘려 가지구 농살 지어서 타작이나 제법 떨어 들여 보는 줄 아슈?"

하고 늙은이는 혀를 채었다.

"왜요? 나중엔 팔더라도 떨어 들이기야 하지 그럼 내버류?"

"왜라니요? 빚쟁이들이 읍내서 나와서 뭣이라나 차압이라나 뭣이라나, 아무튼지 베[33]가 물알[34]도 들기 전에 와서 떡떡 말뚝을 박구 금줄을 치구…. 이를테면 집행이죠니까, 집행을 해 버린답니다. 그러니까 겨울

28 방 앞이나 안방과 건넌방 사이의 흙바닥. 토방.
29 '온통', '에누리 없이'라는 뜻으로 추정.
30 金肥. 돈 주고 사서 쓰는 화학비료.
31 옷감 몇 자.
32 '자질구레한'의 방언.
33 '벼'의 사투리.
34 아직 덜 여물어서 물기가 많고 말랑한 곡식알.

에 먹구살 건 없고 부잣집에서 장리쌀[35] 갖다 먹은 건 그대로 빚이 되구 해서 밤을 타 타관[36]으로 떠나죠니까."

"어디루?"

"그야 압니까. 연줄이 있는 사람네는 연줄이 닿은 데루 가구, 없는 사람네는 모르죠. 요즘들도 북간도로들 많이 가는지…. 호호, 아씨야 상팔자죠니까. 손이 저렇게 분길[37] 같으신 게…. 글쎄 구리무 한 병에 일 환 오륙십 전 하는 걸 찾으시니 말해 뭘 해…."

"그게 뭬 그리 비싼 걸루 알우? 그 갑절 되는 것두 풀풀한데[38]…."

노파는 혀를 쩟쩟 채었다. 아씨는 농사꾼 이야기엔 벌써 흥미가 다한 듯,

"이전 어서 다른 데로 가야 팔지 않소?"

하고 다시 풍금 걸상으로 갔다.

"그러믄요. 가야 하죠니까."

하고 노파는 일어서 비누 값 받은 것을 넣으려고 주머니를 끄르는데 아씨가 다시 돌아앉았다.

"참, 여보 늙은이?"

"네."

"늙은인 발이 넓으니까 쉽겠군. 우리 식모 하나 얻어 주."

"그럽쇼. 참! 지금도 아주 참한 사람이 하나 있답니다. 내가 사람 인권[39]이야 잘하죠니까."

"정말 있소? 나이 멫이나 됐소? 우린 젊은 건 싫으니까."

"그러믄요. 이렇게 젊으신 내외만 소곤소곤하구 사시는 댁엔 귀 좀

35 長利-. 장리로 꾸어다 쓴 쌀. '장리'란 봄에 꾸어 가을에 이자와 함께 갚는 변리.
36 他官. 자기 고향이 아닌 고장. 타향.
37 분의 곱고 부드러운 결. 분결.
38 많은데. 흔한데.
39 사람을 소개하여 권함.

어둡구 눈치도 좀 둔한 늙수그레한 사람이라야 쓰죠니까 호호호…. 그건 아시는 말씀이야…. 그래, 어태 사람을 안 두셨습니까? 가주[40] 혼인을 하시구 아마 첫 살림이신 게지?"

"그렇다우. 집부터 짓구 혼인하구 들었다우. 그래 마땅한 식모가 없어서 지금은 이웃집 사람이 와서 밥만 해 주구 간다우."

"그럼 내외분끼리 오붓하시긴 해두 좀 귀찮으실걸…. 이 사람은 한 사십 넘었어요. 우리 한고향 사람인데 맘씨 착하구 진일[41]을 황소처럼 잘하구, 그리구 두 손끝이 여물어서 바느질두 하내 앞치른답니다[42]. 그래 아씨, 월급은 얼마씩이나 주시렵니까?"

"그야 남 다 주는 일체루[43] 주지. 그래 지금 어디 있는 사람이오?"

"지금 남의 집 살죠니까. 그래도 주인 색시년이, 그 집두 이 댁처럼 단 내외 사시는 댁인데, 색시년이 어찌 더러운 년인지 진절머릴 대구 있으니까 참한 데만 있다면 오늘 밤으로라도 내 말이면 나올 사람이랍니다."

"주인아씨가 더럽다니, 깍쟁인가 왜?"

"마음은 어떤지 몰라두 무슨 년의 예펜네가 오륙[44]이 멀쩡한 년이 사흘돌이[45]루 요강에다 똥을 싸서 내놓는단답니다. 똥요강 부시기[46] 싫어서 못 살겠다구 아주 도리머리[47]를 흔들어요니까. 그리구 낯 수건과 걸레 분간이 없구 도무지 밤낮 쓸구 닦어두 그 식이 장식이구[48] 아침잠을 오정[49] 때까지 자빠져 자기 때문에 주인 먼저 먹을 수는 없구, 제일에 배

40 '갓'의 방언. 금방.
41 밥 짓기, 빨래같이 물을 써서 하는 일.
42 보통 사람보다는 더 잘한답니다.
43 一切-. 전부.
44 五六. 오장육부. 온몸.
45 사흘에 한 번씩. 사흘거리.
46 씻기.
47 머리를 좌우로 흔들어 부정의 뜻을 표하는 짓. 도리질.
48 그게 그거고. 차이가 없고.
49 午正. 낮 열두시. 정오.

가 고파 못살겠다느면요[50]."

"참 벨 넌 다 있군…. 그래, 사람이 정말 좋우? 내일이라도 한번 보게 데리구 오료?"

"사람은 글쎄 두말 마서요. 내일 꼭 데리구 오죠니까."

"그럼 어디 데리구 오오. 우리 집 잘 봐 두고 가우."

"원, 집 못 찾을까 붸, 아씨두. 저렇게 대문에다 유달리 파랑 칠을 해 놓으시구…. 안녕히 겝쇼 아씨."

하고 노파는 행담을 이고 파랑 대문을 나섰다.

노파가 파랑 대문을 나서서 얼마 걷지 않아서다. 파랑 대문도 그저 빤히 쳐다보이고 풍금 소리도 그저 똑똑히 들려오는 데서 노파는 한 사십 객 된 양복한 신사를 만났다. 길이 좁아 마주쳐질 뿐 아니라 여간 넓고 복잡한 길에서라도 노파의 눈은 한 번 그에게 머무른 이상 쓰렁드리고 지나 버릴 터수[51]는 아니었다.

"아규머니나! 이게 누구셔?"

노파는 입을 딱 벌리었다. 어떤 백화점 종이로 싼 물건을 끼고, 들고 한 신사는 의외라는 듯이 눈이 마주 둥그레지더니 먼저 언덕 위에 파랑 대문 켠부터 쳐다보았다. 그리고 무색한 웃음을 씩 터뜨리더니,

"저기 들어갔더랬구랴?"

하였다. 노파는 바늘같이 날카로운 눈치로 신사의 좀 붉어지는 양미간을 한 번 스치고는 무엇을 깨닫는 듯, 행담을 이기 때문에 고개 꼼짝 못 하고 턱만 길게 떨구어 두어 번 끄덕이는 형용을 하였다. 그리고

"들어가 보구말굽쇼. 이제 거길 막 나서는 길이죠니까…. 그런데 또 여기다 딴살림을 차리셨군그래?"

신사는 빙긋 웃고 얼굴을 더 붉히었다.

50 못살겠다네요.

51 처지. 형편.

"아무튼지 나리는 제갈량 재주셔 호호."

"쉬이. 참 아무튼지 늙은이 발도 넓긴 하군! 입을 꼭 다물어야 하오. 응? 누가 아나. 또 노파 신세도 더 한 번 질는지…."

하고 신사는 빙긋거리었다.

"그건 밤낮… 색시 탐두 내 저렇게 내시는 양반은 첨 봐, 첨…."

"그래 관상이나 자세 했소?"

"하구말굽쇼. 아주 밤떡 같은 게 노상 어리던걸…. 대체 제갈량이셔…. 언제 시골 댁엔 가셨습데까?"

"얼마 전에 다녀왔소. 아무튼지 입을 꼭 다물고 다녀야 하오, 응?"

노파는 좌우를 한 번 휘 둘러보았다. 그리고

"그래 어째셨소? 그집네는? 내가 이게 무슨 꼴이 될까! 만나면… 원!"

"어쩌긴 어째. 그냥 다 제대로 있지. 아무튼지 입만 꼭 다물어요. 괜히 큰코 건드리지 말구…."

"흥! 참, 괜히 큰코 건드리지. 그리게 내 입을 잘 씻어 놔요. 내 입이 어떤 입인데그랴 호호호…. 내 식모 하나 구해 달래서 내일 데리구 온다고 그랬소. 내일 또 올 테니 점심이나 한 상 떠받들어 놔요, 괜히."

"그류…. 허! 내일 와서두 나완 초면이오, 응?"

"그럼, 그만 눈치 모를가베…."

하면서 "어서 들어가슈. 눈이 깜해 기다리구 있습니다. 이번엔 어디서 동져 왔누, 호호…."

하였다. 신사는 또 한 번 씩 웃어 보이고 돌아섰다. 늙은이는 그가 파랑 대문 안으로 사라지기까지 뻔히 바라보고 섰다가야,

"저 너석은 갈아들이느니 여학생이야. 것두 재준지!"

하면서 제 길을 걸었다.

늙은이는 '그집네' 생각에 한참이나 다른 정신 없이 나려오다 보니 파랑대문집이 다시 한번 쳐다보고 싶었다. 그러나 무거운 방물 행담에 눌리인 고개를 돌리노라고 목만 아팠을 뿐 벌써 그 파랑대문집은 보이지 않았다.

"흥! 저희가 제일인 체해두 공부한 년들은 더 잘 속아 떨어져…."

늙은이는 중얼거리며 걸었다.

"하긴 둘째 첩 셋째 첩인 줄 알구서도 겨 드는지두 몰르지. 공부한 것들이라 시집살이하는 덴 가기 싫구 또 호강살이 싫다는 년이 누구야…." 하면서 한숨도 쉬었다.

그 한숨은 호강살이라는 천리만리로 인연이 먼 자기 일생을 돌아보아서 나는 것이요, 또 딸을 생각해서도 나는 것이었다. 딸의 인물이 웬만만 했어도, 그까짓 명색으로 귀천을 따지는 세상은 아니니 저런 녀석이라도 주어 한때 호강살이나 시켰던들 하는, 무지는 하나마 어미 된 애틋한 애정에서도 나오는 한숨이었다.

"그러나, 몹쓸 놈이지! 그렇게 참배[52]처럼 연싹싹한[53] 그집네를 어떡하구…."

늙은이는 그집네를 생각하지 않을 수 없었다.

재작년 이른 봄이었다.

늙은이는 관철동 어느 여관집으로 들어갔다가 그 여관에 묵고 있는 낯익은 손님 하나를 만났다. 그가 파랑대문집 바깥양반 권근효였다.

권근효는 포천읍 부자 권 참사[54]의 아들이요, 권 참사는 이 늙은이 딸네의 땅임자네였다. 늙은이는 달포 만에 혹은 두어 달 만에 딸네 집으로

52 돌배가 아닌, 먹을 수 있는 보통의 배[梨].
53 고분고분하고 상냥한.
54 관직에 있던 사람에 대한 관례적 호칭.

돌아올 때는 으레 읍을 거쳐 이 권 참사네 집에서 먼저 딸네 집 소식을 알고도 나갔고, 또 어떤 때는 해가 모자라면 이 권 참사네 집에서 먹고 자기도 하며 십여 년째 다니는 것이었다. 그래서 권 참사네 안사람들과는 못하는 소리 없이 자별한[55] 터수요, 또 바깥양반들과는 말은 없어도 얼굴은 흉허물 없이 익혀 둔 사이였다.

그래서 권근효도 이 늙은이를 서울에서 보되 이내 우리 집에 잘 오던 방물장수 늙은이, 또 우리 집 작인의 장모 되는 마누라로 알아보았기에 늙은이보다 먼저 아는 체한 것이었다.

그때 여관에서 권근효는 늙은이가 비누 한 장 팔지 못하고 나가는 것을, 잘 가라고 인사까지 하여 놓고 뒤쫓아 나와 자기 방으로 불러들였던 것이다.

"여보, 나 중매 하나 해 주."

"아규머니나! 아들딸 노신 아씨가 서슬이 시퍼렇게 계신데…."

하고 머릿짓을 하였다.

그러나 일 전을 열을 모아 십 전을 만들고 십 전을 열을 모아 일 원 한 장을 만져 보는 이 늙은이에게, 주머니에 시퍼런 지전이 함부로 뻘걱거리는 권근효의 말은 설혹 무리와 모험이 있더라도 흘려 버리기 어려운 강력의 매력이 담겨 있는 것이었다.

그래서 늙은이는 권근효가 연출(演出)시키는 대로 한 장 연극에 등장키로 허락한 것이었다.

권근효가 반한 여자는 그때 어떤 전문[56] 정도의 학생이었다. 그 학교 바자회에 갔다가 처음 보고, 그다음 날 다시 가서 손수건과 넥타이를 사면서 말을 좀 건네어 보고, 그리고 한참을 그 앞에서 어슬렁거리면서 다른 학생들이 그 학생을 부르는 걸 주의해 듣고 그의 이름이 형순인 것까

55 남달리 친한.

56 전문학교. 일제강점기에 중등학교 졸업생에게 지식이나 기술을 가르치던 학교.

지는 알았으나, 그의 집이 어딘지 그의 성은 무엇인지 그는 몇 학년인지 도시[57] 알 길은 없고, 그렇다고 그 여학생을 잊을 수는 더욱 없었다.

그중에도 제일 알고 싶은 것은 그의 집 지체였다. 지체라니까 가문의 귀천을 가리킴만이 아니라 먼저 살림형편이니, 만일 문벌도 높거니와 재산가의 딸이라면 아예 단념하는 것이 상책이요, 그렇지가 못하여 문벌도 볼 것 없고 살림이 돈에 꿀리는 형편이라면 돈 천 원이나 눈치 보아 뿌려 놓으면 문제없이 걸려들리라는 자신이 있기 때문이었다.

그러나 그 여학생의 집안 형편을 톺아보려야[58] 톺아볼 연줄이 없던 차에 이 늙은이를 주운[59] 것이었다.

그때 늙은이는 권근효가 시키는 대로 옷을 반반하게 차리고 그 학교에서 하학(下學)될 때쯤 학교로 찾아갔다.

"저, 형순이란 학생 좀 보러 왔습니다."

"형순이요? 김형순이…. 지금 하학했으니까 기숙사로 올라갔을 테니요, 기숙사로 가서 찾으슈."

학교 사무실에서 이렇게 대답하는 것을 명심해 들은 늙은이는 속으로,

"옳지! 성은 김가로군! 또 기숙생이로군!"

하고 기숙사라는 데를 찾아갔다. 현관 안에 들어서자 이내 복도를 지나가는 학생 하나가 있어 그를,

"날 좀 보슈."

하고 불러 세웠다.

"나 김형순이 좀 보게 해 주."

하니

"형순이 언니가 지금 있을까? 수원서 오셨어요?"

57 도무지.
58 샅샅이 뒤져 살펴보려 해도.
59 우연히 만난.

한다. 그래서 늙은이는 또 속으로 아마 그 학생(형순)의 집이 수원인 게로군 하였다. 그리고

"그렇소. 좀 만나 보게 해 주."

하니 그 학생이

"내 올라가 찾어볼게 이 방에 들어가 앉아 계서요."

하고 현관 가까이 있는 방문을 열어 주었다. 거기는 면회실이었다. 한참 기다리고 앉았노라니까 그 찾아 주러 갔던 학생만이 혼자 돌아와서,

"형순이 언니 세브란스병원에 이 고치러 갔대요."

하였다.

"이 고치러요? 왜, 이를 앓나요?"

"네. 요즘 하학하군 며칠째 다닌대요."

"그래요! 그런데 학생은 형순이 학생을 잘 아슈?"

"그럼요. 우리 옆방인데요."

"네, 그럼 학생두 형순이 학생네 집 번지수를 아시겠구료? …. 나는 달래 온 게 아니라 비단 장사를 하는데요. 이 형순이 학생네 집에를 우연히 들어갔더니만, 서울 가거든 딸도 좀 찾아가 보구 또 삼팔[60]도 좋은 걸로 한 필 갖다달라구 했는데, 그래 형순이 학생을 좀 보러 왔으니까. 그런데 병원에 갔다니까 좀 기다려 보다 그냥 가더라두요, 그 학생네 집 번지수나 좀 알구 겠댰어요[61]. 내가 눈이 어둬서 한 번 다녀온 집은 물어 가기 전엔 찾기 어려울 것 같아서 그류."

"수원 읍인데… 나도…. 가만 있어요. 내 알아다 드릴게."

그 학생은 다시 나갔다 들어오더니 종이쪽에 김형순의 시골집 주소를 적어다 주었다. 그리고 그 학생이 도로 나가려는 걸 또 늙은이는

"그런데 학생, 내가 장사하는 사람이니까 이런 걸 묻지…. 이번에 가

60 三八. 중국산 올이 고운 명주. 삼팔주.
61 알았으면 해서요.

외상으로 물건을 맡겨두 좋을지 몰라서…. 어, 형순이 학생네가 넉넉한가요? 학비는 넉넉히 갖다 쓰나요? 또 난 무관하게[62] 묻는 게니, 뭐 형순이 학생더러 이런 말 마오, 호호호….”

“글쎄 난 자센 몰라요. 아마 그리 넉넉지는 못한가 봐요. 그리게 일본 사람이 공부시키죠.”

“네… 일본 사람이요?”

“교장이래요. 그 언니가 다닌 중학교 교장이 대나 봐요. 난 자센 몰라요.”

하면서 그 학생은 뛰어나갔다.

늙은이는 혼자 의미심장한 고개를 끄덕이었다. 그리고 한참 만에 한 번씩 복도에서 신발 소리가 날 적마다 문을 열고 나가

“나 김형순이 좀 보게 해 주.”

하고 졸라서 나중엔 정말 병원에서 돌아온 김형순이가 면회실에 나타났다.

“당신이 나를 만나랴고 오셨어요?”

“그럼요. 형순이 학생이죠? 벌써 얼굴이 어머니 모습인걸! 호호….”

“내가 김형순이야요. 어디서 오셨게요?”

하는 형순의 얼굴은 몹시 싹싹하나 찬 표정의 얼굴이었다.

“그렇지. 학생이야 날 알 수 있겠소…. 난 장수 늙은이오. 그런데 수원을 갔다가 우연히 댁엘 들어갔더니 인심이 후하셔서 댁에서 하룻밤 묵고 왔죠니까. 그런데 어머니께서 요즘 꿈자리가 뒤숭숭하시다구 서울 가면 한번 가 찾아봐 달라고 그리셔서 이렇게 찾아왔더니, 글쎄 이를 앓아 고치러 다닌다니, 집에서 아시면 얼마나 놀라실까?”

“네…. 어제 집에도 편지했어요. 그래 또 수원 가시나요?”

“오늘 밤차로 가요니까. 그래 위정[63] 찾아왔죠…. 어쩌나! 이라는 게

62 허물없이.

천해[64] 못 앓을 건데….”
하고 늙은이는 혀를 차고,

“그래, 집에 뭐 기별하실 건 없으슈? 편지라도 써 주시면 내 전해 드리지.”

“뭐 어제 했으니까 별로…. 아무튼지 염려하실 것 없다구 그리슈. 내일까지나 다니면 이 고치는 것도 끝이 난다고 그리세요.”

늙은이는 뭐 미진한 것이나 없나 하고 잠깐 생각하다가 도대체 수원으로 가서 그의 어머니를 만날 일이라고 하고

“그럼 난 만나 봤으니 가리다. 어머니 뵙군 내 본 대로 말씀드리지….”
하고 일어섰던 것이다.

늙은이는 이날 밤차로 수원 간다는 말도 무론 거짓말. 관철동 그 여관으로 돌아와서 우선 만나 본 전말을 권근효에게 보고를 하고, 그 이튿날 아침에 정말 수원으로 갔던 것이다.

그 뒤 두 달이 못다 되어 김형순은 권근효와 결혼하였다.

형순이를 일본 사람이 공부시켜 준다는 것은, 알고 보니 중학교에서 통학생으로도 성적이 좋았으나 가정이 구차하여 상급학교에 못 가는 것을 보고, 교장이 경성부에서 관리하는 어떤 장학금을 타 쓰게 운동해 준 것이었다. 처음에 형순이는 이 돌연한 혼인을 항의하였으나 끝끝내 집에서는 장학금까지 물리치고 집으로 다려다가 수원서 결혼식을 이루게 한 것이었다.

그 혼인식엔 시아버니도 오고 시어머니도 참석했었다. 그러나 그 시아비와 시어미는 모두 신부 쪽의 의심을 사지 않으려 신랑이 임시로 꾸며 놓은 가짜들이었다.

권근효는 이 새 아내에게 일 년간 참으면 취운정[65]에다가 문화주택을

63 ‘일부러’의 방언.
64 천하에.

지어 준다 하고 우선 장사동 어디다가 조그만 전셋집을 하나 얻어 살림을 차리었었다.

그러나 상냥스런 형순이는 곧 남편이란 자의 비인격한 성격에서부터 그의 내심을 의심하게 되었고, 나중엔 포천 본가에는 자기를 한 번도 다리고 가 주지 않는 것을 보고 수소문을 하여 본처가 있는 사람인 것까지 알게 되었다.

한번은 이 방물장수 늙은이가 전례에 의해서 후한 대접이나 받을까 하고 장사동 집에 발을 들여놓았다가 형순이에게 된불[66]을 맞고 행담짝을 나려놔도 못 보고 그냥 돌아섰던 것이다.

이런 그집네 형순이 생각을 하면서 늙은이는 두어 집을 더 다녀 나왔다.

그리고 성북동에선 제일 친한 집 오릿골 색시네 집에다 행담짝을 맡기고 빈몸으로 문안으로 들어갔다. 그건 자기가 파랑대문집에 인권하려는 식모에게 내통하려는 때문이었다.

이튿날 늙은이는 새로 한점[67]이나 되어서 참 마흔아믄[68] 돼 뵈는 헙수룩한[69] 마누라를 하나 다리고 파랑대문집에 나타났다.

"아씨 계십죠?"

"누구요? 응, 정말 오는구려. 그래 같이 왔수?"

아씨는 방에서 나왔다.

"그러믄요…. 아 어서 이리 들어와요. 게 섰지 말구. 뭐 내우하나[70]…어쩌문 한평생 살 댁인데."

65 翠雲亭. 1870년대 중반 명성왕후 집안사람인 민태호가 지은 정자로, 지금은 그 터만 남아 있다. 여기서는 그 일대인 가회동 부촌을 가리킨다.

66 심한 타격. 충격.

67 새벽 한시.

68 마흔이 좀 지난.

69 옷차림이 어지럽고 허름한.

70 '내외하나'의 방언.

따라온 마누라가 안으로 들어섰다. 그러자
"아니, 저 마누라요?"
하고 주인아씨는 눈이 똥그래진다.
"네."
방물장수 늙은이는 웬일인가 해서 다리고 온 마누라를 돌아보니 그 마누라 역시 눈이 둥그레서 무안한 얼굴로
"이를 어쩌나. 저 아씨네 댁인 줄은 모르구…."
한다.

'그이 어머니'네 집

"아아니 서로들 아슈?"
늙은이는 낭패하여 주인아씨와 다리고 온 마누라를 번갈아 보았다.
"아슈라니 저놈의 늙은이가…."
하고 아씨가 허리를 못 펴고 웃으니 방에서 권근효가 나왔다.
"뭣들을 그래? 웬 늙은이야…."
권근효와 방물장수 늙은이는 어제 약속한 대로 서로 초면인 체하였다.
"글쎄, 좀 보오이. 이 늙은이가 어제 뭘 팔러 들어왔길래 비눌 한 장 사구, 글쎄 식모를 하나 얻어다 달라구 하니까…. 아이 우서 죽겠네…. 선뜻 그리마 하구는 글쎄 참한 사람이 하나 있는데, 지금 있는 집은 주인 여펜네가 망해서 나오겠단다고 하면서 그 주인 여펜네 숭을 막 봤다우…. 아규 우서…. 뭐 방 안에서 똥을 눠 내놓느니 낯 수건과 걸레 분간이 없다느니 벨벨 숭을 다 보구 가더니 글쎄, 동옥이 언니네 식모를 빼왔구랴. 글쎄 동옥이 언니를 숭을 봤어, 저놈의 마누라가…."
하고 아씨는 배를 움켜 안고 웃는다. 권근효도 껄껄대었다. 식모 마누라

는 부엌 모퉁이에 얼굴이 뻴게서 섰고, 방물장수 늙은이는 눈이 때꾼해서[71] 마루에 걸터앉았다가

"원! 이를 어쩌나…. 그지만 아씨두 그 댁 아씨를 잘 아시면 미친년처럼 개질치[72] 않은 걸 다 아시겠군그래, 뭘!"

"예, 여보. 미친년처럼이 뭐야…. 아닌 게 아니라 좀 차근차근하진 못하지 그 언니가…."

"아무튼지 잘했수. 남 잘 살구 있는 사람을 뽑아내 가지구 우리 집엔 둘 수 없는 형편이구…."

권근효가 탄했다. 그러니까 주인아씨는

"도루 그 댁으로 가야지 뭐. 내가 같이 가서 잘 말해 줄게."

하였다.

"흥, 다시 가긴. 삶은 개다리 틀리듯[73] 했습니다."

"왜?"

"갑자기 나가는 년이 어디 있느냐고 년 자를 붙이기에 이쪽에서도 년 자를 붙이고 대판으로 갈라서구 나온 걸 또 들어가요…. 뭐 염려 말우. 내 다른 댁에 지세해[74] 줄 게니."

아무튼 겉으로는 모른 척하나 속으로는 어느 정도까지 호의를 보이지 않을 수 없는 권근효는 "내 집 문전에 온 손님은 흔연히 대접해 보내는 것이 옳다"는 핑계로 아내에게 새 점심을 짓게 하여 두 늙은이를 후하게 대접해 보내었다.

"어디 마땅한 데가 얼른 있겠소?"

파랑대문집을 나서며 식모 마누라가 걱정스럽게 물었다.

"그럼, 내 속이 서울 장안보다 더 넓은 속이거든…."

71 눈이 쑥 들어가고 생기가 없어.
72 '개절치'의 방언. 아주 적절하지.
73 '일이 아주 뒤틀린 모양'을 이르는 말.
74 '지시해'의 방언. 소개해.

늙은이는 우선 식모 마누라를 자기 행담짝을 맡겨 둔 오릿골 색시네 집에다 앉혀 두고 혼자서 동소문[75] 안을 들어서 경학원(經學院)[76] 근처로 왔다.

이 늙은이 혼자 치부에는[77] '시어미 몹시 부려 먹는 집'이라고 하는, 역시 신식 살림하는 집 하나를 찾아옴이었다.

오래간만에 오는 집이었다. 숭일동서부터 숭사동 일대[78]를 가끔 헤매면서도 늙은이는 이 집 문 앞만은 항용[79] 그냥 지나치곤 하였다.

그 까닭은 이 집에선 물건을 잘 사 주지 않기 때문이 아니라 팔긴 팔아도 남는 것이 없기 때문이었다. 주인아씨가 어찌 돈에 박한지 금새[80]가 뻔한 빨랫비누 한 장을 사더라도 일 전 한 푼이라도 깎아야 사지 그냥 제값을 다 내고는 사는 법이 없었다. 그래서 까딱하면 밑지는 장사가 되는 것도 한 까닭이요, 또 한 가지 이유는 이 집 아씨가 돈에만 박한 것이 아니라 인정에도 그래서, 자기는 젊은 것이 손끝 하나 까딱하지 않고 늙은 시어미를 종년 부리듯 하는 것을 잠시라도 보기 싫은 때문이었다.

한번은, 그때도 그냥 지날까 하다가 문간에 나섰던 이 집 시어머니가,

"마침 잘 오는구료, 빨랫비누를 한 장 사야 할 텐데…."

해서 들어갔더니 마루에는 주인아씨까지 트레머리[81]짜리 서넛이 앉아 히히닥대고 있었다. 그중에서

"안 사, 안 사. 가, 가."

하고 손등을 내젓는 것은 그중에서 제일 턱이 뾰족한 주인아씨였다.

"원 아씨두! 안 살 때 안 사시더라도 재수 바라고 다니는 사람을 그렇

75 東小門. 혜화문.
76 일제강점기 명륜동에 있던 경학(經學) 연구 기관.
77 여기기에는.
78 현재 종로구 명륜동 1가부터 4가 일대.
79 흔히. 늘.
80 물건값.
81 가르마를 타지 않고 뒤통수 한가운데에 틀어 붙인 머리.

게 거지 몰아내듯 하시랴우…. 마님이 빨랫비누가 떨어졌다구 그리서서 들어왔쇠다, 원!"

하니 놀러 온 다른 트레메리가 주인아씨더러

"주인마님이 누구야, 응?"

하고 처음 눈치채는 듯 쑤군거리었다. 그네들은 이 집 시어머니를, 주제가 사나운 것을 보고 모다 식모로 알았던 것이다. 주인아씨는 얼굴이 새빨개지며 뒤에 따라 들어서는 시어머니더러

"뭘 해서 비누는 그렇게 헤피[82] 써요. 새로 산 지가 그새 메칠이나 돼서…."

하고 눈살을 찌푸리었다.

"그새 빨래한 생각은 안 하냐? 내가 비눌 뭐 씹어 먹어 없애갔냐?"

하기는 하면서도 시어머니는 며느리를 바로 쳐다보지도 못하고 도로 밖으로 나가 버린다. 마루에 앉았던 색시들은 모다 시시닥거리던 기분이 깨어져 식모로만 알았던 주인집 마님의 모양을 나려다보다가 밖으로 사라져 버리는 바람에 모다 눈을 주인아씨에게로 돌리었다. 그리고 한 색시가 물었다.

"어머니야?"

"어머닌 무슨, 내다 버릴 어머니. 그이 어머니야."

"그이 어머니라니?"

"우리 집 양반 어머니란 말야."

"그럼 시어머니 아냐?"

한즉 주인아씨는 무슨 망신이나 당하는 것처럼 다시 얼굴이 붉어지면서

"시어머닌 무슨…. 무슨 뭐, 나 바라고 와 사나. 자기 아들한테 와 얻어먹구 있는 게지! 그리게 여자도 경제적으로 독립해야 돼. 저게 뭐야.

82 헤프게.

자기 아들은 자기가 낳기나 했지만 나야 어쨌단 말이야. 왜 날더러 받들란 말이야, 홍!"

하고 도리머리를 쳤다. 그때 방물장수 늙은이는 남의 일이지만 참을 수 없이 속이 뒤집히었다. 자기는 아들이 없으니까 이렇게 방물 짐이나 이구 늙거니 하고, 남 아들 가진 것이 부럽기만 하다가 아들이 있어도 고생살이하는 사람을 보매, 한편 자기의 팔자를 도리어 낙관하리만치 위로가 되는 것도 사실이었지만, 그것보다도 주인아씨의 그 간특한[83] 입놀림이 모른 척할 수 없이 얄미웠다. 그래서

"그러니 시어머니더러 왜 어머니라길 마다슈, 원."

하고 혀를 차니

"이깟 놈의 늙은이는 웬 게 와서 이래!"

하고 총을 쏘듯 하는 바람에 늙은이는 "말 못할 년이로군!" 하고 나와 버렸었다. 다시 들르지 않으려고 하던 집이었으나 이번엔 다른 용무가 생긴 때문이었다.

그러나 늙은이는 이 집 아씨를 만날 필요는 없으므로 집을 찾고도 집 안으로 들어가지는 않았다. 경학원을 그냥 지나쳐 큰 우물 앞으로 올라가니 상상한 것과 같이 이 집 시어머니가 물을 길어 이고 나려오는 것을 만났다.

"오래간만이로구료. 장사 재미 좋우?"

"그럼. 마누랄 좀 볼랴고 집으로 안 들어가구 이리로 오지."

"날 보려구? 뭐 좋은 일이나 있소?"

"그럼…. 마누라 고생하는 게 딱해 그래서 들렀어. 자식이문 뭘 하우, 이렇게 고생하구…?"

"그럼… 어떡하우? 내 팔자지."

"아니야. 마누라가 주변머리가 없어 그렇지…."

83 奸慝-. 간사하고 악독한.

"주변머리가 있으문 어떻게 하나, 메누리년이 그 따윈걸."

"슬그머니 나가 버려요, 그래야 아들 녀석도 개심(改心)을 하구 메누리년도 자식새끼나 낳구 하면 그땐 손포[84]가 놀아서[85] 제발 옵쇼 옵쇼 할 테니 한 일 년만 나가 견뎌 봐요. 저렇게 세차게 일하구야 어딜 가선 못살우…?"

"예, 여보. 그러니 아들 낯에 똥칠을 하지 어떻게 남의 집으로 돌아댕규?"

"저게 주벤머리가 없는 소리야. 넓으나 넓은 장안에 어느 구석에 가 있는지 누가 알며, 남의 집에 살면 내 아들이 누구라고 외치며 다니나. 벨놈의 소리 작작하고 내 말 들어요. 내 좋은 자리 한 군데 톺아 놨으니 오늘로 갑시다. 가서 한 일 년만 꾹 참구 견뎌 봐 와. 일 년이면 한 달에 삼 환씩이라두 삼십육 환이야. 그걸 가지문 마누라 생전 입을 옷을 하구도 수십 환이 남을 것 아냐? 메누리가 그따위 년이라두 새끼를 나면 손주는 손주지? 할미라고 빈손으로 있을 테야? 무명것[86]이라도, 퍼대기[87] 뙈기[88]라도 해 들고 들어가 봐, 누가 마대나[89]? 다 부모 자식 간에라도 내 앞 치를 것을 치러 놓구야 말하는 거거든!"

"…."

이 딱한 시어머니는 갑자기 벙어리가 된 듯 입이 붙고 말았다. 그러나 여섯 동이나 드는 물독과 네 동이나 드는 큰 솥을 부지런히 드나들어다 채우고야 말았다.

"저놈의 마누라 그깟 놈의 물동이 내던지고 그냥 못 나와."

하고 방물장수 늙은이는 경학원 돌다리에 앉아 성화를 대었다.

84 일할 사람.
85 드물어서. 모자라서.
86 무명옷.
87 '포대기'의 방언.
88 조각. 쪽.
89 마다하나.

물을 긷는 것은 끝이 있어 나중 한 번은 동이를 두고 빈 머리로 나왔으나 자식한테 대한 정의[90]는 끝이 없는 것이었다.

"여보, 내 저녁이나 지어 주고 나올 테니 여기 앉아 있수."

"아아니, 난 바쁜 사람 아닌 줄 아우. 원 사람이 염체도 없지…. 저녁은 메누리년이 좀 못 짓나."

"내가 지려니 하고 있다가 밤중에나 먹게 되지."

"밤중에 좀 먹으면 어때?"

"우리 아들이 들어오는 길로 늘 저녁 재축[91]인데…."

하고 눈을 슴벅거리었다. 방물장수 늙은이도 이 마누라의 눈물을 보고는 더 퉁[92]을 주지는 못하였다.

그날 저녁 방물장수 늙은이는 이 마누라를 다리고 그 똥 싸 내놓는다는 아씨네 집으로 갔다. 자기는 들어갈 수 없으므로 마누라만 들어가서 우연히 들어온 것처럼 하고, 자식이 돌보지 않아 남의 집을 살려고 찾아 나선 것이라고 하라 하였다. 아침에 식모가 나가 점심은 시켜다 먹고 저녁은 억지로 지어 먹긴 했으나 설거지도 안 한 채 밀어 놓았던 이 집 아씨는 첫마디에

"어서 부엌에 들어가 설거지부터 해 보오" 할 밖에 없었다.

이렇게 첫 계획을 이룬 방물장수 늙은이는 이튿날은 이내 그 파랑대문집에 넣으려던 식모를, 시어미를 식모처럼 부리다 잃어버린 딱장대[93] 아씨네 집에다 똑같은 수단으로 어렵지 않게 집어넣었다. 이래서 이 방물장수 늙은이는 모든 것이 장난 같았다. 처자식이 시퍼렇게 있는 녀석을 숫신랑으로 알고 덤비었다가 몸만 망치고 물러나 앉는 '그집네'나, 똑같은 운명에서나마 '그집네'보다는 영화가 길음직한 파랑대문집네나,

90 情誼. 가까운 정.
91 '재촉'의 방언.
92 핀잔.
93 성질이 사나운 사람.

그리고 자기 마음대로 이리 빼 앉히고 저리 빼돌린 그 식모, 그 시어미, 모든 것이 장난하듯 하는 데서 그들의 팔자는 혹은 그늘이 지고 혹은 양지가 쪼이는 것 같았다.

"장난! 사람 사는 게 장난이야! 그런 걸 모르구 악을 쓰구 촌구석에서 일바가지가 돼서 뒹구는 건 어리석어 그래…. 주변머리가 없어서…."

이래서 이 방물장수 늙은이에겐 차츰 때늦은 새 철학이 움직이기 시작했다.

"그깟 년의 한세상 사는 걸 아무 짓을 해서나 잘 먹구 잘 입구 호강하다 죽으면 상팔자지!"

하고 자기 딸네 내외를 생각하였다.

그 과수댁[94]

"세상일이 다 장난야 장난…."

늙은이는 오릿골 색시네 집에서 박물 짐을 찾아 이고 나오며 다시 한 번 이렇게 뇌였다. 그리고 힝하니[95] 배오개장[96]으로 들어와서 몇 가지 자질구레한 물건을 더 흥정해 가지고 다시 돌아서 포천 길을 향하였다.

먼저 작정은 뚝섬나루를 건너 광주(廣州) 쪽으로 돌려는 것이었으나 갑자기 노정을 바꾸어 이렇게 포천 길로 머리를 돌리는 데는 한 가지 까닭이 있었다. 그 '세상은 다 장난이야 장난…' 하고 깨달은 데서 한 가지 햄 죽한[97] 장난거리가 포천에 있기 때문이었다.

'양짓말'이라고, 솔모루까지 가지 않아서 있는 조그만 촌이나 산에는

94 寡守宅. 남편을 잃고 혼자 사는 여자. 과부댁.
95 휙. 빠르게.
96 배오개 너머에 있는 시장. 지금의 동대문시장.
97 '함 직한'의 방언.

석물(石物)이 늘어선 큰 무덤이 두어 자리나 있고, 길거리엔 쓰러져 가나마 새파랗게 돌옷[98]에 덮인 비석깨나 꽂힌 것을 보아 옛날부터 좀 행세하노라고 하던 집안이 살아온 동네임은 짐작할 수 있었다.

늙은이는 이 동네에 윤회양이란, 전에 회양 고을을 산[99] 노인을 찾아 옴이었다.

작년 칠월이었다. 늙은이가 이 윤회양 집에 들어서 실 낭어치[100]나 팔고 바깥마당으로 나가는데 축대가 한 길이나 되는 사랑 마당에서,

"이 늙은이! 나 좀 보오."

하는, 장수 늙은이를 부르는 소리로는 너무나 부드럽고 낮은 소리가 났다. 쳐다보니 탕건을 쓰고 눈엔 검은 풍안[101]을 걸친 윤회양이었다.

"저 말입쇼?"

"어…. 이리 올라오오, 좀…."

하는 윤회양의 말소리는 매우 긴요해서 부르면서도 어덴지 똑똑지 못한 데가 있었다. 얼굴까지 불콰한 것을 보고 방물장수 늙은이는 속으로 '술이 좀 취했나 보군' 하였다. 그러나 점잖은 이가 부름에 그냥 돌쳐설[102] 수는 없었다. 머뭇거리고 섰노라니까 윤회양은,

"거, 부시쌈지[103] 같은 것도 있소? 좀 올려와…."

하고 뒷짐 졌던 손에서 담뱃대를 내어 빈 대통을 담 위에다 터는 시늉을 하였다.

"있죠니까…. 담배쌈지 말이죠니까?"

늙은이는 돌 층층대를 올라가 사랑마루로 갔다. 몇 해 전에 큰아들이 부족증[104]에 죽고 지금은 읍의 보통학교에 다니는 아들밖에 없는 이 집

98 돌이나 바위 겉에 난 이끼.
99 고을의 수령을 지낸.
100 실 몇 냥어치.
101 風眼. 바람과 티끌을 막기 위해 쓰는 안경.
102 '돌아설'의 옛말.
103 부시, 부싯깃, 부싯돌 등을 넣어 다니는 작은 쌈지.

은 안과 같이 사랑도 덩그러니 쓸쓸하였다.

"짐 끄를 것 없구… 저어기 좀 봐…."

하고 윤회양은 담뱃대로 채마전[105] 아래로 빤히 나려다보이는 연자방앗간을 가리켰다. 방앗간에는 밀방아 찧는 부녀들이 어른거리고 돌매[106] 돌아가는 삐걱 소리가 한가하게 이따금 들려왔다.

"방앗간입쇼? 뭬 볼 게 있습니까? 밀방아들 찧는겁쇼?"

"그, 저 하인들 다리구 체질[107]도 하구 저 나왔다 들어갔다 하는 몸 좀 부한 아낙네가 누군고?"

"원, 한 동리서 모릅쇼? 저, 지금 도루 체질하는 아낙네 말씀이죠니까?"

"그려. 떠들지 말구…."

하면서 윤회양은 안마당 쪽을 힐끔 들여다보았다. 방물장수 늙은이는 벌써 짐작됨이 있었다. 그래서 속으로는 '뭘 다 알면서 능청스럽게 무슨 말을 하려고 그리슈?' 하려다가 그저 고지식한 체하고

"원, 그 아낙네가 저 아래 참봉댁 제수 되시는 과수댁 아뇨니까? 소년과수[108]루 읍내 사람들도 다 아는 걸 이웃에서 모릅쇼?"

"그래…. 거 어디 나댕겨야 우리네가 보지… 그래…. 거, 멀리서 보게 두 몸이 부한 게 인물이 출중하군그래…."

"아, 어느 자식이 속을 쎅입니까? 어느 남편이 있어 속을 쎅입니까? 있는 밥에 있는 옷에 마음대로 먹구 입구 마음대로 편안하니 몸이 부할 밖에 있습니까? 게다가 소년수절[109]이라구 시집에서 친정에서 좀 위해 줍니까? 참 일구월심[110]에 그리운 건 한 가지뿐입죠, 호호…."

104 不足症. 폐결핵이나 몸 안의 진액 부족으로 쇠약해지는 증상.
105 菜麻田. 채소밭.
106 맷돌.
107 체로 가루를 치거나 액체를 거르는 일.
108 어린 나이에 남편을 잃고 혼자가 된 여자.
109 젊은 나이에 정절을 지킴.

"…헤…."

윤회양은 수염이 허연 입술을 후들후들 떨면서 씩 웃었다.

"아마 영감님이 외양만 늙으신가 봐… 호호…."

"거야, 맘야 늙어 쓰겠소? 여보 늙은이, 그 무거운 것 이구 댕기지 말구 거뜬히 댕기는 장사 좀 해 보지…?"

늙은이는 윤회양의 말을 이내 알아차렸다.

"거 망령의 말씀 작작 합쇼. 소년수절로 사십이 넘은 사람이 돌보다 모진 줄을 모르시구…. 누굴 괜히 이 장사도 못 해 먹게 다리깽이[111] 꺾어지는 구경을 하시구 싶은 게죠니까?"

하고 늙은이는 혀를 채고 방물 짐을 이고 일어나 나왔었다. 윤회양은 얼굴이 시뻘게서 담배통에 불을 붙이면서 아무 소리도 못 하였었다.

그러나 윤회양은 그 후로도 그 과수댁에게 일으킨 흥분은 가라앉지가 않았다. 아래위가 꼭 막힌 조그만 연못 속에서 본 큰 붕어와 같이 그냥 두고는 견딜 수가 없게 잊혀지지가 않았던 것이다. 기회만 있으면 늘 낚아 볼 욕심에 불타고 있은 듯이 방물장수 늙은이가 지난가을에 들었을 때도 윤회양은 역시 사랑 마당에서 은근히 담배설죽[112]으로 손짓을 하였다. 방물장수 늙은이는 웬만한 자리만 같으면 한 번 말이나 전갈해 주고 돈 환이나[113] 얻어 써 볼 생각도 없진 않았으나, 원체 그 과수댁의 시집이 몇 번 드나들며 보아도 가풍이 엄한 데다 벌써 양자까지 봉한 사십 줄에 든 수절부[114]라 감히 운을 떼어 볼 서슬이 아니었다. 그래서 그 참봉댁에 들어가서 전에 무심히 보던 과수댁의 얼굴과 몸매를 다시 한 번씩 더 쳐다보기만 했을 뿐이었다.

110 日久月深. 날이 오래고 달이 깊어 감. 세월이 흐를수록 더함.
111 '다리'를 속되게 이르는 말.
112 담배설대. 담배통과 물부리 사이에 끼워 맞추는 가느다란 대.
113 돈 몇 환이나.
114 절개를 지키는 부인.

참말 과수댁은 쪽만 틀었을 뿐 열일곱에 혼자되어 그늘에서만 피어온 그의 청춘은 때는 이미 지나가 버렸으되 노처녀에게 느껴지는 것 같은, 어딘지 마음의 애티와 정지하지 않은 육신의 발육이 그저 무르익어 가는 듯하였다. 이런 느낌이 방물장수 늙은이 눈에도 '참말 아직 갓 스물난 사람처럼 허우대가 흐들벅진한[115] 게 좋긴 하군!' 하는 인식을 주었던 것이다.

"세상사가 모두 장난인걸…."

하고 보니 이 늙은이는 그렇게 서슬이 무섭던 참봉댁 과수도 한개 인형으로 생각되기 시작하였고, 따라서 '한번 장난해 보리라' 하는 용기가 솟았다.

"세상은 고지식하게 살다가 망해."

하고 하늘이 들어도 떳떳하다는 듯이 진리나처럼 큰소리로 중얼거리고 중간에 몇 동리를 거쳐 그 양짓말로 들어서기는 이튿날 해 질 머리였다.

늙은이는 무론 윤회양 집으로 들어다렸다. 순서로 안에부터 들어가서 물감 두어 냥어치를 팔고 연방[116] 주인영감이 사랑에 있나 없나를 눈치채어 가지고 나온지라 윤회양 영감과 언약이나 한 듯이 바깥에서 만났다.

"영감님, 안녕합쇼?"

"…."

윤회양은 물었던 담뱃대만 입에서 뽑을 뿐이었다.

"날이 저물어 참봉댁으로 좀 자러 가죠니까…."

하고 늙은이는 의미 깊은 곁눈으로 윤회양을 쏘았다.

"참봉댁으로…."

하고 윤회양은 얼굴빛이 달라지면서 툇돌에 털썩 앉는다. 그리고

115 살이 보기 좋게 찐.

116 連方. 연속해서 자꾸.

"여보."

하는 은근한 입술을 실룽거리면서 점잖던 체모를 헐어 버렸다.

"왜요니까?"

"저렇게 눈치 없는…."

하고 윤회양은 손짓을 하였다.

"흥, 물건이나 좀 덜어 주시렵니까?"

늙은이는 앞뒤를 한번 살피고는 높은 사랑 뜰로 올라섰다.

그날 밤이었다. 이 마녀의 입과 같이 달고 끈기 있는 유혹을 준비한 방물장수 늙은이는 기어이 그 과수댁의 정신을 뿌리째 흔들어 놓고야 말았다.

과수댁은 이 늙은 마녀의 용의주도한 알선 밑에서 자정이 가까운 깊은 밤빛[117]에 묻히어 우물길 다니는 동산문을 빠져 나섰고 닭이 두 홰째나 울어서야 다시 그 문으로 들어왔다.

무론 아는 사람은 두 당자와 방물장수 늙은이와 그리고는 뉘 집 개인지도 모르게 먼발치에서 두어 번 짖은 개뿐이었다.

이튿날 아침 늙은이는 눈을 뜨는 길로 윤회양에게로 와서 얇지 않은 일 원짜리 한 묶음을 받아 넣고는 그것이 몇 장이나 되나 헤어 보기가 급해서 조반도 얻어먹지 않고 양짓말을 떠났다.

늙은이는 아직도 동넷집들이 빤히 나려다뵈는 선왕댕이[118]까지 숨차게 올라와서는 이내 짐을 내려놓고 허리춤에 넣었던 지전을 내어 헤어 보았다.

"열 장! 십 환!"

늙은이는 몇 번이나 혹시 열한 장이나 아닐까 해서 헤어 보고 헤어 보

117 밤의 어슴푸레한 빛.
118 서낭당이 있는 고개.

고 하다가 단단히 싸서 이번에는 돈주머니에 넣고 끈을 옭매었다. 그리고 혼자

"망할 것들! 이십 년이나 수절한 것이…."

하고 서글픈 웃음과 함께 동리를 나려다보았다. 그리고

'세상은 다 장난야 장난….'

하는 그의 새 인생관이 다시 한번 자신을 굳게 하였다.

'어떻게 하면 얼마 남지 않은 세상을 남과 같이 호강으로 마치어 보나? 아니, 아니…. 내야 이렇게 살고 보니 다 산 세상이지만 그거나(딸을 가리킴) 한때 호강이라도 시켜 줘야 할 텐데….'

하고 늙은이는 생각이 천 갈래 만 갈래여서 길에 불거진 돌부리들이 보이지 않았다. 몇 번이나 돌부리를 차서 고무신짝이 벗겨져 달아났다.

"정칠[119] 년의 신 같으니…. 어서 너 따윈 벗어 내던지구 얄팍한 흰 고무신을 신게 돼야겠다. 이눔의 신아…."

늙은이는 부리나케 솔모루 장에를 들러서 고무신 가가로 갔다. 그러나 자기의 그 투박한 검정 고무신을 벗어 버리려는 때문은 아니요, 딸이 벼르기만 하고 아직 한 번도 못 신어 보는 비단 무늬를 그린 색고무신을 한 켤레 사기 때문이었다.

늙은이는 공돈이 그의 돈풀이로 백 냥이나 생긴 김이라 딸을 생각하니 사위 생각도 났고 외손자 생각도 다른 때보다는 더 도탑지 않을 수 없었다.

사위가 제육을 좋아하므로 푸줏간에 가서 갓 잡은 도야지 뒷다리를 하나 사고, 또 생전 석새베[120] 것밖에 모르는 사위를 단오 때 입히려고 모시조끼도 하나 조끼전에 가 맞춰 놓고, 그리고 과자 부스러기와 미역오리[121]를 사서 작은 것은 행담에 쓸어 넣어 이고 큰 도야지 다리는 바

119 '경칠'의 방언. 호되게 꾸짖음.
120 성글고 굵은 베. 석새삼베.
121 가늘고 긴 조각. 미역을 세는 단위.

른손에 들고, 그래도 무거운 줄은 모르고 시오리 길을 얼마 쉬지도 않고 걸어 해가 있어 딸네 집을 대어[122] 들어갔다.

딸네 집은 늙은이가 기대한 대로 아직 저녁 먹기 전이었다.

늙은이는 부엌부터 들여다보고

"얘, 이것부터 어서 삶어라."

하면서 들어섰다.

그러나 딸네 집은 뜻밖에 난가[123]였다. 딸의 눈두덩이 시퍼렇게 멍이 들고 옷고름이 따지고 아랫방 문짝이 아랫도리는 반이나 부서진 것이 돌쩌귀까지 하나 빠져서 비스듬히 방문을 막고 가로걸려 있었다.

"웬일이냐?"

딸은 대답보다 울음이 먼저 터지었다.

인생은 외롭다

늙은이는 딸의 울음부터 쏟아지는 넋두리를 듣지 않고도 적지 않은 내외 싸움이 벌어진 걸 직각하였다.

사위가 다른 계집을 얻은 것이었다. 그동안 딸이 시앗을 본 것이었다.

늙은이는 뜻밖이었다. 어떻게 하든지 한 푼이라도 모아들이고 어떻게 하든지 한 알이라도 아끼어서 살림을 이룩하기에만 눈이 뻘게 덤비던 자기 사위 녀석이, 어떻게 환장이 되어서 살림을 내어던지고 처자식을 치고 가장집물[124]을 부숴 놓은 것인지 처음에는 당최 짐작도 할 수 없는 일이었다.

그러나 나중에 자세히 들은즉 사위 놈의 심보도 그렇게 될 만도 한 데

122 정해진 시간에 맞춰.
123 亂家. 분란으로 소란스러운 집안.
124 家藏什物. 온갖 살림 도구.

는 늙은이는 더 속이 쓰라리었다.

해마다 오월 단오를 전후하여 보릿고개라는 것은 비록 자농(自農)을 하는 집에라도 농가로서는 제일 군색[125]한 때였다. 웬만한 집에는 이때에다 양식이 떨어져서 아직 물여물[126]도 안 든 밀[대맥(大麥)] 싹을 잘라다 볶아 먹는 판인데 벼농사에는 이때가 제일 밑천이 많이 드는 때였다. 모를 내는 데는 일꾼들도 이밥[127]을 먹어야 하는 것이요, 품값이다 담뱃값이다 하는 것도 엄청난데 금비(金肥)값이란 몇 달 양식 값이 들어가는 것이었다. 그러므로 제일 군색한 때 제일 많이 드는 밑천이므로 대개 비료값은 돈으로든지 비료로든지 지주가 대어 주고 가을에 가서 지주가 이자까지 쳐서 받아들이는 것이었다. 그래서 이 늙은이 딸네도 해마다 지주 권근효네 집에서 비료를 타다가 썼을 뿐 아니라 농량[128]까지라도 장리를 내다 먹어 온 것이었다. 그런 것이 금년에 와서는 농량은커녕 비료값도 모다 대어 줄 수 없다는 것이었다. 그 까닭은 농량이니 비료니 하고 자꾸 대어 주어 놓고 가을에 가서 타작을 갈라 놓고 장리 먹은 것 비료값치를 죄다 제하고 나면 작인 집 마당에 남는 것은 빈깍쟁이뿐인 북데기[129]뿐이었다. 그래서 지주만 심하다는 말을 듣게 된다는 것이, 금년부터는 비료를 대어 주지 않기로 한 이유의 하나요, 또 한 가지 이유는 사실 살림은 권근효가 하는 것이 아니라 그의 늙은 아버지가 하는 것인데, 권근효는 그렇게 서울다 딴살림을 차리고 연해[130] 빚만 얻어 쓰는 판이라 그의 아버지는 아들의 빚 뒤치개[131]를 하노라고 용돈 한 푼을 제

125 窘塞. 필요한 것이 없어 옹색함.
126 '물알'의 방언.
127 쌀밥.
128 農糧. 농사를 지을 동안 먹을 양식.
129 짚이나 풀이 뒤섞여서 엉클어진 뭉텅이.
130 連-. 끊이지 않고 계속.
131 '뒤치다꺼리'의 방언.

대로 써 보지 못하게 되어, 작인들에게 비료를 대어 주려도 자기마저 금융조합 돈이나 얻어야 되게 됐던 것이다. 그러므로 직접 원인은 권근효가 돈을 남용한 것이 작인들에게 미친 것이었다.

아무튼 방물장수 늙은이의 사위는 농량도 부족할 뿐 아니라 비료 변통도 할 수가 없게 되자 두어 번이나 지주에게 찾아가서 사정을 해 보았다.

"허! 자네만 작인인가. 괜히 물이못나게[132] 조르네그려…. 거 자네 장모님, 아들도 없는 이가 돈 벌어다 뭘 하나?"

하는 핀잔만 받고 읍에서 나와선 그날 저녁부터 밤낮 주막에 나가 파묻혀 있더니 그 오십 원짜리도 못 되는 개똥밭 한 뙈기 있는 게 동티[133]가 나노라고 술장수년이 달게 받아 준 것이었다.

"제깟 놈이 첩은 무슨 첩! 아니 제 처자식 하나 제법 못 거두는 주제가 첩꺼정 거느려? 흥…."

늙은이는 눈이 올롱하여서[134] 주막으로 내달았다.

주막에선 대두리[135]로 싸움판이 벌어졌다. 사위 놈은 장모 늙은이의 목소리를 듣자 뒷문으로 빠져 버리고 술장수년만 악이 머리끝까지 치뻗친 늙은이 손에 머리채가 감겨졌다.

"이년! 요 요망한 년…."

늙은이는 종일 길은 걸었으되 힘이 엄청나게 세었다.

가만히 앉아서 술국이나 놀리고[136] 밤을 새는 술장수 따위는 비록 젊은것이로되 힘을 어떻게 써야 할지부터 몰라 소리소리 악만 썼다.

악은 늙은이가 먼저 난 악이었다. 늙은이가 치가 떨리는 것은 자계[137]

132 부득부득 조르는 모양.
133 지신(地神)을 노하게 해서 받는 재앙.
134 유별나게 회동그래서.
135 큰 다툼이나 야단.
136 이리저리 옮기고.
137 '자기의'의 줄임말.

일보다 더하였다. 생각하면 사주팔자에 역마직성[138]으로 태어났다고도 하지마는, 자계 신세가 이렇게 길 위에서 늙는 것도 젊어 시앗을 본 때문인데, 이제 하나밖에 없는 딸자식마저 시앗을 보다니 생각하니 매 맞는 술장수의 악 따위는 열 스물이 와도 못 당해 낼 악이었다. 늙은이는 물고 차고 찢고 나중에는 타기[139], 요강까지 술장수의 머리에다 들이붓고도 그래도 시원치 않은 것을 여러 사람이 말리는데 못 떨어[140] 떨어지고 말았다.

늙은이는 딸네 집으로 들어와서 밤새도록 잠 한잠 붙여 보지 못했다. 술장수에게 역시 물리고 갉혀진 자리가 확확 달아오르고 입에 침조차 말라서, 저녁을 굶었으되 배고픔 같은 건 깨달을 여지가 없었다.

새벽녘이었다.

늙은이는 사지가 후들후들 떨리던 흥분이 좀 가라앉아 회심한[141] 생각이 일어났다.

'이년 팔자에 자식은 다 뭐냐!'

하는 슬픔이었다.

'차라리 걱정감이지….'

하였다.

늙은이는 딸의 존재가 차라리 원망스러워졌다.

'네년도 네 팔자니라.'

하고

'내게 왜 속을 썩이느냐?'

하고 소리를 지르고도 싶었다. 이런 생각이 떠돌자 늙은이에겐 희미하게나마

138 驛馬直星. 이리저리 떠돌아다니는 사람.

139 가래나 침을 뱉는 그릇. 타구.

140 못 뿌리쳐서.

141 후회스러운. 서글픈.

'인생은 외롭다!'
하는 생각도 휙 지나갔다.

'다 제 갈 길을 가는 거지…. 에미가 애쓴다고 어디 그대루 되나….'

늙은이는 딸에게서 외손자에게서 차라리 정을 끊으려 하였다.

늙은이는 뜬눈으로 밤을 패었다[142].

사위 녀석은 이날도 그다음 날도 들어서지 않았다. 늙은이는 진종일 서투른 담배만 필 뿐, 딸과도 묻는 말이나 대답하고 말았다.

'네년도 다 남이거니 하면 고만이지….'
하는 속으로 늙은이는 딸을 잘 보지도 않으려 하였다.

그런데 더구나 이 늙은이의 심경에 커다란 돌멩이를 던져 놓은 것은 그 양짓말 참봉댁 과수의 놀라운 소식이었다.

참말 놀라운 소식이었다. 뒷동산에 올라가 목을 매고 죽었다는 것이다. 전하는 사람의 말은

'먹구 입을 것만 있다구 어디 낙이요. 살아가두룩 적적하니까 죽은 게지….'
하였으나 이 방물장수 늙은이와 양짓말 윤회양만은 그 과수댁의 죽은 원인이 무엇인지를 깨닫지 못할 리가 없었다.

늙은이는 큰 뭉우리돌을 받는 것처럼 가슴이 철렁 내려앉았다.

'사람을 하나 죽였구나!'
하는 무서운 고백이 어서 세상에 자백하고 나서라는 듯이 입속에서 뛰놀았다.

그날 밤이었다. 늙은이는 사위가 들어오기를 더 기다리지도 않고 딸네 집을 떠나 밤길을 걸었다.

늙은이는 어떤 절을 찾아갔다. 절에 가서 부처님 앞에서 진심으로 사

142 밤을 새웠다.

죄하고 그 윤희양에게서 받은 돈 나머지 전부로 그 과수댁의 명복을 위하여 조그만 제(祭)를 올렸다. 그리고 다시 방물 짐을 이고 나섰다.

늙은이는 절에서 동구 밖을 나서 산 아래로 아득히 사라진 세상길을 나려다볼 때 새로운 눈물이 쭈르르 흘러내렸다.

'인생은 외롭다!'

하는 생각 때문이었다.

『신가정(新家庭)』, 신동아사(新東亞社), 1934. 2-7.(5회 연재)

애욕(愛慾)의 금렵구(禁獵區)

모나리자

찌르릉….

찌르릉….

원고를 정리하려고 서랍 둘을 한꺼번에 뽑아 놓고 필자들의 이름과 제목 적은 메모를 펼치는데 급사 테이블 밑에 달린 초인종이 두 번이나 울었다.

"네에."

우선 완호는 자기가 대답하여 놓고 서랍들을 다시 디밀고 일어나 급사를 찾았다. 급사는 복도에도 물 먹는 데도 있지 않았다. 할 수 없이 다른 날 그런 경우와 마찬가지로 이번에도 완호는 급사 대신에 사장실 문을 열었다.

"급사가 지금 뵈지 않습니다."

하니 사장은 자기가 뿜어 놓은 담배 연기를 손으로 날려 버리면서

"심 군, 들어와요. 심 군한테 할 말이 있었어…."

하였다.

완호는 문을 공손히 닫고 박 사장의 테이블 앞으로 가까이 갔다.

"어, 또… 내가 무슨 말을…. 으…."

박 사장은 가끔 이런 투가 있었다.

무슨 양로원 원장이니, 무슨 자선회 고문이니, 하는 명예 직함은 내어놓고라도 영천제약주식회사(靈泉製藥株式會社)와 자기 이름 그대로인 박승권피혁상회(朴承權皮革商會)의 사장이며 한성직물주식회사(漢

城織物株式會社)의 전무취체역[1]에다가 또 이 현대공론사(現代公論社)의 사장까지를 겸한지라, 그는 언제든지 여러 가지 방면을 생각해야 되고 여러 가지 일을 처결해 나가지 않으면 안 되었다. 그래서 사원이나 비서를 불러 놓고도 곧 다른 방면의 일에 정신을 빼앗기는 수가 많았다.

"옳지! 저어, 그게 전전달이던가?"

"무어 말씀입니까?"

"우리가 여기자 채용한단 광골 신문에 낸 게?"

"네, 전전달 중순입니다."

"참, 채 양 아직 안 들어왔지요?"

"채남순 씨 아직 안 들어왔습니다."

"저어, 내가 지금 그 광고 냈던 걸 볼 샌 없구…. 여기자를 한 명 다시 뽑았으면 하는데 암만해두…. 그러니 한 명 또 채용한다구 그리구, 날짜서껀[2] 적당하두룩 고쳐서 또 한 번 신문에 내슈."

"여기잘 또 쓰시게요?"

하고 완호는 의외라는 듯이 자기로선 물어볼 권한이 아닌 것을 알은체해 보았다.

"글쎄… 어서 나가 찾아 가지구 원골 맨들어 보내시지요."

완호는 얼굴이 화끈하였다. 사장은 다른 사람에게 하는 것을 보더라도 자기 비위에 좀 거슬려 보이면 갑자기 분수에 넘는 경어를 써서 이쪽의 말을 막아 버리는 수단이 있었다. 이번에도 갑자기 "보내시지요" 하는 경어에 완호는 무안하지 않을 수 없었다.

"네. 그럼 오늘 석간으루 세 신문에 다 내겠습니다."

하고 완호는 허리를 꾸뻑하고 물러 나왔다. 사장도 이내 모자를 집어 쓰고 편집실로 따라 나오더니,

1 專務取締役. 주식회사의 전무이사를 이르던 말.
2 '-서껀'은 '-와', '-랑'을 뜻하는 보조사.

"나 오늘은 저어 오후 석점[3]까진 제약에 있을 거요. 내일은 한성직물이 총횟날이니깐 여긴 아마 못 들를는지두 모르는데, 그래 오늘은 원고가 다 들어가겠소?"

하고 담배를 꺼내 불을 붙였다.

"네. 몇 가지 미진한 건 있지만 추가로 들여보낼 셈 치구 우선 오늘 들여보내렵니다."

하는데 어디 나갔던 급사가 들어섰다. 사장은 급사를 보더니

"너 어딜 그렇게 나가?"

했다.

"저 아까 주신 편지 부치러요."

"참, 너 지금 곧 우리 집에 가서 이 외투보다 엷구 털 대지 않은 걸 달래서 요 위 중앙이발관으루 가져온. 거기서 머리 깎을 테니…."

하고 나가 버리었고 급사도 곧 뒤를 따르듯 다시 나갔다.

완호는 전전달 신문축[4]을 찾아 가지고 자기 책상으로 갔다.

"여기자를 또? …."

완호는 시계를 쳐다보고 벌써 열시 반이나 됐는데 채남순 양이 출근하지 않는 것과, 다른 날은 아침에 전화나 한 번 걸고는 백합원[5]에 가 점심을 먹을 겸 열두시나 되어야 다녀가던 사장이 이날은 열시 전에 나타나서 여기자 뽑는 광고를 다시 내라는 것을 보면 아무래도 채남순 양이 면직을 당하려는 징조가 틀리지 않았다. 완호는 망연하여 손을 모으고 며칠 전의 그 한 조각 광경을 머릿속에 떠올려 보았다.

마침 그때도 급사는 심부름 나가고 남순과 완호 단둘이만 있을 때였다.

"심 선생님, 보수라는 '수'자 어떻게 썼나요?"

3 오후 세시. '점(點)'은 시각을 세던 옛 단위.
4 신문철.
5 百合園. 종로에 있던 요릿집이자 사교장.

하고 남순이가 무얼 쓰다가 하이얀 이마를 들고 눈을 깜박깜박하였다.

"보수라는 '수'자요?"

완호는 벌써 보름이나 넘게 보는 얼굴이었지만 처음 보는 꽃이나처럼 남순의 이마에서 황홀을 느끼며 마주 보았다.

"네에. 보수라는 '수'자 말예요."

"보수라는 '수'자요? 보수라는 '수'자라니까 가르켜 드리면 상당한 보수를 주서얍니다."

"드리죠… 호…."

"무얼 주시겠습니까?"

"먼저 가리켜 주시면…."

"달기 '유(酉)' 변에 고을 '주(州)' 했습니다."

"달기 '유'요?"

남순은 달기 유가 또 얼른 생각나지 않는 듯 뺨에 오목스럼하게[6] 부끄러운 웃음을 파면서[7] 완호의 책상으로 왔다.

"이렇게 썼죠, 아마."

하고 완호는 귀 가까이 남순의 숨소리와 가냘픈 코티[8]의 향기를 느끼면서 자기가 쓰던 원고지 여백에다 달기 유를 쓰고 고을 주까지 쓰려는 그 순간이었다. 도어가 갑자기 열리더니 무슨 비밀에나 부딪친 듯, 들어서기를 주춤하고 화경같이 이쪽을 쏘기만 하던 것은, 그 시울은 거무스름하면서도 정력의 광채가 이글이글 불붙는 박 사장의 눈이었다. 남순은 공연히 질겁을 해 놀래었다. 천연스레 서서 인사나 하고 '참, 그렇게 썼나요' 하고 제자리로 갔으면 아무렇지도 않을 것을, 뺨이나 서로 대었다가 들킨 듯이 당황하여 뒷걸음을 쳤고 완호마저 얼른 일어서 인사할 침착을 놓쳐 버리고 말았다. 사장은 날카로운 시선으로 두 남녀의 얼굴을

6 가운데가 폭 들어가게.
7 보조개가 패이게 웃는다는 뜻.
8 Coty. 프랑스 화장품 상표로, 1930년대 우리나라에 들어옴.

스치면서 그조차 아무런 말 한마디도 던져 주지 않고 자기 방으로 들어갔다.

남순은 장난하다 들킨 아이처럼 무안 본[9] 얼굴로 닫혀진 사장실 도어를 바라보고 곧 그 눈을 옮겨 완호에게 미안스럽다는 듯, 분명히는 알 수 없으되 우리는 단짝이라는 듯한 속삭임을 실어 이편의 눈을 찾아 주었다.

이날도 사장은 전화 스위치를 틀어 달래서 전화만 몇 군데 걸고는 곧 나가 버리었다. 사장이 나가자 남순과 완호는 무슨 말이고 얼른 시작될 것 같았으나 한 오 분 동안이나 잠잠하다가야 남순이가 먼저 입을 떼었다.

"심 선생님두 꽤 단순하세요."

"왜요?"

"글쎄 말예요…."

"참 괜히 무슨 죄나 진 것처럼 당황했던 게 우습군요."

"…."

남순은 방긋이 웃어 보일 뿐.

"난 그런 걸 봐두 너무 처세술이 없어요, 참."

"단순하신 게 좋죠 뭐."

"아아뇨. 가만히 보문 단순한 사람들은 대개 처세선(處世線)이라구 할까요, 그 활동해 나가는 줄이 약해요. 잘 끊어지더군요."

하고 완호는 남순의 눈에서 그의 마음을 찾았다. 그러나 남순은 그런 말귀에는 아직 날카로운 감촉을 느끼지 못하는 듯, 그냥 단순하게 여학생스러운 유쾌와 재롱만이 눈에 하나 가득했다. 그래 가지고

"전 정말 단순한 이가 좋아…."

하였다.

9 무안한.

"…."

완호는 무어라 대답해야 좋을지 몰랐다. 자기더러 단순하다고 해 놓고 '전 정말 단순한 이가 좋아' 하는 데는 무어라 대꾸를 해야 옳을지 몰랐다. 정말 완호는 단순하였다. 둘이 다 붉어진 얼굴을 숙이고 다시 펜들을 잡는데 급사가 들어왔던 것이다.

아무리 생각해도 사장의 눈에 자기와 남순의 그날 태도는 평범히 인상되지 않았고 따라서 남순을 그냥 두면 사무에 방해될 뿐 아니라 기율이 문란해질 염려로 단연 엄격한 처단을 내리는 것만 같았다.

'그러나 이왕이면 인물이 나은 편을 취한다고 자기가 남순을 뽑아 놓군!'

완호는 불평이 일어났다. 신문축을 한 번 더 옆으로 밀어내 놓고 담배를 꺼내 피워 물었다. 사실 사장이 그렇게만 할 심산이라면 그건 너무 가혹한 처리요, 또 자기로선 남순만 애매하게 면직이 되는 것을 그냥 보아 버릴 것이 아니라 충분한 동정과 의리를 지켜 주어야 할 각오와, 다시 한 걸음 더 나아가선 이런 때의 운명을 한가지로 함으로써 남순과 더불어 영원한 운명의 반려자가 되어졌으면 하는 기대와 정열조차 끓어올랐다.

'채 선생님?

채남순 씨?

남순?

여보? ….'

완호는 눈을 감고 이렇게 경우를 달리하여 남순에게 대한 여러 가지의 대명사를 마음속에 불러 보았다. 그리고 그중에 '남순' 하는 거나 '여보' 하는 대명사에서는 부르면 불러 볼수록 황홀스런 정경이 눈앞에 떠오르는 것이다. '나에게 그런 대명사를 쓸 사람은 정말 당신예요, 당신뿐예요' 하는 듯한 남순의 얼굴이 곧 문을 열고 들어설 것도 같았다.

남순은 고왔다. 처음 얼른 보면 그냥 귀염성스런 얼굴인 데 그치지만, 여러 번 만나 보고 여러 번 그의 얼굴과 지껄여 보면 새 고움이 구석구석에서 자꾸 드러나는 얼굴이다. 하느님이 가장 마음 평화하신 날 이 남순을 빚으신 듯, 그 반듯한 이마와 그 총명이 가득 담긴 눈과 그리고 꼭 다물었으되 늘 무슨 속삭임이 있는 듯한 입은 얼른 그림의 모나리자를 생각게 하는 얼굴이다. 그러면서도 천진스러웠다. 모나리자 얼굴엔 무한히 비밀이 있되 이 남순의 얼굴에는 아실아실스런[10] 비밀이란 조금도 없다. 아직도 아이같이 순박한, 선명한 표정뿐이었다. 그래서 오후 서너시 때가 되면,

"아이 팔야. 선생님두 좀 쉐[11] 쓰세요."

하고 곧잘 펜을 놓고 뒤로 의자에 기대이는데 그럴 때 보면 그의 눈엔 복습하다 물러앉는 소학생과 같이 졸음조차 가물가물 물결치는 것이었다. 곧 끌어안아다 무릎에 누이고 또닥또닥 재워 주고 싶은 그런 남순이다.

'그러나 남순은 물론 아이는 아니다.'

완호는 다시금 이런 생각을 날리면서 담배를 빨았다.

가깝다고 보면 멀어 뵈는 것

또박또박…. 묵직하나 경쾌스런 구두 소리가 울려오더니 도어의 핸들이 잡히는 소리가 났다. 완호는 그제야 신문축을 끌어당겨 놓고 무얼 찾는 체하였다. 코끝과 뺨이 아이처럼 새빨개 들어서는 건 남순이었다. 허리를 가벼이 굽히면서,

10 아슬아슬한.
11 쉬어.

"전 오늘 아주 대지각입니다."

했다.

"추우시죠. 참 웬일루 오늘은…."

완호는 신문장을 넘기면서 힐끗 곁눈으로만 남순을 살폈을 뿐.

"참 바깥은 춰요 오늘…. 태연인 어디 나갔습니까?"

"사장 댁에 갔습니다."

남순은 장갑을 뽑고 목도리를 끄르면서 완호에게로 다가왔다. 그리고 사장실 문을 살며시 던져 보고는[12] 속삭이었다.

"안 들어오셨나요?"

"벌써 다녀 나가셨답니다."

"벌써요! 저 늦도록 안 들어온다구 뭐래지 않었어요?"

"뭐 그런 말씀은 없구요…."

"그럼 무슨 다른 얘긴 있었에요?"

"…."

완호는 얼른 대답하지 못했다. 목도리를 걸어 놓고 자기 책상으로 가려던 남순은 다시 완호에게로 왔다.

"네에? 선생님?"

"채 선생님, 그런데 제가 먼저 여쭤보구 싶은 게 있습니다."

"무어예요?"

"여기 취직하신 감상이 어떠십니까? 벌써 달포나 지내보셨으니?"

"좋죠, 뭐. 다행히 심 선생님 같으신 분이 계시기두 하구…."

"괜히 그러시지 말구…. 왜 학굔 고만두셨습니까? 이런 데보담 힘이 더 들까요?"

"그럼요. 아이들, 더구나 촌 애들하구 시골서 한심스러 못 견디겠어요. 것두 성당이나 있는 데 같어두 좀 낫겠어요."

12 힐끗 보고는.

"성당이라뇨?"

"우리 천주교회당 모르세요?"

"네. 그처럼 독실하신 신자십니까?"

"믿을 바엔 독실해야죠, 뭐."

"그럼 서울루 전근해 보시죠, 왜."

"그렇게 제 맘대로 되나요. 사범연습관[13] 꼭 지령이 내리는 데로 어디든지 가얀답니다. 우리 동무에 저어 삼수갑산[14] 가는 데라나요. 혜산진[15] 어느 공보[16]루다 간 애가 있는데요."

"그래두 내 생각엔 채 선생님 같으신 인 교육계가 나실 것 같은데."

"아네요. 전 학생 때부터 잡지 같은 걸 좋아했어요. 그래 인제 내 손으루 조선서 제일가는 여성잡질 하나 해 볼 생각이랍니다, 호호…. 그러건 심 선생님 인제 편집고문이 돼 주세요, 네?"

완호도 따라 웃었다. 그리고 여기자 모집 광고 내었던 것이 드러나자 곧 가위를 찾아 오려 내기 시작했다.

"건 뭘 오리세요, 선생님?"

"이게 채 선생님 불러들인 겁니다, 허…."

하면서 완호는 남순의 눈치를 보지 않을 수 없었다.

"거 또 낼려구요?"

남순의 말이다. 완호는 속으로 저윽 놀램을 마지못하였다. "그건 왜 오립니까?" 할 남순이가 어느 정도로는 알고 있은 듯한 말이기 때문에.

"어떻게 아시구 계십니까?"

"그럼요. 심 선생님이 안 가리켜 주서두 다 알죠, 뭐…."

완호는 잠깐 멍청하여 남순의 눈치만 바라보다가

13 사범연습과는. 속성 교원양성과를 가리킴.
14 三水甲山. 험한 산골이나 귀양지를 비유하는 말.
15 惠山鎭. 함경남도 혜산시 북쪽 압록강 상류 지역.
16 公普. '공립보통학교'의 준말.

"왜, 채 선생님 그만두신다구 그리셨나요?"
하니
"아아뇨. 제가 고만두는 게 아니라 며꾹[17]이랍니다, 호호…."
하고 남순은 낯빛이 약간 어색해지며 생글거리인다.
"아아니, 정말루 말씀하세요. 웬 영문인지 모르겠군요. 사장은 그냥 잠자쿠 여기잘 한 명 다시 뽑을 테니 광골 또 내라구 하던데…."
남순은 한 걸음 더 완호의 책상머리로 왔다.
"저어, 어제요. 저녁땐데 사장이 저희 주인집으루 오셨에요."
"네에?"
"저, 뭐 자기가 사회 측으로[18] 관계되는 사무두 많은데 그런 건 인제부턴 모두 이 사무실루 몬다나요. 상업계 이외 사교 방면의 건 전부…."
"그런 말은 있었죠, 전부터…. 소위 명사란 사람들이 자길 영업처소로 찾아오는 게 창피하다구. 사실은 잡지사를 그래서 내기두 했지만. 그래서요?"
"그래 날더러 잡지 일보담 자기 사무를 전문으로 정리하라구요 그리구. 회계꺼정…."
"네에. 그래, 뭐라구 그리셨어요?"
이렇게 물으면서 완호는 공연히 상기가 되는 것을 감추기에 곤란하였다.
"어떡해요. 묻는 게 아니라 아주 명령인걸요. 그래서 여기잔 다시 한 명 뽑을 줄 알었죠."
"허어! 그럼 한턱 내서야겠군요, 영전이신데."
하고 완호는 남순의 눈치를 살폈다. 남순도 어느덧 발그레해진 얼굴로 좀 침착을 잃은 듯,

17 미역국. 미끌어져 떨어짐.
18 사회 방면으로.

"아유, 막 놀리셔. 남 속상하는 줄 모르시구 어쩌문…."
하면서 자기 자리로 갔다.

"아, 사장 비서신데 어쩐 말씀입니까? 우리 같은 보통 사원에다 대요. 축하합니다."
하고 완호는 평범한 표정을 지키려 했으나 얼굴이 공연히 긴장해짐을 어쩔 수가 없다. 자기 때문에 남순이가 면직이 되는 줄 알고 공연한 동정과 의분에 긴장해 온 것을 생각해 보면 스사로[19] 부끄럽기도 하다.

"전 그래두 기자가 돼서 잡지 일을 좀 배울려구 여기 왔으니깐요."

"기자로보담야 직접 잡지 경영자의 비서로면 더 여러 가질 아실 턴데. 이 방에선 알지도 못하는 것까지…."

"참, 방을 따루 있으랠까요?"

"그렇겠죠. 으레 사장실에 가시게 되겠죠. 다 그러니깐 영전이란 말씀이죠."

"아이 망측해. 난 그럼 싫달 테야. 누가 그 씨익씨익하구 담배만 피는 이 방에 단둘이 있담…."

그러나 당해 놓으니 남순은 일언반구의 불평도 나타내지 않았다. 편집실에 놓인 책상보담은 나무도 좋고 서랍도 많고 모양도 얌전한 새로 사들이는 책상과 함께 사장실로 들어가서는 자기 손으로 찰그렁 소리가 나게 야무지게 문을 닫지 않을 수 없었고 그리고 무슨 소린지 편집실에서는 알아들을 수 없게 수군수군거리는 사장에게 소곤소곤 대답해 올리지 않을 수 없었다.

남순이 사장실로 자리를 옮긴 이튿날 아침이다. 완호는 급사 책상 위에 놓인 출근부에 도장을 찍고 다른 날과 달리 다음 장에 있는 남순의 페이지를 넘겨 보았다. 남순은 벌써 출근되어 있었다. 완호는 유리도 없는 사장실 문을 한 번 힐끗 살피고 자기 책상으로 왔을 때, 거기에는 보

19 '스스로'의 방언.

지 못하던 날씬한 유리 화병 하나가 필통 옆에 서 있었고 그 위에는 아스파라거스에 싸인 카네이션 두 송이가 꽂혀 있었다.

"웬 거냐?"

하고 말을 내이려다 완호는 움칠하고 그 눈으로 급사를 보니 급사는 빙긋이 웃으며 사장실 문과 남순이가 앉았던 테이블을 가리키는 것이다.

'남순이가!'

속으로 이렇게 인식하자 완호의 눈엔 그 붉은 카네이션 두 송이는 꽃이 아니라 불인 듯한 광명을 느끼었다. '전 저 방으로 갔어도 마음은 여기 있에요. 사장께 아니라 당신께야요' 하는 소곤거림조차 그 고요한 꽃송이에서 들리는 것 같았다.

완호는 유쾌하게 일하려 하였다. 이런 변동이 있음으로 말미암아 도리어 남순이가 자기에게 숨기었던 감정의 일면을 드러내 보이는 것이 다행스럽게까지 생각하면서.

그러나 애욕이란 감정만은 어떤 침착한 사람의 가슴속에서라도 가장 적극적 활동성을 가진 열병과 같은 것인 듯, 남순이가 사장실로 들어가는 것, 사장이 남순이가 혼자 있는 방으로 들어가는 것을 여러 번 보면 여러 번 볼수록 평범하게 눈에 익어지는 것이 아니라 그와 반대로 눈이 화끈 달아오르고 손이 후들후들 떨리기까지 하였다. 남순이 자신은 전과 조금도 달라짐이 없건만 완호의 눈엔 점점 모양을 내는 것 같았고 자기에겐 인사하는 것, 말을 던지는 것, 모든 태도가 차차 차갑고 가벼워 가는 것만 같았다. 그리고 그 언제 보든지 술이 반취는 된 얼굴처럼 정력적인 사장이 들어와서 남순이가 있되 잠든 듯 조용한 그의 방으로 들어가는 것을 볼 때는, 남순의 침실로나 들어감을 보듯 가슴이 철렁 나려앉았고 '사장이 들어서면 남순은 방긋이 웃으며 일어서리라. 모자를 받아 걸어 주리라. 외투까지…. 사장은 기특히 여기어 깅구지[20]를 문 채 빙

20 일본말 '긴구치 타바코(金口タバコ)'의 준말. 입에 닿는 부분을 금종이로 만 궐련.

그래 웃음을 흘리렷다' 이렇게 과민한 추측까지 일으켜 보았다. 그럴 때면 카네이션을 보고 손에 잡힐 듯 가까이 느껴지던 남순의 애정은 그만 천리만리로 날아가는 것처럼 까마득하고 서글펐다.

오래간만에 만난 친구

새 여기자가 뽑히었다.

그러나 이번엔 처음으로 이 현대공론사에 나타난 여자는 아니다.

사장은 무슨 생각이었던지

"이번에 여기자 뽑는 건 심 군이 모다 알아 허슈. 심 군께 일임이오. 내 눈에보다는 같이 일할 사람 눈이 제일일 테니…. 또 대체를 요전대루만 하면 될 거니까."

하고 일체를 완호에게 맡기었다. 그런데 지난번 남순을 뽑을 때에 사실 인즉 남순보다 학력이 나은 김정매라는 여자가 있어 완호는 그 여자를 뽑는 게 원칙이란 의견을 보였으나 사장은 '이왕이면 인물도 봐얀다'고 남순을 취한 것이었다. 그렇게 되어 떨어졌던 김정매가 이번에도 광고를 보고 다시 온 것은 아니었으나 새로 모여드는 여자들에 역시 김정매만 한 실력을 가진 사람이 없으므로 완호는 사장의 이의가 없으매 김정매에게 통지한 것이었다. 이외에 완호가 정매에게 더 사적으로 무슨 호의가 있었음은 애초부터 아니었다. 처음 번에도 인물에는 무관심했고 다만 번역 한 가지를 해 놓더라도 다시 손질이 안 가고 그냥 인쇄소로 갈 수 있는 문장의 실력부터 보았기 때문에 정매를 취하자 함이었고, 또 그렇다고 해서 문장은 그만 못한 남순이가 뽑힌 데 대해 무슨 실망이나 불평이 있은 바도 아니었다. 차라리 하루 이틀 지나는 동안 남순의 얼굴에서 그 아름다운 눈과 이마를 발견할 때, 그리고 무어로나 서로 조심하면서 그러면서 무어로나 서로 접근하려는 그 이상한 감정이 솟아오르고 그 이상한 감정이 무한한 행복감을 일으켜 줄 때, 완호는 김정매보다 채남순이가 채용된 것을 얼마나 다행하게 알게 되었는지 모른다. 다만 다시 한 명을 뽑게 된 자리에선 실력 본위로 하지 않을 수 없었고 이번엔 전번에 왔던 김정매만 한 실력자가 없으니 사무상 필요에서 김정매를 불러온 데 불과하였다.

그런데 이 김정매가 입사한 지 며칠 뒤 급사도 정매도 다 나간 때인데 남순이가 자기 방에서 나와 이런 말을 뽀로통한 입으로 건네었다.

"인전[21] 일이 절루 척척 되시겠에요."

"왜요?"

"아 그렇게 맘에 드시던 분을 그예[22] 모셔 오셨으니…."

"…."

완호는 죄 없이 가슴이 뜨끔하였다.

"난 멍텅구리였어…."

한 번 더 싸릇드리는[23] 눈결로 완호의 눈을 어이고[24] 지나가는 남순의 말이었다.

"아니, 채 선생님? 게 무슨 말씀이십니까?"

완호는 가슴만 답답하고 적당한 변명은 얼른 되지 않아서 당황히 일어섰다.

"무슨 말은 무슨 말에요…."

하고는 뒤도 돌아다보지 않고 튀어나가 버리었다.

"흥!"

완호는 털썩 의자에 주저앉아 껌벅이는 눈과 함께 주먹만 쥐었다 폈다 하였다. 오래 생각할 것 없이 사장의 농간이었다.

21 '인제'의 방언.
22 기어이.
23 눈을 새침하게 내리뜨는.
24 '에고'의 방언. 쏘아보고.

'이번에 여기자 뽑는 건 심 군께 일임이오' 한 것부터 그로서는 계획이 있은 일인데, 게다가 뽑힌 여자가 완호가 첫번 때부터 주장하던 그 김정매라 한 수 더 떠서 남순의 귀를 울려 놓았을 것이 틀리지 않았다. 완호는 이것을 생각하자 놀라는 짐승처럼 날쌔게 일어났다. 모자를 비껴 들었으나 급사가 올 때까지는 사무실을 비일 수도 없다. 그래 한참이나 우두커니 서서 망설이다가 사장실 문을 덥석 열었다. 무론 방 안은 비어 있었다. 다만 유난히 광채 나는 두 테이블 위에서 필통, 잉크병 같은 것들만이

"우린 이 방의 비밀을 다 알지…. 나두 나두…."

하고 소곤거리는 것 같았다.

완호는 급사가 들어오자 곧 행길로 나왔다. 번지만 알 뿐 아직 한 번도 가 본 적은 없는 낙원동인 남순의 주인집을 찾아 나섰다. 번지를 알 뿐 아니라 어느 병원 골목이라는 것까지 말을 들은 완호는 이내 남순의 주인집을 발견하였다.

"아직 안 들어오셨는뎁쇼."

주인의 말이었다.

"그래요? 나 같이 일 보는 사람입니다. 나보다 먼저 나오셨는데요."

"아마 다른 델 다녀오시나 봅죠. 가끔 성당에두 잘 가시니까요."

완호는 명함만 남기고 자기 주인으로 돌아왔다. 입맛도 없어진 저녁을 먹고 나니 속조차 거북스러웠다. 산보 삼아 다시 낙원동으로 갔으나

"웬일일까요. 여태 안 들어오셨습니다."

했다. 할 수 없이 완호는 쓸쓸히 집으로 돌아오고 말았다.

이튿날 아침, 완호와 남순은 으레 사무실에서 만났다. 그러나 김정매가 아직 들어오기 전인데도 남순은 전과 같이 가벼운 고개인사를 보이고 들어갈 뿐, 두 번씩이나 허행하시게[25] 해서 미안하단 말도 무슨 일로

25 헛걸음하시게.

그렇게 왔더냔 말도 도무지 알은체해 주지 않는다.

'아마 여태 주인집에 안 들어갔나 보다. 그럼 어디서 잤을까?'

완호는 여러 가지 괴로운 공상에 시달리지 않으면 안 되었다.

점심때 조금 전, 전화가 왔는데 완호가 와서 처음 받아 보는 시외전화였다. 목소리는 사장인 듯한데 어디냐고 물으니까 그쪽 이름은 대이지 않고

"얼른 채남순 씨 좀 대 주."

하였다. 남순을 불러 대이니 그가 받는 대답은 이러하였다.

"네… 저예요. 네, 왼편 서랍에요? 네…. 누런 봉투의 것만 가지구요. 네…."

하다가 남순은 시계를 쳐다보고 나더니 다시

"네, 그럽죠."

하고 전화를 끊었다. 그리고 전화 받노라고 굽히었던 허리를 들기 전에 반짝하는 눈을 완호에게 치뜨고 그제야

"어젠 동물 만나 좀 돌아다녔에요."

하였다. 그러고는 완호가 대답할 새도 없이 자기 방으로 들어가더니 얼마 안 되어 목도리를 감고 장갑을 끼면서 나왔다.

"저, 사장 심부름 어디 좀 가요."

"네…."

완호는 어디냐고 묻진 않았다. 그래서 시외전화인 것이 자꾸 마음에 걸리었다. 그리고 이제 이 번호로 시외전화가 왔었는데 어디서 온 거냐고 교환수에게 물었다.

"천안이에요."

하는 소리를 완호는 잘못 들었을까 봐 다시 한번 물으니,

"경부선 천안이에요."

하는 대답이었다.

"천안!"

완호는 혼자 중얼거리고 곧 차 시간표를 꺼내 보았다. 한 사십 분 뒤면 태전[26]까지 가는 차가 있는 때다. 완호는 곧 정거장으로 뛰어나가고 싶었다. 틀림없이 남순은 천안으로 가는 것 같았고 천안까지 간다면 거기선 이십 분이면 가는 온양온천으로 갈 것만 같았다. 그렇다면 사장, 아니 항간에 떠돌아다니는 소문대로 들으면, 한때는 기생의 머리를 얹히되 남보다 격을 깨트려 둘씩 쌍으로 얹히고 놀았다는 세도 오입쟁이 박승권이가, 현대공론사를 세운 오늘이라고 해서 그 돈과 정력의 힘을, 이미 자기 그물 안에 든 채남순에게 삼갈 리가 있을 것 같지 않다.

완호는 다른 날과 같이 떡국이나 설렁탕 같은 비감정적인 음식은 먹기가 싫었다. 가까이 있는 찻집 멕시코[27]로 나와 새로 끓인 진한 커피를 두어 잔 거퍼[28] 마시면서 세레나데 레코드 소리에 묵묵히 입을 다물고 앉아 있었다.

"요[29], 심 군 아냐! 허, 이런 수두 있더람…."

새로 들어서는 손님 하나이다. 곱실곱실해 늘어진 머리엔 모자도 없이 파리한 얼굴 아래엔 텁석부리[30]처럼 한 묶음 달리인 보헤미안 넥타이가 유난스러워 뵈는 삼십 대의 청년이다.

"난… 누구라구. 역시 이런 델 와야 시인 방 군을 만나겠군그래."

완호는 일어서서 싸늘한 방협의 손을 잡았다.

"동경서 보군 여기서 만나네그려."

방협은 앉아서도 그저 완호의 손을 흔들며 말했다.

"그렇지 아마…. 그동안 잡지나 신문에서 자네 이름은 늘 보네. 그렇지 않어두 좀 자넬 찾아낼 작정이었는데."

26 太田. 대전(大田)의 옛 이름.
27 1929년에 종로2가에 들어선 다방이자 주점.
28 '거푸'의 방언.
29 '야!' 정도의 의미를 지닌 일본말로, 남자들끼리 가볍게 나누는 인사말.
30 짧고 더부룩하게 수염이 난 사람.

"그렇겠지. 내 알지. 자네 그 박돈 씨 총애의 사원이 되었단 말 들었지. 그리구 원고가 궁하면 나 같은 사람두 찾을 때가 있으려니 했네."

"박돈 씨라니?"

"허, 이 사람 자기네 사장을 모른담. 가만히 보면 그 친구가 좀 돈족[31]에 가깝게 생겼느니. 비계두 상당할걸…. 아주 모범종 벅샤[32]에 가까운 스타일이야. 내, 도야지엔 상당한 연구가 있는 사람야…."

하고 역시 커피를 시키며 웃었다.

"참, 만나자 너무 직업적일 것 같네만 자네 다음 호엔 한 편 줘야네."

"그거야 염려 없지. 그런데 요즘 그렇지 않어두 거길 좀 가려던 판야. 내가 요즘 좀 긴장해졌네, 생활이…."

"긴장해지다니? 그런데 자네 풍경이 그럴 듯하이그려."

"이 넥타이 말인가?"

"글쎄, 거 너무 클라식한데."

하고 완호는 방협의 새까만 보헤미안 넥타이를 만져까지 보았다.

"이게…. 허, 자네 인제 알구 나면 놀랠 게 한두 가지가 아니지…. 그런데 자네두 무슨 긴장이 있는 모양이지?"

"왜?"

"인제 내가 들어서면서 보니까 자네 얼굴이 매애우 비장한 표정였어. 아주 출가하기 직전의 돈키호테야, 허허."

"이 사람, 또 사람 놀리는군…. 어서 차나 마시게. 난 뭐 그리 긴장한 생활두 없네."

"아직 독신이렷다. 내 알지…. 요즘 또 긴장할 만두 하지, 자네두."

완호는 가슴이 뜨끔하였다.

"왜?"

31 豚族. 돼지와 같은 종족.

32 버크셔(Berkshire). 외래종 돼지 중 하나.

"인제 차츰 얘기하지."
하고 방협은 보이를 부르더니,
"얘, 거 샤랴핀[33]의 「돈키호테」 있지? 맨 나중 장 하나 걸어라…. 오랜만에 만난 친구헌테서 돈키호테를 느꼈단 건 비범한 사건야… 암만해두."
하면서 뒤로 의자를 기대인다.
돈키호테의 죽는 장면의 노래를 듣고 나서다. 방협은 완호에게 물었다.
"자네 쥐인은 어딘가?"
"청진동 태양여관."
"응…. 거기 여름엔 좋아두 요즘은 좀 치울걸[34]."
"자넨 참 발두 넓네. 거긴 또 어떻게 아나?"
"그것쯤야…. 사실 지문[35]이구 인문이구 간에 나두 서울학에 들어선 상당한 권윌세, 괜히."
하고 다시 그는 허튼 웃음을 지었다. 그리고 그는 이내 정색을 하더니
"자네네 사무실에 가면 조용한 면회실이나 있나?"
물었다.
"있지. 그런데 우리끼리 그리 조용한 자리라야 맛인가?"
하니
"이 사람, 내가 현대공론사에 가면 찾을 사람이 자네만 아닐세. 허, 노여하리만 자네 같은 총각보다도 처녀 아가씨가 더 만나구 싶어 갈 걸세, 아마…."
하면서 아직껏은 예사롭던 그의 얼굴에도 약간의 혈조[36]가 비끼인다[37].

33 표도르 이바노비치 샬랴핀(Feodor Ivanovich Chaliapin, 1873-1938). 소련의 성악가.
34 '추울걸'의 방언.
35 지문학(地文學). 자연지리학.
36 血潮. 얼굴에 도는 홍조.

그러자 웬 사람 하나가 또 들어서더니 방협과 자별히 인사하는 바람에 두 명과의 이야기는 끊어졌고 또 완호는 오후에 인쇄소로 가야 할 시간도 되었으므로 방협과 나뉘고 말았다.

세상일은 모두가 승패(勝敗)

아쉬운 사람은 한 사람이로되 생각하는 괴로움은 낮보다 더한 밤이 되었다. 완호는 어디로 가리라 정함이 없이 여관을 나섰다. 정거장으로 나왔다. 경부선에서 오는 차 시간을 보았다. 조금 있으면 급행차가 하나 오고 서너 시간 뒤면 완행차가 다시 하나 있다. 완호는 급행차를 기다려서 멀찌가니 뒤에 서서 나리는 사람들을 살폈으나 그 속에는 남순도 사장도 보이지 않았다.

완호는 전차를 타고 들어와 낙원동으로 갔다. 남순의 주인집을 찾은 것이나 남순의 주인집 사람은 또 어제와 같은 말대답을 하였다. 그리고

"이렇게 이틀이나 안 계실 때만 오실까!"

하고 딱해하였다.

완호는 돌아오는 길에 낮에 방협을 만났던 멕시코로 들어갔다. '방 군이나 또 만났으면' 했는데 방 군은 있지 않았다.

완호는 차를 마시며 생각할수록 방협이가 만나고 싶었다. 그가 "요즘 또 긴장할 만두 하지, 자네두" 하던 말과 "내가 현대공론사에 가면 찾을 사람이 자네만 아닐세. 노여하리만[38] 자네 같은 총각보다도 처녀 아가씨가 더…" 하던 말이 자꾸 귀에 걸리었다. 방협은 처음 만났는데도 자기의 지금 한 여자에게 대한 비밀스런 감정을 모조리 들여다보고 있

37 잠깐 보인다.
38 노여워하겠지만.

는 듯, 그리고 만나러 오리라는 처녀 아가씨란 아무래도 채남순이만 같았다. 김정매일 것 같지는 않았다. 완호는 일종의 전율을 느끼었다. 자기는 자기 마음속과 자기 눈앞밖에는 모르고 사는데 방협은, 아니 세상 사람들은 남의 마음속까지, 남의 눈앞까지 모조리 알고 있는 것 같았다. 그래서 자기가 채남순을 사랑하는 것은, 세상의 날고 기고 하는 사람들의 눈독이 다 그리로 쏠린 줄을 모르고 단순하기 아이처럼 옆을 보지 못하고 달려들다가 세상의 놀림감만 되어질 것 같은 불안이 결코 희미하지 않게 떠올랐다. 완호는 더욱 방협을 만나서 시원하게 그의 마음속을 알고 싶었다.

완호는 차 나르는 아이를 붙들고

"여기 아까 낮에 왔던 방협 씨라고 너 짐작하겠니?"

물었다.

"네, 여기 밤낮 오시는 손님인뎁쇼."

"오늘 밤에두 그럼 오실까?"

하니

"글쎄요. 그분은 여기 없으면 저어 낙랑[39]이라구 부청(府廳) 앞에 있습죠? 거기 있다구 늘 친구들과 약조하시더군요."

했다.

완호는 곧 일어나 낙랑으로 갔다. 그러나 거기도 방협의 풍경은 보이지 않는다. 들어선 길이라 차를 주문하고 피죤[40] 한 개를 거의 다 태일 때인데, 아닌 게 아니라 낮에 멕시코에서와 같이 터부룩한 맨머리에 단추 떨어진 외투를 걸치인, 보헤미안 넥타이의 주인공이 나타났다.

"방 군?"

완호는 얼른 아는 체하였다.

39 낙랑파라(樂浪 Parlor). 1931년 이순석이 소공동에 개업한 다방으로, 아래층은 찻집, 위층은 아틀리에로 사용했다.

40 일제강점기 고급 담배 상표.

"요! 오늘 웬일루 여기서 또…. 이거 참 약간의 긴장만이 아닌걸…."

"글쎄."

완호는 실상은 찾아다녔다는 눈치는 보이지 않았다. 차를 마시다가 될 수 있는 대로 자연스럽게 나오는 말처럼

"자넨 오늘 긴장이란 말을 많이 쓰니 대체 어떤 게 긴장인가?"

하였다.

"긴장? 그거 좋은 화제야…."

하고 방협은 완호의 담뱃갑에서 담배 한 개를 꺼내 피워 물었다.

"긴장이란 난 언제든지 전투를 의미한 건 줄 아네. 재차일전(在此一戰)[41]을 앞에 놓은 때가 긴장이야. 그렇다구 뭐 일본해전인 줄 알진 말게."

"그럼 자넨 무슨 전투가 앞에 있나?"

"있지…."

하고 방협은 담배는 놓고 커피를 한 모금 마시더니

"자네네 사장, 그 호한[42] 박 벅샤하구 한번 결전을 해야겠네."

하는 것이다.

"우리 사장하구? 무슨 일루?"

"무슨 일? 전리품(戰利品)이 무언가 말이지? 포리날세. 포리나를 탈환해야겠네."

"뭐, 포리나?"

"응, 포리나. 포리날 모르겠나? 모를 법두 하지…. 거 채남순의 본명일세. 그가 아주 자기 어머니 대부터 독실한 천주교도지."

"채남순? 포리나…."

완호는 하필 아픈 자리에 매가 떨어지는 듯 머릿속에 아찔한 순간이

41 이 한판의 싸움.

42 胡漢. 오랑캐 같은 놈.

지나갔다. 찻잔에 뜬 레몬 쪽을 사시[43]로 지그시 눌러 한 모금 마시고

"탈환이란 게? 채남순일?"

하고 태연자약스런 방협의 얼굴을 살피었다.

"나는 포리나를 위해 이미 삼대 결전을 했어…. 앞으로는 수없이 싸울 각오지."

"삼대 결전을 했다? 아니 채를 안 지가 오란가? 참 의윈걸 이건…."

"세 번을 싸웠지…. 피너[44]를 위해선 혁혁한 무용전[45]이 있는 내야, 허허…."

"왜 결전은? 그런데 안 지가 오래?"

"벌써 한 오륙 년 됐지…. 우리가 동경서 나뉜 지가 그렇게 되지 않었나?"

"그렇게 됐지…."

"그때 내가 바루 피너네 집, 지금은 피너네 집이 황해도로 나려갔네만 그때는 공평동에 있었지…. 그 뜰 아랫방에 있었지. 그때 한방에 있던 친구하구 소위 에이삐씨각[46]이란 게 돼서 싸웠구. 그 뒤엔 어떤 신사하굴세. 지금두 서울서 명성이 쟁쟁한 친구지. 그 친구하군 그야말루 악전고투였어…."

"그리군?"

"그리군 가장 최근 일이지. 채가 현대공론사에 나타난 것두 실은 나 때문이지…."

"어떻게? 이거 참…."

"시골서 훈도[47]루 있었다는 건 자네두 들었겠지?"

43 沙匙. 사기로 만든 서양 숟가락.
44 彼女. '그녀'의 일본식 한자어.
45 무용담.
46 ABC각. 삼각관계.
47 訓導. 일제강점기 초등학교 교원.

"응…."
"사내 훈도들이 더구나 객지에 있는 것들이 석가여래나 공맹자[48] 같을 수는 없지…. 약간치 않은[49] 문제가 얽힌 걸 알구 내가 가 끌어올린 걸세."
"…."
완호는 고개만 한참 끄덕이다가
"그래서?"
하였다.
"그래서 글쎄 이번꺼지 세 번을 싸웠어…."
"그럼 자네가 늘 승리한 셈 아닌가?"
"그렇지 물론, 거야."
"그럼 왜 저렇게 알은체 않구 내버려 둬?"
"허!"
하고 방협은 거뭇거뭇한 수염자리를 여윈 손바닥으로 부빗거리더니
"거기 내라는 인간의 딜레마가 있지."
하는 것이다.
"…."
완호는 차를 한 잔 더 주문하였을 뿐, 방협에게 더 묻고도 싶지 않았다. 겉으로는 천연스럽게 방협과 대화를 하는 동안에도 속으로는 벌써부터 남순을 단념해야 될 고통을 맛보고 있었던 것이다.
"자네, 내가 중학 때 일학년 때 첫 학기서 첫째 한 번 한 걸 기억하겠나?"
방협이가 유성기 소리에서 귀를 돌리며 물었다. 완호는 잠깐 생각해 가지고

48 공자와 맹자.
49 적지 않은.

"그래…."

하였다.

"그때 내가 평균 구십이더랬네. 둘째 한 친구가 팔십삼인가더랬구…. 난 그담 시험부턴 정해 놓구 평균 칠십 점으로만 놀았어."

"왜, 계획적으로 그랬나?"

"그게 매사에 내 버릇야. 만일 그때 둘째 한 친구가 나와 일이 점의 차이랬더면 난 최대의 마력을 내 공부했을 걸세. 경쟁자 없이는 난 매사에 무긴장이야…."

"건 참 범부로는 이해할 수 없는 성질이군."

하고 완호는 약간의 냉정한 웃음을 보이었다. 그리고 다시 물었다.

"그럼 채에게두 삼각이 돼 싸울 때뿐이란 말이지?"

"암, 내가 이길 때까지지. 이겨만 놓으면 고만야…. 이번에 자네네 사장은 상당한 강적이지. 뭐 자기 비서루 자기 방으로 끌어들였다지? 흥!"

"건 또 어떻게 아나?"

"이 사람! 라디오 안테나에만 전파가 걸리는 줄 아나?"

하고 방협은 다시 담배를 빨았다. 완호는 다시금 등살이 오싹하였다. 말은 하지 않아도 자기가 채남순에게 불타는 애정을 품은 것도 방협의 날카로운 눈과 귀는 진작부터 알고 있는 것만 같았다.

"나두 잡지살 하나 공작 중일세. 오야지[50]가 근근 승낙이 나릴 모양야. 그러면 그 박 벅샤하구 사랑으루 사업으루 쌍방으로 선전포고를 하구 일대 결전을 일으켜 볼 작정일세. 그자가 무슨 양심적 사업욕에서 『현대공론』을 내는 줄 아나? 화류병[51] 약장사를 해 졸부가 됐으니 이번엔 명사가 한번 돼 보려구 엉뚱스럽게 무슨 구제사업이니 언론사업이니 하구 망둥이 놀음[52]을 채리는 걸세 그게."

50 '왕초' 즉 '아버지'를 속되게 이르는 일본말.
51 성병(性病).
52 '숭어가 뛰니까 망둥이도 뛴다'는 속담과 같은 짓.

"건 나두 아네."

"내가 박승권이 재벌을 무너뜨릴 금력은 없네. 그렇지만 주제에 제법 인테리 여성에다 손을 대기 시작하는 맹랑한 애욕이나 그 함부루 지사연[53]하려는 야심만은 납작하게 유린해 버릴 자신이 있지."

"아닌 게 아니라 나두 아니꼬운 걸 억지루 참구 있네. 언론이 무언지 잡지가 무언지 알지두 못하는 게 막 저희 약 광고지 써 돌리듯 할 작정인가 봐. 그런데 여보게."

완호는 새삼스런 목소리로 방협의 주의를 일으켰다.

"응?"

"자네가 잡지루 『현대공론』을 이길 순 있을까 모르지만 그 포리나를 뺏을 수가 있을까?"

"있지, 포리나기 때문에."

"우선 채가 오늘 저녁, 지금 말일세. 어디 가 있는지 아나, 자네?"

"…."

방협은 좀 놀래는 듯 눈만 커질 뿐.

"지금 아마 온양온천 신정관[54]쯤서 우리 박 사장하구 버젓이 가족탕에 들어가 있을지두 모르네."

"뭐?"

완호는 낮에 남순에게 사장의 목소리로 천안서 전화가 온 것, 남순이가 태전 가는 차 시간에 알맞춰 사장 심부름 간다고 나가던 것, 아까 그의 여관에 들러 보니 그저 와 있지 않은 것을 말하였다. 그러나 방협은 고개를 흔들며,

"글쎄, 온양으로 간 게 사실일지두 모르지. 그렇지만 문제는 없지." 하였다.

53 志士然. 지사인 척.

54 神井舘. 경남철도주식회사가 운영하던 온양온천 제일의 온천장.

"어째?"

"상대자가 다른 남자라면 몰라. 박 벅샤에겐…. 더구나 가슴에다 성호를 놀 줄 아는 포리나가 안 되지. 박 사장 실패지. 내가 채의 맘이 어떤 경우엔 어떻게 나가리란 것쯤은 자신이 있지… 결코. 그러나 놀라지 않을 수 없는걸…. 그렇게 속히 버릇을 내리라군 생각 못 했지…. 나두 곧 계획이 있어야는걸…."

"가슴에 성호를 놓는다니?"

"천주교도들이 천주께 맹세할 때 가슴에 십자가를 그리는 것, 왜 모르나?"

하고 가벼운 웃음을 내었으나 방협은 저윽 불안과 초조함을 표정에서 감추지 못하였다.

동심일체(同心一體)란 것

남순이가 간 데는 완호의 추측과 틀리지 않았다. 사장이 그 중요 문서라는 하도롱[55] 대형 봉투에 든 서류를 책보에 싸서 간직하고 오후 거의 네 시나 돼서 차를 나린 곳은 온양온천 방면은 갈아타라고 외이는 천안정거장이 틀리지 않았다.

"천안꺼지두 꽤 지리합넨다[56]."

차를 나리자 홈에 들어와 기다리고 섰던 박 사장이 나타나 하는 말이었다.

"뭐 별루 지리한 줄 모르고 왔에요."

사장과 함께 거리로 나와 어느 대서소로 갔다. 대서소엔 촌사람인 듯

55 하도롱지. 누르스름한 질긴 종이.
56 '지루합니다'의 방언.

상투쟁이 중노인이 두 사람이나 있어 모다 남순이가 가지고 오는 서류를 기다린 듯하였다.

사장은 서류를 펴 놓더니 이 장, 저 장에 그 촌사람들의 때꼽재기[57] 도장을 받았다. 그러더니 조끼 안 포켓에서 씨근씨근하면서 십 원짜리와 백 원짜리가 한데 섞인 지전 뭉치를 꺼내었다. 땅을 사는 모양이었다. 나중엔 대서료인 듯 대서인에게까지 심[58]을 치르고는

"우리 요 앞으루들 좀 나갑시다."

하고 앞장을 서 정거장 앞 청요릿집으로 들어갔다. 남순은

"전 싫에요. 정거장에 가 있을 테예요."

했으나 사장은 기어이 남순이까지 청요릿집 이층으로 끌어들였다. 그러나 남순은 딴 방에 앉히기는 했다.

사람이 들어가니까야 화롯불을 하나 갖다 놓는 이층의 다다미방은 어따 자리를 잡고 앉아야 할지 몰랐다. 남순은 오도카니 서서 망설이다가 벽에 붙은 차 시간표를 발견하였다.

'갈 때는 급행을 탔으면!' 하는 충동을 느끼며 바투 가서 북행차를 찾아보니 이제 한 이십 분만 있으면 서울 가는 급행차 시간이다.

'인제 언제 뭘 시켜 먹구….'

남순은 조바심이 되었다. 배도 고프지만 차에서 사 먹을 셈 치고 그냥 나가 혼자 먼저 급행차로 가고 싶었다. 더구나 잠깐도 아니요 두 시간 이상이나 사장과 마주 앉아 가기에는 생각만 하여도 거북스러웠다. 그래서 살그머니 옆방으로 가 문을 열고

"선생님? 전 이 차에 먼저 가겠어요."

해 보았다.

"왜 그렇게 급히 가실랴구? 음식을 시켰는데… 그리구."

57 때가 엉기어 붙은 것.
58 '셈'의 방언.

"점심은 먹구 왔에요. 급행으루 가구 싶은데요."

"아뇨. 또 좀 봐줘야 할 일두 있구 허니, 어서 좀 천천히…."

하고 사장은 당황하게 남순의 말을 막았다. 남순은 공연히 낯만 붉히고 문을 닫고 말았다.

다시 딴 방으로 들어온 남순은 할 수 없이 화로 옆에 쪼크리고 앉았다. 방에서 지껄이는 소리가 모다 한방처럼 울려왔다. 누군지 "게 누굽니까?" 하고 남순을 물어본 듯, 사장의

"우리 여사원 중에 한 사람이올시다."

하는 소리가 났다.

"영감 밑에는 참 여자 사원두 많겠습죠?"

"네, 서너 군데 사무소에 한 십이삼 명 되죠."

하니 이번엔 또 다른 목소리가 역시 남순을 가리키고 하는 말인 듯

"매우 총명해 뵈는뎁쇼."

했다. 그러니까 사장의 목소리는 좀 움칠해지면서

"그렇습니다. 그중…."

하였다.

남순은 혼자 픽 웃었다. 유쾌할 것도 없고 그렇다구 불쾌할 것도 아니다.

남순은 음식이 들어오는 대로 자기의 습관으로 꿇어앉아 성호를 놓고 먹기 시작하였다.

"이런 촌 요리 더러 잡숴 보셨소?"

사장이 손수 와서 넌지시 문을 열고 알은체하는 것이다.

"그럼요. 맛나게 먹습니다."

하고 남순은 일어서려 하니 그는 곧

"어서 앉어 잡수슈. 천천히…."

하면서 물러갔다.

남순은 사장이 벌써 두 번이나 '천천히' 소리를 쓰는 것이 우스웠다.

생각해 보면 웃어 버리기만 할 게 아니라 좀 귀에 거슬리기도 하는 말이다.

'대체 그렇게 꼭 있어야 할 서류면 왜 자기가 지니구 오지 않구 날더러…. 잊어버린 게지…. 그런데 내가 가지고 온 서류는 일이 끝난 모양인데 또 무슨 일루? 천천히 천천히…?'

날은 벌써 어스름했다. 방 안엔 불이라도 켰으면 할 시각이다. 술잔이 돌아간 때문일까. 워낙 맑지도 못하거니와 박 사장의 목소리는 점점 둔하고 탁해졌다. 남순은 여자다운 날카로운 예감에서 불안이 솟아오르지 않을 수 없다.

정말 전등불이 들어와서야 옆방의 술상은 끝이 났다.

"좀 자셨소?"

얼근해서 나오는 사장이 남순의 방문을 열고 이젠 나가자는 듯한 소리다.

"많이 먹었에요."

하면서 남순은 장갑을 집어 들며 일어서니까

"아니, 내 손님들을 보내구 대서소엘 다녀올 테니 잠깐 더 앉어 계슈."

하였다.

중국 사람이 올라와서

"나려와라 말이해."

하기는 한 이십 분 뒤이다. 나려가 보니 자동차가 문 앞에 있었고 뒷자리에서 박 사장이 내어다보며

"어서 이리루 타슈."

하는 것이다. 모여 선 아이들, 어른들, 그리고 지나가던 순사까지 모다 시선은 남순에게로 쏠리었다.

"어딜 가시나요?"

남순은 차에 오르기 전에 먼저 날카로운 목소리를 내었다.

"토지 산 델 좀 가 둘러봅시다."

는 하면서도 박 사장은 좀 우물쭈물스러 보였다. 남순은 여기서 무슨 앙탈을 할 경우는 아니었다.

자동차는 시가를 벗어나자 서남쪽으로 길을 택하더니 웅툴둥툴한데도 막 속력을 내어 달아났다. 박 사장은 그 우람스런 몸집과 후끈거리는 술내를 될 수 있는 대로 남순에게 부딪쳐 주지 않으려 조심은 하는 것 같았으나 워낙 길이 망한 데 가서는 어쩔 수 없는 듯 한 번은 그 투박스런 손으로 남순의 무릎을 덮쳐 누르기까지 하였다.

자동차가 들어서는 거리는 온양온천장이었다. 운전수에게 미리 부탁을 한 듯 묻지도 않고 정거하는 데는 신정관 호텔의 현관이다.

어느 틈에 내달은 하녀들은 자동차가 완전히 정지하기도 전에 남순의 앉은 편 문을 열었다.

“다 왔습니까? 토지 있는 데로 가신다구 하시더뇨?”

남순은 똑바로 눈을 뜨고 사장에게 물었다.

“지금 어둬서…. 어서 내립시다.”

남순은 자동차를 나렸다. 치마를 터는데 따라 나린 사장이

“여기 좀 들어가 뭣 좀 정리합시다.”

하고 어색하나 권위를 보이며 말했다.

우선 남순은 하녀가 인도하는 대로 이층으로 올라가 사장과 한방으로 들어갔다.

사장은 외투를 벗어 걸더니 그 외투 속에서 무슨 서류를 꺼내 가지고 급한 일이나 있는 것처럼 방 한가운데 놓여 있는 책상으로 갔다. 하녀는 그의 육중한 궁둥이가 다다미에 닿기 전에 방석을 가져다 디밀었고 그와 맞은편에 남순을 앉으라는 듯 다른 방석을 갖다 놓았다.

“좀 이리 오슈.”

남순은 목도리와 장갑만 벗어서 사장과는 반대로 이내 이 방을 나가 버릴 사람처럼 드나드는 문 앞에다 놓고 책상 앞으로 나가 앉았다. 하녀는 어쩔 줄을 몰라 그냥 섰으니까 사장은 익숙하진 못한 발음으로

"아도데 요부까라(나중에 부를 테니까)…."[59]
하여 나가라는 눈치를 주고

"에… 또…. 매 평에 팔십이 전씩 일만칠천삼백이십육 평이면, 거 좀 종이쪽에…."

하고 천연스레 남순을 건너다본다. 남순은 얼른 종이와 연필을 내었다.

사장은 이미 돈까지 치르고 온 토지대금을 다시 계산해 보고 대서료, 등기 비용 따위를 다시 적어 두는 것이 그리 큰일처럼 서두른 것이다.

"이 일뿐예요?"

"일야 벨게 없지만 이왕 여기까지 왔구 하니 온천이나 하구 가십시다그려."

"언제 그리구 갈 차가 있나요?"

"차야 있을 테죠…. 그리구 내 좀 사업에 관해 남순 씨 의견을 듣구 싶은 일두 있었구. 또 그런 얘길 허려면 여기가 조용하기두 할 것 같구…. 어서 목욕이나 하구 나와 천천히 저녁 먹으면서 우리…."

하고 사장은 초인종을 눌렀다.

남순은 얼굴만 발그레해서 서 있었다. 미리 어떤 장면을 짐작해 가지고 사장의 인격을 허는 태도를 가질 수는 없다. 그래서 하녀가 안내하는 대로 따로따로 독탕에 들어가서 목욕을 하였고 그러고 나와서는 사장과 같이 저녁을 먹었다.

밥상이 나가고, 하녀가 나가고, 사장과 남순은 무슨 말이고 나와야 할 때다. 아래층 어느 방에선지 유행가를 트는 유성기 소리가 흘러왔다.

"남순 씨?"

"네?"

"우리두 여성잡지두 하나 해 보렵니까?"

59 저본(1938)에는 뜻풀이만 되어 있으나, 문맥을 고려해 최초 발표본(1935)대로 일본어 발음 표기를 되살렸다.

"…."

"왜, 남순 씨 소원이라면서?"

"허문 좋겠습죠."

"응, 참 남순 씬 자기가 독립해서 하날 해 볼 소원이라구."

"…."

"남순 씨?"

"네?"

"내가… 좀 주제넘은 말일지 몰라두 용서허구 들으실려우?"

"무슨 말씀이신데요?"

"내가 남순 씨의 파트론[60]이 돼 드릴까요?"

하고 사장은 담뱃갑을 집는다.

"…."

"따루 나가 외면으룬 나와 관계를 끊구 혼자 사업하세요. 내가 물자는 비밀히 조달해 드리지."

"…."

"네? 나한테 우정을 좀 허락하시지?"

"감사합니다. 그렇지만 갑자기 뭐라 대답해 드려얄지…."

"뭐 오래 생각하실 것 없지 않소? 사업을 실현하려는 덴 오래 생각할 필요가 있겠지만 내게 우정을 주시고 안 주시는 거야 뭐…."

"…."

"사회에 나서 활동하려면 그야말루 소위 예전 말루 심복이랄지 뒤에 동심일체루 서루 비밀리에 상조해 나가는 사람이 필요한 거랍니다."

"글쎄요…."

"글쎄요가 아니지. 지금 사회에서 모모하는[61] 여성들두 저 혼자 그렇

60 패트런(patron). '후견인'을 뜻하는 영어.

61 이름만 대면 알 만한.

게 출세되는 줄 아슈? 그렇게 세상일을 단순히 아셨단 실패지…. 다 뒤엔 참 동심일체 같은 파트론들이 숨어 있는 거요."

하고 사장은 심지어 누구와 누구라고 이름까지 지적하여 가며 부부와 같은 비밀이 있다는 것까지 말하였다.

"설마 그럴까요, 원…."

"헤! 남순은 아직 여학생야. 여학생두 요즘 여학생은 어떻다구…. 우리 같은 사십객들의 상대수가 제법 되지…. 실상은 우리네 정리[62]가 요새 모보[63]들 신경질보다야… 헤…."

남순은 귀밑까지 따가웠다.

"선생님이 절 그렇게 도와주시겠단 건 감사합니다. 앞으로 저두 생각해서 대답 드리겠어요. 그런데 몇 시 차가 있나요?"

"허, 차는 인전 연락이 없으리다. 따로 방을 치라고 했으니 천천히 주무시구."

"네?"

"흐…."

하고 사장은 떨어진 자기 장갑 짝이나 줍듯이 목욕 뒤에 복사꽃처럼 피어난 남순의 손 하나를 조금도 주저함이 없이 덥석 집었다.

남순은 질겁을 하여 뿌리치고 물러앉았다.

다만 추억에서

딴 방이라야 벽도 아니요, 얄룽얄룽한[64] 장지를 밀어 막은 옆방이다. 가만히 귀를 밝히면 박 사장의 씨근쌔근하는 숨소리까지 그냥 울려오는

62 情理. 인정과 도리.
63 모던 보이(modern boy)의 준말. 이십세기 초 들어온 외국 문화를 수용한 서구적 외양과 사고를 갖춘 남자.

방이다. 박 사장이 어느 순간에 저 장지를 부시시 밀고 나타날지 그걸 생각하면 자리에 누울 용기가 나지 않았고 눕는다 해도 마음 놓고 눈을 붙일 수가 없을 것이다.

그러나 밤이 깊어 갈수록 피곤한 사지엔 어렴풋한 졸림이 마디마디 스며들었다. 남순은 도저히 앉아서만 밝힐 수 없음을 깨닫고 또 자기가 지금 영혼으로 육신으로 큰 시험에 들었음을 깨달았다. 그래서 곧 무릎을 꿇고 성호를 놓았고 두 손을 가슴 위에 모으고는 눈앞에 떠오르는 성모의 거룩한 자태를 우러러 성호경을 외었다.

"성부와 성자와 성신의 이름을 인하야 하나이다. 아멘."

그리고 속으로 성신의 권능이 이 방의 자기를 안호해[65] 주시기를 애원하였다. 그러고는 속옷을 매듭마다 옭매 놓고야 자리 속에 누워 버렸다.

잠은 곧 왔고 또 그 잠은 곧 놀라 깨었다.

"왜 이리세요?"

"…."

자리옷 바람의 박 사장은 어느덧 남순의 이불 속으로 하반신을 감추었으나 남순은 그와 반대로 나는 듯 이불 밖에 뛰어나온 때다.

"전 소리 지를 테예요."

"왜, 왜 저리 흥분할까?"

"누가 흥분한 셈예요?"

"글쎄… 글쎄… 그럼 내 가면 고만 아뇨…. 어태 철부지 같으니…."

박 사장은 남순의 태도가 너무나 강경한데 더 어떻게 회유할 수가 없었다. 무인지경이 아니니 폭력으로 어쩔 수도 없다.

"남순, 난… 내가 말요, 정말루 사랑해 남순을…."

우스울 만치 떠듬거려 이런 고백을 보였으나

64 얇고 매끈한.
65 안전하게 보호해.

"저 방으로 안 가시면 전 소리 질러요. 여기 초인종 누를 테예요."
하고 정말 남순의 음성이 높아 감을 보자 박 사장은 더 주저하지 않고 곧 자기 방으로 물러나고 말았다.

이런 무례한 침입자로 말미암아 잠을 튕겨 버린 남순은 새벽녘까지 꼬빡 뜬눈으로 누워 있었다. 사장의 하반신이 구렁이처럼 사리었던 이불 속에 다시는 발가락 하나 디밀고 싶지 않았으나 흥분이 식어 갈수록 음습하는 추위는 그냥 앉아 배길 수가 없었다. 남순은 요를 뒤집어 깔고 이불까지 뒤집어 덮고 눕기는 하였다. 그러나 잠은 안심하고 들 수가 없었다.

범인 박 사장도 잠은 올 리 없었다. 처음엔 그 야수의 식욕 같은 흥분을 식힐 길이 없어 괴로웠었고, 어찌어찌 그 흥분을 가라앉힌 다음에는 어떻게 해야 우선 남순에게 잃어버린 체면을 회수하며 또는 자기가 아직껏 다뤄 온 계집들 중에는 처음 망신해 보는 이 방자한 계집을 어떻게 해야 깩소리 못 하게 주물러 놓나 하는 제이단적 계획으로 잠을 쉽사리 못 얻었다.

날이 밝자 박 사장은 부리나케 일어나 세수를 하고 옷깃을 바로잡고 남순의 방으로 들어갔다. 그리고 처음부터 곱다라니 사과하였다. 그때가 어느 땐데 그저 천안서 먹은 술 핑계만 대어 가지고, 술 먹으면 개라는 둥, 환장을 한다는 둥, 지절떠벌려[66] 가지고 그예 남순이가 여전히 자기 일을 보아 준다는 승낙을 받고야 말았다. 그리고 조반 뒤에는 여관 사람을 시켜 이등 차표를 사서 남순을 먼저 올려 보내었다.

남순은 집에 와 생각할수록 불유쾌하다. 사장과는 아무런 눈치도 뵈지 않고 여전히 현대공론사에 나오기로 약속했지만 다시는 박승권이 눈앞에 뜨이기가 싫어졌다. 그래서 이틀이나 꼼짝하지 않고 주인집에 있는데 사흘째 되는 날 아침에 박 사장이 찾아왔다.

66 과장되게 지껄여.

"왜 편치 않으십니까, 어디?"

"아녜요. 아무 데두…."

"오늘부터 종전대루 나오세요. 이렇게 박승권이를 짓밟어 버리시렵니까? 나두 그래두 사회서 그리 득인심[67]은 못 했어두 그렇다구 악한 노릇은 하지 않는 놈인데 한 번 취중에 실수가 됐기루서…."

"거기 있는 이들이 첫대[68] 부끄러워요."

"누가, 아 거기 오셨던 줄 안답디까? 벨…."

"다 눈치챘죠 뭐…. 더구나 그날 전화를 먼저 받은 이가 완호 씬데요."

"벨, 그 사람들이 귀신인가, 원. 원… 그리구 그 사람들이 아는 눈치거든 건… 염려 없지…."

하고 말끝도 맺지 않고 또 다른 이야기도 없이 한참 앉았다 일어서 가버린 사장은 이날 저녁에 다시 찾아온 것이다.

"내가 남순 씨를 입사시킨 건 내 사업을 같이할 사람으로 택한 거구 그 외 사람들은 그야말루 고용인으루 뽑았던 거니까…."

"그건 무슨 뜻으로 말씀이세요?"

"남순 씨를 위해서 한 사람 해고를 시켰습니다."

"해고를요? 누굴요?"

"그 전화를 먼저 받았다는 사람을."

"저런, 완호 씰요? 그이가 무슨 죄예요."

"죄구 죄 아니구가 문제 아니라, 이제 말했지만 남순 씨와 그 사람과 지위가 다르니까. 내일부터라두 남순 씨가 추호두 께림직한 게 없이 사(社)루 나오시라구…."

"원!"

"…."

67 남에게 인심을 얻음.

68 첫째로.

남순은 사장이 돌아간 뒤, 곧 옷을 갈아입고 역시 말만 듣고 한 번도 가 본 적이 없는 청진동 태양여관을 찾아갔다. 물으니 과연 심완호가 하숙하고 있는 건 사실이나

"오후에 다시 나가세선 여태 안 들어오셨습니다."

하는 것이었다. 할 수 없이 남순은 화신상회로 와서 한참 시간을 보내가지고 아홉점이 되는 것을 보고 다시 태양여관으로 갔다.

"그저 안 들어오셨는데요."

남순은 울고 싶었다. 귀와 발도 떨어지게 시려웠다.

"여보, 난 심 선생님과 한데서 일 보는 사람인데요, 오늘루 전해 드릴 말씀이 있어 왔에요."

"네에, 그럼 적어 놓구 가시든지 말루 일르구 가시든죠."

하고 사환은 좀처럼 들어가 기다리란 말은 해 주지 않는다.

"그렇게 간단친 않구…. 어느 방예요?"

하고 물으니까야

"저기 둘째 방입니다. 그럼 들어가세서 좀 기대리시죠."

하구 방을 가리켜 주었다.

주인 없는 방은 바닥만 매지근할 뿐 입김이 보이게 싸늘하였다. 그러나 책장서껀 그림들서껀 한참은 마음을 붙여 들여다보고 싶게 깨끗이 정돈되어 있다. 그런데 책상 위에서 남순의 이름이나 부르는 듯 남순의 눈을 놀래어 주는 것은 그 유리 화병이었다. 자기가 진고개[69]에 가서 카네이션 두 송이와 함께 사다 편집실 완호의 책상에 놓아 주었던 그 노오란 무늬 있는 유리 화병이다.

남순은 덥썩 그것을 집어다 뺨에 대어 보았다. 칼날처럼 어이는 듯 차가운 감촉이다. 남순은 왜 그런지 눈물이 났다. 그러고 심완호란, 단순하고 그래서 순정적이고 또 채견채견한[70] 믿음성스런 남자거니 하는 생

69 충무로와 명동 일대의 고개 이현(泥峴).

각도 새삼스럽게 도타워졌다. 그래서 또 채견채견과는 늘 반대로 나서는 방협을 머릿속에서 끌어내 가지고 심완호와 비교해도 보았다.

방협은 남순에게 있어서도 최초의 남성이었다. 그러나 그는 처음부터 자기를 속인 사나이였다. 기혼자이면서 미혼자라 속이었다. 그러나 속았기 때문인지 처음엔 지극하게 방협을 사랑했다. 그러나 딱한 것이 방협은 아무런 형식으로라도 귀정[71]을 지어 주지 않았다. 그러다가도 다른 남자와 혼담만 일어나면 그는 어디서 알았는지 왕버리[72]처럼 들어덤비어[73] 저쪽 남자를 그예 물리치곤 하였다. 그럴 때마다 이번에는 무슨 결말을 지으려나 보다 하고 보면, 방협은 또 네가 누구냐는 태도로 만나려야 만날 길이 없이 어느 구석으로 사라지고 마는 것이었다. 그래서 남순은 괄세[74]할 수 없는 옛날의 아름다운 추억에서 때로는 방협을 생각도 하였고 또 그가 문득 나타나 어떤 사나이와 대립할 경우에는 새 남자에게보단 방협에게 호의를 보였을 뿐, 그와 결혼생활이 가능하리란 건 단념한 지가 이미 오랜 것이었다. 다만 매사에 질서가 있고 정돈이 있이 나가는 남자를 발견할 때면 대조본능(對照本能)이라 할까, 그와 반대되는 방협의 기억이 저도 모르게 솟아나곤 하는 것이었다.

완호가 돌아오기는 거의 열시나 되어서다.

애욕이 죄악일까

"아!"

어두운 툇마루 아래 놓인 남순의 구두를 미처 보지 못한 듯 문을 연

70 '차근차근한'의 방언.
71 매듭. 결말.
72 왕벌. 말벌.
73 '들이덤비어'의 방언. 함부로 덤비어.

완호는 아연하여 잠깐 부동의 자세로 남순을 보았다.

"어떻게 이런 델 다 오시구…."

방에 들어선 완호가 모자와 외투를 벗어 걸며 말했다.

"…."

남순은 고개를 소곳하고 완호가 앉기를 기다렸다.

"거긴 찬 덴데 이리 앉지 않으시구."

"괜찮습니다. 안 계신데 막 들어왔세요."

"그런 거야 상관있습니까…."

"…."

안마루에서 열시 치는 소리가 났다. 그 시계 소리는 완호의 입을 대신하여 무슨 말이든 얼른 해 보라고 재촉하는 것 같았으나 남순은 무슨 말부터 시작해야 할지 앞이 캄캄하였다.

"기다리신 지 오래십니까?"

"아네요."

"그간 사에두 안 나오시구 어디 편찮으셨습니까?"

"아네요…."

"그럼?"

"저어… 오늘 심 선생 고만두셨다죠?"

"…."

"네?"

"거야 아시면서 물어보실 것 뭐 있습니까? 어디 고만뒀습니까, 쫓겨나왔죠."

하고 완호는 원망스러운 눈초리를 빛내며 다시 일어서더니 외투에서 담뱃갑을 집어내었다. 남순은 가슴이 선뜻 찔리었다.

"심 선생님, 그건 저를…."

74 '괄시'의 방언.

"…."

완호는 잠자코 담배에 불을 붙였다.

"선생님."

"…."

완호는 그저 대답하지 않았다. 남순은 발끈하여 장갑과 목도리를 들고 일어섰다. 그러는 걸 보고서야 완호도 어느 결에 담배를 놓고 일어섰고 미닫이 앞을 막았다.

"비키세요."

하고 쳐다보는 남순의 눈, 거기는 진작부터 머금어진 듯 눈물이 굵은 방울로 맺혀 떨어지려 하였다.

"앉으십쇼."

"…."

"네?"

"갈 테예요…."

"내가 잘못했습니다. 남순… 씨…."

남순은 다시 앉았다. 그리고 다소 마음이 진정되도록 울었다. 울고 싶은 마음은 차라리 며칠 전부터 완호에게 있었으나 완호는 남순을 만나매 도리어 반동적으로 울음이 나오지도 않았고, 또 생각하면 이미 사장과 부동[75]이 되어 자기를 면직까지 당하게 하는 계집이라 믿으매 고운 만치 얄미웠다. 얄미운 만치 그에게 슬픔을 보이기가 싫었다. 그러나 웬일일까. 자기 방에서 남순을 발견함은 결코 불유쾌한 일이 아니요, 또 그가 자기 방에서 돌연 사라지려 할 때 결코 쉽게 견디지 못할 적막이 음습하는 것은. 그래서 자기도 모르게 뛰어 일어서 문을 막았고 곧 '내가 잘못했습니다'까지 하게 된 것은….

"남순 씨, 저도 남순 씨를 오해하구 싶진 않습니다. 박 사장이 고약한

75 符同. 한통속.

줄 압니다."

"참… 나쁜 녀석예요, 인제 말씀드리겠지만."

"나보담두 박 사장과 더 정면으루 나서 싸울 사람이 있지만 나두 그런 위선자를 위해선 이척보척[76]으루 싸워 볼 작정입니다."

"건 누구예요? 정면으루 나선단 인?"

"포리나 씨가 그가 누굴지 모르시겠습니까?"

"네? 포리난 줄… 어떻게 아세요?"

하고 젖었던 남순의 눈은 한층 빛난다.

"방협한테 들었죠. 방협 군과 중학 동창입니다."

"어쩌문! 심 선생님은 단순하신 줄 알었는데요…."

"네?"

"그런 걸 어쩌문 인제야 말씀하셔…."

"인제야가 아니죠. 내가 오래간만에 방 군을 만난 거나 또 방 군한테서 포리나 씨 얘길 들은 건 바루 채 선생이 그 전화 받으시구요, 사장 심부름 간다구 나가시던 날 바루 그날 저녁이니까요. 그러니 어디 이런 말씀을 드릴랴 드릴 기회가 있었어요?"

"제 말 별것 다 들으섰겠군요?"

"뭘요. 대강 자기허구 알아 온 걸 얘기하면서 박 사장이 포리나 씨께 냉정하진 않을 거니까 단단히 한번 결전을 해얀다구 그리면서, 누구든지 포리나 씨를 사랑하는 남자면 거야말루 목숨이라두 바칠 것처럼 덤비둔요."

"참 내!"

하고 남순은 양미간이 붉어진다.

"아무튼 방 군은 여간 열렬하지 않게 포리나 씰 사랑하더군요."

76 以尺報尺. '같은 방식으로 보복하다'는 뜻으로, 셰익스피어의 희곡 「자에는 자로(Measure for Measure)」를 번역한 일본식 표현.

"그렇게 뵈여요?"

"네, 과거에두 포리나 씰 위해 여러 번 싸웠다구 하던데요."

"그럼 그런 남자가 무서우세요?"

"…."

"만일에 말예요. 그런 분과 삼각관계가 된다면 심 선생님은 승리하실 자신이나 용기가 없으세요?"

하고 남순은 싸릇드린 눈으로 완호의 눈을 건너다보았다.

"없긴 왜요. 단지…."

"단지 뭐예요?"

"친구 간엔 의리란 게 있어야니까요."

"그런 사람은 반은 미친 인데요 뭐…."

"왜요?"

"…."

남순은 더 말하지 않았다. 한 십오 분 동안이나 침묵을 보내고 새 기분으로 남순은 자기가 하려고 찾아온 말을 시작하였다. 그날 천안 가서 본 일, 온양 가서 당한 일, 서울 와서 사장이 두 번 찾아왔던 것, 처음 찾아와선 '…그 사람들이 아는 눈치거든, 건… 염려 없지' 하고 가더니 아까 초저녁인데 두 번째 찾아와선 '한 사람 해고를 시켰습니다' 하고 가던 것, 그래서 면직된 걸 알았고 달려와 보니 짜장[77] 편집실에 있던 물건이 모다 저렇게 와 있다는 것을 말하고 그러고는

"전 으레 고만둘려구 작정한 거지만 괜히 저 때문에 심 선생님만…. 여간 참 미안하지 않어요."

하고 얼굴을 숙이었다.

"뭘요, 잘된 셈이죠. 저두 들어가선 이내 후회했습니다. 그자 하는 꼴을 보니 잡지가 뭡니까. 문화사업이 뭐구…. 자기 광고술이야요, 모

77 과연. 정말로.

두…. 다른 노동을 해 먹지 그런 작자 수족이 돼요? 저두 곧 나올려구 했으니까 창간호를 내기 전에 나온 것만 다행이지요."

"그래두 전 심 선생님께 죄 아니구 뭐예요."

하고 남순은 다시 울 듯이 가벼운 한숨을 쉬었다. 그리고

"참! 나…. 그게 그래 옳은 말예요?"

하고 화제를 다른 데로 돌리인다.

"뭐요?"

"여자는 으레 어떤 유력한 남자한테다 모오든 비밀을 바쳐야 그 대가로 출세할 수 있다뇨?"

"허! 저두 첨 듣습니다. 그렇지만 글쎄 소위 사회의 유력자란 게 역시 요즘은 경제적으루 유력해야 유력자구요. 그런 자 치구 대개는 그 인격이란 거나 문화사업에 대한 태도가 박승권이 따위니까요. 그러니까 사실 말이지 포리나 씬 안 넘어갔지만 십중팔군 그런 수단에 넘어가거든요…. 그런 자가 그걸 진리루 믿는 것두 일리가 있겠죠."

"아니, 그럼 그렇게 구구하게 천덕스럽게 출센 해 뭘 합니까. 그건 매음 아니구 뭐예요. 매음으루 출셀 하다니… 원… 벨 참…. 난 정말 낙망했어요. 미약하지만 뭘 좀 진정으루 해 보구 싶어두 모두 남의 약점을 노리구 저희 야심부터 챌려구[78] 들어요…. 사회가 대뜸 싫어지구 말었세요."

"…."

완호는 무어라 남순을 위로해야 좋을지, 또 자기부터 사회의 한 분자인 남자로서 무어라 변명을 해야 옳을지 몰랐다. 사실 완호 자신부터도 남순을 어떻게 대해 왔는가 반성해 보면 스사로 낯을 붉히지 않을 수 없다. 같은 남자 사원들끼리처럼 필요한 데선 도와주고 필요한 데선 또 서로 냉정히 비판하면서 뚜렷한 개성과 개성, 인격과 인격의 대립으로 나

78 채우려고.

가려는 것이 아니라 공연한 호의와 과도한 친압[79]을 피하여 애욕의 대상으로만 평가하고 기대한 것은 박 사장과 정도의 강약은 있을지언정 여성에 대한 태도만은 같은 것이 아닐 수 없었다.

"남순 씨."

"네?"

"그렇게 말씀하시니 저 역[80] 남순 씨께 죄인입니다."

"왜요, 그건 무슨?"

"저 역 박 사장처럼 적극적이 아녔을 뿐이지…. 이건 진정한 고백입니다. 저 역 남순 씨헌테 애욕으루… 지금두…."

"…."

"그렇지만 반드시 애욕이 죄악일까요? 남순 씨 같은 이가 사회에 나와 발전하지 못하구 이내 피해 들어가야 되두룩 그렇게 고약한 질병일까요?"

"뭐, 전 심 선생님을 두구 헌 말이 아네요. 그건 지나쳐 탄하시는 거예요. 전 뭐 심 선생님의 무슨 말씀에나 행동에서 눈꼽만치라두 불쾌한 걸 느낀 일은 없세요. 정말… 외려 심 선생님 같은 분만 있는 사회라문 전 반대루 사회에서 활동할 용기를 더 얻구 나가겠어요. 괜히 심 선생님 과민이세요, 건."

여기까지 이야기하는데 또 안마루에서 시계 소리가 났다.

"벌써 열한점이네…. 저 그만 가겠세요. 저두 인전 룸펜[81]예요, 호호…. 또 와 뵙죠."

하고 남순은 일어섰다. 완호도 더 붙들 수가 없었다. 골목 밖까지 따라 나가 그가 안 보일 때까지 섰다 들어왔다.

79 親狎. 버릇없이 지나치게 친함.

80 亦. 또한.

81 Lumpen. 부랑자 또는 실업자를 이르는 독일말.

이튿날 완호는 아침부터 남순에게 찾아가고 싶은 것을 밤까지 참았다. '또 와 뵙죠' 한 그를 이내 찾아가기보다는 그가 오기를 하루쯤은 기다려 보는 것이 체면일 듯해서 밤까지 아무 데도 나가지 않고 기다려 보았으나 남순은 오지 않았다.

그다음 날은 조반을 먹고 이내 나섰다. 그러나 나서고 보니 너무 이른 때라 너무 덤비는 것 같아서 길을 돌려 진고개로 가 책사[82]를 한 바퀴 돌아서야 갔다. 그랬더니 마침 이날이 일요일이라 남순은, 아니, 포리나는 성당에 미사 참례하러 가고 집에는 있지 않았다. 혹시 오후에는 성당에서 돌아오는 길에 들러 주지나 않을까 하고 완호는 곧 집으로 돌아왔으나 남순은 나타나지 않고 방협이가 들어섰던 것이다.

그는 어제 저녁에 남순을 만났다 하였다. 그래서 모든 것을 들었노라 먼저 말하며 남순을 찾았다고 해서 그냥 있을 게 아니라 박승권이 따위 추물은 재계에 들어서는 역불급[83]이지만 문화 전선상에 있어선 온전히 축출을 하지 않으면 안 된다 하였다.

"어떻게?"

"내가 군자금은 대지. 하자는 대로만 하세그려."

이들은 이날로 그 박승권의 현대공론사가 들어 있는 탑동빌딩을 찾아가서 바로 이층에 있는 현대공론사 옆의 방을 꼭 현대공론사만큼 얻었다. 그리고 곧 잡지 이름을 『필봉(筆烽)』이라 하였고 '필봉사'라 간판을 현대공론사보다 더 크고 더 권위 있어 뵈게 우선 당일로 써다 붙이었다. 그리고 완호는 복도에서 박승권을 만났으되 결코 인사를 하지 않았을 뿐 아니라 담배를 피워 물고도 결코 얼굴을 돌리거나 담배를 입에서

82 冊肆. 서점.
83 力不及. 힘이 미치지 못함. 역부족.

뽑거나 하지 않았다. '너는 너요, 나는 나다. 아장피장[84]이니 누가 넘어지구 누가 서서 버티나 한번 해보자!' 하는 투로 박승권의 눈을 마주 쏘았다. 그리고 '더구나 내일부터 채남순이가 우리 필봉사 기자로 드나드는 걸 네 누깔[85]로 본다면 네 죄가 있으니 네 가슴이 좀 뜨끔하리라' 하는 쾌감에 사무쳐서 약간 우울해 나려가는 박승권의 우람스런 목덜미를 나려깔아[86] 보았다.

이들의 필봉사 계획은 착착 진행되었다. 이튿날부터 대뜸 채남순이가 여기자로 들어섰고 급사도 뽑히었고 책상과 걸상만 사들이고는 곧 편집회의부터 열었다. 그리고 사십여 제목을 예정하였는데 그 속에 '문화사업의 의의'니 '가면지사[87]를 타도함'이니 '사회여성과 파트론 론(論)'이니 또 '부정매약[88]을 철저히 취조하라' 등은 직접 박승권의 인격과 이익에 정면으로 도전하는 제목이었다. 남순과 완호는 안에서 쓸 것을 맡고 문필가들과 상종이 많은 방협은 바깥 원고를 맡기러 동분서주하여서, 완호가 나오기 때문에 창간호의 발행이 다시 한 달은 드티게[89] 되고 만 『현대공론』보다 『필봉』 창간호를 도리어 하루라도 먼저 내일 작정이었다. 그리고 겉으로는 박승권의 주목을 피하려 오후 네시만 되면 이들도 다 퇴근하는 형식을 보였으나 사실은 태양여관으로 가서 밤 열시, 열한시까지 일을 몰아치어 『필봉』 창간호는 필봉사의 간판이 붙은 지 이십 일도 못 되어 시장에 나타났다. 몇 달 전부터 광고만 내어 논 『현대공론』은 그제야 새 편집자가 들어서 가지고 완호가 시작하다 만 교정을 그거나마 인쇄소의 재촉에 못 이겨 겨우 재교정이 시작되는 때였다. 이것만으로도 박 사장의 눈엔 필봉사를 노리는 핏빛과 불 같은 뜨거움

84 我將彼將. 피장파장.
85 '눈깔'의 방언.
86 '내리깔아'의 방언.
87 假面志士. 가면을 쓰고 지사인 척하는 사람.
88 不正賣藥. 속여서 약을 판매함.
89 뒤로 물러나게. 연기되게.

이 어른거리지 않을 수 없었는데, 더구나 '걸교환[90]'이란 도장을 찍어 건네 보낸 『필봉』 창간호의 내용이란 자기와 같은 재벌을 가진 명사는 계획적으로 비행을 들쑤셔내일 태도인 것이 일견에 느끼어졌고, 내용을 내려 읽으니 예감하였던 이상으로 자기에게 대한 인신공격이 있는지라 박 사장은 입에 거품이 부걱부걱 고이게 분이 치밀었다. 책을 든 채 옆방으로 달려왔다. 그 코끼리 발 같은 우람한 주먹으로 필봉사 문을 두드렸다.

"네에, 들어오십쇼."

하는 목소리는 하필 채남순의 것이었다. 그러나 박승권은 손으로 열었다기보다 발로 차듯 하고 들어섰다. 방협과 급사는 없었고 남순과 완호만이 맞쳐다보았다.

"고오약한 놈들 같으니…."

박승권은 호통을 내렸다.

"이게 무슨 난폭한 말씀입니까? 신사 박승권 씨가?"

완호는 맞받았다.

"버르쟁머리 없이 이눔덜 메칠이나 꺼떡거리나 봐라, 네…."

하더니 박 사장은 하필 주간자인 방협은 있지 않고 남순과 완호뿐인 데 어색하여 곧 물러나왔다. 다시 자기 사무실로 가서 모자와 외투를 들고는 곧 자가용이다시피 자기의 심복으로 있는 어떤 변호사에게로 달려갔다.

"이놈들을 그냥 둘 순 없는데!"

"글쎄, 영감. 제가 오늘 저녁에 읽어 봐야겠습니다."

이튿날 아침 박승권은 부리나케 다시 변호사를 방문하였다.

"읽어 봤어?"

"네. 그런데 모두 가명으로 해 놔서 추측은 꼭 누구나 영감으로 알게

90 乞交換. 출판계에서 책과 책을 교환할 때 쓰는 표현.

됐으면서두… 원.”

“아니, 명예훼손이 안 돼?”

“글쎄요, 추측만 가지구는 내라고 나설 수 없으니까요. 교묘하게 고소 성립이 안 되두룩 썼는데요.”

“허! 쥐새끼 같은 놈들….”

“영감두 더구나 같은 언론잡지를 경영하시면선 더구나 체면상 고소하기가 어렵습니다.”

“….”

박승권은 애꿎은 해태만 서너 개를 거퍼 태이다가 물러오고 말았다. 그러나 고소도 할 수 없는 경우에선 그의 복수욕은 더욱 불붙었다.

박승권은 우선 전술을 달리하여 자기네 잡지 값을 예정보다 십 전을 떨구었다. 그래서 같은 국판(菊版)에 같은 페이지로 정가 이십 전을 매기었고, 또 신문광고를 내이되 꼭 『필봉』 광고가 나는 페이지를 좇아다니면서 그보다 삼사 배나 되게 큰 광고를 내어 우선 대금과 광고 전선에서 『필봉』을 여지없이 압도하였다.

이렇게 금력으로 대항하는 데는 방협도 어쩔 수가 없었다. 더구나 방협은 다음 호부터 우선 밑천이 달리었다. 한 달에 일백오십 원씩 일 년만 대어 주면 그다음부터는 수지뿐 아니라[91] 이익이 남겠다는 장담으로 그것도 일 년 동안이나 싸워서 겨우 아버지의 승낙을 받은 것인데 두 달치 삼백 원을 미리 타다가 창간호만을 위해서 다 써 버린 것이었다. 그러나 우선 박승권을 골리는 수단으로 다음 호부터는 체재와 내용은 똑같되 정가 삼십 전은 대뜸 삼분지 이를 떨궈 단 십 전으로 한다는 소문을 퍼뜨리었다. 이 소문을 들은 박승권은 곧 상업흥신소에 의탁하여 방협의 집 재산을 조사하게 하였고 그 재산이 육칠만 원 정도란 답을 듣고는 필봉사에도 상당한 지구전의 실력이 있는 걸로 추측되었다. 그리

91 수입과 지출을 맞출 뿐 아니라.

고 자기의 전술이란 돈을 쓰는 것밖에 없는데 자기네 책값이 『필봉』보다 배나 비싸게 된다는 것은 곤란한 일이었다. 그래서 심술대로 하자면 『현대공론』은 십 전보다 다시 반이나 싸게 오 전으로라도 해보고 싶었지만 단 몇 전이란 것은 책값으로 너무 권위를 떨어뜨릴 염려가 있어 자기네도 같은 십 전으로만 떨구고 그대신 페이지를 늘려 볼 심사를 세웠다. 그러고 보니 이왕 정가를 떨굴 바엔 『필봉』에 뒤질 배 아니라 하고 급히 서둘러 일부러 "다음 호부터는 정가를 십 전으로 떨굴 뿐 아니라 페이지도 단연 삼십 페이지 이상을 증쇄한다. 이로써 만천하 독자에게 봉사한다"는 광고를 내어 버렸다.

이 현대공론사의 광고에 누구보다도 손뼉을 치고 반긴 것은 필봉사 사람들이다. 『필봉』이 제이호(第二號)부터 단 십 전으로 떨군다는 것은 물론 『현대공론』의 정가를 폭락시키기 위한 거짓 선전이었던 때문이다.

살베 도미네[92]

그러나 비운은 필봉사에 먼저 찾아오고 말았다.

완호의 속을 모르는 방협은 사 안에서도 남순을 자기의 애인이었던 여자로, 또 박승권에게서 탈환한 현재의 애인으로 다루기를 조금도 꺼릴 줄 몰랐다. 반말을 하는 것, 웬만한 것은 은근히 눈짓으로 의사를 표하는 것, 점심을 시켜다 먹고도 남순의 것까지 흔히 자기가 맡아 회계하였고 어떤 때는 반대로 '내 해꺼지 좀 내우' 하고 남순에게 물리는 것, 모든 것에 완호만 따로 두드러지는 것이 마치 그들의 가정에 손님으로 온

92 Salve Domine. '안녕하세요, 예수님'을 뜻하는 라틴어로, 가톨릭에서 상대를 높여 하는 인사말.

사람 같았다.

그러나 그럴 때마다 괴로운 것은 완호의 마음뿐은 아니었다. 남순도 괴로웠을 것이요, 또 괴로워하는 눈치를 확실히 완호에게 보였다.

제이호인 삼월호의 원고가 거의 끝나는 날 아침이다.

"살베 도미네."

하고 이날도 남순이가 둘째로 들어섰다.

"에에멘."

완호가 받았다. 이들은 남순이가 자기네 교회식으로 라틴말 인사하는 버릇을 내어 아침마다 먼저 보는 사람이 '살베 도미네' 하면 '아멘' 혹은 '에멘' 하고 받는 것이 이 필봉사의 인사투가 되어 버린 것이다.

"전 이 집이 싫어졌에요."

곧 다시 나가려는 사람처럼 핸드백을 낀 채 완호의 옆으로 와서 남순이가 하는 말이다.

"왜요? 갑자기…."

"갑자기가 아네요…. 이웃집 박 사장허구 마주칠 때문, 무슨 죄나 진 것처럼 가슴이 다 떨려요. 그이 보구 인사두 않는 게 죄 같어요. 여간 괴론 일이 아녜요."

"그럼 인살 하십쇼그려."

"안 하다가 어떻게요. 또 생각하문 더러운 녀석을."

"그래서 이 집이 싫어지셨어요?"

"이 방두 싫어졌에요, 전…. 두 분은 열심히 일만 하서두 전 일에만 쏠려지지 않어요."

"…."

완호는 물끄러미 남순의 눈을 쳐다보았다. 남순의 눈은 곧 젖을 듯이 슬퍼 보였다.

"전 어딜루 머얼리 가 보구 싶어요, 요샌…."

"어떤 데루요?"

“….”

“왜 그렇게 센치해지셨습니까?”

“도야지가 아니니까요, 호….”

하고 남순은 웃음 반 한숨 반 같은 것을 날리었다. 그러자 복도에서 방협이 같은 걸음 소리가 울려왔다.

“아무 말씀 마세요, 네?”

방협이가 들어서기 전에 날쌔게 자기 자리로 뛰어가는 남순의 말이었다.

그 후 한 사흘 지나서다. 원고를 인쇄에 부치던[93] 날 방협은 돈 운동을 하러 자기 아버지에게로 나려갔는데 아침에 바로 인쇄소로 오마 한 남순이가 오지 않았다. 사로 자꾸 전화를 걸어 보나 오후가 되도록 사에도 나오지 않았다. 완호는 공연히 기다려지고 공연히 궁금해져서 그의 주인집으로 찾아갔다. 집에도 그는 있지 않았고 주인의 말이

“한 이틀 가까운 시굴 좀 다녀오신다구 아침에 나가셨습니다.”

하는 것이었다. 완호는 주먹이 부르르 떨리었다. 자기와 단둘이 되는 것을 시기하여 방협이가 다리고 간 것으로밖에 추측할 수 없었기 때문이다. 남순에게서 어디로고 머얼리 가고 싶다는 말을 듣기는 했지만 공교히 방협과 한날 떠난다는 것이 완호의 의심은 방협에게만 쏠릴 수밖에 없었다.

완호는 그길로는 인쇄소에도 가지 않았다. 찻집 많은 장곡천정[94]으로 가서 울고 싶은 마음을, 쓴 커피와 담배와 유성기 소리에 마비시키며 돌아다니었다.

그러나 완호는 다시 한번 냉정에 돌아오지 않으면 안 되었으니 이튿날 저녁 방협에게서 엽서를 받았는데 ‘나려와 보니 아버님이 숙환이신

93 원고를 인쇄에 넘기던.

94 長谷川町. 지금의 중구 소공동 소공로의 일제강점기 명칭.

풍증이 도지어 대단하신 모양이오, 온 일이 당분간은 여의치 못할 것 같으니 남순 씨와 상의하여 좋도록 힘써 주시오' 하는 사연이었다. 그리고 끝에다 '이 편지를 남순 씨에게도 보여 주시오'라고 쓴 것이었다.

'그럼 남순은 어딜 갔을까?'

완호는 곧 그길로 다시 낙원동으로 달려갔다. 그러나 남순은 그저 주인집에 돌아와 있지 않았다.

남순은 삼월호가 다 인쇄되도록 나타나지 않았고 방협에게도 다시는 소식도 돈도 오지 않았다. 완호는 인쇄소와 외상교섭을 하다못해 책은 박아 놓고도 시장으로 끌어내지 못하였다. 그뿐만 아니라 이런 소식은 어떻겐지 당일로 이웃 방의 사장 박승권의 귀에 번개같이 들어갔고 와신상담 격이던 박승권은 이게 웬 천재일기[95]냐 하고 나서지 않을 수가 없게 되었다.

박승권은 무엇보다 방협이가 애초에 겨우 한 달 치 방세만 내고 자기네 이웃 방을 얻은 것을 알았다. 그래서 곧 빌딩의 관리자를 만나고 벌써 외상으로 반 달이나 들어 있는 필봉사 방을 석 달 치나 선금을 내고 자기네가 모두 차지해 버리는 데 성공하였다.

"이 방 내노시오."

"뭐요?"

완호는 놀라지 않을 수가 없었다. 박승권은 빌딩 사무원보다도 더 먼저 와서 한 번 뻐겨 보는 것이었다.

"우리 현대공론사 창고루 여길 얻었어. 어서 내노란 말야."

"…."

완호는 곧 빌딩 사무실로 올라가 보았다. 박승권의 말은 거짓말이 아니었다. 완호는 곧 방협에게 전보를 쳤으나 답장이 없었다. 편지도 써부쳤으나 편지 답도 오지 않는다. 방을 내놓고 나가라는 그 밸어 버리는

95 千載一機. 천 년에 한 번 오는 기회.

가래침처럼 아니꼽기 한없는 박승권의 투덜대는 소리는 시각을 견디기가 어려웠다. 더구나 남순의 실종으로 말미암아 마음이 허공에 뜬 완호는 더 버텨 볼 뱃심이 없이 사흘 만에 구루마를 얻어 약간의 필봉사 세간을 태양여관으로 날라 오지 않으면 안 되었다.

며칠 뒤 방협에게서 답장이 왔으나 속 시원한 내용은 아니었다. 자기 아버지의 병환이 조금도 차도가 없다는 것, 당분간은 도리가 없으니 깨끗이 박 벅샤에게 참패당한 채 침묵하고 있으라는 것, 남순은 시골이라면 아마 황해도 자기 오빠에게 갔을 것이 틀리지 않으리라는 것들이었다.

그 뒤에는 이십여 일이 지나도록 다시는 편지도 오지 않았다. 남순은 남순이대로 나타나지 않았다. 처음에는 날마다 저녁이면 남순의 주인집을 한 차례씩 다녀왔다. 그러다가 너무나 헛걸음만 되는 데 지치어서 이제는 사흘 만에 한 번씩 가다가 그것도 이번엔 껑충 뛰어 한 일주일 만에 찾아간 날 저녁이다.

"원, 참 딱하기두 해라!"

벌써 주인의 말이 불길스러웠다.

"왜요?"

"그저껜뎁쇼. 시골 갔다 왔다면서 들어와선 이번엔 아주 머언 시골루 가게 됐다구 하면서 그날 밤으루 떠나 버렸는뎁쇼."

하는 것이었다.

"내가 여러 번 왔더랬다구 그리셨수?"

"그럼요."

"그리니까 뭐래요?"

하고 수치스러운 것을 참고 물었다.

"벨루 뭐래진 않어요."

완호는 이날 저녁처럼 불야성의 서울 거리를 어둡게 걸어 본 적은 없었다.

해충구제(害虫驅除)

벌써 라일락 나무는 가지마다 눈마다 버들개지만큼씩 꽃봉오리가 부르터 올랐다. 완호는 이날 아침에도 종현성당(鍾峴聖堂)[96] 마당에 올라가 이슬 머금은 라일락의 꽃망울을 한참이나 서서 들여다보았다.

"봄!"

그에게 더 다른 생각이 일어날 새 없이 면류관처럼 아침 햇발을 이마에 인 성당 첨탑에서 아침 '안젤루스[97]'가 울리기 시작했다. 완호는 이날도 남보다 가장 황급히 층계를 뛰어 올라간 것이다. 제일 먼저 제일 앞자리로 나아가야 남순, 아니 포리나를 볼 수 있기 때문이다.

포리나는 아직 수련시대(修練時代)였다. 아직 수녀의 제복을 입지 못하였고 그냥 검은 저고리, 검은 긴 치마에 흑호접(黑蝴蝶)[98]과 같은 검은 수건을 쓰고 제대(祭臺)[99]를 향하고 제일 앞줄에 나와 앉는 것이었다.

다른 수녀들도 모다 그랬거니와 포리나도 오직 엄숙의 황홀경인 제대를 향하여만 얼굴을 들고 얼굴을 숙이고 할 뿐, 조금도 한눈을 팔거나 고개를 돌리는 일이 없다. 한 번, 꼭 한 번 성당 안으로 들어서는 길에서 마주치는 곳에 완호가 섰었으니 무심코 눈을 들었다가 한 번 시선이 부딪쳤을 뿐, 그러나 그 시선은 섬광과 같이 보이던 그 순간에 사라진 것이요 결코 안색을 붉히거나 다시 고개를 돌리는 일이 없었다.

그러나 완호는 어떤 독실한 신자보다도 더 정성스럽게 매일 아침 여섯시 미사마다 참례하는 것이었다. 이날 아침도 미사가 끝난 뒤 그림자의 무리처럼 수녀들의 고요한 걸음이 다 사라진 뒤, 다감한 서정 시인의 눈으로 성당 마당을 나설 때였다. 누가 어깨를 툭 치며

96 지금의 명동성당.
97 Angelus. 삼종 기도의 시각을 알리는 종.
98 검은 호랑나비.
99 제단.

"살베 도미네."

하였다. 완호는 휙 돌아다보았으나 입과 눈을 딱 벌리었을 뿐 '에멘' 소리는 나오지 않았다. 방협이었다.

"웬일인가?"

"웬일인가?"

같은 말이 오고 갔으되 묻는 말뜻은 서로 달랐다.

"난 밤차루 왔네. 지금 태양여관으루 가서 자네가 아침마다 이리루 온단 말을 듣구…."

"아니 웬일야. 자네 상제가 됐네그려!"

"그렇게 됐네. 나두 이전 고애자[100]야, 허허…. 그리구 헐 말이 많지. 내 그간 침묵한 건 계획적이더랬구."

"계획적이라니? 그런데 언제 돌아가셨나?"

"차츰 얘기함세. 우선 계획적이란 건 자넬 좀 단번에 놀래 주고 싶었단 건데. 좀 놀래 보려나?"

"…."

완호는 남순과 관련된 생각만으로 얼굴이 달아올랐다.

"우리가 이번엔 탑동빌딩 주인이야. 우리가 『현대공론』을 길거리루 내몰 차례야. 이제두 안 놀랄 텐가?"

"뭐? 정말?"

"탑동빌딩 소유자가 우리겟[101] 사람이란 걸 내가 발견했고 그자가 지금 금광에 눈이 뻘게서 돈이 궁한 판인 걸 내가 발견을 했구. 자…."

하면서 포켓에서 무슨 서류 조각을 꺼내었다.

"자, 삼천 원 없는 오만 원에 귀정을 져 이렇게 계약금 일금 오천 원야[102]를 지불한 거야."

100 孤哀子. 어버이를 모두 여윈 사람이 상중에 자기를 이르는 말.
101 우리 동네의. 우리 고향의.
102 '야(也)'는 '그 금액에 한정됨'을 뜻하는 접미사. 정(整).

"뭐?… 그 나머진?"

"우리 집 토지를 집에서 먹을 것만 남겨 놓군 큰 덩어리 서너 자리가 처리되기루 그게 먼저 계약이 된 거야. 그런 건 안심을 하구 빌딩 수입으루 필봉을 좀 거드럭거려[103] 해보세. 이놈 박 벅샤가 인전 꼼짝수 없이 내몰릴 판이렷다…. 요전엔 그자가 막 나가라구 호통을 했다지? 이번엔 자네가 좀 호령을 하게."

"아니 정말인가? 모두 어째?"

"어째라니. 꿈같은가? 자네가 여기루 포리날 보러 오는 거야말루 꿈이지. 여기가 어디라구."

하면서 방협은 성당의 첨탑을 한 번 쳐다보았다.

"방 군, 자넨 여기 남순 씨가 와 있는 걸 알구 있나?"

"거야, 자네보단 내가 아마 시골서라두 먼저 알었을 걸세. 저희 오빠되는 사람이 와서 넣구 간 걸 알았으니까."

"그런 걸 다 알구 왜 가만 있었나?"

"그럼 어떡하나? 여긴 내가 대적할 데가 못 돼…. 또 포리날 위해선 지극히 안전지댈 걸세. 여긴 금렵구[104]야, 이 사람."

"금렵구라니?"

층계를 앞서 나려오기 시작하던 완호는 잠깐 멈칫하며 방협을 돌아보았다.

"금렵구 모르나? 총을 못 놓는 델세. 아무리 고운 새가 날러두 보기만 할 뿐이지 쏘진 못하는 데가 금렵구야…. 허, 그런데 아니 놀랄 순 없는 일야."

"무에?"

"자네두 포리나를 그다지 사랑했단 사실은."

103 거만하게.

104 禁獵區. 사냥을 못 하게 하는 구역.

"…."

"아닌 게 아니라 샤라핀의 에레지[105]라두 듣구 싶은 아침이군…."

"흥…."

"여보게!"

"…."

"여보게. 나와 여기서 맹세하세, 우리."

층계가 끝나자 방협이가 손을 내밀며 말했다.

"무얼?"

"자네나 나나 쓸데없는 애상에서 자유가 되기 위한."

"어떻게?"

"포리날 서루 단념하기루."

"…."

"그리구『필봉』을 위해, 또 박 벅샤 따위 해충구제를 위해."

"…."

완호는 성당 쪽으로 섰던 얼굴을 돌려 자동차 소리, 전차 소리, 모든 사람과 기계의 소리가 웅성거리기 시작하는 아침의 서울을 나려다보았다. 그리고 벌써부터 들고 있는 방협의 손을 놀라는 듯 힘껏 마주 잡았다.

35년 1월 30일.

『중앙(中央)』, 조선중앙일보사(朝鮮中央日報社), 1935. 3;『구원(久遠)의 여상(女像)』, 태양사(太陽社), 1937;『구원의 여상』, 영창서관(永昌書館), 1948.

105 엘레지(élégie). '슬픔을 노래한 악곡이나 가곡'을 뜻하는 프랑스어.

코스모스 피는 정원

한집에서

"선주, 이렇게 꽉 쥈는데두 달아날 테요?"
"아야, 아퍼요. 팔이…."
"그리게 왜 달어나요?"
하고 한 걸음 나서며 선주를 안았다. 분명히 안았는데 품 안이 허전하다. 허전한 김에 치영(致榮)은 잠을 깨인다.

"벌써 날이…."

날은 다 밝았는데 꿈이었다. 유리창에는 굵다란 물방울이 어룽어룽 굴러 나린다. 치영은 노곤한 다리를 힘껏 뻗으며 돌아누웠다. 봄비라 그런지 별로 빗소리도 들리지 않는다. 울고 싶은 우울, 꿈에 선주를 본 날 아침은, 아니 아침뿐이 아니라 온종일 그날은 슬픈 날이었다. 어제 아침처럼, '이제부터는 학생이 아니로구나! 의학사, 의사로 돈벌이를 할 것인가? 의학자로 학구 생활을 할 것인가?' 이런 생각은 던지어 둔 채, 선주를 본 꿈 생각으로만 머리가 무거웁다. 꿈속에서 보는 선주는 늘 그 선주였다. 그 선주, 여고보[1] 시대의 선주, 소녀로부터 처녀로 옮겨 가는, 그 명랑하면서도 부끄럼 잘 타는 열칠팔 세 때의 선주였다. 꿈은 세월도 먹지 않는 듯 늘 처음 보던, 그리고 얼마 뒤에 자꾸 무슨 대답을 들어 가지려고 이편에서 조르면 '난 아무것도 몰라요' 하고 얼굴이 새빨갛게 타 버리던, 그 선주만이 만나지는 것이었다.

1 여자고등보통학교. 일제강점기 조선 여학생을 대상으로 한 중등교육기관.

치영은 벌써 칠팔 년 전 일인, 처음으로 선주와 부딪쳐 보고 처음으로 이성에 대한 새 감정의 봉지를 터뜨리던 때를 추억해 본다.

어스름한 짙은 황혼이었다. 장마 때면 도랑이 되어 버리는 동구 밖의 우묵한 좁은 길, 길 좌우 언덕에는 찔레꽃이 달빛처럼 환하게 밝아 있었다. 마침 밭에서 들어오는 옌장[2]을 실은 소, 씨익씩거리는 황소인데, 어둠 속에서 어디로 가던 길인지 선주가 동생의 손목을 이끌고 나타났다. 곧 황소와 마주치게 되자 선주는 이쪽이 누구인 것도 알아볼 새 없이 달려들었다. 치영은 얼른 그와 그의 동생을 업듯이 등 뒤로 보내고 두 팔을 쭉 벌려 소를 막아 주었다. 그리고 소에서 실린 옌장 끄트머리를 피하노라고 얼굴을 뒤로 젖히었을 때 치영의 그 머리는 선주의 가슴에 푹 묻혀 보는 듯하였다. 소가 저만치 가고 누구인지 알아볼 수 없는 농군이 마저 지나간 뒤에야 치영은 길로 나려섰다. 그제야 선주도 받힐 것처럼 무섭던 황소를 막아 준 남학생이 아주 모르지는 않는 치영인 것을 알았다. 그러나 고맙다는 말은 몇 번이나 할 듯 말 듯 하기만 하다가 잠잠한 채 앞서가는 동생을 따라가 버리고 말았다. 너무나 황홀하여 갈 바를 잊고 우두커니 서 있던 그때 치영이에겐 찔레꽃의 향기조차 새삼스럽게 코를 찌르는 것 같았다.

그날 저녁 선주의 얼굴은, 워낙 살결이 맑고 군 데 없는[3] 바탕이지만 치영의 눈 속에 퍽 아름다운 인상을 찍어 주었다. 꿈에 나타날 때마다 늘 그 찔레꽃이 달빛처럼 환하게 밝은 향기의 언덕을 배경으로 하곤 하였다. 어떤 때는 쫓아가 손을 잡으면 '난 아무것도 몰라요' 하고 생시에서처럼 뛰어 달아났다. 또 어떤 때는 손을 잡힌 채로 가만히 앉아 이것도 생시에서 하듯, 언제까지든지 기다릴 터이니 기쁘게 공부하여 돈벌이나 하는 의사가 되지 말고 학위를 얻어 훌륭한 과학자가 되어 달라고

2 '연장'의 방언.
3 흠이나 오점이 없는.

당부하였다.

그런데 지금 깨이고 난 꿈은 선주가 뛰어 달아나려던 꿈이었다.

"선주!"

치영은 가만히 불러 본다. 만일 큰소리로 부른다면 방금 밑에 층에서 무엇이고 하고 있을 선주가 알아들을 것이다. 알아듣더라도 지금은 '선주'라거나 '선주 씨' 하여서는 올라오지 않을 것이다. '아주머니' 해야 되는 친구의 아내, 친구라도 이만저만하지 않은 소학 이전에서부터의 죽마고우.

치영은 한 편 다리를 번쩍 쳐들었다. 한숨이 나가는 대로 벽이나 한 번 쾅 하고 차 보려던 것이다. 그러나 아래층에서 너무 조용한 것을 느끼자 들었던 다리를 도로 슬그머니 놓고 만다. 아래층에서 쏴 하는 수돗물 쏟아지는 소리가 올라온다. 치영은 머리맡을 더듬어 끌러 놓았던 손목시계를 갖다 본다.

"이런!"

날이 흐리었을 뿐, 해는 뜬 지가 오랬다.

치영은 얼른 일어나 방을 치고[4] 아래로 나려갔다. 수도 앞에서 자기 남편이 먹고 간 그릇인 듯한 것을 부시다가[5] 얼른 일어나 자리를 내이는 선주, 혼인 후에 몸이 느는 편으로 에이프런을 졸라매인 까닭도 있겠지만 가슴께가 봉긋이 올려솟은 것이 별로[6] 드러나 보인다. 꿈속에서 보던 선주와는 형이라도 몇째 위의 형처럼 우람스런 어른이다.

"김 군 벌써 갔나요?"

"네에."

그러고는 세수를 하고 나서도, 밥상을 받고도, 치영은 선주에게 아무 말도 하지 않았다. 선주도 그랬다. 또 치영은 한 번도 선주의 얼굴을 쳐

4 치우고.
5 깨끗이 씻다가.
6 유난히.

다보지 않았다. 이것은 늘 삼가는 바이다. 쳐다보고 싶은 생각은 기회 있는 대로 있었지만, 과거는 깨끗이 잊어버리고 털끝만치라도 관심하지 않는 체하려 억지로 눈을 피하곤 하여 왔다. 그의 손이나 가슴을 볼지언정 목 위에 눈을 보내지 않으려 했고 어깨와 새까만 머리쪽[7]에 철 따라 금비녀나 비취비녀가 꽂혀 있는 것은 바라볼지언정, 눈과 부딪칠까 봐는 무서워했다. 그래 치영은 늘 고개를 숙이는 것이 이 집에 와 버릇이 되었다.

"참, 조반 안 잡수세요?"

한 반이나 먹다가야 치영은 생각이 나서 물었다.

"어서 잡수세요."

하고 선주는 역시 부엌에서 무엇을 하는 체하고 있다. 선주는 자기 남편이 먹기 전에 먼저 먹지 않는 것과 똑같이 치영이가 먹기 전에도 먼저 먹지 않았다. "내가 서울서 안 살면 몰라도 내가 살림하면서야 자넬 하숙밥을 먹게 하겠나? 사나이 자식들끼리 그런 일이 있기도 용혹무괴[8]지, 그걸 생각하고 쭈뼛거려서는 남아가 아닐세. 더구나 자네와 나 새에…" 하고 강제로 치영을 끌어온 것도 그의 남편인 만치 그 남편은 눈꼽만 한 것이라도 자기 아내가 치영에게 노엽게 할까 봐 자주 잔소리를 하였다.

수저나 식기 같은 것도 똑같은 것으로, 양말 한짝을 빨더라도 치영의 것과 함께 빨게 하였다. 남편이 이렇게 당부하지 않더라도 또 선주는 선주대로 치영에게 미안함과 그리울 바 추억을 가진지라 조곰치도[9] 성의를 아끼지 않았다. 다만 괴로운 것은 치영의 외로움을 조석(朝夕)으로 눈앞에 두고 봐야 하는 것이었다. 치영은 동무에 팔려, 어디 가서 잘 먹고 노는 날 저녁에도, 선주의 생각에는 다른 뜻이 있어 들어오지 않는 것만 같았고, 엊저녁과 같이 밤늦게 들어와 자기 부처(夫妻)가 불을 끄

7 쪽. 또는 쪽 찐 머리.
8 容或無怪. 이상할 것이 없음.
9 조금만큼도.

고 누운 방 옆을 지나 혼자 묵묵히 이층으로 올라가는 것을 보면 무슨 더러운 죄나 짓는 것처럼 송구스러워 견딜 수가 없었다. 올라가면서 이쪽을 향하고 시퍼런 눈방울을 흘기는 것도 같고 올라가서는 찬바람이 이는 자리에서 잘 생각은 않고 언제까지든지 앉아만 있는 것도 같았다. 이런 날 밤이면 선주는 이마가 따끈거리며 잠이 오지 않았다.

자기에게 팔이나 다리를 던지고 씨익씨익 코를 고는 익수(益洙, 남편)가 밉살머리스럽기도 하였다. 곧 이층으로 뛰어 올라가, 영원히 녹지 않는 얼음이 박힌 치영의 가슴을 녹여 주고 싶은 정열조차 숨차게 끓어오르는 적이 한두 번이 아니었다.

치영은 고요히 상을 물리고 일어섰다. 이렇게 익수가 나가고 없어 선주와 단둘이 될 때에는, 얼굴을 마주칠까 봐 더 겁이 났고 평범히 할 말이라도 주눅이 들려 벼르기만 하고 못 하고 말았다. 숭늉을 한 그릇 더 달래고 싶었으나 여러 해 만에 만난 것처럼 가슴이 울렁거리어 그냥 이층으로 올라가려는데

"양복 찾어오셨나요?"

하고 선주가 밥상을 들며 물어본다.

"지금 그거나 찾으러 갈까 합니다."

"그럼 어서 찾아오세요, 보게…."

치영이가 학생복을 벗게 되자, 처음으로 신사복을 맞춘 것은, 늘 셋이 모이면 화제(話題)에 궁한 이 집안에서는 상당히 큰 이야깃거리였다. 며칠 전부터 익수는 넥타이 매는 것을 가르쳐 주었고 선주는 양복감에 따라 넥타이를 어떻게 택해야 된다는 것을 어느 잡지에서 본 대로 말해 주었다. 서로 쳐다보는 자유만 가지지 않을 뿐, 남편이 있는 자리에서는 꽤 치영이와 지껄이는 선주였다.

신사복을 처음 입어 보는 것으로라도 우울을 씻어 볼까 하고 치영은 곧 거리로 나와 양복을 찾고 와이샤쓰를 사고 선주가 일러 준 것을 참고해

가며 넥타이도 하나 골라서 샀다. 사 가지고 돌아오니 선주는 그제야 조반을 먹고 있다가,

"양복이 곤색이라구 허셨죠?"

하였다. 치영의 생각에는 선주가 자기와 단둘이 되는 자리에서 어색한 감정이 일어날까 봐, 그것을 미리 경계하기 위해 부러 말을 자꾸 거는 것 같았다.

"네, 곤색입니다."

"저기 체경[10] 있는 데 가 입으세요."

"뭘요."

하고 치영은 손바닥만 한 면경[11]밖에 없는 자기 방으로 올라가려 하였으나, 선주가 굳이 자기 방으로 가서 남편의 체경 달린 양복장 문을 열어 주는 것이다. 그리고 그 양복장 속에서 무엇인지 얄팍하고 길다란 종이갑 하나를 집어내더니,

"오늘은 이걸 매시라고 그랬어요."

한다.

"뭡니까, 그게?"

"넥타이야요. 어제 우리가 본정 갔다가, 드린다구 산 거야요."

"네에."

하고 그것을 받노라고 마주 서는 바람에 눈결이 선주의 것과 마주쳤다. 가슴이 찌르르하였다. 선주의 얼굴도 붉어 있었다. 넥타이가 좋다는 말도, 고맙다는 말도 다 잊어버리고 우선 웃저고리를 벗고 와이샤쓰를 입었다. 넥타이를 매려고 거울 속을 들여다보니 선주가 그저 서 있다. 아침마다 익수가 이 거울 앞에서 넥타이를 매려니, 그럴 때, 흔히는 선주가 저렇게 뒤에 서서 보아 주는 것이나 아닐까? 이런 생각에 미치매 넥

10 體鏡. 전신용 거울.
11 面鏡. 얼굴을 비추는 작은 거울.

타이는 어데로 가고 그네들 부부의 의좋게 가지런히 섰는 광경만으로 거울 속이 차 버린다. 치영은 눈을 힘주어 감았다 뜬다.

"보는 사람이 있으니까 넥타이가 안 매집니다."

"그럼 가겠어요, 저리."

하고 선주는 분명히 웃는 듯하며 밥 먹던 데로 갔다. 그리고 치영이가 말쑥하게 아래위로 신사복으로 차리고 나왔을 때는 한 어머니가 훌륭해진 아들을 보듯, 한 누이동생이 출중한 오라버니를 우러러보듯, 사랑과 공경과 감격으로 치영을 보아 주는 듯했다. 서로 말은 없어도, 또 치영이가 눈을 들어 마주 보지는 않아도 선주의 그런 호의와 감격이 확실히 이쪽 가슴에 느껴짐을 깨달았다. 치영이가 겨우 감사하다는 말 대신에

"넥타이가 잘 읃리는[12]가 봅니다."

하고 선주의 앞을 지나치려 하니, 선주의 손이 어깨를 건드린다. 돌아다보니 선주의 그 찬물에 데어 발그레한 손이 여기저기 묻은 실밥을 뜯어 주는 것이었다. 그리고 나직한 목소리로 이렇게 묻는 것이다.

"졸업 후에 어떡하실지 작정하셨어요?"

"아직 못 했습니다."

선주가 진정스럽게 물어 줌이 비록 원망스러운 사람일지라도 거짓이 아니요 참된 호의임을 모르지 않는지라 정숙하게 대답하였다.

"학위를 얻도록 허시지요."

"글쎄요. 너무 또 햇수가 걸리니까요. 그렇다구 이대루 나가 야부[13] 의사가 되어 버리기두 싫구요."

"고작 사 년이래면서 뭐 멀어요. 저희 집엔 십 년을 계서도 괜찮으니 염례 마시구 연구부에 계시두룩 하세요. 집에서도 오늘 아침에 나가시면서 그렇게 하시는 게 좋을 거라구 그리시던데요."

12 '어울리는'의 방언.

13 '돌팔이'를 뜻하는 일본말.

"…."

"낙심 말구 나가 주시면 전 그 우의 행복이 없겠어요."
하고 선주는 말끝이 흐려졌다. 치영이도 콧날이 찌르르하며 눈앞이 흐려짐을 느끼었다. 선주는 오래 숨겨 오던 울음을 더 걷잡을 수 없어 밥상 치이던 것도 벌려 놓은 채 자기 방으로 들어가 버리었고, 치영도 학생복 벗은 것을 자기 방에 올려다 두고는 지향도 없이 밖으로 나오고 말았다.

비는 그친 지 오랬다. 서울 하늘이 반은 시퍼렇게 드러났다. 치영은 골목 밖을 나와서 다시 눈을 감고, 지금도 울고 있기가 쉬운 선주의 모양을 상상해 본다.

'이다지 애착이 끊어지지 않을 걸 내가 어떻게 처음부터 그렇게 선선히 익수에게 양보하는 태돌 가졌을까? …. 모다 선주를 위해서다. 선주의 행복을 위해서요, 우정은 다음이었다. 익수에겐 재산, 또 그는 나처럼 학비 때문에 중간에 쉬지를 않았다. 삼 년이나 먼저 학교를 마쳤고 이내 들기 어려운 식은[14]에 뽑히었다. 선주의 행복을 위해 익수는 확실히 나보다 우월하였다. 양보가 아니라 나는 익수에게 권한 것이었다. 그랬기에 오늘 선주는 내 눈으로 보는 바와 같이 비교적 안락한 가정을 가진 것 아니냐? …. 그런데 왜 나는 선주를 원망하나?'

치영은 어느 틈에 늘 다니던 버릇대로 그 연미사진관 쪽을 향해 걷고 있었다. 어떤 상점의 큰 진열창이 나오면 기웃이 자기의 신사복 모양을 비춰 보기도 하면서, 남들이 다 유심히 보는 것 같아서 걸음이 다 쭈뼛거려짐을 느끼면서도 치영의 머릿속에는 이날 아침의 우울과 흥분이 날래 사라지지 않는 것이다. 선주의 꿈을 깨인 날 아침인데도 또 늦잠을 자서 익수가 은행으로 간 뒤에 선주와 단둘이 있어 본 긴장과 넥타이를

14 식산은행(殖産銀行)의 준말로, 일제의 대표적 수탈 기관이었음.

받은 것, 또 선주의 손이 양복의 실밥을 뜯어 주던 것, 또 그까짓 것들보다는 '낙심 말구 나가 주세요. 전 그 우의 행복이 없겠어요' 하고 울음을 참지 못하던 것, 그것들이 주는 뜨거운 것인지 차가운 것인지도 모를 강렬한 자극의 감격, 그 감격은 날래 식어질 불이 아니었다. 치영은 또 혼자 마음속에 중얼거리면서 걷는다.

'내가 선주를 원망하는 건 그 점이다. 내가 익수에게 권하는 눈치를 알자 옳다 됐구나 하는 듯이 마치 그러기를 고대했던 것처럼, 이내 익수에게 허혼(許婚)해 버린 것이다. 난 사실이지 익수에게 권하기는 하면서도 속으로는 선주도 나를 위해 익수와 혼인하지 않아 주기를 은근히 바랐던 거다….'

얼마 더 걷지 않아 연미사진관의 진열창이 나왔다. 중앙에 걸린 제일 큰 사진, 오늘도 그저 걸려 있었다. 어떤 기생임에 틀리지 않는 여자인데 퍽 보드러워 보이는 두 손길을 책상 위에 깔고 그 위에 한편 뺨을 갸름하게 가벼이 대이고 무엇을 생각하다가 갑자기 쳐다보는 듯한 표정을 가까이서 찍은 사진이다. 그런데 그 눈 뜸과 입가짐이 똑 선주와 같은 것이다.

처음 이 사진을 발견할 때는 '선주가 저런 모양으로!' 하고 놀랐으나 자세히 들여다보니 선주는 아니요, 어떤 기생의 사진인 듯하였다. 그러나 그 눈에 빛나는 총기와 선주의 제일 고운, 그 다문 입의 표정이 바로 그 사람처럼 닮아 있는 것이다. 선주의 사진이 치영에게 한 장 있기는 하나 명함판보다도 작은 것이어서 정말 얼굴만치 큰 이 사진에서처럼 선주다운 싱싱한 표정이 느껴지지 않았다. 치영은 학교 시간이 늦을 것도 잊고 정신없이 서서 바라보았다.

'이거야말로 보고 싶되, 한집에 있는 얼굴이되, 보지 못하고 사는 나를 위해 하나님의 동정인가 보다!'

하고 그 후부터는 십 분 하나는 더 걸어야 하되 학교에 가는 길을 이 사진관 앞을 돌아서 다니었고, 저녁 산보나, 혹은 선주의 목소리만으로는 마음만 뒤숭숭할 때에는 으레 이 사진관 진열창으로 왔다. 와서는 기웃이 사진관 안을 엿보고 좌우에 지나는 사람들이 유심히 보지 않나를 엿보면서 그 이름도 모르는 기생의 사진을 쳐다보았다.

'선주의 얼굴을 이렇게 자유로 감상할 수 있는 나라면….'

사진관 진열창 앞에 설 때마다 어린아이 같은 탄식이 나왔다.

'엎질러진 물이다!'

하고 단념하려 하나, 그래서 며칠 동안은 이 사진을 보러 오지도 않아 보았으나 그것은 일주일을 넘기기가 어려웠다.

'어떤 기생일까?'

'기생이면 요릿집에만 가면 누구나 불러 볼 수가 있을 것 아닌가? 그러나 학생으로… 무슨 돈에….'

하고 여러 번 속으로 궁금해하고 별러만 왔다. 이렇게 궁금해하고 별러 오는 동안 은근히 그 사진의 인물에게 정이 들기도 하였다.

만일 만나 보아서 과연 사진과 같이 꼭 선주를 닮았으면 선주의 실물(實物)은 아니로되 선주를 복사(複寫)한 여자거니 하고라도 가슴의 상처를 메꿀 수가 있을 것 같기도 했다.

'이름이 무얼까? 주소는?'

한번은 사진관 안에 심부름하는 아이만이 보였을 때, 용기를 얻어 들어가 보았다. 그러나 아무리 아이에게라도, 학생복을 입고 와서, 기생 사진을 가지고 이름이 무어냐 어디 사느냐 말이 나오지 않았다. 원판(原板)이 있으면 야키마시(燒增)[15]라도 한 장 해 가지고 싶었으나 그런 말을 내이기에는 더욱 어려워서 어름어름하다가 중판[16]엔 얼마요 명함판엔 얼마냐고 공연히 사진값만 물어보고 나왔었다.

15 '추가 인화'를 뜻하는 일본말.
16 中版. 종이나 사진의 크기가 중간쯤 되는 판형.

오늘은 학생복이 아니라 용기를 더 내일 수도 있고, 생전 처음 신사복이라 졸업 기념도 되고 하니 독사진도 한 장 박을 필요가 있다.

사진을 박으면 사진사는 영업 정책상 손님에게 호의를 가질 것이다. 호의를 갖는다면 여염 부인도 아니요 기생의 이름쯤, 그가 부속된 권번(券番)[17]쯤 알고서야 가르쳐 주지 않을 리 없을 것이다.

치영은 진열창 앞에 오래 서 있지 않고 사진관 안으로 들어갔다.

무론 사진관에서는 사진사나 조수 같은 사람이나 모다 기대하던 이상으로 친절하다. 이내 사장(寫場)[18]으로 인도되었다.

"무슨 판으로 박으실지? 하나 큼직하게 박으시지."

하고 사진사는 손을 싹싹 비비며 견본 앨범을 내어놓는다. 앨범을 받아 장장이 넘겨 보았으나 또 기생의 사진들도 몇 장 붙었으나 진열장에 있는 그 기생은 보이지 않는다.

"저…."

"네?"

"저어… 진열장에 걸린 기생 사진요."

"네, 그 중앙에 걸린 거 말씀이죠?"

"그건 너무 크지요?"

"좀 큽지요. 그러나 얼굴을 실물만큼 취미로 박는 분들이 요즘 많습니다. 그렇게 한 장 박으시죠."

"…그게 기생이죠?"

하고 치영은 말이 나온 김에 쇠뿔도 단김에 빼랬다는 생각을 하고 얼굴을 제법 들면서 물어보았다.

"기생입니다. 저 남추월이라구 한동안 검무춤 잘 추기루 유명하던 기생입니다."

17 일제강점기 기생들의 조합.
18 사진관 안에 사진을 찍는 시설을 마련해 놓은 곳.

"네…."

"개두 아마 지금은 늙었을 겁니다."

하고 사진사는 여전히 손을 비빈다.

"늙어요?"

"그럼요, 저 사진이 벌써 근 십 년 전 겁니다. 그러니 지금은 삼십이 훨씬 넘었을 거 아닙니까? 기생은 갓 스물이 환갑이라구 안 그럽니까?"

하고 웃는 것이다.

그러자 사장에서 걸상도 옮겨 놓고 반사기와 배경도 옮겨 놓고 하던 조수인 듯한 청년이 오더니,

"그럼 지금은 기생 노릇 안 허나요?"

하고 치영이가 묻고 싶은 것을 대신 물어 준다.

"안 헐걸 아마…. 전라두 부자한테 살림 들어갔단 제[19]가 오래지…. 아일 낳어두 아마 서넛 낳을 걸세."

치영은 결국 소중판으로 박이기로 하고 걸상에 가 앉았다. 사진사는 자꾸 좀 웃는 얼굴을 가지라고 하였다.

그러나 웃음을 억지로 짓자니 얼굴의 근육들이 이상스럽게 켱기었다[20]. 켱기는 웃음대로, 잘못되었는지 모른다고 하여 한 번 더 다시 박고 사진관을 나섰다.

날은 맑아졌으나 길은 그냥 질었다.

치영은 어데로 가야할지 모른다. 그러나 속으로 '선주도 늙을 게다…. 한 십 년 지나면 선주도 아마 아일 서넛 낳을 것이다…' 하면서 허턱[21] 큰길 쪽으로 걸었다.

19 때.
20 '켕기었다'의 방언. 단단하게 굳었다.
21 무턱대고. 함부로.

열대여섯 해가 지나갔다. 선주만이 꽃다운 시절을 놓쳐 버린 것이 아니라 김익수도, 장치영도 다 사십객이 되어 버렸다. 선주 여사는 그동안 딸 형제, 아들 형제 사남매를 낳았고, 남편은 S은행 본점에서 얼마 오래 있지 않고 남쪽 어느 곳 지점으로 전근되어서 시골 살림을 하는 지도 벌써 오래다. 뒤를 이어 무럭무럭 자라는 사남매를 가진 여섯 식구의 가정, 비교적 고급의 봉급이어서 선주 여사의 가정은 늘 윤택하고 즐거웠다.

그러나 치영은 그저 외로웠다. 의학박사의 학위를 얻었고 세 전문학교에 강사로 다니며 수입도 군색하지는 않아서 문밖[22]에다 정원 널찍한 터를 사고 서재도 하나 얌전하게 지었다. 그러나 늙은 식모가 한 사람 있을 뿐, 장 박사의 생활의 짝이라고는 오직 책이 있을 뿐이었다. 선배들과 친구들이 그렇게 권하였건만 그중에도 익수는 마땅한 혼처가 있을 때마다 벌써 여러 차례나 편지로 혹은 일부러 서울까지 와서 결혼하기를 권유해 보았으나, 장 박사는 말로 혹은 글발로 옛날 서양 시인 키츠[23]의 말을 빌려 '나의 최대의 행복은 결혼에 있지 않네. 내 담소한[24] 서재에서 책과 더불어 있는 시간이 얼마나 거룩하고 즐거운지 모르네. 내가 책을 정신없이 읽고 있을 때 책장을 살랑살랑 흔들며 내 뺨을 스치는 미풍(微風)이 내 사랑스런 아내일 것이요, 저녁이면 창을 통해 내 머리맡에 반짝이는 별들이 귀여운 내 아들이요 딸들일 것일세'[25]라고 하여 한 번도 혼담에 응하지 않았다.

그러나 시인 키츠의 속은 어떠하였는지 모르나 장 박사는 냉정한 과

22 사대문 밖.
23 존 키츠(John Keats, 1795-1821). 영국의 낭만주의 시인.
24 *淡素*-. 소박한.
25 존 키츠가 1818년 10월 25일, 동생 조지에게 보낸 편지의 일부를 약간 변경한 것임.

학자의 속으로도 가끔 가끔 외로움에 시달리지 않으면 안 되었다. 꿈을 꾸는 도수[26]가 줄었을 뿐 사십이 넘은 오늘까지도 가끔 그 첫사랑이요 마지막 사랑인 선주의 꿈을 꾸었다. 지금 선주 여사는, 그때 찔레꽃이 달빛처럼 환하게 밝은 언덕을 배경으로 하고 나타났던 그 선주에다 대이면 형이라도 몇째 위의 형이기보다 더 올라가 어머니뻘이 되게 중년 부인이 되었건만, 또 가끔 서울에 오는 그 중년 부인의 손선주 여사를 만나도 보건마는, 꿈속에는 한결같이 그 소녀 시대에서 처녀 시대로 옮기는 앳된 선주만이 나타나곤 하였다. 앳되고 깨끗한 순정 시절의 선주, 그는 이제는 사십객 장 박사의 애욕의 대상은 아니었다. 오래 불도를 하는 이 마음속에 보살을 지녔듯이 이제는 한낱 종교와 같이 늘 영혼 속에 머물러 그윽한 위로와 감격을 주는 대상이었다. 그래서 선주의 꿈을 꾸어도 그날 아침이 그전과 같이 그렇게 슬프지만은 않았다. 오랫동안 그 꿈이 오지 않으면 장 박사는 은근히 그 꿈을 기다리며 살았다.

그런데 꿈보다도 사실은 더 감격스러웠다.

선주 여사는 서울서 살림할 때 맏딸을 낳았다. 이름은 장 박사의 의견까지 종합하여 지은 옥담(玉談)이다. 옥담이는 돌이 겨우 지나 아우를 보았다. 장 박사는 옥담을 귀애했다. 젖을 떼일 때는 반은 장 박사가 기르다시피 저녁이면 이층으로 안고 올라와 다리고 자면서 똥오줌까지 받았다. 그러다가 겨우 말을 배우며 "아지, 아지" 하고 장 박사를 따를막하다가 시골로 가게 되니 장 박사의 외롭고 서글픔은 한층 더 컸었다.

그러다가 옥담이가 저희 아버지를 따라 서울 오기는 벌써 보통학교에 들던 해였다. 장 박사는 그때 옥담을 보고 깜짝 놀래었다. 어려서는 그리 몰랐는데 여덟 살 된 옥담의 얼굴에는 저희 어머니의 모습이 완연히 드러났다. 그 후 여름방학마다 옥담이를 불러올리든지 자기가 가든지 해서 일 년 만에 만나 볼 때마다 옥담은 점점 그 선주, 찔레꽃 언덕의

26 度數. 거듭하는 횟수.

선주가 더 고대로 되어 가는 것이었다. 장 박사는 남모르는 그리움과 감격에서 옥담을 꼭 안아 주곤 하였다.

그리고 서재에서 책을 볼 때에는 그런 줄 모르다가도 어쩌다 백화점 같은 데 가 어린아이들의 그 조그만 정물(靜物)들과 같이 아름다운 양말이나 구두나 장난감들을 보면 어디서 솟아나는 생각인지 문득 결혼도 하기 전에 아이 생각부터 났고, 그러고는 이내 옥담이 생각이 나서 명절 때든 아니든 크리스마스 때든 아니든 옥담의 소용품을 여러 가지씩 사 부치곤 하였다.

그러던 옥담이가 장 박사에게 오게 되었다. 다니러 오는 것이 아니라 시골서 보통학교를 졸업하고 서울로 공부를 오는데 벌써 삼사 년 전부터 장 박사가 마춰인[27] 대로 장 박사에게 와 있으며 공부하려 오는 것이다.

장 박사는 방을 따로 하나 치이고 책상과 학용품 같은 것은 무론, 옷 넣고 입을 의장(衣欌)까지 하나 사다 놓고 오랫동안 외가에나 가 있던 제 자식을 맞이하는 것 같은 어버이로서의 애정을 체험하면서 맞이하였다.

옥담은 영리하여 처음부터 들고 싶어 하던 ×화여고보에 문제없이 뽑히었다. 저녁이면 좋은 아저씨 장 박사의 지도로 산보와 복습도 잘하여서 성적과 건강이 모다 훌륭하였다. 이학년이 되며부터는 음악을 과외로 배우겠다고 하여 장 박사는 피아노를 다 사들이었다.

"옥담아."

"응?"

"응이 뭐야, 밤낮 어린앤가?"

"그럼 네에. 자⋯."

하고 옥담은 피아노 걸상에서 일어서며 아저씨의 팔에 매어달린다.

27 어떤 일을 하기로 미리 정한.

"피아노가 좋지?"
"응."
"그래두 응이야?"
"하하…."
하고 옥담은 순진하게 웃어 버린다. 그리고
"아저씬 무슨 창가가 좋우?"
묻는다.
"나…."
하고 아저씨는 잠깐 생각하다가,
"난 좋아하는 찬송가가 있지."
한다.
"무슨 찬송가? 찬송가면 내가 치께."
"정말?"
"그럼 뭐 찬송가야 못 칠까 봐…. 내가 치게 해 봐요, 어서."
"난 할 줄은 모른다, 얘."
"나허구 같이해요, 응? 내 찬송가 책 가져오께."
"그래."
옥담은 정말 곡조 찬송가 책을 가져왔다.
"몇 장?"
"몇 장인지나 알면 제법이게."
"뭔데? 그럼 첫 마디만 해 봐요, 응?"
"첫 마디."
장 박사는 굉장히 잘할 것처럼 넥타이를 다 느꾸어 놓더니 목청을 다듬느라고 마른기침을 자꾸 한다.
"꽨[28] 베르기만 하네…. 어서요."

28 꽨는. 꽤나.

"자! 봐라… 에헴…. 하날 가아는 밝은 길이 내에 아앞에 있으으니…. 잘하지?"

"으응, 그거…. 난 벨난 거나 하신다구. 내 치께. 나두 거 좋아…."

옥담은 찬송가 책에서 이내 그 '하날 가는 밝은 길이'를 찾았다. 그리고 아저씨의 노래를 반주로뿐만 아니라 저도 노래 불렀다. 반주는 아저씨의 노래만큼 서투르나 노래는 여간 맑고 아름답지 않았다. 너무나 잘 부르는 그의 노랫소리에 아저씨는 이내 입을 다물고 듣기만 하고 서 있었다.

이후로 장 박사는 가끔 피아노 머리에서 혹은 옥담의 등 뒤에서 그 거친 목청으로 이 '하날 가는 밝은 길'을 부르곤 한다. 암만 불러도 잘되지는 않았다. 옥담의 반주는 이내 책을 덮고도 외어 쳤으나 장 박사의 목소리나 곡조는 별로 나아지지 않았다. 그러나 장 박사는 늘 한 마디씩이라도 불러 보기를 즐기었다.

옥담이가 온 뒤로부터는 휴등했던 방에 다시 불이 들어온 듯, 이렇게 늘 밝은 기운이 집안에 떠돌았으나 그러나 혼자 서재에서 책만 보다가 눈이 피곤할 때나, 무엇이 동기였는지는 막연하나 갑자기 옛날 선주의 생각이 머리를 풍길 때에는, 혼자 무인지경에 앉은 것처럼 역시 고적하였다.

"옥담아."

어떤 때는 그의 이름부터 부르기도 하나 흔히는

"하날 가아는 밝은 길이…."

하고 노래부터 부른다. 그러면 자기 방에서 복습하고 앉았던 옥담이는 날쌔게 피아노 앞으로 뛰어와서 그 반주를 울리었다. 둘이서 끝까지 부르고는 으레 옥담이가 건반 위에 두 손을 펼친 채 고개를 돌려 방긋이 쳐다보았다.

"오!"

장 박사는 오! 소리만 내었을 뿐 '선주' 소리는 늘 삼켜 버리었다. 옥담이가 그렇게 쳐다보는 눈은 더 저희 어머니 같았다. 박사는 고요히 옥담의 어깨를 또닥또닥해 주고 그때가 밤이면 으레 부엌으로 갔다. 옥담은 피아노 연습을 하게 하고 자기는 물을 끓이어 찻상을 차리는 것이다. 옥담의 컵에 설탕을 넣고 그것을 다 풀어까지 놓고서 옥담을 부르는 것이다.

한번은 이렇게 밤 식탁에서 차를 마시면서 옥담이가 제 딴은 속으로 벼르기만 하던 것을 물어보았다.

"아저씨."

"왜?"

"왜 아저씬 아주머니 안 얻우?"

"아주머니?"

"응, 아저씨 색실 말야. 왜 안 얻우?"

"어디 떨어졌나, 얻게…."

"남 놀리긴…. 난 아주머니 하나 있었으면 좋겠어."

"왜?"

"없으니깐 안됐지 뭐유. 집엔 식모 늙은이뿐이구… 어린애두 하나 없구 뭘."

"너 어린애 아니냐?"

"내가 왜…."

"…."

아저씨는 씨익 웃었을 뿐 더 대꾸를 하지 않았다.

옥담이는 그 후에도 늘 혼자 궁금하였다.

"왜 우리 아저씬 결혼 안 하실까?"

학교에서 처녀로 있던 여선생님이 혼인하는 것을 볼 때나 동무들 중에 저희 오빠나 아저씨가 혼인한다는 말을 들을 때나 늘 옥담은 자기 아저씨 생각을 하였고, 그 독신으로 늙으려는 태도가 커 갈수록 더 궁금스러웠다.

한 해는 여름방학 때였다. 옥담은 진작 시골집으로 나려갔을 것이로되 며칠 있다가 동경에서 열리는 학회에 가는 아저씨와 같이 떠날 작정으로 그날을 기다리고 있는 때였다.

장마는 진 지 오래다. 올[29]에도 넓은 뜰 안에 구석구석이 코스모스가 무데기 무데기로 올려솟았다. 쑥갓처럼 먹음직스럽게 자랐다. 벌써 서너 차례나 솎아 주었지만 또 벌써 배어진[30] 듯 가까이 가서 들여다보면 옆으로 가지를 뻗지 못하고 키만 올려솟는다. 옥담은 우산을 받고 오정 때까지 그것들을 다시 솎아 주고 순도 잘라 주었다.

아저씨는 무슨 화초보다 코스모스를 사랑하였다. 언덕 위에 지은 집이라 가을이면 담과 지붕 위에는 온통이 유리처럼 맑고 푸른 하늘뿐이라, 그런 하늘 밑에 한마당 어우러진 코스모스 밭은 꽃밭이라기보다 진주와 보석의 밭이었다. 아저씨는 '우리 집은 코스모스 피었을 때가 제일 아름다운 때라' 하시고 그때면 으레 친구들을 잘 청하시었다. '하날 가는 밝은 길이'도 그런 마당에서 늘 부르시었다.

옥담은 혼자 점심을 먹고 시름없이 나리는 빗발을 내다보면서 또 자기가 솎아 준 코스모스의 포기포기에 눈을 주면서 창가에 서 있었다. 아저씨는 오늘도 일찍 돌아오지 않는다. 피아노도 좀 쳐 보았다. 그러나 흥이 나지 않는다. 아저씨의 책상으로 와서 책장을 들여다보았다. 가죽 뚜껑을 한 책들은 파랗게 곰팡이가 피었다. 옥담은 그런 책들을 꺼내 곰팡이를 닦다가 아저씨가 중학 때에 쓰던 것인 듯한 헌 영어사전 한 책을 발견하였다. 자기도 지금 영어사전을 쓰는 중이라 펴 볼 흥미가 났다. 한 번 찾아본 단어에는 빨간 연필로 언더라인을 그어서 페이지마다 시뻘겋다. 그 시뻘건 것을 보노라고 여기저기 넘기는데 그 속에 웬 사진 같은 것이 펀듯[31] 넘어간다. 다시 그 페이지를 펼쳐 본즉 사진이다.

29 올해.
30 사이가 좁고 촘촘해진.
31 번뜩.

"뭐?"

옥담은 놀래었다. 며칠 전에 박은 자기의 사진 같아서다. 그러나 빛깔이 누르스름한 데가 있는 것이 오랜 사진이다. 꼭 자기 얼굴 같으나 머리와 옷 모양도 다르다.

"옛날 사진?"

가만히 보니 자기 어머니 같은 데도 많다. 더 생각해 보니 자기 어머니의 처녀 때 사진이 틀리지 않을 것 같다.

"우리 엄마 학생 때! 그럼 이게 우리 아버이 책일까?"

하고 겉장을 들치었다. 거기는 분명히 '치영 장'이라고 영어로 아저씨의 이름이 쓰여 있다.

"웬일일까?"

옥담은 곰곰이 생각하다가 얼른 그 사진의 뒤쪽을 돌려 보았다. 거기는 이렇게 쓰여 있다기보다도 장식되어 있는 것이다.

'그대는 나의 태양! 그대가 있으므로 나는 인생의 아침을 맞이하도다.'

옥담은 눈이 의심스러웠다. 몇 번 다시 읽어 보아도 그런 말이다.

"그대는 나의 태양… 인생의 아침을…."

옥담은 소설에서 더러 이런 류의 달큼한 문구를 읽기도 하였거니와 처음이라 하더라도 그런 문구에서 우러나는 감정에 이미 과민할 나이였다. 옥담은 자기의 사진이 아니지만 얼굴이 가슴과 함께 홧홧 달았다.

꼭꼭 눌러쓴 글자가 아무리 중학생 때 글씨라 하더라도 아버지의 글씨보다는 아저씨의 글씨다.

"우리 엄마와!"

사진은 자세히 들여다볼수록 엄마의 학생 때 얼굴이 틀릴 것 같지 않다.

"오오라!"

옥담은 아저씨와 엄마와 친하게 지내면서도 어딘지 어색한 데가 있던 것을 몇 가지 생각해내었다.

"정말 그런가 보다! 그래서 아저씨가…."

아저씨가 독신 생활 하는 비밀의 열쇠도 여기서 잡히는 듯하였다.

옥담은 사진을 도로 영어사전에 끼워 그 영어사전을 또 도로 책장에 끼워 놓았다. 그러나 천연스럽게 앉아 있을 수가 없었다. 다시 꺼내 보고 다시 생각해 보고 다시 넣어 두고 하였다. 이날 비에 젖은 레인코트를 털며 들어서는 아저씨의 모양은 다른 날보다 더 몇 배 외롭게 보이었다.

"아저씨."

"그래."

"…."

불러는 놓고 옥담은 아저씨의 얼굴만 쳐다보았다. 아저씨는 언제나 마찬가지로 그 시선부터가 쓰다듬어 주는 듯한 부드러운 눈웃음을 보여 주었다. 그러나 옥담의 눈은 새삼스럽게 아저씨의 얼굴에서 다른 여러 가지를 발견하였다. 움푹 가라앉은 눈자위, 두드러진 광대뼈, 벌써 흰 것이 꽤 많이 섞인 윗수염, 웃을 때에는 배나 더 접혀지는 주름살들, 청춘이란 이미 한개 전설과 같이 지나가 버린 지 오랜, 비인 마당과 같은 얼굴이었다.

"왜, 옥담아?"

아저씨는 책을 한 짐씩이나 넣고 다니는 가방을 책상 위에 놓더니 옥담을 꼭 안고 머리를 쓰다듬었다.

"혼자 심심했니?"

"아아니."

"그럼?"

"저어…."

"응? 뭐? 점심 뭐 해 먹었니? 참 우리 오래간만에 오늘 저녁 나가 먹을까?"

"싫어요."

"왜?"

"진창에 뭘 하러…. 아저씨."

"그래."

옥담은 그 사진 이야기가 그리 쉽사리 입 밖에 나와지지 않았다.

그래 말로 물어보기보다 실물, 그 사진을 내어보이면 아저씨가 먼저 무어라고 말이 있으려니 하고 영어사전이 꽂힌 책장 앞으로 뛰어갔다.

메트로노메[32]

그러나 옥담의 손은 쉽사리 그 영어사전에 미치지 못하였다. 첫머리에 있는 다른 책 하나를 뽑아 들며

"아저씬 왜 책에 모두 곰팽이 핀 것두 모르셨수?"

하고 자기가 곰팡이 닦은 것을 자랑하였을 뿐이다.

다음 날 아저씨가 나간 뒤에야 옥담은 다시 사진을 꺼내 보았다. 이번에는 자기 책상 속에 갖다 넣어 두고, 여러 번 바라보면 여러 번 바라볼수록 자기 어머니의 처녀 때가 틀리지 않으리라는 자신이 생긴다. 그래 웃기 좋아하는 아저씨되 어딘지 쓸쓸한 구석이 있는 얼굴인 것을 바라볼 때 어느새 시골 자기 아버지의 번둥번둥[33]한 얼굴이 밉살머리스럽게 생각되기까지 하였다.

'왜 우리 엄만 아저씨 같은 일 버렸을까? 내가 보겐 아저씨가 더 점잖으시구 학식두 더 많어 뵈는데…. 박산데…. 엄마가 처녀 땐 좀 맹초였나 보다.'

하는 생각도 했다.

32 '메트로놈(metronome)'의 일본식 발음. 악곡의 박자를 측정하거나 빠르기를 나타내는 기구.

33 부끄러움 없이 놀기만 하는 모양.

옥담은 아저씨와 함께 서울을 떠났다. 아저씨는 그 차로 바로 부산으로 직행하였고 옥담은 중간에서 나리어 고향집으로 들어갔다. 집에 가서는 아버지와 어머니가 자꾸 이상스럽게 보이었다. 더욱 어머니가 그랬다.

"왜 날 그렇게 빠안히 보니? 어멈이 늙어 뵈니?"

"아아니…. 좀 늙으시기두 했지만…."

"좀만 늙었니. 인전 늙은이다 나두…."

어머니는 한숨까지 쉬며 웃었다. 그리고

"너희들 다 나서 길러서 가리켜서 하느라고 내가 늙지 않니."

하였다.

"그래서 늙으셨어?"

"그럼."

"그럼 엄만 슬픈 일은 조곰두 없수?"

"슬프긴 왜? 너희들 잘 자라구 아버지 은행에 잘 다니시구, 먹을 게 없니 입을 게 없니, 뭬 슬퍼?"

"먹구 입을 것만 걱정 없으면 고만인가?"

"그럼 먹구 입는 것처럼 중한 게 어딨니?"

"그것만 걱정이 없으문 고만유?"

"그럼."

"정말?"

딸은 말뚱말뚱 쳐다보았다.

"정말이지. 정말 아니문 어째."

하고 어머니는 귓등으로 듣는 듯, 갓난이를 치켜들고 "세장세장[34]"을 시작했다.

그러나 며칠 뒤에 달 밝은 밤이었다. 아버지만 어디 나가시고는 온 식

34 어린애와 마주 앉아 손을 잡고 밀고 당기고 하면서 어를 때 하는 말의 시작.

구가 마루에 걸터앉아 옥수수를 한 자루씩 들고 먹으면서였다.

"이렇게 맛난 옥수수 아저씨 좀 드렸으문."

옥담이가 우연히 한 말이었다.

"아저씨가 옥수수 좋아하시던?"

"그럼 뭐…. 내가 서울서야 봤나 뭐. 작년 여름에 우리 집에 와 그렇게 잘 잡숫는 걸 엄마두 보군 뭘…."

"참 잘 잡숫더라…. 이번에도 동경서 나오시다 들르시건 네가 쪄 드리렴."

"엄마가 좀 쪄 드리구랴. 내가 쪄 드리는 것보담 엄마가 쪄 드리문 더 좋아하실걸…."

"…."

옥담은 계획이 있어 이런 말을 한 것은 아니다. 속에 있기는 하던 생각이지만 나오기는 우연한 것인데 어머니는 아무 말도 없이 딸의 눈치만 한 번 힐긋 보았을 뿐이다. 그리고 달빛에 보아도 어머니의 얼굴은 무심한 채 있지 못하였다. 옥담은 속으로 '옳구나!' 하였다. 그리고 미련한 척하고

"참, 엄마."

하면서 방으로 뛰어 들어가 서울서 가지고 온 사진을 들고 나왔다.

어머니는 달빛에나마 그 사진이 아득한 옛날의 자기의 처녀임을 얼른 보아 깨달았다.

"이게 웬 거냐…. 어서 났니?"

어머니의 말소리는 평범하지 못하다.

"엄마지?"

"어디서 났냐니까."

"글쎄, 엄마지?"

"…."

어머니는 잠깐 멍청하니 섰다가 무슨 생각엔지 사진의 뒤쪽을 돌려

보았다. 무엇이 쓰여 있는 것을 알자 사진 쪽을 볼 때보다 더 바투 눈에 갖다 대이더니 더 얼굴빛이 달라졌다.

“내가 아저씨 책장을 치다가 얻었어. 중학교 때 쓰시던 건가 봐. 다 해진 영어사전 속에 들어 있겠지[35].”

“그래, 아저씨 봬 드렸니? 그냥 잠자쿠 가져왔니?”

“잠자쿠 가져왔지, 엄마 같길래.”

“그게 아마 너희 아버지가 학생 때 쓰시던 책인가 보다. 아저씨하군 너희 아버지가 퍽 친했으니까. 너희 아버지 책이 거기 가 있었구나.”

옥담은 ‘아니야, 책엔 아저씨 이름이 쓰여 있던데. 그리구 그 사진 뒤쪽에 쓴 글씨두 아저씨 글씨가 분명한데’ 소리가 입술에서 날름거리었으나 꾹 참고

“글쎄….”

하여 버리고 말았다. 어머니는 그 사진을 돌려주지 않았다. 동생들이 그게 무어냐고 덤벼들어도 꼭 쥐고 내어놓지 않았다. 그리고 천연스럽게 앉았지 못하고 갑자기 어멈을 불러 다림질 감을 내다가 눅이라 하였고 다림질을 하면서도 여러 번 다리미 불을 엎질렀다. 옥담은 어머니가 그렇게 하는 것이 모다 아저씨를 생각하는 때문이거니 하였고, 이렇게 해서나마 어머니가 아저씨를 생각해 주는 것이 외로운 아저씨를 위해 즐거웠다.

그러나 어머니는 이날 저녁뿐이었다. 이튿날 아침부터는 전과 마찬가지로 무심히 지내는 것이었다.

‘오! 아저씨를 위해 누가 있나?’

옥담은 어머니가 원망스러웠다. 아저씨와 아버지와 어머니와의 삼각관계를 여러 모양으로 상상해 보고 지금보다도 더 비극의 주인공이었을 그 시대의 아저씨를 위해 눈물까지 머금어 보았다.

35 들어 있더라고.

'아저씬 불쌍한 이다! 훌륭한 이다!'

아저씨를 평소에보다 더 존경하고 싶은 정성이 끓어올랐다. 어머니가 아저씨를 버린 것이 죄라면 그 죄를 어머니 대신 자기가 지고 싶었다. 할 수만 있는 일이라면 어머니 때문에 아저씨가 받는 그 외로움, 그 어두움을 자기로써 단락[36]하게 명랑하게 해 드리고 싶었다. 그래 아저씨가 동경서 나오다가 들렀을 때, 아저씨만 혼자 서울로 떠나게 하지 않고 자기도 방학은 아직 세 주일이나 남았으나 함께 따라나서고 말았다.

떼 깍 떼 깍 떼 깍….

아저씨가 동경 갔던 선물로 사다 준 메트로노메〔박자기(拍子機)〕였다. 바스켓에 넣었던 것을 차 안에서 심심해 꺼내 틀어 놓았다. 우릉우릉 달려가는 기차 소리도 그 떼 깍 떼 깍 소리에 맞는 것 같았다. 모든 것이 박자가 맞으면 재미있구나 하였다. 사람의 생활도 박자를 맞추어 주는 메트로노메가 필요하리라 생각된 옥담은

'내가 아저씨의 메트로노메가 되어 드렸으면!'

하였다. 아저씨는 떼 깍 떼 깍 소리와 함께 한참이나 고갯짓을 하다가 옆에 사람들도 들을 만치

"하날 가아는 밝은 길이."

하였다. 옥담이도 나직이 따라 부르면서 서울이 가까워지는 창밖을 내다보곤 하였다.

봄이 가져오는 것

옥담에게 졸업을 가져오는 봄이 왔다. 봄은 졸업장만 가져오지 않았다. 졸업장에 얹어 덤으로 가져오는 것이 많았다. 졸업 날, 어느 화장품 회사

36 團欒. 함께 즐겁고 화목함. 단란.

에서는 분과 베니[37]와 향수와 눈썹 그리는 먹까지 넣어서 이쁜 한 갑씩을 선사하였다. 자기네 상품 광고에 지나지 않지마는 기껀 크림밖에 써보지 못한 소녀들에게는 무안하리만치 흥분과 호기심을 일으켜 놓는 것이었다. 옥담은 자기 방에서 무슨 큰 비밀이나 가지는 것처럼 숨을 죽여가며 물분[38]을 발라 보고 베니 칠을 해 보고 하였다. 훨씬 덧뵈었다[39]. 아침마다 만지던 자기의 뺨이지만 갑자기 더 포근포근 살이 오르는 것 같았다. 거울을 가까이 들여다보고 물러서 들여다보고 하다가는 누가 오는 듯하면 미리 준비하여다 놓은 물수건으로 얼른 화장된 얼굴을 문대겨 버리었다. 문대겨 버리고 나면 겉에 발리었던 분빛과 베니빛은 확실히 없어졌다. 그러나 살 속에 나타났던 따끈따끈한 혈조(血潮)의 빛은 곧 사라지지 않았다. 사라지지 않을 뿐 아니라 모르는 며칠 사이에 얼굴은 갑자기 자라는 듯 손으로 만져 보아도 다를 만치 피었다.

전문학교에 들어서 두루마기를 양속[40]으로 골라 좀 몸에 맞게 지어입고 구두도 굽이 좀 높아진 새것을 신고 나섰더니 아는 사람마다 여러 해 만에 만나는 것처럼 커졌다고, 이뻐졌다고 놀래었다. 집에서는 이 봄으로 혼인 문제를 일으키었다.

"누가 혼인한대나."

하고 귓등으로도 담아듣지 않는 체는 하면서도 한가한 저녁이면, 아니 어떤 때는 공부를 하다 말고도 연애니 결혼이니 하는 문제에, 언제 시작되었는지도 모르게 공상의 무지개가 뻗어 오르곤 하였다.

하루는 전문학교에 와 이태째 되는 가을이었다. 학교에서 돌아오니 아저씨가 코스모스가 피어 넘친 마당에 서 있었다.

"좋은 편지 왔다."

37 '연지'의 일본말.
38 액체로 된 분.
39 더 나아 보였다.
40 羊屬. 서양산 피륙.

는 하면서도 어딘지 웃음은 억지로 짓는 것 같았다.

"어디서 왔에요?"

"집에서."

편지를 받아 보니 아버지에게서 온 편지이긴 하나 자기에게 온 것은 아니었다.

"아저씨한테 온 건데 뭘."

"그래두 가지구 들어가 읽어 봐."

하는 것이다.

옥담은 무슨 예감에선지 얼굴이 따끈함을 느끼며 편지를 가진 채 자기 방으로 들어왔다.

편지는 혼인 사연이었다. 전에 한번처럼[41] 공부보다는 시집을 보내는 것이 어떻냐는 의견이 아니라 적당한 자국[42]이 있으니 정혼해야겠다는 주장이요, 자세한 것은 당자에게도 들려줄 겸 불일간[43] 아버지가 상경하리라는 것이었다.

'적당한 자국!'

옥담은 그 마디에 더 한 번 눈을 주었다. 그리고 밖을 내어다보았다. 아저씨는 이쪽으로 등을 돌리고 서서 코스모스를 어린아이 머리를 쓸어 주듯 그 크고 여윈 손길로 한번 휙 쓸어 주고 나서는 그 가냘픈 고개들이 다시 일어나 간들거리는 것을 물끄러미 들여다보고 있었다.

'외로운 아저씨!'

눈물이 핑 어리었다.

'아버지는 아저씨한테서 어머닐 빼앗고 또 나까지….'

옥담은 눈이 자꾸 젖어서 밖으로 나오지 못했다.

이날 밤이다. 복습을 하고 피아노를 한 곡조 치고 자리에 누우려 불을

41 전에 한번 그랬던 것처럼.
42 어떤 일에 합당한 상대. 혼처의 의미.
43 不日間. 며칠 내. 머지않아.

끄니 마당이 대낮처럼 밝다.

"아저씨, 달 좀 봐."

하고 어린아이같이 소리를 질렀다.

"난 버얼써부터 보구 있다누."

하는 소리는 아직 서재에서 났다. 옥담은 끄르려던 옷고름을 다시 여미고 아저씨의 서재로 갔다. 아저씨는 진작부터 불은 끄고 달을 켜고 있었다.

"여기 와 저 달 좀 봐라."

"어쩌문!"

옥담은 의자를 끌고 와 아저씨 옆에 가지런히 앉았다. 넓은 유리창에는 아래 절반은 코스모스요 위의 절반은 달이었다.

달과 코스모스! 그것을 비인 듯한 서재에서 혼자 밤이 깊어 가는 줄도 모르고 내어다보고 앉았는 아저씨! 너무나 감상적인 그림이었다.

"아저씨."

"그래."

"버레[44]들도 꽤는 울지?"

"그리게."

"버레 같은 미물도 달 밝은 게 좋을까? 그런 감각이 있을까?"

"감각이야 있겠지. 환한 걸 유쾌해할는지 공포를 느낄는지 그건 몰라두…."

"아무리 버레기루 달빛에 공포야 느낄까 뭐."

"글쎄."

아저씨는 눈을 돌려 달빛에 박꽃처럼 뽀얘진 옥담의 얼굴을 바투 들여다보았다. 달은 없어도 찔레꽃이 달밤 같던 그 옛날 황혼의 언덕에서 보던 선주의 얼굴, 바로 그 얼굴이 무슨 보자기에 싸여 있다가 고대로

44 '벌레'의 방언.

끌려진 것 같았다.

“옥담아.”

“네?”

“….”

장 박사는 멍하니 바라만 보았다.

“왜, 아저씨.”

“…”.

“응? 왜요?”

“넌….”

“네.”

“넌, 넌 달빛이 유쾌하냐 무서우냐?”

“남을 버레루 아시나 베.”

“….”

장 박사는 또 멍하니 바라보기만 하였다. 버레 소리는 달빛과 무엇을 경쟁하듯 울어낸다.

“아저씨.”

“응?”

“아버지 올라오실 것 없다구 편지해 줘요.”

“왜?”

“나 혼인하기 싫여요.”

“왜?”

“글쎄 싫여요.”

“어디 지금 당장 하라시니? 정혼만 해 두면 좋지 않니?”

“정혼두 싫에요.”

“왜?”

“나 평생 시집 안 가.”

“그게 무슨 소리야?”

"나 평생 이렇게 살구퍼."

"뭐?"

"…."

옥담은 더 대답하지 않았다. 그리고 이내 울기 시작했다. 왜 그런지 갑자기 버릇이 된 것처럼 눈물이 잘 솟아올랐다.

"왜 우니, 응?"

"…."

"옥담아."

장 박사는 의자를 더 바투 대어 놓고 옥담의 등을 어루만지며 물었다.

"옥담아, 그런 편지 온 걸 왜 즐거워할 게지 울긴?"

"…."

"응?"

"내가 다 알었에요."

"무얼?"

"아저씨 이렇게 외롭게 사시는 거…."

"그게 무슨 소리야?"

"우리 엄마가 아저씨한테 잘못한 걸…."

"…."

장 박사는 입이 선뜻하여 한참이나 아무 말도 못 하였다.

"나 다녀오께"

이날 밤에 옥담은 울음에 젖은 입으로 몇 번이나

"난 언제까지든 아저씨 헬퍼[45]로 아저씨한테 있을 터예요."

45 helper. '조력자'를 뜻하는 영어.

하였다. 그리고 아버지가 정말 올라와서 그 적당한 자극이라는 데를 역설하였으나 옥담은 우물쭈물하지 않고 태연스럽게 혼인할 의사가 전혀 없다는 것을 끝까지 주장하였다.

이렇게, 옥담은 장 박사를 아저씨라고 하는 대신 아버지라고 부르면서까지 학교에서 돌아오면 그의 서재의 일을 돕고, 그의 정원의 일을 돕고, 그의 살림까지 거의 맡아 보살피는 것으로 온전히 행복스러운 날들이 흘러갔다. 아침이면 마당에서 라디오 체조, 저녁이면 팔러[46]에서 '하날 가는 밝은 길이'의 노래, 토요일이면 북한(北漢)이나 남한(南漢)으로[47] 하이킹, 그렇지 않으면 가까운 온천으로 주말여행, 그리고 봄이 되면 넓은 마당의 구석구석에 코스모스를 가꾸기 시작하면서 가을밤 달의 화원을 기다리는 것이 이 집의 풍속이었다. 이웃에서들은 그전과 같이 전문학교 다니는 선생님 댁이라 부르지 않는다. 피아노 치는 집, 노래 잘하는 집, 코스모스 많이 피는 집, 그렇지 않으면 "왜 그 딸하구 아버지하구 동무처럼 밤낮 손목 잡고 산보 나오는 집 말야" 하는 것이다.

그러나 세월은 그런 딸, 그런 순정의 처녀 옥담에게도 역시 실없는 장난꾼이었다. 한번은 코스모스들이 반은 피고 반은 봉오리 진 이른 가을이었다. 장 박사는 어떤 저서의 원고를 몰아치노라고 달포를 학교에 강의 시간만 마지못해 다녀올 뿐, 수염도 번번히 깎을 새 없이 원고지에 묻혀 지내었다. 그런데 다른 때 그럴 때 같으면 옥담이가 학교에 갔다 와서는 이쪽에서 부를 새 없이 옆을 떠나지 않고 시중을 들어 줄 것인데 이번에는 몇 번이나 찾아도 가끔 저녁 외출을 하고 방에 있지 않았다. 박사는 생각하기를, 졸업학년이라 동무끼리 나뉠 날이 가까워 놀러 다니는가 보다 했을 뿐이다. 그러다가 원고가 끝나매 마침 내일이 토요일이라 박사는 학교에서 돌아오는 길로, 전에도 그렇게 했던 것과 마찬가

46 parlor. '응접실'을 뜻하는 영어.
47 북한산이나 남한산으로.

지로 미쓰꼬시[48] 뷰로[49]에 들러 내금강(內金剛)까지 왕복 두 장을 사 가지고 돌아왔다. 집에 와서도 전과 같이 저녁 식탁에서 포켓에 넣었던 손을 주먹을 쥐어 내어놓고,

"이 속에 뭬 들었든지 알문 요옹치."

한 것이다.

"뭘까?"

옥담의 기름송이[50] 같은 눈은 불빛에니까 더욱 아련하였다.

"어디 요옹치."

"뭘까?"

옥담은 머뭇거리다가 냉수컵을 들어 물부터 마시었다. 전에는 대뜸 "그까짓 걸 못 알아맞혀?" 하고 무슨 활동사진표니, 무슨 음악회표니, 그리고 망월사 가는 차표니, 소요산 가는 차표니 하고, 함부로 주워대다가 나중에는 막 달려들어 주먹을 펼쳐 보려 덤볐으나 이날은 이상스럽게 냉수부터 마시며 침착을 지키려 애를 쓰는 것 같다.

"뭘까?"

하면서 웃는 웃음도 가화(假花)와 같이 어설펐다. 그러나 박사는 그런 것들에 마주 눈치를 가지려 하지 않고 무슨 기분 좋지 않은 일이나 있었나 해서 일부러 일어서 옥담의 옆으로 가 새파란 이등차표 두 장이 든 주먹을 펴 보였다.

"내금강!"

옥담은 차표에 찍힌 대로 읽었다.

"뷰로에서 물어봤더니 요즘 단풍이 한참이래더라. 너 단풍 땐 못 가봤지?"

그러나 옥담은

48 三越. 1930년 경성에 분점을 연 일본 백화점.
49 여행사 사무소.
50 기름 위에 떠오르는 구슬 모양의 기포.

"언제 가시게?"
부터 되물었다.
"내일."
"내일…."
옥담은 어느 틈에 얼굴을 약간 갸울였다[51].
"왜, 내일 무슨 약속 있니?"
"응."
하고 옥담은 고개를 까닥이었다.
"누구하구 무슨?"
"동무하고."
"동무 누구?"
"…."
옥담은 또 냉수컵을 들어 마시었다.
"누군데? 네 동무면 데리구 같이들 가자꾸나. 월요일 아침에 돌아온다구 그리구."
"…."
옥담은 얼굴만 붉어질 뿐, 얼른 누구라 대답하지 않았다.
"무슨 약속이냐?"
물어도 대답이 없다.
"무슨 굉장한 비밀인 게로군."
하여 보니 얼굴을 푹 수그리고 식탁에 엎드리고 만다.
박사는 더 묻지 않고 물러섰다. 그리고
"너 물르기 어려운 약속이면 내금강은 요담 주말로 연기하자꾸나. 난 낼 집에서 쉬게."
하여 주었다.

51 비스듬하게 한쪽을 조금 기울였다.

옥담은 확실히 무슨 비밀이 눈 가장자리에 찰락거리었다. 눈을 바로 주려 하지 않았다. 이튿날 학교에 다녀와서는 부리나케 세수를 고쳐 하고 양장으로 옷을 갈아입고 아끼는 새 구두를 내어 신었다.

"어딜 가시누? 아주 성장(盛裝)인데."

박사는 서먹해서 기분을 억지로 감추며 놀려 주었다.

"나 다녀오께."

옥담이도 말소리만은 천연덕스럽게 하면서 핸드백을 집어 들었다.

"어디 좀."

"뭐?"

박사는 옥담의 새파란 가죽 핸드백을 빼앗아 속을 열어 보았다.

"내용은 너무 빈약하시군."

하고 자기 지갑에서 지전(紙錢) 몇 장을 꺼내 넣어 주었다.

누가 밖에서 기다리기나 하는 것처럼 뛰어나가는 옥담의 발소리는 이내 사라져 버리었다. 그가 한편 구석으로 밀어 버린 흙 묻은 헌 구두만 한참 굽어보고 섰다가 박사는 바지 포켓에 두 손을 찌른 채 서재로 들어와서 그대로 걸상에 풀썩 물러 앉았다.

"나 다녀오께…."

옥담이가 남기고 나간 말이다. 박사의 귀에는 그 말이 매미 소리처럼 자꾸 계속해 들리었고 또 그렇게 찌르르하는 강한 자극을 느끼었다. 무론 옥담은 어딘지는 모르나 다녀서는 곧 돌아올 것이다. 그러나 우선은 열 번 나갔다 열 번 다 돌아와 준다 치더라도 언제든지 한 번은 '나 다녀오께'는 하지 않고 '안녕히 계서요' 하고 이 집에서 아주 나가 버릴 날이 있을 것을 깨닫지 않을 수 없었다. '난 언제까지든 아저씨 헬퍼로 아저씨한테 있을 터에요' 한 말을 영구히 그러리라고 믿었던 것은 아니다. 아닐 뿐 아니라 도리어 옥담이가 제 말을 고집해 언제까지나 지킨다 하더라도 박사의 도리로는 그것을 용인해 둘 리가 없었다. 그가 졸업학년이 되면서부터는 박사도 그의 시골집 부모들과 똑같이 옥담의 결혼을 위해 늘 관심을 가져오던 차이었다. 다만 '안녕히 계서요' 하고는 이 집에서 아주 나가 버릴 날이 의외로 가까이 닥친 것을 갑자기 깨닫는 놀람과 서글픔이 있을 뿐이었다.

순리(順理)

옥담은 어디를 멀리 걸은 듯, 피곤하기는 하나 유쾌한 얼굴로 어둡기 전에 돌아왔다. 박사는 즐거이 맞이하였다. 그리고 저녁 뒤에 마당으로 나와 코스모스가 우거진 벤치에 걸어앉아 옥담을 불러내었다.

"네?"

"여기 아버지 옆에 앉어."

"왜?"

"왜는 무슨 왜…. 그래 오늘 재미있게 놀았나?"

"응…. 조 별 봐, 아버지. 고건 늘 먼저 뜨네."

박사도 잠깐 옥담의 눈과 함께 별을 바라보았다.

"옥담아."

"응."

"이 아버지한테도 비밀인가?"

"…."

"응, 나한테두?"

"아아니…."

"그럼 오늘 갔던 델 좀 이야기해."

"저… 미쓰꼬시 갔다가 인왕산, 왜 접때 아버지허구 갔던 코스 있지. 거기 산보하구 왔어."

"누구허구?"

"…."

"그건 물으면 안 되나?"
"안 될 건 없어두…."
"그럼 왜? 실례되나?"
"내가 먼저 말하려구 하던 걸 들켜서나 얘기하는 것처럼 되니까 하기 싫여졌어…."
"건 내가 미안하다. 그렇지만 그런 일이 나쁜 일은 아니지 않니? 나쁜 일이 아니니까 네가 한 거 아니냐?"
"나쁜 일은 왜…. 내가 또 다른 남자와 다닌다면 나쁘지만."
"그리게 말야. 나쁜 일 아닌 걸 웃사람이 짐작으로 알고 분명히 알려구 묻는데 뭐 들킨 거냐? 내가 분명히 알아야 널 도와주지 않니?"
"…."
"아직껏 너는 날 많이 도와줬지? 이번엔 내가 널 도와줄 차례 아니냐. 그러니깐 묻는 거지. 네 행복을 괜히 간섭하려구 묻는 거냐 어디?"
하고 박사는 옥담의 한편 손을 끌어다 꽉 쥐면서 등을 어루만져 주었다. 영리한 옥담은 이내 기분을 고쳐서 여문 가을 버레들의 맑은 소리에 쌔여 도런도런[52] 지껄이기 시작했다.
"안 지 얼마 안 돼요. 퍽 쾌활해요. 웃음엣말두 잘하구…. 저어 동경가 와세다 다녔대나요. 전라도 사람인데 좀 부잔가 봐. 삼형젠데 이이가 가운데라나…? 이름은 김병식…."
"김병식…. 나인?"
"스물여덟."
"아직 미혼인가?"
"미혼이래. 공부하노라고 동경 가 오래 있었대."
"어떻게 알었나?"
"요전 개학하구 이낸데[53], 왜 한번 우리 반 아이네가 저희 엄마 환갑날

52 도란도란.

이라고 저녁에 청해서 나두 갔더랜 거 알지?"

"응."

"그날 걔네 집에서 트럼프들 하구 놀아서 알었는데에…."

"그래?"

"그담에 학교로 그이가 편질 했겠지. 그래 그 내 동무애한테 그일 자세 물었더니, 저희 오빠 친군데 퍽 좋은 이라구 하면서 사궤 보라군 하면서 걔가 샘을 내겠지."

"그럼 그 애두 그 사람을 사랑한 게로군?"

"뭘…. 그래두 저쪽에선 맘에 없는걸. 그리고 확실히 자기만이라도 그일 사랑하는 것두 아니야…. 괜히 남의 일이니까 샘을 부리지 뭐…. 그래서 요즘 와선 걔가 그일 중상을 막 해."

"뭐라구?"

"뭐 난봉을 좀 핀다나."

"사실인지 아나?"

"아냐. 그럴 사람 아닌데 뭘…. 난 뭐 천친가. 돈을 좀 자유스럽게 쓰구 양복 같은 것두 좀 잘해 입구 외양두 남한테 빠지지 않으니까 고런 말을 모두 만들어내지. 것두 첨부터 그런 말을 한대문 또 몰라. 첨엔 사실대루 좋은 사람이니 교제해 보라고 해 놓고는 지금 와선 그게 무슨 낭청스런[54] 소리람."

박사는 더 묻지 않았다. 그 대신 당장 내일 저녁으로 그 청년을 집에 초대하기로 하였다.

옥담은 일요일 하루를 집안을 치고 식탁을 꾸미고 몸매를 다듬노라고 분주하였다. 박사는 옥담이가 적어 준 대로 친히 장에 나가서 생선을 사고 나물을 사고 실과를 사고 그릇까지도 몇 가지 새로 사 왔다. 젊었

53 얼마 지나지 않았을 땐데.
54 당치 않은. '능청스러운'의 작은말.

을 때 선주를 잃어버리던 상처의 아픔이 다시 저려 올라옴도 속일 수 없는 진정이거니와 옥담을 코 흘릴 때부터 다리고 기른 외로운 학자의 심경으로는 애틋함이, 친딸에 사위를 보는 것 같은 즐거움도 또한 속일 수 없는 진정이었다. 전날에 선주의 행복을 빌었듯이 진심에서 옥담의 행복을 빌면서 그의 청년, 김병식을 맞이한 것이다.

청년은 들은 바와 같이 쾌활한 성격이다. 여러 번 와 본 집처럼 서툴러 하는 데가 없어서 주인 편이 도리어 쭈뼛거릴 만하다. 눈 속은 그리 맑지 못하나 작은 눈이 아니요, 이마가 좀 벗어진 데는 나이가 스물여덟은 더 들어 보이나 시원스러웠다. 입이 좀 묵직해 보이지 않았다. 잠자코 있을 때도 두 입술을 꾹 힘주어 다물지 못하고 곧 무슨 소리를 내야만 될 것처럼 자리를 잡지 않았다.

"김 군, 서울 와 있은 지 오래오?"

"한 이태 됩니다…. 아니올시다. 참 세월처럼 빠른 건 없군요. 벌써 삼년이나 됐군요."

"그간 무얼 하셨소?"

"뭐, 한 거 없습니다. 솔직하게 말씀이지 조선사회서 할 게 있습니까? 아직 먹을 건 있으니까 관공청[55]에 가 '오이[56]' '기미[57]' 소린 듣구 싶지 않구, 그렇다구 무슨 사업에 투자하려니 믿을 만한 사업도 없구요. 아무튼지 우선 가정 생활부터 독립해 가지고 뭘 좀 해 볼까 합니다. 앞으로 많이 사랑해 주십시오."

하는 이런 투의 말이 건드리기가 바쁘게 그 자리 잡지 못한 입술에서 품위 없이 엎질러져 나오는 것이었다.

박사는 곧 이 청년의 감정과 교양이 너무 시정적(市井的)인[58] 데 불쾌

55 관공서.
56 아랫사람을 부를 때 쓰는, '어이'와 같은 뜻의 일본말.
57 '군(君)', '자네'와 같이 동년배나 아랫사람을 부르는 일본말.
58 저잣거리에서 속되게 사는 무리 같은. 시정배 같은.

하였다. 혹시 자기가 옥담을 빼앗긴다는 관념에서 불순한 감정으로 보고 듣고 하기 때문이 아닐까 자기부터 의심도 하였고, 그래서 이날뿐 아니라 사흘이 멀다 하고 저녁을 초대해서 가까이 사귀어 보았으나, 속을 더 들여다보면 더 들여다볼수록 속이 너무 비어 보였다. 또 뒤로 수소문을 하여 알아본즉 민적[59]에는 없으나 어려서 장가든 처를 쫓아 버린 사나이였다. 서울 와서도 하는 일 없이 한 달에 사오백 원 돈을 갖다 낭비하는 것도 알았다. 그가 결코 옥담의 행복을 보장할 만한 사나이가 아님을 판정하였을 때, 박사는 옥담을 불러 앉히었다.

"너 나를 믿지?"

"아이, 무슨 구술시험 보시듯 하네."

옥담은 그런 말을 이제 와 대답해야 하는 것은 너무 새삼스러웠다.

"글쎄, 네 진정으로 대답해라. 중대한 충고를 네게 해야 되겠어서 그린다."

"그럼 그냥 하시문 되지 않어요."

"그래…. 난 네 행복을 위해선 네 육친이나 똑같은 성윌 갖고 있다고 내 딴은 믿는다."

"…."

"너…."

"응?"

"너, 김 군 단념 못 하겠니?"

"못 하겠어요."

"아니! 너 어떻게 그렇게 준비하고 있은 것처럼 대답이 쉬우냐?"

"…."

"난 적어두 달폴[60] 두구 여러 가질 참작해 하는 말인데."

59 民籍. 호적.

60 달포를.

"저두요."

"…."

그만 박사 편이 말이 막히었다. 그러나 속으로 '아직 철없는 것' 하여 버리고 자기가 하려던 말을 계속하였다.

"내가 다 알아봤다. 우선 첫날 보고도 사람이 좀 침착지 못하다 했다."

"난 괜히 뚜웅한 햄릿 타입은 싫어…."

"글쎄 쾌활한 건 나두 좋아한다. 그렇지만 뭘 알고 격에 맞게 선선히 지껄이고 격에 맞게 선선히 행동하는 게 정말 쾌활한 거지, 귀동냥으로 된 말 안 된 말 지껄여대는 건 쾌활 아니야."

"그럼 뭐예요?"

"그건 경망이지."

"흥…."

옥담은 가벼운 코웃음을 지었다.

"그리구 결점이 많더라. 넌 한 가지 반 가지두 결점 없는 사람인데 왜 티 많은 사람한테 가니?"

"결점? 응, 저 본처 쫓아 버린 것? 나두 알어…. 그렇지만 건 죄악이라군 생각 안 해요. 것두 제 의사로 결혼했다가 희생시킨다면 죄지만, 이건 부모네 맘대루 한 건데 그이가 책임질 게 뭐 있어요? 그리고 공정하게 보더라도 싫은 걸 억지로 살면 두 사람이 다 희생 아냐요? 두 사람이 죽는 것보담 한 사람이 죽는 게 낫지 않어요? 나도 또 그래요. 저이가 나 때문에 자기 아내가 싫여졌다면 내가 책임져야죠. 그렇지만 벌써 칠팔 년 전에 갈라서고 지금은 완전한 독신자니까 전에 한 번 그런 액운이 있었다는 걸로 험 될 것 없지 않어요? 그런 걸 험으로 잡는 건 쓸데없는 관념 아냐요?"

"…."

박사는 너무나 놀래었다. 옥담의 속에 어느 틈에 그런 맹랑한 준비 지식이 들었나 함을 놀라지 않을 수 없었다.

"그인 퍽 선량한 사람인 줄 난 믿어요. 그이가 내가 묻지도 않는데 먼저 자기 과걸 다 얘기해 줬어요. 전처 보낸 걸로 늘 마음이 아픈 거서껀, 또 서울 와 지내는 동안 그런 화풀이로 요릿집에 돌아다닌 거서껀 죄다 말하고, 울면서 인제부터 새 코스로 살겠다고 약속했어요. 그런데 어떻게 믿지 않어요?"

"그래? …."

"그리구 또 정말 그이가 과거 생활이 죄악이었다구 하면 난 더 좋을 것 같아요."

"어째?"

"나로 인해 그이가 구해지는 것 아냐요?"

"…."

"그인 인제부터 공부 더 할 것도 맹세했어요."

"무슨 공부?"

"철학."

"어디 가서?"

"집에서 연구하겠다구…. 먹을 건 있으니까 조용히 아버지처럼 학구 생활 하겠다구 그러는데…. 그인 나와 똑같이 아버질 존경해요. 아버지가 정말 내 행복을 위하시면 그일 버리게 해서 내게 상철 맨드시는 것보담 그일 지금부터 잘 지도해 주시는 편이 더 순리가 아니세요?"

"…."

박사는 어리둥절해지고 말았다.

의견이 아니라 감정을

장 박사는 이날 밤, 밤새도록 생각해 보았다. 자기 가슴속에 첫사랑의 상처를 미루어 옥담의 말이 가볍게 들리지 않은 것이다. 비록 남의 눈에는 우습게 보이더래도 당자(當者) 옥담의 눈에는 최초요 또는 최후로 발견한 영웅이 그 청년일 것이다. 그 점을 존중해야 할 것을, 자기가 선주를 못 잊는 감정에 비추어 결정하려 하였다.

날이 밝기를 기다려 박사는 옥담을 불렀다.

“너 밤에 많이 생각해 봤니?”

“아아니.”

옥담은 천연스럽다.

“아니라니? 그렇게 무심해? 아가씨두 원….”

“무심은 왜요?”

“생각해 보지 않었다는 게 무심이지 뭐야?”

박사는 옥담의 귀를 붙들어 아프다고 할 때까지 흔들었다. 옥담은 귀와 함께 붉어진 입으로

“생각할 게 없는걸 뭐. 난 한 번 맘먹은 건 언제든지 그대로니까….”

한다.

“물론 매사에 그래야 쓰지. 그 대신 마음먹기까진 충분히 생각해서 후회가 없야[61] 해.”

“….”

“게 앉어!”

옥담은 눈치를 살금살금 보며 앉는다.

“난 지난밤 오래 생각해 봤다.”

“….”

“네 의견을, 아니 네 의견이 아니지, 네 감정이지. 네 감정을 존중하기로 했다.”

“정말?”

옥담은 그제야 뛰어 일어서며 박사의 곁으로 왔다. 그리고

61 ‘없어야’의 축약.

"난 아저씨만은 믿었어."

했다.

"뭘?"

"내 감정을 무시하지 않으실걸."

"어떻게?"

옥담은 그것은 대답하지 않았다.

박사는 이 뒤로 더욱 자주 그 청년을 집에 초대하였다. 그리고 어떤 때는 목사와 같은 근엄한 태도로 그의 과거 생활의 간증을 받았고 어떤 때는 형이나 친구와 같이 애정으로 그를 충고하였다. 당자도 곧 감화됨이 있는 듯, 장 박사나 옥담이나 보기에만 아니라 사실로, 기생집과 요릿집은 무론 마작 구락부[62]나 빌리어드 홀[63]에까지 발을 끊었다.

박사는 곧 옥담의 집에도 알리었다. 옥담의 집에서는 그의 아버지와 어머니가 다 함께 올라와서 사위 될 사람의 선을 보았다. 그들의 눈에는 김병식이가 총각이 아닌 것만 유감일 뿐 장 박사보다는 도리어 만족해들 하였다. 그래 이듬해 봄 옥담이가 졸업하기가 바쁘게 결혼식이 벌어졌다.

튤립과 라일락의 오월 달 혼인식장, 신부 옥담이도 튤립과 같이 탐스럽고 라일락과 같이 향기로웠다. 신랑 집도 신부 집도 본가는 다 시골이지만 신랑의 친구는 대개 서울에 있었고, 또 신부 편으로 친아버지 친어머니의 친구는 서울에 얼마 없었지만 장 박사의 편으로 남자 손님이 적지 않았다. 예복은 입었든 안 입었든 학자풍의 점잖은 신사들은 대개가 장 박사의 친구였다.

장 박사는 젊었던 그 옛날에 옥담의 어머니, 선주의 혼인을 당할 때처럼 그렇게 슬프지는 않았다. 그러나 옥담이마저 자기의 번화하지 못한

62 俱樂部. '클럽'의 일본식 음역어.

63 billiard hall. '당구장'을 뜻하는 영어.

생활 속에서 빠져나가는 것은, 해를 잃어버린 위에 또 달까지 잃어버리는 암흑이었다. 친자식은 아니라 하나, 친자식을 모르는 장 박사에게 있어서는 옥담을 친자식과 무엇이 다른지 구별할 도리가 없었다.

"너희, 서울다[64] 집을 산다지?"

약혼이 되자 장 박사는 이것부터 옥담에게 물었다.

"그럼. 곧 서울다 사구 그이만 먼저 들어 있겠다구 그랬어."

"어떤 집을 고르누? 집을 고르는 덴 그 집의 장래 주부이실 네 의견이 있겠지?"

"막 놀리셔…."

하고 옥담은 얼굴을 돌이켰었다.

"놀리는 게 아니라 너희 집 고르는 조건엔 내가 바랄 조건두 한 가지 있어 그린다."

"무슨?"

"그걸 묻기 전에 네가 김 군한테 집에 대해 청구한 조건부터 들어 보자꾸나."

"공기 좋을 데루 사자구 그랬지 뭐."

"또?"

"교통 편하구."

"또?"

"본격적 양관(洋館)이기 전엔 차라리 조선집이 좋다구 그리구…."

"또?"

"그거지 뭐…. 참, 될 수 있으면 수도하구 가스하구 다 들어온 집."

"그거뿐야?"

옥담은 소그린[65] 고개를 까딱거리었다. 박사는 성큼 옥담에게 달려들

64 '서울에다'의 축약.
65 '수그린'의 작은말.

었다. 그리고 또 귀를 잡아 흔들었다. 옥담은 '아야얏' 소리를 질렀다.

"너, 이 조건을 첫째로 쳐야 해!"

"무슨?"

옥담은 끄들린 귀가 아파 눈물이 핑 돌았다.

"우리 집에서 십 분 안에 갈 수 있는 가까운 데다 정할 것."

"…."

옥담은 잠깐 멍하니 서 있다가 새로운 눈물이 펑 쏟아지고 말았다. 이것은 끄들린 귀가 아파서 나오는 눈물보다는 훨씬 뜨거운 것이었다.

박사는 옥담의 친아버지보다 더 이 혼인에 긴장하였다. 옥담의 친아버지는 옥담이 말고도 또 딸도 있고 아들도 있다. 옥담의 혼인 후에도 다시 사위를 보는, 또는 며느리를 보는 혼사가 있을 것이다. 그러나 장 박사에게 있어선 옥담이가 최초요 최후일 것이었다. 내일부터는 살림이 없을 사람처럼 돈을 아끼지 않고 썼다. 친아버지가 너무 과한 듯해 손을 못 대이는 것은 장 박사가 모다 사 주었다.

"피아노도 너 가지고 가거라."

하였다. 그러나 옥담은

"집 사는 대로 피아노부터 그랜드로 하나 산다구 그랬어요."

하고 피아노만은 마다하였다. 장 박사도 더 좋은 것을 산다니까 피아노는 주지 못하였다.

혼인식장 준비도 장 박사가 나서 주선하였다. 자기가 친히 그 지배인과 아는 K호텔로 정하고, 손님도 될 수 있는 대로 식장이 째이고[66] 근엄스러운 기분이 나게 학위와 명망이 높은 사람뿐인 자기의 친구 혹은 선배까지도 친히 전화로 초청한 것이다.

그래 식장은 정각 전에 좌석이 넘치었고 신랑 신부는 모르는 손님들이되 모다 의관을 정중하게 차리고 온 이가 많았다. 주례자도 당대의 명

66 '잘 짜이고'의 방언.

망가 ××신문사 사장이 나서게 되었다. 장 박사는 기뻤다. 사람 사람에게 신부는 내 친딸이나 다름없다는 것을 자랑하고 싶었다. 자기는 체험하지 못하였으나 결혼식이란 인생 일생에 얼마나 신성하고 얼마나 뜻깊고 얼마나 새롭고 얼마나 정중한 의식인가를 절실히 느끼었다. 그중에도 그 새로움, 꺾인 꽃이건만 신부의 가슴에서니 아침 화원에서 보는 듯한 튤립과 라일락, 그 아무나 낄 수 있는 것이언만 신랑의 손에서니 더욱 눈이 부시는 백설 같은 흰 장갑, 때는 오후이되 모두가 아침인 듯 새로웠다.

'오오, 축복할 새날!'

하는 감격으로만 가득 찬 박사는 복도에서 대령하고 섰는 보이들보다도 더 공손하게 한편 옆에 서서 식의 진행을 바라보고 있었다. 신랑과 신부에게 차례로 묻는 다짐에, 다

"예."

하고 대답이 지나고 신랑의 손이 신부의 손에 반지를 끼워 주는 순간이다. 보이들밖에는 어딘지도 모를 뒤편 어느 문 쪽에서

"이놈, 이 멀쩡한 놈앗!"

소리, 계집의 발악하는 소리가 유리창이 깨어질 듯 뛰어들었다.

"여기 증인들이 있다! 이놈, 이 개 같은 놈…. 혼인하마구 남 영업까지 떼드려 놀 젠[67] 언제구 오늘 와선…."

기생이었다. 동무 기생 서너 명이 모조리 술이 얼근해서 따라서는 것인데 발악을 하는 기생은 신랑을 붙잡기만 하면 옆구리에 차고 달아나기나 할 것처럼 광목 깔아 놓은 길로 들이달았다[68]. 신랑의 친구인 듯한 청년 하나가 얼른 나서며 길을 막았다.

"웬 놈야?"

67 떼어 놓을 땐.
68 몹시 빨리 달렸다.

소리와 함께 기생은 그 청년의 뺨을 철썩 올려붙였다.

"기생도 사람이다. 너희 놈들 누깔엔…. 날 죽여라 죽여! 어서 이놈…."

장 박사가 뛰어들었다. 성큼 기생을 안고 한 손으로 기생의 입부터 틀어막으며 밖으로 나오려 했다. 기생은 선선히 끌리지 않았다. 막 할퀴고 막 물어뗴었다. 장 박사의 목과 손에서는 이내 피가 흘렀다. 모다들 일어섰다. 모다들 어쩔 줄을 몰랐다. 장 박사는 여러 사람의 도움을 받아 이내 기생의 한패를 밖으로 끌어내기는 하였다. 그러나 기생을 끌어내고 보니 신랑 신부는 어데로인지 사라지고 없었다. 손님들은 장 박사의 친구들도 장 박사에게 인사도 없이 슬몃슬몃 흩어지기 시작했다.

가을비의 새벽

그러나 혼인식은 끝난 셈이다. 옥담은 정당한 김병식의 새 아내로 그를 따라 어느 온천으로 신혼여행까지 다녀왔다. 다녀오는 길로 옥담이의 부처는 곧장 박사에게 찾아와 사례하였다. 사례뿐이 아니라 병식은 다시는 기생과의 접촉이 없을 것을 열 번 스무 번 맹세하였다. 박사도 달게 들어주었다. 옥담과 알기 전에 알았던 기생이므로 박사는 앞으로만 다시 그런 일이 없기를 충고하였고 자기가 당한 망신은 다만 옥담의 기분을 위해 아무것도 아닌 체하였다.

옥담도 가서 말없이 살았다. 박사의 소원대로 십 분쯤밖에는 안 걸리는 곳에 새로 지은 개와집[69]을 사고, 가끔 옥담이 혼자서 혹은 동부인해서 외로운 박사를 찾아와 보며 저희끼리는 깨가 쏟아지게 살았다.

그러나 여름이 지나면서부터는 옥담은 늘 혼자만 찾아왔다.

69 '기와집'의 방언.

"김 군은 요즘 뭘 하나? 바쁜가?"
하면
"뭘, 괜히 나댕기지."
할 뿐, 옥담은 자기 남편에게 관한 말을 일체로 하기 싫어하는 눈치가 보였다. 그 눈치를 느끼자 박사는 건강한 줄 알았던 사람에게서 위험한 병균을 발견했을 때처럼 속으로 깜짝 놀람이 있었다. 박사는 따져 물었다.
"왜 네가 요즘 얼굴빛이 나쁘냐?"
"아아니. 나쁘긴 왜?"
하고 옥담은 웃었으나 억지로 꾸밈이다.
"난 못 속여…. 어디 아프냐?"
"아닌데."
"그럼?"
"왜 어떻게 달러 뵈세요?"
"무슨 걱정이 생겼니?"
"아아니."
박사는 더 묻는 대신 뜨거운 애정과 어린애를 걱정하는 듯한 눈으로 옥담의 눈을 나려다보았다. 옥담의 눈은 이내 흐려지고 마는 것이다. 나중에 눈물방울이 굴러 나오고 말았다.
"요전엔 무슨 볼일이 있다구 인천엘 한 사흘 가 있다 왔에요."
"무슨 볼일?"
"글쎄 그냥 볼일이라고만 그리구 묻는 걸 싫여하니까…."
"가서 사흘씩? 거기서 자구?"
옥담은 고개를 끄덕인다.
"그리군?"
"그리군 늘 나가면 새루 석점, 넉점에야 술이 취해 들어와선 괜히 탓을 잡구, 아침은 열두시나 돼야 일어나 먹구…."
"요즘두 그리니?"

"그럼."

"충고해 보지?"

"그럼…. 인전 내 말 같은 건 여간 우습게 알어야지 뭐."

"…."

박사는 일어섰던 걸상에 다시 펄썩 주저앉았다.

이날 밤, 박사는 옥담의 집을 찾아갔다. 사실 옥담뿐, 저녁때인데 그의 남편은 있지 않다. 옥담과 함께 그가 들어오기를 기다렸다. 열시, 열한시, 새로 두시가 넘어도 안 들어온다. 동이 틀 무렵에야 자동차 소리가 나더니 들어오는데, 새벽 기운에 술은 깨었으나 유흥에 지친 몸은 사지를 제대로 가누지 못하며 들어서는 것이었다.

"어디 갔다 늦었네그려?"

박사가 마주 나가며 억지로 좋은 얼굴을 지었다.

"네, 네…. 아 웬일이세요? 친구들을 만나 좀…."

박사는 별말은 하지 않았다. 저녁 먹고 산보 나왔다가 들렀는데 밤이 늦도록 들어오지 않으니까 궁금해서 옥담과 함께 기다려 보았다 하였을 뿐이다. 그러나 속으로도 박사는 그렇게 무심한 채 지낼 수는 없는 일이다. 이튿날 저녁에 또 갔다. 또 옥담이뿐이다. 또 기다렸다. 이날 밤은 밤이 다 새어 버리도록 안 들어왔다. 밖에서 잔 것이었다. 박사는 학교에는 안 가는 날이나 다른 볼일은 많은 날이었다. 그러나 가지 않고 이튿날 오후 두시까지나 그냥 기다리고 있다가 기어이 병식이를 만났다.

"아니… 오늘은 학교에 안 가셨나요?"

"볼일은 있지만 못 가고 이렇게 앉었네."

"네?"

하고 그는 어리둥절해한다.

"나 엇저녁 여덟시부터 여기 와 자넬 기다렸네."

"네?"

술은 취해 있지 않았다. 그는 준절히 나무라는 박사의 말을 근신하는 태도로 앉아 들었다. 박사는 저녁마다 왔다. 며칠 동안은 저녁마다 병식이가 아내와 함께 있었다. 그러나 속으로는 옥담에게 더욱 비위가 상했다. 박사의 그 지극한 사랑과 충고에 감동하기보다는 이런 계획적인 투로 자기의 자유를 단속하는 아내와 장 박사가 더욱 아니꼬워졌다. 하루는 나가더니 한 일주일이 되어도 들어오지 않았다.

박사도 어쩔 수가 없었다. 이왕 당한 일이니 얼마 동안은 속을 썩이면서라도 네가 처음 약혼할 때 하던 말대로, 너로 말미암아 남편이 구해지는 사람이 되도록 끝까지 사랑과 성의와 충고로 그를 대하는 수밖에 없다고 옥담에게 일렀을 뿐이다.

그 뒤 옥담에게서 남편이 돌아왔다는 말을 들었으나 만나 보지는 못하고 여러 날이 지났다.

산듯산듯한 가을비가 한 이틀 계속해 나리는 날 새벽이었다. 박사는 아직 어렴풋한 잠 속에 있는데 누가 대문을 덜컹거리었다. 나가 보니 옥담이다. 흐트러진 머리를 아무렇게나 쪽 찌고 밤잠을 못 자 충혈된 눈대로 까실한 소름에 쌔여 새벽비에 젖어 들어서는 것이다.

"웬일이냐?"

박사의 목소리는 떨리었다. 옥담은 대문 안에 들어서기가 바쁘게 그냥 엉엉 울어대었다. 박사는 어디를 맞은 것이나 아닌가 하고 옥담의 뺨, 눈, 팔, 다리를 옷을 들치며 살펴보았다. 상한 데는 없어 보였다. 우선 달래며 방으로 다리고 들어갔다.

"난 인전 더 참지 못하겠어요."

한참 울고 난 옥담은 이미 결심이 있는 듯 태연히 하는 말이다.

"그때 아버지 충골 안 받은 벌이야요."

"…."

박사는 멍하니 듣는 수밖에는 없었다.

"글쎄 그 녀석이 새로 두시나 돼서 들어오는가 보더니, 건넌방으로 들어가겠지. 그래 웬일인가 했더니 글쎄 웬 계집년을 데리구 와선…."

"뭐?"

박사는 이마가 화끈해지는 듯 눈을 부비었다.

"바루 딴 년두 아니구 혼인날 그년을 데리구 와 막 지껄이구 노는군그래, 날 사람으루 아는 녀석이야요, 그게…?"

"그래, 지금 그년허구 있덴?"

"있겠지…. 인제야 쿨쿨덜 자는가 봅디다."
하고 다시 옥담은 울음을 참지 못하였다.

박사는 눈을 꽉 감았다 떴다. 이마에 번개 줄기 같은 핏대가 뻗히었다. 양말도 신지 않은 채, 속 샤쓰 위에 그냥 자켓만 걸친 채 박사는 밖으로 나왔다. 무얼 찾는 듯 두리번거리다가 그냥 우산을 받을 생각도 없이 마당으로 나려섰다.

"아버지!"

옥담은 쫓아 나와 박사를 막았다.

"난 인전 그놈과 남야요. 아버지도 그놈과 남이야요. 찾어갈 것 없어요."

"아니다. 그런 짐생 같은 놈은…."

박사는 후들후들 물 끓는 주전자처럼 떨었다.

"그래두 글쎄, 인전 걸 뭐라구 상댈 해요. 참으세요. 같은 사람 돼요."
하면서도 옥담은 힘에 부치어 딸려 나오며 있었다. 박사는 대문을 나서더니 옥담을 낙엽처럼 뿌려 던지었다. 그리고 옥담이가 따를 수 없게 뛰었다.

코스모스가 만개한 날

옥담이가 숨이 땅에 닿아 쫓아와 자기 집 마당 안에 들어섰을 때는 벌써 계집은 어데로인지 달아나고 자기 남편은 퇴 아래에 거꾸러져 피를 흘리고 있었다.

"아버지?"

옥담은 숨소리인지 말소리인지 모를 소리를 내었다. 박사는 손에 잡았던 장작개피[70]를 그제야 놓았다.

행랑아범이

"아니, 이게 웬 변입니까?"

하고 부엌에서 냉수를 떠 들고나와 쓰러진 서방님에게로 가더니 냉수 바가지를 풀썩 놓아 버리고 눈이 더 뚱그레져 물러섰다.

병식은 피는 코에서 터진 듯했으나 어느 급소를 맞은 듯, 얼굴이 종이 빛이 되어 꼼짝은커녕 숨이 끊어진 것이다. 바투 가 들여다보니 눈을 뒤어쓴[71] 것이다.

"아버지?"

옥담은 모기 소리만치 질렀다. 더 큰 소리가 나와지지 않았다.

"죽였다, 내가…."

박사는 태연히 혀끝을 내어 입술을 축였다. 그리고 옥담을 꼭 안았다.

"내 걱정은 말아. 너흴 위해 난 이만치 쓰여진 걸 만족한다!"

하고 박사는 눈물 엉킨 눈을 꿈벅이었다. '너흴 위해'란 옥담만이 아니라 그의 어머니 선주까지를 가리킴인 듯했다. 박사는 이내 밖으로 나왔다. 박사는 곧 경찰서로 가서 숙직 경관에게

"사람을 죽이고 왔소."

하고 자수하였다.

그러나 사람은 죽지는 않았다. 옥담이가 곧 의사를 불러 대어 턱밑으로 동맥을 몹시 맞아 정지되었던 피는 심장이 고정되기 전에 다시 돌 수가 있었다. 한 두어 주일 동안 치료해야 될 만한 타박상의 진단이 나렸

70 '장작개비'의 방언.
71 흰자위만 보이게 위로 뜬.

을 뿐, 병식의 생명에는 아무 관계가 없었다.

옥담은 시골 집 아버지를 전보로 올라오게 하여 변호사를 대어 가지고 서울 아버지의 석방을 위해 애를 썼다. 신문에서 그 기사를 읽은 사람마다 눈물을 머금고 장 박사를 위해 그 경찰서로 진정의 편지를 보냈다. 경찰관들도 장 박사의 인격이나 사건의 원인을 보아 가혹한 심문 한 번 하지 않았다. 검사국으로 넘어갈 것도 없이 놓여나오리라는 말을 변호사에게서 들을 때, 옥담은 그렇게 기쁨, 그렇게 광명함, 그렇게 감사함을 느껴 본 적은 없었다.

가을장마는 이내 들었다[72]. 씻은 듯이 푸른 하늘 아래 한마당 넘쳐 어우러진 코스모스는 어느 해 가을보다 더 다감스러웠다.

'오늘이나 나오실까?'

아침이면 옥담은 대문 쪽을 내다보고 눈물을 머금었다. 어제 치어 놓은 그대로지만 아버지의 서재를 다시 치이고, 여러 날 동안 파리하고 수염이 거칠어졌을 박사의 얼굴을 생각하고는 면도칼과 면도 물까지 아침마다 준비해 놓고 기다리었다.

코스모스가 만개한 날 아침이다. 역시 면도 물을 갈아 놓고 피아노로 가서 오래간만에 '하날 가는 밝은 길이'를 치며 불렀다. 한 번 부르고 나면 좀 시원하나 너무나 주위가 더 적적해진다. 또 불렀다. 암만 불러도 그치고 싶지 않았다. 목이 쉬도록 부르는데 나중에는 자기 목소리 아닌 소리가 함께 울리는 것이다. 깜짝 놀라 돌아보니 유리창 밖에는 서울 아버지, 장 박사다. 수염이 정말 시커멓게 난 입으로 그러나 광명에 넘치는 얼굴로 '하날 가는 밝은 길이'를 따라 부르면서 들여다보는 것이었다.

"아!"

옥담은 거의 날아서 밖으로 나왔다. 그리고 울컥 목에 막히는 것이 있어 아무 말도 못 하고 벙어리가 되어 박사에게 뛰어올라 매어달리기만

72 비가 그치고 날이 좋아졌다.

하였다. 팔로가 아니라 영혼으로 매어달림인 듯 옥담은 눈물 솟는 눈을 한참이나 꼭 감고 뜨지 못했다.

장 박사의 집에서는 전과 같이 '하날 가는 밝은 길이' 노래가 무시로 흘러나왔다. 동리에서들도 여전히, 피아노 치는 집, 노래 잘하는 집, 코스모스 많이 피는 집, 그리고 "왜 그 딸하구 아버지하구 동무처럼 밤낮 손목 잡고 산보 나오는 집 말야" 하는 것이다.

정축(丁丑) 5월 13일 조(朝) 마침.

『여성(女性)』, 조선일보사출판부(朝鮮日報社出版部), 1937. 3-7.(5회 연재);
『구원의 여상』, 1937; 『구원의 여상』, 1948.

해방 전후

한 작가의 수기

호출장(呼出狀)이란 것이 너무 자극적이어서 시달서(示達書)라 이름을 바꾸었다고는 하나, 무슨 이름의 쪽지이든, 그 긴치 않은[1] 심부름이란 듯이 파출소 순사가 거만하게 던지고 간, 본서(本署)에의 출두 명령은 한결같이 불쾌한 것이었다. 현(玄) 자신보다도 먼저 얼굴빛이 달라지는 아내에게는 의례건으로[2] 심상한[3] 체하면서도 속으로는 정도 이상 불안스러워, 오라는 것이 내일 아침이지만 이 길로 가 진작 때이고[4] 싶은 것이, 그래서 이날은 아무 일도 손에 잡히지 않고, 밥맛이 없고, 설치는 밤잠에 꿈자리조차 뒤숭숭한 것이 소심한 편인 현으로는 '호출장' 때나 '시달서' 때나 마찬가지곤 했다.

현은 무슨 사상가도, 주의자도, 무슨 전과자도 아니었다. 시골 청년들이 어떤 사건으로 잡히어서 가택 수색을 당할 때, 그의 저서가 한두 가지 나온다든지, 편지 왕래한 것이 한두 장 불거진다든지[5], 서울 가서 누구를 만나 보았느냐는 심문에 현의 이름이 끌려든다든지 해서, 청년들에게 제법 무슨 사상 지도나 하고 있지 않나 하는 혐의로 가끔 오너라 가너라 하기 시작한 것이 인전 저들의 수첩에 준요시찰인(準要視察人) 정도로는 오른 모양인데, 구금을 할 정도라면 당장 다려갈 것이지 호출장이니 시달서니가 아닐 것은 짐작하면서도 번번이 불안스러웠고 더

1 탐탁지 않은.
2 전에도 그랬듯이.
3 대수롭지 않은.
4 '때우고'의 방언.
5 툭 삐져나온다든지.

욱 이번에는 은근히 마음 쓰이는 것이 없지도 않았다. 일반지원병제도(一般志願兵制度)와 학생특별지원병제도 때문에 뜻 아닌 죽음이기보다, 뜻 아닌 살인, 살인이라도 내 민족에게 유일한 희망을 주고 있는 중국이나 영미나 소련의 우군(友軍)을 죽이어야 하는, 그리고 내 몸이 죽되 원수 일본을 위하는 죽음이 되어야 하는, 이 모순된 번민으로 행여나 무슨 해결을 얻을까 해서 더듬고 더듬다가는 한낱 소설가인 현을 찾아와 준 청년도 한둘이 아니었다. 현은 하루 이틀 동안에 극도의 신경쇠약이 된 청년도 보았고, 다녀간 지 한 주일 뒤에 자살하는 유서를 보내온 청년도 있었다. 이런 심각한 민족의 번민을 현은 제 몸만이 학병 자신이 아니라 해서 혼자 뒷날을 사려해 가며 같은 불행한 형제로서의 울분을 절제할 수는 없었다. 때로는 전혀 초면들이라 저 사람이 내 속을 떠보려는 밀정이나 아닌가 의심하면서도, 그런 의심부터가 용서될 수 없다는 자책으로 현은 아무리 낯선 청년에게라도 일러 주고 싶은 말은 한마디도 굽히거나 남긴 적이 없는 흥분이곤 했다. 그들을 보내고 고요한 서재에서 아직도 상기된 현의 얼굴은 그예 무슨 일을 저지르고 만 불안이었고 이왕 불안일 바엔, 이왕 저지르는 바엔, 이 한 걸음 한 걸음 절박해 오는 민족의 최후에 있어 좀 더 보람 있는 저지름을 하고 싶은 충동도 없지 않았으나, 그 자신 아무런 준비도 없었고 너무나 오랜동안 굳어 버린 성격의 껍데기는 여간 힘으로는 제 자신이 깨트리고 솟아날 수가 없었다. 그의 최근작인 어느 단편 끝에서,

"한 사조(思潮)의 밑에 잠겨 사는 것도 한 물 밑에 사는 넋일 것이다. 상전벽해(桑田碧海)라 일러는 오나 모든 게 따로 대세의 운행이 있을 뿐 처음부터 자갈을 날라 메꾸듯 할 수는 없을 것이다."[6]

라고 한 구절을 되뇌이면서 자기를 헐가[7]로 규정해 버리는 쓴웃음을 지

6 상허의 단편 「무연(無緣)」의 마지막 문단에 해당하며, 약간 다른 부분이 있지만 각각 그대로 살렸다.

7 헐값.

을 뿐이었다.

"당신은 메칠 안 남었다고 하지만 특공댄지 정신댄지[8] 고 악지 센 것들이 끝까지 일인일함(一人一艦)[9]으로 뻗틴다면[10] 아무리 물자 많은 미국이라도 일본 병정 수효만치야 군함을 만들 수 없을 거요. 일본이 망하기란 하늘에 별 따기 같은 걸 기다리나 보오!"

현의 아내는 이날도 보송보송해[11] 잠들지 못하는 남편더러 집을 팔고 시골로 가자 하였다. 시골 중에도 관청에서 동뜬[12] 두메로 들어가 자농(自農)이라도 하면서 하루라도 마음 편하고 배불리 살다 죽자 하였다. 그런 생각은 아내가 꼬드기기 전에 현도 미리부터 궁리하던 것이나, 지금 외국으로는 나갈 수 없고 어디고 일본 하늘 밑인 바에야 그야말로 민불견리(民不見吏) 야불구폐(夜不狗吠)[13]의 요순(堯舜)[14] 때 농촌이 어느 구석에 남아 있을 것인가? 그런 도원경(桃源境)[15]이 없다 해서 언제까지나 서울서 견딜 수 있느냐 하면 그런 것도 아니요, 소위 시국물(時局物)[16]이나 일문(日文)에의 전향이라면 차라리 붓을 꺾어 버리려는 현으로는 이미 생계에 꿀리는 지 오라[17]며, 앞으로 쳐다볼 것은 집밖에 없는데 집을 건드릴 바에는 곶감 꼬치로 없애기[18]보다 시골로 가 다만 몇 마

8 특공대(特攻隊)는 이차대전에서 자살 공격을 하던 일본의 항공 부대. 정신대(挺身隊)는 죽기를 각오하고 싸우는 결사대.
9 한 사람당 배 한 척.
10 '뻗댄다면' 또는 '버틴다면'의 옛말.
11 졸음이 오지 않고 눈이 맑아.
12 동떨어진.
13 '백성은 관리를 찾아볼 수 없고, 밤에는 개가 짖지 않는다'는 말로, 나라의 수탈이 없어 태평한 세태를 뜻함.
14 고대 중국의 태평성대를 이룬 요임금과 순임금의 시대.
15 이상향.
16 여기서 '시국'은 일제의 '전시(戰時) 총동원체제'를, '시국물'은 이에 동조하는 글을 뜻함.
17 '오래'의 옛말.
18 곶감 빼어 먹듯, 있는 돈을 조금씩 써 없앤다는 뜻.

지기라도 땅을 잡아야 한다는 것이 상책이긴 하다. 그러나 성격의 껍데기를 깨치기처럼 생활의 껍데기를 갈아 본다는 것도 그리 쉬운 일이 아니었다.

"좀 더 정세를 봅시다."

이것이 가족들에게 무능하다는 공격을 일 년이나 두고 받아 오는 현의 태도였다.

동대문서(署) 고등계[19]의 현의 담임인 쓰루다 형사는 과히 인상이 험한 사나이는 아니다. 저희 주임만 없으면 먼저 조선말로 '별일은 없습니다만 또 오시래 미안합니다'쯤 인사도 하곤 하는데, 이날은 뒷박이마에 옴팡눈인 주임이 딱 뻗치고 앉아 있어 쓰루다까지도 현의 한참씩이나 수그리는 인사는 본 체 안 하고 눈짓으로 옆에 놓인 의자만 가리키었다.

현은 모자가 아직 그들과 같은 국방모(國防帽)[20] 아님을 민망히 주무르면서 단정히 앉았다. 형사는 무엇 쓰던 것을 한참 만에야 끝내더니 요즘 무엇을 하느냐 물었다. 별로 하는 일이 없노라 하니 무엇을 할 작정이냐 따진다. 글쎄요 하고 없는 정을 있는 듯이 웃어 보이니 그는 힐긋 저희 주임을 돌려보았다. 주임은 무엇인지 서류에 도장 찍기에 골독해[21] 있다. 형사는 그제야 무슨 뚜껑 있는 서류를 끄집어내어 뚜껑으로 가리고 저만 들여다보면서 이렇게 물었다.

"시국을 위해 왜 아무것도 안 하십니까?"

"나 같은 사람이 무슨 힘이 있습니까?"

"그러지 말구 뭘 좀 허십시오. 사실인즉 도 경찰부에서 현 선생 같으신 몇 분에게 시국에 협력하는 무슨 일한 것이 있는가? 또 하면서 있는가? 장차 어떤 방면으로 시국 협력에 가능성이 있는가? 생활비가 어디

19 高等係. 일제강점기 한국인의 사상적 활동을 감시하던 경찰 부서.

20 일제강점기에 쓰던 전투모.

21 汨篤-. 골똘해.

서 나오는가? 이런 걸 조사해 올리란 긴급 지시가 온 겁니다."

"글쎄올시다."

하고 현은 더욱 민망해 쓰루다의 얼굴만 쳐다보는 수밖에 없었다.

"그래두 뭘 허신다구 보고가 돼야 좋을걸요? 그 허기 쉬운 창씬[22] 왜 안 허시나요?"

수속이 힘들어 못하는 줄로 딱해하는 쓰루다에게 현은 역시 이것에 관해서도 대답할 말이 없었다.

"우리 따위 하층 경관이야 뭘 알겠습니까만, 인전 누구 한 사람 방관적 태도는 용서되지 않을 겁니다."

"잘 보신 말씀입니다."

현은 우선 이번의 호출도 그 강압 관념에서 불안해하던 구금이 아닌 것만 다행히 알면서 우물쭈물하던 끝에

"그렇지 않어도 쉬[23] 뭘 한 가지 해 보려던 참입니다. 좋도록 보고해 주십시오."

하고 물러 나왔고, 나오는 길로 그는 어느 출판사로 갔다. 그 출판사의 주문이기보다 그곳 주간(主幹)을 통해 나온 경무국(警務局)[24]의 지시라는, 그뿐만 아니라 문인 시국강연회 때 혼자 조선말로 했고 그나마 마지 못해 「춘향전」 한 구절만 읽은 것이 군(軍)에서 말썽이 되니 이것으로라도 얼른 한 가지 성의를 보여야 좋으리라는 『대동아전기(大東亞戰記)』[25]의 번역을 현은 더 망설이지 못하고 맡은 것이다.

심란한 남편의 심정을 동정해 아내는 어느 날보다도 정성 들여 깨끗

22 창씨는. 창씨개명은.

23 '쉬이'의 준말. 가까운 장래에 곧.

24 일제강점기에 경찰 사무를 맡아보던 관청.

25 1943년 인문사에서 출판된 일본의 전쟁기로, 태평양전쟁의 정당성을 주장하는 내용이다. 이태준과 이무영(李無影)이 공동 번역했다. 책에는 '공저'로 표기되어 있지만 종군한 적 없이 서울에만 있던 두 사람이 저술했다고는 볼 수 없기에, 일본군 대본영(大本營)에서 만든 선전물을 번역한 것으로 판단된다.

이 치인 서재에 일본 신문의 기리누키[26]를 한 뭉텅이 쏟아 놓을 때, 현은 일찍 자기 서재에서 이처럼 지저분함을 느껴 본 적이 없었다.

'철 알기 시작하면서부터 굴욕만으로 살아온 인생 사십, 사랑의 열락도 청춘의 영광도 예술의 명예도 우리에겐 없었다. 일본의 패전기라면 몰라 일본에 유리한 전기(戰記)를 내 손으로 주물르는 건 무엇 때문인가?'

현은 정말 살고 싶었다. 살고 싶다기보다 살아 견디어내고 싶었다. 조국의 적일 뿐 아니라 인류의 적이요, 문화의 적인 나치스의 타도를 오직 사회주의에 기대하던 독일의 한 시인[27]은 몰로토프[28]가 히틀러와 악수를 하고 독소중립조약(獨蘇中立條約)[29]이 성립되는 것을 보고는 그만 단순한 생각에 절망하고 자살하였다 한다.

'그 시인의 판단은 경솔하였던 것이다. 지금 독, 소는 싸우며 있지 않은가? 미, 영, 중도 일본과 싸우며 있다. 연합군의 승리를 믿자! 정의와 역사의 법칙을 믿자! 정의와 역사의 법칙이 인류를 배반한다면 그때는 절망하여도 늦지 않을 것이다!'

현은 집을 팔지는 않았다. 구라파에서 제이전선[30]이 아직 전개되지 않았고, 태평양에서 일본군이 아직 라바울[31]을 지킨다고는 하나 멀어야 이삼 년이겠지 하는 심산으로 집을 최대한도로 잡혀만 가지고 서울을 떠난 것이다. 그곳 공의(公醫)[32]를 아는 것이 발련[33]으로 강원도 어느 산

26 '오려낸 것'을 뜻하는 일본말.
27 에른스트 톨러(Ernst Toller, 1893-1939). 독일의 표현주의 극작가. 사회주의자.
28 뱌체슬라프 몰로토프(Vyacheslav Molotov, 1890-1986). 러시아의 정치가. 외교관.
29 독소불가침조약. 1939년 8월 23일, 모스크바에서 독일과 소련이 서로 침략하지 않기로 한 조약.
30 적의 전력을 분산시키기 위해 주전선 외에 부차적으로 설치하는 전선.
31 이차세계대전 중 일본군의 남태평양 지휘 본부가 있던 뉴브리튼섬의 항만도시.
32 의사가 없는 지역에 정부가 배치하는 의사.
33 반연(攀緣). 연줄.

읍이었다. 철도에서 팔십 리를 버스로 들어오는 곳이요, 예전엔 현감(縣監)이 있던 곳이나 지금은 면소와 주재소[34]뿐의 한적한 구읍이다. 어느 시골서나 공의는 관리들과 무관하니 무엇보다 그 덕으로 징용이나 면할까 함이요, 다음으로 잡곡의 소산지니 식량 해결을 위해서요, 그리고는 가까이 임진강 상류가 있어 낚시질로 세월을 기다릴 수 있음도 현의 그곳을 택한 이유의 하나였다.

그러나 와서 실정에 부딪쳐 보니 이 세 가지는 하나도 탐탁한 것은 아니었다. 면사무소엔 상장이 십여 개나 걸려 있는 모범 면장으로, 나라에선 상을 타나 백성에겐 그만침 원망을 사는 이 시대의 모순을 이 면장이라고 예외일 리 없어, 성미가 강직해 바른말을 잘 쏘는 공의와는 사이가 일찍부터 틀린 데다가, 공의는 육 개월이나 장기간 강습으로 이내 서울가 버리고 말았으니 징용 면할 길이 보장되지 못했고, 그 외에 아는 사람이라고는 공의의 소개로 처음 지면한[35] 향교(鄕校) 직원(直員)[36]으로 있는 분인데 일 년에 단 두 번 춘추 제향 때나 고을 사람들의 기억에서 살아나는 '김 직원님'으로는 친구네 양식은커녕 자기 식구 때문에도 손이 흰[37], 현실적으로는 현이나 마찬가지의, 아직도 상투가 있는 구식 노인인 선비였다.

낚시터도 처음 와 볼 때는 지척 같더니 자주 다니기엔 거의 십 리나 되는 고달픈 길일 뿐 아니라 하필 주재소 앞을 지나야 나가게 되었고 부장님이나 순사 나리의 눈을 피하려면 길도 없는 산등성이 하나를 넘어야 되는데, 하루는 우편국 모퉁이에서 넌지시 살펴보니 가네무라라는 조선 순사가 눈에 띄었다. 현은 낚시 도구부터 질겁을 해 뒤로 감추며 한 걸음 물러서 바라보니 촌사람들이 무슨 나무껍질 벗겨 온 것을 면서

34 駐在所. 일제강점기 순사의 파출소.
35 知面-. 아는 사이가 된.
36 일제강점기에 향교나 경학원 직무를 맡아 하던 사람.
37 가진 게 없는.

기들과 함께 점검하는 모양이다. 웃통은 속옷 바람이나 다리는 각반[38]을 치고 칼을 차고 회초리를 들고 이 사람 저 사람에게 거드름을 부리고 있었다. 날래 끝날 것 같지 않아 현은 이번도 다시 돌아서 뒷산등을 넘기로 하였다.

길도 없는 가닥숲[39]을 제치며 비 뒤의 미끄러운 비탈을 한참이나 헤매어서 비로소 펑퍼짐한 중턱에 올라설 때다. 멀지 않은 시야에 곰처럼 시커먼 것이 우뚝 마주 서는 것은 순사부장이다. 현은 산짐승에게보다 더 놀라 들었던 두 손의 낚시 도구를 이번에는 펄썩 놓아 버리었다.

"당신 어데 가오?"

현의 눈에 부장은 눈까지 부릅뜨는 것으로 보였다.

"네, 바람 좀 쏘이러요."

그제야 현은 대팻밥모자[40]를 벗으며 인사를 하였으나 부장은 이미 딴 쪽을 바라보는 때였다. 부장이 바라보는 쪽에는 면장도 서 있었고 자세 보니 남향하여 큰 정구(庭球) 코트만치 장방형으로 새끼줄이 치어져 있는데 부장과 면장의 대화로 보아 신사(神社) 터를 잡는 눈치였다. 현은 말뚝처럼 우뚝이 섰을 뿐 어찌해야 좋을지 몰랐다. 놓아 버린 낚시 도구를 집어 올릴 용기도 없거니와 집어 올린댔자 새끼줄을 두 번이나 넘으면서 신사 터를 지나갈 용기는 더욱 없었다. 게다가 부장도 면장도 무어라고 쑤군거리며 가끔 현을 돌아다본다. 꽃이라도 있으면 한 가지 꺾어 드는 체하겠는데 패랭이꽃 한 송이 눈에 뜨이지 않는다. 얼마 만에야 부장과 면장이 일시에 딴 쪽을 향하는 틈을 타서 수갑에 채였던 것 같던 현의 손은 날쌔게 그 시국에 태만한 증거물들을 집어 들고 허둥지둥 그만 집으로 나려오고 만 것이다.

"아버지, 왜 낚시질 안 가구 도루 오슈?"

38 脚絆. 일제강점기에 군복이나 작업복에서 발을 가볍게 하기 위해 종아리를 싸매던 띠.
39 가닥나무 숲. 떡갈나무 숲.
40 나무를 대팻밥처럼 얇게 깎아 엮어 만든 여름 모자.

현은 아이들에게 대답할 말이 미처 생각나지도 않았거니와 그보다 먼저 현의 뒤를 따라온 듯한 이웃집 아이 한 녀석이,

"너희 아버지 부장헌테 들켜서 도루 온단다."

하는 것이었다.

낚시질을 못 가는 날은, 현은 책을 보거나 그렇지 않으면 김 직원을 찾아갔고 김 직원도 현이 강에 나가지 않았음 직한 날은 으레 찾아왔다. 상종한다기보다 모시어 볼수록 깨끗한 노인이요, 이 고을에선 엄연히 존경을 받아야 옳을, 유일한 인격자요 지사였다. 현은 가끔 기인여옥(其人如玉)[41]이란 이런 이를 가리킴이라 느끼었다. 기미년 삼일운동 때 감옥살이로 서울에 끌려왔었을 뿐, 조선이 망한 이후 한 번도 자의로는 총독부가 생긴 서울엔 오기를 피한 이다. 창씨를 안 하고 견디는 것은 물론, 감옥에서 나오는 날부터 다시 상투요, 갓이었다. 현과는 워낙 수십 년 연장(年長)인 데다 현이 한문이 부치어 그분이 지은 시를 알지 못하고, 그분이 신문학에 무관심하여 현대문학을 논담하지 못하는 것엔 서로 유감일 뿐, 불행한 족속으로서 억천[42] 암흑 속에 일루[43]의 광명을 향해 남몰래 더듬는 그 간곡한 심정의 촉수만은 말하지 않아도 서로 굳게 잡히고도 남아 한두 번 만남으로 서로 간담을 비치는[44] 사이가 되었다.

하루 저녁은 주름 잡히었으나 정채[45] 돋는 두 눈에 눈물이 마르지 않은 채 찾아왔다. 현은 아끼는 촛불을 켜고 맞았다.

"내 오늘 다 큰 조카자식을 행길에서 매질을 했소."

김 직원은 그저 손이 부들부들 떨려 있었다. 조카 하나가 면서기로 다

41 인품이 옥과 같이 맑고 깨끗한 사람.
42 억천만겁(億千萬劫)의 준말. 무한하게 오랜 시간.
43 一縷. 한 오라기. 한 가닥.
44 서로 속마음을 털어놓는. 간담상조(肝膽相照)하는.
45 精彩. 생기있는 기상.

니는데 그의 매부, 즉 이분의 조카사위 되는 청년이 일본으로 징용당해 가던 도중에 도망해 왔다. 몸을 피해 처가에 온 것을 이곳 면장이 알고 그 처남더러 잡아 오라 했다. 이 기미를 안 매부 청년은 산으로 뛰어 올라갔다. 처남 청년은 경방단[46]의 응원을 얻어 산을 에워싸고 토끼 잡듯 붙들어다 주재소로 넘기었다는 것이다.

"강박한[47] 처남이로군!"

현도 탄식하였다.

"잡아 오지 못하면 네가 대신 가야 한다고 다짐을 받었답디다만 대신 가기루서 제 집으로 피해 온 명색이 매부 녀석을 경방단들을 끌구 올라가 돌풀매질[48]을 하면서꺼정 붙들어다 함정에 넣어야 옳소? 지금 젊은 놈들은 쓸개가 없습넨다!"

"그러니 지금 세상에 부모기로니 그걸 어떻게 공공연히 책망하십니까?"

"분해 견딜 수가 있소! 면소서 나오는 놈을 노상이면 어떻소. 잠자코 한참 대설대[49]가 끊어져 나가도록 패 주었지요. 맞는 제 놈도 까닭을 알게고 보는 사람들도 아는 놈은 알었겠지만 알면 대사요."

이날은 현도 우울한 일이 있었다. 서울 문인보국회(文人報國會)[50]에서 문인궐기대회가 있으니 올라오라는 전보가 온 것이다. 현에게는 엽서 한 장이 와도 먼저 알고 있는 주재소에서 장문 전보가 온 것을 모를 리 없고 일본제국의 흥망이 절박한 이때 문인들의 궐기대회에 밤낮 낚시질만 다니는 이 자가 응하느냐 안 응하느냐는 주재소뿐 아니라 일본인이요, 방공감시초장인 우편국장까지도 흥미를 가진 듯, 현의 딸아이

46 警防團. 일제강점기 말 소방대와 방호단을 통합한 조직.
47 剛薄-. 딱딱하고 인정 없는.
48 '돌팔매질'의 방언.
49 '담배설대'의 방언.
50 조선문인보국회. 일본 제국주의 황도문학(皇道文學) 수립을 목적으로 한 친일문학단체.

가 저녁때 편지 부치러 나갔더니, 너희 아버지 내일 서울 가느냐 묻더라는 것이다.

김 직원은 처음엔 현더러 문인궐기대회에 가지 말라 하였다. 가지 말라는 말을 들으니 현은 가지 않기가 도리어 겁이 났다. 그랬는데 다음 날 두번째, 또 그다음 날 세번째의 좌우간 답전을 하라는 독촉 전보를 받았다. 이것을 안 김 직원은 그날 일찍이 현을 찾아왔다.

"우리 따위 노혼한[51] 것들이야 새 세상을 만난들 무슨 소용이리까만 현 공 같은 젊은이는 어떡하든 부지했다가 그예 한몫 맡아 주시오. 그러자면 웬만한 일이건 과히 뻗대지 맙시다. 징용만 면헐 도리를 해요."

그리고 이날은 가네무라 순사가 나타나서, 이틀밖에 안 남았는데 언제 떠나느냐, 떠나면 여행증명을 해 가지고 가야 하지 않느냐, 만일 안 떠나면 참석 안 하는 이유는 무엇이냐, 나중에는, 서울 가면 자기의 회중시계 수선을 좀 부탁하겠다 하고 갔다. 현은 역시,

'살고 싶다!'

또 한 번 비명(悲鳴)을 하고 하루를 앞두고 가네무라 순사의 수선할 시계를 맡아 가지고 궂은비 뿌리는 날 서울 문인보국회로 올라온 것이다.

현에게 전보를 세 번씩이나 친 것은 까닭이 있었다. 얼마 전에 시국협력을 달갑게 여기지 않는 중견층 칠팔 인을 문인보국회 간부급 몇 사람이 정보과장과 하루 저녁의 합석을 알선한 일이 있었는데 그날 저녁에 현만은 참석되지 못했으므로 이번 대회에 특히 순서 하나를 맡기게 되면 현을 위해서도 생색이려니와 그 간부급 몇 사람의 성의도 드러나는 것이었다. 현더러 소설부를 대표해 무슨 진언(進言)을 하라는 것이었다. 현은 얼마 앙탈해 보았으나 나타난 이상 끝까지 뻗대지 못하고 이튿날 대회 회장(會場)으로 따라 나왔다. 부민관[52]인 회장의 광경은 어마어

51 老昏-. 늙어서 정신이 흐린.

52 府民館. 일제강점기에 경성부민의 공회당. 지금의 서울시의회 의사당 건물.

마하였다. 모다 국민복[53]에 예장(禮章)[54]을 찼고, 총독부 무슨 각하, 조선군 무슨 각하, 예복에, 군복에 서슬이 푸르렀고, 일본 작가에 누구, 만주국 작가에 누구, 조선 문단 생긴 이후 첫 어마어마한 집회였다. 현은 시골서 낚시질 다니던 진흙 묻은 웃저고리에 바지만은 후란네루를 입었으나 국방색도 아니요, 각반도 치지 않아 자기의 복장은 시국 색조에 너무나 무감각했음이 변명할 여지가 없게 되었다. 그러나 갑자기 변장할 도리도 없어 그대로 진행되는 절차를 바라보는 동안 현은 차차 이 대회에 일종 흥미도 없지 않았다. 현이 한동안 시골서 붕어나 보고 꾀꼬리나 듣던 단순해진 눈과 귀가 이 대회에서 다시 한번 선명하게 느낀 것은 파쇼 국가의 문화 행정의 야만성이었다. 어떤 각하짜리는 심지어 히틀러의 말 그대로 '문화란 일단 중지했다가도 필요한 때엔 일조일석에 부활시킬 수 있는 것이니 문학이건, 예술이건, 전쟁 도구가 못 되는 것은 아낌없이 박멸하여도 좋다' 하였고, 문화의 생산자인 시인이며 평론가며 소설가들도 이런 무장각하(武裝閣下)[55]들의 웅변에 박수갈채할 뿐 아니라 다투어 일어서, 쓰러져 가는 문화의 옹호이기보다는 관리와 군인의 저속한 비위를 핥기에만 혓바닥의 침을 말리었다. 그리고 현의 마음을 측은케 한 것은 그 핏기 없고 살 여윈 만주국 작가의 서투른 일본말로의 축사였다. 그 익지 않은 외국어에 부자연하게 움직이는 얼굴은 작고 슬프게만 보였다. 조선 문인들의 일본말은 대개 유창하였다. 서투른 것을 보다 유창한 것을 보니 유쾌해야 할 터인데 도리어 얄미운 것은 무슨 까닭일까? 차라리 제 소리 이외에는 옮길 줄 모르는 개나 도야지가 얼마나 명예스러우랴 싶었다. 약소민족은 강대민족의 말을 배우기 시작하는 것부터가 비극의 감수(甘受)였던 것이다. 그렇다고 해서 그러면 일본 작가들의 축사나 주장은 자연스럽게 보이고 옳게 생각되었느냐 하면 그

53 일제의 강요로 입었던, 전시체제(戰時體制)에 맞춘 국방색 옷.
54 군장 예복에 맞는 휘장.
55 일본 전시체제 시국에 맞게 사상이 갖추어진 고위 관리나 군인.

것도 아니었다. 현의 생각엔 일본인 작가들의 행동이야말로 이해하기에 곤란하였다. 한때는 유종렬(柳宗悅)[56] 같은 사람은,

"동포여 군국주의를 버리라. 약한 자를 학대하는 것은 일본의 명예가 아니다. 끝까지 이 인륜(人倫)을 유린할 때는 세계가 일본의 적이 될 것이니 그때는 망하는 것이 조선이 아니라 일본이 아닐 것인가?"

하고 외치었고, 한때는 히틀러가 조국이 없는 유태인들을 축방[57]하고, 진시황(秦始皇)처럼 번문욕례(繁文縟禮)[58]를 빙자해 철학, 문학을 불 지를 때 이것에 제법 항의를 결의한 문화인들이 일본에도 있지 않았는가? 그들은 지금 무엇을 하고 찍소리도 없는 것인가? 조선인이나 만주인의 경우보다는 그래도 조국이나 저희 동족에의 진정한 사랑과 의견을 외칠 만한 자유와 의무는 남아 있지 않을 것인가? 진정한 문화인의 양심이 아직 일본에 있다면 조선인과 만주인의 불평을 해결은커녕 위로조차 아니라 불평할 줄 아는 그 본능까지 마비시키려는 사이비 종교가만이 쏟아져 나오고, 저희 민족문화의 한 발원지라고도 할 수 있는 조선의 문화나 예술을 보호는 못 할망정, 야만적 관료의 앞잡이가 되어 조선어의 말살과 긴치 않은 동조론(同祖論)[59]이나 국민극(國民劇)[60]의 앞잡이 따위로나 나와 돌아다니는 꼴들은 반세기의 일본 문화란 너무나 허무한 것이 아닌가? 물론 그네들도 양심있는 문화인은 상당한 수난(受難)일 줄은 안다. 그러나 너무나 태평무사하지 않는가? 이런 생각에서 펀듯 박수 소리에 놀라는 현은, 차츰 자기도 등단해야 될, 그 만주국 작가보다 더 비극적으로 얼굴의 근육을 경련시키면서 내용이 더 쿠린[61] 일

56 야나기 무네요시(1889-1961). 일본의 사상가, 민예연구가, 미술평론가.
57 逐放. 일정한 지역이나 조직 밖으로 쫓아냄.
58 번거롭고 까다로운 규칙과 예절.
59 일선동조론(日鮮同祖論). 일본인과 조선인이 같은 뿌리에서 나왔다는 이론으로, 일제가 식민지배를 정당화하기 위해 만든 식민사관.
60 일제강점기 말 식민 통치 이념과 전쟁에 동조하는 내용의 연극.
61 구린.

본어를 배설해야 될 것을 깨달을 때, 또 여태껏 일본 문화인들을 비난하며 있던 제 속을 들여다볼 때 '네 자신은 무어냐? 네 자신은 무엇 허러 여기 와 앉어 있는 거냐?' 현은 무서운 꿈속이었다. 뛰어도 뛰어도 그 자리에만 있는 꿈속에서처럼 현은 기를 쓰고 뛰듯 해서 겨우 자리를 일었다. 일어서고 보니 걸음은 꿈과는 달라 옮겨지었다. 모자가 남아 있는 것도 의식 못 하고 현은 모든 시선이 올가미를 던지는 것 같은 회장을 슬그머니 빠져나오고 말았다.

'어찌 될 것인가? 의장 가야마[62] 선생은 곧 내가 나설 순서를 지적할 것이다. 문인보국회 간부들은 그 어마어마한 고급 관리와 고급 군인들의 앞에서 창씨 안 한 내 이름을 외치면서 찾을 것이다!'

위에서 누가 나려오는 소리가 난다. 우선 현은 변소로 들어섰다. 나려오는 사람은 절거덕절거덕 칼 소리가 났다. 바로 이 부민관 식당에서 언젠가 한 번 우리 문인들에게, 너희가 황국 신민으로서 충성하지 않을 때는 이 칼이 너희 목을 용서하지 않을 것이다 하던, 그도 우리 동포인 무슨 중좌[63]인가 그자인지도 모르는데 절거덕 소리는 변소로 들어오는 눈치다. 현은 얼른 대변소 속으로 들어섰다. 한참 만에야 소변을 끝낸 칼 소리의 주인공은 나가 버리었다. 그러나 그 뒤를 이어 이내 다른 구두 소리가 들어선다. 누구이든 이 속을 엿볼 리는 없을 것이나, 현은, 그 시골서 낚시질을 가던 길 산등성이에서 순사부장과 닥뜨리었을[64] 때처럼 꼼짝 못 하겠다. 변기는 씻겨 나려가는 식이나 상당한 무더위와 독하도록 불결한 내[65]다. 현은 담배를 꺼내 피워 물었다. 아무리 유치장이나 감방 속이기로 이다지 좁고 이다지 더러운 공기는 아니리라 싶어 사람이

62 가야마 미쓰로(香山光郞). 소설가 춘원(春園) 이광수(李光洙, 1892-1950)의 일본식 이름.

63 中佐. '중령'을 뜻하는 일본식 한자어.

64 가까이 맞섰을.

65 냄새.

드나드는 곳치고 용무 이외에 머무르기 힘든 곳은 변소 속이라 느낄 때, 현은 쓴 웃음도 나왔다. 머언 삼층 위에선 박수 소리가 울려왔다. 그러고는 조용하다. 조용해진 지 얼마 만에야 현은 밖으로 나왔다. 그리고 맨머릿바람[66]인 채, 다시 한번 될 대로 되어라 하고 시내에서 그중 동뜬 성북동에 있는 친구에게로 달려오고 만 것이다.

어찌 되었든 현이 서울 다녀온 보람은 없지 않았다. 깔끔하여[67] 인사도 제대로 받지 않으려던 가네무라 순사가 시계를 고쳐다 준 이후로는 제법 상냥해졌고, 우편국장, 순사부장, 면장 들이 문인대회에서 전보를 세 번씩이나 쳐서 불러간 현을 그전보다는 약간 평가를 높이 하는 듯, 저희 편에서도 자진해 인사를 보내게쯤 되어 이제는 그들이 보는데도 낚싯대를 어엿이 들고 지나다니게쯤 되었다.

낚시질은, 현이 사용하는 도구나 방법이 동양 것이어서 그런지는 몰라도 역시 동양적인 소견법(消遣法)[68]의 하나 같았다. 곤드레[69]가 그린 듯이[70] 소식 없기를 오랄[71] 때에는 그대로 강 속에 마음을 둔 채 졸고도 싶었고, 때로는 거친 목소리나마 한가락 노래도 흥얼거리고 싶은 것인데 이런 때는 신시(新詩)보다는 시조나 한시(漢詩)를 읊는 것이 제격이었다.

小縣依山脚 官樓似鐘懸　　소현의산각 관루사종현
觀書啼鳥裏 聽訴落花前　　관서제조리 청소낙화전
俸薄稱貧吏 身閑號散仙　　봉박칭빈리 신한호산선

66 머리에 아무것도 쓰지 않은 차림새.
67 깐깐하고 까다로워서.
68 어떤 것에 재미를 붙여 세월을 보내는 방법.
69 낚시의 찌.
70 그림처럼 (움직이지 않고).
71 오랠. 오래일.

新參釣魚社 月半在江邊[72] 신참조어사 월반재강변

현이 이곳에 와서 무엇이고 군소리 내고 싶은 때 즐겨 읊조리는 한시다. 한번은 김 직원과 글씨 이야기를 하다가 고비(古碑) 이야기가 나오고 나중에는 심심하니 동구(洞口)에 늘어선 현감비(縣監碑)들이나 구경 가자고 나섰다. 거기서 현은 가장 첫머리에 선 대산(對山) 강진(姜溍)[73]의 비를 그제야 처음 보았고 이조 말 사가시(四家詩)[74]의 계승자라고 하는 시인 대산이 한때 이곳 현감으로 왔던 사적을 반겨 놀라지 않을 수 없었다. 그길로 김 직원 댁으로 가서 두 권으로 된 이 『대산집(對山集)』[75]을 빌리어다 보니 중년작은 거의가 이 산읍에 와서 지은 것이며 현이 가끔 올라가는 만경산(萬景山)이며 낚시질 오는 용구소(龍九沼)며 여조유신(麗朝遺臣)[76] 허(許) 모(某)가 와 은둔해 있던 곳이라는 두문동(杜門洞)[77]이며 진작 이 시인 현감의 시제(詩題)에 오르지 않은 구석이 별로 없다. 그는 일찍부터 출재산수향(出宰山水鄕) 독서송계림(讀書松桂林)[78]의 한퇴지(韓退之)[79]의 유풍을 사모하여 이런 산수향에 수령(守令) 되어 왔음을 매우 만족해한 듯하다. 새 우짖는 소리 속에 책을 읽고 꽃 흩는 나무 앞에서 백성의 시비를 가리는 것이라든지, 녹은 적으나 몸 한가한 것만

72 대산 강진의 시 「협현(峽縣)」으로, '깊은 산골 마을'이라는 뜻이다.

작은 고을 산자락에 의지해 있으니 관청의 누각은 종[경쇠]처럼 매달려 있네
지저귀는 새소리 가운데 책을 보고 낙화 앞에서 백성의 하소연을 듣네
봉록은 박하여 빈한한 관리라 일컫고 몸은 한가로워 신선이라 부르네
새로이 낚시 모임에 참가하니 한 달에 반은 강변에 있네

73 1807-1858. 조선 후기 문신으로, 서화가 강세황(姜世晃)이 증조부이다.

74 조선 정조 때 이덕무, 박제가, 유득공, 이서구 네 사람의 한시(漢詩).

75 1868년(고종 5년)에 간행된 강진의 시집.

76 고려왕조가 망한 뒤에 남아 있는 신하.

77 고려왕조 충신들이 조선조에서 벼슬하지 않고 숨어 모여 살던 곳. 당시 경기도, 지금의 북한 황해북도 개풍군.

78 산수가 아름다운 고을에 수령이 되어, 소나무 계수나무 숲에 가서 책을 읽는다.

79 퇴지(退之) 한유(韓愈, 768-824). 중국 당나라의 문인이자 사상가.

신선이어서 새로 낚시꾼들에게 끼여 한 달이면 반은 강변에서 지내는 것을 스사로 호강스러워 예찬한 노래다. 벼슬살이가 이러할진댄 도연명(陶淵明)[80]인들 굳이 팽택령(彭澤令)[81]을 버렸을 리 없을 것이다. 몸이야 관직에 매였더라도 음풍영월(吟風詠月)[82]만 할 수 있으면 문학이었고 굳이 관대[83]를 끄르고 전원(田園)에 돌아갔으되 역시 음풍영월만이 문학이긴 마찬가지였다.

'관서제조리, 청소낙화전! 이런 운치의 정치를 못 가져 봄은 현대 정치인의 불행이라 할 수 있을 것이다! 그러나 다시 이런 운치 정치로 살 수 있는 세상이 올 수 있을 것인가? 음풍영월만으로 소견 못 하는 것이 현대 문인의 불행이기도 할 것이다. 그러나 마찬가지로 음풍영월이 문학일 수 있는 세상이 다시 올 수 있을 것인가? 아니 그런 세상이 올 필요나 있으며 또 그런 것이 현대 정치가나 예술가의 과연 흠모하는 생활이며 명예일 수 있을 것인가?'

현은 무시로 대산의 시를 입버릇처럼 읊조리면서도 그것은 한낱 왕조시대의 고완품(古翫品)을 애무하는 것 같은 취미요, 그것이 곧 오늘 자기 문학생활에 관련성을 가진 것이라고는 생각되지 않았다.

'그렇다고 내 자신이 걸어온 문학의 길은 어떠하였는가? 봉건시대의 소견문학[84]과 얼마만 한 차이를 가졌는가?'

현은 이것을 붓을 멈추고 자기를 전망할 수 있는 이 피난처에 와서야, 또는 강대산 같은 전(前) 세대 시인의 작품을 읽고야 비로소 반성하는 것은 아니었다. 현의 아직까지의 작품세계는 대개 신변적인 것이 많았다. 신변적인 것에 즐기어 한계를 둔 것은 아니나 계급보다 민족의 비애

80 365-427. 무릉도원을 노래한 중국 진나라의 시인.
81 평쩌현의 현령.
82 맑은 바람과 밝은 달을 대상으로 시를 지으며 즐겁게 놂. 음풍농월.
83 冠帶. '관디'의 원말. 옛날 벼슬아치들의 공복(公服).
84 消遣文學. 사사로운 느낌을 표현한 문학.

에 더 솔직했던 그는 계급에 편향했던 좌익엔 차라리 반감이었고, 그렇다고 일제의 조선민족정책에 정면충돌로 나서기에는 현만이 아니라 조선 문학의 진용 전체가 너무나 미약했고 너무나 국제적으로 고립해 있었다. 가끔 품속에 서린 현실자로서의 고민이 불끈거리지 않았음은 아니나, 가혹한 검열제도 밑에서는 오직 인종(忍從)하지 않을 수 없었고, 따라 체관(諦觀)[85]의 세계로밖에는 열릴 길이 없었던 것이다.

'자, 인전 무엇을 어떻게 쓸 것인가? 일본이 망할 것은 정한 이치다. 미리 준비를 하자! 만일 일본이 망하지 않는다면? 조선은 문학이니 문화니가 문제가 아니다. 조선말은 그에 우리 민족에게서 떠나고 말 것이니 그때는 말만이 아니라 민족 자체가 성격적으로 완전히 파산되고 마는 최후인 것이다. 이런 끔찍한 일본 군국주의의 음모를 역사는 과연 일본에게 허락할 것인가?'

현은 아내에게나 김 직원에게는 멀어야 이제부터 일 년이란 것을 누누이 역설하면서도 정작 저 혼자 따져 생각할 때는 너무나 정보에 어두워 있으므로 막연하고 불안하였다. 그러나 파시즘의 국가들이 이기기나 하면 어쩌나 하는 불안은 이내 사라졌다. 무솔리니의 실각, 제이전선의 전개, 사이판의 함락, 일본 신문이 전하는 것만으로도 전쟁의 대세는 이미 결정되어 있었다.

그렇다고 현은 붓을 들 수는 없었다. 자기가 쓰기는커녕 남의 것을 읽는 것조차 마음은 여유를 주지 않았다. 강가에 앉아 '관서제조리, 청소낙화전'은 읊조릴망정, 태서[86] 대가들의 역작, 명편[87]은 도무지 머릿속에 들어오지 않아, 다시 읽는 『전쟁과 평화』를 일 년이 걸리어도 하권은 그예 못다 읽고 말았다. 집엔 들어서기만 하면 쌀 걱정, 나무 걱정, 방바닥 뚫어진 것, 부엌 불편한 것, 신발 없는 것, 옷감 없는 것, 약 없는 것, 나중엔

85 체념. 단념.
86 泰西. 서양.
87 名篇. 명작.

삼 년은 견딜 줄 예산한 집 잡힌 돈이 일 년이 못다 되어 바닥이 났다. 징용도 아직 보장이 되지 못하였는데 남자 육십 세까지의 국민의용대[88] 법령이 나왔다. 하루는 주재소에서 불렀다. 여기는 시달서도 없이 소사[89]가 와서 이르는 것이나, 불안하고 불쾌하긴 마찬가지다. 다만 그 불안을 서울서처럼 궁금한 채 내일까지 기다리는 것이 아니라 그길로 달려가 즉시 결과를 알 수 있는 것만 다행이었다.

주재소에는 들어설 수 없게 문간에까지 촌사람들로 가득하였다. 현은 자기를 부른 일과 무슨 관계가 있나 해서 가만히 눈치부터 살피었다. 농사진 밀보리는 종자도 남기지 않고 모조리 걷어 들여오고 이름만 농가라고 배급은 주지 않으니 무얼 먹고 살라느냐, 밤낮 증산(增産)이니 무슨 공출(供出)이니 하지만 먹어야 농사도 짓고 먹어야 머루 덤불도, 관솔[90]도, 참나무 껍질도 해다 바치지 않느냐, 면에다 양식 배급을 주도록 말해 달라고 진정하러들 온 것이었다. 실실 웃기만 하고 앉았던 부장이 현을 보더니 갑자기 얼굴에 위엄을 갖추며 밖으로 나왔다.

"오늘은 낚시질 안 갔소?"

"안 갔습니다."

"당신을 경방단에도, 방공 감시에도 뽑지 않은 것은 나라를 위해서 글을 쓰라고 그냥 둔 것인데 자꾸 낚시질만 다니니까 소문이 나쁘게 나는 것이오. 내가 어제 본서에 들어갔더니, 거긴, 어쩐 한가한 사람이 있어 버스에서 보면 늘 낚시질을 하니, 그게 누구냐고 단단히 말을 합디다. 인전 우리 일본제국이 완전히 이길 때까지 낚시질은 그만둡시다."

현은,

"그렇습니까? 미안합니다."

하는 수밖에 없었다.

88 태평양전쟁 말기 일제가 일본군 지원을 위해 결성한 전시 동원 조직.

89 小使. 학교나 관공서에서 잔심부름을 하는 사람. 사환.

90 송진이 엉긴 소나무 가지나 옹이. 예전에 불쏘시개로 사용했다.

"그리고 당신은, 출정 군인이 있을 때마다 여기서 장행회[91]가 있는데 한 번도 나오지 않지 않었소?"

"미안합니다. 앞으론 나오겠습니다."

현은 몹시 우울했다.

첫 장마 지난 후, 고기들이 살도 올랐고 떼 지어 활발히 이동하는 것도 이제부터다. 일 넌 중 강물과 제일 즐길 수 있는 당절[92]에 그만 금족[93]을 당하는 것이었다. 낚시 도구는 꾸려 선반에 얹어 두고, 자연 김 직원과나 자주 만나는 것이 일이 되었다. 만나면 자연 시국 이야기요, 시국 이야기면 이미 독일도 결딴났고 일본도 벌써 적을 오키나와까지 맞아들인 때라 자연히 낙관적 관찰로써 조선 독립의 날을 꿈꾸는 것이었다.

"국호(國號)가 고려국이라고 그리셨나?"

현이 서울서 듣고 온 것을 한 번 김 직원에게 이야기한 적이 있다.

"고려민국이랍디다."

"어째 고려라고 했으리까?"

"외국에는 조선이나 대한보다는 고려로 더 알려졌기 때문인가 봅니다. 직원님께선 무어라 했으면 좋겠습니까?"

"그까짓 국호야 뭐래든 얼른 독립이나 됐으면 좋겠소. 그래도 이왕이면 우리넨 대한이랬으면 좋을 것 같어."

"대한! 그것도 이조 말에 와서 망할 무렵에 잠시 정했던 이름 아닙니까?"

"그렇지요. 신라나 고려나처럼 한때 그 조정이 정했던 이름이죠."

"그렇다면 지금 다시 이왕시대(李王時代)가 아닐 바엔 대한이란 거야 무의미하지 않습니까? 잠시 생겼다 망했다 한 나라 이름들은 말씀대로 그때그때 조정이나 임금 마음대로 갈었지만 애초부터 우리 민족의 이

91 壯行會. 군인들이 출정할 때 갖는 송별회.

92 當節. 알맞은 시절. 제철.

93 禁足. 외출을 못하게 함.

름은 조선이 아닙니까?"

"참, 그러리다. 사기에도 고조선이니 위만조선(衛滿朝鮮)이니 허구 조선이란 이름이야 흠뻑 오라죠[94]. 그런데 나는 말이야."

하고 김 직원은 누워서 피우던 담뱃대를 놓고 일어나며,

"난 그전대로 국호도 대한, 임금도 영친왕[95]을 모셔 내다 장가나 조선 부인으루 다시 듭시게 해서 전주이씨 왕조를 다시 한번 모셔 보구 싶어."

하였다.

"전조(前朝)가 그다지 그리우십니까?"

"그립다뿐이겠소. 우리 따위 필부가 무슨 불사이군(不事二君)[96]이래서보다도 왜놈들 보는 데 대한 그대로 광복(光復)을 해 가지고 이번엔 고놈들을 한번 앙갚음을 해야 허지 않겠소?"

"김 직원께서 이제 일본으루 총독 노릇을 한번 가 보시렵니까?"

하고 둘이는 유쾌히 웃었다.

"고려민국이건 무어건 그래 군대도 있구 연합국 간엔 승인도 받었으리까?"

"진가[97]는 몰라도 일본에 선전포고꺼정 허구 군대가 김일성 부하, 김원봉[98] 부하, 이청천[99] 부하, 모다 삼십만은 넘는다는 말이 있습니다."

"삼십만! 제법 대군이로구려! 옛날엔 십만이라두 대병인데! 거 인제 독립이 돼 가지구 우리 정부가 환국할 땐 참 장관이겠소! 오래 산 보람 있으려나 보오!"

하고 김 직원은 다시 담배를 피워 물었다. 그리고 그 피어오르는 연기

94 아주 오래죠.
95 英親王. 이은(李垠, 1897-1970). 대한제국의 마지막 황태자.
96 두 임금을 섬기지 아니함.
97 眞假. 진실과 거짓.
98 金元鳳. 1898-1958. 독립운동가, 정치인. 의열단을 조직해 무정부주의 투쟁을 함.
99 李青天. 백산(白山) 지청천(池青天, 1888-1957)의 별칭. 독립운동가, 한국독립군 총사령관.

속에서 삼십만 대병으로 호위된 우리 정부의 복식 찬란한 헌헌장부[100] 들의 환상(幻像)을 그려 보는 것이었다. 나중에는 감격에 가슴이 벅찬 듯 후우 한숨을 쉬는 김 직원의 눈은 눈물까지 글썽해 있었다.

그 후 얼마 안 있어서다. 하루는 김 직원이 주재소에 불려 갔다. 별일은 아니라 읍에서 군수가 경비 전화를 통해 김 직원을 군청으로 들어오라는 기별이었다. 김 직원은 이튿날 버스로 칠십 리나 들어가는 군청으로 갔다. 군수는 반가이 맞아 자기 관사에서 저녁을 차리고, 김 직원에게 이런 말을 하였다.

"왜 지난달 춘천(春川)서 열린 도유생대회(道儒生大會)엔 참석허지 않었습니까?"

"그것 때문에 부르셨소?"

"아니올시다. 더 드릴 말씀이 있습니다."

"다 허시지요."

"이왕 지나간 대회 이야기보다도… 인전 시국이 정말 국민에게 한 사람에게도 방관할 여율 안 준다는 건 나뿐 아니라 김 직원께서도 잘 아실 겁니다. 노인께 이런 말씀 드리는 건 미안합니다만 너무 고루하신 것 같은데 성인도 시속(時俗)을 따르랬다고 대세가 그렇지 않습니다."

"그래서요?"

"이번에 전국유도대회(全國儒道大會)를 앞두고 군(郡)에서 미리 국어(國語)[101]와 황국정신(皇國精神)에 대한 강습이 있습니다. 그러니 강습에 오시는 데 미안합니다만 머리를 인전 깎으시고 대회에 가실 때도 필요할 게니 국민복도 한 벌 장만하십시오."

"그 말씀뿐이오?"

"그렇습니다."

100 軒軒丈夫. 외모가 준수하고 풍채가 당당한 남자.
101 일제강점기에는 공식적으로 일본어를 '국어'로 칭했다.

"나 유생인 건 사또께서 잘 아시리라. 신체발부(身體髮膚)는 수지부모(受之父母)란 성현의 말씀을 지키지 않구 유생은 무슨 유생이며 유도대회는 무슨 유도대회겠소. 나 향교 직원, 명예로 허는 것 아니오. 제향 절차 하나 제대로 살필 위인이 없으니까 그곳 사는 후학(後學)으로서 성현께 대한 도리로 맡어 온 것이오. 이제 머리를 깎어라, 낙치(落齒)[102]가 다 된 것더러 일본말을 배워라, 복색을 갈어라, 나 직원 내노란 말씀이니까 잘 알아들었소이다."

하고 나와 버린 것인데, 사흘이 못 되어 다시 주재소에서 불렀다. 또 읍에서 나온 전화 때문인데 이번에는 경찰서에서 들어오라는 것이다. 김 직원은 그길로 현을 찾아왔다.

"현 공, 저놈들이 필시 나헌테 강압 수단을 쓸랴나 보오."

"글쎄올시다. 아무튼 메칠 안 남은 발악이니 충돌은 마시고 잘 모면만 하십시오."

"불러도 안 들어가면 어떠리까?"

"그건 안 됩니다. 지금 핑계가 없어서 구속을 못 하는데 관명 거역이라고 유치(留置)나 시켜 놓고 머리를 깎이면 그건 기미년 때처럼 꼼짝 못 허구 당허십니다."

"옳소, 현 공 말이 옳소."

하고 김 직원은 그 이튿날 또 읍으로 갔는데 사흘이 되어도 나오지 않았고 나흘째 되던 날이 바로 '팔월 십오일'인 것이었다.

그러나 현은 라디오는커녕 신문도 이삼 일이나 늦는 이곳에서라 이 역사적 '팔월 십오일'을 아무것도 모르는 채 지나 버리었고, 그 이튿날 아침에야 서울 친구의 다만 '급히 상경하라'는 전보로 비로소 제 육감이 없지는 않았으나 그러나, 여행증명도 얻을 겸 눈치를 보려 주재소에 갔으되, 순사도 부장도 아무런 이상이 없었을 뿐 아니라 가네무라 순사에

102 늙어서 이가 빠짐.

게 넌지시, 김 직원이 어찌 되어 나오지 못하느냐 물었더니,

"그런 고집불통 영감은 한참 그런 데서 땀 좀 내야죠."

한다.

"그럼 구금이 되셨단 말이오?"

"뭐 잘은 모릅니다. 괜히 소문내지 마슈."

하고 말을 끊는데, 모두가 변한 것이 조금도 없다.

'급히 상경하라. 무슨 때문인가?'

현은 궁금한 채 버스를 기다리는데 이날은 버스가 정각 전에 일찍 나왔다. 이 차에도 김 직원이 나타나는 것을 보지 못하고 현은 떠나고 말았다.

버스 속엔 아는 사람도 하나 없다. 대부분이 국민복들인데 한 사람도 그럴듯한 기색은 보이지 않는다. 한 사십 리나 와 저쪽에서 들어오는 버스와 마주치게 되었다. 이쪽 운전수가 팔을 내밀어 저쪽 차를 같이 세운다.

"어떻게 된 거야?"

"무에 어떻게 돼?"

"철원은 신문이 왔겠지?"

"어제 방송대루지 뭐."

"잡음 때문에 자세들 못 들었어. 그런데 무조건 정전(停戰)이라지?"

두 운전수의 문답이 이에 이를 때, 누구보다도 현은 좁은 틈에서 벌떡 일어섰다.

"그게 무슨 소리들이오?"

"전쟁이 끝났답니다."

"뭐요? 전쟁이?"

"인전 끝이 났어요."

"끝! 어떻게요?"

"글쎄, 그걸 잘 몰라 묻습니다."

하는데 저쪽 운전대에서,

"결국 일본이 지구 만 거죠. 철원 가면 신문을 보십니다."

하고 차를 달려 버린다. 이쪽 차도 갑자기 구르는 바람에 현은 펄석 주저앉았다.

'옳구나! 올 것이 왔구나! 그 지리하던 것이….'

현은 코허리가 찌르르해 눈을 슴벅거리며 좌우를 둘러보았다. 확실히 일본 사람은 아닌 얼굴들인데 하나같이 무심들하다.

"여러분은 인제 운전수들의 대활 못 들었습니까?"

서로 두리번거릴 뿐, 한 사람도 응하지 않는다.

"일본이 지고 말었다면 우리 조선이 어떻게 될 걸 짐작들 허시겠지요?"

그제야 그것도 조선옷 입는 영감 한 분이,

"어떻게든 되는 거야 어디 가겠소? 어떤 세상이라고 똑똑히 모르는 걸 입을 놀리겠소?"

한다. 아까는 다소 흥미를 가지고 지껄이던 운전수까지,

"그렇지요. 정말인지 물어보기만도 무시무시헌걸요."

하고, 그 피곤한 주름살, 그 움푹 들어간 눈으로 버스를 운전하는 표정뿐이다.

현은 고개를 푹 수그렸다. 조선이 독립된다는 감격보다도 이 불행한 동포들의 얼빠진 꼴이 우선 울고 싶게 슬펐다.

'이게 나 혼자 꿈이나 아닌가?'

현은 철원에 와서야 꿈 아닌 『경성일보』[103]를 보았고, 찾을 만한 사람들을 만나 굳은 악수와 소리 나는 울음을 울었다. 하늘은 맑아 박꽃 같은 구름송이, 따[104]에는 무럭무럭 자라는 곡식들, 우거진 녹음들, 어느 것이고 우러러 절하고 소리 지르고 날뛰고 싶었다.

103 일제강점기 조선총독부 기관지로, 일본어로 발행되던 신문.

현은 십칠일 날 새벽, 뚜껑 없는 모래차에 모래 실리듯 한 사람 틈에 끼여, 대통령에 누구, 육군 대신에 누구, 그러다가 한 정거장을 지날 때마다 목이 터지게 독립 만세를 부르며 이날 아침 열시에 열린다는 건국대회에 미치지 못할까 보아 초조하면서 태극기가 휘날리는 열광의 정거장들을 지나 서울로 올라왔다.

청량리 정거장을 나서니, 웬일일까, 기대와는 달리 서울은 사람들도 냉정하고 태극기조차 보기 드물다. 시내에 들어서니 독 오른 일본 군인들이 일촉즉발(一觸卽發)의 예리한 무장으로 거리마다 목을 지키고 『경성일보』가 의연히[105] 태연자약한 논조다.

현은 전보 쳐 준 친구에게로 달려왔다. 손을 잡기가 바쁘게 건국대회가 어디서 열리느냐 하니, 모른다 한다. 정부 요인들이 비행기로 들어왔다는데 어디들 계시냐 하니, 그것도 모른다 한다. 현은, 대체 일본 항복이 사실이긴 하냐 하니, 그것만은 사실이라 한다. 현은 전신에 피곤을 느끼며 걸상에 주저앉아 그제야 여러 시간 만에 처음 정신을 가다듬었다. 그리고 이 친구로부터 팔월 십오일 이후 이틀 동안의 서울 정황을 대강 들었다.

현은 서울 정황에 불쾌하였다. 총독부와 일본 군대가 여전히 조선 민족을 명령하고 앉았는 것과, 해외에서 임시정부가 오늘 아침에 들어왔다, 혹은 오늘 저녁에 들어온다 하는 이때 그새를 못 참아 건국(建國)에 독단적인 계획들을 발전시키며 있는 것과, 문화면에 있어서도, 현 자신은 그저 꿈인가 생시인가도 구별되지 않는 이 현혹한 찰나에, 또 문화인들의 대부분이 아직 지방으로부터 모이기도 전에, 무슨 이권이나처럼 재빨리 간판부터 내걸고 서두르는 것들이, 도시 불순하고 경망해 보였

104 '땅'의 옛말.
105 依然-. 예전처럼.

던 것이다. 현이 더욱 걱정되는 것은 벌써부터 기치를 올리고 부서를 짜고 덤비는 축들이, 전날 좌익 작가들의 대부분임을 알게 될 때, 문단 그 사회보다도, 나라 전체에 좌익이 발호(跋扈)할 수 있는 때요, 좌익이 제멋대로 발호하는 날은, 민족 상쟁 자멸의 파탄을 일으키지 않을까 하는, 위험성이었다. 현은 저 자신의 이런 걱정이 진정일진댄, 이러고만 앉았을 때가 아니라 생각되어 그 '조선문화건설중앙협의회[106]'란 데를 찾아갔다. 전날 구인회(九人會)[107] 시대, 『문장(文章)』[108] 시대에 자별하게 지내던 친구도 몇 있었으나 아닌 게 아니라 전날 좌익이었던 작가와 평론가가 중심이었다. 마침 기초(起草)[109]된 선언문을 수정하면서들 있었다. 현은 마음속으로 든든히 그들을 경계하면서 그들이 초안한 선언문을 읽어 보았다. 두 번 세 번 읽어 보았다. 그리고 그들의 표정과 행동에 혹시라도 위선적인 데나 없나 엿보기를 게을리 하지 않으며 저윽 속으로 이상하게 생각하지 않을 수 없었다.

'이들에게 이만침 조선 사정에 진실한 정신적 준비가 있었던가?'

현은 그들의 태도와 주장에 알고 보니 한 군데도 이의(異意)를 품을 데가 없었다. '장래 성립할 우리 정부의 문화, 예술 정책이 서고, 그 기관이 탄생되어 이 모든 임무를 수행할 때까지, 우선, 현 계단의 문화 영역의 통일적 연락과 각 부문의 질서화를 위하야'였고 '조선 문화의 해방, 조선 문화의 건설, 문화 전선의 통일' 이것이 전진 구호였던 것이다. 좌우를 막론하고 민족이 나아갈 노선에서 행동 통일부터 원칙을 삼아야 할 것을 현은 무엇보다 긴급으로 생각한 것이요, 좌익 작가들이 이것을 교란할까 보아 걱정한 것이며 미리부터 일종의 증오를 품었던 것인데,

106 朝鮮文化建設中央協議會. 해방 직후 임화, 이태준, 김남천, 이원조 등이 주도한 진보적 문화운동단체. 줄여서 '문협'으로 불림.
107 1933년에 결성한 문학동인회로, 순수문학을 지향했다.
108 1939년 2월에 창간한 문예지로, 이태준이 주간이었다.
109 글의 초안을 잡음.

사실인즉 알아볼수록 그것은 현 자신의 기우(杞憂)였었다. 아직 이 이상 구체안이 있을 수도 없는 때이나, 이들로서 계급혁명의 선수(先手)를 걸지 않는 것만은 이들로는 주저나 자중이 아니라, 상당한 자기비판과 국제 노선과 조선 민족의 관계를 심사숙고한 연후가 아니고는, 이처럼 일견 단순해 보이는 태도나 원칙만엔 만족할 리가 없을 것이었다. 현은 다행한 일이라 생각하고 즐기어 그 선언에 서명을 같이 하였다.

그러나 도시 마음이 놓이지는 않았다. '모오든 권력은 인민에게로!' 이런 깃발과 노래는 이들의 회관에서 거리를 향해 나부끼고 울려 나왔다. 그것이 진리이긴 하나 아직 민중의 귀에만은 이른 것이었다. 바다 우으로 신기루같이 황홀하게 떠들어올[110] 나라나, 대한이나, 정부나, 영웅 들을 고대하는 민중들은, 저희 차례에 갈 권리도 거부하면서까지 화려한 환상과 감격에 더 사무쳐 있는 때이기 때문이다. 현 자신까지도 '모오든 권력은 인민에게로'가 이들이 민주주의자로서가 아니라 그전 공산주의자로서의 습성에서 외침으로만 보여질 때가 한두 번 아니었고, 위고[111] 같은 이는 이미 전(前) 세대에 있어 '국민보다 인민에게'를 부르짖은 것을 생각할 때, 오늘 우리의 이 시대, 이 처지에서 '인민에게'란 말이 그다지 새롭거나 위험스럽게 들릴 것도 아무것도 아닌 줄 알면서도, 현은 역시 조심스러웠고, 또 현을 진실로 아끼는 친구나 선배의 대부분이, 현이 이들의 진영 속에 섞인 것을 은근히 염려하는 것이었다. 그런데다 객관적 정세는 날로 복잡다단해졌다. 임시정부는 민중이 꿈꾸는 것 같은 위용(偉容)은커녕 개인들로라도 쉽사리 나타나 주지 않았고, 북쪽에서는 소련군이 일본군을 여지없이 무찌르며 조선인의 골수에 사무친 원한을 충분히 이해해서 왜적에 대한 철저한 소탕을 개시한 듯 들리나, 미국군은 조선 민중의 기대는 모른 척하고 일본인들에게 관대한 삐

110 정처 없이 떠돌다 들어올.
111 빅토르 위고(Victor Hugo, 1802-1885). 프랑스 문학가.

라부터를 뿌리어, 아직도 총독부와 일본 군대가 조선 민중에게 '보아라, 미국은 아직 일본과 상대이지 너희 따위 민족은 문제가 아니다' 하는 자세를 부리기 좋게 하였고, 우리 민족 자체에서는 '인민공화국'이란, 장래 해외 세력과 대립의 예감을 주는 조직이 나타났고, '조선문화건설중앙협의회'와 선명히 대립하여 '프롤레타리아예술연맹[112]'이란, 좌익 문학인들만으로 문화운동 단체가 기어이 일어나고 말았다.

이 '프로예맹'이 대두함에 있어, 현은 물론, '문협'에서들은, 겉으로는 '역사나 시대는 그네들의 존재 이유를 따로 허락지 않을 것이다' 하고 비웃어 버리려 하나 속으로는 '문화전선통일'에 성실하면 성실한 만치 무엇보다 먼저 해결하지 않으면 안 될 당면과제의 하나였다. 현이 더욱 불쾌한 것은, '프로예맹'의 선언강령이 '문협' 것과 별로 다를 것이 없는 점이요, 그렇다면 과거에 좌익 작가들이, 과거에 자기들과 대립 존재였던 현을 책임자로 한 '문학건설본부'에 들어 있기 싫다는 표시로도 생각할 수 있는 점이다. 하루는 우익 측 몇 친구가 '프로예맹'의 출현을 기다리었다는 듯이 곧 현을 조용한 자리에 이끌었다.

"당신의 진의는 우리도 모르지 않소. 그러나 급기얀 당신이 거기서 못 배겨나리다. 수포에 돌아가리다. 결국 모모(某某)들은 당신 편이기보단 프로예맹 편인 것이오. 나중에 당신만 지붕 쳐다보는 꼴이 될 것이니 진작 나와 우리끼리 따로 모입시다. 뭣 허러 서로 어성버성헌[113] 속에서 챙피만 보고 계시오?"

현은 그들에게 이 기회에 신중히 생각할 여지가 있다는 것만은 수긍하고 헤어졌다. 바로 그다음 날이다. 좌익 대중단체 주최의 데모가 종로를 지나게 되었다. 연합국기 중에도 맨 붉은 기뿐이요, 행렬에서 부르는 노래도 「적기가(赤旗歌)」[114]다. 거리에 섰는 군중들은 모다 이 데모에 냉

112 1945년 9월 말에 창설된 좌익계열의 예술단체. 줄여서 '프로예맹'으로 불림.
113 사이가 서먹서먹한.
114 공산주의 투쟁을 고취하는 노래.

정하다. 그런데 '문협' 회관에서만은 열광적 박수와 환호로 이 데모에 응할 뿐 아니라, 이제 연합군 입성 환영 때 쓸 연합국기들을 다량으로 준비해 두었는데, '문협'의 상당한 책임자의 하나가 묶어 놓은 연합국기 중에서 소련 것만을 끄르더니 한 아름 안고 가 사층 위로부터 행렬 위에 뿌리는 것이다. 거리가 온통 시뻘게진다. 현은 대뜸 뛰어가 그것을 막았다. 다시 집으러 가는 것을 또 막았다.

"침착합시다."

"침착헐 이유가 어디 있소?"

양편이 다 같이 예리한 시선의 충돌이었다. 뿐만 아니라 옆에 섰던 젊은 작가들은 하나같이 현에게 모멸의 시선을 던지며 적기를 못 뿌리는 대신, 발까지 구르며 박수와 환호로 좌익 데모를 응원하였다. 데모가 지나간 후, 현의 주위에는 한 사람도 가까이 오지 않았다. 현은 회관을 나설 때 몹시 외로웠다. 이들과 헤어지더라도 이들 수효만 못지않은, 문학단체건, 문화단체건 만들 수 있다는 자신도 솟았다.

'그러나… 그러나….'

현은 밤새도록 궁리했다. 그 이튿날은 회관에 나오지 않았다.

'마음에 맞는 친구끼리만? 그런 구심적(求心的)인 행동이 이 거대한 새 현실에서 어떤 결과를 가져올 것인가? 새 조선의 자유와 독립은 대중의 자유와 독립이라야 한다. 그들이 대중운동에 그처럼 열성인 것을 나는 몰이해는커녕 도리어 그것을 배우고 그것을 추진시키는 데 티끌만치라도 이바지하려는 것이 내 양심이다. 다만 적기만 뿌리는 것이 이 순간 조선의 대중운동이 아니며 적기 편에 선 것만이 대중의 전부가 아니란, 그것을 나는 지적하려는 것이다. 이런 내 심정을 몰라준다면, 이걸 단순히 반동으로밖에 해석할 줄 몰라준다면 어떻게 그들과 함께 일할 수 있는 것인가?'

다음 날도 현은 회관으로 나가고 싶지 않아 방에서 혼자 어정거리고 있을 때다. 그날 창밖의 데모를 향해 적기를 뿌리던 그 친구가 찾아왔다.

"현 형? 그저껜 불쾌했지요?"

"불쾌했소."

"현 형? 내 솔직한 고백이오. 적색 데모란 우리가 얼마나 두고 몽매간에 그리던 환상이리까? 그걸 현실로 볼 때, 나는 이성을 잃고 광분했던 거요. 부끄럽소. 내 열 번 경솔이었소. 그날 현 형이 아니었더면 우리 경솔은 훨씬 범위가 커졌을 거요. 우리에겐 열 사람의 우리와 똑같은 사람보다 한 사람의 현 형이 절대로 필요한 거요."

그는 확실히 말끝을 떨었다. 둘이는 묵묵히 담배 한 대씩을 피우고 묵묵히 일어나 다시 회관으로 나왔다.

그 적색 데모가 있은 후로 민중은, 학생이거나, 시민이거나, 지식층이거나 확실히 좌우 양 파로 갈리는 것 같았다. 저녁이면 현을 또 조용한 자리에 이끄는 친구들이 있었다. 현은 '문협'에서 탈퇴하기를 결단하라는 간곡한 충고를 재삼 받았으나, '문협'의 성격이 결코 그대들이 생각하는 것처럼 어느 한쪽에 편향한 것이 아니란 것을 극구 변명하였는데, 그 이튿날 회관으로 나오니, 어제 이 친구들로부터 전화가 걸려 왔다.

"자네가 말한 건 자네 거짓말이거나, 그렇지 않으면 우리가 본 대로 자네는 저들에게 이용당하고 있는 걸세. 그 증거는, 그 회관에 오늘 아침 새로 내걸은 대서특서한 드림[115]을 보면 알 걸세."

하고 이쪽 말은 듣지도 않고 불쾌히 전화를 끊어 버리는 것이었다. 현은 옆의 사람들에게 묻지도 않았다. 쭈루루 밑에 층으로 나려가 행길에서 사층인 회관의 전면을 쳐다보았다. 놀라지 않을 수 없었다. 아까 현은 미처 보지 못하고 들어왔는데 옥상에서부터 이 이층까지 드리운, 광목 전폭에다가 '조선인민공화국 절대 지지'란, 아직까지 어떤 표어나 구호보다 그야말로 대서특서한 것이었다. 안전지대에 그득한 사람들, 화신[116]

115 현수막.

116 화신상회(和信商會). 일제강점기에 조선인이 세운 최초의 백화점. 화신백화점.

앞에 물 끓는[117] 군중들, 모다 목을 젖히고 쳐다보는 것이다. 모두가 의아하고 불안한 표정들이다. 현은 회관 사층을 십 분이나 걸려 올라왔다. 현은 다시 한번 배신을 당하는 심각한 우울이었다. 회관에는 '문협'의 의장도 서기장도 아직 나타나지 않았다. '문학건설본부'의 서기장만이 뒤를 따라 들어서기에 현은 그의 손을 이끌고 옥상으로 올라왔다.

"이건 누가 써 내걸었소?"

"뭔데?"

부슬비가 나리는 때라 그도 쳐다보지 않고 들어왔고, 또 그런 것을 내어 걸 계획에도 참례하지 못한 눈치였다.

"당신도 정말 몰랐소?"

"정말 몰랐는데! 이게 대체 누구 짓일까?"

"나도 몰라, 당신도 몰라, 한 회관에 있는 우리가 몰랐을 땐, 나오지 않는 의원들은 더 많이 몰랐을 것이오. 이건 독재요. 이러고 문화전선의 통일 운운은 거짓말이오. 나는 그 사람들 말 더 믿구 싶지 않소. 인전 물러가니 그리 아시오."

하고 돌아서는 현을, 서기장은 당황해 앞을 막았다.

"진상을 알구 봅시다."

"알아보나마나요."

"그건 속단이오."

"속단해 버려도 좋을 사람들이오. 이들이 대중운동을 이처럼 경솔히 하는 줄은 정말 뜻밖이오."

"그래도 가만 있소. 우리가 오늘 갈리는 건 우리 문화인의 자살이오!"

"왜 자살 행동을 하시오?"

하고 현은 자연 언성이 높아졌다.

"정말이오. 나도 몰랐소. 그렇지만 이런 걸 밝히고 잘못 쏠리는 걸 바

117 몹시 술렁거리는.

로잡는 것도 우리가 헐 일 아니고 누가 헐 일이란 말이오?"

하고 서기장은 눈물이 핑 도는 것이다. 그리고 그 드림 드리운 데로 달려가 광목 한 통이 비까지 맞아 무겁게 늘어진 것을 한 걸음 끌어올리고 반 걸음 끌려 나려가면서 닻줄을 감듯 전력을 들여 끌어올리고 있는 것이었다. 현도 이내 눈물을 머금었다.

'그렇다! 나 하나 등신이라거나, 이용을 당한다거나 그런 조소를 받는 것이 문제가 아니다! 그런 것에나 신경을 쓰는 건 나 자신 불성실한 표다!'

현은 뛰어가 서기장과 힘을 합치어 그 무거운 드림을 끌어올리었다.

나중에 알고 보니 '문협'의 의장도, 서기장도 다 모르는 일이었다. 다만 서기국원 하나가, 조선이 어떤 이름이 되든 인민의 공화국이어야 한다는 여론이 이 회관 내에 있어 옴을 알던 차, '인민공화국'이 발표되었고, 마침 미술부 선전대에서 또 무엇 그릴 것이 없느냐 주문이 있기에, 그런 드림이 으레 필요하려니 지레짐작하고 제 마음대로 원고를 써 보낸 것이요, 선전대에서는 문구는 간단하나 내용이 중요한 것이라 광목 전폭에다 나려 썼고, 쓴 것이 마르면 으레 선전대에서 가지고 와 달아까지 주는 것이 그들의 책임이라 식전 일찍이 와서 달아 놓고 간 것이었다. 아침 여덟시부터 열한시까지 세 시간 동안 걸린 이 간단한 드림은 석 달 이상을 두고 변명해 오는 것이며 그것 때문에 '문협' 조직체가 적지 않은 타격을 받은 것도 사실인 것이다.

그러나 이것을 계기로 전원은 아직도 여지가 있는 자기비판과 정세판단과 '프로예맹'과의 합동 운동을 더 진실한 태도로 착수하기 시작한 것이다.

이미 미국 군대가 들어와 일본 군대의 총부리는 우리에게서 물러섰으나 삐라가 주던 예감과 마찬가지로 미국은 그들의 군정(軍政)을 포고하였다. 정당(政黨)은 누구든지 나타나란 바람에 하룻밤 사이에 오륙십의 정당이 꾸미어졌고, 이승만 박사가 민족의 미칠 듯한 환호 속에 나타나 무엇보다 조선 민족이기만 하면 우선 한데 뭉치고 보자는 주장에 그 속에 틈이 있음을 엿본 민족 반역자들과 모리배[118]들이 다시 활동을 일으키어, 뭉치는 것은 박사의 진의와는 반대의 효과로 일제시대 비행기 회사 사장이 새로 된 것이라는 국립항공회사에도 부사장으로 나타나는 것 같은 일례로, 민심은 집중이 아니라 이산이요, 신념이기보다 회의(懷疑)의 편이 되고 말았다. 민중은 애초부터 자기 자신들의 모든 권익을 내어던지면서까지 사모하고 환상하던 임시정부라 이제야 비록 자격은 개인으로 들어왔더라도 그 후의 기대와 신망은 그리로 쏠릴 길밖에 없었다. 그러나 개인이나 단체나 습관이란 이처럼 숙명적인 것일까? 해외에서 다년간 민중을 가져 보지 못한 임시정부는 해내[119]에 들어와서도, 화신 앞 같은 데서 석유 상자를 놓고 올라서 민중과 이야기할 필요는 조금도 느끼지 않고 있었다. 인공(人共)[120]과 대립만이 예각화(銳角化)[121] 되고, 삼팔선은 날로 조선의 허리를 졸라만 가고, 느는 건 강도요, 올라가는 건 물가요, 민족의 장기간 흥분하였던 신경은 쇠약할 대로 쇠약해만 가는 차에 탁치(託治)[122] 문제가 터진 것이다.

누구나 할 것 없이 그만 냉정을 잃고 말았다. 여기저기서 탁치 반대의 아우성이 일어났다. 현도 몇 친구와 함께 반탁[123] 강연에 나갔고 그의 강연 원고는 어느 신문에 게재도 되었다.

그러나 현은, 아니 현만이 아니라 적어도 그날 현과 함께 반탁 강연에 나갔던 친구들은 하나같이 어정쩡했고, 이내 후회하지 않을 수 없었다. 탁치 문제란 그렇게 간단히 규정할 것이 아님을 차츰 깨닫게 되었는데,

118 수단과 방법을 가리지 않고 이익만을 추구하는 사람.
119 海內. 나라 안.
120 인민공화국 세력을 가리킴.
121 날카로워짐. 첨예화.
122 '신탁통치(信託統治)'의 준말.
123 反託. 신탁통치에 반대함.

이것을 제일 먼저 지적한 것이 조선공산당으로, 그들의 치밀한 관찰과 정확한 정세 판단에는 감사하나, 삼상회담[124] 지지가 공산당에서 나왔기 때문에 일부의 오해를 더 사고, 나아가선 정권 싸움의 재료로까지 악용당하는 것은 불행 중 거듭 불행이었다.

"탁치 문제에 우린 너무 경솔했소!"

"적지 않은 과오야!"

"과오? 그러나 지금 조선 민족의 심리론 그닥 큰 과오라군 할 수 없지. 또 민족적 자존심을 이만침은 표현하는 것도 좋고."

"글쎄, 내용을 알고 자존심만 표현하는 것과 내용을 모르고 허턱 날뛰는 것관 방법이 다를 거 아니냐 말이야."

"그렇지! 조선 민족에게 단끼[125]만 있고 정치적 통찰력이 부족하다는 게 드러나니 자존심인들 무슨 자존심이냐 말이지."

"과오 없이 어떻게 일하오? 레닌 같은 사람도 과오 없인 일 못 한다고 했고 과오가 전혀 없는 사람은 일 안 하는 사람이라 한 거요. 우리 자신이 깨달은 이상 이 미묘한 국제 노선을 가장 효과적이게 계몽에 힘쓸 것뿐이오."

현서껀 회관에서 이런 이야기들을 하고 앉았을 때다. 이런 데는 울리지 않는 웬 갓 쓴 노인이 들어선 것이다.

"오!"

현은 뛰어 마주 나갔다. 해방 이후, 현의 뜻 속에 있어 무시로 생각나던 김 직원의 상경이었다.

"직원님!"

"현 선생!"

"근력 좋으셨습니까?"

124 모스크바 삼상회의. 1945년 12월, 미국과 영국과 소련의 외상이 한반도의 신탁통치를 포함한 이차대전 종전 후의 여러 문제를 다룬 회의.

125 短気. '급한 성질'을 뜻하는 일본말.

"좋아서 이렇게 서울 구경 왔소이다."

그러나 삼팔 이북에서라 보행과 화물자동차에 시달리어 그런지 몹시 피로하고 쇠약해 보였다.

"언제 오셨습니까?"

"어제 왔지요."

"어디서 유허셨습니까[126]?"

"참, 오는 길에 철원 들러, 댁에서들 무고허신 것 뵈 왔지요. 매우 오시구 싶어들 합디다."

현의 가족들은 그간 철원으로 나왔을 뿐, 아직 서울엔 돌아오지 못하고 있는 것이었다.

"잘들 있으면 그만이죠."

"현 공이 그저 객지시게[127] 다른 데 유헐 곳부터 정하고 오늘 찾어왔지요. 그래 얼마나들 수고허시오?"

"저희야 무슨 수고랄 게 있습니까? 이번에 누구보다도 직원님께서 얼마나 기쁘실까 허구 늘 한번 뵙구 싶었습니다. 그리구 그때 읍에 가서선 과히 욕보시지나 않으셨습니까?"

"하마터면 상투가 잘릴 뻔했는데 다행히 모면했소이다."

"참 반갑습니다."

마침 점심때도 되고 조용히 서로 술회(述懷)도 하고 싶어, 현은 김 직원을 모시고 어느 구석진 음식점으로 나왔다.

"현 공, 그간 많이 변허셨다구요?"

"제가요?"

"소문이 매우 변허셨다구들."

"글쎄요…."

126 묵으셨습니까.

127 객지에 머무는 처지시기에.

현은 약간 우울했다. 현은 벌써 이런 경험이 한두번째 아니기 때문이다. 해방 이전에는 막역한 지기(知己)여서 일조유사[128]한 때는 물을 것도 없이 동지일 것 같던 사람들이 해방 후, 특히 정치적 동향이 보수적인 것과 진보적인 것이 뚜렷이 갈리면서부터는, 말 한두 마디에 벌써 딴 사람처럼 서로 경원(敬遠)[129]이 생기고 그것이 대뜸 우정에까지 거리감을 자아내는 것을 이미 누차 맛보는 것이었다.

"현 공."

"네?"

"조선 민족이 대한 독립을 얼마나 갈망했소? 임시정부 들어서길 얼마나 연연절절히[130] 고대했소?"

"잘 압니다."

"그런데 어쩌자구 우리 현 공은 공산당으로 가셨소?"

"제가 공산당으로 갔다고들 그럽니까?"

"자자합디다. 현 공이 아모래도 이용당허는 거라구."

"직원님께서도 절 그렇게 생각허십니까?"

"현 공이 자진해 변했을는진 몰라, 그래두 남헌테 넘어갈 양반 아닌 건 난 알지요."

"감사헙니다. 또 변했단 것도 그렇습니다. 지금 내가 변했느니, 안 변했느니 하리만치 해방 전에 내가 제법 무슨 뚜렷한 태도를 가졌던 것도 아니구요, 원인은 해방 전엔 내 친구가 대부분이 소극적인 처세가들인 때문입니다. 나는 해방 후에도 의연히 처세만 하고 일하지 않는 덴 반댑니다."

"해방 후라고 사람의 도리야 어디 가겠소? 군자는 불처혐의간(不處嫌

128 一朝有事. 어느날 갑작스럽게 비상한 일이 일어남.

129 공경하나 실제로는 멀리함.

130 '절절히'의 힘줌말.

疑間)[131]입넨다."

"전 그렇진 않습니다. 지금 이 시대에선 이하(李下)에서라고 비뚤어진 갓[冠]을 바로잡지 못하는 것[132]은 현명이기보단 어리석음입니다. 처세주의는 저 하나만 생각하는 태돕니다. 혐의는커녕 위험이라도 무릅쓰고 일해야 될, 민족적 가장 긴박한 시기라고 생각합니다."

"아모튼 사람이란 명분을 지켜야 헙니다. 우리가 무슨 공뢰[133] 있소? 해외에서 일생을 우리 민족 위해 혈투해 온 그분들께 그냥 순종해 틀릴 게 조곰도 없습넨다."

"직원님 의향 잘 알겠습니다. 그리고 저도 그분들께 감사하고 감격하는 건 누구헌테 지지 않습니다. 그러나 지금 조선 형편은 대외, 대내가 다 그렇게 단순치가 않답니다. 명분을 말씀허시니 말이지, 광해조(光海朝) 때 일을 생각해 보십시오. 임진란(壬辰亂)에 명(明)의 구원을 받었지만, 명이 청태조(淸太祖)에게 시달리게 될 때, 이번엔 명이 조선에 구원군을 요구허지 않었습니까?"

"그게 바루 우리 조선서 대의명분론(大義名分論)이 일어난 시초요구려."

"임진란 직후라 조선은 명을 도와 참전할 실력은 전혀 없는데 신하들의 대의명분상, 조선이 명과 함께 망해 버리는 한이라도 그냥 있을 순 없다는 것이 명분파요, 나라는 망하고 임군[134] 노릇을 그만두더라도 여지껏 왜적에게 시달린 백성을 숨도 돌릴 새 없이 되짚어 도탄에 빠트릴 순 없다는 것이 택민파(澤民派)[135]요, 택민론의 주창으로 몸소 폐위(廢

131 『문선(文選)』의 「고악부편(古樂府篇)」 '군자행'에 있는 시구로, '의심받을 곳에 있지 않는다'는 의미.

132 이하부정관(李下不正冠), 즉 '오얏나무 밑에선 갓을 고쳐 매지 않는다'는 의미로, 오해받을 행동을 하지 않는 것.

133 공로(功勞)이. '공로가'의 옛말.

134 임금.

135 백성의 안위를 우선하자는 주의.

位)까지 한 것이 광해군(光海君) 아닙니까? 나라들과 임군들 노름에 불쌍한 백성들만 시달려선 안 된다고 자기가 왕위를 폐리(敝履)[136]같이 버리면서까지 택민론을 주장한 광해군이, 나는, 백성들은 어찌 됐든지 지배자들의 명분만 찾던 그 신하들보다 몇 배 훌륭했고, 정말 옳은 지도자였다고 생각합니다. 그리고 또 의리와 명분이라 하더라도 꼭 해외에서 온 이들에게만 편향하는 이유는 어디 있습니까?"

"거야 멀리 해외에서 다년간 조국 광복을 위해 싸웠고 이십칠팔 년이나 지켜 온 고절(孤節)[137]이 있지 않소?"

"저는 그분들의 풍상을 굳이 헐하게 알려는 것도 결코 아닙니다. 지역은 해외든, 해내든, 진심으로 우리를 위해 꾸준히 싸워 온 이면 모두가 다 같이 우리 민족의 공경을 받어 옳을 것이고, 풍상이라 혈투라 하나, 제 생각엔 실상 악형(惡刑)에 피가 흐르고, 추위에 손발이 얼어 빠지고 한 것은 오히려 해내에서 유치장으로 감방으로 끌려다니며 싸워 온 분들이 몇 배 더했으리라고 생각합니다. 육체적 고초뿐이 아니었습니다. 정신적으로 매수하는 가지가지 유인과 협박도 한두 번이 아니어서, 해내에서 열 번을 찍히어도 넘어가지 않고 싸워낸 투사라면 나는 그런 어른이 제일 용타고 생각합니다."

"현 공은 그저 공산파만 두둔하시는군!"

"해내엔 어디 공산파만 있었습니까? 그리고 이번에 공산당이 무산계급혁명으로가 아니라 민족의 자본주의적 민주혁명으로 이내 노선을 밝혀 논 것은 무엇보다 현명했고, 그랬기 때문에 좌우익의 극단적 대립이 원칙상 용허되지 않어서 동포의 분열과 상쟁을 최소한으로 제지할 수 있은 것은 조선 민족을 위해 무엇보다 다행한 일이라고 저는 생각합니다."

"난 그게 무슨 말씀인지 잘 못 알아듣겠소만 그저 공산당 잘못입넨다."

136 헌신짝.
137 홀로 깨끗하게 지키는 절개.

"어서 약주나 드십시다."

"우리야 늙은게 뭘 아오만…."

김 직원은 술이 약한 편이었다. 이내 얼굴에 취기가 돌며,

"어째 우리 같은 늙은거기로 꿈이 없었겠소? 공산파만 가만 있어 주면 곧 독립이 될 거구, 임시정부 요인들이 다 고생허신 보람 있게 제자리에 턱턱 앉어 좀 잘 다스려 주겠소? 공연히 서로 싸우는 바람에 신탁통치 문제가 생긴 것이오. 안 그렇고 무어요?"

하고 저윽 노기를 띤다. 김 직원은, 밖에서는 소련이, 안에서는 공산당이 조선 독립을 방해하는 것이라 하였다. 이렇게 역사적, 또는 국제적인 견해가 없이 단순하게, 독립전쟁을 해 얻은 해방으로 착각하는 사람에겐 여간 기술로는 계몽이 불가능하고, 현 자신에겐 그런 기술이 없음을 깨닫자 그저 웃는 낯으로 음식을 권했을 뿐이다.

김 직원은 그 이튿날도 현을 찾아왔고 현도 그다음 날은 그의 숙소로 찾아갔다. 현이 찾아간 날은,

"어째 당신넨 탁치 받기를 즐기시오?"

하였다.

"즐기는 게 아닙니다."

"그러면 즐겁지 않은 것도 임정(臨政)에서 반탁을 허니 임정에서 허는 건 덮어놓고 반대하기 위해서 나중엔 탁치꺼지를 지지헌단 말이지요?"

"직원님께서도 상당히 과격허십니다그려."

"아니, 다 산 목숨이 그러면 삼국 외상헌테 매수돼서 탁치 지지에 잠자코 끌려가야 옳소?"

"건 좀 과허신 말씀이구! 저는 그럼, 장래가 많어서 무엇에 팔려서 삼상회담을 지지허는 걸로 보십니까?"

그 말에는 대답이 없으나 김 직원은 현의 태도에 그저 못마땅한 눈치만은 노골화하면서 있었다. 현은 되도록 흥분을 피하며, 우리 민족의 해방은 우리 힘으로가 아니라 국제 사정의 영향으로 되는 것이니까 조선

독립은 국제성(國際性)의 지배를 벗어날 수 없는 것, 삼상회담의 지지는 탁치 자청이나 만족이 아니라 하나는 자본주의 국가요, 하나는 사회주의 국가인 미국과 소련이 그 세력의 선봉들을 맞대인 데가 조선이라 국제간에 공개적으로 조선의 독립과 중립성이 보장되어야지, 급히 이름만 좋은 독립을 주어 놓고 소련은 소련대로, 미국은 미국대로, 중국은 중국대로 정치, 경제 모두가 미약한 조선에 지하 외교를 시작하는 날은, 다시 이조 말의 아관파천(俄館播遷)[138]식의 골육상쟁과 멸망의 길밖에 없다는 것, 그러니까 모처럼 얻은 자유를 완전 독립에까지 국제적으로 보장되는 길을 택할 수밖에 없다는 것, 이왕조(李王朝)의 대한(大韓)이 독립전쟁을 해서 이긴 것이 아닌 이상, '대한' '대한' 하고 전제제국(專制帝國)[139] 시대의 회고감(懷古感)으로 민중을 현혹시키는 것은 조선 민족을 현실적으로 행복되게 지도하는 태도가 아니라는 것, 지금 조선을 남북으로 갈라 진주해 있는 미국과 소련은 무엇으로 보나 세계에서 가장 실제적인 국가들인 만치, 조선 민족은 비실제적인 환상이나 감상으로 아니라 가장 과학적이요, 세계사적인 확실한 견해와 준비가 없이는 그들에게 적정한 응수를 할 수 없다는 것, 현은 재주껏 역설해 보았으나 해방 이전에는, 현 자신이 기인여옥이라 예찬한 김 직원은, 지금에 와서는, 돌과 같은 완강한 머리로 조금도 현의 말을 이해하려 하지 않고, 다만, 같은 조선 사람인데 '대한'을 비판하는 것만 탐탁지 않았고, 그것은 반드시 공산주의의 농간이라 자가류(自家流)[140]의 해석을 고집할 뿐이었다.

그 후 한동안 김 직원은 현에게 나타나지 않았다. 현도 바쁘기도 했지만 더 김 직원에게 성의도 나지 않아 다시는 찾아가지도 못하였다.

탁치 문제는 조선 민족에게 정치적 시련으로 너무 심각한 것이었다.

138 1896년 2월 11일, 친일 세력을 피해 고종과 세자가 러시아 공사관으로 옮겨 간 사건.
139 황제가 다스리는 나라.
140 주관적인 방식.

오늘 '반탁' 시위가 있으면 내일 '삼상회담 지지' 시위가 일어났다. 그만 군중은 충돌하고, 지도자들 가운데는 이것을 미끼로 정권싸움이 악랄해 갔다. 결국, 해방 전에 있어 민족 수난의 십자가를 졌던 학병(學兵)들이, 요행 죽지 않고 살아온 그들 속에서, 이번에도 이 불행한 민족 시련의 십자가를 지고 말았다.

이런 우울한 하루였다. 현의 회관으로 김 직원이 나타났다. 오늘 시골로 떠난다는 것이었다. 점심이나 같이 자시러 나가자 하니 그는 전과 달리 굳게 사양하였고, 아래층까지 따라 나려오는 것도 굳게 막았다. 전날 정리로 보아 작별만은 하러 들리었을 뿐, 현의 대접이나 인사는 긴치 않게 여기는 듯하였다.

"언제 서울 또 오시렵니까?"

"이런 서울 오고 싶지 않소이다. 시굴 가서도 그 두문동 구석으로나 들어가겠소."

하고 뒤도 돌아다보지 않고 분연히 층계를 나려가고 마는 것이었다. 현은 잠깐 멍청히 섰다가 바람도 쏘일 겸 옥상으로 올라왔다. 미국군의 지프가 물맴이떼처럼 서물거리는 사이에 김 직원의 흰 두루마기와 검은 갓은 그 영자[141] 너무나 표표함[142]이 있었다. 현은 문득 청조 말의 학자 왕국유(王國維)[143]의 생각이 났다. 그가 일본에 와서 명곡(明曲)[144]에 대한 강연이 있을 때, 현도 들으러 간 일이 있는데, 그는 청나라식으로 도야지 꼬리 같은 편발(辮髮)[145]을 그냥 드리우고 있었다. 일본 학생들은 킬킬 웃었으나, 그의 전조(前朝)에 대한 충의를 생각하고 나라 없는 현은 눈물이 날 지경으로 왕국유의 인격을 우러러보았었다. 그 뒤에 들으니, 왕국유는 상해로 갔다가, 북경으로 갔다가, 아무리 헤매어도 자기가

141 影子. 그림자.
142 表表-. 눈에 띄게 돋보임.
143 왕궈웨이(1877-1927). 중국 청나라의 문학자, 고증학자.
144 중국 원나라 말기에 남쪽 저장성(浙江省)의 항저우(杭州)를 중심으로 발달한 희곡.

그리는 청조의 그림자는 슬어만 갈 뿐이므로, '녹수청산부증개(綠水靑山不曾改), 우세창태석수간(雨洗蒼苔石獸間)[146]'을 읊조리고는 편발 그대로 곤명호(昆明湖)[147]에 빠져 죽었다는 것이었다. 이제 생각하면, 청나라를 깨트린 것은 외적(外敵)이 아니라 저희 민족, 저희 인민의 행복과 진리를 위한 혁명으로였다. 한 사람 군주에게 연연히[148] 바치는 뜻갈도 갸륵한 바 없지 않으나 왕국유가 그 정성, 그 목숨을 혁명을 위해 돌리었던들, 그것은 더 큰 인생의 뜻이요, 더 큰 진리의 존엄한 목숨일 수 있었을 것 아닌가? 일제시대에 그처럼 구박과 멸시를 받으면서도 끝내 부지해 온 상투 그대로, '대한'을 찾아 삼팔선을 모험해 한양성(漢陽城)에 올라왔다가 오늘, 이 세계사의 대사조(大思潮) 속에 한 조각 티끌처럼 아득히 가라앉아 가는 김 직원의 표표한 뒷모양을 바라볼 때, 현은 왕국유의 애틋한 최후를 연상하지 않을 수 없었다.

바람이 아직 차나 어딘지 부드러운 벌써 봄바람이다. 현은 담배를 한 대 피이고 회관으로 나려왔다. 친구들은 '프로예맹'과의 합동도 끝나고 이번엔 '전국문학자대회[149]' 준비로 바쁘고들 있었다.

3월 24일.

『문학(文學)』, 조선문학가동맹(朝鮮文學家同盟), 1946. 8; 『해방전후』, 조선문학사(朝鮮文學社), 1947; 『해방문학선집(解放文學選集)』, 종로서원(鍾路書院), 1948.

145 변발. 남자의 머리를 뒷부분만 남기고 모두 깎아 길게 땋아 늘인 머리 모양.

146 푸른 물 푸른 산은 옛 모습 그대로인데, 비는 석수 위의 이끼를 씻는구나. 왕궈웨이의 「이화원사(頤和園詞)」의 일부.

147 중국 베이징의 이화원 경내에 있는 호수.

148 애틋할 정도로 그립게.

149 1946년 2월 8-9일 서울 종로 기독교청년회관에서 열린 문학 행사. 여기서 조선문학가동맹이 발족되었으며, 같은 해 발행된 기관지 『문학』 창간호에 이 소설이 발표되었다.

희곡

어머니

(전1막)

시대	현대	
처소	경성	
인물	어머니	윤성녀(尹姓女, 오십칠팔 세)
	아들	서만기(徐萬基, 이십오륙 세)
	딸	서만옥(徐萬玉, 십팔구 세)
	외삼촌	윤승한(尹承漢, 오십이삼 세)
	식모	일 인(중년)
	가옥 중개인	일 인(노인)
	중류 부인	일 인(중년)
	중류 신사	일 인(중년)
	건물 회사원	일 인(청년)

무대 지은 지 얼마 안 되는 조선집 내정[1]인데 왼편에 안방, 바른편에 건넌방, 그 새에 넓은 마루가 무대의 정면이 됨. 마루 한편 구석엔 퇴침[2], 방석, 그리고 다리 접어 붙이는 둥그런 소반이 하나 기대어 있고, 정면 기둥에 잇대어 바른편 쪽으로 테이블 하나, 걸상 하나, 테이블 위엔 잡지, 신문, 원고지, 잉크병 같은 것들이 질서 없이 놓여 있고, 그 정면 기둥에는 큰 못이 하나 박혀 있는데 시계 걸었던 자리 같음.

1 內庭. 안뜰.

2 목침.

만옥　(어디 나갔다 들어온 듯 마루에 걸터앉아 구두는 끈만 끄르고 아직 신은 채) 어멈이 잘못했지, 그럼 뭐야….

식모　(부엌에서 나온 듯 행주치마에 물 묻은 손을 씻으며) 원, 아가씨두! 보지 않으문 다 저래…. 그럼 집임자가 내놨길래 보러 왔지 괜히 남의 집 보러 오겠느냐구 그리면서 부덕부덕 들어오는 걸 어떡허우. 그리구 집주릅[3] 영감 녀석이, 고놈의 영감 녀석, 그저 부지깽이루 한번 줴박구 싶은걸. 누깔을 요롷게(형용하며) 흘겨 뜨면서 '이 집이 뉘 집인데 그러슈, 지금 들어 있는 이 댁이 집주인인 줄 아우?' 하겠죠.

만옥　(얼굴에 핏대를 세우며) 뭣이라구? 우리가 집주인인 줄 아느냐구? 아니, 나중엔…. 그래 뭐랬수?

식모　내가 그거야 어떻게 알아야죠. 그래 말이 맥혀 잠자코 있었더랬죠.

만옥　그럼 안방 건넌방 다 열어 봅디까? 광서껀?

식모　그럼요. 뒷간까지 들여다들 보던데.

만옥　글쎄, 식모가 잘못이지 뭐야. 언제 우리가 집 판단 말 했어? 인전 아무나 보잰다구 들어서게 말어요. 별 참, 우리 집이 우리 집이지 뉘 집이야. 오빠가 일본서 나와서, 지어 논 걸 사지두 않구 오빠가 설계해서 이렇게 짓기꺼정 한 건데. 참, 나중엔…. (하며 구두를 벗고 마루에 올라서다가 정면 기둥에 시계가 없는 것을 보고, 부엌으로 들어가려는 식모에게) 어멈.

식모　네.

만옥　그런데, 저기 시곈 어디 갔수?

식모　아까 서방님이 떼 들고 나가시던데.

만옥　건 왜?

3　집 흥정을 붙여 주고 보수를 받는 사람.

식모　글쎄 모르죠. 병이 나서 고치러 가셨을까요?

만옥　되레 묻네! 병은 왜? 아까꺼정 멀쩡했는데 누가 다쳤수? (하는데 만기가 들어선다.) 오빠?

만기　(빨리 걸은 듯 숨찬 소리로 마루 앞으로 오면서) 외삼촌 어태 안 들어오셨지?

만옥　응, 그런데 오빠, 시겐 왜 병이 났수?

만기　(시계 걸렸던 자리를 한 번 쳐다보고) 그래, 내가 틀어 주다가 그만….

만옥　아니, 오늘은 어태두 오정이 멀었는데 왜 벌써 틀어 줬더랬수?

만기　…. (모자를 마루 위에 내어던지고 마루에 걸터앉아 손으로 깍지를 끼고 무얼 생각하는 모양. 그러더니 식모가 부엌으로 들어가려 함을 보고) 어멈. (일 원짜리 지전 한 장을 꺼내 주며) 손님 들어오시면 잡숫게 약주술 한 이십 전어치하구 편육 좋은 걸루 반 근만 사다 상 봐 두.

식모　(돈을 받으며) 약주술 이십 전어치하구 편육 반 근입쇼?

만기　응, 그리구 똑똑히 거슬러 받어요.

어멈은 부엌에 들어가 주전자를 하나 들고나와서 밖으로 사라짐.

만옥　그런데 오빠, 별 우스운 일이 다 있었수.

만기　무슨?

만옥　나두 인제 막 들어왔는데, 어멈이 그리는데 글쎄 웬 집주름이 사람을 몇씩 끌구 들어와서 집을 보재더래. 그리구 어멈더러 이 집이 지금 들어 있는 이 댁 집인 줄 아느냐구 몰아세면서 방문을 모두 열어 보구 갔다는구려.

만기　….

만옥 (오빠가 잠자코 있는 데 의심이 나는 듯) 오빠, 우리 집 내놨수?

만기 ….

만옥 (오빠의 등 뒤로 오면서) 오빠. 왜, 누구하구 다퉜수? (잠깐 서서 저도 생각하더니) 이게 정말 우리 집이 아니유, 응? 오빠, 응?

만기 (한참 묵묵히 앉았다가 훅 일어서 누이와 마주 서더니) 우리 집! 생각해 봐라. 너도 그렇게 속았니? 동경서 번 돈이라니? 내가 고학하면서 무슨 재주루 이런 집 질 돈까지 벌어 가지고 나왔겠니. 또, 그렇게 돈을 벌었다 치면, 생각해 봐라. 왜 어머니가 기름병을 끼구 다니면서 네 공부 뒤를 대시두룩 모르는 체 했겠니? 생각해 봐라!

만옥 ….

만기 모두 어머니 때문이다. 어머니! 얼마나 우리 때문에 고생하셨니? 어머니가 오래만 사실 것 같어두 안 그랬겠다. 요새두 새벽이면 그 기침하시는 걸 봐라…. (목소리가 떨린다. 다시 마루에 앉음.) …너는 나보다두 더 어머닐 불쌍한 어른으로 알아야 한다. 다 어머니가 어떡해서 네 공부를 시켰니? 그래도 넌 어머니가 기름 팔러 다니던 모양으루 기름병 함지를 이구 기름에 쩔은 헌털뱅이[4]를 입구 기숙사로 찾어가면 동무들이 부끄러웠다구! 이 철없는 것아. (만옥이도 손등으로 눈을 닦는다.) 기름 장사 할미루 기름집 발치가리 잠[5]을 몇 해를 주무셨니? (좀 큰소리로) 그까짓, 나중엔 갑산을 가더라도[6] 남과 갈

4 '헌것'을 속되게 이르는 말.

5 '발치가리'는 '발치'의 방언으로, '발치가리 잠'은 형편이 되는 대로 신세지며 자는 잠. 또는 그런 잠자리.

6 삼수갑산을 가더라도. 대단히 어려운 일을 당하더라도.

이 내 집이라고 지어 놓구 단 하루라도 어머니를 모시다가 돌아가시게 하구 싶었다. 그래서….

(잠깐 만옥의 울음소리뿐.)

내가 웬 돈이 있니? 먹어 가게도 달리는 수입으로 무얼 가지구 다달이 삼사십 원씩 집값을 꺼 가니?[7]

만옥 …. (눈물을 걷고 집안을 한번 휙 둘러봄.)

만기 용돈이나 어디 넉넉하냐. 그래 오늘 시계도 정말은 잽혔다. 전당국에…. 외삼춘이 술 좋아하시는 줄 알면서 어디 그냥 있겠든. (한숨. 잠깐 침묵.)

만옥 집값은 몇 달째 못 부었수?

만기 그까짓 건 알아 뭘 하니.

이때 어멈이 술 주전자와 신문지에 편육 싼 것을 들고 들어옴.

식모 오십 전 남었어요. (하고 만기에게 돈을 주고 부엌으로 들어감.)

잠깐 부엌에서 그릇 다루는 소리뿐.

만기 (여태와는 딴 기분으로) 얘. 그래 외삼춘이 올라오신 건 너 때문인 듯한데, 너 어떻게 생각하니? 어머니는 그저 부자라는 말에겠지…. 그리루 정혼을 했으면 하시는데… 응?

만옥 (땅만 보고 앉았다가) 싫여!

만기 (다시 일어서 마루 앞을 두어 번 왔다 갔다 하다가) 당자가 싫으면 고만이지. 나는 네 의사만 존중한다…. 내가 네 속을 다

7 갚아 가니?

안다. 네가 문환이를 생각하는 것두…. 그렇지만 문환이는 날래 돌아오지 못할라…. 너 그런 것 다 각오하구 언제까지든지 기다릴 작정이냐?

만옥 …. (대답은 없으나 선선히 머리를 끄덕임.)

만기 언제까지든지?

만옥 …. (아까와 같음.)

만기 그래! 네 오라범이 돼서보다 문환의 친구로 더 고맙다.

이때 "에헴!" 소리가 앞서며 윤승한과 윤성녀 들어옴.

윤승한 에, 귀경 잘했다! 실컷 했는걸….

만옥 어디들 가셨더랬게요? (하며 어머니를 마루에까지 부축해 드림.)

윤승한 (마루에 올라가 담뱃대와 쌈지를 꺼내 놓고 앉으며) 아이구, 그 뭣이 어제 자네가 데리구 갔던 데 말일세, 뭐 미시꼰가 하는 데….

만옥 아저씨두! 미시꼰이 뭐이야, 미쓰꼬시지.

윤승한 아, 조년 봐! 미쓰꼰, 미쓰꼬시 비슷하지 않냐…. 참 조홧속이더라[8]. 암만 생각해두 그건 도깨비놀음 같던데…. (윤성녀를 보고) 그래 누님, 어태두 어찔어찔하슈? 에헴!

어머니 어태두 횡한데[9]…. (두어 번 기침.) 사람이란 게 편안할수록 제 몸을 못 이기는가 봐. 배짝 마른 뼉다구가 어찌 무거워졌는지. (하고 마루에 누우니 만옥이 얼른 퇴침을 갖다 베어 드림.) 얘, 내 다리 좀 주물러 다우.

8 신기한 일이더라.

9 어지러운데. 띵한데.

만옥 (어머니의 다리를 주무르며) 그래 아저씨, 무에 도깨비놀음 같아요?

윤승한 (담배를 뻑뻑 빨다가) 그 에레탄가 무슨 탄가 말이다. 집 속에서 타구 쭉 올라가구 쭉 내려가구 하는 것 말이다. (만옥이가 얼굴을 숙이고 웃는 걸 본 듯) 이년, 왜 웃니?

만옥 에레타가 뭐야요, 아저씨두. 그냥 승강기라구나 그리서요, 승강기.

윤승한 뭣이? 승냥이? 말승냥이가 어떠냐? (어머니, 만기 모다 웃음.) 아무튼지 좋더라. 누님, 거 우리가 서너 번 탔지요, 아마?

어머니 그럼. 난 내려갈 땐 어찔해서 좋은 줄두 모르겠더먼서두.

윤승한 세 번이야. 올라가기 세 번, 내려가기 세 번, 여섯 번을 탔거든. 헤! 고년의 계집애들이 '다 내려왔어요', '다 올라왔어요' 하고 내리라구 성화만 안 하면 두어 번 더 타겠더라만서두.

만옥 아저씨두! 어른이 그까짓 건 눈총을 맞으면서 자꾸 타 뭘하서요?

윤승한 그까짓 거라니? 시골 사람이 좀처럼 비행기야 타 보겠냐?

만옥 아이구, 그게 무슨 비행기야요?

윤승한 비행기가 별거냐. 타구 공중으로 쭈르르 올라가구 내려가구 하는 게 비행기지…. 또 그건 떨어져 죽을 염려도 없다지그랴? 그리구 돈도 안 받겠다…. 내려가기 전에 가서 두어 번 더 타야겠다.

이때 식모가 술상을 들고나오니 만옥이 받아다 윤승한 앞에 놓음.

윤승한 이건 뭐 술이냐?

만기 네, 조금 사 오라고 그랬습니다. (하며 술을 따른다.)

윤승한 이걸 언제 먹구 있나. 저 사람이 오정 때쯤 만나자고 했는데….

만기 누가요?

윤승한 왜 내 말하지 않던가? 우리 시골서 올라와 몇 해 전부터 대서소 하는 정 생원이라구, 자꾸 와 점심이나 한때 같이 먹자고 오라고 해서 간다구 그랬지. (술잔을 들며)
지금 몇 시냐? (시계 걸렸던 기둥을 돌아다보고) 시계가 있더니?

만기 시계가 병나서 이제 고치라구 내보냈습니다. 아직 오정은 멀었습니다.

어머니 시계가 병이 났어?

만기 네.

윤승한 (술을 한숨에 쭉 들이켜고) 어! 술맛 조오타. 꿀이로군! 꿀맛이로군! 누님, 내가 생전에 이렇게 단 술맛을 봤을 리가 있수?

어머니 일어나 앉고, 다리 주무르던 만옥이 이따금 만기의 눈치를 보며 근심스레 어머니 옆에 앉아 있음.

윤승한 꿀맛이 이렇게 달 수가 있나, 어디? (편육을 집으며) 내 말 알아듣겠수, 누님? (만기를 보고) 자네 알아듣겠나? 술맛이 꿀맛 같네, 꿀맛이야… 허!

어머니 (감개스러운 말소리로) 어서 많이 자시게.

윤승한 엊저녁에두 한 말이지만, 너희 어머님은 고목생화[10]로다. 마른 남[11]에 꽃이 폈어…. 내가 구차는 하고 식솔은 많어 쌀 한 됫박 도와는 못 드렸다만, 누님 고생하시는 걸 볼 때 누깔에

10 枯木生花. 어려운 처지였던 사람이 행운을 만나서 잘됨.
11 '나무'의 옛말.

서 피가 나왔다, 피가 나왔어…. 그 낮에는 기름병을 함지박에 이구 돌아다니구, 밤이면 그 저 바루 권룡동인가 와룡동인가 하는 데 있는 기름집이다, 그 구새[12] 속 같은 기름집 발치가리서 주무시는 걸 보구 동기간에 어째 누깔에서 피가 나지 않겠니… 응? 허! 고목생화라니까!

잠깐 침묵, 만옥이 소리를 삼켜 운다.

어머니 …내 고생한 말이야 다 해 뭘 하나….

윤승한 누님. 이게 다 이전 옛말이로구랴. 옛말이 아뉴? 어느 옛말하듯 하구 살랬다니. (다시 한 잔을 마시고 수염을 씻으며) 우리 누님두 여장부시니라. 저 만옥이란 년을 유복녀로 낳어 가지구 됫박 하나 물려 가진 것 없이 아들, 딸, 그래두 중학 공부까지 다 당신 힘으로 시켜 노셨구나…. 갓을 써야 장분가, 우리네보다 낫지! 열 곱 낫지!

어머니 그래두 저것들이 유별나게 공부들을 잘해서, 오뉘 다 우등이라나 뭐라나 해서, 월사금[13]들을 안 내구 했게 망정이지, 월사금까지 내게 됐어두 정말 중학교가 무어야? 못 시켰지…. 힘이 자라나….

윤승한 아무렴, 범의 속에서 범이 나온다구 누님 속에서 나왔구려. 지금 앞에 앉었수만, 요새 젊은 사람들 중에 우리 조카만 한 사람이 어디 있수! 자네 듣는데 말일세만, 내가 우리 집께서 잘 떠들구 다닌다구 이름 났네만서두, 내가 무얼 자랑하구 다니겠나. 자, 천량[14]이 남과 같은가, 자식이 출중한가. 간 데마다

12 속이 썩어서 구멍이 생긴 통나무. 구새통.
13 月謝金. 다달이 내는 수업료.
14 재산. 재물.

어머니

자네 자랑이야, 자네…. 흥, 자네가 공부를 마치구 나와 이렇게 집을 짓구 어머님을 모셨다는 말을 듣구, 나는 어찌 기쁜지 며칠 밤을 잠두 못 잤네. 잠이 올 택 있나! 집안에서 그 숭한 놈의 병만 앓지들 않었어두 노자가 없으면 뛰어서라도 그때 즉시 올라왔을 걸세.

어머니 그럼! 우리 형제두 똑 너희 오누이같이 자랐단다. 우리 오라범처럼 인정 많은 사람두 어디 있나….

잠깐 침묵.

윤승한 폐일언하구, 자네도 지금이 운이 들어서는 때야. 그러니 내 말을 듣구 저 만옥일랑 나 하자는 대로 결정하세. 좀 좋은가? 어머님의 친정 땅이요, 그 땅에선 일류 가는 명문일세그려. 재산이 천여 석 하겠다, 외아들이겠다, 시아버니 될 인물이 그래도 황해도에선 내노라하는 도평의원[15]이겠다, 부귀겸전[16] 아냐? 그런 게 자고로 부귀겸전이란 걸세…. 또 자네도 이제부터 공명을 세우려면 돈이 따러야 하는 걸세…. 예구 지금이구 공명을 세우는 데두 돈이 시중을 들어야 하네. 그까짓 재물만 그러모아두 그걸 뭘 하나! 내가 재물이 없다고 하는 말이 아니라 호랑이는 죽어서 껍질을 남기구 사람은 죽어서 이름을 남기랬대는데, 사내자식으로 태어나선 공명을 얻어야 하는 걸세…. 뭐 누이를 팔라는 것이 아니라, 그 김 도평의원도 내게서 자네 말을 많이 듣구 자네를 참 그렇지 않게 알구 있네. 자네가 상당한 일에 쓴다고만 하면 그 사람이 재물 아낄 사람이

15 지금의 '도의원'.

16 富貴兼全. 재산과 지위를 모두 갖춤.

아니란 말이야. 도평의원 하게두 돈을 물 쓰듯 한 사람일세, 물 쓰듯….

어머니 그 어른이 지금 내 나쎄[17]나 됐을걸, 아마?

윤승한 누님보다야 젊죠. 그저 우리 연배죠…. 허구, 자네두 어서 장개를 들어야 하네. 집은 어떻게 덩그러니 지어 놨으나 어머님께 며느리가 있어야 안 하나? 요새 사람들은 자기 생각만 하고 늦지 않었다구 하지만, 어머님이 손주가 급하셨단 말야. 그리구 이전 집은 장만했으니 땅을 좀 장만해야지. 공명에 재물이 따르는 것이지만 그래도 계량[18]은 대일 만치 장만해야지. 우리게 요즘 구답[19]들 좋은 게 자꾸 경매에두 나와요. 제까짓 땅뙈기 좀 가지구야 붙잡구 견디는 수들이 있어야지…. 내 고장에서야 내 눈을 속일 땅이 없네. 이제 차차 우리 고장에 좀 장만하게. 그래서 이 구차한 외가두 좀 부쳐 먹세. 적선지가에 필유여경[20]이야.

어머니 그렇게나 됐으면야 오직 좋겠나.

윤승한 잠깐이우. 아, 만기가 이 집 장만해 놓는 걸 보시구려. 누님, 삼 년만 더 앉아 계슈. 내 만기네 마름[21]으루 타작 바리[22] 실려 가지구 올라오는 걸 보구 돌아가슈…. 허! 내가 아마 늦었나 보다, 이전 일어서야지.

만기 어서 아저씨, 몇 잔 더 드시구….

윤승한 아냐, 사람이 남의 음식을 먹으러 가면서 취해 가선 인사가 되나. 이따 저녁에 와서 또 먹지….

17 '나이'를 속되게 이르는 말.
18 繼糧. 한 해에 추수한 곡식으로 다음 해 추수할 때까지 양식을 이어 감.
19 舊畓. 전부터 있던 논.
20 積善之家 必有餘慶. 착한 일을 많이 한 집에는 반드시 경사가 있음.
21 지주를 대리하여 소작권을 관리하는 사람.
22 타작한 것들을 소나 말 등에 잔뜩 실은 짐.

어머니

이때 문밖에서 "이리 오너라, 조상[23] 게슈?" 하는 소리가 난다.

만기 (당황히) 네, 네. 나갑니다. (하고 일어서 마루 아래로 나려옴.)

윤승한 손님이 온 게지. 일어설 바엔 들어들 오기 전에 먼저 나가야지. (하고 유유히 일어나) 누님, 그럼 댕겨오리다. (하고 "에헴" 하고 기침을 하며 나가니, 그가 나간 곳으로 회사원, 중개인, 중류 가정 부인과 그의 남편인 듯한 중년 남자가 들어섬.)

만기 (회사원을 보고) 어서 오십시오.

회사원 네, 안녕허슈. 그런데요, 어쩐 일로 댁에서 집 보러 오는 걸 싫어하십니까? 댁에서도 염치가 있어야 안 합니까? 집이 안 팔리도록 하구 언제까지든지 공으로 들어 계실 작정이슈?

만기 (잠깐 어머니를 보고) 아마 나 없는 새 어멈이 모르고 뭐랬나 보오. 그걸 탄하실 거야 뭐 있소.

회사원 (다리고 온 손님을 보고) 어서들 자세들 보십시오. 방 안두 보시구 부엌두 보시구….

중개인 집이야 향(向) 바르고 체목[24] 반듯하고 요런 것 쉽지 않죠.

손님들은 집을 쳐다보고 만옥이는 걸상에 걸어앉아 테이블에 엎디어 우는 듯, 어머니는 멍하여 아들만 바라보다가

어머니 얘, 무얼 이리니?

만기 ….

어머니 얘, 응? 웬 사람들이냐?

23 '서(徐) 씨'를 뜻하는 일본말.
24 體木. 집을 지을 때 기둥에 쓰는 나무.

만기　이따 말씀드리죠.

중류 부인　(회사원에게) 집은 아까두 와서 대강 보긴 봤지만, 그래 오늘이라도 계약만 하면 곧 집을 낼 수는 있나요?

회사원　으레 기와집은 돈 치르고부터 이십 일이 보통이지만, 급하시다면 그 안에라도 회사에서 책임지고 내어드리지요.

중류 부인　(자기 남편에게) 그럼 나리. 회사로 다시 가서서요, 그 우수리만 없게 금이 되면 오늘루 약조금을 치르시죠.

중류 신사　글쎄, 우수리만 없이 된다면 내 생각도 그런데. (이번엔 회사원을 보고) 아무튼 밤낮 봐야 그 집이니 회사로 또 가십니다. 그 사장이란 양반이 너무 딱딱해….

회사원　보시긴 자세들 보셨습니까?

중류 부인　보긴 그만 봐두 족하오만, 이 근처엔 조선집이 적어서 좀 호젓할 것 같애.

중개인　천만에 모르시는 말씀이죠. 조선 사람만 사는 동네보다야 되랴 훌륭합죠. 자식들을 길러두 아예 조선촌에 집 살 것 아님….

하다가 만기가 격노한 안광(眼光)을 던지고 가까이 오는 바람에 움출하고 물러섬.

만기　(높은 소리로) 무슨 소리요? 그게 입에서 나오는 소리요? 사람의 소리요? 아무리 구전[25] 몇 푼에 끌려다니기루….

중개인　무엇이? 내가 댁보고 한 말이오? 댁이 탄할 배가 뭐란 말요! 아 아니, 집이 팔리면 한데 나앉을까 봐 애가 타는 게구려 원, 참.

만기　이놈! 이 늙은 놈이, 여위[26] 같은 놈.

25　口錢. 흥정을 붙여 주고 그 보수로 받는 돈.

하고 멱살을 잡으려는데 회사원이 가로막고, 어머니, 만옥이 다 뛰어 나려옴.

회사원 조상, 이건 무슨 경오[27]요? 남 흥정에 헤살[28]을 놀려는 생트집이 아니오?

만기 생트집? 당신 눈에도 그렇게 뵈오?

회사원 그럼 어떻게 뵈란 말요. 이렇게 집이 팔릴까 봐 승갱이[29]를 걸면 당신한테 불리한 줄 몰루? 오늘로 당장 집 내노슈, 당장….

만기 (어쩔 줄을 모르다가 중개인에게) 이놈, 뭣이라구? 자식들을 길러두 조선촌엔 집 살 것 아니라구? 요 간사한 놈!

중개인 아니, 이놈아! 넌 네 애비두 에미두 없단 말이냐? 이!

만기 내게 너 같은 부모는 없다. 조런 간사한 놈들 때문에….

어머니 (만기의 팔을 잡아끌며) 글쎄, 얘. 얘야, 무슨 일로 이러느냐? 나[30] 먹은 양반을….

중류 남녀 나가 버림.

회사원 (만기에게) 폐일언하구, 오늘루 이 집 내노슈. 몇 달을 그저 있느냐 말야? (중개인을 보고) 어서 가십시다. 나 바쁜 사람이오.

중개인 아니, 저놈은 그래 애비두 에미두…. (하다가 건물회사원에게 끌려 나감.)

26 '여우'의 방언.
27 '경우'의 방언.
28 훼방.
29 '승강이'의 방언. 자기 뜻을 고집하며 옥신각신하는 일. 실랑이.
30 나이.

만기 중앙으로, 만옥, 어머니 다 마루에 걸어앉음. 잠깐 침묵.

어머니 대체 무슨 일들이냐? 집을 내놔라 팔어라 하니, 게 다 무슨 소리며…. 애야. (기침.)

만기 (기침이 끝나기를 기다려) 어머니.

만옥 (오빠의 말을 막을 듯이) 오빠! 오빠? …. 어머니, 어머닌 여태 모르슈, 우리 집이 팔린 걸? 오빠가 이층집을 짓는다구 이 집은 어떤 건물회사에다 판 거라우.

어머니 (딸의 얼굴을 한참 빠안히 바라보더니) 이층집? 그런데 넌 어째서 우느냐?

잠깐 침묵.

만옥 (얼른 얼굴을 다른 데로 돌린다.) 오빠. 내가… 나 그리루 갈 테유.

만기 그리루? 그리루가 뭐냐?

만옥 외삼촌이 말하는 데루….

잠깐 침묵.

어머니 원 무슨 소리들인지 종잡을 수가 없구나.

만기 (한참 무엇을 생각하고 긴장한 소리로 일어서며) 안 된다! 아까는 네가 뭐라구 했니? 언제까지든지 문환이를 기다린다구 그랬지? 그게 진정한 네 마음이다. 부모를 위해 몸을 팔아서는 안 된다! 사랑하긴 문환이를 사랑하며 시집은 돈에 끌려 다른 데로 가는 게 팔려 가는 것이 아니고 뭐냐?

어머니

어머니 얘들아, 그게 다 무슨 말이냐, 응? 원! 이게 어찌 된 셈이냐?

만기 몸이고 마음이고 팔려서는 안 된다. 팔린다면 네가 팔리기 전에 내가 팔릴 길도 얼마든지 있다. 그러나 팔리는 건 자살 아니냐? 자식을 죽이며 자기의 호강을 탐낼 부모가 어디 있을 거냐? 자식으로 보아도 그건, 그건 진정한 효도는 아니다!

어머니 대체 무슨 말이냐, 이게? (후들후들 떨면서 어쩔 줄을 모름.)

만기 어머니.

만옥 오빠. (그만 얼굴을 무릎에 파묻고 소리 없이 울음.)

만기 어머니, 어머니도 이 세상 사람이시다! 돌아가시는 날, 아니 그 순간까지는 이 세상 사람이시다. 이 세상 사람이시면 이 세상, 이 자식들의 세상도 아셔야 한다. 산 어머니를 이 세상과 몰교섭하게 우상처럼 위하는 것은 그것이 차라리 불효일 것이다. 어머니!

어머니 왜? 그게 무슨 소리냐?

만기 (좀 평온한 목소리로) 어머니, 이 집은 내 집이 아니올시다. 나는 어머님이 생각하시는 것처럼 그렇게 돈을 잘 버는 아들은 아니올시다. 어머님을, 내 마음은 어머님을 이런 집에서 한 번 모시고 싶어서 주체도 못할 것을 남의 돈으로 지어 놓았습니다. 그랬더니 갚어 나갈 길은 없구 해서, 집임자가 마음대로 하게 내어놓았습니다. (잠깐 침묵.) 돈! 어머니? 낙심하십니까?

어머니 아니다…. 몇 달 동안 살아 봤으면 족하지 않으냐?

만기 어머니! 이 세상엔 저희 같은 자식들과 어머님 같은 부모들이 얼마든지 있습니다. 그중에서 내 집 하나만, 내 부모 하나만 호강스럽게 섬길려면 그 자식은 세상에 나가 남의 혓바닥이 되고 남의 밑씻개가 돼야 하는 줄 아십니까? 이제 그놈의 늙은이처럼 간특해서 남에게 아첨을 잘해야 되는 줄 아십니까?

어머니. 어머니는 당신의 호강을 위해 이 자식이 그렇게 되기를 바라십니까?

어머니 (머리를 흔들며) 아니다, 아니다. 사람은 인금[31]이 첫째라구 전부터 내가 안 그리던?

잠깐 침묵. 만기, 마루에 털썩 앉아 만옥과 함께 눈물 어린 눈으로 어머니를 지킴.

어머니 (실성한 모양으로 주먹 쥔 두 손을 마주치며 무대 위를 두어 번 오락가락하다 서서 집을 한 번 둘러보고) 지금 세상엔 고진감래란 말두 괜한 말이던가? 괜한 말…. (아들에게로 달려들어 그의 머리를 힘껏 끌어안으며) 오냐, 오냐. 다 알었다. 집이야 아무 데면 어떠냐, 사내대장부가 무얼 그런 걸 다 가지구 상심을 하느냐….

만기 (어머니의 두 손을 마주 잡고 기운차게 일어서며) 어머니!

어머니와 아들의 빛나는 얼굴과 얼굴이 잠깐 마주보고 있을 때.

—막—

소화(昭和)[32] 8년 12월 3일 작(作).

『중앙』, 1934. 1; 『달밤』, 한성도서주식회사(漢城圖書株式會社), 1934; 『이태준단편집(李泰俊短篇集)』, 학예사(學藝社), 1941.

31 인격적인 됨됨이.

32 쇼와. 일본 히로히토(裕仁) 천황 시대(1926-1989)의 연호. 쇼와 8년은 1933년.

산사람들

(전1막)

처소 어느 고산지대의 화전[1] 부락

시절 첫여름

인물 용길(龍吉) 아버지 오십이삼 세, 저고리는 남루한 솜저고리 그대로요, 바지는 무릎 위는 떨어진 중의[2], 맨발에 머리는 상투인데 시커먼 수건으로 질끈 동이었다. 얼굴은 좀 신경질인데 빛은 이하(以下)의 부락민은 모두가[3] 주림과 채독(菜毒)[4]으로 노랑꽃이 피었다.

용길 어머니 오십 세 가량, 형편없이 더럽고 해어진 치마저고리, 맨발에 머리는 싸리 꼬챙이로 쪽을 아무렇게나 찔렀다.

용길 이십 세 가량의 못난이, 한 다리 한 팔을 못 쓴다. 봉두(蓬頭)[5]에 맨발. 어깨를 더덕더덕 기운 미명[6] 적삼, 무릎에 살이 나오는 중의.

용순(龍順) 십오륙 세의 용길의 누이, 옷이 남루하긴 하나 옷 모양이 제일 낫다. 역시 맨발, 머리는 땋았으나 댕기가 없다.

1 火田. 산지에서 나무와 풀을 태운 뒤 그 땅을 일궈 농사짓는 밭.
2 中衣. 남자의 여름 홑바지. 고의.
3 얼굴빛은 이하의 부락민들과 같이.
4 채소에 섞여 있는 독. 또는 오염된 채소를 먹고 구충 감염된 증상. 초독(草毒).
5 머리털이 마구 흐트러져 어지럽게 된 머리. 쑥대강이.
6 '무명'의 방언.

쾌석(快石) 아버지 사십이삼 세, 새까맣게 때에 전 벼[7] 두건을 썼다. 옷 남루, 발 맨발.

쾌석 어머니 사십 세 가량, 옷 남루, 머리쪽에 흰 댕기, 흰 나무비녀, 맨발.

봉을(鳳乙) 삼십 세 가량, 하이카라 머리인데 깎은 지가 너무 오래 장발인 것을 대님 짝으로 동지었고[8], 헌 조끼를 입었다. 맨발.

촌노인 육십 세 가량, 옛날 훈장님의 관을 썼다. 적삼과 중의는 찢어졌으나 고운 때가 묻었고 짚세기[9]를 맨발에 신었다.

기자 갑(甲) 삼십이삼 세, 서울 신문기자로 지방에 출장 온 차림.

기자 을(乙) 이십육칠 세, 지방지국 기자로 본사 기자를 안내하는 차림. 점심 보따리, 사이다 병을 들었고 밀짚모자를 썼다.

무대 좌우 양측에는 큰 낙엽송과 자작나무의 신록이 우거졌는데 중앙엔, 나뭇가지가 드리워 지붕은 보이지 않는 오막살이, 부엌 쪽은 우측 나무숲에 가려졌고 중앙에 윗방인 듯한 방 한 칸이 보이고는 이내 굴뚝 머리다. 굴뚝과 좌측 나무숲 사이로는 머얼리 첩첩한 산이 보이고 가까이 비스듬한 언덕으로는 화전인데 바위 멍덜[10]처럼 타버리다 남은, 크고 시꺼먼 낙엽송 그루들이 너더분하게 보인다. 중앙에는 걸터앉기 좋은 나무토막이 두어 개 놓여 있다.

7 '베'의 방언.
8 '동이었고'의 방언.
9 '짚신'의 방언.
10 돌이 많은 곳.

소리　픔 픔 픔배 픔배…. (퍽 어리석은 목소리가 굴뚝 뒤에서 나는데 장타령[11]의 픔배 픔배가 잘 안 되어 애를 쓰는 소리.) 픔픔… 픔픔배…. 작년에 왔던 각설이이 죽지두 않구 또 왔네에…. 픔배 픔배… 픔픔배애…. 각설이이 작년에 왔던 각설이이 죽지두 않구 또 왔네에…. 픔배 픔배….

용순　(방문 앞 퇴지[12]에 걸어앉아 치마, 바지 같은 헌털뱅이를 쫘악 쫘악 찢어 가며 전대를 깁고 있다. 한참씩 바늘을 멈추고 오빠의 장타령 소리를 듣는다. 초독이 들어서 샛노란 얼굴은 어떤 때는 서글픈 표정, 어떤 때는 웃음을 참는 표정, 또 한 군데를 기우려고 헝겊을 뒤적거리다가 하나를 쫙 찢어 보며) 모두 바알바알 나가능 걸 기문 뭘 해…. (바늘 쥔 손으로 턱을 고인다.)

소리　뜨물 동이나 먹었는지 미낀미낀 잘한다. 기름 동이나 먹었는지 미낀미낀 잘한다아. 픔배 픔배 픔… 픔….

용순　(얼른 일감을 놓고 굴뚝 뒤로 돌아가며) 모두 '미낀미낀'야? '뜨물 동이나 먹었는지' 허군 '걸직걸직 잘한다'지…. '걸직걸직'이지. 아아습쇼 아아서[13]….

용길　(역시 누런 얼굴로 절름거리며 굴뚝 뒤에서 나오는데 낫으로 지팡이를 깎다가 그것들을 들고나온다.) 어서 거나 겨[14]…. 정칠 놈의 기지배…. 양떡을 하나 멕여 줄라이[15]….

용순　글쎄 메칠째 외면서 '뜨물 동이나 먹었는지 미낀미낀'이 뭐야? 지지리…. (도로 제자리로 와서 일감을 잡는다.)

11　구걸할 때 부르는 노래.
12　흙마루. 토방.
13　그만두쇼, 그만둬.
14　어서 그거나 기워.
15　볼따귀를 때려 줄까 보다.

용길 돈 많이 벌어두 이눔으 기지배 댕기 끊어다 주나 봐라….

(눈을 허옇게 굴리며 꽁무니께를 낫 쥔 손으로 긁적거린다.)

용순 그럼 누가 이거 겨 주든가!

용길 (잠자코 꽁무니께를 긁적거리는 채 다시 굴뚝 뒤로 가서 앉는 모양, 잠깐 뒤에 아까보다는 좀 흥이 풀린 듯 낮은 소리로) 작년에 왔던 각설이 죽지두 않구 또 왔네. 픔배 픔배 픔픔배애…. 뜨물 동이나 먹었는지 걸직걸직 잘한다. 기름 동이나 먹었는지 미끈미끈 잘한다아. 냉수 동이나 먹었는지 시언시언 잘한다아. 픔배 픔배 픔픔배애…. 작년에 왔던 각설이이 죽지두 않구…. (잠깐씩 쉬었다가 또 하곤 한다.)

용순 (오두커니 앉아 바늘만 놀리다가 두어 번 한숨을 진다. 어디서 새소리가 난다.) 형님 혀엉님 사촌형님 시집살이이 어떱디까. 고추, 당추우[16] 맵다 한들….

용길 부(父) (우측에서 목소리부터 난다.) 거, 나물 다 데쳤니?

용순 네?

용길 부 나물 데쳤어, 다?

용순 (그쪽을 돌아보며) 안 데쳤어요, 어태.

용길 부 고사리 좀 꺾어 왔다. 한데 데치라구 일러라. 또 시들려 버리지 말구…. 원, 올같이 심해선 나물이 아니라 불로초다. 젠장…. (손을 털며 나타나 허리띠를 졸라매며 딸의 옆으로 오다가) 건 뭐냐?

용순 오빠 가지구 갈 거….

용길 부 (얼굴이 찌푸러지며 잠깐 장타령 소리를 듣더니) 어멈은 어디 갔니?

용순 저 아래 무쇠네집요.

16 당추. '당초'의 방언.

용길 부 겐 왜?

용길 모(母) (이때 굴뚝 뒤 저쪽에서 용길 어머니가 바가지를 들고 좀 화가 나는 얼굴로 나타나더니 용길에게) 얘, 목쉬겠다. 그까짓 과거급제나 보는 거냐? 기를 쓰구 외게. 틀리문 틀리는 대루 허지….

용길의 소리 뭐?

용길 모 구만해…. 듣기두 싫여….

용길 부 뭐러 무쇠네집인?

용길 모 아, 낟알 든 것 좀 멕여 보낼랴구 귀리 좀 꾸러 나섰더랬지…. 무쇠넨 있으문야 꿰 줄 텐데….

용길 부 무쇠넨 지냈나[17]. 그 집두 귀릴 찧구나 먹은 줄 알어? 껍질째 빠 가지구 먹어두 그 식구가 몇인데그래…. 정신없이….

용길 모 (바가지를 방 안에 들여뜨리고 문을 다시 닫으며 옆으로 앉더니 손등으로 눈을 씻는다. 울음 섞인 소리로) 다리나 성헌 거 같애두…. 해는 저물구 인가(人家)는 없구 허문, 남처럼 뛰길 헐 텐가…. 소내길 만나두 그렇지….

용길 부 벨… 오륙이 멀쩡허문 뭘 하게 비럭질[18]을 나서누…. 몸 성한 놈은 얻어먹을래야 못 얻어먹어…. 이 구석에서 풀이나 뜯어 먹는 데다 댈까….

용길 모 그래두…. 글쎄 마냥 대체[19]루만 돌아댕기다 어디꺼정 갈지 누가 알우? 저게 멀리루나 갔다 집일 못 찾어오문 어째, 글쎄?

용길 부 젠장, 벨 육둑가지[20] 걱정 다 허네…. 아 날 춰지문 집 생각 안 날까? 전 한두 살야….

17 '다를 바 있나'의 의미로 추정.
18 구걸.
19 '대처'의 방언. 도회지. 읍내.
20 '육두가지'의 방언. 별의별 것.

용길 모 못 보내… 못 보내…. 병신두 자식이지…. (흑흑 느껴운다.) 대체루 나가문 그놈의 장거리[21] 새끼들이 여북해…. 촌사람은 성한 사람이 가두 놀리구 때리구 한다는데 저거 놀리구 때리길….

용길 부 그럼 어쩐단 말야. 뭘루 팔구월꺼정 살 테냐 말야. 그 자식이 양이나 적어? 무슨 눈치나 있어? 한끼라두 제 식성이 못 차면 에미 애빌 잡아먹으려구 덤비는 자식인데 뭘 멕일 테냐 말야. 빌어먹을…. 애빈 자식 귀한 줄 모르는가 보군….

잠깐 침묵. 용길 어머니 흑흑 느끼는 소리뿐.

용길 부 그래두 이 구석을 떠나는 놈이 사람이야…. 대처에선 올 같은 흉년에두 개두 그래두 낟알을 먹거든…. 제 한몸 먹구 돌아다니는 것두 어디야. 이 구석서 아 풀루만 배를 채구[22]…. 배를 채는 게 뭐야, 풀인들 먹을 만한 게 어디 그리 있어….

용길이가 절름거리고 역시 낫과 지팡이를 들고 나오더니 멍하니 아버지와 어머니와 누이를 한참씩 둘러본다.

용길 (어머니더러) 왜 울어? 어?

용길 모 (눈물을 씻고) 너 인제 가을에 집 찾어오겠니?

용길 왜 울어?

용길 모 자식두….

21 장이 서는 거리.
22 채우고.

용순　오빠아. (하고 일어서며 소매를 잡아다린다.)

용길　왜 사람을 툭 툭 쳐. 정칠 눔의 기지배. 양떡을 멕일라.

용순　오빠가 인제 돈 벌어 가지구 가을에 올 때 말야. 집에 오는 길 잊어버리지 않구 찾아오겠수?

용길　히! 대국 뽕나무정[23]이라두 갖다 놔 봐, 못 찾아오나. 이까짓 범덩굴[24] 못 찾아올까 아무리…. 가마거리[25]서 들어서문 줄곧 암소고개[26]루만 올러오문 아니야? 체… 누굴 막 놀려….

용순　그까짓 가마거리서 여기 올라오는 거 말인가 누가? 머얼리 대체루 돌아당기다 말이지.

용길　뭐?

용순　아이, 제기….

용길 부　(얼굴을 잔뜩 찌푸리고) 가만둬 이년아…. 제비 같은 미물두 제집 찾어오는데 사람의 껍질을 쓰구 아 이십 년이나 살던 델 못 찾어와….

용길 모　원수 놈의 여름 한철이…. 해나 짧은 때 같어두 드러눠 잠이나 자지. 그눔의 가을이 왜 그리 먼구….

용길 부　흥! 가을 가을 해야 올가을에두 속 시원헐 거 없겠데. 무슨 놈의 세월이 백중이 낼모레라면서 감자 나온 게 이제 뱀딸기 포기만밖에 안 허니 어느 해가[27]에 알이 앉누.

용길 모　그래두 올에 새루 일쿤 덴 좀 났더군서두….

용길 부　그눔으 거 저 아래 봉을이 그 사람 말 듣다가 모두 낭패지. 젊은 사람, 내 그렇게 겁 많다군….

23 '중국 아무 동네'의 의미로 추정.
24 강원도 철원군 율이리의 호랑바우 근처에 있던 화전 경작지 범밭골[호전곡(虎田谷)]로 추정.
25 신탄역 위에 있던 옛 마을 이름.
26 강원도 철원군 화지리와 율이리 경계에 있는 고개.
27 '하가(何暇)'의 방언. 겨를. 때.

용길 모　그리게 말유. 주재소서 밤낮 잡으러 나온다 나온다 허기만 허구 어디 나와? 그럴 줄 알었드문 정칠 눔의 땔나문 십리씩 가 해 와두 범덩굴 골짜길 죄 불질러 놓구 감자라두 실컨 심어 놀 걸 안 그랬어…. 이왕지사에 잡혀가문 어떻구 안 잡혀가문 어떤구….

용길 부　허긴 올에야 어디 씨 숭글[28] 감자나 넉넉했나….

용길 모　그런 소리 말우. 아 심을 데만 있으문 한 끼 덜 먹구라두 심지, 일궈[29] 논 땅 그냥 묵힐라구….

이때 용길이 무슨 인기척을 들었는지 머얼리 좌측의 길 아래쪽을 바라보면서 굴뚝 뒤로 가자 좌측에서 쾌석 아버지가 나타난다.

쾌석 부　(숨찬 소리로 뒤를 한번 힐긋 돌아보고) 아버지 계시냐?

용길　쾌석이네 아저씨유?

쾌석 부　(용길이에겐 다시 말이 없이 마당으로 뛰어들며 용길 아버지에게) 이거 일나구 말었나 부….

용순, 용길 모 모다 일어선다. 용길이만 굴뚝께서 지팡이를 깎으며 낮은 소리로 장타령을 외인다. 픔배 픔배가 잘 안 되어 그것을 힘들여 익히는 모양, 가끔 깎개질[30] 소리도 들린다.

용길 부　일이락게?

쾌석 부　아니, 개 짖는 소리들두 못 들었나 베?

용길 모　개라뇨? 누구네가 어태 올 같은 흉년에 갤 냉겨 뒀누?

28　'심을'의 방언.
29　'일궈'의 방언.
30　'깎음질'의 방언. 나무를 깎아 다듬는 일.

쾌석부 아, 저어 아래 큰 노마네 비리먹은[31] 개가 남었죠. 오늘 그 개 아니문 일 나는 줄두 모를 뻔했수. 어쩌우 이걸?

용길부 (그제야 눈이 뚱그레지며) 아아니?

용길모 뭐 와요?

쾌석부 개가 짖게 아랫말 쪽을 내려다보지 않었수, 봉을이허구 앉었다…. 양복쟁이 둘이 껍실껍실[32] 올라오는군그래….

용길부 순검[33]일까? 정말? 자세 봤나?

쾌석부 붙들려 가문 일 년 반 진역[34]이라니 경은 경대루 치구…. 뛰는 도리밖에 없지 않우?

용길부 ….

용길모 정칠 년의….

용길모 불문곡직[35]허구 죄 묶어? 저희두 와 보문 알겠지….

쾌석부 뭘 알어요?

용길부 누군 이눔의 부댈[36], 땀을 내누라구 불을 놓구 파 일쿠나, 정칠….

쾌석부 흥! 그런 사정 들어주문 잡혀갈 시러베아들[37] 눔 없겠수. 두멍굴 사람들 작년에 묶여 간 거 말두 못 들었수? 안사람만 냉겨 놓군 죄 붙들어다 족치군, 먼저 발론한[38] 눔허구 먼저 성냥 거[39]댄 눔허군 어태두 징역 산다는 거….

31 '비루먹은'의 방언. 피부병에 걸려 털이 빠진.
32 고개나 몸을 자꾸 숙였다 폈다 하는 모양.
33 巡檢. 순찰 도는 사람.
34 '징역'의 방언.
35 不問曲直. 옳고 그름을 따지지 아니함.
36 부대를. '부대'는 '화전'의 북한말.
37 실없는 사람을 낮잡아 이르는 말.
38 제안한.
39 '그어'의 준말.

이때 봉을이 역시 헐떡이며 좌측에서 뛰어든다.

용길부 (봉을에게 한 걸음 나서 맞으며) 이 사람 봉을이, 딱때기[40] 봤나? 여기선 어태 안 뵐 테지. (하며 좌측으로 와 멀리 바라본다.)

봉을 (후들후들 떨면서) 저기 윤걸이 할아버지두 와요. 양복쟁이들인데 하난 그 삿갓만 한…. 거 뭐래든가!

쾌석부 밀짚 벙거지랑 거?

봉을 그래… 그거 썼는데….

용길모 (눈이 똥그래서 다 기운 전대를 들고 섰는 용순이더러) 이년아, 넌 방으루 들어가라. 이런 땐 남정네들만 경이지 우리야 어쩌겠니…. (용순인 방으로 뛰어 들어간다.) 아니, 그럼 무슨 순검이 그런 걸 쓰구 댕규?

봉을 제기, 알지 못하문…. 형사랭 게 있어요. 순산 칼 차구 모자 쓰구 댕겨서 다 보면 알지만 남 보겐 관리 아닌 척허구 사복허구 댕기면서 옭아 채는 게 형사란 게 있어요. 더 무선 게래요…. 내 봄부터 안 그립디까. 괜히 일쿤 거나들 부쳐 먹지 않구….

용길부 젠장, 인제 그 말 허문 무슨 소용 있나? 사람두…. 잡혀가문 잡혀갔지 죽기밖에 더 헐라구….

쾌석부 어서 뗩시다. 저 석대[41] 뒤루 올려 긂으문[42] 거기야 따라올라구? 시오린 너끈헌 델….

용길모 그랬다 다 어디 갔냐문 뭐래우? 이 노릇을!

40 '딱따기'의 방언. '딱따기를 치며 순찰 도는 사람'이라는 뜻으로, 여기서는 순검을 가리킴.

41 石臺. 높이 솟은 바위.

42 '급하게 올라가면'의 방언.

봉을 뭘요, 어서…. (하며 우측으로 가다가 멈춘다.)

용길 모 뭐래, 어디를 갔냐문….

쾌석 부 아, 요즘 먹을 게 없어 대체루 품팔이를 나갔대문 안 되우?

용길 모 잘두 속겠수…. 밤꺼정 안 가구 앉었으문 어째? 이런 늙의 액매기[43]가 어딨나 원….

쾌석 부 저희가 여기서 어디서 자구 뭘 먹자구 안 가…. 저흰 뭐 우리허구 조상적 원순가? …. 아, 밤꺼정 안 가문 우리두 안 내려오지. 노숙허기루든지 굶구 견디기루든지 우리가 저희헌테 질 테야? 그리구 그자들이 가거든… 옳지, 불을 좀 놔요 밭에다…. 그럼 불을 보구 우리 내려오문 되지 않우…. 불만 안 뵈문 석달 열흘이라두 안 내려오지 뭐…. 우리가 살인 작죌 했단[44] 말인가. 목구녕이 급해 조상적부터 해먹는 화전 일쿤 것밖에….

봉을 (목을 길게 빼구 쭈루루 다시 좌측으로 와서 나려다보면서) 젠장, 영감님두… 빨리 와요, 빨리. (하고 손짓. 그러자 이내 숨이 차 말두 잘 못 하는 촌노인이 좌측에서 나타난다.)

용길 모 어쩌문 좋아…. (후들후들 떤다.) 윤건 할아버지가 다…. 아무린들 노인야 건드릴까. 그래두 남아 계서서 말씀이라두 좀 하서야지이.

촌노인 어… 어서들 달어나…. 안 붙들리는 게 수지…. 내가 뭐라구 나서 말허누….

봉을 용길 아버진 어떡헐려우? 이리다 뛸려던 사람두 다 잡히겠군 그래….

쾌석 부 모르겠네. 난 삼십육겔세. (하고 우측으로 빠진다.)

43 애먹이는 일.

44 작죄(作罪)를 했단. 죄를 지었단.

촌노인 늙은게…. 작년 독감에 죽었더문 좀 팔자 좋아…. (쾌석 아버지의 뒤를 따라 사라진다.)

봉을 올라가요, 어서. 생각하면 뾰죽헌 재주 있수? 제길…. (하고 마저 우측으로 뛰어 달아난다.)

용길 모 (남편의 등을 밀뜨리며) 뭘 생각허우? 남 다 피하는 걸 뭬 좋은 일이라구 혼자 나선단 말유?

용길 부 (어쩔 줄 모르고 좌우측을 넘싯넘싯 보다가) 에이! 빌어먹을…. 사전[45]을 만들어 썼단 말인가. 이 산골서 달아날 죄 진 놈이 누구야….

용길 모 (부엌 쪽으로 갔다 오더니 헌 고무신을 남편에게 팽개친다.) 어서 신구 석대루 가든지 어딜루 가든지 허우….

용길 부 (마지못해 발바당을 털고 고무신을 신더니) 사는 게 욕이지 욕이야…. (하고 성큼성큼 우측으로 빠진다.)

용순 (방문을 열고, 좌측을 기웃이 내다보는 어머니에게) 어머니.

용길 모 왜?

용순 오빤?

용길 모 가만 내버려 둘렴. 저희두 사람이지 걸 어쩔까, 아무리…. 데려다 콩밥이라두 먹여 준대문 고작이지. (용순은 다시 문을 닫고 용길인 굴뚝 머리에서 여전히 이따금 장타령 소리와 깎개질 소리를 내보낸다. 용길 어머니는 부엌 쪽으로 가더니) 이건 웬 고사리냐?

용순 (방에서) 아버지가 꺾어 왔는데 한데 데치랍디다. (잠깐 부엌 쪽에서 바가지와 물과 그릇 다루는 소리만 나는데 좌측에서 쾌석 어머니 숨차게 뛰어 등장.)

쾌석 모 용순 어머니 있수?

45 私田. 개인 소유의 논밭.

용길모 (부엌 쪽에서 나와 물 묻은 손을 치맛자락에 씻으며 겁 집어먹은 소리로) 것들이 왔수?

쾌석모 지금 봉을 아재네 마당에서들 지껄지껄허는군요…. 그런데 뭔지 쾌석이가 새까맣게 질려서 엡혀 들어왔구랴. 소금 좀 주. (용순이도 방문을 열고 내다본다.)

용길모 질리다니? 뭘 잘못 먹었나?

쾌석모 글쎄, 이놈의 애들이 하두 먹을 게 없으니깐 저어 평풍바위껠[46], 거기가 어디라구 거기꺼정 가, 딸길, 그 뜨거운 걸 걸신이가 들려서 마냥 따 먹었다는구랴. 그게 걸렸는지 배가 아프다구 길에 눕더래는구랴. 그래 장군이게[47] 업혀 왔는데 그게 관격[48]이 됐지 뭐유….

용길모 저런!

쾌석모 손발이 꽁꽁 얼구 말을 잘 못해요. 이 일을 어째…. 소금물이나 멕여 봐얄 텐데…. 소금이 어디 있수?

용길모 관격이군그래…. (하고 부엌 쪽으로 가더니 소금을 사기 탕기에 푹 퍼 가지고 나온다.) 호렴[49]이지 뭐.

쾌석모 (받아 들며) 그럼 이것두 떨어져 걱정이지…. (하고 돌아서 좌측으로 달아난다.)

용길모 쾌석 어머니이, 그래두…. (쾌석 어머니 돌아선다.) 그래두 저 윤걸 할머니더러 냉수라두 떠 놓구 빌래우? 모두 액이지 뭐유? 그 평풍바위께가 전부터 그렇지 않은 데라우….

쾌석부 참! 그러니 누가 가 윤걸 할머니헌테 알리나! 옹에 마디[50]루 남

46 병풍바위께를. '병풍바위'는 율이리에 있는 석벽으로, '병풍처럼 깎아지른 바위'라는 의미로 붙여진 이름.

47 장군이에게.

48 關格. 급체.

49 胡鹽. 알이 굵고 거친 천일염.

정넨 다 없구…. 이를 어째애?

용길 모 어서 갑시다, 어서…. 가 소금물부터 멕여요. 내 윤걸 할머닐 데리구 갈 테니…. (둘이 다 뛰어 좌측으로 사라진다.)

용순 오빠.

용길 (대답은 없이 끙끙거리고 낫 소리만 내인다.)

용순 오빠아.

용길 어? (소리만)

용순 이리 와.

용길 어?

용순 이리 오래니깐… 제기.

용길 왜 자꾸 불러 싸…. (낫은 놓고 거의 다 다듬어진 지팡이만 들고 아래위를 들여다보고 짚어 보고 하면서 방문 앞으로 온다.) 거 다 졌니?

용순 그럼 뭐 어태 있을까? 오빠.

용길 어?

용순 나 바늘허구 댕기허구 사다 준댔지이?

용길 바늘?

용순 그래. 바느질허는 거 말야. 찔르문 아픈 거.

용길 그래 아픈 거.

용순 그리구 댕기하구…. 새빨간 걸루, 응?

용길 그래….

용순 그리구 응? 저어 가새[51] 알지? 이렇게 베는 거 말야.

용길 그래, 알어 알어….

용순 것두 하나 죄꼬망 걸루 사다 줘, 나. 응? 돈 벌문 말야.

50 옹이에 마디. 마디에 옹이. 나무 마디에 옹이가 박혔다는 말로, 어려운 일이 겹침을 뜻함.

51 '가위'의 방언.

용길 (고개만 끄떡거리고 지팡이를 들여다본다.)

용순 제기, 지팡인…. 뭐뭔지 알었수? 잊어버리지 않겠수?

용길 뭐?

용순 사다 달란 게 뭐뭔지 말야. 잊어버리지 않겠수?

용길 아아니….

용순 그럼 대 봐, 어디.

용길 댕기…. (하고는 눈알만 굴린다.)

용순 정신두, 제기…. 까마귀 고길 먹었나… 또. 찔르문 아픈 거.

용길 찔르문 아픈 거?

용순 응. (바느질하는 형용을 하며) 이렇게 이렇게 하는 거.

용길 (꽁무니를 긁적거리다가) 바늘! 히히….

용순 또?

용길 또?

용순 모두 세 가지 아뉴? 댕기하고 바늘하구 그렇게 허문 두 가지지. 그런데 또 한 가지 있지 않어?

이때 좌측에서 두 기자가 나타난다. 이것을 보자 용순은 기겁을 하여 용길의 팔을 안으로 잡아다렸다. 그러나 눈치에 둔한 용길은 왜 그러는지 모른다.

용길 왜 그래…. (하고 뿌리치니 용순은 용길을 밀쳐 버리고 저만 문을 닫았다.)

기자 갑 어! 꽤 꼭대기로군. 이 집이 인전 마즈막 집인 게로군요? …. (하다가 용길의 놀래는 눈치와 병신상스런[52] 걸 보고) 허! 여기선 사내 사람이라군 이 양반을 첨 만나는데…. (하고 웃는

52 병신처럼 모자라 보이는.

다.) 어째….

기자 을 참 높다…. (점심 싼 것, 사이다 병, 웃저고리, 지팡이를 나무토막에 걸쳐 놓으며) 참 재밌는 친군데요. (용길에게) 당신 이 집 쥐인요?

용길 (자꾸 문을 열고 안으로 들어가려 하나 문이 걸렸다.) 아아니유.

기자 을 (땀을 씻으며) 그럼 당신 집은 어느 거요?

용길 (얼굴이 뻘게서) 여기유.

기자 갑 그런데 아니래? (나무토막에 저고리를 벗어 놓으며 걸어앉는다.)

기자 을 당신 아버지 있소?

용길 (고개를 끄덕인다.)

기자 을 어디 있소?

용길 (휘휘 둘러보더니) 몰라유…. (부엌 쪽으로 기웃거리더니) 아버지! 제미, 어디 갔어….

기자 갑 허허. 그 양반 참 재밌는 친구로군…. 그런데 호수(戶數)가 거의 칠팔 호 되죠, 아마?

기자 을 이집꺼지 여섯 집이군요. 꽤 다리 아프시죠?

기자 갑 뭘요. 괜찮습니다…. 힘은 들어두 말만 듣던 화전 부락을 이번에 참 처음 봅니다. 신문사서 밤낮 화전, 화전 했지만 이런 줄은 몰랐습니다.

기자 을 그러시겠죠. 경성 근처야 이런 데가 돈 내야 구경할 수 있겠습니까?

기자 갑 흔히 화전이래문 아까두 왜, 올라오는데 산비탈에 밭들 있잖어요. 그런 걸 화전이란 줄만 생각했어요. 산비탈에 갈아 논 밭인 줄만….

기자 을 원! 그런 건 여기선 모두 일등전[53]들입니다. 그런 거야 다 빼젓

이 등기 내 가지구 세금 물구, 팔구 사구 하는 훌륭한 밭들이 죠…. 저게 모두 태곳적 낙엽송들이 빽빽이 들어선 걸 불을 놔서 타구 등걸이들 남은 겁니다. 그리구 어디 갈기나 하나요. 그냥 괭이루 파헤치구 감자허구, 연맥이란 거 있잖습니까? 귀리요. 그거나 심죠.

기자 갑 네…. 옥수수 같은 거나 허구….

기자 을 아아뇨. 여긴 옥수순 안 됩니다. 여기가, 어태 올라와 보셨지만 해발 일천오백 미돌[54]나 되는 뎁니다. 평지에선 지금 감자꽃이 다 피구 감잘 먹지 않습니까? 여긴 인제 보셨죠? 그리구 평지엔 밀이 벌써 다 패지 않었어요? 그런데 여긴 연맥이 지금 겨우 한 뼘[55]밖에 안 되지 않어요? 기후가 그렇게 차니까 옥수수 같은 건 결실을 못 해 봅니다.

기자 갑 그럼 주로 뭘 먹게 됩니까?

기자 을 감자죠. 저두 작년에야 참 본사서 화전민 상탤 좀 조사해 보내라구 하셨게 여기두 와 보구. 또 여기서두 한 사십 리 더 들어가서 여기보다 더 큰 부락이 있습니다. 높기두 여기보다 한 삼사백 미돌 더 높죠. 거기서껀 다녀 봤는데. 한 집에서… 작년처럼 냉해나 없구 연사[56]가 좋은 때는 감잘 한 사오십 석 캔다던가요. 그래선 땅을 파군 묻어 두는데 기후가 차 그런지 요즘꺼지두 둘 수 있대니깐요. 그리구 연맥은 고작해야 한 서너 섬씩 하는데 농사라군 그저 그게죠.

기자 갑 그럼 감자가 주요 식료로군요. 어떻게 먹나요, 무슨 딴 재룔 넣구 특수한 요릴 맨드나요? 그냥 삶아 먹나요?

53 일등급의 밭.
54 米突. 영어 '미터(meter)'의 음역어.
55 '뼘'의 방언.
56 年事. 농사가 된 형편.

기자 을　요리가 무슨 요립니까? 거야말루 원료 그대루죠. 그냥 삶아서 소금 찍어 먹죠…. 하긴 요즘처럼 감자가 떨어지문 풀루만 배를 채두 가을엔 우선 감자가 눈앞에 많으니깐요. 그땐 감자녹말 맨들어서 떡두 맨들구 국수두 눌러 먹는댑니다. 그리군 그 감자 껍질 찌께기요.

기자 갑　네.

기자 을　찌께기는 말려 뒀다가 거야말루 비상실 위해 두는 거죠. 이 집두 아마 그게 있을걸요. (하고 멍청하니 섰는 용길에게) 감자녹말 찌께기 있소? 감자 껍데기 말린 거 말요.

용길　죄끔밖에 없어요.

기자 갑　어디 죄끔만 구경시켜 주우, 응? 돈 줄 테니…. 허… 목이 마르다.

기자 을　그래 좀 내오. 돈 주신다구 안 그랬어? 참 여기 오셨던 기념으루 좀 가지구 가십시오.

기자 갑　그래 어서 조곰만 내오, 응?

용길　(두리번거리더니 방 쪽을 향하고) 용순아, 용순아!

기자 을　그 안에 누구 있소?

용길　네, 용순이 기지배 있는데….

기자 갑　농끼[57]로군… 참….

기자 을　(문으로 가서 문구멍으로 들여다보더니) 여보. 고운 처녀가 앉었군그래…. 문 좀 열구 나오, 이리. 응? 어서?

용순　(대답이 없다.)

기자 갑　처녀야요?

기자 을　(뒤로 물러나며) 네, 꽤 큰 처녀가 있군요.

기자 갑　(용길에게) 당신 매씨[58]요?

57　'무사태평', '만사태평'을 뜻하는 일본말.

용길 용순이야요.

기자 갑 당신 동생이냐 말요?

용길 (고개만 끄덕인다.)

기자 을 몇 살이오?

용길 몰라요.

기자 을 이러언 양반. 누이동생 나이두 모른담! (다시 창 앞으로 가더니 창살을 쥐고 흔들며 좀 강제적으로) 문 열어, 문…. 응?

기자 갑 내우하누라구 그리는 게로군요.

기자 을 산골 색시가 내운 무슨 내우…. 문 열어 문…. (문고리 벗겨 놓는 소리가 나자 문을 열고) 좀 나오, 이리…. 아직 그렇게 내우하지 않어두 괜찮겠군그래…. (용순은 이들을 순사로만 아는지 무서워 후들후들거리며 방에서 나온다.) 부모님 다 어디 갔소, 응? 어른들 하나두 없으니 웬일요?

용순 어머닌 이 아래 쾌석이네 집이[59] 갔어요.

기자 갑 아버진?

용순 아버진….

기자 을 어디 갔소?

용순 ….

기자 을 이런! 빠가다나[60]…. 도회 여성들은 이렇지 않겠죠? (하고 기자 갑을 본다.)

기자 갑 그랬단 어떻게 연애하겠소? 허허…. 얼굴은 똑똑한 처년데 감정이 너무 무디군….

기자 을 아버진 어디 갔소? (용길에게 돌아서며) 당신 아버지 어디 갔는지 못 찾아오겠소?

58 妹氏. 남의 손아래 누이를 높여 이르는 말.

59 집에.

60 '바보구먼'을 뜻하는 일본말.

용순　(그제야 혹시 자기 오빠가 달아들 난 것을 대일까 봐 황당해하며) 저어 대체루 벌이 가셨어요. 요즘 양식이 떨어져 대체루 벌이 가셨어요.

기자 을　오오라! 그래 이 동네 사내 사람들이 볼 수 없나? 많이들 대체로 갔소?

용순　네….

기자 갑　그런데 아까 이 친구 (용길을 가리키며) 아버질 저쪽을 대구 불렀어…. 어떻게 된 셈이야.

용순　못난이가 돼서 아무것도 몰라요.

용길　(절름거리고 한 걸음 나섰다 들어섰다 하면서) 뭐? 이놈의 기지배… 잉…. (하고 분해한다.)

기자 갑　양식이 떨어졌으문 요즘 뭣들 먹소? 뭐 먹는 게 그래두 있겠지?

용순　나물죽 쒀 먹어요.

기자 갑　나물죽? 어떻게, 뭐 넣구?

용순　산나물 말린 것두 넣구. 애탕 쑥두 넣구. 고사리서껀….

기자 갑　걸루만?

용순　거기다 귀릴 갈아서 좀 넣구 쑤더랬는데 그게 떨어졌어요.

기자 갑　그럼, 요즘은? 뭘 넣구 쑤?

용순　감자녹말 낸 무거릴[61] 너요.

기자 을　그래…. 것 좀 내오, 응? 이 어른이 저어 서울서 오셨는데 좀 구경하시자니까 죄곰만 내오란 말야. 돈 주께 돈, 응?

용순　(부엌으로 가더니 감자 껍질과 약간의 전분이 누룩처럼 굳은 것을 한 조각 들고 나온다.)

기자 갑　(그것을 받아 코에 대어 보고 부슬러 보고 하다가) 거, 똑 누룩

61　무거리를. 찌꺼기를.

갑습니다그려…. 이걸 먹다니!

기자 을 어디요. (하고 받아 가며) 이것두 요즘은 귀물일 겝니다.

기자 갑 여보. (용순이에게) 무슨 그릇 하나 주. 우리 사이다 좀 따뤄 먹게…. (용순이 잠자코 또 부엌으로 들어가더니 금이 가고 더러운 사기 탕기를 들고 나왔고, 기자 갑은 사이다 한 병을 끌러 뚜껑을 열더니 탕기를 받는다.) 이런! 좀 깨끗한 그릇 없소?

용순 없에요.

기자 을 여기선 뭐 그런 그릇이문 상(上)이올시다. 뭐 형편 있이들 사나요.

기자 갑 (사이다를 조금 따루어 그릇을 부시고 다시 따러서) 자, 한잔 잡수십시오.

기자 을 먼저 잡수세요. (사양하다가 먼저 마신다.)

기자 갑 이런 때 얼음이 챈 삐루나 둬 잔 먹었으문 좋겠군…. (그릇을 받아 자기도 한 잔 마시고 다시 한 잔을 따러 용순에게) 여보, 이것 좀 먹어 보오, 응? (용순이 부엌 쪽으로 뛰어 달아난다.)

기자 을 그럼 저 친굴 줘 보세요.

기자 갑 그래 참…. (용길에게 준다. 비실비실 뒤로 물러서다가 잔을 받아 한 모금 덥숙 물더니)

용길 에 에 에…. (질겁을 해 뱉고 재채기를 한다. 기자 갑을 모다 웃고 용순이는 눈이 뚱그레진다.)

기자 을 에끼! 사이다두 못 먹는 친구가 있담! 이거 싸 너시죠. (하고 감자 무거리를 기자 갑에게 준다.)

기자 갑 그럼 기념으로 가지구 갈까요. (바지 주머니에서 종이를 꺼내 싸다가) 좀 먹어 볼까…. (하고 조금 떼어 입에 넣더니) 에잇! (하고 얼굴을 찌푸리며 뱉는다.) 우린 사이다 먹을 줄 아는 대신 이건 못 먹겠군…. (남저지[62]를 싸서 바지 주머니에 넣고

십 전짜리 한 푼을 꺼낸다.) 돈을 준댔으니깐 줘야지. (하고 용순을 바라보며) 이거 받우, 응?

용순이 받으러 오지 않고 돌아서 버린다.

기자 을 받구려. 십 전이문 이런 산골서 어디야, 큰돈이지. (그러나 용순은 두어 걸음 달아나서 업수여김을 받는 듯 뽀루퉁해졌다.) 그럼 저 친굴 또 주시죠.

기자 갑 참, 당신이 받우. (하고 용길에게 내어미니 어쩔 줄 모르고 히죽거리며 머리를 긁는다.)

기자 을 받어, 어서! (하고 소리를 지른다. 그러니까 두 손으로 받는다.)

기자 갑 주머니에 너시오.

용길 (없는 주머니를 찾다가 용순에게) 내, 내 아까 거 맨든 거 어딨어?

용순 아무 대답 안 한다. 그러니까 자기가 가서 방문을 열고 전대를 집어내더니 십 전 한 푼을 그 속에 넣는다.

기자 갑 (나무토막에서 일어서며) 아아니, 돈 한 푼을 전대에다 넣소?

기자 을 야! 그거….

용길 오늘 떠나유.

기자 을 떠나다니?

용길 읍으루 가유.

기자 갑 읍에? 뭐 허러?

62 '나머지'의 방언.

용길 장타령 허구 돈 벌러유.

기자 을 오오라! 그럴 듯허군…. 지금 갈 테요?

용길 네.

기자 갑 그럼 여보 우리 같이 갑시다. 응? 거 잘됐군. 심심하더니….

기자 을 그래 장타령 잘허우?

용길 히…. (머리를 긁는다.)

기자 갑 좀 해 보, 응? 돈 또 줄 테니.

기자 을 그래 해 보, 응? 우리가 인제 읍으로 갈 텐데 그럼 오늘 저녁은 우리가 밥두 한 상 잘 사 먹이지, 어서?

용길 히….

용순 (오빠의 그런 꼴을 보이고 싶지 않은 듯 얼굴이 붉어지며 날카로운 소리로) 오빠. (하고 눈총을 준다.)

용길 (못마땅한 듯이) 왜 그래? 정칠 놈의 기지배….

기자 을 왜 그래 참…. 가만둬…. 해 봐야 인제 읍에 가서두 허지.

기자 갑 그럼. (하고 담배를 꺼내더니 기자 을에게 권하고 자기도 붙인다.) 어서….

용길 잘 못해유…. [얼굴이 붉어지며 머리를 긁적거리더니 너무 긴장이 되어 정도 이상 높은 기성(奇聲)으로]
작년에 왔던 각설이이…. (하다가 자기도 소리가 너무 높아진 것을 깨닫고 좀 낮은 소리로) 히…. 잘 못해유.

기자 갑 허허… 잘허느문그래[63]….

기자 을 아, 그만허문 잘허는 거지. 어서, 시초만 꺼내구 마나 뭐…. 어서 해요, 응?

용순 (또 눈총을 주며 날카로운 소리로) 오빠.

용길 (눈을 흘기며) 왜 그래, 왜…? 양떡을 멕여 댈라… 히….

63 잘하는데그래.

기자 을 어서 탄할 것 없이 허우, 응?

용길 (두어 번 기침으로 목을 다듬더니) 작년에 왔던 각설이이 죽지두 않구 또 왔네. 픔바 픔바 픔픔바. 기름 동이나 먹었는지 미끈미끈 잘한다. 뜨물 동이나 먹었는지 걸직걸직 잘한다. 냉수 동이나 먹었는지….

이때 용길 어머니가 긴장한 얼굴로 숨차게 좌측으로부터 들어선다. 기자 을, 담배를 문 채 일어선다.

용길 모 (용길을 보고) 재가!

용길 히…. (뚝 그치고 머리를 긁는다.)

용순 쾌석이 좀 어떠우, 엄마?

기자 갑 이 댁 주인이십니까?

용길 모 (울상이 되어) 예….

기자 을 어른들 안 계신데 이렇게 마당에 와 앉어 안됐습니다. 그런데 이분이 자젠가요? (하고 용길을 가리킨다.)

용길 모 예…. 걔가 뭐 나이만 먹었지 아무것도 몰라요.

기자 을 글쎄, 그런 거 같군요. 바깥양반들은 뭐 돈벌이들 읍으로 갔다구요?

용길 모 예…. 모두들 먹을 게 떨어져서요…. 그… 올에 새루 쪼꼼이야요. 새루 일쿤 건…. 그건 안 일쿼드문 정말 죽지 어쩝니까? 그걸 바라구 요즘 굶구두 산답니다… 나리님들….

기자 갑 (기자 을에게) 무슨 말일까요. 새루 일쿠다니?

기자 을 오, 부대 새루 일쿼소?

용길 모 예…. 조꼼…. 그저 하두 먹을 게 달리구 묵은밭은 어디 감자가 잘 앉습니까. 그래 조꼼씩들 더 일쿼답니다요…. 그저 죽진 않어야겠구 먹을 건 달리구 해서, 어떡헙니까?

기자 을 거 잘했구려. 우린 뭐 그런 거 조사하러 온 사람 아뇨. (기자 갑에게) 아마 우릴 영림서[64]에서 나온 줄 아는 게로군요…. 작년에 왜 기사 보내지 않었습니까? 이 뒤 딴 화전 부락에서 새로 부대 파구 많이들 잡혀갔습니다. 그래 영림서에서만 나오문 벌벌 떨지요.

기자 갑 염려 마슈. 우린 그냥 구경 온 사람이니깐요.

용길 모 예에?

기자 을 그런데 이 자제분이 오늘 읍으루 간다구요?

용길 모 글쎄요니까…. 대체루 가문 돈을 잘들 주시는지 원….

기자 을 거야 댕겨 봐야죠. 여기서 굶주리는 것보다야 낫죠. 한푼이라두 벌문 벌지 밑질 건 없는 장사 아뇨? 우리두 읍으루 가는데요. 같이 말동무나 허구 가자구 그랬습니다.

용길 모 글쎄 원…. 보내야 헐지요…. 저런 사람들 대체루 가문 매나 안 맞습니까? 착해 빠져서 여기서두 애들헌테 맞기만 헌답니다.

기자 갑 아, 그런 사람을 동정허지 누가 때립니까?

용길 모 글쎄요…. 그런데 잴… 나리님들이 붙들어 가는 건 아닙죠?

기자 갑 원! 참, 요순 때 백성들이군!

기자 을 뭐 우리가 마적단으루 알우, 이건…. 또 저 색시를 데려가문 모르겠수. 이 양반을 붙들어다 뭘 헌다 말유…. 건 생각대루 허슈. 우리가 억지루 같이 가재는 건 아니니깐요.

용길 모 글쎄요. 뭘 멕일 것두 없구…. 넌 어태 뭘 했니. 오래비 점심이라두 좀 맨들어 멕이지 않구. (하고 용순을 본다.)

기자 을 이 사람 점심 아직 안 먹었나요?

용길 모 그럼요. 어디 우리가 점심을 먹기나 해요. 이 동네 점심 먹는

64 營林署. 국유임야(國有林野)를 관리하는 지방 관서.

집 없답니다. 그런데 쟨 길을 떠난대니깐….

기자 갑 우리하구 같이 가문…. 우리가 점심 잔뜩 가지구 왔으니까요. 인제 이 아래 한참 내려가다 샘 있는 데서 먹을 턴데 우리가 멕이리다. 그리구 삼십리 길이나 동행인데 읍에 가선 저녁두 우리가 사 대접하리다.

용길 모 정말 그리셨으문…. 그런데 나리님들 무슨 약 좀 가지신 거 없습니까?

기자 갑 무슨 약이라뇨?

용길 모 요 아랫집 아이가 딸길 먹구 관격이 돼서 숨을 지금 못 통해요.

기자 갑 허, 거 안됐군…. 그럴 줄 알었더면 영신환[65]이라두 좀 넣구 올 걸…. 가오루[66]밖에 없는데….

기자 을 거라두 '카아' 헌 게니 뚫릴는지 모르죠.

기자 갑 (주머니에서 가오루를 봉지째 주면서) 그럼 이거라두요 갖다가 한꺼번에 멕여 보슈.

용길 모 네에. 이걸 먹구 좀 돌랐으면 여북 좋을까…. 물루 멕이나요?

기자 을 그렇죠. 따뜻한 물이문 더 좋습니다.

용길 모 그럼, 너 (용순에게 주며) 네가 나보담 빨르지. 얼른 뛔 가서 이걸 멕이라구 줘라. 이걸루 뚫리기만 했으문….

용순 응. (하고 받아 들더니 좌측으로 나가 버린다.)

기자 을 이런 덴 참, 현대의학의 은혜란 조곰두 못 봅니다.

기자 갑 참, 그게 제일 곤란하겠군요. 허긴 도회지서두 제 돈 없구야 병원이 소용 있나요…. 인제 더 올라갈 용긴 없구요. 그럼, 요 아래 샘터루 가서 점심이나 먹구 슬슬 내려갈까요.

65 靈神丸. 배앓이에 쓰이는 환약.

66 일본 은단 상표 중 하나.

기자 을 그러시죠. 잘 보셨습니까 모두?

기자 갑 이만침 봤으면 잘 봤죠…. (용길에게) 그럼 우리하구 동행헐려우?

용길 히이.

용길 모 저녁꺼정 사 주시마는데 따러갈련?

용길 히.(전대를 어깨에 둘러메고 지팡이를 집어 들며 기자들과 같이 떠날 채비를 한다.)

용길 모 얘.

용길 어?

용길 어머니는 아들을 불러 놓고 아무 말도 못 하고 치맛자락을 눈에 갖다 대인다. 기자 갑은 담배를 밟아 끄고 한 가지라도 더 자세히 보려고 부엌 쪽과 방문이며 굴뚝께를 돌아다니며 들여다본다.

용길 모 얘.

용길 왜 울어어?

용길 모 돈 생기문 신부터 한 켤레 사 신구 댕겨….

용길 신?

용길 모 그래, 고무신 튼튼한 걸루…. 속지 말구 잘 보구 사….

용길 히….

용길 모 그리구 팔월 달엔 집으루 와야 해. 추석, 집에 와 쇠야잖니?

용길 응…. (고개를 끄덕인다.)

용길 모 날 가는 걸 웬 알구 댕길라구…. (또 눈에 치맛자락을 갖다 댔다가 떼고는 한숨을 진다.) 올 때 조끼라두 하나 사 입구 와….

용길 죄끼?

용길 모 그래…. 여기 주머니 달린 거 말야. 저구리 우에 입는 거…. 그리구 언어먹는 게 오죽해. 아무거나 허겁지겁 먹구 탈이 나문…. 이걸 인제 애통이 터져 어떻게 사누…. (또 운다.)

기자 갑 (그제야 눈치채인 듯 용길 어머니에게) 아아니, 아들 보내기가 안돼서 그러십니까?

기자 을 참 딱한 풍경인데….

용길 모 이걸 글쎄 내보내구 밤에 어떻게 눈을 감습니까? …. 어디서 저녁이나 얻어먹구 자는지 굶구 자는지… 병이나 나 행길에 쓰러졌는지… 어디서 매나 맞지 않는지…. 애가 타 어떻게 글쎄 견딥니까….

기자 갑 허…. 좌우간 우리 슬슬 내려갑니다. 안됐습니다. (하고 좌측으로 나간다.)

용길 모 이 노릇을….

용길 제기, 자꾸 울문…. 제기…. (하고 저도 어쩔 줄을 모른다.)

기자 을 갈려거든 저어 알루 내려오우, 응? (하고 용길 모에게) 갑니다. 편안히 게슈. (좌측으로 나간다.)

용길 모 네…. 편안히들…. (손등으로 눈을 씻는다.)

용길 나두 갈 테야…. (전대를 가리키며) 일루 하나 돈 벌어 오문 좋지 뭐…. (하고 좌측으로 나가려는데 용순이가 뛰어든다.)

용순 오빠두 정말 가네…. (하고 붙들 듯 용길에게로 간다.)

용길 그럼 안 갈까…. 난 인제 별난 귀경 다 헌다. 히…. 죽겠지?

용순 오빠.

용길 왜 자꾸 그래.

용순 오빠, 정말 집에 찾어오겠수. 멀리 갔다가라두?

용길 (주먹질을 하며) 대국 갔다가라두 와…. (하고는 용순이가 울먹울먹해지는 눈치를 보더니 전대를 끄르고 아까 기자에게서 받은 십 전짜리를 꺼내서 이편 저편을 잠깐 들여다보고 용순에게 주며) 이거 너 주까?

용순 누가 거 달래나.

용길　가져…. 난 또 막 번다 인제… 히….

용길 모　건 웬 돈이냐, 그런데…?

용순　인제 그 사람들이…. (하고 오빠에게서 그 돈을 받는다.)

용길　참 댕기두 사다 줄게…. 바늘서껀…. (하고 용길은 나가버리었다. 그 뒤를 모녀가 한참이나 서서 바라보다가 중앙으로 나서며.)

용길 모　경칠 눔의 세상…. 그 식이 장식이구…. 이렇게 애를 태구 고새앵 고새앵하며 사니 뭬 신통헌가? 그것들이 그런데 순검들은 아닌가 부지?

용순　그리게 말야…. 잘못 보구들 괜히…. 참, 엄마. 쾌석이 죽었어!

용길 모　뭐? 죽어?

용순　약 가지구 가니깐 벌써 죽었다구 우는걸 뭐…. 엄마 좀 오시래….

용길 모　저를 어쩌니! 생떼 같은 자식을! 발바당에 흙두 떨지 못허구 저런 벼락죽음이 있나. 저희 아버지두 없는 새….

용순　어서 가 보오, 엄마.

용길 모　에그, 모두! 네 팔자 내 팔자 할 거 없이….

용길 어머니 좌측으로 사라지고 용순이만 퇴장에 걸어앉았다. 새소리가 들린다. 용순이 잠깐 멍하니 앉았다가 손바닥을 펼치고 용길이가 주고 간 십 전짜리를 들여다보고는 그 손으로 눈물을 씻고 다시 얼굴을 숙이고 느껴 울기 시작한다.

—막—

『중앙』, 1936. 2; 『가마귀』, 한성도서주식회사, 1937; 『이태준단편집』, 1941.

시

누나야 달 좀 보렴

누나야 달 좀 보렴
울지만 말구!
밝은 달은 자꾸만 솟아오른단다
그래서,
온 천지에 비췬다는구나
아, 누나야 저 달은, 저 빛은,
앞산 너머 골에 모신 어머님 무덤
그 우에도 비춰겠지? 아, 저 달은 보겠지?

누나야 달 좀 보렴
울지만 말구!
밝은 달은 어디든지 다 같이 비춰 준단다
그래서,
인왕산(仁王山) 그 아래도 비췬다는구나
아, 누나야 저 달은, 저 빛은,
아버님 울고 계신 쓸쓸한 철창의 감방(監房)
그 안에도 비춰겠지? 아, 저 달은 보겠지?

누나야 달 좀 보렴
울지만 말구!
밝은 달은 그 빛이 끝이 없단다
그래서,

백두산(白頭山) 그 너머도 비췬다는구나
아, 누나야 저 달은, 저 빛은,
우리 아저씨 방황하는 시베리아 넓은 들
그곳에도 비춰겠지? 아, 저 달은 보겠지?

누나야 달 좀 보렴
울지만 말구!
아, 어찌할까 누나야
나는 달이 되고 너는 해가 되어 볼까!
아니 저, 작은 별이라도 되었으면!

(9월 7일 밤, 고요히 흐르는 달빛 속에서.)

『학생계(學生界)』, 한성도서주식회사, 1922. 11.

한강(漢江) 꿈

선들선들 가을밤 얄구진 바람
잠자는 한강 물 흔들어 일쿨[1] 때
아, 무서워! 나는 보았지.
성낸 마왕(魔王)의 시커먼 눈썹처럼!
찡긋찡긋 찌푸리는 사나운 물 그 우로
끝없는 원(怨)을 품은 남녀 청춘의
떨어진 꽃처럼 시들픈[2] 넋[魂]은
한숨에 불리는 물결에 떠서
출렁출렁, 아! 끝없이 방황하는 것.
　그리고 보기도 끔찍한 시커먼 무엇이
　기다란 붉은 혀[舌] 헐떡거리고
　녹슬은 쇠사슬 끄을고 다니며
　그들을 얽으려! 하는 그것을.
　아, 무서워! 나는 보았다

껌벅껌벅 흔들리는 초생달빛
늠실늠실 한강 물 그 우에 어리울 때
아, 무서워! 나는 들었지.
독 오른 마녀(魔女)의 시퍼런 눈알처럼!

1 '일으킬'의 방언.
2 '시들하고 서글픈'의 의미로 추정.

힐긋힐긋 굴리는 미친 물 그 우로
끝없는 한(恨)을 품은 남녀 청춘의
떨어진 꽃처럼 시들푼 넋은
창백한 달빛 또 울음에 싸여
출렁출렁, 아! 끝없이 호소하는 것.
　그리고 듣기도 끔찍한 악마(惡魔)의 맹후(猛吼)[3]
　물을 흔들고 혼(魂)을 부르며
　녹슬은 장검(長釰)을 휘휘 두를 제
　그들의 애처롭게 부르짖는 것.
　아, 무서워! 나는 들었다

(9월 2일 밤.)

『학생계』, 1922. 11.

3　사나운 울부짖음.

믿음과 사랑

아버지가 뜰 앞에 꽃씨를 묻으시며
그 우에는 머지않어 고운 꽃을 보리라고.
오! 아우들아 이것이 믿음이라 하시네

어머니가 큰 닭 품에 그의 알을 넣으시며
그 속에선 머지않어 병아리를 보리라고.
오! 아우들아 이것이 사랑이라 하시네

어여쁜 아우들아 어머니의 새 아달[1]들아
우리들의 사랑할 건 오직 믿음뿐.
우리들의 믿을 것은 오직 사랑뿐.

(새로 얻은 아우들에게.)

『휘문(徽文)』, 휘문고보(徽文高普) 문우회(文友會) 학예부(學藝部), 1924.

1 '아들'의 방언.

죽는 너야

죽는 네 꼴이 내가 보기 싫고나…
하늘의 별들을 조롱(嘲弄)하던 네 눈은 비뚤어지고
사월 동산에 도화빛 같던 네 뺨은 흐린 하늘에 구름빛 같고
아! 너는 죽어 가누나.

나를 부를 때마다 어여쁘게도 열었다 다물던 네 입술이 보기 싫게 씰룩거린다.
살아 있는 나에게 무슨 더러운 것을 말하고 가는가 칠현금(七絃琴) 가는 줄에 그물 쓴 백어(白魚)처럼 살랑거리던 네 손이 보기 싫게도 뻣뻣하게 구부러든다.
죽어야 할 나에게 무슨 더러운 것을 형용(形容)하고 가는가
아! 너는 나에게서 멀리도 간다

작은 새와 같이 어여쁘게 살었던 너야
미친 개와 같이 더럽게 죽어 가는 너야
무슨 미서운[1] 상징(象徵)을 나의 가슴에 새겨 놓고 가느냐.

『시대일보(時代日報)』, 1925. 1. 5.

1 '무서운'의 방언.

묘지(墓地)에서

평화롭게 잠자는 그대들 옆엔,
잔을 같이 기울이던 친구들도 있겠고
살을 서로 겨누던 원수들도 있으리
그러나 그대들은 기억하지 않도다

그대들의 아내나 아들이 와서
정성껏 흘리는 눈물이라도
그것이 그대들을 움직일 수 없거든
하물며 한두 줄의 비문(碑文)일까 보냐

봄 새는 노래하고 흰 구름은 떠도네
듣는가 보는가 움직이는가
그대들의 거룩한 잠터에서는
잠꼬대 한마디 들을 수 없네

[3월 30일, 잡사곡(雜司谷) 묘지[1]에서.]

『학지광(學之光)』, 학지광사, 1926. 5.

1 조시가야(雜司谷) 묘지는 도쿄에 있는 공동묘지로, 1923년 관동대지진 직후 일본인들이 조선인들을 학살한 사건으로 죽은 조선인들이 많이 묻혀 있다.

지진(地震)

깊은 밤
어두운 밤
지리한 밤에
땅이 부시시 흔들었다

건넌집 창마다 불이 켜졌다
이만큼 준비가 있다는 듯이
건넌집 창마다 불이 꺼졌다
흔들면 또 켤 수 있다는 듯이

오, 영리한 그대들이여
지금은 잠꼬대하는 이 괴물이
한번 깨어 몸부림하고 마는 날
어느 놈이 나서서 지자(智者)라 하리
어느 놈이 나서서 강자(强者)라 하리

『학지광』, 1926. 5.

차창(車窓)에서

산 넘어 벌들이요
벌 안마다 동산 있소
다양(多陽)도 하온 마을
한 손(孫)인 듯 소복해라
붉은 데 푸른 그늘은
버들인가 하노라

물 흘러 논에 들고
밭은 벌써 푸르렀소
온 동리 좋은 봄날
벌에 나와 지우노나[1]
밤에사 인간 화락(和樂)이
저들일까 하노라

하늘이 해를 주고
비 이렇게 내리었소
구태여 뉘 덕(德)이며
원수(怨讐) 무삼 있으리요[2]
못 살어 흩는단 말씀

1 보내누나.
2 무슨 원수가 있으리오.

귀에 걸려 하노라

[5월 8일, 경의선(京義線)에서.]

『동아일보(東亞日報)』, 1931. 6. 9.

팔월 십오일에 부른 노래

손발을 묶여 몇 해였던가
눈귀를 묶여 몇 해였던가
청춘의 전부, 인생의 반생, 삼십칠 년!
오, 답답하던 삼십칠 년!

그러나 동포여
그러나 동포여
민족의 영원으로는 순간이었다.
순간의 악(惡)이었다.

강산은 의연(依然)해 수려(秀麗)한 나라
민족은 순수해 한뭉치의 나라
아름다운 말, 쉬운 글자,
그리고 세계 모오든 미술관에서 왕좌(王座)를 차지한
우리 민족의 공예(工藝)들!
오, 빛나는 내 조국(祖國)!
악몽은 걷히도다
눈부신 아침은 오도다.

동무여, 동포여
묶이었던 팔에 어서 잡으라
이제는 붓도 호미도 우리의 무기(武器)!

오, 악몽은 걷히도다
눈부신 아침은 오도다.

『신조선보(新朝鮮報)』, 1945. 10. 5.

너

너 입은 옷 아직 인조견(人造絹)
너 따진[1] 동정[2] 때 묻었어도
너 흥큰[3] 머리 가릴 새 없어도
너 정의(正義)를 위해선 흘기는 눈과 진리(眞理)에 부지런한 손은
아모 데서나 사 신은 검은 고무신으로 숨차게 숨차게 우리를 따르며 떠밀며 오는 너
네 붉은 손 우리 손에 창검(槍劍)일 바에 네 흰 이마 우리 가슴에 의논성스러울[4] 바에
어떤 세찬 바람도 불어라
어떤 세찬 빗발도 뿌리어라
아직도 우리 세대는 고달프다
아직도 역사는 우리에게 시련을 요구한다
우리는 바쁘고 우리는 생각해야 하고 우리는 때로 슬퍼야 한다
너 우리 심부럼[5] 잘하는 누이
너 우리 편이기 위해선 옥서여도[6] 좋은 동지(同志)
너 우리들의 지난날 슬픔 함께 맛보았기에
너 오늘 우리 괴로움 엿보아 주는 사람

1 떨어진. 터진.
2 한복의 저고리 깃 위에 덧대는 하얀 헝겊 오리.
3 '헝큰'의 방언.
4 진지할.
5 '심부름'의 방언.
6 옥에서라도.

너 따진 동정 때 묻었어도
너 흥큰 머리 못 가리었어도
너 착한 내 누이
너 아름다운 동지 우리들의 그윽한 사람

〔지난날엔 철없어 보이던 소녀들이 오늘은 당당한 붉은 주먹으로 "선생님, 무슨 일이든 하고 싶습니다. 어느 게 바르고 그른 것만 알려 주십시오" 하고 성실히 물어 주는 여성들이 있다. 오늘은 군산에서 이런 편지를 받고 이 「너」를 쓴 것이다.

"다시 선생님의 신념과 지도를 멀리서나마 따를 수 있는 것을 기뻐합니다. 그러나 정당한 일을 하는데 왜 이다지 힘이 듭니까? 정(鄭, 그의 부군)은 구류 중에 있고, 저는 세 어린 것의 손을 잡고 부녀동맹에서 일을 봅니다. 아모리 괴로워도 우리가 하는 일은 옳고, 옳기 때문에 승리할 줄 믿습니다."

나는 이 편지에 슬펐고 그리고 기뻤고 더욱 힘차졌다. 천박한 견해와 안이한 생각에서 어서 외국 사치품이나 기다리면서 이 민족의 가장 엄숙한 신탄생(新誕生)의 시련을 다못[7] 정전(政戰)이라 당쟁(黨爭)이라 냉소하고 방관하는 여성들에게 비기어 보니 이들은 얼마나 성스럽고 정말 교양을 가진 성실한 여성들이냐!〕

『현대일보(現代日報)』, 1946. 3. 26.

7 '다만'의 방언.

아동문학

물고기 이야기

때는 이른 봄이었습니다. 멀리 부산 부두에는 뵈는 듯 마는 듯한 아지랑이 장막이 드리워 있고, 새파란 속잎 돋는 절영도(絶影島)[1] 부근에는 비단 같은 물결 위에 봄맞이 놀잇배들이 여기저기서 얇은 돛을 날리고 있습니다. 그러나 그 바닷속에서는 그와 반대로 이 구석 저 구석에서 애처로운 송별회가 열리게 되니, 이것은 해마다 봄이 되면 남양(南洋)[2]으로부터 올려 미는 난류의 세력이 영흥만(永興灣)[3] 부근까지 미치게 되므로, 겨울 동안은 부산 바닷속에서 한류의 고기들과 난류의 고기들이 자미(滋味)있게[4] 모여 놀다가 이때가 되면 한류의 고기들은 할 수 없이 북방으로 떠나게 되는 까닭입니다.

동회춘별(冬會春別)[5]의 그동안이나마, 서로 불쾌히 지내다가 작별하는 분들도 계시겠지만, 그중에는 왜 이제야 알게 되었던가 하고 다정하게 지내다 할 수 없이 작별하는 분들도 계십니다.

지금 말씀드리고자 하는 것은 가재미[비목어(比目魚)], 청어[鯡], 대구(大口) 세 분에 대한 이야기올시다. 청어와 대구는 본래 한류지방인 함경북도 웅기만(雄基灣)의 태생이고, 가재미는 난류지방인 제주도 해협이 자기의 고향입니다. 그런데 청어, 대구는 가재미를 만난 지 삼 개월 동안(겨울 동안)에 다시 없는 친구가 되어서 연차를 따라 가재미가 만

1 부산 '영도'의 다른 이름.
2 태평양 적도 이남의 바다.
3 함경남도 동해안의 만. 원산만(元山灣)이라고도 함.
4 '재미있게'의 옛말.
5 겨울에 만났다 봄에 헤어짐.

형이 되고, 청어는 둘째, 대구는 셋째로 의형제까지 모았습니다. 그리하여 가재미는 두 동생을 다리고 경치 좋은 곳으로 다니며 구경도 시켜 주고, 또 두 동생은 한류지방에 서투른 형 가재미에게 자기들의 풍속이며 그 지방에 자미있는 전설 같은 것을 들려주기도 하여 삼 개월 간을 하루 같이 자미있게 지내 왔습니다. 그러나 불행히 난류가 들여 밀고, 한류는 밀려가게 되어 할 수 없이 그들은 작별케 되었습니다.

하루는 청어와 대구는 떠나갈 행장을 마친 후, 형 가재미에게 고별차로 찾아갔습니다. 그리고, 그들은 가재미에게 말하기를

"형님, 기후가 점점 더워오므로 우리는 고향으로 피서 가지 않을 수 없습니다. 겨울에나 다시 이곳에서 만나 뵈올 수밖에 없습니다."

하고 고별을 한즉 가재미는 섭섭한 안색으로 두 아우에게 맛있는 음식으로 대접한 후 이렇게 말하였습니다.

"이제 자네들이 이곳을 떠남은 할 수 없는 경우이고, 웅기만으로 말하여도 천여 리 원정(遠程)이니 도중에 여하한 흉운[6]이 있을지도 모르니까, 저어 낙동강에는 미여기[7](물고기 이름)라는 어른이 계신데, 그는 나의 선생인바 관상으로 유명하시니 그 선생을 찾아가 관상이나 한번 보고 떠나는 것이 좋겠다."

고 말하였습니다. 이 말을 들은 청어와 대구는 반가운 어조로

"요사이는 이 세상 밖에 사는 사람이란 것들이 우리를 잡으랴고 그물[網]과 낚시[釣]를 많이 치니까 실로 위험하므로 그 선생을 찾아보고 감이 좋은 일이라."

대답한 후 그들은 낙동강으로 미여기 선생을 찾아갔습니다. 그리하여 가재미가

"이리 오너라."

6 불행한 운수.

7 '메기'의 방언. 미어기.

부른즉 마침 미여기가 넓적한 얼굴에 흰 수염을 늠실거리며 나와, 그들을 반가이 맞아 자기의 서재로 인도한 후, 이 이야기 저 이야기 한참 한 후에 가재미가 찾아온 바 말을 하려 할 즈음에, 미여기가 먼저 말하기를

"여보게 청어 군. 자네가 해몽을 잘하지?"

청어가 눈 한 번 슬쩍 감았다 뜨더니

"잘은 못하지마는 쉬운 꿈이나 풀어 보지요."

미여기는 희색(喜色)이 만면(滿面)하여서 말하기를

"그래, 내 벌써 관상하니까, 꿈깨나 풀어 본 것 같길래 묻는 말일세. 그러면 내 어젯밤에 훌륭한 꿈을 꾸었으니 이것 좀 풀어 보게."

하더니 수염을 한 번 쓰다듬은 후 꿈 이야기를 시작한다.

"내가 산보(散步)차로 우리 내자(內子)[8]와 함께 이웃 동리를 지나 올라가다가 우리 내자가 여의주를 하나 얻었는데, 내자가 말하기를 이것만 먹으면 승천한다고, 나에게 먹기를 권하데그려. 그래 나는 몇 번 사양하다가, 내 생각에도 계집이 승천하는 것보다 내가 먼저 가서 내자를 오도록 하는 것이 도리인 듯하여 내가 먹었네. 목에 넘어가자말자, 하늘로 올라가는데 정신 모르겠데. 얼마 후 어디 가 철석하고 떨어지는 것 같더니, 아마 그곳이 용궁인가 봐! 그런데 그곳서도 신체검사를 하는지 내 주머니를 들추고, 또 자[尺]로 신장(身長)을 재는데 한 자마다, 내 몸에 금[線]을 긋데그려. 그린 후 얼마 안 돼서 은가루 같은 눈이 쏟아지는데 그건 참 우리 세상에서는 볼 수 없는 절경이야. 그러나 눈 맞은 몸이라 좀 떨리데. 그런 중 이번이 정말 용궁 안이야. 아루묵[9]같이 따뜻한 데서, 드러눕게 되얏는데 진정이지 그 편안함은 실로 용궁 맛이 달라. 그러고는 그대로 잠이 들어 그 후는 전연부질(全然不知)세[10]. 이게야말로 용 될 꿈 아닌가?"

8 남 앞에서 자기 아내를 이르는 말.

9 '아랫목'의 방언.

10 전연부지일세. 전혀 모르겠네.

하고 미여기는 수염을 찡긋거리며 청어의 대답을 기다린다. 그러나 청어는 고개를 숙인 채 두어 번 흔들더니 하는 말이

"그 꿈 아주 괴악(怪惡)합니다."

좋은 대답을 기다리던 미여기는 놀라는 드키[11] 두 눈을 힐긋하며

"그 꿈이 괴악하다니? 더 좋은 꿈이 어디 있나? 좌우간 어서 해몽이나 하게…."

"저는 해몽해 드리기가 미안합니다마는 좌우간 해몽하시라니까, 풀리는 대로 여쭙겠습니다, 선생님. 선생님이 잡수신 것은 여의주가 아닙니다. 이 세상 밖에는 사람이란 놈들이 우리를 잡으랴고 낚시에 미끼를 끼어 담근 것이올시다. 그리고 어딘지 가서 철석 떨어지신 것은, 사람들이 낚시가 동(動)함을 알고, 낚시를 잡아채인 까닭으로, 그놈들 사는 육지로 나가떨어지신 것이고, 주머니를 들춘 것은 선생님 배를 째고, 오장을 끌어낸 것입니다. 또 자로 재고, 금을 그은 것은 선생님을 토막 친 것이고, 눈이 온 것은 소곰[鹽]을 뿌린 것입니다. 그런데 나중에 따듯한 아루묵에서 주무신 것은 선생님을 지져 먹을랴고, 남비 안에 모시고, 불을 땐 것입니다. 참! 꿈도 괴악합니다."

이 말을 들은 미여기 선생은 분기(憤氣)가 비등(沸騰)하여서[12] 기쁨으로 징긋거리던 수염이 이제는 노기(怒氣)에 못 이겨 찡긋거리게 되었습니다. 그러나 청어의 해몽이 하나도 오해 없이 착착 증명하는 고로 분풀이할 곳도 없었습니다.

이때에 청어는 선생에게 무슨 위안이나 될까 해서 하는 말이

"그때 선생님께서 잡숫지 말고 사모님께서 잡수섰더면 선생님은 좀 나으실걸!"

이 말에 미여기는 위안은커녕 노기가 배도(倍度)[13]되어 벌떡 일어나

11 '듯이'의 방언.
12 끓어올라서.
13 두 배.

더니

"이놈, 그럼 나더러 상처(喪妻)하란 말이냐? 천하에 목을 벨 놈!"
하고 청어의 뺨을 한 번 때렸습니다. 이 광경을 보는 가재미는 아무리 자기의 선생이지만 그 무례함이 미워서 흘겨보고 있었고, 대구는 둘째 형이 꿈 해석하고 맞는 것이 우스워 뒤에 서서 웃기만 하다가 할 수 없이 관상도 못하고 돌아오게 되었는데, 미여기 집을 떠나 나와 본 즉 가재미, 청어, 대구가 서로서로 못 알아볼 만큼, 모다 면목(面目)이 변하여졌습니다.

청어는 선생에게 맞아 뺨에 붉은 점이 박히고, 가재미는 선생을 흘겨보았으므로 두 눈이 한편으로 몰려 붙고, 대구는 선생에게 형 맞는 것을 보고 웃었다 하여 입이 세 배 반이나 커졌습니다. 그후부터는 민물의 어류들과 바다의 어류들의 왕래도 끊어지고 말았습니다. 여러분. 우리도 선생님네의 하시는 바는, 어떠하시든지, 웃지 말고 흘겨보지 마십시다. 가재미 눈이나 대구 입처럼 되어 장가도 못 가면 어떻게 합니까.

『휘문』, 1924.

어린 수문장(守門將)

여름이었으나 장마 끝에 바람 몹시 부는 어느 날 밤이었습니다.

어머니는 이런 말씀을 하셨습니다.

"웃집에 장군네가 살 때는 장군 아버지가 술이 골망태[1]가 되어도 우리 마당을 지낼 때마다 기침 소리를 내어 행결[2] 든든하더니…. 그이가 떠난 후에는 그 소리나마 들을 수가 없구나. 이제는 개라도 한 마리 길러야지, 문간이 너무 훼엥해서 어디 적적해 견디겠니."

자는 줄 알았던 누이동생이 이 말을 기다리고 있었던 것처럼

"참, 어머니. 저어 웃말 할먼네 개가 오늘 새끼를 낳았대요. 다섯 마리나 낳았다는걸요."

실상 이 집의 대주(大主)[3]는 나였으나 늘 집을 나가 있으니까, 겨울이나 되어 눈이 강산처럼 쌓이고 지친[4] 대문짝이 바람에 찌걱거리는 밤에는 어머님 한 분이 어린 누이동생만 다리고 얼마나 헛헛하실 것을 생각하니 어머님 말씀과 같이 튼튼한 개 한 마리라도 문간에 두는 것이 집에서도 얼마간 든든하실 것 같고, 나가 있는 나도 속 모르는 사람 둬 두는 것보다 그것이 더 미더워질 것 같이 생각되었습니다.

"그럼 어머니, 젖 떨어지거든 한 마리 얻어 오지요."

물론 어머니나 누이동생이나 내 말에 일치 찬성이었습니다.

그 후 삼칠일이 지난 어느 날이었습니다. 나는 누이동생과 함께 윗말

1 술에 취해 정신을 가누지 못하는 상태. 고주망태.

2 '한결'의 방언.

3 호주(戶主).

4 잠그지 않고 닫기만 한.

할머님 댁으로 미리 약조가 있던 강아지 한 마리를 가지러 갔습니다.

홀쭉해진 뱃가죽을 추욱 늘어뜨리고 뒷다리들은 짝바리고[5] 앙그러지게[6] 앉아서 젖 빠는 새끼들을 번갈아 내려다보는 그의 어미개의 알른거리는 눈알은, 비록 짐승일망정 개에게도 손만 있으면 이 새끼 저 새끼 쓰다듬어 줄 듯이 남의 어머니로서의 따뜻한 애정을 가지고 있는 것같이 보였습니다.

대낮에 남의 새끼를 빼앗으러 간 우리는 궁기[7]에 밥을 주어 어미를 부르게 하고 그 틈을 타서 철없는 새끼들만 서로 밀치고 밟고 희롱하는 틈에서 첫째 체격을 보고, 둘째 빛깔을 보고 암수는 상관할 것 없이 그중에서 제일 똑똑한 놈으로 한 마리를 골라서 좋다구나 하고 안고 나왔습니다.

"오빠. 눈을 감겨야 한다우. 길을 보면 도루 온다는데."

"뭘 이까짓 게. 징검다리나 건너겠니."

새로 취임하는 우리 집 어린 수문장은 울지도 않고 안겨 왔습니다. 그리고 좌우를 두리번거리며 살펴보더니 이만한 집은 넉넉히 수비(守備)할 수 있다는 듯이 꼬리를 흔들며 좋아하였습니다. 어머님은 그의 밥그릇을 따로 정하시고 나는 대문간에 아늑한 곳으로 그의 잠자리를 차려 놓고 누이동생은 붉은 비단 조각으로 그의 목걸이를 만들어 걸어 주었습니다. 이렇게 우리 집에선 새 식구 하나를 맞이하기에 부족함이 없이 만반 준비가 된 것이었습니다.

저녁때였습니다.

어머님보다도 늘 나중 먹던 누이동생이 나보다도 먼저 숟가락을 놓고 나갔습니다.

"어머니, 강아지가 밥을 안 먹었어요."

5 '짝벌리고'의 방언
6 하는 짓이 여물게.
7 배고픈 기색.

"가만둬라. 첫날은 잘 먹지 않는단다. 젖 생각이 나는 게지."

나도 얼른 나가 보았습니다. 고소한 냄새가 나면 먹을까 해서 깨부스러기를 섞어 주어도 웬일인지 그는 먹지 않았습니다. 이웃 아이들도 쭉 돌아서서 이 광경을 보다가

"하룻밤 자야 먹어요. 배가 고파야."

우리는 경험자들의 말을 듣고 '그럼 뜨뜻하게나 재우리라' 하고 정해 놓은 자리로 안고 가서 부드러운 담요 쪽으로 한끝은 깔아 주고 한끝은 덮어 주었습니다. 이제부터는 이 문간에서 자고 있으며 사람이나 짐승이나 주인을 해치러 오는 자면 밤낮을 가림 없이 그를 방어할 것이 그의 고마운 직무인 것을 생각할 때 나는 그의 등을 똑똑 뚜드려 주고 들어왔습니다.

그러나 밤이 그리 깊지도 않아서 그는 괴로운 소리로 끙끙거리기 시작하였습니다.

어머님은

"저게 에미 품이 생각나는 게로군."

또

"사람도 난 해가 제일 춥다는데."

나는 "추워서 정말 그리나 봅니다" 하고 불을 켜 들고 나가 보았습니다.

그는 내가 깔아 준 자리에서 기어 나와 바르르 떨고 앉아서 엄마 부르듯 끙끙 소리를 지르고 있습니다.

나는 얼른 좋은 궁리 하나를 생각해내었습니다.

아궁이를 말짱히 쓸어 내고 따뜻한 편으로 그의 자리를 옮겨다 뉘었습니다. 떨리던 몸이라 따뜻한 기운에 취한 탓인지 아무 소리가 없이 잠잠히 누워 있었습니다.

나는 한참이나 들여다보다가 그가 눈을 감는 것까지 보고 겨우 안심이 되어서 들어왔습니다.

“아궁이에서 자면 버릇이 될걸” 하시는 어머님도 “울지나 말았으면” 하시었습니다.

우리는 모처럼 온 손님에게 후의[8]껏 대접이나 한 듯이 마음 편히 잠이 들었습니다.

이튿날 아침이었습니다. 어머님이 먼저 나가 보시더니

“애, 강아지가 없어졌다. 담요 조각만 있는데그래.”

정말 강아지는 있지 않았습니다. 아무리 찾아도 눈에 뜨이지 않았습니다. 길은 안다 하더라도 징검다리를 건너갈 수는 없었을 터인데…. 그러나 의심결에 누이동생을 윗말로 보내고도 혹시 아궁이가 점점 식어가니까 방고래 속으로 기어 들어가지 않았나 하고 불러 보고 장대로 쑤셔까지 보아도 강아지는 나오지 않았습니다. 누이동생의 보고(報告)도 제 어미에게는 가지 않았다는 것입니다.

불안스러운 일이나 어쩔 수 없이 아궁이에다 불을 때는 수밖에 없었습니다.

어린 수문장이 취임하자마자 행방불명이 된 우리 집에는 그리 큰 변은 아니었으나 내 마음은 종일 불안스러웠습니다. 밤중에 아궁이가 점점 식어 들어가니까 방고래 속으로 들어갔다가 굵은 창자에 기운은 없고 소리도 못 지르고 타 죽지 않나, 혹은 에미에게로 가려고 개구멍으로 기어나가서 징검다리를 건너뛰다가 물에 떨어져 죽지나 않았을까….

이런 깜찍스런 생각도 그의 신상에 비춰 보았습니다.

과연 이 불길한 추상[9]은 들어맞고 말았습니다.

저녁때 누이동생이 이런 소식을 가져왔습니다.

“오빠. 강아지가 물에 빠져 죽었더래. 저 동리 아이들이 고기 잡으러 나갔다가 저어 아래 철로 다리 밑에서 봤다는데….”

8 남에게 두텁게 베푸는 마음.

9 推想. 미루어서 생각함. 또는 그런 생각.

나는 그가 죽음의 나라로 떨어진 징검다리로 쫓아나갔습니다.

그가 웬만큼만 다리에 힘이 있었던들 요만 돌다리야 뛰어 건널 수도 있었을 것이요, 혹시 발이 모자라 떨어진다 하더라도 요만 물은 헤어[10] 건널 수도 있었으련만, 그가 우리 집에서 이 개울까지 나온 것이 아무 힘없는, 아무 위험도 모르는 그의 난생 첫걸음이었을 것입니다. 어느 돌과 어느 돌 사이에서 떨어졌는지는 모르나 첫째 돌과 둘째 돌 사이를 건너뛴 것이 그의 난생 첫 모험이었을 것입니다.

그 어린 목숨의 가련한 죽음은 그날 밤새도록 나의 꿈자리를 산란하게 하였습니다.

그 후 며칠 못 되어 나는 윗말에 갔다가 그 어미개와 마주치게 되었습니다.

그는 자기 자식 하나를 그처럼 비참한 운명으로 끌어내인 나임을 아는 듯이 불덩어리 같은 눈알을 알른거리며 앙상한 이빨을 벌리고 한 걸음 나섰다 한 걸음 물러섰다 하면서 원수를 갚으려는 듯한 기세를 돋우고 있었습니다.

그때 마침 그 댁 할머님이 나오시다가

"네가 양복을 입고 와서 그렇게 짖는구나. 이개 이개[11]."

하시고 개를 쫓아 주셨습니다.

딴은 내가 양복을 입고 가기는 하였습니다.

'소년소설(小年小說)', 『어린이』, 개벽사, 1929. 1.

10 헤엄쳐.

11 '이개'는 개를 쫓을 때 지르는 소리.

불쌍한 소년 미술가

지난여름 어느 날 오후였습니다.

날이 어찌 더운지 이층집 삼층집들도 그만 양초처럼 녹아서 주저앉는 것 같고 기계로 다니는 전차나 자동차도 굼벵이처럼 풀이 죽어 다니는 것 같았습니다.

나도 두 어깨를 늘어뜨리고 흐느적흐느적 구리개[1] 네거리를 걸어가고 있었습니다.

그러다가 그 불빛 같은 뜨거운 햇볕이 눈이 부시게 쏟아지는 벽돌집 앞에 길 가던 여러 사람들이 뜨거운 줄도 모르고 삐잉 둘러섰는 것을 보았습니다. 그들은 무엇인지 재미나게 들여다보기에 나도 궁금한 생각이 나서 가 보지 않았겠습니까.

그 더운 김과 땀내가 훅 끼쳐 오르는 여러 사람의 어깨 너머로 나는 목을 길게 빼어 들여다보니까 아주 어리디 어린 거렁뱅이 하나가 쪼그리고 앉았겠지요. 그래 무엇을 하나 하고 다시 들여다보니까 그림을 그리고 있지 않겠습니까. 그림을 그려도 제법 훌륭한 그림을…. 나는 더운 줄도 모르고 여러 사람의 틈에 한몫 끼고 들어섰습니다. 나이는 열한 살이나, 고작 먹어야 열두 살밖에 안 되어 보이는 사내아인데 먼지와 햇볕에 타고 걸어서[2] 새까매진 알몸뚱이에 걸친 것이라고는 다 뚫어진 사루마다[3] 하나밖에는 없었고 연필을 잡은 손가락들이 앙증스럽게 보이도록 그의 몸은 파리하였습니다.

1 을지로의 옛 이름.
2 거칠어지고 빛깔이 짙어져.
3 '남자용 팬츠', '잠방이'를 뜻하는 일본말.

이마와 목에 맺힌 구슬땀은 그가 할딱할딱 숨을 쉴 때마다 한 방울씩 두 방울씩 흘러내리고 쥐가 잔채[4] 차려 먹은 자리처럼 때가 아롱아롱한 콧잔등도 숨 쉴 때마다 발룩발룩거리고 있었습니다.

그는 어디서 얻었는지 샀는지 그림 그리는 목탄지(木炭紙)를 책장만큼씩 오려서 수십 장이나 포개 들고 건너편에 삼층집 하나를 그리고 있었습니다.

한참씩 바라보고 입술을 오물거리다가 이리 획 저리 획획 그리는 솜씨가 여간 선생님이 아니었습니다. 보는 사람마다 칭찬하였습니다.

그리고 그의 앞에 벌써 그려 놓은 그림이 여러 장이 있길래 나는 차례로 구경하였습니다.

어떤 것은 달아나는 전차에 사람들이 내다보는 것도 그리고, 어떤 것은 자동차와 개가 경주하는 것도 그리고, 또 어떤 것은 전쟁 이야기에 나오는 유명한 장수 같은 군인도 그렸습니다.

눈을 허옇게 부릅뜨고 칼을 짚고 섰는 것이 보기에도 소름이 끼치도록 무서우니 어떻게 그렇게 약하디 약한 아이가 그린 것이라고 보겠습니까.

나는 그것이 더 장하여 그 그림을 들고

"얘, 이것 한 장만 나 주지 않으련?" 하고 물었습니다. 그랬더니 그 미술가는 선선히 그리할게 칼을 좀 빌려 달라고 합니다. 그래

"칼은 무엇 할려니?" 하고 다시 물으니까 연필을 깎겠다고 하여 나는 칼을 주었습니다. 그리고 그림 대신에 칼을 가지라고 하니까 그는 연필을 다 깎고 나더니 칼을 도로 주면서 칼 넣을 주머니가 없다고 하였습니다.

아, 여러분. 얼마나 마음 곱고 불쌍한 미술가입니까?

그의 옆에 놓인 먹다 남은 호떡 조각은 아마 묻지 않아도 그 가난한

4 '잔치'의 방언.

미술가의 점심일 것입니다. 그 넉넉지 못한 점심이나마 얄미운 파리 떼가 엉키어 다 빨아 먹는 것도 모르고 그는 그림에만 골독하고 있었습니다.

아! 지금은 벌써 어느 때입니까? 눈은 거리마다 쌓이고 바람은 골목마다 들여치는데 우리 그 불쌍한 어린 미술가는 지금 어데서 울고 있는지? 우리는 덧문과 겹창까지 닫고 두둑한 이불 속에서도 춥다 춥다 하는데 헐벗고 배고픈 그는 얼마나 이런 밤에 추워하겠습니까?

그때 그 때 묻은 몸뚱아리와 어룽진 얼굴에도 그의 눈방울만은 하늘에 샛별처럼 고왔더랬습니다. 깨끗하고 빛이 나서 반짝반짝하였습니다. 그것은 엄마 그리운 눈물이 저녁마다 씻쳐 주었기 때문이겠지요.

나는 지금도 그가 준 대장(大將) 그린 그림을 벽에 붙여 놓고 봅니다. 저렇게 무서운 장사를 그린 그 약하디 약한 어린 미술가가 지금은 어디서 울고 있을까! 문밖에만 나가면 그를 당장 만날 것처럼 그리워서 잠이 오지 않습니다.

오, 우리 불쌍한 어린 미술가여!

'소설 같은 이야기', 『어린이』, 1929. 2.

슬픈 명일 추석

"엄마, 몇 밤 자야 추석날이우?"

"인제두 저 반쪽 달이 아조 똥그래져야…."

동리 아이들은 날마다 해가 지기도 전에 저녁들도 설치고 나와서 높다란 앞산 머리에 달이 뜨기만 기다립니다. 그리하다가 솟아오르는 달이 늘 어제보다 커지는 것을 보고 "이제 몇 밤 안 자면 아조 똥그래진다" 하고 좋아서들 손뼉치고 노래하며 그 밝은 달 아래서 숨바꼭질들도 합니다.

명일(名日)[1]이 오는 것을 싫어하는 이가 어디 있겠습니까? 명일이 일요일처럼 자꾸 왔으면! 그렇지 않으면 하루에 가 버리지 말고 며칠씩 있다 갔으면! 이와 같이 때때옷을 입고 맛난 음식을 먹는 명일! 더구나 나무에서 새로 딴 과실들과 향기 있는 송편을 먹고 밤에도 늦도록 마당에서 놀 수 있는 달 밝은 추석을 누가 기다리지 않겠습니까?

그러나 다른 아이들은 저녁마다 달을 보고 추석을 기다리는 바로 그 동리에 무슨 명일이든지 잠자는 밤중에 얼른 지나갔으면 하고 명일 오는 것을 무서워하고 겁을 내는 이상한 아이 남매가 있었습니다. 오라비는 열세 살 된 을손(乙孫)이요, 누이는 아홉 살밖에 안 된 정손(貞孫)이었습니다. 그애 남매는 동무들 축에 끼여 숨바꼭질도 하러 가지 않고 윗방 퇴지에 둘이서만 쪼그리고 앉아 눈물 고인 눈으로 둥그러지는 달을 근심스럽게 바라보고 있었습니다.

왜 남이 다 즐겨 하는 추석을 을손이와 정손이는 슬프게 맞을까요? 그

1 명절.

들은 추석만이 아니라 어느 때든지 명일이 오는 것을 무섭게 근심하였습니다. 명일이면 다른 아이들이 모조리 비단옷을 입는 것이 무서웠습니다. 무슨 명일에든지 자기 남매와 같이 다 떨어진 누데기를 그대로 입고 나오는 아이는 없었습니다. 다른 날은 동무들 축에 끼여 놀다가도 오히려 명일날은 헌 옷 입은 자기 남매끼리만 남들이 보지 않는 구석을 찾아 무슨 죄나 지은 듯이 쓸쓸하게 눈물로 보내는 것이 슬펐습니다. 이 을손이와 정손이에게는 명일 옷감을 끊어다 주실 아버지도 돌아가셨고 맛난 음식을 차려 주실 어머니까지 버얼써 옛날에 돌아가셨습니다. 지금 있는 집은 작은아버님댁이나, 작은어머니가 어찌 극성스러운 어른인지 자기 아들은 불면 꺼질세라 귀애하면서도 을손이와 정손이는 눈치 한 번만 잘못 채여도 피가 나도록 뚜드리고 저녁을 굶겨 재우는 것은 늘 있는 일이었습니다.

동리 아이들이 새 옷 입을 추석날은 오고 말았습니다. 을손이는 여느 날과 같이 해도 뜨기 전에 일어나 앞뒤 마당에 비질을 하고 있었고 정손이는 그 호랑이 같은 작은어머니 앞에서 다리미질을 붙들어 드리고 있었습니다. 그 다리미질은 지금껏 자고 있는 정손이의 상전 같은 사촌 오빠, 걸핏하면 을손이를 때리고 정손이는 심심하기만 하여도 머리를 끄들러 울려 놓는 그 경손이가 입을 새 옷이었습니다. 그런데 이날 아침에도 정손이가 조반도 얻어먹지 못하고 쫓기어 나간 것은 이 다리미질을 하다가 일어난 일이었으니, 인제 아홉 살밖에 안 된 정손이가 무슨 팔 기운인들 있겠습니까. 무거운 다리미를 사정없이 내어미는 바람에 한편 손에 붙들었던 옷섶을 손을 데일까 봐 놓치고 말았습니다. 이것을 본 그의 우악스런 작은어머니는 두 눈을 부릅뜨고 다시 붙잡으려는 정손이 손등에 그 뜨거운 다리미를 와락 내어밀었습니다. 그러니 그 어린 손등에 연한 살이 어찌 데이지 않았겠습니까. 정손이는 그만 앗! 소리를 지르며 한 손을 마저 뿌리쳐 데인 손등을 어루만지지 않을 수 없었고 몸을 비틀며 아퍼서 울었습니다. 그러나 정손이 몸에는 데인 손보다도 더 아픈 매가 사정없이 내리어 그는 소리쳐 울며 행길 밖으로 쫓기어 나왔습니다. 언제든지 행길 밖으로 쫓기어 나오면 더 맞지는 않는 까닭에 을손이와 정손이는 늘 매 맞을 때마다 행길로 뛰어나왔습니다.

정손이가 조반도 굶고 쫓기어 나간 것을 보고 을손이가 혼자서 목이 메여선들 어찌 밥을 먹을 수 있겠습니까. 을손이는 아직 이슬도 마르지 않은 뒷동산으로 올라갔습니다. 그곳에는 이렇게 불쌍한 을손이와 정손이를 두고 간 그들의 어머님 산소가 있었습니다. 작은어머니에게 매를 맞았을 때나, 동리 아이들에게 놀림을 받았을 때나, 늘 을손이와 정손이는 어머님 산소에 와서 울었고 을손이가 정손이를 찾을 때나 정손이가 을손이를 찾을 때나 그들은 언제든지 이 어머님 산소에서 만났습니다. 이날도 정손이가 어머님 산소 앞에 와서 그 부르터 오른 손등에 눈물을 떨구며 느껴 울고 섰는 것을 을손이가 바라볼 때 그만 자기 가슴이 찢어지는 것과 같이 아팠습니다. 을손이는 정손이의 데인 손등을 입김으로 불며 정손이를 울지 말라고 달래는 자기가 정손이보다 더 아프게 울었습니다. 높이 퍼지는 아침 햇볕에 어머님 산소에 맺힌 이슬은 어느덧 말라졌건만 을손이와 정손이의 눈물은 마를 새가 없이 흘렀습니다. 정손이는 손등이 쓰라리어 울었고 을손이는 아파하는 것을 보고 울었습니다. 기운이 없으면 울음을 그쳤다가도 머얼리 동리에 새 옷 입고 나오는 아이들을 나려다볼 때 그들은 풀이라도 뜯어 먹고 싶도록 배가 고파 다시 울었습니다.

이와 같이 추석 명일이라고 을손이와 정손이는 배가 고파 울었고 그들의 어머님 산소에는 술 한잔 부어 놓는 사람이 없는 대신에 을손이나 정손이의 애끊는 눈물이 하루 종일 잔디를 적시고 있었습니다.

그렇게 배고프고 지리한 추석 명일 하루도 인젠 어둡기 시작하였습니다. 그러나 아주 어둡기도 전에 달이 떠서 다시 대낮같이 밝으니 을손이와 정손이는 동리 아이들이 부끄러워 나려갈 수가 없었습니다. 정손이는 그만 기진맥진하여 손등이 쓰라린 것도 이제는 모르고 엄마 산소에 기대어 잠이 들고 말았습니다.

이것을 본 을손이는 정손이를 업고 내려가고 싶었으나 자기도 진종일 굶은 몸이라 그렇게는 할 기운이 없었습니다. 그리하여 자기 혼자 먼저 내려가 무엇이고 먹을 것을 얻어다가 정손이와 같이 먹고서 동리 아이들이 모다 자러 들어가거든 같이 내려가리라고 생각하였습니다. 만일 자기 없는 새에 정손이가 잠을 깨면 얼마나 무서워할까 하고 생각도 하여 보았으나 자기 배가 하도 고픈 김에 콜콜 잠들어 있는 정손이를 그냥 두고 내려왔습니다. 동리 아이들을 만나면 놀려질까 봐 멀리 밭머리[2]를 돌아 작은어머님 집으로 들어왔습니다. 집안에는 마침 아무도 있는 것 같지 않아서 그냥 부엌으로 들어가 먹을 것을 뒤졌습니다. 바가지 하나를 찾아 들고 송편도 손에 잡히는 대로 집어넣고 지짐이 조각도 한데 넣어 위선[3] 자기 입에도 넣으면서 정손이가 잠을 깰까 봐 부리나케 나왔습니다. 숨찬 언덕을 뛰어 올라오며 어머님 산소가 보이지도 않는 곳에서부터 정손이를 부르며 뛰어 올라왔습니다. 그러나 정손이의 대답은 들리지 않았습니다. 어머님의 산소는 그대로 있으나 정손이는 그림자도 없었습니다. 을손이는 떡 바가지를 놓고 정손이를 소리치며 불러 보았으나 깊은 산골짜기가 같이 "정손아" 하고 부를 뿐이요, 정손이의 대답은 없었습니다.

을손이는 잠깐 동안 서서 무엇을 생각하더니 비호같이 뒷산 골짜기로 뛰어 올라갔습니다. 달이 밝으나 산림이 하늘을 덮은 산골짜기라 그믐밤같이 어두웠습니다. 그러나 을손이는 무서운 것도 잊어버리고 "정손아" 하고 소리 지르고는 어디서 대답이 있나 하여 우뚝 서서 듣기도 하면서 그냥 뛰어올랐습니다. 을손이가 땀을 비 맞듯 하며 산속으로 얼마를 들어가니까 그제는 "정손아" 하고 산골짜기가 울리는 소리 이외

2 밭의 양쪽 끝.
3 우선.

에 다른 무슨 소리가 들렸습니다. 아! 그 소리는 늑대들의 소리였습니다. 정손이를 물어 간 늑대들의 소리였습니다. 그러니 을손이의 힘으로 정손이를 어떻게 찾아오겠습니까. 그러나 자기가 죽을지언정 정손이가 죽는 것을 보고 그대로 돌아올 을손이가 아니었습니다. 그는 소리치며 바윗돌에 칡덤불에 넘어지면서 정손이를 부르며 들어갔습니다.

아! 늑대들에게 죽을 것을 알면서도 소리치며 그 무서운 산골짜기를 들어갔습니다.

그러나 그 깊은 산골짜기는 을손이의 정손이 부르는 소리도 아주 끊어지고 말았습니다.

밤은 소리 없이 깊어 갔습니다. 그들의 엄마 산소 앞에는 을손이와 정손이가 먹으려던 떡 바가지만이 무심한 달빛에 그들을 기다리는 듯이 놓여 있었습니다.

『어린이』, 1929. 5.

쓸쓸한 밤길

아이마다 즐겁게 잠을 깨는 단오날 아침이었으나 영남(永男)이는 이날도 다른 날 아침과 같이 그 꼬집어 뜯는 듯한 아주머니 목소리에 선잠을 놀라 깨었습니다.

어린 마음에 울고 싶은 생각도 아침마다 치밀었으나 이만 설움은 하루도 몇 차례씩 겪는 일이요, 울지 않아 몸부림을 하더래도 영남이의 하소연을 받아 주고 위로해 줄 사람은 한 사람도 없었습니다. 집집마다 있는 아버지, 아이마다 있는 어머니가 영남이에게는 어느 한 분도 계시지 않았습니다.

영남이는 아직 컴컴한 외양간으로 들어가 소를 몰고 나왔습니다. 이것은 영남이가 매일 아침 눈을 뜨며부터 맡아 놓고 하는 일의 시작이었습니다. 해도 퍼지지 않은 차가운 이슬밭을 드러난 정강이로 헤치며 밭머리를 올라갈 때, 어청어청 따라오는 황소도 그 껌벅거리는 눈 속에 아직 잠이 서려 있거든, 나어린 영남이야 얼마나 아침이슬이 차갑고 설친 잠이 졸렸겠습니까. 그러나 영남이는 이만 일은 벌써 졸업이 되어서 아무렇지도 않았습니다. 영남이가 풀 많은 산기슭에 소를 매어 놓고 다시 집으로 내려오는 길이었습니다. 어데서 영남이를 보았는지 여기 있는 것을 모르고 공연히 한참 찾아다녔다는 듯이 이슬에 젖은 꼬리를 뒤흔들며 뛰어오는 큰 개 한 마리가 있었습니다. 그 개는 쓸쓸한 영남이의 둘도 없는 동무인 바둑이였습니다. 바둑이는 영남이가 기음[1]매러 가면 그도 밭머리에 나와 있었고 영남이가 나무하러 가면 그도 산에 따라

1 '김'의 방언. 논밭에 난 잡풀.

와 있었습니다. 바둑이가 영남이를 어찌 좋아하는지 누가 "영남아" 하고 부르면 영남이보다도 바둑이가 어디선지 먼저 뛰어오는 때가 많았습니다.

영남이는 집에 들어오는 길로 안방으로 들어가 사기요강 놋요강을 찾아 들고 걸레를 모아 들고 앞에 있는 개울로 나왔습니다. 물론 바둑이도 꼬리를 흔들며 따라 나왔습니다. 영남이가 바둑이가 어쩌나 보려고 일부러 걸레를 떨어트리고도 모르는 체하고 개울까지 와서 돌아다보면 바둑이는 으레이 그 걸레를 물고 와서 서 있었습니다. 이날도 영남이는 바둑이 입에서 걸레를 빼서 빨아 놓고 요강도 부셔 놓고 자기가 세수를 하는 때였습니다. 그때에 누구인지 영남이 뒤에서 영남이가 세수하노라고 돌 위에 꼬부리고 앉았는 것을 얌체 없이 왈칵 떼밀어서 물속에 텀벙 빠지게 하고, 그리고 영남이가 물에서 나오기 전에 놋요강 하나를 흘러가는 개울에 띄워 놓고 달아나는 아이가 하나 있었습니다. 그 아이는 영남이와 남도 아니었습니다. 영남이가 지금 있는 아주머니의 아들 대근(大根)이었습니다. 대근이는 영남이보다도 세 살이나 위요, 영남이가 못 다니는 학교에까지 다니는 형으로서 걸핏하면 공이나 차듯 영남이를 차고 영남이는 알아듣지도 못하는 일본말로 욕을 하고 놀리고 비웃고 하였습니다. 사실 지금 대근이네가 사는 집은 영남이네 집이었습니다. 영남이가 어머님 한 분과 바둑이와 그리고 일꾼을 두고 남의 땅을 부치면서라도 재미있게 살아가는 영남이네 집을, 영남의 어머님이 돌아가시자 대근이네가 옛날에 돈 받을 것이 있다는 핑계와, 영남이를 다리고 있으면서 길러 주겠다는 핑계로 자기네 집은 팔아 가지고 영남이네 집으로 왔던 것입니다. 그러므로 영남이는 영남이 자기 집에 있으면서도 아주머니와 아저씨에게 안방을 빼앗기고 대근이에게 건넌방까지 빼앗기어, 영남이는 할 수 없이 일꾼이나 자던 더러운 사랑방으로 밀려나오고 말았던 것입니다. 그러나 어디 그것뿐입니까. 이제 열세 살밖에 안 되는 영남이는 사랑에서 자는 만큼 일꾼의 할 일을 모다 맡아 하게 되었고 부엌에서 밥을 먹는 만큼 숭늉 가져오너라 하면 숭늉 떠 가고 설거지하여라 하면 설거지도 하여 부엌어멈의 할 일까지 모다 영남이가 하면서도 아저씨에게 아주머니에게 대근이에게 걸핏하면 매 맞고 욕먹고 하는 것입니다. 영남이는 물속에서 나와 달아나는 대근이를 못 본 것이 아니었으나 쫓아가려 하지도 않고 욕도 하지 않고 돌멩이를 들어 팔매 치려고도 하지 않았습니다만, 분을 참지 못하는 그의 얼굴에는 뜨거운 눈물이 흘러내리는 물과 함께 떨어졌을 뿐입니다. 그리고 깊은 데로 떠나려가던 놋요강은 바둑이가 헤엄쳐 들어가 물고 나왔습니다.

몸에서 물이 흐르는 영남이와 바둑이는 아궁 앞에서 마주 앉아 그래도 단오날이라고 이날은 바둑이도 눌은밥을 먹고 영남이는 흰밥 한 그릇을 얻어먹었습니다. 그러나 아주머니는 "단오날은 비를 들면 손목이 떨어지니" 하고 마당 안 쓴 것만 사설할[2] 뿐이요 "왜 옷이 젖었니?" 하고 물어도 보지 않고 갈아입을 옷도 주지 않았습니다.

영남이는 다른 날 같으면 호미를 찾아 들고 밖으로 나갈 것이나 오늘은 설거지와 마당 쓰레질만 하고 바둑이와 함께 뒤꼍으로 갔습니다. 뒤꼍에는 느티나무처럼 큰 살구나무가 하나 있었습니다. 그 살구나무는 영남이가 볼 때마다 어머니 생각이 저절로 나게 되는 살구나무였습니다. 영남의 어머님은 영남이가 단오에 입을 옷을 늘 이 살구나무 밑에 나와서 자리를 깔고 다리셨습니다. 또 영남이가 글방에 다닐 때 집에 와서 글 읽기 싫으면 어머님 몰래 늘 이 살구나무에 올라가 놀았습니다. 그러면 어머님이 "영남아, 영남아" 부르시면서 뒤꼍을 지나가시면서도 살구나무 위에 있던 영남이를 쳐다보지 못하시고 가셨습니다. 영남이는 이런 일을 살구나무를 볼 때마다 생각하게 되고 어머님이 그리워 울었습니다.

영남이는 젖은 옷을 벗어 울타리에 널어놓고 벌거벗은 채로 살구나

2 나무람.

무 위에 올라갔습니다. 잎이 우거져 보는 사람은 없었으나 바둑이는 영남이와 같이 눈물이나 흘리는 듯이 두 눈을 껌벅거리며 살구나무 밑에 웅크리고 앉아 치어다보고 있었습니다.

새 옷들을 입고 그네 터에 모여 그네 뛰며 노는 대근이나 다른 아이들은 이마에서 땀이 흐르지마는 나무 그늘 속에서 빨가벗고 앉았는 영남이는 소름이 끼치도록 떨렸습니다. 영남이는 가지마다 조롱조롱 달려 있는 새파란 풋살구를 "하나 둘" 하고 헤어 보다가도 바람이 우수수하고 나뭇잎을 흔들며 지나갈 때에는 그만 진저리를 치며 떨었습니다. 그리고 어머님이 그리웠습니다. '아, 나는 영영 어머님이 없이 이렇게 살어야겠구나!' 하고 눈물을 씻었습니다. '내가 아모리 이 집에서 개나 소와 같이 있는 힘과 있는 정성으로 진일 마른일 가리지 않고 해 준다 하더래도 나의 입에는 언제든지 누른밥이다. 나의 몸엔 언제든지 이슬과 흙에 젖은 누데기다. 나는 언제든지 이 모양으로만 이런 사람으로만 살아야 할까?' 영남이는 지나간 날에 어머님을 생각하는 것보다도 자기의 장래를 생각하고 더욱 슬펐습니다.

영남이는 이와 같이 하늘도 보이지 않는 녹음 속에서 혼자 마음 놓고 울고 있을 때 갑자기 아래에서 바둑이가 내달으며 짖는 소리가 났습니다. 그리고 여러 아이들의 "하하" 웃는 소리가 올라왔습니다. 내려다보니 대근이가 울긋불긋한 새 옷 입은 동리 아이들을 몰아 가지고 와서 벌거벗고 나무 위에 있는 영남이를 가리키며 "저놈의 새끼 보아라. 빨가벗고 올라가서 익지도 않은 살구만 따 먹고…. 내 저놈의 새끼 맞히거든 보아라" 하며 밤톨만 한 돌을 집더니 이를 악물고 팔매쳤습니다. 영남이는 볼기짝을 맞았습니다. 돌라섰던 아이들은 "으하하" 하고 손뼉을 칩니다. 이 광경을 보는 바둑이가 대근이를 보고 짖었으나 대근이는 싱긋벙긋거리며 다시 돌멩이를 집으려 할 때 영남이는 어느덧 나는 듯이 땅위에 뛰어내렸습니다. 그리고 벌거벗은 팔뚝으로 대근의 멱살을 움켜잡았습니다. "너는 내 형도 아니다. 내가 네 집에서 나가면 고만이다" 하고 영남이는 대근이를 꼴단[3] 메어치듯 하였습니다. 구경하던 아이들이 쫙 흩어지자 어떤 아이가 벌써 대근의 어머니를 불러왔습니다. 대근이를 깔고 누르는 영남이를 본 대근의 어머니는 울타리를 버팅긴 작대기를 잡아 뽑더니 영남이의 정강이를 후려갈겼습니다. “이놈의 새끼, 도척이[4] 같은 놈의 새끼. 형을 몰라보고!” 그 무정한 아주머니는 발목을 안고 나둥그러지는 영남의 볼기짝을 또 한 번 후려갈기더니 대근이를 껴안고 나갔습니다. 몇몇 아이가 남아 서서 눈이 뚱그래서 영남이의 꼴을 구경하고 있었으나 대근의 어머니는 다시 와서 그 아이들까지 몰아내고, 발목을 안고 뒹굴고 우는 영남이 옆에는 말 못하는 바둑이만 설렁거리고 있었습니다.

그날 밤이었습니다. 영남이가 시퍼렇게 부은 발목을 앓고 누워 있는 사랑방에는 아침에 영남이가 기어 들어오고 닫은 문이 점심때가 지나고 저녁때가 지나고 밤이 깊어 가도록 누구 한 사람 열어 보는 사람이 없었습니다. 목이 마르나 물을 청할 사람이 없고 배가 고프나 밥을 갖다 주는 사람이 없었습니다. 영남이는 결심하였습니다. 베었던 베개를 집어 팽개치고 발목이 아픈 것도 깨달을 새 없이 불덩어리 같은 몸을 일으켰습니다. ‘나가자. 나가자. 이놈의 집을 나가면 고만이다.’ 영남이는 비틀거리며 문을 열었습니다. 문밖에는 바둑이가 일어섰습니다. “가자 바둑아. 우리 집이지만 떠나자.”

바둑이는 꼬리를 치며 앞섰습니다. 벌써 밤은 깊은 때였습니다. 영남이는 절름거리며 앞개울에 나와 물을 마시고 징검다리를 건넜습니다. 그리고 자기가 지게 지고 다니던 산비탈을 돌아 벌판 위에 나섰습니다. 하늘에 총총한 샛별들은 영남이의 앞길을 인도하는 듯이 빛나고 있었고 머얼리 바다에서 들려오는 파도 소리는 영남이의 고생 많을 앞길을

3 말이나 소에게 먹일 꼴을 묶은 덩어리.
4 盜跖-. 악한 사람을 비유하는 말.

격정하는 것도 같았습니다.

아, 밤길은 쓸쓸하였습니다. 고향을 떠나는 것이 슬펐고 어머님 생각과 발목이 아파서 절름거리며 울면서 걸었습니다. 그러나 밤은 머지않아 밝을 것이며, 한참씩 달음질쳐 앞서가던 바둑이가 도로 와서 영남이의 옆을 서 주고 서 주고 하였습니다.

『어린이』, 1929. 6.

참외와 수박

여름 한철에야 무엇이 좋으니 무엇이 반가우니 하여도 참외와 수박처럼 반가운 게 어데 있겠습니까. 오륙 년 만에 만나 본 친구의 이야기는 일기에 적지 못하여도 '오날[1] 참외가 나다', '오날 수박을 처음 먹다'는 꼭꼭 적어 두지요. 참외는 앉은자리에서 보통 칠팔 개는 집어 치고, 수박은 광주(光州) 무등산(無等山) 수박이 제일이란 말을 듣고 작년 여름에는 전라도 광주까지 갔더랬다면 고만이지요. 아침에 참외, 점심으로 수박, 저녁에 참외, 밤참으로 수박, 그리고 이십사 시간에 사십팔 회의 오줌을 누는 것이 나의 여름 자미입니다.

그리고 이 은혜 많은 여름이 지나고 가을이 오려 할 때에는 나는 나와 같이 참외와 수박을 즐기는 친구들과 참외 송별회, 수박 송별회를 엽니다. 그해 여름에 마지막으로 참외와 수박을 먹는 회(會)지요. 그리고 그해 여름에 먹은 참외와 수박의 총결산을 보고하는 회이지요. 작년 여름에는 참외 일백팔십 개, 수박 사십오 개를 먹었더랬습니다.

'여름 자미', 『어린이』, 1929. 7/8.

1 '오늘'의 방언.

불쌍한 삼형제

영선(永善)이는 저도 밥을 먹지 않고 애를 썼습니다.

왜 파리를 안 먹을까 밥알도 안 먹고…. 영선이는 호미를 들고 밖으로 나갔습니다. 벌써 해가 졌기 때문에 잘 보이지 않았으나 감자밭 머리를 파헤치고 가까스로 지렁이 서너 마리를 잡았습니다. 지렁이야 에미 까치가 늘 멕여 버릇했을 것이니까 꼭 먹을 줄 알았습니다. 그러나 눈만 깜박거리고 앉았던 까치 새끼는 처음에는 한 마리 받아먹었으나 다음부터는 영선이 손가락만 물어뜯으려고 하였습니다.

아무리 하여도 안 먹었습니다. 그리고 노끈으로 동여진 발목만 안타까운 듯이 들었다 놓았다 하였습니다. 영선이는 하릴없이 그냥 우두커니 바라보고 있다가 까치가 눈을 사르르 감으며 고개를 옴츠리는 것을 보고 자기도 내려와 눕고 말았습니다.

영선이는 곤하였습니다. 이번 토요일에는 학교에서 돌아오는 길로 까치 새끼 꺼내러 가자는 것이 영선이가 며칠 전부터 동무들과 약속해 두었던 일입니다. 그래서 오늘은 세 동무가 영선이네 집에 와서 점심을 같이 먹고 뒷산으로 올라갔습니다.

그들은 이 산등 저 골짜기로 까치 둥지 있는 나무만 찾아다니다가 해가 다 질 녘에야 둥지 있는 나무 하나를 발견하였습니다. 그 나무는 올라가기 좋은 전나무였습니다. 그러므로 그들은 힘들이지 않고 올라갈 수 있기 때문에 서로 올라가려고 하였습니다. 그것은 올라가 보아서 까치 새끼가 세 마리가 넘으면 올라간 사람은 마음대로 더 가질 수가 있기 때문이었습니다. 그들은 나중에 잔겐뽕[1]으로 정하였습니다. 문봉(文鳳)이란 아이가 올라가게 되었습니다. 까치 새끼는 마침 세 마리뿐이요, 에

미는 먹을 것을 찾으러 나가고 없었습니다.

세 동무는 이제 겨우 날개가 돋치어 푸덕푸덕하고 한 칸통(間通)[2]씩 밖에 날지 못하는 어린 까치를 놓아주었다 다시 붙들었다 하면서 집으로 돌아온 것입니다. 그러므로 영선이는 피곤하였습니다.

영선이는 꿈을 꾸었습니다. 무서워서 달아나려고 하였습니다. 그러나 아무리 뛰어도 한자리에서 헤매었습니다. 소리를 지르려고 하였으나 소리도 나지 않았습니다. 에미 까치를 만난 것입니다. 무슨 까치가 독수리처럼 크고 사나웠습니다. 영선이가 이리 뛰려면 여기서 막고 저리 뛰려면 저기서 나와서 깨물고 할퀴고 영선이를 잡아먹으려고 덤벼들었습니다. 그러나 영선이는 뛰어도 가지지 않고 소리를 질러도 여전히 나오지 않았습니다. 꼭 죽을 것만 같았습니다.

"애, 영선아, 영선아."

하시고 어머님께서 흔드시는 바람에 그제야 영선이는 "어머니" 소리를 치고 눈을 떴습니다. 온몸에 진땀이 흘렀습니다. 그러나 그것이 꿈인 것만 다행하다고 생각하였습니다.

"무슨 꿈을 그렇게 끙끙거리고 꾸었니?" 영선이는 모조리 이야기하였습니다.

"그리게 그까짓 건 왜 붙잡아 오니. 내일 아침엔 놓아주어라."

"아니야, 어머니. 지금 놓아줄 테야… 무서워, 어머니…."

"밤중에 놓아주면 그게 어디로 가니…."

"무얼, 마루에서라도 자게 풀어만 놓아줄 테야… 한데[3]서만 자던 것이니까…."

까치 새끼는 두 눈이 말똥말똥해서 앉아 있었습니다. 마치 영선이가 그런 꿈을 꾸고 있은 것을 모조리 보고 있는 듯이…. 영선이는 새끼까지

1 '가위바위보'를 뜻하는 일본말.
2 한 칸통은 한 평 정도 되는 넓이.
3 집 밖. 바깥.

무서워졌습니다. 그래서 노끈을 풀어주지도 않고 가위로 끊어 주고 문을 열고 손짓을 쳐서 내어몰았습니다.

그 이튿날 아침입니다. 영선이는 일어나는 길로 밖에 나와 보았습니다. 까치 새끼는 간 데 온 데 없고 울 밑으로 가며 여기저기 까치털이 빠져 있었습니다. 영선이는 뒤꼍으로 들어갔습니다. 그리고 굴뚝 뒤에서 입을 야금거리며 잘 먹은 트림을 하면서 나오는 고양이와 마주쳤습니다.

"이놈의 괭이가 잡아먹었고나!" 하고 영선이는 돌멩이를 집었으나 고양이는 어느 틈에 울타리에 올라가서 "누가 널더러 잡아 오래든?" 하는 듯이 야웅거리고 있었습니다.

이 불쌍한 어린 까치는 영선의 것만이 죽은 것도 아닙니다. 문봉이가 가져간 것은 그 이튿날 저녁까지 살기는 하였으나 문봉이도 자는 밤중에 굶어서 죽고 말았습니다. 그리고 다른 동무가 가져간 것도 살지 못하였습니다. 그것은 붙들어 온 그날 저녁으로 아무도 없는 사이에 노끈이 풀어져서 달아나다가 그만 모깃불 놓은 화로에 빠지어서 애처롭게도 뜨겁게도 타 죽고 말았답니다.

『어린이』, 1929. 7/8.

눈! 눈! 눈 자미

벌써 눈 이야기를 할 때가 왔습니다. 이번에는 첫눈이 밤에 올는지 낮에 올는지 지금부터 궁금해집니다.

나는 첫눈이 밤중에 왔으면 합니다. 왜 그런고 하니 만약 낮에 와 보십시오. 따 위에 한 겹도 깔려 보기 전에 오고 가는 사람들의 그 큰 신바닥들이 다 밟아 없애지 않나!…. 그러니까 나는 새들도 자는 밤중에 와야 아침에 나와 보면 마당도 하얗고 지붕도 하얗고 길 위에 가 뒹굴어도 괜찮게 세상이 배꽃처럼 아름다워지지요.

나는 첫눈을 밟을 때마다 여러분과 같이 어렸을 때가 그리워집니다. "눈이 왔다. 눈님이 왔다" 하고 조반도 설치고 책도 더러 빠뜨리면서 뛰어나와 아직 아무도 지나가지 않은 눈길을 먼저 뛰어가는 것이 자랑스럽던 때가 그리워집니다. 새하얀 눈 위에다 손가락으로 나중 올 동무들의 이름과 욕을 쓰며 길 가운데다가 안 나오는 오줌을 쥐어짜 누며 달아나던 것이 다시 해 보고 싶도록 그리워집니다. 학교에 가서는 눈싸움하기와 눈미력[1][설인형(雪人形)]을 만들어 굴리기로, 눈 온 날 하루는 무슨 명일(名日)처럼 공부도 하기 싫었습니다.

나는 눈이 왜 오느냐고 물으면 눈은 강아지와 어린이가 좋아하라고 온다고 대답합니다.

'눈나라', 『어린이』, 1929. 12.

1 눈사람. 눈미륵.

눈물의 입학

뚜우 하는 뱃고동 소리는 귀남(貴男)이 잠귀에도 울리었으니 주인아주머니 귀에 그냥 지나칠 리가 없었습니다.

"잠이 들지 않고 썩어졌니. 배가 들어오는데 그냥 자빠졌으니…."

기어이 찢어지는 듯한 주인아주머니의 꾸지람이 내렸습니다.

귀남이는 두말없이 부시시 털고 일어났습니다.

서울서 온 밤차의 손님이 들어서 두 벌 저녁을 해 치르고 나니 새로 두시에야 눈을 붙이었는데 아직 동도 트기 전 네시도 못 되어 이번에는 듣기만 하여도 귀남이에게는 소름이 끼쳐지는 뱃고동 소리가 울려왔습니다.

이곳은 원산(元山)이요, 귀남이가 있는 집은 객주하는 집이라 아침저녁 할 것 없이 차[기차(汽車)]가 지나갈 때마다 귀남이는 손님 이끌러 나가야 하고, 손님을 데려오면 주인아주머니와 같이 밥솥에 불을 때야 하고 상을 차리고 그 상을 나르고 그 설거지를 다 해 치르고, 그리고 또 정거장, 그리고 또 설거지가 끝이 없었습니다. 그러나 정거장 손님뿐이라면 일정한 시간이 있어 잘 때에 잠만은 마음 놓고 잘 수가 있을 것이나, 부산(釜山)이나 청진(淸津) 같은 데서 밤낮을 가리지 않고 때 없이 들어오는 뱃마중 다니는 것이 제일 귀남이를 괴롭게 하였습니다.

귀남이는 선잠 깨인 눈을 부비며 '청진여관'이라고 쓴 주인집 초롱에 불을 켜 들고 새벽바람이 뺨을 어이는 듯한 비인 밤길 위에 혼자 나섰습니다. 귀남이는 밤배 맞이가 처음이 아니었지만 이날은 별로 설운 생각이 치받쳤습니다. 집집마다 덧문을 걸어 닫고 달게 잠자는 새벽길에 저만 혼자 언 땅을 밟으며 타박타박 걸어가는 것이 울고 싶도록 성나고 안

타까운 일이었습니다. 그는 부두에 점점 가까워 오는 뱃고동 소리가 다시 한번 울려올 때 얼음 깔린 길 위에 걸음을 빨리하면서도 자기의 고생스런 신세를 잊어버릴 수가 없었습니다.

귀남이는 이제 열네 살밖에 안 된 자기 알몸댕이 하나밖에는 아무것도 없는 외로운 소년이었습니다. 삼촌 집에 있으면서 소학교는 졸업하였으나 더 공부할 길이 막히어 고학이라도 해 보려는 결심으로 도회지를 찾아 나온 것이 어찌어찌하여 원산까지 오게 되었고, 서울까지 가는 차비만 생기면 원산도 떠나려 하였으나 차비는커녕 하루 세 끼, 이 손님 저 손님이 남긴 찬밥 덩어리 주워 먹는 것만으로도 이처럼 밤낮없이 거친 일에 매여 있는 것이었습니다.

귀남이는 두 손님을 맞았습니다. 귀남이보다는 두서너 살 더 먹어 보였으나 모다 어린 학생 손님들인데 그들은 귀남이가 있는 주인댁의 고향인 청진 학생들이므로 '청진여관'이라는 귀남이의 초롱을 보고 귀남이를 따라오게 된 것입니다.

귀남이는 두 학생의 고리짝을 지고 어두운 밤거리에 그들을 앞서 걸었습니다. 두 사람의 짐이라 무겁기도 하였지만 귀남이의 가슴속에는 짐이 무거운 생각보다도, 이제 가서 새벽밥을 지을 생각보다도, 그 두 학생의 서울 가는 길에 그 고리짝을 그대로 지고 쫓아가고 싶도록 부러운 생각뿐이었습니다.

'벌써 삼월 초순인데…. 남들은 모다 상급학교로 가는데 나는 또 일 년을 이렇게 보내야 하나…' 하고 귀남이의 눈에는 따라오는 학생들도 모르게 눈물이 방울방울 떨어졌습니다.

그 이튿날입니다. 귀남이는 서울 가고 싶은 생각이 부쩍 일어났습니다. 귀남이를 종처럼 들볶아 먹던 주인집 아들 을용(乙龍)이까지 고향 학생들과 같이 동행하여 서울 간다는 말을 듣고 귀남이는 더 일이 손에 잡히지 않았습니다. 걸핏하면 돌멩이나 부지깽이나 잡히는 대로 때리고 할퀴던 을용이가 없어지는 것이 시원한 생각도 없지는 않았으나 그보다도 자기를 지금도 그처럼 구박하는 을용이가 서울로 공부 간다는 것은 장차 자기 같은 사람을 지금보다도 더 몇 배 구박할 준비로 가는 것 같았습니다.

그래서 귀남이는 생각다 못해 을용 아버지에게 사정하여 서울까지 가는 차표만이라도 하나 사 달라고 애원해 보았습니다. 그랬더니 열 달이나 넘어 밤잠도 재우지 않고 소나 말처럼 부려 먹던 주인이언만 "네까짓 자식이 공부가 무슨 공부냐. 일하기 싫거든 냉큼 나가!" 하고 귀남이 등덜미를 내어밀었습니다. 그뿐이겠습니까. 어디서 엿들었는지 을용이가 뛰어 들어오며 "옛다, 서울 가는 차표다" 하며 귀남이의 뺨을 올려붙였습니다. 귀남이는 아픈 뺨을 만지며 정신없이 을용이를 쳐다보았습니다. 을용이는 "쳐다보면 어쩔 테냐" 하고 귀남이 얼굴에다 침을 뱉었습니다. 귀남이는 그래도 침을 씻고 돌아서려는데 을용이는 다시 "네까짓 게 서울 공부를 가?" 하고 이번에는 발길로 피해 가는 귀남이 허리를 찼습니다. 여기서는 마음 착한 귀남이도 더 참을 수가 없었습니다. 그만 귀남이가 나는 듯이 달려들더니 을용이는 캑 소리를 지르고 나가떨어졌습니다. 을용이가 뒷간에 앉아서 뒤지[1] 가져오너라 하면 뒤지를 들고 갔고, 입에 물고 섰거라 하면 개처럼 입에 물고 서 오던 귀남이도 이제는 더 참을 수가 없었던 것입니다. 귀남이는 나가떨어진 을용이에게 다시 덮치려 하였으나 을용 아버지의 쇠갈쿠리 같은 손이 귀남이의 등살을 낚아채었습니다. 뒤로 물구나무를 서며 나가 둥그러지는 귀남이에게는 을용이와 을용 아버지의 무지한 매가 사정없이 내려 덮쳤습니다.

을용네 집에서 내어쫓긴 귀남이는 찾아갈 집도 없이 날마다 손님 마중 다니던 정거장에 가서 남 안 보는 구석을 찾아다니며 온종일 온 하룻

1 밑씻개로 쓰는 종이.

밤 눈물로 지냈습니다.

귀남이는 후회하였습니다. 자기가 너무 편안스럽게 차만 타고 서울 가려던 것을 후회하였습니다. 그리고 결심하였습니다. 원산서 서울까지 걸어서 갈 것을 결심하였습니다. 머얼리 눈 덮인 설봉산(雪峰山)[2]을 바라보며 손을 내어둘렀습니다.

갈마(葛麻)[3]를 지나고 안변(安邊) 벌을 지나 눈에 파묻혀 길이 없는 삼방(三防)[4] 골짜기 같은 데서는 몇 번이나 산비탈에 나려굴다가도[5] 나무 밑둥을 붙안고[6] 일어서고 일어서고 하면서, 철로길로 다리를 건너다가 철로꾼들에게 뺨도 맞고, 찻길에 떨어진 벤또[7] 그릇에 말라붙은 밥알도 떼어 먹으며 하루 이틀 걷는 것이, 원산을 떠난 지 열하루 만에야 서울 동소문(東小門) 밖 삼선평[8] 벌판에 다다랐습니다. 귀남이는 머얼리 석양에 그늘진 동소문 산성(山城)을 바라보게 될 때 자기도 모르게 언 입을 열어 고함을 질렀습니다.

"서울이다! 나의 싸움터 서울이다! 자, 서울이다!" 하고….

그 후 이십여 일이 지나 어느 토요일날 오후였습니다. 서울서 유명한 × 고등보통학교에는 그 넓은 앞마당에 어른 아이 할 것 없이 수천 명의 군중이 모여들었습니다. 그리고 혹은 즐거워 겅중겅중 뛰는 아이들도 있고 혹은 구석구석이 원통하여 눈물을 짜고 우는 아이들도 있었으니, 이 날은 그 ×학교 입학시험의 방(榜)이 나붙는 날입니다.

그런데 원산서 온 청진여관 주인집 아들 을용이도 이 학교에 입학시

2 함경남도 안변군의 산.
3 갈마반도. 함경남도 원산시의 반도.
4 함경남도 안변군의 명승지. 약수로 유명함.
5 '굴러 내려오다가도'의 방언.
6 부둥켜안고.
7 '도시락'을 뜻하는 일본말.
8 三仙坪. 성북구 삼선동 일대 마을.

험을 치렀습니다. 그러나 을용이는 겅중겅중 뛰노는 아이들 틈에 싸이지 못하고 구석구석이 울고 섰는 아이들과 한패가 되고 말았습니다. 을용이뿐만 아니라 귀남이도 이 ×학교에 입학시험을 치렀고, 이날 방을 보러 왔다가 그만 구석을 찾아가 느껴 울고 말았습니다.

그것은 귀남이가 을용이와 같이 떨어졌기 때문에 그런 것은 아니었습니다. 자기 이름이, 차비도 없어 원산서 서울까지 열하루 동안이나 발이 얼어 주저앉고 허기가 져 쓰러지며 걸어온 천하디 천한 자기 이름이, 수천 명이 치러서 단 이백 명이 뽑히는 속에서도 제일 첫째로 나붙은 것이 너무도 남의 일처럼 감격하여 그때까지 참아 오던 모든 설움이 한꺼번에 터져나왔기 때문입니다.

귀남이는 눈물을 주먹으로 씻츠며 놀래는 사람처럼 그 자리를 일어섰습니다. 그것은 신문 배달하러 갈 시간이 되었기 때문에….

귀남이가 ×학교 교문을 나서 눈 아래 즐비한 서울을 내려다보며 그의 뚜벅뚜벅 내어딛는 발걸음은 마치 서울 덩어리를 혼자 짓밟고 나가는 것처럼 장엄스러웠습니다.

'입지소설(立志小說)', 『어린이』, 1930. 1.

인형

나는 장난감을 좋아합니다. 어린애처럼 가지고 싶어 합니다. 그래서 진고개를 갔다가도 장난감 파는 집 앞에 가서는 그냥 지나치지 못하지요. 사지는 못하더래도 유리창 밖에서 기웃거리며 무슨 새 장난감이 나왔나 하고 들여다보곤 한답니다.

나는 가끔 셀룰로이드 인형을 삽니다. 새끼손가락만 한 작은 인형을 사서 호주머니에 넣고 다니며 전차 속에서나 어디서나 나 혼자 꺼내 보고 만져 보고 합니다. 그리고 저녁때는 책상 위에 혹은 베개맡에 놓고 바라보기도 하고 어떤 때는 손바닥에 쥐고도 잡니다.

인형은 귀엽습니다. 언제나 두 눈이 똥그랗고 두 볼이 토실토실합니다. 그리고 보채지도 않습니다. 코도 안 흘리고 오줌도 싸지 않습니다. 들면 가뿐합니다. 조그만 호주머니 속에도 곧잘 들어갑니다.

나는 인형을 볼 때마다 어렸을 때 생각이 납니다. 그리고 여덟 살 때 돌아가신 아버님 생각이 어렴풋이 납니다. 우리 아버님은 우리가 저 아라사[1]에 가서 살 때 그곳에서 돌아가셨습니다. 아버님은 그때 눈이 새파란 서양 인형을 나에게 사다 주신 일이 있습니다.

인형을 볼 때마다 어렸을 때 생각이 납니다. 어떤 때는 눈물도 납니다.

'일인일화(一人一話)', 『어린이』, 1930. 2.

1 俄羅斯. '러시아'의 음역어.

내 봄 자미

나는 봄이 되면 나무들이 많은 산에 가서 멍하니 앉아서 해 가는 줄 모른다는 것이 나의 봄 자미올시다.

그러고 있으면 새소리도 들리고 물소리도 들리고 나중엔 풀 잎사귀들도 말을 하고 나뭇가지들과 나뭇잎들까지도 말을 하니까요. 그것들이 무슨 말을 하느냐고요! 아니요. 하다못해 나무 밑둥에서 꿀떡꿀떡하고 물 빨아올리는 소리라도 들릴 테니 여러분도 한번 시험해 보십시오.

『어린이』, 1930. 4/5.

유월의 하느님

벌써 유월입니다. 앵두가 새빨갛게 익었고 오이가 벌써 났습니다. 며칠만 더 있으면 제일 먼저 익는 배꼽참외[1]가 우리의 눈을 놀래고 나올 것입니다.

우리는 포동포동한 앵두를 입안에 굴릴 때, 껄껄한 오이를 쓰다듬을 때, 더구나 참외를 깎아 먹을 때, 잊어서는 안 될 것을 흔히 잊어버립니다.

무엇일까요. 언니 생각일까요, 동생 생각일까요. 아닙니다. 언니나 동생도 생각해야 하지만 꼭 생각해야 할 것이 있습니다. '앵두가 어데서 생기나, 오이 또 참외가?' 하고 생각해야 합니다. 앵두는 앵두나무에서 따고 오이는 오이 덩굴, 참외는 참외 덩굴에서 따지 어데서 생기나 하겠지요. 그러나 앵두나무와 오이 덩굴과 참외 덩굴이 어데서 자랍니까. 그것은 땅에서 흙에서 자랍니다. 비를 맞고 햇볕을 보고 밤엔 이슬을 맞고 자라난 것이랍니다.

우리는 하느님의 은혜를 생각해야 합니다. 하느님이라니까 금옷을 입고 수염이 나고 증조할아버지처럼 위엄이 있어 보이는 귀신을 말하는 것이 아니라 자연을 가리킴입니다. 우리를 살게 하는 자연이 곧 우리가 공경할 하느님이니, 흙도 하느님이요, 비도 하느님이요, 해도 이슬도 모다 하느님이올시다.

하느님은 앵두를 익혀 줍니다. 오이를 열게 해 주고 참외를 따 먹게 하여 줍니다.

1 꽃받침 자리가 볼록 나온 참외.

유월의 하느님은 참말 감사합니다.

5월 24일 개성에서.

'초하(初夏)', 『어린이』, 1930. 5.

무지개

세상에는 아름다운 것도 많습니다. 더구나 여름에 더 많습니다. 어디 가나 꽃이 있습니다. 어디 가나 조그만 도랑물이 졸졸 흘러갑니다. 그 속에는 뛰어 들어가 잡고 싶은 송사리 떼가 놉니다. 나무에는 매미가 웁니다. 매미는 생기기도 장난감처럼 생기고 소리도 듣기 좋아서 사철 호주머니 속에 넣고 다니고 싶은 것입니다.

또 여름에는 각색 실과(實果)가 많습니다. 그중에도 어디에나 흔한 것은 참외입니다. 파란 것, 노란 것, 알록달록한 것, 그리고 흰 것도 있습니다. 배꼽 달린 놈, 긴 놈, 둥그런 놈, 마음대로 고를 만치 형형색색입니다. 시원하여 붙안고 놀기도 좋고 싫증 나면 벗겨서 먹기도 좋은 장난감 같은 실과올시다.

그러나 꽃이나 물이나 매미나 참외처럼 만져 볼 수 없는 것 중에도 아름다운 것이 많습니다.

하늘에 별들도 아름답지 않습니까? 허공에 걸리는 무지개도 아름답지 않습니까? 저녁을 먹고 동무들과 숨바꼭질을 할 때 밀짚가리 속 같은 데 들어갔다가도 눈만 내놓고 쳐다보면 빤짝빤짝하고 내려다보는 별들이 얼마나 아름답습니까. 또 무지개! 참말 아름다운 것입니다. 소낙비가 쏟아지는 바람에 집에 들어와 점심을 먹는다든지 공부를 한다든지 하고 비 개인 마당에 뛰어나가면 앞산 위에서부터 십 리 이십 리나 되게 둥그렇게 공중에다 활을 그린 무지개! 한 가지, 두 가지 하고 빛을 헤어 보면 알른알른하여 그저 보기만 좋은 무지개! 아는 사람은 모다 불러다 놓고 같이 보고 싶은 것은 무지개올시다.

여러분, 여러분은 언제 제일 처음으로 무지개를 보셨습니까? 한번 생각해 보십시오. 반드시 아름다운 생각이 날 것입니다.

나는 다섯 살 때에 어머님서껀 할머님서껀 마당에 멍석을 펴고 저녁을 먹으면서 제일 처음으로 무지개를 보았습니다. 나는 어머님보고 지붕 위에 올라가서 붙들어 보라고 졸랐답니다.

무지개를 볼 때마다 그때 생각이 난답니다.

'여름날의 옛 기억', 『어린이』, 1930. 7.

과꽃

여러 해 전 첫가을이었습니다. 나는 아주 산골에 사는 어떤 일갓집에 갔던 일이 있습니다. 그때 그 집에는 모다 들에 나가고 아무도 없었습니다. 나는 비인 집에 들어서서 앉을 곳도 변변치 않은 것을 쓸쓸하게 생각하고 어정어정 거닐다가 뒤꼍 장독대에서 물색옷[1] 입은 소녀가 섰는 것을 얼른 보았습니다. 나는 어찌 반가운지 그곳으로 뛰어갔지요.

그랬더니 그곳에는 소녀가 섰는 것이 아니라 양지쪽에 한 떨기 과꽃이 아기자기하게 피어 있었던 것입니다. 나는 오히려 소녀를 만난 것보다도 어찌 유쾌했었는지요. 그리고 늘 보던 과꽃이었지만 과꽃이 그렇게 아름다운 것은 처음 느꼈습니다. 백일홍과 같이 늦은 가을까지 오래 두고 피는 꽃이지만 이파리 하나라도 텁텁한 때가 없습니다. 물에 씻은 듯이 깨끗하고 빛이 밝습니다.

가히 산뜻한 가을 기분을 돋우는 꽃이라 하겠습니다.

'초추소품(初秋小品)', 『어린이』, 1930. 8.

1 물감을 들인 천으로 만든 옷. 무색옷.

외로운 아이

순길이는 무슨 장한 것이나 발견한 것처럼 우쭐렁거리며[1] 사무실로 뛰어갔습니다.

“뭐야, 왜 이렇게 후당탕거리고 뛰어들어?”

선생님이 물으셨습니다.

순길이는 경주에나 일등을 해서 상이나 탈 것처럼 씨근거리며 신이 나서 대답하였습니다.

“저어, 인근이가 담배를 먹나 봐요.”

“담배? 어디서 먹든?”

“먹는 건 보지 못했어도 길바닥에서 담배 깜부기[2]를 주워서 호주머니에 넣겠지요. 지금 봤는데요.”

“정말?”

“네!”

선생님은 순길이를 내어보내고 인근이를 부르셨습니다.

인근이는 눈이 휘둥그레서 사무실에 들어섰습니다. 선생님은 매우 괘씸히 여기시는 눈으로 인근이를 쏘아보시며 말씀하셨습니다.

“너 바른대로 말해…. 담배 먹지?”

인근이는 그만 얼굴이 새빨개졌습니다.

“아니야요.”

“어디 보자.”

1 ‘우쭐거리며’의 방언.

2 ‘꽁초’의 방언.

선생님은 다 해어진 인근이의 저고리 섶을 와락 잡아당기며 안 호주머니에 손을 넣으셨습니다. 선생님은 대뜸 무엇인지를 움켜 내셨습니다.

"이놈, 이게 담배가 아니고 무에냐?"

인근이는 그만 얼굴을 숙이고 부들부들 떨기만 했습니다.

"이놈, 왜 말이 없니?"

선생님은 역정이 나셔서 움켜 내인 담배 깜부기를 책상 위에 놓으시더니 그 손으로 인근의 뺨을 철석 때리셨습니다. 인근은 그래도 아무 말도 없이 서서 보선[3]도 못 신은 맨발등 위에 눈물만 뚜벅뚜벅 떨궜습니다.

"벌써부터 담배를 배우다니!"

선생님은 분하셔서 또 뺨을 한 개 때리셨습니다. 다른 선생님들도 같이 때리고 싶은 것을 참는 듯이 모다 미워하는 눈으로 인근이를 쏘아보셨습니다.

"너는 이 시간에 벌을 서야 된다. 이리 나와."

인근이는 말없이 운동장으로 끌려 나갔습니다. 그리고 여러 반에서 모다 잘 내다보이는 복판에 가서 선생님이 하라는 대로 두 팔을 들고 섰습니다.

"고개를 들어."

인근이는 선생님 말씀대로 고개를 들었으나 눈물 때문에 여러 아이들이 반에서 내다보고 손가락질하고 놀리는 것은 보이지 않았습니다.

인근이는 그 이튿날부터 학교에 오지 않았습니다. 아이들은 그 애가 담배를 먹다 들켜서 벌을 서고는 부끄러워 안 온다고 하였습니다.

그러나 실상은 그렇지 않았습니다.

인근이는 그만 아버지가 돌아가셨습니다.

3 '버선'의 방언.

여러 날 전부터 앓으시던 아버지가, 인근이가 학교에서 벌을 서고 간 날 저녁에 돌아가시고 말았습니다. 그래서 살림이 구차한 인근이는 다시 학교에 다닐 수 없이 된 것입니다.

그리고 지금 안대도 소용은 없습니다마는 인근이가 담배 먹었다는 것도 말입니다. 정말은 인근이가 제가 먹으려고 담배를 가진 것이 아니라 앓으시는 아버지가 돌아가시기 며칠 전까지도 가끔 담배를 찾으셨습니다. 그럴 때마다 인근 어머니는 이 집 저 집 들창 밑에서 주워다 둔 깜부기 담배를 내어놓곤 하였습니다. 어떤 때는 그것도 없어서 쩔쩔매는 것을 본 인근이는 그날 처음으로 길에 떨어진 담배 토막이 꽤 큰 것을 보고 대뜸 아버지 생각이 나서 주웠던 것이 그만 동무 눈에 띄어서 그렇게 되었던 것입니다.

'소년소설', 『어린이』, 1930. 11.

몰라쟁이 엄마

어떤 날 아침 노마는 참새 소리를 들었습니다. 그리고 엄마한테 물어봤습니다.

"엄마."

"왜!"

"참새두 엄마가 있을까?"

"있구말구."

"엄마 새는 새끼보다 더 왕샐까?"

"그럼 더 크단다. 왕새란다.

"그래두 참새들은 죄다 똑같은데 어떻게 저희 엄만지 남의 엄만지 아나?"

"모올라."

"참새들은 새끼라두 죄다 똑같은데 어떻게 제 새낀지 남의 새낀지 아나?"

"모올라."

"엄마."

"왜!"

"참새두 할아버지가 있을까?"

"그럼!"

"할아버지는 수염이 났게?"

"아아니."

"그럼 어떻게 할아버진지 아나?"

"모올라."

"아이 제기, 모두 몰르나. 그럼 엄마. 이건 알아야 해, 뭐…."
"무어?"
"저어 참새도 기집애 새끼하구 사내 새끼하구 있지?"
"있구말구."
"그럼 참새두 사내 새끼는 머리를 나처럼 빡 빡 깎구우?"
"아아니."
"그럼 사내 새낀지 기집애 새낀지 어떻게 알우?"
"모올라."
"이런! 엄마는 모올라쟁인가 죄다 모르게…. 그럼 엄마 나 왜떡[1] 사 줘야 해…. 그것두 몰르면서…."

노마는 떼를 부리기 시작했습니다.

'유치원소설', 『어린이』, 1931. 2.

1 밀가루나 쌀가루로 얇게 구운 과자.

유월과 구름

구름! 여름철에 구름처럼 아름답고 고마운 것은 없습니다. 하늘 높이 휘날리는 시퍼런 녹음(綠陰) 위에 한 송이 흰 구름이야말로 향기야 없다 한들 어찌 꽃만 못하다 하겠습니까?

그러나 구름의 아름다움은 그것뿐이 아닙니다. 구름의 정말 아름다움은 여름의 검푸른 바다를 앞에 놓고 바라볼 때입니다. 머얼리 아득한 하늘 끝에 반은 바닷속에 잠긴 듯한 구름의 성(城)! 그것처럼 신비스럽게 보이고 꿈처럼 고요한 경치는 없습니다. 멍하니 한참 앉아 바라보고 있으면 그만 눈물겨웁게 그 꿈나라 구름의 도성(都城)이 그리워집니다. 바다를 헤엄쳐서라도 가고 싶어집니다. 돌아간 어머니, 돌아간 아버지, 그리고 어렸을 때 미역 감다 죽은 동무, 모다 그 구름 성 안에 가 있는 것처럼 바다를 헤엄쳐 가 보고 싶어집니다.

구름은 이렇게 아름다운 신화(神話)의 세계를 가지고 있습니다. 구름은 고마운 것입니다.

따가운 볕 아래에서 공을 치고 놀 때 겨우 마당 하나를 가리어 주는 한송이 구름도 고마운 것이겠지만 여러 날을 두고 불볕만 내려쪼이어 화단(花壇) 위에 꽃나무들이 시들고 오이 덩쿨, 호박 덩쿨 들이 모다 목마른 사람처럼 풀이 죽어 척 척 쿨어질[1] 때 난데없는 일진광풍(一陣狂風)[2]과 함께 산을 덮고 밀려드는 한 무리 구름 떼야말로 그 빛은 성난 사람처럼 검고 푸를지언정 게서[3] 더한 고마운 손님이 어디 있겠습니까.

1 맥없이 늘어질.
2 한바탕 몰아치는 사나운 바람.
3 거기에서. 그것보다.

얼뜬[4] 보면 일없이 돌아다니는 싱거운 사람처럼 쓸데없는 물건 같으면서도 여름의 구름처럼 아름답고 고마운 것은 없다고 생각합니다.

『어린이』, 1931. 6.

4 얼른. 힐끗.

슬퍼하는 나무

새 한 마리가 나무에 둥지를 틀고 고운 알을 소복하게 낳아 놓았습니다.

아이　이 알을 모다 꺼내 가야지.

새　지금은 안 됩니다. 착한 도련님. 며칠만 지나면 까 놓을 테니 그때 와서 새끼들을 가져가십시오.

아이　그럼 그러지.

며칠이 지나 새알은 모다 새 새끼가 되었습니다.

아이　하나, 둘, 셋, 넷, 다섯 마리로구나. 허리춤에 넣고 갈까, 둥지째 떼어 갈까!

새　지금은 안 됩니다. 착한 도련님. 며칠만 더 있으면 고운 털이 날 테니 그때 와서 둥지째 가져가십시오.

아이　그럼 그러지.

며칠이 지나 와 보니 새는 한 마리도 없고 둥지만 달린 나무가 바람에 울고 있었습니다.

아이　내가 가져갈 새 새끼가 다 어디 갔니?

나무　누가 아니. 나는 너 때문에 좋은 동무 다 잃어버렸다. 너 때문에!

'유년동화', 『어린이』, 1932. 7.

길에서 얻은 연필

나는 아침저녁 혜화보통학교(惠化普通學校) 앞을 지납니다.

아침이면 학교에 오는 여러 학생들과 만납니다. 모다 어린 학생들인데 그분들이 학교에 오는 모양은 매우 자미스럽습니다.

어떤 분은 아직도 잠이 덜 깬 듯이 눈을 슴벅거리며 모자는 썼다는 것보다 머리 위에 얹어 놓고 으슬렁으슬렁 오는 분도 있고, 어떤 분은 껑충껑충 뛰며 공을 굴리면서 오기도 하고, 또 어떤 분들은 길 위에 책보를 놓고 서서 잔겐뽕들도 합니다. 그리고 무엇을 생각하며 가다 나와 마주치어 큰 내 키를 한참 치어다보고 픽 웃으며 가는 이도 있습니다. 아침 길은 반드시 이분들과 만나니까 퍽 유쾌합니다.

아침보다 저녁 길은 좀 쓸쓸합니다. 그분들이 벌써 다 집으로 돌아간 뒤이므로 텅 비인 학교 앞을 지나게 됩니다. 그러나 아주 심심하지는 않습니다. 그분들이 길바닥에 그어 놓은 '이랴오랴[1]' 판을 밟으며 그분들이 분필로 담에 그려 놓은 우습게 생긴 사람들의 얼굴을 구경하면서 지나갑니다.

어떤 때는 길에서 얻는 것도 있습니다. 내어버린 것인지, 모르고 떨어뜨린 것인지, 습자 쓴 것, 도화 그린 것을 가끔 길에서 주울 수도 있습니다. 어떤 것은 꽤 잘 그린 그림도 있었습니다.

그런데 어제저녁에는 바로 우스운 사람이 그려져 있는 담 밑에서 새빨간 연필 하나를 얻었습니다. 그것은 다 닳아서 억지로 쥐어야 쓸 수

1 아이들이 하는 놀이 중 하나로, 땅바닥에 그린 칸 안에 돌을 던져 놓고 외발뛰기로 돌을 주워 나오는 놀이. 사방치기. 오랫말.

있는 몽당연필이었습니다.

아마 새것을 산 학생이 내어버린 것이겠지요.

이 내어버려진 가엾은 연필은 대가리에 고무도 다 없어지고 깎은 자리도 거지 아이의 얼굴처럼 새까맣게 더러웠습니다. 그리고 자세히 보니 이빨 자국이 악죽악죽[2] 났습니다.

나는 이 연필을 들고 고요히 산 고개를 넘으며 이빨 자국을 세어 보았습니다. 이빨 자국은 큰 것 작은 것 모다 열둘, 누가 무엇을 쓰다 막혀서 이렇게 연필만 씹었을까요? 무엇을 생각해 내노라고 그때 그 학생의 훌쩍훌쩍하던 코와 깜박깜박하던 눈이 몹시 보고 싶어졌습니다.

나도 고개 위에서 그 학생처럼 이 연필을 입에 물고 눈을 껌벅껌벅하면서 이 글을 생각했지요.

『어린이』, 1933. 2.

2 흠이나 상처가 촘촘하게 난 모양.

돈 가져간 사슴이[1]

(이 이야기는 지난겨울 황해도 어느 산촌에 갔다가 들은 것입니다. 어찌 우스운지요. 또 사실로 그런 일이 있었다니까 더 우습습니다.)

김 첨지라는 영감님이 있었습니다. 그 영감님은 손자 아들을 끔찍이 사랑하였습니다. 그래서 손자 아이들이 조르는 것이면 무엇이고 만들어 주기도 하고 사 주기도 잘하는 좋은 할아버지였습니다.

그런데 하루는 추석 명일이 가까워 오니 새 신을 사다 달라고 손자들이 졸랐습니다. 하도 손자들이 조르니까 "그럼 그래라" 하고 큰 암탉을 세 마리나 이웃 사람에게 팔아 가지고 그 돈을 주머니에 넣어서 차고 삼십 리나 되는 장으로 가는 길이었습니다.

그 길 중간에는 그리 깊지는 않으나 어른이라도 배꼽까지는 올라오는 강물이 있었습니다. 그 강에는 건너다니는 큰 나무다리가 있었으나 장마에 떠내려가고, 그때는 누구나 벌거벗고 건너야만 될 때입니다. 그래서 우리 김 첨지도 강가에 가서는 두루마기와 바지를 벗어서 안고 물에 들어섰습니다. 막 그때였습니다. 물 가운데서 무엇이 철석거리며 건너오는 것이 있었습니다. 김 첨지는 무엇인가 하고 바라본즉 큰 게, 대가리 같은 데 뿔이 달린 짐승이 이편으로 건너오고 있었습니다.

"옳지, 사슴이로구나. 이것이 웬 떡이냐!"

김 첨지는 좋아서 마주 건너갔습니다. 그러나 사슴은 달아나지 않고 물 가운데 대가리와 등어리만 내어놓고 우두커니 서 있으므로 김 첨지

1 '사슴'의 방언.

는 어렵지 않게 물 가운데서 사슴 한 마리를 잡았습니다.

김 첨지는 사슴의 뿔을 잔뜩 움켜잡고 한참이나 서서 생각하였습니다. 이놈을 죽여 가지고 갈까, 살려 가지고 갈까 하고요. 그래서 말을 듣나 안 듣나 시험해 보노라고 사슴의 머리를 물속에 담가도 보고 바른편으로 끌어도 보고 왼편으로 끌어도 보고 한 번 엉덩이를 때려도 보고 마음대로 다뤄 본즉 사슴은 양처럼 순종하였습니다. 이것을 본 김 첨지는 너무나 기뻐서 살려 가지고 가리라 생각하고 안았던 두루마기는 구기지 않게 자기 등에 짊어지고 바지는 사슴뿔에다 묶어 놓고 허리띠로는 사슴의 목을 매어 끌고 도로 집으로 가려고 건너오던 강을 되건너갔습니다. 사슴은 눈만 껌벅껌벅하고 물살에 떠내려가지 않으려고 애를 쓰면서 잘 따라왔습니다. 그러나 웬걸이요. 그렇게 순하던 사슴은 앞발 하나를 땅에 내어딛기가 무섭게 성난 말처럼 들어 내뛰었습니다. 그 바람에 미처 물 밖에 나서지도 못한 김 첨지는 그만 허리띠 끈을 놓치고 말았습니다. 사슴은 어느 틈에 산속으로 뛰어 들어갔습니다. 김 첨지는 멍하니 서서 달아나는 사슴을 보고 "이놈아, 내 바지하고 돈주머니 달린 허리띠나 끌러 놓고 가거라" 하고 소리를 질렀으나 사슴이 어떻게 그렇게 할 재주가 있겠습니까? 우리 김 첨지 영감은 그만 바지도 없이 벌거숭이 아랫도리에 두루마기만 입고 털레털레거리며 집으로 돌아오고 말았습니다. 그리고 손자 아이들을 모아 놓고 그 이야기를 한즉 아이들은 어찌 좋아하던지 새 신을 사 온 것보다도 더 우습고 재미있어서 손뼉들을 쳐 가며 들었습니다.

'실화', 『어린이』, 1931. 3.

집 없는 아이야

집 없는 아이야.

너는 어디서 잤니?

지난밤, 추운 밤 강도 얼어붙은 밤 긴긴 밤 너는 어디서 잤니?

우리 아기는 방 안에서 자면서도 이불 속에서 자면서도 엄마와 아버지가 몇 번씩 일어나 다시 덮어 주고 안아 주고 한 동짓날 밤을.

집 없는 아이야.

너는 어디서 무엇을 먹었니?

더운 데서 자고 더운 것을 먹고 더운 옷을 입었으되 이렇게 떨리는 날 아침, 너는 무엇을 먹었니?

우리 아기는 따뜻한 우유, 고깃국에 만 밥, 밤범벅을 먹고도 또 따스한 어머니의 키스, 그러고도 뺨이 싸늘한 이날, 너는 무엇을 먹기나 했니?

집 없는 아이야.

며칠 안 있으면 너도 나이 한 살 더 먹는 설날!

누가 네 나이를 꼽아 가며 설날을 기다리니?

누가 네 설 옷감을 사다 마르면서[1] 네 키가 커진 것을 기뻐하겠니?

우리 아기는 작년보다 다섯 치나 더 자란 것을 집안이 온통 기뻐하누나. 묵은 옷과 신발은 내어버리고 큰 것만 기뻐하누나.

오오, 집 없는 아이, 아무것도 없는 외로운 아이야.

너는 우리 아기에게 비기어 얼마나 천하냐? 얼마나 복이 없느냐?

1 치수에 맞게 자르면서.

군것질 장난감 하나 없어 남의 집 쓰레기통에서 쓰레기통으로, 뒤축도 없는 신을 끌고 다니는 너의 고달픈 그림자!

오오, 슬픈 그림자여!

집 없는 아이야.

너는 지금 아무것도 갖지 않았다. 지금은 아무것도 갖지 않은 대신 이담에는 산처럼 많이 가지어라. 이담에 네가 잘되는 것을 누가 시기하랴? 이담에 너는 우리 아기들보다 더 복되어라. 우리 아기들이 너에게 모자를 벗고 절을 하게 훌륭하게 되어도 좋다. 나는 그것을 너에게 바란다. 지금 우리 아기만을 보호할 줄 아는 나는 이담에 너에게 이것을 바랄 뿐이다.

오오, 집 없는 아이야!

『고아(孤兒)』, 고아사, 1933. 1.

겨울 꽃

순이는 생일날 아침에 아름다운 풀꽃 한 분(盆)을 선물로 받았습니다. 아버지께서 진고개서 사다 주신 것입니다.

"어쩌면 이렇게 추운 겨울에 꽃이 있을까!"

하고 순이는 너무도 희한하여 그 조그만 꽃송이를 하나씩하나씩 들여다보았습니다. 무슨 꽃인지 이름은 몰라도 퍽 귀여운 꽃이었습니다. 연두 잎과 보랏빛 꽃이 봄에 피는 장다리[1] 같으나 장다리보다는 잎과 줄기가 모다 가냘프고 꽃이 좁쌀알처럼 잘았습니다. 그 잔 꽃송이는 마디마다 층층이 피었는데 어찌 간들간들하는지 크게 소리만 내어도 바람이 지나가는 것처럼 흔들렸습니다.

순이는 그 꽃분을 머리맡에 놓고 종일 바라보고, 밤에도 그것을 바라보고, 그 꽃과 같이 아름답고 조용하게 잠이 들곤 했습니다.

"순이야, 너 꽃을 햇볕도 뵈야 한다."

하루는 어머니께서 이렇게 주의를 시키셨습니다. 그러나 날마다 눈만 오고 햇볕이 나지 않았습니다. 순이는 날마다 하늘만 쳐다보고 지내는데 하루는 아침부터 하늘이 새파랗게 개었습니다.

"옳지. 오늘은 햇볕을 보여 주마."

하고 양지쪽 쪽마루에 꽃분을 내어놓았습니다.

그날 밤입니다. 순이는 그만 저녁을 먹노라고 해 다 지는 것을 모르고 있었습니다. 순이가 깜짝 놀라서 뛰어나갔을 때는 캄캄한 밤인데 얼음 같은 바람이 휙휙 뺨을 때리었습니다.

1 무나 배추의 꽃줄기. 또는 장다리에 피는 꽃. 장다리꽃.

"이를 어쩌나. 얼었으면 어쩌나…."

하고 허둥지둥 꽃분을 들고 방으로 들어와 보니 꽃송이들은 그만 까맣게 얼어서 오무라지고 잎과 줄기들은 빳빳이 얼음처럼 서 있었습니다. 입김을 혹혹 불어도 꽃송이 하나 흔들리지 않고 그만 빳빳이 서 있을 뿐이었습니다.

순이는 이렇게 소리 질러 보았습니다.

"왜 춥다고, 들여놓아 달라고 안 그랬니?"

또

"왜 울지도 않었니?"

그러나 꽃은 아무 소리도 없이 서 있었습니다.

순이는 행여 살아날까 하고 따듯한 아랫목에 갖다 놓고 전등불을 가까이 끌어다 쪼여 주었으나, 얼었던 것이 녹는 대로 줄기는 끓는 물에 데친 것처럼 주저앉고 잎은 늘어질 뿐이었습니다.

순이는 그만 "으아아" 하고 울고 말았습니다.

『어린이』, 1933. 3.

꽃 장수

한 아기, 꽃분 앞에 서서 어머니더러

"엄마."

"왜?"

"꽃 장수 용치?"

"왜?"

"이렇게 이쁜 꽃을 만들어냈으니까!"

"어디 꽃 장수가 만들었다든? 길르기만 했지."

"꽃 장수가 만들지 않었으면 이 이쁜 꽃을 누가 만들었수?"

"만들긴 누가 만들어…. 씨를 땅에 심으면 땅속에서 싹이 나오고 싹이 자라면 절루 꽃이 피는 거지."

"절루 펴? 땅에 씨만 묻으문?"

"아주 절루는 아니지…."

"그럼?"

"땅속에 씨를 묻었더라도 하늘에서 비가 나려서 흙을 눅눅하게 적셔 주어야 하고 또…."

"또 무엇?"

"또 하늘에서 햇볕이 따뜻이 비춰 주어야 싹이 터져 자라는 거야."

"그런 걸 난 꽃 장수가 모두 만들어 내는 줄 알았지…. 그럼 엄마, 저 풀두 오이두 호박두 나무들두 모두 그러우?"

"그럼!"

"아유…."

아기는 땅을 한 번 보고 얼굴을 들어 끝없는 하늘을 머엉하니 쳐다보았습니다.

『어린이』, 1933. 6.

바지 셋

빨랫줄에 바지 셋이 걸렸습니다.
가랭이[1] 제일 긴 건 아버지 바지
가랭이 제일 큰 건 어머니 바지
그중에 새끼 가랭인 내 바집니다.

빨랫줄에 바지 셋이 걸렸습니다.
연기처럼 검은 건 아버지 바지
구름처럼 흰 건 어머니 바지
그중에 꽃 같은 건 내 바집니다.

『어린이』, 1933. 7.

1 '가랑이'의 방언. 바짓가랑이.

엄마 마중

추워서 코가 새빨간 아가가 아창아창 전차 정류장으로 걸어 나왔습니다. 그리고 끼잉 하고 안전지대에 올라섰습니다.

이내 전차가 왔습니다. 아가는 갸웃하고 차장더러 물었습니다.

"우리 엄마 안 오오?"

"너희 엄마를 내가 아니?"

하고 차장은 땡땡 하면서 지나갔습니다.

또 전차가 왔습니다. 아가는 또 갸웃하고 차장더러 물었습니다.

"우리 엄마 안 오오?"

"너희 엄마를 내가 아니?"

하고 이 차장도 땡땡 하면서 지나갔습니다.

그다음 전차가 또 왔습니다. 아가는 또 갸웃하고 차장더러 물었습니다.

"우리 엄마 안 오오?"

"오! 엄마를 기다리는 아가구나."

하고 이번 차장은 나려와서

"다칠라. 너희 엄마 오시도록 한군데만 가만히 섰거라, 응?"

하고 갔습니다.

아가는 바람이 불어도 꼼짝 안 하고 전차가 와도 다시는 묻지도 않고 코만 새빨개서 가만히 서 있습니다.

12월 1일 밤.

『어린이』, 1933. 12.

엄마 얼굴

설날 아가가 엄마 따라 외할머니 댁에 갔습니다.

외할머니는 반가워하시며 아가에게 세배를 받고 다락에서 곶감, 대추, 다식, 떡 같은 것을 많이 나려다 주셨습니다.

아가는 맛난 것을 그득히 받고도 얼른 먹을 생각이 없이 외할머니 얼굴만 자꾸자꾸 쳐다보았습니다. 그러는 것이 이상스러워 엄마가 물어보셨습니다.

"아가, 왜 먹지 않니?"

그러나 아가는 그 대답은 하지 않고 그저 외할머니의 얼굴만 물끄러미 쳐다보다가

"엄마, 왜 외할머니 얼굴은 저렇게 쭈굴쭈굴하우?"

하고 엄마더러 넌지시 물었습니다.

"나이를 많이 잡수서서 늙어서 그러시단다."

하고 엄마가 일러 주시니 아가는 또 "엄마도 늙우?" 하고 물었습니다. 엄마는 "그럼. 나도 나이를 자꾸 먹으면 늙는단다" 하시니, 아가는 또 "그럼 엄마 얼굴도 저렇게 할머니처럼 쭈굴쭈굴해지우?" 하고 물었습니다. 엄마가

"그렇단다."

하고 대답하시니, 아가는 그만 "으아!" 하고 울었습니다.

'소설', 『아이생활』, 아이생활사, 1934. 1.

아가

아가.

너는 무엇을 제일 고와하니?

꽃이냐? 나비냐? 하늘의 별이냐?

그리고 너는 네가 고와하는 것을 위해 얼마나 정성을 들이니?

네가 꽃을 제일 고와한다 치자. 그럼 너는 아침에 일어나는 길로 꽃분에 물을 주니? 행여나 꽃이 시들까 봐 아침마다 물을 주니? 그리고 밤이면 행여나 날씨가 추워 꽃이 얼지 않을까 하고 네 팔을 걷고 꽃과 함께 바람을 쏘여 보니? 그리고 네 팔이 얼어 들어오면 꽃도 얼 것을 알고 꽃분을 안고 방으로 들어가니?

만일 그렇게 안 하면 너는 정말 꽃을 고와하는 사람은 아니다.

아가.

너는 누구를 제일 사랑하니?

엄마냐, 아버지냐? 누나냐? 동생이냐? 동무냐?

그리고 너는 네가 사랑하는 이를 위해 얼마나 정성을 들이니? 네가 제일 사랑하는 이가 엄마라 치자. 그럼 너는 엄마를 위해 얼마나 정성을 들이니? 엄마가 힘드실까 봐 네 손으로 걸레를 빨아다가 네 방을 치고 엄마 방까지 치어 드리니? 엄마가 어디 갔다 오시면 마중 나가니? 엄마가 아프신 때에는 머리맡에 앉아 밤이라도 새이니? 엄마가 너를 남에게 자랑할 수 있게 훌륭한 사람이 되겠다는 결심을 하였니? 모다 그렇다면 너는 정말 엄마를 사랑하는 사람이요, 그렇지 못한 것이 있다면 너는 정말 엄마를 사랑하는 것이 못 된다.

아가.

너는 네가 고와하는 것, 네가 사랑하는 이를 위해선 네 몸을 돌보지 말고, 네 몸은 부서지더라도 그들을 위해 정성을 바치어라.

『어린이』, 1934. 5.

이 해를 보내며

어린이들을 생각할 때 쓸쓸한 일 년이 지나간다는 차라리 시원한 생각이 납니다. 지난 일 년에 어린이들을 위해 무슨 기쁜 일이 있었습니까? 아름다운 어린이들 작품전 하나 없었고 화려한 동요회 하나 본격적인 훌륭한 것이 없었습니다. "어린이들을 위해서는 다만 비 오는 날처럼 흐리터분만 하던 1934년아 어서 가거라! 그리고 좀 더 어린이들을 위해 화려할 수 있는 새해여 어서 오너라!" 이렇게 감상(感想)됩니다.

『아이생활』, 1934. 12.

아기들아! 우리는 '종달새처럼, 기차처럼' 활발하고 기운 세자

남한테 지기나 잘하고 쿨적쿨적 우는 것은 바보

노래하자

아가. 너 노래할 줄 아니? 응? 왜 고개를 수그려? 뭐든지 하나 해 봐라.

노래 부를 줄 아는 아이는 훌륭한 아이다. 「달아 달아」든지 「푸른 하늘」이든지 무어든지 좋다. 네가 지어서 불러도 좋다. 아침에 일찍 일어나 마당에 나와서 해가 떠올라 오는 것을 보고

"아! 해가 떠올라 온다. 참 굉장하구나! 해 만세!"

하고 이렇게 소리 질러도 좋다. 그것도 훌륭한 노래요, 꽃이 많이 핀 것을 보고

"아! 꽃이 막 폈구나. 참 이뿌구나. 나비야 오너라. 나하구 놀자!"

하여도 훌륭한 노래가 된다. 무슨 회에 나가서 여러 어른이 보는 데서 경례를 하고 해야만 좋은 것이 아니요, 혼자서 아무 데서나 유쾌한 일이 있을 때 마음대로 부르는 것이 더 좋은 노래다.

아가, 너는 노래를 좋아하여라. 늘 기쁘게 노래하여라. 공연히 부끄러워만 하는 것은 못난이 짓이란다.

달음박질하자

아가, 너 뜀뛸 줄 아니? 우리 한번 "하나, 둘, 셋" 불러 가지구 달음박질해 볼까? 누가 잘 뛰나? 뭐? "넘어지면 어떡하게"가 뭐야? 넘어지긴 왜 넘

어져? 그리고 넘어질까 봐 달음박질을 못하면 방바닥이 꺼질까 봐 방에는 어떻게 앉아 있담! 그건 바보! 아주 못난이나 하는 소리야. 좁은 길에서나 넓은 길이라도 전차와 자동차가 많이 다니는 거리 길에서는 위험하니까 조심해야 하지만, 넓은 신작로에서나 운동장 같은 데서야 한번 허리띠를 졸라매고 신들메[1]를 하고 주먹을 불끈 쥐고 기차나 자동차처럼, 또 매나 제비처럼 한번 날래고 활발스럽게 달음질쳐 보고 싶은 생각이 왜 안 일어나니? 옳지! 신들메를 단단히 하고 우리 한번 뛰어 보자. 할머니나 할아버지면 지팡이를 짚으시고 쉬어서 오래오래 가실 것을, 우리는 그냥 단참에 뛰어가니 얼마나 좋으냐! 우리 달음박질을 많이 하자. 하나, 둘, 셋.

싸움도 하자

아가. 너 싸움 더러 해봤니? 안 해봤어, 한 번도? 저런! 선생님과 어머니께서 싸움을 하면 못쓴다고 그러셨어? 옳지, 알았다. 싸움을 하는 것은 좋지 않은 일이다. 그렇지만 싸움에도 그렇게 좋지 않은 싸움과 좋은 싸움과 두 가지가 있다. 어머니께서와 선생님께서 하지 말라고 하신 싸움은 남과 쓸데없이 덤벼들고 트집을 거는 싸움 말이다. 그런 싸움은 해서는 안 된다. 그렇지만 큰 아이가 작은 아이를 놀리는 것을 볼 때, 기운 센 아이가 어린 아이 가진 것을 막 뺏는 것을 볼 때, 그런 때는 그냥 지나가는 것은 인정이 없는 아이다. 그 작고 힘이 없이 큰 아이에게 매를 맞거나 무엇을 빼앗기는 가엾은 아이와 한편이 되어서 둘이 덤벼 싸워 주는 아이는 참말 용감한 아이다. 그런 싸움은 얼마든지 맡아 하여도 결코 좋은 일이지 나쁜 일은 아니다.

1 들메끈. 신을 발에 동여매는 끈.

만세! 만세!

아가. 너 만세 부를 줄 아니? 부를 줄 알아? 참 용쿠나! 만세는 좋은 것이란다. 무슨 일이든지 무슨 자리에서든지 유쾌하게 끝이 날 때는 모자를 벗어 하늘로 올려뜨리며 "만세!" 하고 소리 지르는 것은 참말 재미있는 일이 아니냐? 동생들이 달음박질을 할 때라도 일등 하는 아이 이름을 부르고 만세를 불러 줘야 하고 또 동무끼리 놀다라도 헤어질 때

"우리들 만세! 만만세!"

하고 만세를 부르고 헤어져라. 그리고 누구에게든지 감사한 일이 있을 때에도 만세를 불러 드리어라. 일가 아저씨나 아주머니께서 장난감을 사다 주시면 좀 감사하냐? 그런 때는

"우리 아저씨 만세!"

"우리 아주머니 만세!"

하고 만세를 불러 드리고, 어머니께서 벤또에 반찬을 특별히 잘해 넣어 주신 날은

"우리 어머니 만세!"

"내 벤또 만만세!"

해도 좋지 않으냐? 만세도 잘 부르고 노래도 잘하고 달음박질도 잘하고 싸움도 잘하고 또 기운도 세인 아이는 참말 훌륭한 아이이다.

그런 아이들 만세!

'오늘은 어린이날', 『조선중앙일보(朝鮮中央日報)』, 1935. 5. 5.

호랑이

언니와 동생이 동물원에 갔습니다.

"언니."

"그래."

"저 호랑이 어떡허다 잡혔을까?"

"동네루 나려왔다가 잡혔단다."

"왜 동네루 나려왔더랬을까?"

"누깔사탕 사러."

"뭐? 누깔사탕?"

"그럼. 아가들이 자꾸 졸라서 누깔사탕 사러 동네로 나려왔다가 사람한테 꽉 붙잡혔단다."

"하하. 우습다! 정말이유, 언니?"

"그럼! 그리게 너두 누깔사탕 사 달라구 조르지 말어."

"…."

동생은 눈이 둥그레 생각하면서 갇혀 있는 호랑이를 한참이나 바라보았습니다.

『동화(童話)』, 동화사, 1936. 2.

길에 그린 사람

아가가 혼자 가방을 메고 학교에 갑니다.

타박타박 가다가 보니까 누가 길에 그림을 그려 놓았습니다. 분필로 하얗게 사람을 그렸는데 모자를 쓰고 양복을 입은 사람도 있고, 머리를 틀고 치마를 입은 사람도 있습니다.

아가는 서서 그림을 보았습니다. 아가는 이내 돌아가신 엄마 생각을 했습니다. 머리를 틀고 치마를 입은 그림이 꼭 엄마처럼 얼굴이 이쁘장했습니다.

"엄마.

우리 엄마.

우리 엄마처럼 그려진 그림…."

아가는 학교에서 땡땡땡 종을 칠 때까지 가만히 서서 보았습니다. 그리고 학교에 가서도 종일 혼자 그림 생각을 했습니다.

"어서 가다가 또 봐야지.

우리 엄마처럼 그려진 그림…."

그러나 하학(下學)하고 돌아올 때는 그림이 그만 없어졌습니다. 아무리 찾아보아도 없어졌습니다. 사람들이 밟고 가고 자동차와 구루마가 지나가서 그림이 모다 지워졌습니다. 아가는 울고 싶었습니다.

그래도 울지 않으려고 주먹을 쥐고 뛰었습니다. 가방 속에서 벤또가 딸랑딸랑했습니다.

'문장독본(文章讀本)', 『동화』, 1936. 11.

바람

코스모스가 살랑 살랑
포플라나무 잎들이 한들 한들
수수깡에 앉았던 짬자리[1]는
그만 파르르 날라갑니다.
아마 바람이 부나 보지요?

바람은 보이지 않습니다.
바람은 향기도 없습니다.
그러나, 바람은 꽃을 건드리며 나뭇잎을 흔들며
짬자리를 날리며 지나갑니다.

바람은 어디서 옵니까?
모릅니다.
바람은 어디로 갑니까?
모릅니다.
바람은 아침에도, 저녁에도, 밤중에도 늘 지나갑니다.

『소년(少年)』, 조선일보사, 1937. 10.

1 '잠자리'의 방언.

혼자 자는 아가

아빠는 밭에 가시고
엄마는 물 길러 가시고
아가는 기다리다 기다리다
잠이 들었네.

혼자 자는 아가는
벼개를 안고
혼자 자는 아가는
눈물이 났네.

아빠는 밭에 가시고
엄마는 물 길러 가시고
아가는 기다리다 기다리다
잠이 들었네.

혼자 자는 아가는
제비가 보고
혼자 자는 아가는
구름이 보네.

『소년』, 1940. 11.

약

시커멓고 쓴 약
아버지가 지어 오신 약
한 탕기나 되는 약
어머니가 대리신[1] 약.

시커멓고 쓴 약
아버지도 먹으라고만
한 탕기나 되는 약
어머니도 먹으라고만.

눈 딱 감어도 시커먼 약
입 딱 벌리어도 안 넘어가는 약.

『소년』, 1940. 12.

1 '달이신'의 방언.

동무를 사랑합시다

꽃도 한 나무만 동그마니 핀 것보다 여러 나무가 같이 어우러져 핀 것이 보기도 좋고 꽃나무 그들도 즐거워하는 것 같습니다.

나비도 그렇습니다. 혼자 나는 것은 힘들어 보여도, 여럿이 함께 나는 것을 보면, 보는 우리도 즐겁고 나비 그들도 즐거운 것입니다. 새도 그렇고, 토끼도 그렇고, 우리 사람도 그렇습니다. 모두 혼자가 아니요, 동무가 있는 것은 즐거운 일입니다.

노래를 불러도 동무들과 같이 여럿이 불러야 더 우렁차고, 더 신이 나고, 더 오래 불러집니다. 무슨 구경을 해도, 동무가 있어야 더 재미나고, 무슨 힘든 일을 해도, 동무가 같이 해 주면 훨씬 쉽고 빠릅니다.

이제 만일 동무가, 다 어디로 가 버린다 쳐 보십시오. 당신은 얼마나 답답하겠습니까? 그래 새도 짹짹거려 동무를 찾고, 꽃나무들도 옆의 나무뿌리가 저한테 뻗어 나와도 막지 않고 물을 같이 빨아먹고 자라는 것입니다.

그러나 꽃나무들은 서로 말을 할 줄 모릅니다. 동무끼리 우리처럼 재미있을 수 없습니다. 새도 노래는 하나, 역시 저희끼리 얘기는 못합니다.

우리는 동무끼리 무슨 얘기든지 할 수 있습니다. 그래 무슨 뜻이든지 서로 알아주고, 서로 도울 수가 있습니다. 도울 수가 있으니까, 우리는 동무끼리 무슨 재미있는 일이든지, 무슨 훌륭한 일이든지 꾸밀 수가 있습니다. 혼자 못하는 일은 언제든지 동무들과 같이 할 수가 있습니다.

동무는 남이지만 뜻이 제일 잘 맞는 남입니다. 그러니까 남 중에서 제일 나와 비슷한 사람이 동무입니다. 그러니까 나 자신을 위하고 아끼는 것처럼 동무를 위하고 아껴야 하는 겁니다. 동무를 사랑할 줄 모르는 사람은 결국 자기를 사랑할 줄 모르는 사람입니다. 서로 얘기할 줄 모르는 풀이나 나무도, 서로 밀치거나 짓밟지 않고 서로 믿고 정답게 자랍니다. 그런데 우리 사람은, 동무끼리 곧잘 나쁜 말로 욕을 하고, 손으로 때리고, 발로 차고 합니다.

그것은 풀이나 나무에게도 부끄러운 짓입니다. 풀이나 나무에게, 만일 입이 있고 손과 발이 있더라도, 그들은 사람처럼 욕하고 끄들르고 발길질하지 않을 것입니다.

그들이 우리 사람들처럼 욕하고 싸운다 쳐 보십시오. 풀은 풀끼리 쥐어뜯고, 나무는 나무끼리 밀치고 짓밟고 한다면, 세상은 얼마나 어지럽겠습니까? 풀과 나무들과 새들도 세상을 아름답고 평화스럽게 하기 위해, 동무끼리 욕하거나 싸우거나 하지 않는데, 식물이나 동물보다 훌륭하다는 우리 사람으로, 동무끼리 사랑할 줄 모르고 욕하고 싸우면 어찌 되겠습니까?

동무끼리 사랑할 줄 모르는 사람은, 동무 아닌 남은 더욱 사랑할 줄 모를 것이니, 그는 크면 더욱 싸움을 즐기어 전쟁을 일으키는 나쁜 사람이 되기 쉬울 것입니다.

풀들도 나무들도 새들도 전쟁을 일으키지 않고, 세상을 아름답고 평화스럽게 합니다. 사람인, 우리는 세상을 아름답고 평화스럽게 하기 위해 더욱 힘써야 합니다.

그것은 동무를 사랑하는 데서부터 시작되는 것입니다.

'어린이세계 독본: 제1과', 『어린이세계』, 신기문화사(新紀文化社), 1947. 5.

상허 이태준 연보

성북동 자택 수연산방 앞에서의 상허 이태준. 1940년대 초.

1904년 —— 11월 4일, 강원도 철원군(鐵原郡) 철원읍 묘장면(畝長面) 산명리(山明里)[지금의 대마리(大馬里) 지역]에서 부친 이창하(李昌夏, 1876-1909)와 모친 순흥안씨(順興安氏, ?-1912) 사이에서 일남이녀 중 둘째로 태어남. 누나는 이정송(李貞松, 1901-?)이며 누이동생은 이선녀(李仙女, 1910-1981)임. 집안은 장기이씨(長鬐李氏) 용담파(龍潭派)로, 부친의 호는 매헌(梅軒)이며, 철원공립보통학교 교원, 덕원감리서(德源監理署) 주사를 역임한 개화파 지식인으로 알려짐. 「장기이씨가승(家乘)」에 의하면 상허의 본명은 규태(奎泰), 부친의 정실은 한양조씨이고 적자로 규덕(奎悳)이 있음.

1909년 —— 망명하는 부친을 따라 러시아 블라디보스토크로 이주함. 8월, 부친이 병으로 사망함.

1910년 —— 모친과 귀향하던 중 배 위에서 여동생이 태어나면서 함경북도 부령군(富寧郡)의 작은 항구 마을 배기미[이진(梨津)]의 소청(素淸)에 정착. 이곳 서당에서 한문을 배우면서 당시(唐詩)에 관심을 갖고 글짓기를 좋아하게 됨.

1912년 —— 모친의 사망으로 고아가 됨. 외조모에 의해 철원 율이리(栗梨里)의 용담으로 귀향하여 누이들과 함께 친척집에 맡겨짐.

1915년 —— 강원도 철원 안협(安峽)[지금의 강원도 이천(伊川) 지역] 모시울 마을의 오촌 친척집에 입양됨. 다시 용담으로 돌아와 당숙 이용하(李龍夏)의 집에 기거함. 철원사립봉명학교(鐵原私立鳳鳴學校)에 입학함. 이 학교는 이용하의 형이자 독립운동가인 이봉하(李鳳夏, 1887-1962)가 설립했으며, 그는 상허의 소설에 소재 인물로 등장함.

1918년 —— 3월, 철원사립봉명학교를 우등으로 졸업하고 철원간이농업학교(鐵原簡易農業學校)에 입학하나 한 달 후 가출함. 함경남도 원산(元山)에서 객줏집 사환 일을 하며 이 년 정도 지냄. 자전적 소설 『사상(思想)의 월야(月夜)』에 의하면, 이 시기 외조모가 찾아와 보살펴 주었고 문학 서적을 가까이하기 시작했다고 함. 이후 미국으로 같이 가자는 철원의 친척 아저씨와의 약속에 따라 중국 상하이로 갈 생각으로 만주 안동현(安東縣)[지금의 중국 단둥(丹東)]까지 갔으나 계획이 무산되어 혼자 경성으로 옴. 이때 안동현에서부터 백마, 남시, 선천, 정주, 오산, 영미, 안주, 숙천, 순천에 이르는 관서지방을 무일푼으로 도보 여행함.

1920년 —— 4월, 배재학당(培材學堂) 보결생 모집에 합격했으나 입학금이 없어 등록하지 못함. 낮에는 상점 점원으로 일하고 밤에는 청년회관 야학교에 나가 공부함.

1921년 —— 4월, 휘문고등보통학교(徽文高等普通學校)에 입학. 월사금이 밀려 책 장사 등으로 고학하느라 결석이 잦았음. 글쓰기 습작을 시작함. 이 시기 정지용(鄭芝溶), 박종화(朴鍾和), 박노갑(朴魯甲), 오지호(吳之湖), 이마동(李馬銅), 전형필(全鎣弼), 김규택(金奎澤) 등이 선후배로 재학 중이었음.

1922년 —— 6월, 중학생 잡지 『학생계(學生界)』에 수필 「교외(郊外)의 춘색(春色)」을 처음 발표함. 이후 9월에 수필 「고향에 돌아옴」, 11월에 시 「누나야 달 좀 보렴」 외 한 편과 산문 한 편을 발표함.

1923년 —— 휘문고보 교지인 『휘문』 창간호에 수필 「추감(秋感)」 외 한 편을 발표함. 화가 이마동의 회고에 의하면, 당시 미술교사로 있던 춘곡(春谷) 고희동(高羲東)이 상허의 수채화 사생 솜씨를 칭찬했다고 함.

1924년 —— 『휘문』의 학예부장으로 활동하며 제2호에 수필 「부여행」, 동화 「물고기 이야기」 외 네 편을 발표함. 6월 13일, 동맹휴교의 주모자로 지목되어 오 년제 과정 중 사학년 일학기에 퇴학당함. 가을, 휘문고보 친구이자 훗날 『문장』 발행인이 되는 김연만(金鍊萬)의 도움으로 일본 유학을 떠남. 문학과 미술 공부 사이에서 고민했으나, 고학하기에 수월한 문학 쪽으로 기울어짐.

1925년 —— 4월, 도쿄 와세다대학(早稻田大學) 전문부 정치경제학과 청강생으로 등록. 이 학교에서 미국정치사를 강의하던 선교사 해리 베닝호프(Harry B. Benninghoff)의 사무 보조 업무를 하며 월급과 양관(洋館)에 기거할 수 있는 허가를 받음. 신문, 우유 배달 등을 하며 궁핍한 생활을 함. 이때 나도향(羅稻香), 김지원(金志遠), 김용준(金瑢俊) 등과 교유함. 일본에서 단편소설 「오몽녀(五夢女)」(이후 단행본에서는 '오몽내'로 표기)를 『조선문단(朝鮮文壇)』에 투고해 입선, 7월 13일자 『시대일보(時代日報)』에 발표하며 등단함.

1926년 —— 1월, 도쿄에서 반도산업사 대표 권국빈(權國彬)이 계획하던 산업경제지 『반도산업(半島產業)』의 편집과 발행을 그를 대신해 이어받고, 창간호에 「구장(區長)의 처(妻)」를 발표함. 5월 31일, 와세다대학 청강생 자격 종료됨. 상하이를 방문해 쑨원(孫文) 일주기 행사에 참석함.

1927년 —— 4월, 도쿄 조치대학(上智大學) 문과 예과에 입학. 도다 추이치로(戶田忠一郎)가 보증인이었음. 11월, 학교를 중퇴하고 귀국함. 모교, 신문사 등을 찾아다니며 구직에 애씀.

1929년 —— 개벽사(開闢社)에 기자로 입사해 『학생(學生)』이 창간된 3월부터 10월까지 책임을 맡았고, 신생사(新生社)에서 발행하던 잡지 『신생(新生)』 편집에도 관여함. 『어린이』에 아동문학과 장편(掌篇, 콩트)을 발표함. 9월, 안희제(安熙濟)가 사장으로 있던 『중외일보(中外日報)』로 자리를 옮겨 사회부에서 삼 개월 근무 후 학예부로 이동함.

1930년 —— 4월 22일, 이화여전(梨花女專) 음악과에서 피아노를 전공한 이순옥(李順玉)과 정동교회에서 김종우(金鍾宇) 목사의 주례로 결혼함.

1931년 —— 6월, 『중외일보』가 폐간되고 개제된 『중앙일보』에서 학예부

기자가 됨. 장편 「구원(久遠)의 여상(女像)」을 『신여성』(1931. 1-1932. 8)에 연재함. 장녀 소명(小明) 태어남. 경성부 서대문정 2정목 7의 3 다호에 정착함.

1932년 —— 이화여전, 이화보육학교(梨花保育學校), 경성보육학교(京城保育學校) 등에 출강하며 작문을 가르침. 장남 유백(有白) 태어남.

1933년 —— 3월, 『중앙일보』가 여운형(呂運亨)에 의해 인수되어 개제된 『조선중앙일보』 학예부장에 임명됨. 8월, 이종명(李鍾鳴), 김유영(金幽影)의 발기로 이태준, 정지용, 조용만(趙容萬), 김기림(金起林), 이효석(李孝石), 이무영(李無影), 유치진(柳致眞) 등 아홉 명이 모여 문학동인 구인회(九人會)를 조직함. 이후 탈퇴 회원 대신 박태원(朴泰遠), 이상(李箱), 김유정(金裕貞) 등이 합류함. 11월, 단편 「달밤」을 『중앙』에 발표함. 중편 「법은 그렇지만」을 『신여성』(1933. 3-1934. 4)에, 장편 「제이의 운명」을 『조선중앙일보』(1933. 8. 25-1934. 3. 23)에 연재함. 경성부 성북정 248번지로 이사해 월북 전까지 거주함.

1934년 —— 차녀 소남(小南) 태어남. 단편집 『달밤』을 한성도서주식회사에서 출간함. 장편 「불멸(不滅)의 함성(喊聲)」을 『조선중앙일보』(1934. 5. 15-1935. 3. 30)에 연재함.

1935년 —— 1월과 8월, 2회에 걸쳐 조선어표준어사정위원회 전형위원으로서 기록 담당함. 『조선중앙일보』를 퇴사하고 창작에 몰두함. 이화여전박물관에서 실무 책임을 맡음. 장편 「성모(聖母)」를 『조선중앙일보』(1935. 5. 26-1936. 1. 20)에 연재함.

1936년 —— 차남 유진(有進) 태어남. 장편 「황진이」를 『조선중앙일보』(1936. 6. 2-9. 4)에 연재하다가 신문이 폐간되면서 중단함.

1937년 —— 「오몽녀」가 춘사(春史) 나운규(羅雲奎) 감독에 의해 유성영화로 만들어짐(주연 윤봉춘, 노재신). 3월, 단편 「복덕방」을 『조광(朝光)』에 발표함. 단편집 『가마귀』가 한성도서주식회사에서 출간되고, 장편소설 『황진이』가 동광당서점에서 단행본으로 출간되면서 완성됨. 장편 「화관(花冠)」을 『조선일보』(1937. 7. 29-12. 22)에 연재함.

1938년 —— 완바오산사건이 벌어진 지린성 창춘현 완바오산(萬寶山) 일대의 조선인 부락을 방문하고 4월에 「이민부락견문기」를 『조선일보』에 연재함. 『화관』이 단행본으로 삼문사(三文社)에서 출간됨.

1939년 —— 이병기, 정지용과 함께 『문장』 편집자로 일하며 신인작가들의 소설을 심사, 임옥인(林玉仁), 최태응(崔泰應), 곽하신(郭夏信) 등을 추천함. 일제의 탄압이 심해지자 황군위문작가단(皇軍慰問作家團), 조선문인협회(朝鮮文人協會) 등의 단체에 가담함. 장편 「딸 삼형제」를 『동아일보』(1939. 2. 5-7. 17)에 연재함.

1940년 —— 삼녀 소현(小賢) 태어남. 장편 「청춘무성(靑春茂盛)」을 『조선일보』(1940. 3. 12-8. 10)에 연재하던 중 신문의 폐간으로 중단했고, 10월에 박문서관(博文書館)에서 출간되면서 완성함. 1939년 『문장』에 연재 중 중단된 문장론을 단행본 『문장강화(文章講話)』(문장사)로 출간함.

1941년 —— 제2회 조선예술상 수상함. 산문집 『무서록(無序錄)』이 박문서관에서 출간됨. 장편 「사상의 월야」를 『매일신보』(1941. 3. 4-7. 5)에 연재함. 단편집 『복덕방』 일문판이 도쿄의 모던일본사(モダン日本社)에서 출간됨.

1942년 —— 장편 「별은 창마다」를 『신시대』(1942. 1-1943. 6)에, 「왕자호동」을 『매일신보』(1942. 12. 22-1943. 6. 16)에 연재함.

1943년 —— 집필 활동을 중단하고 강원도 철원 안협으로 낙향해 해방 전까지 이곳에서 지냄. 단편집 『돌다리』가 박문서관에서, 『왕자호동』이 남창서관(南昌書館)에서 출간됨.

1944년 —— 장녀 소명 진명고녀(進明高女) 입학. 4월, 국민총력조선연맹(國民總力朝鮮聯盟)의 지시에 의해 목포조선철공회사의 조선(造船) 현지를 답사하고, 9월 「제일호선의 삽화(第一號船の挿話)」를 『국민총력(國民總力)』에 일본어로 발표함.

1945년 —— 8월, 조선문화건설중앙협의회(朝鮮文化建設中央協議會) 산하 조선문학건설본부 중앙위원장 맡음. 남조선민전(南朝鮮民戰) 등의 조직에 참여함. 『별은 창마다』가 박문서관에서 출간됨.

1946년 —— 2월 8-9일, 전국문학자대회에 참여하고 조선문학가동맹(朝鮮文學家同盟) 부위원장 맡음. 2월, 신탁통치에 찬성하는 입장인 민주주의민족전선(民主主義民族戰線) 결성대회에 조선문학가동맹의 대표로 참여, 민주주의민족전선 전형위원과 문화부장 역임함. 3월에 창간한 『현대일보』 주간을 맡음. 4월, 조선문학가동맹 기관지 『문학』의 편집을 맡음. 6월, 이희승(李熙昇), 이숭녕(李崇寧)과 함께 『중등국어교본』을 편찬함. 장편 「불사조」를 『현대일보』(1946. 3. 27-7. 19)에 연재 중 월북으로 중단함. 『상허문학독본(尙虛文學讀本)』이 백양당(白楊堂)에서 출간됨. 장남 유백 휘문중학교 입학. 8월 『문학』 창간호에 「해방전후」를 발표하고 이 작품으로 제1회 해방기념조선문학상 소설 부분 수상함. 8월 10일경 월북함. 8월 10일부터 10월 17일까지 이기영, 이찬, 허정숙 등과 방소문화사절단(訪蘇文化使節團)의 일원으로 소련의 모스크바, 레닌그라드 등을 여행함. 『사상의 월야』가 을유문화사(乙酉文化社)에서 출간됨.

1947년 —— 5월, 여행기 『소련기행(蘇聯紀行)』이 조소문화협회(朝蘇文化協會)와 조선문학가동맹 공동 발행(백양당 총판)으로 남한에서, 북조선출판사 발행으로 북한에서 각각 출간됨. 『해방전후』가 조선문학사에서, 단편집 『복덕방』이 을유문화사에서 출간됨.

1948년 —— 8.15북조선최고인민회의 표창장을 받음. 북조선문학예술총동맹 부위원장, 국가학위수여위원회 문학분과 심사위원을 맡음. 장편 『농토』가 남한의 삼성문화사에서 출간됨.

1949년 —— 단편집 『첫 전투』가 북한의 문화전선사(文化戰線社)에서 출간되어, 새로 쓴 「아버지의 모시옷」 「호랑이 할머니」 「첫 전투」 「38선 어느 지구에서」와, 대폭 개작한 「해방 전후」와 「밤길」까지 여섯 편이

수록됨. 10월, 최창익(崔昌益), 김순남(金順男) 등과 소련의 시월혁명 기념일 참관차 모스크바를 방문함. 12월, 『로동신문』에 이때의 기록 「위대한 사회주의 시월혁명 삼십이주년 참관기」를 몇 차례 나누어 발표함.

1950년 —— 3월, 소련 기행문집 『혁명절(革命節)의 모쓰크바』가 문화전선사에서 출간됨. 육이오전쟁 발발 후, 평양을 출발해 북한 인민군과 함께 종군하여 해주, 옹진으로 이동함. 7월, 서울로 들어왔으며 서울시 임시인민위원회를 방문하여 위원장인 이승엽(李承燁)과 선전부에서 일하고 있는 최석두(崔石斗) 시인을 만남. 11월, 폴란드 바르샤바에서 열린 제2차 세계평화옹호대회에 참석함. 12월, 박정애(朴正愛) 조선여성동맹 위원장과 헝가리 부다페스트를 방문해 문화교류청장 미하이 에르뇌와 만남.

1951년 —— 9월, 바르샤바 방문 기록인 기행문집 『조국의 자유와 세계 평화를 위하여』가 국립출판사에서 출간됨. 10월, 중국 베이징에서 열린 건국 이주년 기념 아시아문학좌담회에 참석하고 칠레의 시인 파블로 네루다와 만남. 『로동신문』에 이때의 기록 「위대한 새 중국」을 몇 차례에 나누어 발표함.

1952년 —— 단편집 『고향길』이 재일본조선인교육자동맹에서 출간됨. 여기 실린 단편들은 반미적 성향이 강하게 드러나 있음. 『위대한 새 중국』이 국립출판사에서 출간됨. 『문장강화』를 북의 성향에 맞춰 개고한 『신문장강화』가 출간됨.

1953년 —— 남로당파(南勞黨派)와 함께 숙청될 위기였으나, 소련파(蘇聯派)인 기석복(奇石福)의 도움으로 모면함.

1956년 —— 소련파가 몰락하자 과거 구인회 활동과 정치적 무사상성을 추궁당하며 비판받음. 조선노동당 중앙위원회 상무위원회 및 전원회의 결의로 임화(林和), 김남천(金南天), 박헌영(朴憲永), 이승엽, 박창옥(朴昌玉) 등과 함께 반동적 문화노선을 조직한 간첩 분자로 몰려 숙청됨.

1957년 —— 함남 로동신문사 교정원으로 배치됨. 남한에서 3월 문교부의 지시로 월북 작가 작품의 교과서 수록 및 출판 판매 금지 조치가 내려짐. 상허는 육이오전쟁 이전 월북자로서 A급 작가로 분류됨.

1958년 —— 함흥 콘크리트 블록 공장의 파고철 수집 노동자로 배치됨.

1960년대 —— 말년과 사망 시기에 대한 정확한 사실은 알려져 있지 않으며, 몇몇 증언자들에 의해서만 조금씩 다르게 전해지고 있음. 러시아로 망명한 북한의 정치인 강상호에 의하면, 1953년 남로당파의 숙청이 끝난 가을 자강도 산간 협동농장에서 막노동을 하다가 1960년대 초 농장에서 병사했다고 함. 소설가 황석영이 1989년 방북시 들은 평양작가실 최승칠 소설가의 증언에 의하면, 1964년 복권되어 당 중앙 문화부 창작실에 배치되었다가 작품을 쓰지 않아 몇 년 뒤 다시 지방으로 소환되었다고 함. 남파공작원 김진계에 의하면, 1969년 1월경 강원도 장동탄광 노동자 지구에서 직접 만났으며 사회보장으로 부부가 함께 살고 있었다고 함.

1963년 —— 1-2월, 소설가 최태응이 「이태준의 비극(상, 하)」을 『사상계(思想界)』에 발표함.

1974년 —— 일본에서 한국문학의 연구와 번역을 목적으로 1970년 결성된 '조선문학의 회(朝鮮文学の会)' 편역으로 『현대조선문학선(現代朝鮮文学選)』(전2권)이 소도샤(創土社)에서 출간되고 「해방 전후」가 제2권에 일본어로 번역 수록됨.

1979년 —— '조선문학의 회' 동인인 조 쇼키치(長璋吉)가 「이태준(李泰俊)」을 텐리대학(天理大學) 조선학회의 학회지 『조선학보(朝鮮学報)』에 발표함.

1980년 —— 경희대에서 「상황(狀況)과 문학자(文學者)의 자세: 일제 말기 한국문학의 경우」(1977)로 석사학위를 받은 사에구사 도시카쓰(三枝壽勝)가 「이태준 작품론: 장편소설을 중심으로(李泰俊作品論: 長篇小說お中心として)」와 「해방 후의 이태준(解放後の李泰俊)」을 규슈

대학(九州大學) 문학부 학회지 『시엔(史淵)』에 발표함.

1984년 —— 오무라 마쓰오(大村益夫), 조 쇼키치, 사에구사 도시카쓰 공동 편역으로 『조선단편소설선(朝鮮短篇小說選)』(상, 하)이 이와나미쇼텐(岩波書店)에서 출간되고 여기에 상허의 단편 「사냥」이 일본어로 번역 수록됨.

1986년 —— 부천공대 민충환(閔忠煥) 교수가 「상허 이태준론 (1): 전기적 사실과 습작기 작품을 중심으로」를 『부천공대 논문집』에 발표함. 이후 많은 논문과 단행본을 내놓으며 상허의 생애와 본문 연구에 기틀을 마련함.

1987년 —— 고려대에서 강진호(姜珍浩)가 『이태준 연구: 단편소설을 중심으로』로, 서울대에서 이익성(李益誠)이 『상허 단편소설 연구』로 석사학위를 받음.

1988년 —— 4월, 민충환의 『이태준 연구』가 깊은샘에서 출간됨. 7월 19일, 문공부에서 월북 문인 작품의 해금(解禁) 조치가 확정됨. 깊은샘에서 '이태준 전집' 전14권이, 서음출판사에서 '이태준 문학전집' 전18권이 출간됨. 삼성출판사의 '한국해금문학전집' 제1, 2권에 상허의 주요 소설이, 을유문화사의 '북으로 간 작가 선집'에 『복덕방: 이태준 창작집』과 『제2의 운명: 이태준 장편소설』이 포함되어 출간됨. 성균관대 임형택(林熒澤) 교수의 해제로 『문장강화』가 창작과비평사에서 출간됨.

1992년 —— 12월, 상허의 문학을 비롯한 한국근대문학의 연구와 확산을 위해, 깊은샘 대표 박현숙(朴玄淑)을 주축으로 민충환, 장영우, 박헌호, 이선미, 강진호 등 소장 학자들이 모여 상허학회(尙虛學會)를 창립하고 민충환 교수가 초대회장으로 추대됨.

1993년 —— 3월, 상허학회 학회지 『상허학보』 제1집이 '이태준 문학연구'를 주제로 발간됨.

1994년 —— 2월, 상허의 모교인 휘문고등학교에서 명예졸업장을 수여함. 11월, 상허 탄생 구십주년을 맞아 희곡 「어머니」와 「산사람들」이 극단민예의 공연으로 동숭동 마로니에 소극장 무대에 올려짐. 깊은샘에서 '이태준 전집'의 개정판을 상허학회의 편집 참여로 출간하기 시작함.

1998년 —— 7월, 상허의 성북동 자택 수연산방(壽硯山房)의 문향루(聞香樓)에서 '이태준 문학비' 제막식이 열림.

1999년 —— 상허의 생질녀의 딸 조상명이 수연산방을 전통찻집으로 운영하며 일반인에게 공개하기 시작함.

2001년 —— '이태준 전집'(깊은샘)이 전17권으로 완간됨.

2002년 —— 7월, 이태준 추모제가 철원 율이리 용담 생가 터에서 열림.

2004년 —— 상허 탄생 백주년을 맞아, 10월 철원군 대마리에서 민족문학작가회의와 대산문화재단 공동 주최로 '상허 이태준 문학제'가 개최되고, 이태준 문학비 및 흉상 제막식과 진혼굿이 열림. 상허학회 주관으로 '상허 탄생 백주년 기념 학술대회'가 열림.

2009년–캐나다 토론토대학 동아시아학과 교수 재닛 풀(Janet Poole)의 번역으로 『무서록(Eastern Sentiments)』 영문판이 미국 컬럼비아대학 출판부에서 출간됨.

2015년 —— 상허학회가 편집에 참여한 '이태준 전집'(소명출판)이 주요 작품 위주로 구성되어 전7권으로 출간됨. 서울대 김종운(金鍾云), 캐나다 브리티시컬럼비아대학 브루스 풀턴(Bruce Fulton) 교수의 번역으로 『달밤(An Idiot's Delight)』의 국영문판이 도서출판 아시아에서 출간됨.

2016년 —— 텐리대학 교수 구마키 쓰토무(熊木勉)의 번역으로 『사상의 월야: 그 외 다섯 편(思想の月夜: ほか五篇)』 일문판이 헤이본샤(平凡社)에서 출간됨.

2018년 —— 재닛 풀의 번역으로 단편소설집 『먼지: 그밖의 단편(Dust: And Other Stories)』 영문판이 컬럼비아대학출판부에서 출간됨.

2024년 ── 1월, 상허의 생질 김명열(金明烈) 교수와 열화당(悅話堂)이 전14권으로 기획한 '상허 이태준 전집' 일차분 네 권 『달밤: 단편소설』『해방 전후: 중편소설, 희곡, 시, 아동문학』『구원의 여상·화관: 장편소설』『제이의 운명: 장편소설』이 출간됨.

장정과 삽화

「해방 전후」가 처음 발표된 『문학』 창간호. 조선문학가동맹, 1946. 7.
장정(裝幀) 향파(向破) 이주홍(李周洪). 국립한글박물관 소장.

解放前後

—한 作家의 手記—

李泰俊

호출장(呼出狀) 이란것이 너머 자극적이여서 시달서(示達書)라 이름을 바꾸엇다고는하나、무슨 이름의 쪽지이든、그 긴치않은 심부럼이란듯이 파출소순사가 거만하게 던지고 간、본서(本署)에의 출두 명령은 한결 같이 불쾌한것이였다。현(玄) 자신보다도 먼저 얼굴빛이 달러지는 안해에게는 의례건으로 심상한체하면서도 속으로는 정도이상 불안스러워 오라는것이 내일아침 이지만 이 길로 가 진작 때 이고싶은것이、그래서 이날은 아모일도 손에 잡히지 않고、밥맛이 없고、설치는 밤잠에 꿈자리조차 뒤숭숭한것이 소심한편인 현으로는『호출장』때나『시달서』때나 마챤가지군햇다。

현은 무슨 사상가도、주의자도、무슨 전과자(前科者)도 아니였다。시굴청년들이 어떤 사건으로 잡히여서 가택수색을 당할때、그의 저서(著書)가 한두가지 나온다든지、편지 왕래한것이 한두

— 4 —

「해방 전후」 최초 발표 지면. 『문학』, 조선문학가동맹, 1946. 7. 삽화 향파 이주홍.

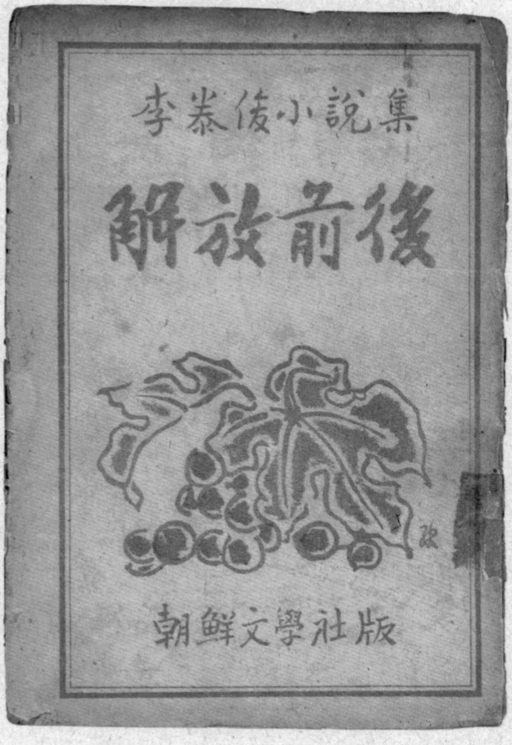

『해방전후』, 조선문학사, 1947. 장정 향파 이주홍.

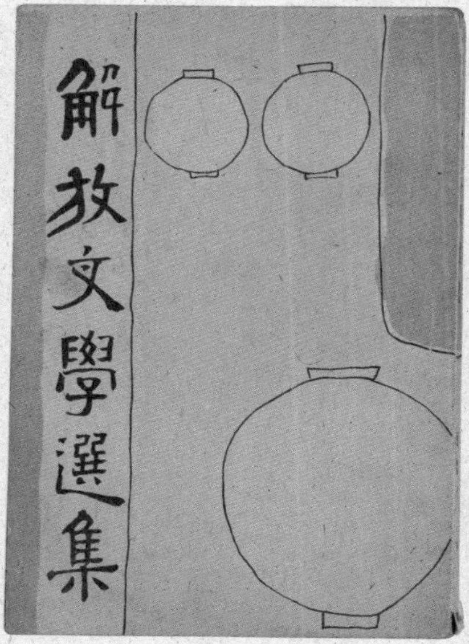

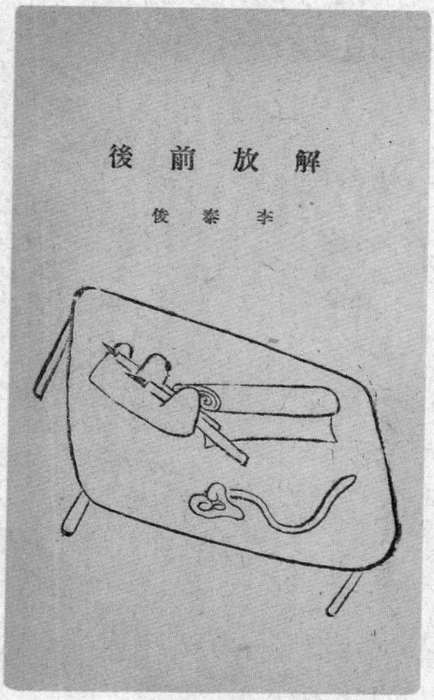

「해방 전후」가 수록된 단편집 『해방문학선집』(종로서원, 1948)의 표지와 중간 속표지.
장정 수화(樹話) 김환기(金煥基), 삽화 근원(近園) 김용준(金瑢俊). 한국근대문학관 소장.

경남은 간볼이 무더 쌉쌀은하나마 그래서단
맛이 더나는 차미찝질을애셔씹으면서 여러
가지로 궁리해보앗다。
『다라낫나?』
『그놈 남가한테 가지 안엇나?』
『주으림이란 이러케 무서운가?』
『설마…느커도 돌아오겟지…비를
맛고와 떨면 내옷이라도 버서 입히
지…』
경남은 피곤한 다리로 뱃전을 쌍
쾅 거더차며 뒹굴다가 제김에써
러저쿨쿨자버리고 말엇다。
어느써나 되엇슬가 찬 바람결
에 소스라처 눈을뜨니 쌔는
아직 밤이엇다。경남은 얼른
엽흘 더듬엇스나 서운이는
팔도 다리도 만저지지안앗
다。마른 해초가 부스럭
거릴뿐 사람은 역시커
혼자뿐이엇다。파도소리
는 더욱놉하지고 비
는쏘다붓는듯이 휘여
바앗다。멀리 축항

—(81)—

법은 그러치만 (4)

李泰俊

진 주 (眞珠)

경남은 생각하기를 서운이가배고픔을견되다못해 또아모리 기다려야자기가돌아와 주지아느니 싸홈이나서 거리로 드러갓나보다 하엿다。아모런 사내와는다르니 뉘집부억으로 돌아다니든지 둘이서 먹을밥은 넉넉히 어더가지고 나올는지도 모르리라 생각하엿다。그리고 오늘은이러케 굵은비ㅅ발이 쏘다지니 아모래도 비가안새리는서운의 자리에서 가티자는수바께업스리라고도생각하엿다。어서 서운의 생글거리는 얼꿀을보앗스면 주으린속에 하도 새로운 힘이 소슬것처럼 기다려젓다。

그러나 파도소리갓흔 굵은 비ㅅ방울이 자자갈갓흔 서운은 돌아오지안앗다。

「어듸로 갓슬가?」

「왜 안 돌아올가?」

—(80)—

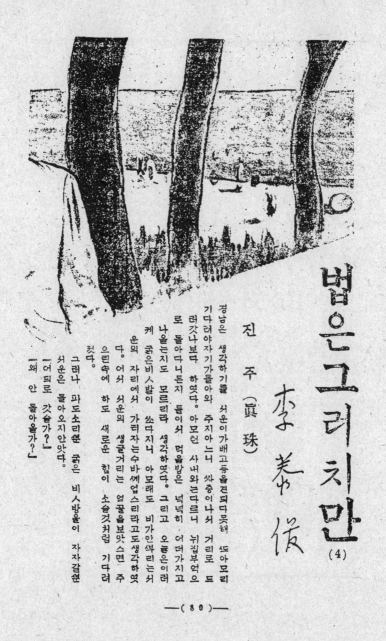

「법은 그렇지만」 발표 지면. 『신여성』, 1933. 3-1934. 4. 삽화 웅초(熊超) 김규택(金奎澤) 추정. (pp.462-465)

이렇케 서운은 비로소 모기소리만치 입술을 울렷다。

양복쟁이는 그 소리를 듯자 곳 서운의 한팔은 노코 한 팔만 산으로 끌엇다。서운은 끌니는대로 허방지방 돌뿌리를 차며 나무 등걸에걸키면서거름을재칫다。

어둔지산이라도갈수록 길은 넓어젓다。큰길일스록밝앗다。밝은데와서 양복쟁이는 서운의아래우를훌터보앗다。그리고 서운의 한쪽발이 맨발인것을비로소 알고 맨발을 들라고 해서 불빛헤 비처보앗다。

발엔 피가 흘럿다。그러나 양복쟁이는 서운의 발바당을 만저보고 그가족이 의외에 두껍고 튼튼스러움늘알고는

『이게 시골 게집앤가?』

하는듯 의아한 눈으로 서운의 아래우를 다시한번 훌터보앗다。그리고 숫타지도 못한 수염을 경련적으로 두어번 씽긋거리며 서운의얼골만 노리어보앗다。

서운의 얼골은 거이 표정을 상실하엿스나마 폭풍우 속에서도 꼿은꼿이듯이 얼골의 고흠은 그냥 고흠이엇다。

양복쟁이는 좌우를 한번 둘러보드니 서운의 그 끈도 업시 한 손으로 염여쌔고 섯는 자리옷자

前號까지의 梗槪

원산서 멀지안은 어느섬속에서 곱게자라난 서운이에게는경남이라는마을허락한소년이잇섯다。

그러나 어느여름——서운이는 출세식혀준다는 곱다란말에쏠려 아지못하는남자를따라 그리워하든 원산으로도망을갓다。

서운이가 도망간것을알고 경남이는그뒤를쪼차나와 그날밤 원산 어느려관에서 서운이를차자냇다。그러나 서운이의마음에 가득찬 공상을 경남이는지워질수가업섯다。아니 경남이역시서운이의공상에 공명하는것이다

그뒤 서운이와경남이는 해변에버려저잇는 선창속에서 며칠을지내면서지업을구하야도라단엿스나 저들을 차자주는것은 비참한주림뿐이엿다。

그러자 서운이는 서울서해수욕장에놀러왓든 화가심우경을맛나——뒤따라오라는——짧은편지조각을경남이에게남기고 우경이의쇼입을따라 서울로왓다。

서울로온서운이는 우경의화실에서 모델노릇을하든중 얼마못가서 서로 육체관게까지 매저젓다。그러나 어느날밤 자리옷만 입은채 서운이는 우경의본처에게 모욕과봉변만당하고 쫏기어나고말엇다。그리고 우경이는 못본체하는것이엿다。

쫏겨난서운이는 갈곳이업섯다。하루밤을 산속에서 밝히고 그이튼날 우경을맛나려햇스나 못맛나고 그날밤 다시 우경의집으로간때——그전 자긔가누엇든자리에 어쩌그녀자가우경과함께누어엇는것을보고 분한것을 못참고 그집에다 불을따질르고 도망을첫다。그러나 몃거름 가지못햇술때에별안간왼사나이가 불속 어둠속에서나와 서운이의 손목을잡앗다。

—(95)—

법은그러치만

8

李泰俊

『네가 노앗지?』

『………』

서운은 부들 부들 떨쎤。

그 중년 양복쟁이는 서운의 떨니는 손목을 잡은채 두어거름길에서 물러섯다。 한발은 쓰레빠、한 발은 벗어커다라나 맨발인채 서운은 말업시 그에게 끌리엇다。

『내가 봣다 네가 쏴놧지? 커 불?』

불은 점점 크게 일어낫다。 양복쟁이의 얼굴에 검버섯이 다 보힐만치 여기까지 환—해진다。

『어쎌련? 지뎍을 갈련? 내말을……?』

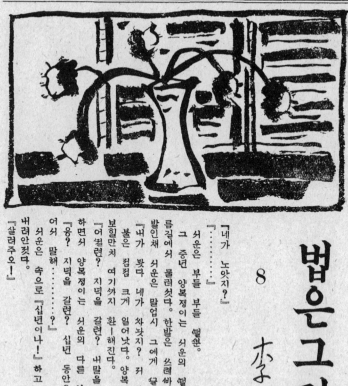

하면서 양복쟁이는 서운의 다른 한편손을 마저 잡는다。

『응? 지뎍을 갈련? 십년 동안을 가막소에 가 썩을테냐? 어서 말해……?』

서운은 속으로 『십년이나!』 하고 뛰는 가슴속이 다시 한번 내려안젓다。

『살려주오!』

박물장사늙은이

—完—

李泰俊

인생은 외롭다

늙은이는 딸의 울음부터 쏟아지는 넉두리를 듣지 않고도 적지않은 내외싸움이 벌어진걸 직각하였다。

사위가 다른 계집을 얻은것이었다。 그동안 딸이 싀앗을 본것이었다。 늙은이는 뜻밖이었다。 어떻게하든지 한푼이라도 모아드리고 어떻게하든지 한알이라도 아끼어서 살림을 이룩하기에만 눈이 빩애덤비던 자기 사위녀석이 어떻게 환장이 되어서 살림을 내어던지고 처자식을 치고 가장집물을 부서놓온것인지 처음에는 당최 짐작도 할수 없는일이었다。

그러나 나종에 자서히 들은즉 사위놈의 심보도 그렇게 될만도한데는 늙은이는 더 속이 쓰라리었다。

해마다 오월단오를 전후하여 보리고깨라는것은 비록 자농을하는 집에라도 농가로서는 제일 군색한 때였다。 웬만한 집에는 이때에 다 양식이 떨어져서 아직 물여믈도 않던 밀(大麥)쌌을 짤라다 복아먹는판인데 베농사에는 이때가 제일 미천이 많이 드는때였다。 모를 내는데는 일꾼들도 이

— 203 —

파랑대문집

「이 댁에선 풍금을 치시느면……잘두 치시는게……」

「웬 사람이오?」

풍금 소리가 뚝 끄치며 아씨는 피쓰에서 얼굴을 도리켰다。

「네……지나가다 좀 들어왔죠 호호…집두 얌전스레 채려놓신게……」

하며 노파는 어느결에 퇴에 올라 쿵하고 마루 분합을 울리며 왜포에 싼 행담짝을 나려놓았다。

「웬 사람이오?」

「……네… 호ㅣ다리야……」

늙은이는 얼른 보아 쉰 대여섯이나 되었을가 머리는 아직 검으나 이마와 볼에 줄음살은 거미줄 씨이듯 하였다 게다가 웃 입술을 떠들석하게 바치고 나온 뻐드렁니 두 대가 그의 주머니 끈에 괴불과 함께 달린 호랑이 발톱처럼 씻누렇게 쩔어버린 것을보면 오래간만에 개인 오월 아츰의 햇빛도 그에겐 빛나지 않는 인간이었다。

「방물장수 늙은이」 최초 발표 지면. 『신가정』, 1934. 2-7. 삽화 최영수(崔永秀). (pp.466-467)

一, 모나리사

찌르릉……。

찌르릉……。

원고를 정리하려고 서랍 두울을 한거번에 뽑아놓고 필자들의 이름과 제목 적은 메모를 펼치는데 급사헤볼밀에 달린 초인종이 두번이나 울었다。

「네—」

우선 완호는 자기가 대답하여놓고 서랍들을 다시 되밀고 일어나 급사를 찾었다。급사는 복도에도 물먹는데도 있지않었다。할수없이 다른날 그런경우와 마찬가지로 이번에도 완호는 급사대신에 사장실 문을 열었다。

「급사가 지금 뵈지 안습니다」

하니 사장은 자기가 빼어놓은 담배연기를 손으로 날려버리면서

「심군 드러와요 심군한테 할말이 있었어……」

하였다。

완호는 문을 공손히 닫고 박사장의 테불 앞으로 가까이 갔다

「어— 또……내가 무슨 말을……을……」

박사장은 가끔 이런 투가 있었다。

무슨 양노원(養老院)원장이니 무슨 자선회(慈善會)고문이니 하는 명예직함은 내여놓고라도 영천제약주식회사(靈泉製藥株式會社)와 자기이름 그대로인 박승현 피혁상회(朴承鉉皮革商會)의 사장이며 한성직물 주식회사(漢城織物株式會社)의 전무취체역에다가 또 이 현대공론사(現代公論社)의 사장까지를 겸한지라 그는 언제든지 여러가지 방면을 생각해야되고 여러가지 일을 처결해나가지 않으면 안되었다。그래서 사원이나 비서를 불러놓고도 곧 다른방면의일에 정신을 빼았기는 수가 많았다。

「옳지! 저어 그게 전번달이든가?」

「무어 말슴입니까?」

「우리가 여기자 채용한단 광고를 신문에 낸게?」

「네 전번달 중순입니다」

「참 채양 아지 안 들어왔지요?」

「채남순씨 아쇠 안 들어왔읍니다」

「저어 내가 지금 그 광고 냈든걸 볼샌 없구……여기자를 한명 다시 뽑았으면하는데 암만해두……그러니 한명 또채용한다구 그리구 날자석건 적당하두룩 고쳐서 또한번 신문에 내슈」

「여기잘 또 쓰시게요?」

하고 완호는 의외라는듯이 자기로선 무려볼 권한이 아닌것을 아른체해보았다。

「글세……어서 나가 찾아가지구 원골 맨들어보내시지오」

완호는 얼굴이 확근하였다。사장은 다른 사람에게 하는것을 보드라노 자기 비위에 좀 거슬려보히면 갑작이 분수에넘는 경어를 써서 이쪽의 말을 막아버리는 수단이 있었다。이번에도 갑작이 「보내시지요」하는 경어에 완호는 무안하지않을수 없었다。

「네 그럼 오늘 석간으루 세 신문에 다 내겠읍니다」

하고 완호는 허리를 굽벅하고 물러나왔다。사장도 이내 모자를 집어쓰고 편즙실로 따라 나오드니

「나 오늘은 저— 오 후 석점까진 제약에 있을거요 내일은 한성직물이 총회날이니깐 여긴 아마 못 들를런지두몰으는데 그래 오늘은 원고가 다 들어가겠소?」

하고 담배를 꺼내 불을 부쳤다。

「네 몇가지 미진한건 있지만 추가로 드려보낼셈치구 우선 오늘 드려보내렵니다」

하는데 어디 나갔든 급사가 들어섰다。사장은 급사를 보드니

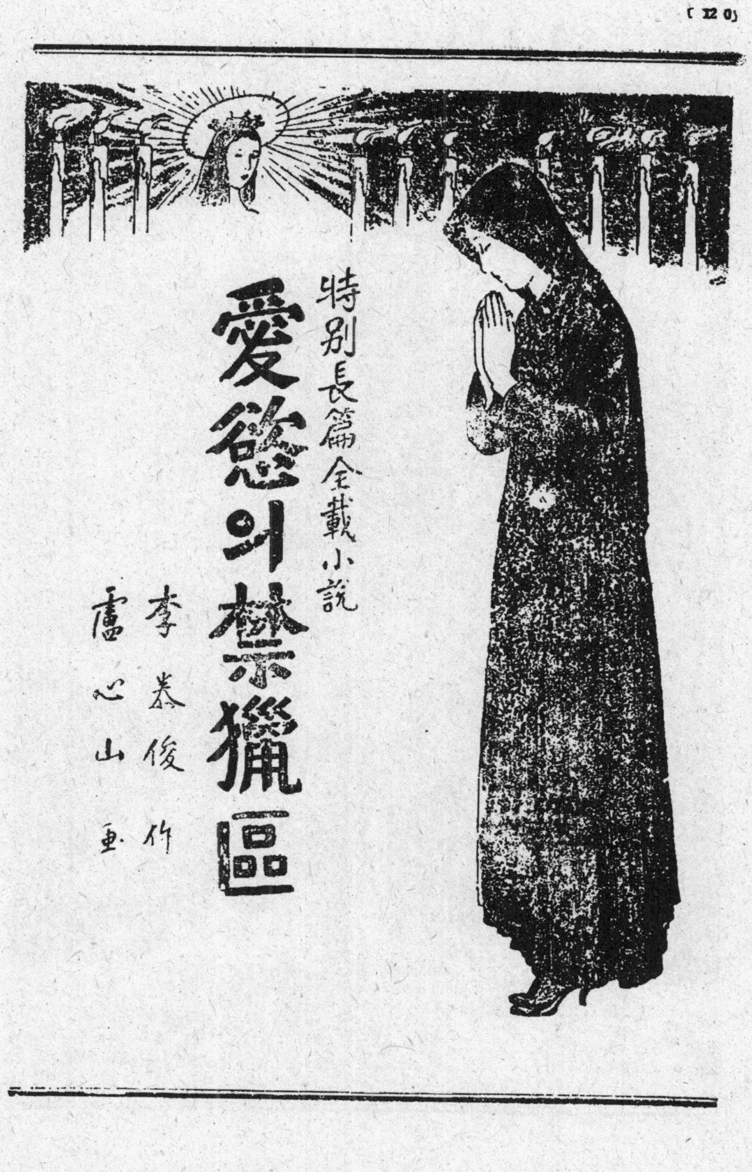

「애욕의 금렵구」 최초 발표 지면. 『중앙』, 1935. 3. 삽화 심산(心汕) 노수현(盧壽鉉).
(pp.468-471)

〔 145 〕

性 女 —30—

아저씨가 동경 갔던 선물로 사다준 메트로노메(拍子機)였다. 빠스켙에 넣었던것을 차안에서, 심심해 꺼내 틀어놓았다 우뚱 우뚱달려가는 기차소리도 그떼-깍 떼-깍소리에맞는것 같았다 모든것이 박자가 맞으면 재미있구나하였다 사람의 생활도 박자를 마추어주는메트로노메가 필요하리라 생각된 옥답은
「내가 아저씨의 메트로노메가 되여도 했으면-」
하였다 아저씨는 떼-깍 떼-깍 소리와함께 한참이나 고개짓을 하다가 옆엣사람들도 드를만치
「하-날 가-는 밝은 길-이-」
하였다。옥답이도 나죽히 따라부르면서 서울이 가까워지는 창밖을 내다보군하였다。

봄이 가져오는것

옥답에게 졸업을 가졸업장만 가져오지 않었다。졸업장에 얹어 덤으로 가져오는것이 많았다。졸업날, 어느 화장품회사에서는 분과 베니와향수와 눈섭 그리는 먹까지 넣어서 이쁜 한갑씩을 선사하였다 자기네 상품광고에 지나지 않지만은 기껏 크림밖에 써보지못한 소녀들에게는 무안하리만치 흥분과 호기심을 일으켜놓는것이였다。옥답은 자기방에서 무슨 큰 비밀이나 가지는것처럼 숨을 죽여가며 뽈분을 발러보고 베니칠을 해보고하였다。훨신 멋되였다。아침마다 만지면 자기의 뺨이지만 갑작이 더포근포근 살이 오르는것 같았다 거울을 가까이 드려다보고 물러서드려다보고 하다가는 누가 오는듯하면 미리 준비하여다놓은 물수건으로 얼른 화장된얼굴을 문대겨버리었다。문대겨버리고나면 곁에발리였던 분빛과 베니빛은 확실히 없어졌다。그러나 살속에 나타났던 따끈따끈한 혈조(血潮)의 빛은 곳사라지지않았다。사라지지 않을뿐아니라 모르는 메칠사이에 얼굴은 갑작이 자라는듯 손으로 만져보아도 다를만치 되였다。전문학교에 들어서 두루매기를

中篇小說

코스모스피는庭園

李泰俊
鄭玄雄 畵

한집에서

『선주? 이렇게 싹 엿
는데두 다마날레요?』
『아야, 아머요 많이……』
『그리게애다러나요?』
하고 한거름 나서며 선
주를 안었다 분명히 안
었는데 품안이 휑전하
다 휑전한집에 치영(致
榮)은 잠을 깨인다.
『벌서 날이……』
날은 다밝었는데 꿈
이였다 유리창에는 굵
다란 물방울이 어룽어
룽 굴러나려인다. 치영
은 노곤한 다리를 힙
것 뻗으며 돌아누었다.
봄비다 그런지 별로비
소리도 들리지 않는다.
올고싶은 우울, 꿈에 선
주를 본날 아침은, 아
니 아침뿐이 아니라 온
종일 그날은 슬픈날이
었다. 어쩨아슴처럼「이제부터
는 학생이 아니로구나! 의
학사, 의사로 돈버리를할것인
가? 의학자로 학구생활을할
것인가?」이런 생각은 먼지
어문제, 선주를 본 꿈생각으
모란 머리가 무거웁다 꿈속

주었다. 그 선주, 여고보시대
의 선주, 소녀로부터 처녀로
옮겨가는, 그 명랑하면서도 부
끄럼 잘 타는 열칠팔세때의
선주였다 꿈은 세월도 먹지
안는듯 늘 처음보면, 그러고
얼마뒤에 작고 무슨 대답을
들어 가지려고 이편에서 조
르면 「난 아무것도 몰라요」
하고 얼굴이 새빨-게 타버
리면, 그 선주만이 만나지는
것이였다.
치영은 벌서 칠팔년전 일
인, 처음으로 선주와 부드처
보고 처음으로 이성에 대한
새 감정의 봉지를 맺드리면
때를 추억해본다.
어스렴한 젊은 황혼이였다.
장마때면 도랑이 되어버리는,
동구밖의 우묵한 좁은길, 길
좌우언덕에는 찔레꽃이 달빛
처럼 환-하게 피어있었다.
마침 밭에서 드러오는 엔장
을 실은 소, 썩-썩어머는황
소인데 어둠속에서 어더로 가
면길인지 선주가 동생의 손
목을 이끌고 나타났다. 곳황
소와 마주치게 되자 선주는
이쪽이 누구인것도 알아볼새
없이 달려들었다. 치영은 얼
른 그와 그의동생을 업듯이

「코스모스 피는 정원」 최초 발표 지면. 『여성』, 1937. 3-7. 삽화 정현웅(鄭玄雄).
(pp.472-475)

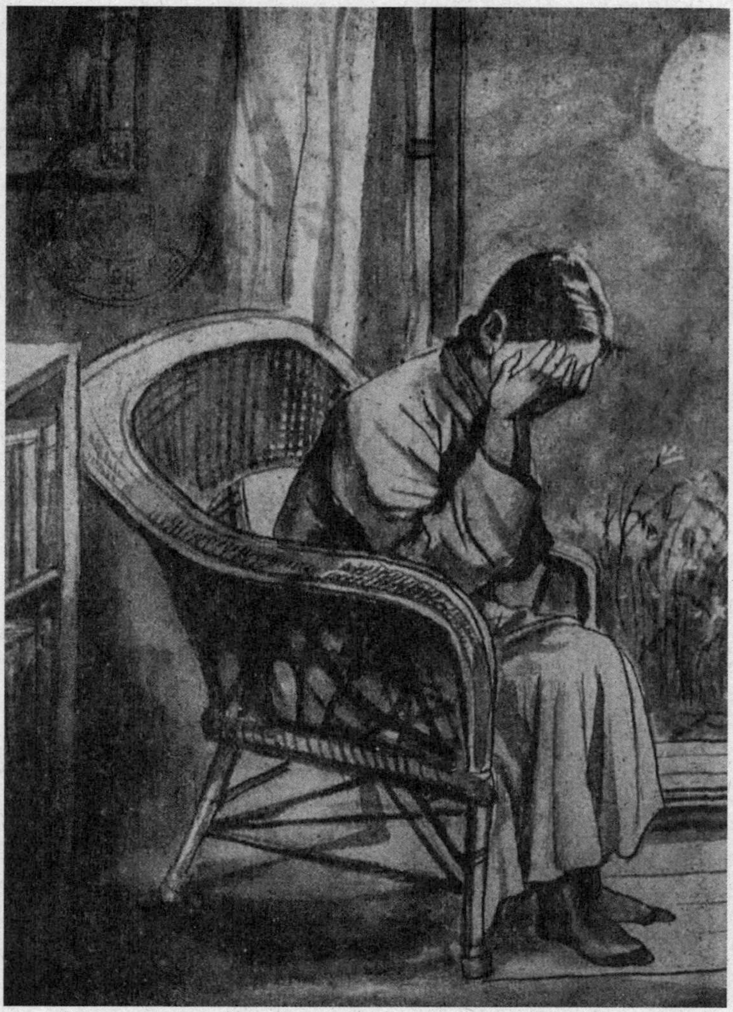

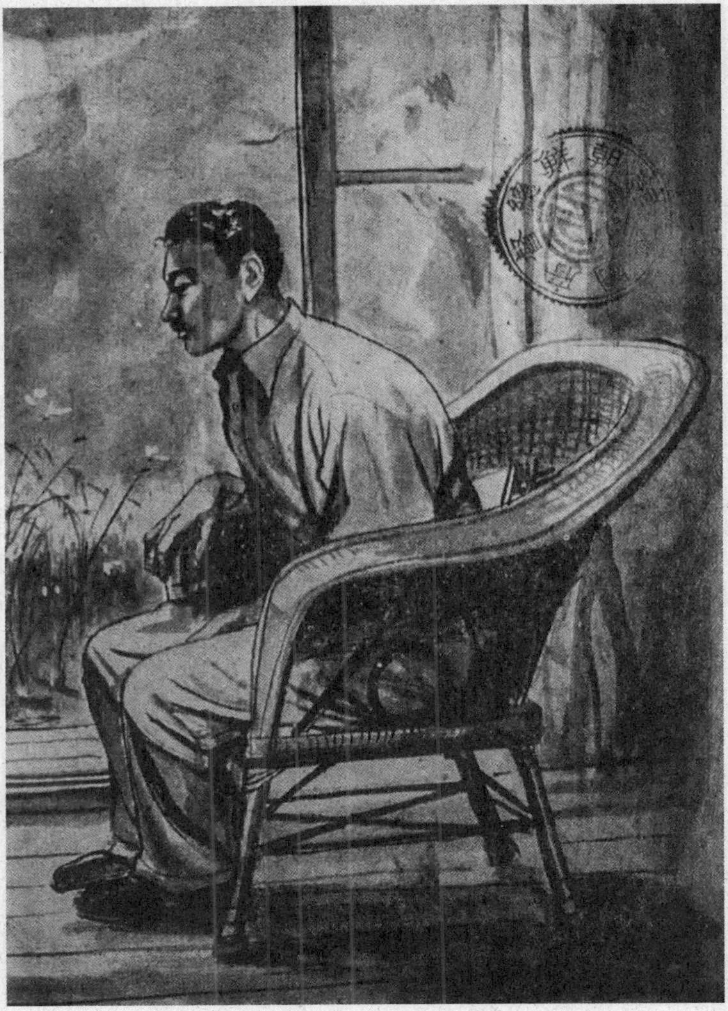

戲曲 어머니 〔全一幕〕 李泰俊

時代 現代
處所 京城
人物 어머니 尹姓女 (五十七八歲)
아들 徐萬基 (二十五六歲)
딸 徐萬玉 (十八九歲)
外三寸 尹承漢 (五十二三歲)
食母 一人 (中年)
家屋仲介人 一人 (老人)
中流婦人 一人 (中年)
中流紳士 一人 (中年)
建物會社員 一人 (靑年)

舞臺 지은지 얼마안되는 조선집 대청인데 정면에 안방, 바른편에 건넌방, 그새에 넓은 마루가 무대의 정면이됨, 마루 한편 구석엔 뒤 책, 방석, 그리고 다리접어부치는 둥그런 소반이 하나 기대여 잇고 정면 기둥에대여 바른편쪽으로 책상하나 걸상하나, 벽을 두엔 잡지, 신문, 원고지, 잉크병 같은것들이 될서없이 놓여잇고 그정면 기둥에는 큰 못이 하나 박혀잇는데 시계달렷든 자리같을

萬玉 (어디 나가다 도리운듯 마루에 걸터앉어 구두는 끈만 끄르고 아직 신은채) 어멈이 잘못했지 그럼 뭐야……

食母 (부엌에서 나오며 행주치마에 물묻은손을 씻으며) 원, 아가씨두! 보지 아느믄 다커때……그럼 집넘자가 내놨길때 보러왔지 째-ㄴ 남의 집 보러오겟느나구 그리면서 부떠부떠 드려오는 걸. 어려허우 그리구 집주를 내갈녀서어, 꼬농의 덩감녀석, 그커부지쨍어루 한번 쳐바구실온걸 누솔은 요로케 (형용하며) 훌저떠면서 아집어 뉘집인때 그려슈 지금 드려잇는 어댁이 집주인인 줄 아우? 하겟죠

萬玉 (밥솥에 삿대를 끼우며) 뭐시라구? 우리가 집주인인줄 아느냐구? 아-니 나중엔……그래 뭐랫수?

食母 내가 그기야 어떠케 알아야죠 그래 말이 딱혀 잠잣고 잇엇드랫죠

萬玉 그럼 안방 건는방 다 열어봣가? 광써겄?

食母 그럼요 뒷간꺼지 드려다들 보든데

萬玉 글쎄 식모가 잘못이지뭐야 언제 우리가 집판다 말햇서? 인전 아무나 보랜다구 드려서게 말어요 벌 학, 우리집어 우리집이지 뉘집이야 어바가 일본서 나와서 지어논 걸 사지두 안꾸 업바가 설계해서 어떠케 짓기꺼평한 건데 참 나주엔……(하며 구두를 벗요 마루에 올라서다가 정면기둥에 시계가 없는 것을보고 무엇으로 쳐다가리는 식모에게) 어멈?

「어머니」 최초 발표 지면. 『중앙』, 1934. 1.

戱曲

山사람들 (全一幕)

李泰俊

處所

어느 高山地帶의 火田部落

時節

첫여름.

人物

龍吉아버지 (五十二三歲、저고리는 남루한 솜저고리 그대루요 바지는 무릎우는 떠러진 중이、맨발에 머리는 상투인데 시꺼먼 수건으로 질끈동지엿다. 얼굴은 좀 神經質的인데 빛은 以下의部落民은 모도가 주림과 疾病으로 노랑꽃이 되엿다)

龍吉어머니 (五十歲가량、형편없이 더럽고 해여진 초마저고리、맨발에 머리는 싸리꼬챙이로 쪽을 아무렇게나 질렀다)

龍山 (二十歲가량의 못난이、한다리 한팔을 못쓴다 藍縷에 맨발、억개쭉 더덕더덕 기운 미명적삼、무릎에 살이 나오는 중이)

龍順 (十五六歲의 龍吉의 누이、옷이 남루하긴하나 옷모양이 제일낫나 역시 맨발、머리는 따엇으나 댕기가없다)

快石아버지 (四十二三歲、새까맣게 매에 저른 베무건을썼다. 옷 남루、발 맨발)

快石어머니 (四十歲가량、옷 남루、너더쭉에 헌댕기、헌나무비녀、맨발)

鳳乙 (三十歲가량、하이칼라머리인데 쪽은지가 너무 오래

★好奇心은 一種의 女性的 男氣다 (유—고)

231

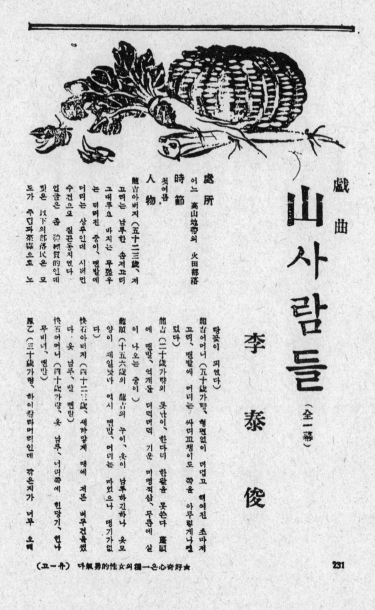

「산사람들」 최초 발표 지면. 『중앙』, 1936. 2.

漢江 꿈

선들〱가을밤 얄구진바람
잠자는漢江물 흔드러일룰때
아ㅡ무서워! 나는보앗지?
성낸魔王의시커먼눈섭처럼!
찡긋〱씹흐리는사나운물 그우로
끗업는怨을품은 男女靑春의
떠러진꼿처럼시들푼넉(魂)은
한숨에불니는 물결에떠서
출넝〱ㅡ아! 끗업시彷徨하는것。
그리고 보기도끔직한 시커먼무엇이
길다란붉은혀(舌)헐덕어리고
녹쓰른쇠사슬 끄을고다니며
그들을 올그려! 하는그것을。
아ㅡ무서워! 나는보앗다

섬벅〱흔들니는 초생달빗
늠실〱漢江물 그우에어리울때
아ㅡ무서워! 나는들엇지?

누나야 달좀 보렵

毒오른魔女의시퍼런 눈알처럼!
힐긋힐긋굴니는 밋친물 그우로
끗업는恨을품은 男女靑春의
떠러진꼿처럼 시들푼넉(魂)은
蒼白한달빗 또우름에싸여
출넝출넝ㅡ아! 끗업시呼訴하는것。
그리고 듯기도끔직한惡魔의猛吼
물을흔들고 魂을부르며
녹쓰른長鎖을휘々두룰제
그들의哀悽롭게부르짓는것。
아ㅡ무서워! 나는들엇다

九月二日밤

누나야 달좀보렴

李泰俊

누나야 달좀보렴?
울지만말구!
밝은달은 작구만소사오른단다
그래서 ──
원天地에뷔친다는구나
아—누나야 저달은—저빗은—
압山넘어 끌에모신 어마님무덤
그우에도 빗취겟지? 아—저달은보겟지?

누나야달좀보렴?
울지만말구—
밝은달은 어듸든지 다가치빗처준단다
그래서—
仁王山 그아래도 뷔친다는구나
아—누나야 저달은—저빗은—
아버님울고게신 쓸々한鐵窓에監房
그안에도빗취겟지? 아—저달은보겟지?

누나야 달좀보렴?
울지만말구!
밝은달은 그빗이 끗이업단다
그래서—
白頭山 그넘어도 뷧친다는구나
아—누나야 저달은—저빗은—
우리아젓씨 彷徨하는 시베리아넓은뜰
그곳에도빗취겟지? 아—저달은보겟지?

누나야 달좀보렴
울지만말구!
아—엇지할가 누나야?
나는달이되고 너는해가되여볼가!?
아니 저—적은별이라도되엿으면!

九月七日밤 고요히흐르는달빛속에서

「누나야 달 좀 보렴」과 「한강 꿈」 발표 지면. 『학생계』, 1922. 11. (pp.478-479)

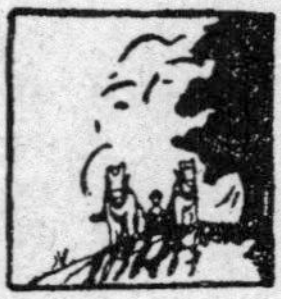

幼年童話

슬퍼하는 나무

李泰俊

새 한마리가 나무에 둥지를 틀고 고흔 알을 소복하게 나어 놓앗습니다。

아이 「이 알을 모다 꺼내 가야지」

새 「지금은 안됩니다。착한 도련님。멧일만 지나면 까 놓을테니 그때 와서 새끼들을 가저가십시요」

아이 「그럼 그리지」

멧일이 지나 새알은 모다 새새끼가 되엿습니다。

아이 「하나 둘 셋 넷 다섯마리로구나 허리춤에 넣고 갈까 둥지채 떼여갈까!」

새 「지금은 안됩니다。착한 도련님。멧일만 더 잇으면 고흔 털이 날테니 그때와서 둥지채 가저가십시요」

아이 「그럼 그러지」

멧일이 지나 와보니 새는 한마리도 없고 둥지만 달린 나무가 바람에 울고잇엇습니다。

아이 「내가 가저갈 새새끼가 다 어디갓니?」

나무 「누가 아니。나는 너때문에 좋은동무 다 잃어버렷다 너때문에!」

—(19)—

「슬퍼하는 나무」 발표 지면. 『어린이』, 1932. 7.

길에서 얻은鉛筆

李泰俊

나는 아침 저녁 惠化普通學校 앞을 지납니다。 아침이면 학교에 오는 여러 학생들과 맛납니다。 모다 어린 학생들인데 그분들이 학교에 오는 모양은 매우 자미스럽습니다。

엇던분은 아직도 잠이 덜 깬듯이 눈을 섬벅어리며 모자는 썻다는 것보다 머리 우에 얹어 노코 으슬렁 으슬렁 오는 분도 잇고 엇던분은 깽충 깽충 뛰며 공을 굴리면서 오기도 하고 또 엇던분들은 길우에 책보를 노코 서서「장겜뽕」들도 합니다。 그리고 무엇을 생각하며 가다 나와 마조치어 큰 내 키를 한참 치어다보고 픽 웃으며 가는 이도 잇습니다。 아침길은 반드시 이분들과 맛나닛가 퍽 유쾌합니다。

아침보다 저녁길은 좀 쓸쓸합니다。 그분들이 벌서 다 집으로 돌아간 뒤임으로 텅 뷔인 학교앞을 지나게 됩니다。 그러나 아조 심심하지는 안습니다。 그분들이 길바닥에 그어노은「이ㅣ랴 오ㅣ랴」판을 밟으며 그분들이 분필로 담에 그려노은 웃

—(8)—

「길에서 얻은 연필」 발표 지면. 『어린이』, 1933. 2.

하고 차장은 땡땡ㅣ 하면서 지나갓습니다。

또 전차가 왓습니다。아가는 또 갸웃 하고 차장더러 무렷습니다。

『우리 엄마 안 오?』

『너이 엄마를 내가 아니』

하고 이 차장도 땡땡ㅣ 하면서 지나갓습니다。

그 다음 전차가 또 왓습니다。아가는 또 갸웃 하고 차장더러 무렷습니다。

『우리 엄마 안 오?』

『오! 엄마를 기다리는 아가구나』

하고 이번 차장은 나려와서

『다칠라 너이 엄마 오시도록 한군데만 가만히 섯거라 응?』

하고 갓습니다。

아가는 바람이 부러도 곰작 안하고 전차가 와도 다시는 뭇지도 않고 코만 새빨개서 가만히 서 잇습니다。

ㅡ十二月一日밤ㅡ

엄마마중

李泰俊

추어서 코가 새빨간 아가가 아창 아창 전차 정류장으로 거러 나왓습니다。 그리고 낑ㅣ 하고 안전지대에 올라섯습니다。

이내 전차가 왓습니다。 아가는 갸웃 하고 차장더러 무럿습니다。

『우리 엄마 안 오?』

『너이 엄마를 내가 아니』

—(24)—

「엄마 마중」 발표 지면. 『어린이』, 1933. 12. (pp.482–483)

혼자 자는 아가는
눈물이 났네。
아빠는 밭에 가시고
엄마는 물길러 가시고
아가는 기다리다 기다리다
잠이 들었네。

혼자 자는 아가는
제비가 보고
혼자 자는 아가는
구름이 보네。

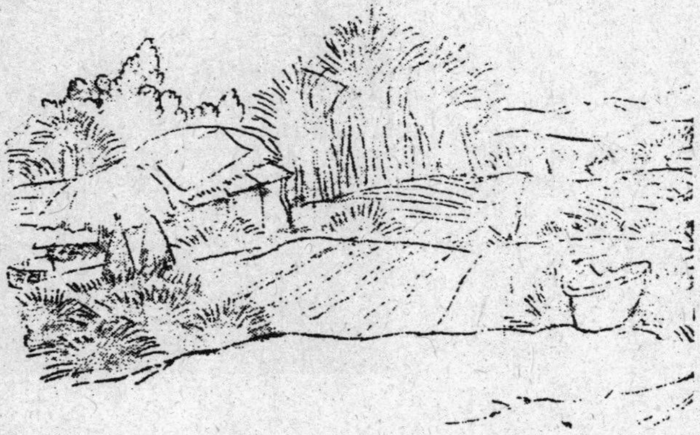

— 7 —

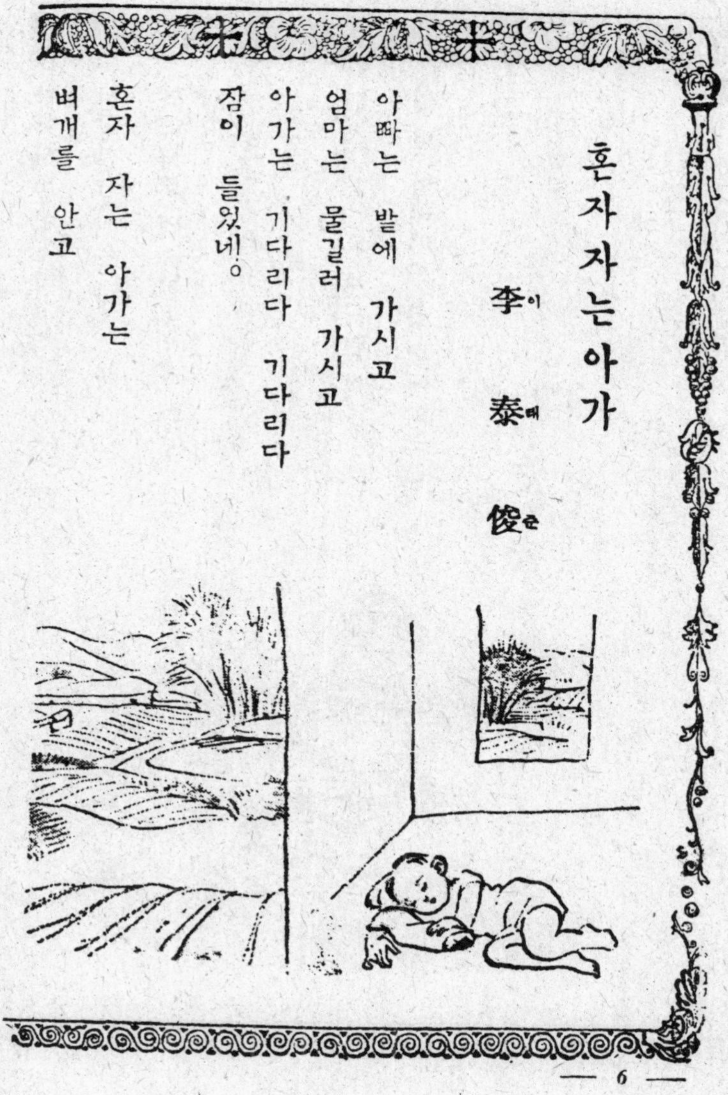

혼자 자는 아가

李泰俊

아빠는 밭에 가시고
엄마는 물길러 가시고
아가는 기다리다 기다리다
잠이 들었네.

혼자 자는 아가는
벼개를 안고

— 6 —

「혼자 자는 아가」 발표 지면. 『소년』, 1940. 11. 삽화가 미상. (pp.484-485)

아버지도 먹으라고만
한탕기나 되는 약
어머니도 먹으라고만
눈 딱 감어도 시커먼 약
입 딱 벌리어도 안 넘어가는 약

— 9 —

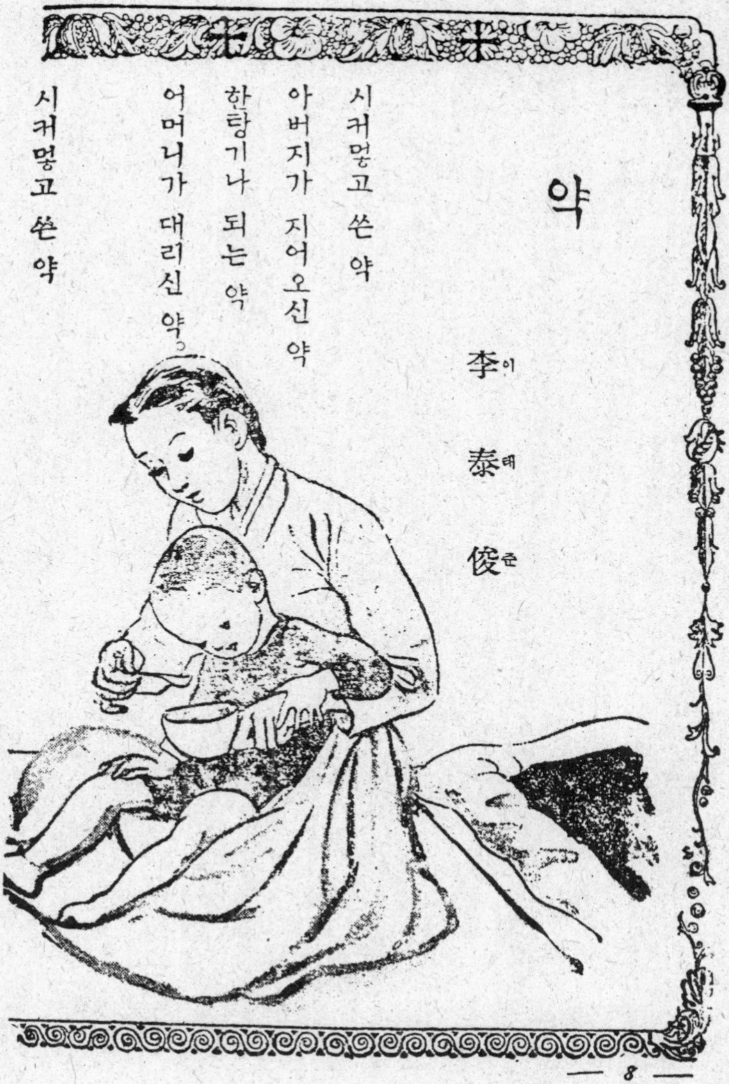

약

李(이) 泰(태) 俊(준)

시커멓고 쓴 약
아버지가 지어오신 약
한탕기나 되는 약
어머니가 대리신 약。
시커멓고 쓴 약

— 8 —

「약」 발표 지면. 『소년』, 1940. 12. 삽화가 미상. (pp.486-487)

상허 이태준 전집

1. 달밤(단편소설) 2. 해방 전후(중편소설·희곡·시·아동문학)
3. 구원의 여상·화관(장편소설) 4. 제이의 운명(장편소설) 5. 불멸의 함성(장편소설)
6. 성모(장편소설) 7. 황진이·왕자 호동(장편소설) 8. 딸 삼형제·신혼일기(장편소설)
9. 청춘무성·불사조(장편소설) 10. 사상의 월야·별은 창마다(장편소설)
11. 무서록(수필·기행문) 12. 문장강화(문장론) 13. 평론·설문·좌담·번역
14. 상허 어휘 풀이집

상허(尙虛) 이태준(李泰俊, 1904-?)은 강원도 철원(鐵原) 출생으로, 단편소설뿐만 아니라 중·장편소설, 희곡, 시, 아동문학, 수필, 문장론, 평론, 번역 등 다양한 방면의 글을 남긴 우리 근대기의 대표적 작가다. 철원사립봉명학교를 졸업, 휘문고등보통학교를 중퇴한 뒤, 도쿄 와세다대학 청강생을 거쳐 조치대학 문과 예과에 입학했으나 중퇴했다. 1925년 단편소설 「오몽녀(五夢女)」를 『시대일보』에 발표하며 등단했고, 1933년 문학동인 구인회(九人會)에 참가했으며, 이 시기 많은 장편소설을 연재하며 활발한 창작활동을 했다. 개벽사(開闢社) 기자, 『조선중앙일보』 학예부장, 『문장』 주간, 『현대일보』 주간, 조선문학가동맹 기관지 『문학』 편집자 등 언론과 출판 분야에서도 중요한 역할을 했다. 1946년 8월경 월북했으며, 1950년대 중반 숙청당한 후 정확한 사망 시기는 알려져 있지 않다. 주요 작품으로는 단편집 『달밤』 『가마귀』 『돌다리』, 장편소설 『구원의 여상』 『제이의 운명』 『화관』 『황진이』 『불멸의 함성』 『사상의 월야』 등이 있으며, 수필집 『무서록』과 문장론 『문장강화』가 있다. 월북 후 작품으로는 기행문 『소련기행』, 장편소설 『농토』, 단편집 『첫 전투』 등이 있다.

해방 전후

중편소설·희곡·시·아동문학

상허 이태준 전집 2

초판1쇄 발행일 2024년 1월 20일

발행인 李起雄 발행처 悅話堂

경기도 파주시 광인사길 25 파주출판도시

전화 031-955-7000 팩스 031-955-7010

www.youlhwadang.co.kr yhdp@youlhwadang.co.kr

등록번호 제10-74호 등록일자 1971년 7월 2일

엮음 김명열 편집 이수정 송추향

편집자문 오영식 디자인 박소영 염진현

인쇄 제책 (주)상지사피앤비

ISBN 978-89-301-0782-2 04810

978-89-301-0780-8 (세트)

The Complete Works of Lee Taejun, Vol. 2

Before and After the Liberation: Novellas, Plays, Poems, and Literature for Children

© 2024, Kim Myongyol and Youlhwadang Publishers

Published by Youlhwadang Publishers. Printed in Korea.